拂灯

布丁琉璃 著

FU DENG

上册

青岛出版集团 | 青岛出版社

图书在版编目（CIP）数据

拂灯 / 布丁琉璃著. -- 青岛 : 青岛出版社，2024.
7. -- ISBN 978-7-5736-2451-2

Ⅰ．I247.5

中国国家版本馆CIP数据核字第2024CK3516号

书　　名	拂灯 FU DENG	
作　　者	布丁琉璃	
出版发行	青岛出版社（青岛市崂山区海尔路182号）	
本社网址	http://www.qdpub.com	
邮购电话	18613853563	
责任编辑	郭红霞	
特约编辑	杨婉莹	
校　　对	郭金乔	
装帧设计	Laberay淮　千　千	
照　　排	梁　霞	
印　　刷	三河市良远印务有限公司	
出版日期	2024年7月第1版　2024年7月第1次印刷	
开　　本	16开（640mm×920mm）	
印　　张	32	
字　　数	476千	
书　　号	ISBN 978-7-5736-2451-2	
定　　价	65.00元（全2册）	

编校印装质量、盗版监督服务电话 4006532017　0532-68068050

国之革新，首在赋税。

当改按人丁交税为按田亩多寡交税，如此，士族将不再大肆兼并土地，吞并地方政策，贫者亦有地可耕，繁衍生息。其次，当改革科考，削勋贵、削弱世袭……

罢寒门、削勋贵之掌控，贵族对朝廷要职之掌控。

不管身居何位，
吾皆愿以死残诺。
此生愿效拂灯夜蛾，
虽死而向光明。

衍　柳白微
沈惊鸣　程寄行
王　裕　阿　行
赵

目录

上册

章节	标题	页码
第一章	临危受命	1
第二章	太子太傅	34
第三章	针锋相对	62
第四章	危机四伏	97
第五章	春宴意外	137
第六章	红妆暖玉	185
第七章	共赴温泉	212

目录 下册

第八章 无上秘药	239
第九章 拂灯夜蛾	270
第十章 镜鉴灯明	300
第十一章 夜夜伴读	326
第十二章 关心则乱	361
第十三章 撞破秘密	398
第十四章 任重道远	451
出版番外 当时年少	491

她本来就该是这样子，
骄傲如凤，灵动而耀眼。

第一章
临危受命

一

太子死了,大玄朝绝了后。

东宫寝殿的门窗紧闭,纱灯昏黄的暖光投在座屏上,映出其后一道曲线曼妙的玲珑身影。

掌事宫女流萤手捧素色绢带侍立于侧,视线触及主子纤细、曼妙的身躯,又被烫到似的飞速地垂下了眼。

她不得不承认,眼前这具身体当真美丽至极,腰细腿长,骨肉匀称,肤色莹白如玉而不显得羸弱,连同为女子的她见了都会脸红心跳……

而现在,她要亲手用生绢将那曼妙之处勒藏起来。

流萤将生绢一圈一圈地缠绕、勒紧,然后将衣裳里里外外地一层层为对方穿戴齐整,直至完全看不出对方身体上起伏的轮廓,再为其束发、戴上太子金冠,随后谨慎地拿起了一旁备好的银针。

"我自己来。"轻柔的嗓音响起。

流萤的面上划过一丝意外之色,而后她依言将银针与特制的染料捧至那道单薄的身影面前。

· 1 ·

细白的指尖伸出，"他"拈着银针点刺在自己的眼角下，感到有些疼，眉头微蹙。

待放下银针，镜中的少年淡然地抬指拭去眼角下冒出的血珠，一袭绛紫色的罗袍衬得"他"面容精致无双。

这下连流萤都看得失了神，眼眶隐隐地泛出湿热。

他们不愧是一母同胞的双生子，太像了。那颗小小的嫣红的泪痣一经点上，太子殿下就好像在她的眼前活了过来。

来不及伤感，流萤低头奉上簇新的皂靴："殿下较太子矮上半寸三分，奴婢已按您的吩咐，将所有靴履的内里垫高了些许。"

这无疑是场豪赌，毫厘之差则致满盘皆输。

长风公主赵嫣，不，"太子"殿下着履起身，面向了紧闭的厚重的门扉。冷光洒在"他"的脸上，"他"深吸一口气，定了定神，抬手推开了寝殿的大门。

初冬严寒，寒鸦自城外食腐而来，正餍足地立于宫墙上，歪头觑视着下方吵嚷的人群。

太极殿前群臣正在议事，御史中丞刘忠立于群臣前列，余光四顾，忍不住面露得意之色。

太子自从在由行宫回皇城的途中遇险，便一直闭门不出，整个东宫遮遮掩掩几个月，摆明了其中有鬼。刘忠费心地在御前拱火，就为了能在众目睽睽之下戳破东宫的伪装。只有今日在圣上的面前坐实了太子已死的事实，他才能顺理成章地推举主子雍王为皇太弟。

刘忠决定拱最后一把火。

"陛下，太子是有些体弱，那也犯不着闭门休养这么久。太子销声匿迹数月，也不知是真的患了风寒，还是有什么不能见人的秘密。"他拔高音调，假仁假义地道，"殊不知朝堂、坊间都在传，东宫里早已没有太子，只剩一具空壳了。"

"刘中丞慎言！"有人低声呵斥。

然而东宫大门紧闭数月之久确为事实，呵斥之人的心中亦疑窦丛生，没了底气。

眼下这架势，东宫储君再不露面，好像真的糊弄不过去了。

气氛焦灼之际，太极门外传来了一道低沉又温柔的少年的声音："爱卿觉得孤能有什么秘密？"

此言一出，吵闹的群臣瞬间安静下来，为首的几个人互相对视一眼，面上似有惊异之色。

寒鸦振翅而飞，伫立的群臣自动分成两列，回首望去，只见一道纤细的身影显露在眼前。

小太子墨发低束，狐狸毛的领子簇拥着他尖尖的下颌，更显得那张过分精致的脸蛋莹白如玉。他整个人被包裹在一袭雪白的狐裘中，仅露出一点儿单薄的中衣的袖边，飘飘然有回雪之姿。

他似乎刚从病榻上爬起来，眼睑下挂着淡淡的倦意，眼尾一点朱砂小痣若隐若现，显出几分雌雄难辨的柔弱之态。

他身为大玄的太子，这张脸竟昳丽得世间少见。他笼着手立于高门之下，仿佛被风一吹就倒，当真是男生女相，有福薄命短之兆。

少年穿过躬身行礼的众臣，视线落在了为首的白胖的中年文官身上。他微抬眼睫，瞳孔在雪色的衣服和肤色的衬托下显得极黑。

"刘中丞见到孤还活着，好像很失望？"少年疑惑地问道。

被点名的文官低头，辩解道："臣绝无此意。"

刘忠这番言辞虽算得上恭敬，可心里不服。

谁不知这个小太子是出了名的没脾气？说得好听些，他是仁德；说得不中听些，那他便是懦弱。

"绝无此意？"太子轻咳两声，温和地道，"可在御史大人的嘴中，大玄不是'早已没有太子'了吗？不如我收拾收拾，早日给刘中丞背后的主子……让贤？"

这声音轻而弱，却足以让刘忠惊出一身虚汗。

"天地可鉴，臣绝无二心哪！"刘忠变了脸色，下意识地喊冤，"眼下蜀川的叛党快打到京畿之地了，大玄是死战还是迁都避战，太子殿下身为储君须出面商议，为圣上分忧啊！"

刘忠这是在用国事施压，转移话题啊。小太子在心中如此想。

小太子默默地颔首，掩唇几度咳喘后，方虚弱又无辜地道："食君之禄，为主分忧，这不是众卿的职责吗？若什么事都要父皇和孤出头，要尔等何用？"

刘忠被抢白，又羞又愧，脸涨成了猪肝色。

众臣看得心惊胆战，一时备好的激进之言也忘了说，唯恐太子一口气上不来翻了白眼，只得连声恳求："臣等惶恐，请殿下务必以身体为重！"

众人正闹腾着，忽闻太极殿内的撞钟发出了清脆的声音。

皇帝身边的老太监适时地走出来，谄媚地笑着道："太子殿下，陛下宣您进殿问安呢。"说罢，老太监又望向阶前的群臣："各位大人也见过太子殿下了，人家好端端地在这儿呢！各位大人若无其他疑问，还请回吧。"

天子发话，众臣哪儿还敢生事？

众臣连忙叩拜，齐声道："臣等告退。"

一场密谋因太子的平安现身而告吹，刘忠苦不堪言。

不知是不是错觉，刘忠觉得今日的太子似乎有些不一样，可脸还是那张脸，标志性的泪痣让他风华如旧，整个人一副弱不胜衣之态。哪里不一样，刘忠也说不出一二来，真是见鬼了。

太极殿内，百盏长明灯昼夜燃烧。

赵嫣甫一进殿，降真香夹杂着丹炉内的火药味扑鼻而来，熏得她眼前一黑。

隔着飘动的垂纱，皇帝身穿青衣道袍盘腿坐于百灯中心，正闭目养神。一名头戴金莲冠、手持拂尘的美人伴随其侧，想来就是这几年宠冠后宫的甄妃。

见到太子进门，这名道家美妃颔首一礼，自行起身退避。

内侍很快就送来了蒲团，赵嫣撩袍跪下，拿出毕生的警觉与耐性，学着阿兄的模样规规矩矩地叩首到底，低声道："儿臣给父皇问安。"

"能出门走动了？"皇帝平静的声音隔着垂纱传来，听起来无悲无喜。

赵嫣被流萤耳提面命了一个早上，早就打好腹稿了，对答道："承父皇洪福，儿臣已暂无性命之忧。只是太医说儿臣久病，身子尚有些虚弱，需要将养些时日。"

她来前准备得周全，又刻意压低了嗓音，将阿兄的病弱之态演绎得很到位。父皇就算手眼通天，真怀疑起东宫，也不忍心过分刁难一个病患。

谁料皇帝眼也未抬，说话客气得像对待陌生人："你既然好转了，就要把耽搁的学业捡起来，有时间继续于崇文殿听学。"

赵嫣不露声色地应下："是。"

之后殿内便是良久的沉默。

垂纱后着一身道袍的尊贵男人虽为赵嫣的生父，但关于他的事情她知道得并不多。她只知他是庶子上位，刚登基那几年曾励精图治，后来迷上了求仙问道，宠信甄妃，与一心礼佛的嫡母皇太后背道而驰，生了嫌隙。

皇太后落败后，迁居于华阳行宫内，从此与皇帝不复相见。当年一同被带去行宫的人，还有年仅九岁的小公主赵嫣。

六年多过去，太子猝然身死，叛军兵临城下，雍王党虎视眈眈。为了稳住局势，陷入绝境的魏皇后终于想到了被"放逐"于行宫的小女儿。一道密旨将公主召回，赵嫣被迫扮起了迎风咯血的东宫太子……

思绪飘忽，赵嫣跪得膝盖发麻，索性垂眸数地砖上的烛影分神。她刚数到第六十一盏，便听到殿外传来了一阵急促的脚步声。

老太监气喘吁吁地跑来，于殿外"扑通"一跪，声音颤抖，欣喜地道："恭贺陛下！瑞雪忽至，天佑大玄哪！"

殿内的黄纱鼓动，空气里挟着一丝冰雪的冷气。如神像般静默的皇帝总算有了活气，拊掌喝道："好，此乃天降吉兆！蜀川之乱必有转机，速请神光真人和肃王前来！"

肃王……

听到这个名字，赵嫣下意识地浑身一颤，她入东宫那夜母后沙哑又隐忍的叮嘱的声音此刻犹在她的耳畔。

肃王闻人蔺权倾朝野，狼子野心，是她将要面对的最危险的对手。

她第一次露面就要撞上这尊煞神吗？

她悄悄地捏紧了手指，冷不防地见到垂纱后的皇帝起身道："你且退下。"

这句话皇帝显然是对太子说的。

赵嫣还未回过神来，心道：我提心吊胆了半日，父皇这就放我走了？朝中对东宫的流言颇多，父皇却连正眼都没给"儿子"一个，是否太草率了？

赵嫣虽有疑惑，但并不敢耽搁，连忙行礼告退了。

殿外，墨染般的天空果然飘下几点碎雪。

廊下，太监领着持黄冠羽扇的老道士大步走来，想必这个人就是那个劳什子"神光真人"。

"可怜夜半虚前席，不问苍生问鬼神。"

听到神光真人低吟着李商隐的诗，赵嫣扯了扯唇角，垂眸盖住眼中的嘲意。

流萤还在太极门下候着，单薄的宫裙迎着风雪飘动，赵嫣瞧着都冷。

"殿下，"流萤迎了上来，面上是一贯沉稳的神色，紧绷的声音却出卖了她担忧的心情，"皇上问什么了？"

赵嫣"嗯"了一声，言简意赅地道："他问太子身体好了不曾，好了就去崇文殿听学。"

"没了？"

"没了。"

于是流萤也陷入了疑惑中——这关她们过得比想象中的轻松太多。

朝局波诡云谲，党派众多。赵嫣方才已经见识过了雍王麾下的爪牙，至于肃王……她万幸没和他碰上面。

"闻人蔺。"

赵嫣仔细地品味着这个名字，试图找出些许记忆。无奈她自幼被"放逐"出宫，在行宫里于礼佛的太后娘娘身边长大，对朝中的近况并不怎么了解。

拥兵自重的武将想来是穷凶极恶之徒，且赵嫣听闻军营中人因常年佩戴头盔，头部被捂得不透气，故而大多脱发严重……

赵嫣思绪发散，脑中不可抑制地浮现出一个凶神恶煞、头发稀疏的粗鄙的武夫的形象，不由得被恶心得打了个哆嗦。

天就像漏了个窟窿似的，风一吹，雪越下越大，让人眼前密密麻麻的一片白。

太极门离东宫还有一段距离，雪天路滑，赵嬷无法乘坐步辇，还扮演着弱不禁风的太子，只得先寻个僻静之处避雪。

这雪怕是一时半会儿停不住，流萤蹙着眉道："奴婢去取油纸伞和斗篷来，还请殿下在此稍候，万不可走远。"

赵嬷知晓流萤行事谨慎，不放心让别的侍从进出太子的寝殿，取用贴身衣物这等事必亲力亲为，于是摆了摆手，示意流萤只管去。随后，她又道："等等。"

流萤停住了脚步，转身听候命令。

赵嬷伸手捻了捻流萤身上的衣料："别忘了给你自己披一件斗篷，你穿得太少了。"

流萤愣了愣，而后飞快地低头福了一礼："谢殿下。"

回廊虽可供人避雪，却并不挡风。赵嬷拢掌，呵了一口白气。若她没记错，这条长廊的尽头是一座毗邻东宫的暖阁，可供人休憩。

那暖阁离等候流萤的地方不过十余丈远，赵嬷便让随行的内侍于廊下等候，自己登上台阶，朝暖阁行去了。

来到暖阁前，她推开门，炭盆的暖意便夹杂着淡雅的沉香味扑面而来，阁中温暖如春。她抬眼望去，只见阁中的竹帘随风而动，一道挺拔的身影临栏而坐，一只手扶额，另一只手执卷，正看得专注。

未料到有人捷足先登，赵嬷有些意外。但她转念一想，自己眼下是东宫储君，万没有在旁人面前露怯的道理，便直了直腰，悄声迈进了暖阁中。

碎雪隔帘飘落，融化在池水中。

坐在椅上的男子很年轻，二十岁出头的样子，着朱红色的朝服，佩玉钩带，墨发半披半束，双腿随性地交叠着，修长如玉的手指间或翻动书页，发出了细微的摩擦声。

从赵嬷的视角看，他双眸微合，垂下的睫毛长且密，在眼睑下投下淡淡的阴影，长眉如剑，唇淡而薄，侧颜看上去安静温良。其身侧搁着一柄钓竿，钓鱼线垂直没入浮冰落雪的池中，池水不见半点儿波澜。

赵嫣不自觉地放轻了脚步，微微侧首，于暗中窥察起来。

能自由进出皇宫且有闲情逸致在雪天垂钓的多半是宗室之人，可大玄的爵位是层层分封、代代世袭的，尾大不掉，能出入皇宫的王侯、世子没有一百也有九十，赵嫣实在想不起来宗亲中何时出了个仙人般风雅英俊的男子。

男子冷白的食指上套了一枚古朴的玄色指环，指环上面的雕饰很奇怪，像是……某种猛禽？

赵嫣不自觉地挑开了竹帘的边角，试图瞧得更真切些，却冷不防地对上了一双深沉的眸。

"太子可看够了？"美人不知何时抬了眼，正唇角勾着笑地看着她。

二

男人的眼形极美，双眸如漆，眼尾微微上挑。他噙着似有若无的笑意看人时，漫天的雪光也黯然失色了。

他开口唤"太子"，说明必定见过阿兄。

赵嫣作为冒名顶替的赝品，自然不会傻到直接去问"你是谁？"，然而如果此时露怯而退出暖阁的话就更奇怪了。

她若无其事地撩开帘子，压低嗓音道："雪天独钓，阁下倒是好雅兴。"

"彼此。"男人放下交叠的长腿，用手中的书卷有一下没一下地轻敲掌心，"殿下冒雪漫步至此，其雅趣与臣的相比不遑多让。"

可太子赵衍并没有能在雪中漫步的强健体魄。

赵嫣心中明镜似的，掩唇轻咳道："雅趣谈不上，孤不过是寻个地方避避风雪，阁下不会介意吧？"

男人忽地笑了，白玉般无瑕的脸逆着光，显出几分难以捉摸的神色。

赵嫣心中警惕起来：莫非自己说错话了？不可能，自己仿着兄长赵衍的性子将谈话的分寸拿捏得极好，应该并无破绽才对。

男人放下书卷起身，朱红色的朝服将他冷白的脸衬得如仙人般俊美。阴影笼罩上来，赵嫣被迫仰首。

他坐着时，赵嫣只觉得对方身形挺拔。他站起来后，她才发现他竟有这么高！

赵嫣自诩不矮，却只到他的肩膀处。

男人伸出手，玄铁指环折射出丝丝冷光，赵嫣下意识地后退了半步。然而那只骨节分明的大手只是从她的耳畔掠过，轻轻地掸去了她肩头上细碎的雪。

男人眼中含笑，温文尔雅地道："殿下说笑了。普天之下莫非王土，殿下想在哪里避雪都可以。"

原来他是这个意思。这个人倒是个谦和知礼的温润的君子。

赵嫣稍稍松了一口气，若无其事地转身，寻了个避风处坐下。

安静了片刻，她没忍住，问道："如此冷的天，阁下能钓着鱼？"

"或许。"男人声音低沉，似笑非笑地道，"不太聪明的鱼会自己咬钩。"

这话她怎么听起来别有深意？

言多必失，赵嫣露了个笑便应付过去了。

估摸着时辰差不多了，她便起身道："雪势已小，孤要走了。"

男人笑得温润无害，微微颔首，做了个"请"的姿势。

赵嫣刚出门，身上沾染的暖香便被北风吹散了。这回她不用刻意装虚弱了，被风吹得连连打喷嚏。

她穿过游廊，果然见到流萤抱着斗篷回来了。

赵嫣披上月白色的加绒斗篷，戴上兜帽："我方才在暖阁中遇见一个人，很年轻，生得极为好看。"她想了想，又对身侧执伞的流萤道，"从其衣裳瞧来，他至少是个王孙世子。你且派人回去看一眼此人姓甚名谁，是何身份，以免出什么纰漏。"

流萤不敢耽搁，即刻道："奴婢识人多，亲自去一趟。"

暖阁。

左副将张沧推门进来便见自家主子凭栏而立，俊美无俦的侧颜被镀上了一层冷冷的雪光。

· 9 ·

单看这副好样貌，谁能想到他是权倾天下的异姓王爷？

"王爷，"张沧掩上门，低声道，"没想到太子真的还活着，也算命大。只是如此一来，他势必会挡咱们的路……"

等了一会儿，见主子不语，张沧提议："可要属下的人亲自出手？"

"有点儿意思。"闻人蔺望着太子离去的方向，若有所思地道，"本王手下的情报还从未出过差池。"

"王爷是怀疑……有障眼法？"张沧连忙道，"可是卑职于暗中观察，那太子言谈举止柔弱不堪，似与往常并无不同……"

他正说着，便闻一声低笑。

"并无不同？"闻人蔺淡淡地重复了一遍。

张沧汗颜，立刻垂首道："卑职愚钝，还请王爷明示。"

闻人蔺半眯眼眸，意有所指地道："这位小太子居然不怕本王了。"

风雪席卷过池水而来，一粒微小的瓦砾自檐上坠落，发出一声极其细微的声响。

电光石火的一刹那，闻人蔺顺手握住身侧的钓竿，猛地一甩，钓鱼线便如银蛇般扭动，直奔屋檐而去。鱼钩折射出寒光，藏匿在暖阁的屋檐上的内侍被细如发丝的钓鱼线缠住了脖颈，还未来得及发出惨叫便"咕咚"一声坠入了寒池之中。

风停了，殷红的血色自池底升腾、晕开，随即消散不见了。

竟有高手躲在屋檐上伺机行刺，而自己丝毫未曾察觉！张沧不由得冷汗涔涔，抱拳下跪道："卑职失察，还请王爷责罚！"

"行了，你将这里处理干净，查清楚这是谁家放出来的狗。"男人轻描淡写地说，而后将手覆在雕栏上，拭了拭薄雪，"我先去会会皇帝，至于这个碍事的小太子……"他微动薄唇，道，"他挡的可不只本王一个人的道。"

"是。"张沧将折断的钓竿拾起，试图将功补过，"这柄南洋进贡的钓竿，卑职会命人修复如初。"

"不必。"闻人蔺慢悠悠地负手走了过去。

谁叫他今日已钓到了更有趣的猎物？

一盏茶的时间后，流萤去而复返，悄声地推开了暖阁的门。

竹帘飘动，室内空空如也，唯有阁外浮着冰的池水荡开浅浅的涟漪，而后逐渐归于平静。

殿下的嘴里那个世无其二的温润的美人早已不见踪迹了。

东宫。

赵嫣刚从马车上下来，还没来得及喘一口气，便见一名女史迎了上来，语气凝重地道："皇后娘娘谕令，召您即刻去主殿。"

听到皇后的名号，赵嫣蹙了蹙秀气的眉："来得真快。"

东宫主殿的门窗紧闭，纱灯发出来的昏黄的光照在一尘不染的地砖上，地砖上又倒映出小少年垂眸时倦怠的神情。

前方的高位上，衣钗华贵的着凤袍的女人端坐着，手搭在凭几上，丹唇长眉，凤眸清冷，眼尾有极浅的细纹，却依旧不损其五官的美艳之感，颇有不怒自威之态。

她皱着眉，凝视着坐在下座上的"太子"，似乎在透过那张脸看另一个人。

"谁许你擅自开口，与群臣正面交锋的？"魏皇后握紧了手指，单刀直入地道。

小少年撑着下颌，纤长的眼睫投下暗影，盖住了眼尾的那点朱砂小痣。

"我自己决定的。太极殿之事摆明了是有人煽风点火，我若如傀儡般不言不语，无异于授人以柄，届时幕后主使不依不饶地闹到父皇跟前，向其施压……"赵嫣没有刻意地压着嗓子，声音才显露出几分少女的柔意来，"到那时，母后还瞒得住吗？"

魏皇后眸色微变，冰冷的嗓音更低了三分："那你也不可擅自行动！你知不知晓你现在是何身份？"

身份？是了，她得扮演母后最疼爱的儿子。

两个人阔别这么多年，母后待她还是那副老样子，动辄呵斥诘责，从不肯好好说话。母后对赵衍就没有这般严苛。

她与赵衍是十五年前一同降世的双生子，但她永远是不被重视、不被喜爱的那一个。

"若今日做同样决定的人是阿兄，母后也舍得如此责备他吗？"没按捺住情绪，赵嫣到底把话问出了口。

皇后冷冷地道："衍儿行事稳重，仁德善良，从不做这般投机取巧之事。"

赵嫣明明没了期待，可心还是微妙地落空了一下。

她自觉今日将这个"太子"演得还算到位，所以心有不服。但她不想顶着兄长赵衍的身份与母亲吵架，遂不再辩解，只望着几案上袅袅飘散的香雾出神，那颗照着赵衍的模样点上去的朱砂小痣便如活过来般鲜红娇艳。

魏皇后喉间干涩，却仍骄傲地端坐着，不曾流露丝毫软弱的样子。

二人相对无言。

"殿下，该喝药了。"流萤的影子映在门扉上，她适时地打破了沉寂的氛围。

深褐色的汤药被搁在赵嫣面前，散发出浓重的苦味。

与赵嫣皮实的身体不同，太子赵衍生来体弱多病，几乎是在汤药罐里被泡大的。赵嫣如今自然得有样学样，方不让人起疑。只是她面前的汤药经人秘密地改良过，并无强身健体之效，只能暂时改变她的嗓音，使之低沉得更贴近于少年的声音。

赵嫣微不可察地蹙了蹙眉，而后在魏皇后复杂的视线中端起汤药，一饮而尽。

苦！

这药苦得让人胃疼。

魏皇后目光一软，如往常般示意流萤将备好的蜜饯送过去。

甜腻的气味钻入鼻腔，赵嫣牵动嘴角，露出一个似嘲非嘲的笑来，再开口时已是微哑的少年音："母后又忘了，我讨厌吃甜食。"

魏皇后一怔。

喜爱甜食的人是她的儿子赵衍。

"儿臣告退。"不等魏皇后开口，纤弱漂亮的少年于座上笼手行了一礼，俯身拜别。

赵嫣这张脸本就生得得天独厚，此刻她又刻意学着已故太子的模样，魏皇后只觉得心中五味杂陈。思绪汹涌间，魏皇后不禁脱口而出："幸而今日来的人是雍王那帮乌合之众，你若撞见的人是肃王，眼下已经没命了，知不知道？！"

疾言厉色的警告自身后传来，赵嫣的脚步微顿。这是她秘密回宫以来第二次听母后提及肃王闻人蔺。

赵嫣不知他是怎样心狠可怖之人，竟连魏皇后这样骄傲心硬之人提及他时也会心生惧惮。

眼睁睁地见那道单薄的身影消失在殿门外，魏皇后这才支撑不住似的弯下了脊背，捏着鼻梁直叹气。

她膝下这对双生子如春水与烈焰，性情天差地别。当初发生那样的意外，是她这个做母亲的狠心将女儿赶出宫，多年未见女儿一面。但凡有第二个选择，她都不会在这种时候将女儿召回来。

"娘娘莫要动气。"流萤给皇后按揉绞痛的胸口，宽慰道，"其实小殿下这性子是随了当年的娘娘。"

"流萤，替本宫看紧她。"魏皇后闭目疲倦地道，"如今群狼环伺，本宫……绝不能输。"

与此同时，太极殿外，天子披发跣足立于薄雪之中，道袍迎风鼓动，戴黄冠、持羽扇的老道在一旁掐指低吟。

闻人蔺着一袭红袍，踏雪姗姗来迟，刚好赶上这场占卜仪式的尾声。

"肃王，你来得正好。"皇帝一手指天，风盈满袖，"瞧瞧，这是上天下达的吉兆！"

闻人蔺直面天子竟未行跪拜之礼，只略欠一欠身，道："天降瑞雪，蜀川叛党熬不住严寒，这确实是天赐的良机。"

皇帝自信非常："他们猖獗不了多久了。"

"陛下英明，不过……"闻人蔺将话锋一转，似有顾虑，"近来朝中多有唱衰之言，扰乱民心。"

皇帝睁目，半晌，拿定了主意："既然天佑大玄，这些人的嘴也该闭一闭了，再提迁都之事者，不必留其性命。"说罢，他望向面前这个看似温良的年轻人，"此事就交给你去办。"

闻人蔺微扬唇角，淡淡地道："臣领命。"

面对生杀予夺，他依旧温柔得近乎残忍。

皇帝心情大好，抬手示意身侧的老道士："赐仙丹。"

老道士收了法事，呈出一个巴掌大的红漆盒子："恭祝肃王殿下福寿绵延，百无禁忌。"

闻人蔺神色如常地接过红漆盒子，道了一声："谢陛下。"

将肃清朝堂之事交给肃王，皇帝自然是放心的。他不顾众臣的劝阻，封闻人蔺为异姓王，赐予其无边的权势，使其成为自己的手中最锋利也最骇人的一把利刃。他清楚得很，满朝文武中，只有这孩子绝对不可能背叛他。

"绝不……背叛？"

归府的马车上，闻人蔺屈起一腿而坐，质感极佳的袖袍垂在膝头。他骨节分明的手拨着几案上的小漆盒，一下又一下，将其慢悠悠地转动着。

"吧嗒"一声轻响，他按住了漆盒，杀意将那双含笑的眼眸浸润得十分瑰丽。

三

"太子殿下的身体不是已经好转了吗？怎么突然又病重了？"

"听说今日小公主偷偷地将小太子拐出去疯玩，还让他爬树取乐，太子吹风着了凉，回来就烧得不省人事了。"

"唉，太子殿下真可怜。你说他们是同时降世的双生子，连样貌都如出一辙，怎么偏就咱们殿下身子弱呢？"

"你不知道？当年皇后娘娘生产，太子殿下出生顺遂，不哭不闹；而小公主是痦生，折腾了大半宿，让皇后娘娘险受产厄之灾……大家都说，小公主定是命里带煞，在胎中时以同胞兄长的元气为食，否则怎么太子殿下生来体弱，小公主却生龙活虎，连个小病小灾都没有过呢？"

"你这么一说，还真是这样，难怪娘娘不亲近小公主呢！"

"可不是嘛！若健康的那个人是咱们太子殿下就好了。"

闲聊的宫女们端着茶托和果盘走远了。

春寒料峭，小赵嫣抬手狠狠地擦了一把眼睛，愤愤地踢走脚下的石子，一张白嫩稚气的脸被气得通红。

石子击在一双绣着四爪龙纹的锦靴上，又被弹了回来，发出了"吧嗒"一声。小赵嫣抬头望去，原来是赵衍听到动静，悄悄地披衣下榻来了。

小赵嫣握紧粉拳，刚转身要跑，就听到赵衍急促地唤道："嫣儿，等等。"

他的声音温温柔柔的，像女孩子的。他刚开口便受不住似的咳了起来，大概是不想让人听见声响，硬生生地将咳嗽闷在喉中，小小的肩背颤抖起来，整个人弓成一团，有些可怜。

赵嫣只好心不甘情不愿地停下脚步，低头用手绞着袖边。

小赵衍弯了弯眼睛，从身后拿出一团东西，小心地递到了妹妹面前。

那是一只折损严重的纸鸢，是上午赵衍跟她偷溜出去时他们一起在花园里放的那只，破损的骨架已经被人细心地修补过，上面还沾着未干的糨糊。

"这只纸鸢……喀喀，我替嫣儿捡回来了。"赵衍喘息着抬起头，脸上绽放出虚弱而温柔的笑来，"下次我们还一起玩，可好？"

赵嫣惊诧，原来他偷偷地爬到树上去，只为了赶在被人发现前捡回她最爱的纸鸢……

就为了一只纸鸢，他被冻得高烧不退，牵连她无端地受母后迁怒、责罚。

"谁要和你玩？！"被宫女议论的愤怒、被母后迁怒的委屈尽数涌上心头，赵嫣一把夺过纸鸢，扔到地上，大声道，"赵衍，我最讨厌你了！"

脆弱的竹骨断裂了。

下一刻，梦境陡然翻转。华阳行宫中雷声轰鸣，绿檀小盒裂开，里面精美的金笄坠落在地，雨雾中的少年面目模糊，渐行渐远……

"赵衍！"猝然梦醒，赵嫣猛地坐起了身。

陌生的帐帘鼓动，空气中飘浮着经久不散的淡淡的药香。这里是皇城东宫，不是千里之外的华阳行宫。

赵嫣抱着被褥，下颌抵着双膝，垂下的发丝遮住了半张脸。

她又梦见赵衍了。

她缓缓地吐息，从枕下的暗格中摸出了一个首饰盒。嵌螺钿雕花的绿檀小盒精美无比，但她若仔细看，依旧能瞧出小盒被修补后的裂纹。她打开盖子，里头是一支光彩烨然的金笄。

那天是赵嫣的十五岁生辰，避暑归京的赵衍瞒着众人改了路线，绕远路来看望被"放逐"华阳行宫的她。

赵衍将早已准备好的生辰贺礼奉上，那是一支他新手设计并打造的金笄。

半边衣衫都湿透了，他却浑然不觉，一如既往好脾气地笑着，祝贺妹妹及笄快乐。

离宫六年，见到跋涉而来的赵衍的苍白面容，赵嫣心中积压的委屈和不甘霎时如决堤之水，淹没了理智。

从儿时起就是如此，每次赵衍不管不顾地来示好，身子出了事、受罚挨骂的人都是她！

"谁稀罕你的礼物？！"少女身着一袭石榴罗裙僵立着，像一个一点就炸的炮仗，冲着雨中那个着雪色襕衫的少年大喊，"赵衍，我不需要你可怜我！"

那时阿兄是什么神情，赵嫣已然记不清了，只记得夏末闷热，那天的雨很大，阿兄在雨中站了很久。

她甚至忘了，那天其实也是阿兄十五岁的生辰。

赵嫣没想到，那是她最后一次见赵衍。那场在行宫中的不欢而散竟成了两个人的诀别。

赵嫣并非圣人，救不了天下，此番女扮男装归来，只想弄清楚赵衍到底因何而死。她不明白，赵衍那个笨蛋为何总是学不会保护他自己？

赵嫣握紧了金笄，仿佛只有如此方能压制心中那点儿挥散不去的悔恨与遗憾。

赵嫣闭了闭眼，再睁眼时已恢复了平静之色。她将绿檀小盒放回暗格中，摇了摇床头的金铃，掌事宫女流萤很快就捧着备好的衣物独自推门进来了。

流萤刻意屏退了所有宫侍——服侍"太子"起居之事她从不交与他

人。尽管如此,她还是被眼前之景骇得眼皮一跳,迅速转身关紧了殿门。

床上的美人浓睡初醒,墨发垂腰,亵服松垮。睡前流萤给她束好的裹胸的带子已经散了大半,她一伸懒腰,便隐隐地露出雪白的起伏的轮廓,如芙蓉初绽,极尽风华。

流萤放下帐帘遮住赵嫣,沉静地道:"还请殿下夜里睡觉老实些,否则,东宫数百个人的脑袋都不够砍的。"

说话间,她抓住赵嫣松散的束胸带子一绕一缠,再用力地拉紧,曼妙的雪峰便被勒成了平川。

"哐……轻点儿!"赵嫣一口气上不来,捂着被勒疼的胸骨小声地抱怨,"寝殿里的炭火太旺,我被热得睡不安稳,带子想必是翻滚时被蹭散的。"

流萤丝毫不悯情她,替她系好衣结,道:"太子素来体寒,炭火自然要旺些。衣裳殿下也不能减,一来不至于让人起疑,二来也可遮掩殿下原本的身形。"

赵嫣撑着下颔,从铜镜中瞥了一眼陷入沉思的掌事宫女。

太子出事后,皇后以雷厉风行的手段撤换了所有侍从。东宫换血,流萤是唯一被留下来的心腹。

她贴身服侍太子起居多年,行事稳重,大概是这世上最了解赵衍的人。

赵嫣入主东宫这些时日,一直是流萤负责教导、纠正她的言行,教她模仿已故太子的举止,兢兢业业地让她这个赝品将太子复刻得完美。

不过,说是教导,有时流萤更像母后派来监管她的眼线。毕竟外有叛党分裂,内有党羽之争,更有权倾朝野的肃王虎视在侧,她稍有不慎便满盘皆输。

她扫了一眼托盘中备好的衣物,兴味索然地道:"又要让我去应付谁?"

"殿下忘了?殿下今日开始要去崇文殿听学。"

"啊……"赵嫣一头栽回被褥中,皱起眉含混地道,"你差人告个假便是,反正太子体弱不能受寒,不会有人起疑。"

流萤道:"这是陛下的旨意,皇后娘娘也没法子。"

赵嫣翻了个身，捂住双耳，继续追随周公去也。

流萤狠了狠心，道了一声"得罪"，便一把把锦被掀开了。赵嫣立刻被冻得蜷成一团，愤愤然睁眼道："流萤！"

流萤捧着干净的衣物跪于榻边，面无表情地道："请殿下更衣，移步崇文殿听学。"

赵嫣彻底没脾气了，一把抓过流萤手中被规矩地叠放的衣物，耐着性子一层一层地穿戴齐整。

流萤过来帮忙，目光时不时地扫过赵嫣的脸，忍不住地想：其实，小公主和太子殿下并非一模一样。

若太子殿下是空中的明月，皎皎无尘，那么长风公主则更像盛夏的骄阳，明艳俏丽。他们长着相同的脸，气质却截然不同。

"你总看我做甚？有话说？"赵嫣揉着惺忪的眼，懒洋洋地打了个哈欠。

流萤下意识地移开目光，低垂眼帘，片刻后恢复平静的神色，一本正经地道："太子殿下行为端庄，为天下君子之楷模，从不做这等粗鄙的行径。"

又来了！流萤每日的例行纠正又来了！

赵嫣弯腰的动作"咔"地一顿，她只好放下手，规矩地将手垂在身侧，转身朝殿门走去。

"太子殿下从不疾行。"流萤的声音从赵嫣背后鬼怪一般飘了过来。

赵嫣便耐着性子放缓了脚步。

"太子殿下性情温和，殿下要笑。"身侧的女音持续不断。

赵嫣将手抵在门扉上，忍无可忍，嘴角抽搐半晌，然后了推开门扉，抬头挤出一抹和煦得体的假笑来。

所以，她才最讨厌赵衍那个呆子！

大雪初霁，粉妆玉砌，满目皆白。

去崇文殿的马车上，赵嫣瞥了一眼身侧安静的流萤。

"怎么这会儿你反倒安静了？"赵嫣着一身雪色绣金线的太子常服，疑惑地问道，"你不用像前几次那般耳提面命，教我一些太子与老师相处时的细节？"

流萤答得干脆:"不必。"

赵嫣讶然:"为何?"

流萤想了想,方道:"殿下去了便知。"

一炷香的工夫后,赵嫣在崇文殿内看着眼前拄着拐杖、颤巍巍地对着一根红漆柱子叩拜的白发老者,终于明白流萤那句"不必"是何意思了。

太子太师文大人年过七旬,眼疾严重,三步以外不辨男女,一丈开外人畜不分。他以这样的视力,自然分辨不出站在眼前的人是真赵衍还是假太子了。

"老师请起,这边。"赵嫣忍着笑将老人扶起,带其换了个方向。

崇文殿不大,但很清幽,殿内翰墨飘香。

赵嫣抱着镀金的小手炉,随意翻了几页书,修身、齐家、治国、平天下的圣贤遗韵仿若跨越千年的岁月,如浩瀚的汪洋般铺展于眼前。

原来她做男子有这般好处,可以学习经纬韬略、朝堂博弈,而不是像女子那般被束缚于深闺中,不见天日。

这世道……真是不公平。

前方文太师手持水晶叆叇,将《孟子》上的文字逐字逐句地放大,讲到精彩处,不禁摇头晃脑、忘乎所以。他正口若悬河,冷不防地发现被叆叇放大得夸张的视野里,小太子正手托下颌看着窗外,俨然走神了。

文太师清了清嗓子,颇为委婉地道:"殿下心不在焉,可是老夫讲得不透彻?"

赵嫣收回视线,柔和地笑着道:"老师勿怪,孤只是有几个句子不太明白,不禁琢磨出神了。"

见太子如此好学,文大人颇为欣慰,连连颔首道:"哪几个句子?"

"'以顺为正者,妾妇之道也'。"赵嫣指着书上的一列字,"凭什么男子的'道'是顶天立地,不惧王权;女子的'道'却是安居后宅,顺从丈夫呢?"

"这……"文太师捻着花白的长须,正色道,"男主外,女主内,夫为妻纲,伦常礼教,自古如此。"

赵嫣轻声嗤笑:"谁定的伦常?谁说的礼教?"

文太师朝着虚空处一拱手，敬畏地道："那自然是祖宗所定、圣人之言。"

赵嫣又问："那圣人之言和忠孝相比，孰轻孰重？"

文太师解答道："自然是忠孝。"

"那好，"赵嫣侧首托腮，无比认真地道，"若孤希望天下的女子可同男子一般读书明理，若令堂希望自己能走出后宅、建功立业，你是遵还是不遵？"

"这……"文太师一时语塞。

赵嫣微微弯了弯桃花眼，得出了一个刁钻的结论："老师若是不遵，岂非不忠不义之辈？"

学富五车的文太师擦了擦额角的冷汗，答不上来。

此乃他未曾设想过的难题啊！不愧是天资聪慧、举一反三的太子殿下！

半天的课业毕，流萤跟在赵嫣身后一步远处，直言道："殿下理应宽厚仁德，实在不该如此顶撞文大人。"

赵嫣倒是神清气爽，满不在意地道："传道、授业、解惑，这本就是夫子的职责，谈何我顶撞他？"

东宫的马车就停在外边，赵嫣笼手而行，见前方长庆门下站着一个人。那人着一袭朱红色的官袍，身量颀长挺拔，玄青色的披风迎风"猎猎"作响，勾勒出被大雪覆盖的皇宫中最惊艳的一笔。

赵嫣认出了这个背影，不由得惊讶地想：真是巧了！上次在暖阁中，我还没能套出此人的名讳呢！

"殿下止步，"流萤颇为忌惮地看向宫门处，声音从未有过地涩滞起来，"我们换个门走。"

"为何？"赵嫣疑惑地问道。

她刚停下脚步，便见一股猩红猝不及防地自长庆门下喷溅而出，染透了男人脚下的白雪。

赵嫣的浅笑还嵌在嘴角，瞳孔却因震悚而骤缩了。

一名穿着绯色朝服的白胖的文官面朝下地倒在地上，血从他臃肿的身体下止不住地漫延出来，转眼间浸染了一大片雪。而杀人者面不改色，只优雅平淡地接过下属递来的帕子，将指节仔细地擦拭干净，随后手一松，帕子飘飘悠悠地落下来，轻柔地覆在那张死不瞑目的惊恐的脸庞上。

这是赵嫣第一次亲眼见到死人，还是在肃穆的宫门下。寒意爬上了她的背脊，她踉跄着后退一步，攥住了同样浑身紧绷的流萤。

赵嫣下意识地想走，然而为时已晚，宫门下的男人察觉到了她的存在，慢悠悠地负手转过了身。

四目相接后，他朝她缓步而来。

红袍与白雪交映，赵嫣分不清他更似仙人还是恶鬼。

四

"肃王身为本朝唯一一位异姓王，把控朝野多年，拥兵自重，其狼子野心，你不可不防！"赵嫣入东宫的那夜，母后哑声叮嘱赵嫣，字字说得咬牙切齿。

赵嫣曾多次设想肃王的样子，唯独没想到令朝野上下谈之色变、令母后痛恨的肃王闻人蔺竟会是这样一个看似朗月入怀、俊美得世无其二的年轻人。

男人迤迤然而来，墨发浓密，身量颀长挺拔。

雪霁后，淡薄的阳光自宫楼洒入，将他的影子拉得极长。赵嫣便站在这片阴影中，眼睁睁地看着他止步于自己面前。

"我们又见面了，太子。"

男人微微欠身，暗色的披风被风撩动，朱红色的官袍衬着他冷白如玉的肤色，一如宫门下那片覆着鲜血的雪。

他的姿态优雅、从容，仿佛他方才不是在宫门下处决了一名大臣，而是偶然信步至此。

赵嫣莫名其妙地透不过气来，不用照镜子也知晓自己此时的脸色并不好看。

"孤是否……又打扰阁下的雅兴了？"

她为自己先前以貌取人的行为而懊悔，一句话被她说得喑哑无比。

闻人蔺闻之一笑，仿若春风化雪："太子说笑了。御史中丞刘忠听信妖言，说了不该说的话，做了不该做的事，本王不过是奉陛下的圣命，使其永远闭嘴罢了，担不起'雅兴'二字。"

他将"刘忠"二字咬得极轻，然而这个名字落在赵嫣的耳中无异于惊雷。

前几日还在御前拱火的雍王党羽、五品大员，今日已成了闻人蔺脚下的一具尸首。

赵嫣本该幸灾乐祸，可一点儿也高兴不起来，因为闻人蔺看她的眼神与看那具尸首的眼神并无区别，一样从容不迫，一样平静、冷淡。

她知晓自己不该多言，可心中的惊惧之感久久不能平息。

阿兄若是在此，纵使软弱也不会袖手旁观——那个傻子可是出了名的爱管闲事。

"宫门非刑场，阁下何必在此地处决？"她的呼吸颤抖起来。

闻人蔺轻声道："非此地不能震慑群臣。"

赵嫣无言。

他借刀杀人，今日杀的是政敌，明日其刀剑对准的便可能是东宫，刀子落在谁身上都有可能。

此人城府极深，不宜久留。

赵嫣忽地以袖掩唇，扭头咳喘起来，微凉的指尖顺势攥住了流萤的腕子。流萤不着痕迹地回握，会意道："殿下大病初愈，万不可再着凉受惊，还请先上马车休憩吧。"

小太子连忙颔首，脸白得与身后的积雪无异，好像随时会气短得昏厥过去。

闻人蔺微挑长眉，有些意外。

先前在暖阁，这少年尚以一副从容自得的模样上前与他攀谈，这会儿怎么仿若转性，被吓成这样？

"是本王疏忽，惊扰了太子殿下，实在是罪过。"闻人蔺嘴上说着"罪过"，可那张欠揍的俊脸上一点儿愧疚之色也没有，笑意甚至更深了几分，"不过本王观太子的反应，太子难道第一日知晓我非良善之人？"

这话别有深意，赵嫣的心"突突"地跳了起来。她努力地扯了扯嘴角:"肃王行事,孤见再多次也难以消受。"

闻人蔺的眸中囚着她小小的身影,波澜不惊,却也深不可测。

"太子仁德。"他表示认可,抬手示意身后的随从:"还不快清理干净?"

尸体被拖走了,雪地上留下一道被拖拽出来的暗红色,触目惊心。

"孤身体不适,便不奉陪了。"哑声说罢,赵嫣垂眸避开了闻人蔺的视线,搭着流萤的小臂朝马车行去。

若非顶着病弱太子的身份,她恨不能三步并作两步地逃离此处,离那道貌岸然的疯犬越远越好。

禁卫的动作很快,这么一会儿的工夫,长庆门下已被收拾得干干净净,一点儿血色也没被留下。

踏过湿漉漉的被泼过水的地砖,赵嫣总觉得空气中还浮动着淡淡的血腥气,令人反胃。她僵着脊背,短短十丈远的距离却仿若走了一个甲子。

直到上了马车,放下车帷,她才活过来一般,卸下伪装,靠在车壁上长长地松了一口气。她松开紧攥的五指,四个深深的指甲印横亘于掌心,微微泛白。

"速回东宫,快。"流萤低声吩咐着随行的侍卫,又沏了一杯热茶塞入面色苍白的赵嫣的手中,神色凝重地问道:"殿下见过肃王?"

马车摇晃,茶水被洒出来些许。

赵嫣将热茶一饮而尽,直至暖意在腹中升腾,随后漫进僵冷的四肢中。

她抿了抿泛着水光的唇,然后扶额道:"那日在暖阁里避雪,我见到的人便是他。"

这回轮到流萤震惊了:"那殿下可曾……?"

"你别急着审我。"赵嫣拿出秋后算账的架势,反守为攻地问道,"我倒想问,你们为何不告诉我?"

"告诉……什么?"流萤被问得一愣一愣的。

"脸。"赵嫣道,"你们始终不曾提醒我,闻人蔺生着这样一张表里不一的脸。"

他们害得她以为肃王是何等面目狰狞之辈，以至于在暖阁中未曾认出此人，险些酿成大祸。

流萤怔住了，好像确实如此。提及肃王，人们首先想起的总是他那狠辣无常的手段，以至于忽略了他其实生了一副极具欺骗性的好皮相。

"是奴婢疏忽了。奴婢愿领责罚。"流萤起身跪拜，低头认错。

一看流萤恨不能以死谢罪的模样，赵嫣顿时没了脾气。流萤到底是服侍赵衍多年的人，脾性也和他一般古板无趣。

"罢了罢了，你绷着脸做甚？没人要罚你。"赵嫣放缓了语气，抚着心口道，"好在我随机应变，有惊无险。"

话虽如此，可她心底的波澜久久不曾平息，她仍心有余悸。

越是大奸大恶之人，其脸上越不会写着"大奸大恶"几个字。这是她回宫以来记下的第一个教训。

冬夜苦寒，殿内静得只闻银炭的"噼啪"声响。

赵嫣拥着被褥，一闭眼，脑中就是雪地里大片的猩红色以及肃王漫不经心地擦拭指节时垂着眸的侧颜。

风声鹤唳，她辗转半宿未眠。

第二日早起去崇文殿听学，赵嫣顶着眼底两圈淡淡的青色，听着文太师满嘴老派迂腐的之乎者也，更是昏昏欲睡。

她托着下颔，手中贵重的紫毫也随之在宣纸上留下一道曲折的墨痕。

赵嫣正眼皮打架，冷不防地听见两声沙哑又突兀的咳嗽声，猛然醒神了。她睁眼便见文太师举着水晶叆叇凑于跟前，镜片后是他被放大得夸张的眼睛，显得尤其滑稽。

她不动声色地换了一张干净的宣纸，带着歉意一笑："抱歉，文太师，孤昨夜半宿未眠，有些精力不济。"

整个大玄，谁不知道太子殿下最是勤勉好学，堪称天下少年之楷模？文太师断断续续地教了太子一年有余，知晓他哪怕是在病榻之上亦手不释卷，想来他是挑灯夜读，思虑过多，方劳困至此。

文太师不由得心生怜悯之情，惴惴不安地道："复学之初，殿下跟不上课业也情有可原。还请殿下以身体为重，切不可操之过急，过于

· 24 ·

劳累。"

这下轮到赵嫣无言了。没想到赵衍的身份竟有这般好处，连她上课打瞌睡都有人争着为她找理由。

赵嫣抬手抚了抚眼尾的泪痣，心中说不出是歉疚更多还是艳羡更甚。

宫道旁青檐藏雪，马车摇晃。

流萤将车帷严严实实地遮好，奉上一叠经折装的册子，道："殿下，您昨日吩咐的名册我已收集妥当。"

"很好，你办事挺快。"赵嫣浅浅地打了个哈欠，接过册子粗略地翻看起来。

这些册子是她昨日撞见闻人蔺后特意让流萤收集来的，上面有朝中各位股肱之臣的家世、性情、面相、特征等记载，方便她以后与他们见面时分辨人，不至于像昨日那般措手不及。

赵嫣翻到肃王那页，目光一顿。册子上面关于闻人蔺的生平记载仅寥寥数行：天佑十年雁落关一战，闻人将军领近十万大军被困于孤城，几乎全军覆没，仅余一名幼子存活。

这名幸存的少年便是闻人蔺。

"天佑十年……"赵嫣喃喃道。

那年正是她被逐去华阳行宫之时，她在途中对那场惨烈的战事有所耳闻。

后来闻人蔺扶棺入京，皇上感其全家忠烈，准闻人蔺袭其父之官职。半年后，年方十七岁的闻人蔺请旨北上平复骚乱，势如破竹，开始掌控朝中的军政大权。自此，他生杀予夺，威震朝野，从忠烈遗孤一步步登上一人之下万人之上的王座，说他挟天子以令诸侯也不为过。但他具体用了什么手段，其党羽暗桩又有哪些，册子中并未提及。

赵嫣左右翻看了几遍，白皙映丽的脸皱成一团："为何就这么点儿信息？"

流萤为难地道："肃王行事谨慎周密，京中其耳目众多，这些……已经是我们能查到的极限了。"

"他功高震主，按理说不应该如此。"赵嫣托着腮，凝神问道，"父皇就如此信任他？"

"极尽宠信。"流萤道，"太子殿下曾规劝过陛下，但陛下一概不理。"

"父皇竟昏聩到了这般地步。"

赵嫣难以置信，突然想到什么，微微拧起了眉。

阿兄就爱做这种费力不讨好的傻事，会不会他的死……和肃王有关？

一颗心顿时如坠冰窟，她打了个寒战。若真如此，她在东宫的日子不会好过。

好在东宫不用参与朝政，自己最多去崇文殿听听课，想必不会与闻人蔺再有交集……

如此想着，赵嫣悬着的小心脏终于落地了，仿若拨云见日。

肃王府。

积雪从被压弯的枝头上落下，转眼被人以疾步踏碎。左副将张沧捧着密笺大步穿过庭院，停在书房前，恭敬地叩了叩门扉。

"进。"

得到允许，张沧这才推开了门。

此处说是王府的书房，倒更像是一座偌大的藏书阁，四面墙壁前的书架高不见顶，楼梯盘旋而上，通往二楼，二楼亦有无数书卷。露出来的冰山一角已够气势磅礴，更遑论书架后还藏着深不见底的密室。

房内昏暗，只点了一对镏金鹤首烛灯，烛灯在地上投出一圈暖黄色的光晕。肃王便坐在那光晕的中心，正用棉布仔细地擦拭一柄薄如蝉翼的短刃，一身玄青色的常服如墨色一般浓重，更显得他容颜英俊。

张沧脱了靴履，掩门而入，躬身将手中的密笺递上："适合做太子太傅的人选名单在此，请王爷裁夺。"

天子命太子于崇文殿中学习，太子太傅和伴读的人选却迟迟未定。这是一个在东宫身边安插人手的绝佳时机，因此朝中各派都铆足了劲往里塞人，但至于到底用谁，还得看王爷的意思。

只有王爷看中的人才会顺利地被举荐到皇帝的眼前。

闻人蔺放下棉布,单手持匕首,挑走了张沧掌心的密笺。

密笺并未在闻人蔺的眼前停留,他指下的刀尖一转,密笺便被横于烛火之上,"刺"的一声燃烧起来。

张沧面露诧异之色:"王爷,这……"

"泛泛庸才,不堪重用。"

火光跳跃于闻人蔺的眼中,他俊美无俦的脸被光影分割成明暗两面。

张沧问道:"王爷已有更合适的人选?"

密笺燃尽,闻人蔺轻飘飘地吹散了纸灰,修长的手指微微转动着匕首,如霜的锋利的刀刃上映出了他深沉又冷漠的眸。

五

从赵嫣入东宫的第一天起,她的周遭便疑云重重。

赵嫣又何尝不知,母后毁去太医院中的记录,绝口不提太子身死的细节,是为了让她能安心地端坐于东宫,扮好太子的替身?她从未真正地相信过阿兄只是死于旧疾复发。

从流萤的嘴里套不出话,赵嫣只能自己想法子查找蛛丝马迹。

夜色深沉,宫城静穆。流萤添了茶水,取下拢帐的金钩,之后便领着宫婢们福礼退下了。

待门扉被关拢,赵嫣便放下手中的书本,撩开帐帘,披衣下榻,赤足踩着柔软的波斯地毯前行,找到了里间隐藏的书柜。

东宫里藏书极多,书房与崇教楼她皆已找过,并未发现太子留下文书的痕迹。但正因为什么都没被留下,事情反倒显得可疑,东西仿佛被人刻意地清理过。

这里是她查找的最后一处了。这些书籍和字画被藏在私密性极强的寝殿内,想必是阿兄极其珍爱的物件。

赵嫣借着幽暗的烛光,轻手轻脚地翻找起来。

一张被折叠齐整的薄纸从书本中掉落出来,赵嫣忙蹲下身将它拾起,发现那是一张设计草图,上头画的正是她十五岁生辰那天收到的金笄。

图纸上的画很精细，光是花纹便有四五种，都是花鸟和瑞云的图案。

赵嫣用指腹轻轻地描摹着图纸上端正的"嫣儿生辰礼"几个字，昏黄的烛光打在她的脸上，眼睫投下长长的阴影，弥漫着哀伤的氛围。

她几乎能想象，在无数个挑灯的夜晚里，病弱的兄长披衣执笔坐于此处，一边压抑着咳嗽，一边用朱笔反复地修改图纸。灯下的他定然眉目温和，满心期许。

赵嫣揉了揉眼睛，将图纸仔细地折好，轻轻地揣在了怀中。

她吸了一口气，定了定神，仔细地翻了几遍，便再无所获了。

她不免失落，只得先物归原样。

正将书籍一本一本地推回书架，她突然发觉不对劲——最下排的木板后面略微松动了。她用指节轻叩，似有空洞如鼓之声。

赵嫣先前在华阳行宫里时，曾无意间翻出当初工匠建造行宫的图纸，然后照着图纸上的标注搜罗出好几间用于藏匿古董文玩的暗室，其中不乏机关和密道。

她当即便知这块木板必有巧妙之处，用力一按，还真发现一个长约一尺、宽盈六寸的暗格。

暗格里躺着一本泛黄的陈旧的书籍。

赵嫣顿时睡意全无，将灯盏小心地搁在地上，继而席地而坐，迫不及待地翻开了书页。须臾，她眼中的光又"扑哧"一下暗了下去。

暗格里藏着的并非什么机密文件，而是一本晋代《古今注》的抄本，其扉页上落着一枚暗红色的私印，上书"沈惊鸣"三个字。

这是个人名。

既然此书本身并非贵重之物，那么珍贵的便只可能是赠书给阿兄的这个沈惊鸣。

书中还夹着一张纸笺，上书力透纸背的"拂灯"二字，字迹飘逸，但并非赵衍的亲笔。

"拂灯……？"赵嫣喃喃道。

这是何意？

她琢磨了许久也没看出端倪，只得先匆匆地将其放回原位，赶在流萤来查夜前回到榻上，以被褥严实地裹住纤细的身形。

漏壶声声，越发衬得东宫静若坟冢。

次日听学，赵嫣又遇到了麻烦——太子的神态和举止她尚可模仿，才学和文章她却学不来。

皇城中积雪消融，水珠从殿檐上滚落下来，在阳光下折射出夺目的光。崇文殿中，小太子低垂着眼帘站立着："抱歉，老师。"

小少年显出愧疚的样子，身量纤瘦，连说话也轻声细语的。

文太师想起他一身的病，不免心软地道："是老臣思虑不周了。殿下体弱，理应被宽宥几日，若文章不会写……"

"孤倒也并非不会，而是不懂。"赵嫣小声道。

一听学生有疑惑，文太师立刻正襟危坐："殿下何处不懂？"

昨日文太师布置的文章是《中庸》见论，赵嫣回东宫后独自翻看了半宿，眉毛拧成了疙瘩。

她九岁离宫，太后娘娘又是个与青灯古佛为伴的寡淡的性子，对旁的琐事不甚上心，只请了洛阳的名门周氏的大儒定期为小孙女授课，之后便撒手不管了。

赵嫣平时哪里能安分地陪着太后娘娘打坐、念书？她见无人约束，便如脱缰的小马，把大半精力花在了观山玩水、苦中作乐上。是以杂书、话本她看了不少，四书五经却鲜少涉猎。她一听那些克己奉公、存天理、灭人欲的大道理便脑袋疼，更遑论动辄要写千字长文自省。

她伸出纤细白净的食指，指着书卷中的字道："书上言，中庸之道的第一步便是君子慎独，即便一个人独处也要藏起情绪，高兴时不能大笑，悲伤时不能痛哭，处处谨小慎微，事事不能逾矩。"

文太师端着茶盏，颔首表示赞同。

赵嫣蹙了蹙眉头，流露出了为难的情绪。

文太师鼓励道："殿下但说无妨。"

"那……孤直说了。"小太子虽腼腆，那双略微女气的眸却如明镜般亮了起来，"喜怒哀乐乃人之天性，人没了七情六欲，当与木偶、傀儡无异。书上这般苛求，岂非让我们泯灭人性？是故孤以为，这不符合自然之道。"

文太师险些被一口茶呛到。

赵嫣课毕回宫,迎接她的果然是流萤那张凝重又板正的脸。

知晓流萤又要替母后教训自己,赵嫣解下厚重闷热的白狐裘,叹息道:"你知道的,我写不出文太师想要的文章,强行落笔只会露馅。不如,我去寻个代笔?"

"不可!"流萤立即否决了。

长风公主假扮东宫太子之事乃皇后娘娘一手操办的机密之事,参与此事之人稍有不慎便会落得身死的下场,此事多一个人知晓便多一分危险,公主怎可找人代笔?

何况太子殿下自小受鸿儒名士辅佐,精通文墨,公主要仿其文风谈何容易?

流萤咬紧下唇,一抬头却撞见一双笑意盈盈的美人眸,那颗仿照太子殿下点出的泪痣明艳无比。流萤见赵嫣丝毫没有病弱之态,便知她在诓自己玩,一时间有些晃神。

似乎很久以前,也曾有一个人爱这样逗弄她。

赵嫣习惯性地撑着下颔:"文章不能写,我若还呆呆木木的,一言不发,亦会露馅。我倒不如抛出几个问题,让文太师自个儿琢磨去。"

流萤神色稍缓,觉得主子说得也有道理。

"母后那边呢?她如何说?"趁着流萤整理思绪的工夫,赵嫣又问。

流萤挑开车帷的一角,见东宫卫和内侍都远远地跟在马车后,四下并无外人,方低声道:"东宫三师的事,娘娘难以插手,不过挑个信得过的伴读倒不难,以后殿下在崇文殿里也能有个照拂。"

赵嫣若有所思:流萤身为宫女,并无踏入崇文殿内服侍的资格,每次都只能于门外等候,的确不方便,自己身边还是得放个自己人才安心。

好在下个月初一便是冬节,宫中例行祭祀酬酢。她记得每年此时,各府的王孙世子都会入宫赴宴。

或许,这是个她物色人的机会。

赵嫣的脑中闪现出那本藏在暗格中的《古今注》,眸光微动,她佯

· 30 ·

装不经意的样子道："今日我听文太师提及，有个叫沈惊鸣的人不错，他是何许人？"

听到这个名字，流萤微不可察地顿了顿。

赵嫣将她这微小的反应收归眼底，便知自己猜对了——此人果真和东宫有牵扯！

流萤似在犹疑该不该说，许久方道："沈惊鸣乃前吏部侍郎之子，是左丞相李大人的得意门生之一，与洛阳名门之后周及并称'李门双璧'。"

赵嫣听到周及这个名字，额角一阵抽搐，自己在华阳行宫里就学的不堪的回忆争先涌入了脑海。

抬手挥散思绪，赵嫣回归正题："我记得吏部里有母后的人，若让这个沈惊鸣成为东宫伴读呢？"

流萤欲言又止。

"怎么，他不可信？"

"不是可不可信的问题，"流萤的声音低了些，"而是这位沈公子……已经过世了。"

"死了？"赵嫣诧异地问，"何时的事？"

流萤道："七夕夜游灯时坠水而亡。"

沈惊鸣死在兄长过世前一个月……这么巧？

还未开始调查线索便断了，赵嫣不免惋惜。

流萤瞥见主子的神色，便知她的心里生了不该有的想法，抿唇片刻，低声劝解道："太子是因病而亡，殿下只管做好本分之事即可，切莫引火上身。"

因病而亡……

赵嫣轻轻地嗤笑一声："你与母后不必紧张，东宫无权无势，眼下连个能用的幕僚都没有，以卵击石非明智之举。"赵嫣别过白皙精致的脸，眸中有通透之意，"我有自知之明。"

她在心中盘算着，殊不知崇文殿中已是另一番愁云惨淡之景。

年过七旬的太子太师伛偻着坐于书案后，水晶瑷珲被平搁在几案上，压着一份素白的绢纸。大太监亲自为他添了热茶，见他坐了半天未动，便笑着问道："文太师在看什么？"

老人家这才回过神似的,捋着胡须抬了抬下颌:"殿下的文章。"
太子殿下的文章?
大太监面露疑惑之色,可这份绢纸不是空白的吗?上面一个字也没有呀!
文太师并不做解释。正是一字没有才显其精妙啊!
他这一辈子辅佐了三代储君,门生无数,讲过的经史子集数以车计,从未有人提出如太子今日这般的疑问。
面对太子殿下标新立异之言,文太师只能尽职尽责地劝勉他:"君子就应该牺牲自己的欲望与喜乐,维护礼教法度,为天下人谋福祉。"
文太师还苦口婆心地让太子殿下多多效仿先贤,克己复礼。他甚至搬出了自己前两代辅佐的储君,对其极力称赞,言辞间难掩自豪之意。
然而殿下当时是如何说的呢?
"孤让老师失望了。"少年一副病弱可欺的模样,让人不忍苛责,可说出来的话耐人寻味,"但孤是个有思想、有血肉的活人,成不了谁的复刻之物。"太子露出一个好脾气的笑来,诚恳地道,"孔圣人还主张因材施教,要求师者根据不同人的性格进行教学呢。老师教了三代人,用的却是同一套标准,教出来的学生千篇一律,与呆板的泥人何异?"
他轻言轻语,却字字珠玑。
文太师仔细地想了想,历代东宫三师哪个不是将储君当作泥人捏造的?就连文太师也一生都在致力于给太子灌输自己的理念,力求将白纸般干净的少年培养成推行自己的政论的工具,哪里还顾得上什么因材施教?
太子殿下休养数月,果真成长了,也有主见了,竟能看破个中玄机。
文太师在惊惶之余,心中更多的是为人师者的欣慰之意。自己已是古稀之年,何必再深陷政治的泥淖中而忘掉了本心?
胸中豁然开朗,文太师轻喟一声,颤巍巍地拄杖起身。
殿外暖阳正好,枯枝残雪之下孕育的是来年的万物争春之景。

"文太师致仕了?"东宫的寝殿内,赵嫣披衣盖住裹胸的生绢,眨了眨眼说道,"好端端的,他老人家为何要辞官?"

"这得问殿下您。"流萤利落地给她套上烦琐的衣物,束好白玉腰带,"据说文太师昨日从崇文殿里出来便直接去了太极殿,以年迈体衰、颐养天年为由请辞了。"

"他老人家并未谈及东宫,说明还是懂得分寸的。"

但赵嫣并不知晓文太师主动请辞的"分寸"阴错阳差地来源于她那份空白的试卷,只心道:文太师的确很老了,眼花耳聋,每次授课都需要伛偻身体,将眼睛贴在瑗碟上才能看清字,她见了都觉得脖子疼。

坐在镜前束发时,赵嫣又问:"父皇同意了?"

流萤点头:"文太师言辞恳切,圣上不得不同意。"

"文太师都辞官了,孤还得去崇文殿。"赵嫣理了理身上的锦袍,巴掌大点儿的脸庞上略染苦闷之色,"东宫三师……孤今日要应付的是哪位?"

"奴婢不知。"

流萤也觉得奇怪,按理说,皇后娘娘应该得到消息了才对,怎会到现在还没动静?

赵嫣拧了拧眉,又很快地松开了:"孤去了就知道了。"

崇文殿内,轩窗半开,赵嫣看着倚坐在太师椅中的高大身影,霎时如遭五雷轰顶。

年轻又英气的男人身着一袭暗色的常服,左臂文袖,右臂武袖,容颜如玉,于座中微微抬眸,那双眼睫浓长的眸子一经打开便如夺魄一般慑人。他波澜不惊地道:"即日起,由本王兼任太子太傅,司教导太子之职。"

第二章
太子太傅

一

"他方才……说什么？"赵嫣仿若幻听，问身边执着拂尘的大太监。

老太监脸上挂着笑，弓着身无比清晰地说道："即日起，由肃王殿下兼任太子太傅，辅佐东宫。此事是陛下亲自点的头。"

大玄朝完了，没救了。

闻人蔺是何人？他可是一言不合就能杖杀五品朝臣立威，跺跺脚就能让整座皇城颤上三颤的人。

让权倾朝野的异姓王辅佐尚不成气候的太子无异于将人质送上门，被人拿捏，父皇如何想的？

赵嫣正思绪混乱，闻人蔺已抚袍起身，暗色的文武袍下露出了一片殷红如血的中衣的衣襟，雍容华贵。他的姿态依旧随性、从容，面容看起来温润无害，可赵嫣再也找不回在暖阁里初见他时那样淡然的心境，只感到一种水漫咽喉般的压迫感，难以呼吸。

闻人蔺在她面前站定，审视她片刻后，微微抬起了手臂。被护腕紧束的武袖下，筋络微凸的大手看起来修长有力。

他会杀了自己吗？赵嫣想起了在长庆门下飞溅的鲜血，不免心弦紧绷。

然而那只生杀予夺的手只是自然地落在了她被厚实的狐裘披着的肩头上。

"太子体弱，不妨坐下说话。"

赵嫣没见闻人蔺使劲，但肩头一沉，自己跌坐在了书案后的席位上。她眨了眨眼，没回过神来。

肩头上的手的力道不重，却让人从心底发怵。赵嫣扭头佯装咳嗽躲开他的手，轻轻地道："多谢肃王体谅。"

感到掌下的温度稍纵即逝，闻人蔺虚握了一下五指，不甚在意。

小太子的骨架如女人的骨架一般单薄，仿佛自己一用力就能将其捏碎。这样的双肩怎能承受得住浊世里的狂风骤雨？

闻人蔺俯身靠近太子，长臂自其身后伸出，越过太子的耳侧，用白玉镇纸将太子面前的宣纸一寸寸地抚平了。

他感到那瘦小的身形颤了颤，眼中的轻慢之色渐浓："本王赴任匆忙，礼部尚未有所准备，故而今日太子不必行拜师礼。太子先作策论一篇，本王瞧瞧太子的水平，方能因材施教。"

"因材施教"几个字他说得格外自然、缓慢，像在随口拉家常。

赵嫣的眼睫一抖。

崇文殿里并无外人，可她昨日与文太师的谈话内容今日就从闻人蔺的嘴里吐出来了……肃王府的耳目，还真是灵敏得可怕！

"肃王有心了。"赵嫣坐得端端正正的，比面见皇帝时还要谨慎，唯恐被他看出端倪。

闻人蔺似笑非笑，就着俯身铺纸的姿势稍稍侧首："太子做了什么亏心事？"这个姿势让两个人离得极近，他低沉的嗓音仿若贴着她的耳朵响起，"否则，太子为何一见本王就如此紧张？"

自己要冷静，不可自乱阵脚……

赵嫣神色不变，学着记忆中赵衍温和的模样道："肃王威名远扬，孤很难不紧张。"

闻人蔺笑了一声，不置可否："本王为天子执刃，只杀暗室亏心之人。"手中研墨的动作没停,他气息极轻地问,"太子应该……没藏什么不可告人的秘密吧?"

赵嫣按捺住想打哆嗦的欲望,一板一眼地答道:"孤年少懵懂,连活着都艰难,能有何秘密瞒得过肃王?"

闻人蔺静静地睨视着她,片刻后倏地扬眉展颜,仿佛方才凌厉的压迫只是一个无伤大雅的玩笑。

"戏言而已,太子还当真了。"闻人蔺慢悠悠地提笔蘸墨,将笔递到不禁吓的小太子面前。

赵嫣哪里敢碰他递过来的笔?她只得故技重施,握拳抵着唇瓣轻咳,虚弱地扶额道:"连日天寒,孤体虚目眩,怕是做不出什么好文章。"

闻人蔺点了点头,收回笔道:"是本王思虑不周。"

咦?他竟这么好说话?

赵嫣心下狐疑,偷偷地用余光觑视他,便见他搁笔的右手转了个弯,朝她的腕上摸来。她被吓得眼皮一跳,连忙抽出手藏于袖袍中,弱弱地道:"肃王这是做甚?"

她抽手时,闻人蔺的指腹擦过她的手背,冰凉的触感引得她战栗不止。

他的手竟一点儿似人的温度也没有!

闻人蔺的指尖微顿,他慢慢地抬起眼皮看她:"本王略通岐黄之术,可为太子诊脉,调理一二。"

赵嫣暗自咬牙,心道:自己的那点儿小心机在闻人蔺面前根本不值一提。脉象即命门,自己病与不病他一摸便知,更不用说男女的脉象本就不同。

她笑得不那么自然了,裹紧狐裘道:"替孤调养是太医院的职责,这等小事……不必劳烦肃王殿下。"

"太子身系国之安危,这不能算小事。"闻人蔺一副端方的君子模样,可眼中的笑意分明透出深不可测的意味,"还是说,太子以为本王连太医院的庸医都不如?"

赵嫣嗓子发干,强装镇定,道:"孤如今的处境肃王应该知晓。孤前不久才死里逃生,若在肃王调理时又出了什么好歹,恐怕会连累你。"

说罢，她颤巍巍地抬起水润的眼，一副"我也是为你考虑"的怯弱神情，要多诚恳有多诚恳。

闻人蔺对她的反应颇为意外，没收回手，戴着鹰纹玄铁戒的食指就势落在几案的边沿，不疾不徐地轻点着，无形中压迫感极强。

魏皇后就在这个节骨眼上闯了进来。

一国之母凤袍拖地，走出了女将般飒爽的威仪，冷然道："肃王真是好兴致！朝堂百官还不够你管的，你倒管起教书来了。天下的忠臣良将都死绝了吗？！"

流萤垂首跟在皇后身后，赵嫣便知是她悄悄地搬来了救兵，不由得暗自松了一大口气。

赵嫣起身行了个礼，在殿内伺候笔墨和茶水的太监们亦齐齐地退让、叩首。

一片跪拜声中，闻人蔺负手挺立的身形便显得格外扎眼。他竟连欠身礼也没做，略一颔首便当作打招呼了。

"娘娘谬赞。本王虽年轻，教教太子殿下还是够格的。倒是皇后娘娘……"他顿了顿，"您如此行色匆匆地赶来，不知道的，还以为娘娘急于遮掩什么。"

"本宫就这么一个儿子，少不得要时时探望、关怀。"魏皇后凤眸清冷，不无讥讽地道，"毕竟肃王对付旁人的手段可是厉害得很哪！"

宫人们颤巍巍地低下了头，大气都不敢出一点儿。

唯一不正常的人是闻人蔺，他连半点儿不悦之色也没有，甚至还有心情低笑出声："娘娘赏脸垂听是本王的荣幸。"随后，闻人蔺转身往太师椅中一坐，对内侍道："你们愣着做甚？难道让娘娘站着听讲吗？"

满地的宫人们这才活泛起来，搬椅子的搬椅子，沏茶的沏茶。

闻人蔺没再让太子做文章，而是拿起一本《六韬》开始讲解起来。

他的声音低沉淳美，他娓娓道来时，将枯燥又抽象的兵法讲得浅显易懂，其单手执卷的模样颇有儒将的风度。

可惜赵嫣实在没有心情仔细听，夹在皇后和肃王之间，只觉得两个人如神仙过招，空气中似有暗流翻涌。

她好不容易挨到撞钟声响，闻人蔺也不拖堂，放下讲了一半的兵法便起身告辞了。

度过了让人心惊胆战的一堂课，赵嫣似被抽去浑身的力气一般伏在几案上，如获大赦。回过神来，她才发觉后背凉飕飕的，冷汗竟浸湿了内衫，手背上也仿佛还沾染着闻人蔺的温度，寒入骨髓。

魏皇后起身使了个眼色，流萤会意，领着内侍们退下了。

赵嫣知道母后想问什么，便哑着嗓子疲倦地道："此处不安全，回去说。"

肃王府的耳目众多，昨日她与文太师的谈话内容已然传到了闻人蔺的耳中，她们断不能在此处商议机密之事。

回到东宫内，赵嫣刚掩上大门，魏皇后冷冷的声音便自身后传来了："他先前与你说了什么？可有异常之处？"

赵嫣独自面对闻人蔺的压迫，与他周旋这么久，母后开口说的第一句话却并非关心她是否害怕，而是关心计划是否穿帮。

赵嫣瘫坐在软榻上，压着心头的那点儿余悸，道："我暂且糊弄过去了。不过他再多来几次，我可不一定能全身而退。"

她算是彻底看明白了，肃王工于心计、心狠手辣，其危险程度绝非雍王那帮乌合之众能比肩的。她得找机会逃离他的掌控……

对了，蜀川叛党！

赵嫣眼眸一亮，心想：眼下天寒地冻，蜀川叛党受不住严寒，此时正是大玄反攻蜀川叛党的好时机。我若能让父皇将肃王调出京去平定叛党，那么自己在宫中就能迎来喘息之机。

魏皇后见女儿的眼珠滴溜溜地转动着，便知她在心中盘算着什么。魏皇后蹙起眉，毫不留情地道："我劝你莫要胡思乱想，你父皇不会迎战的。"

"为何？"赵嫣抬眼，将信将疑地问道，"连日大雪，既可让大玄乘势追击蜀川叛党，又可让父皇调离肃王，此乃一石二鸟之计，父皇为何不迎战？"

魏皇后红唇微动，似乎很想说什么，但最终还是把话咽了回去。

"这不是你该管的事。好在衍儿极少露面，肃王对他知之甚少。闻人蔺若使计诈你，你只管稳住，万事有本宫兜着。"魏皇后拖着凤袍转身，神情凛然地说道，"只有一条，万不可让他借机碰你！否则男女之别恐瞒不过他的眼睛。"

届时不止她们母女，整个大玄都将坠入炼狱之中。

而此时，被看作邪魔恶煞的男人正倚坐在暖阁的美人靠上，手里拿着一小袋子肉干，逗弄着宫中被散养的野猫。

野猫有花的、黑的、白的，俱翘着尾巴，围着这位俊美的邪魔"喵呜"着轻蹭。

杀人不眨眼的肃王殿下眼睑低垂，唇畔带笑，时而怜爱地以指勾挠猫的下巴，画面竟有一种诡异的和谐之感。

"率军平叛需要金山银山，眼下皇帝拿得出？"他扬手撒了一把肉干，风雅之姿浑然天成。

越是兵荒马乱，便越是举国求仙问道，祈求能脱离苦海。这些年来，国库的银两早化成了三千宗室的锦衣玉食，化作了道观和宫殿的一砖一瓦，如今的大玄只剩一具华丽的空架子，摇摇欲坠。

张沧迟疑地道："即便无须领军迎战，王爷也没必要亲自监视太子，这等小事交给下面的人做便可。"

闻人蔺慢悠悠地乜斜着眼，看着张沧。方才还在讨食的小野猫像被看不见的气息惊扰到一般，"呜"地夺毛四散逃去，只余零星的肉干残留在阶前。

闻人蔺负手起身，黑靴自残渣上踱过，轻描淡写地道："下次本王在做事之前先请教你？"

张沧微黑的脸庞瞬间被吓得白了一个度："卑职失言。"

闻人蔺绕过他，径直走了。

宫道漫长，没人知道他在心里盘算什么。这么多年了，连张沧也不曾真正了解自家主子。但唯有一点张沧可以确定：小太子落在肃王的手里，日子怕是不会好过了。

二

赵嬷裹着被褥坐于榻上，蚕茧似的露出一张脸，脸上浮现出些许惨淡的神色；流萤将刚熬好的苦涩的汤药搁在几案上，看着主子，难掩同情之色。

肃王成了太子太傅。

谁也没料到，事情竟会朝着最糟糕的方向发展……事到如今，她们也只能走一步看一步了。

流萤狠了狠心，终于开口道："今日礼部主持拜师礼，殿下不能缺席。"

闻言，赵嫣歪倒身子，蔫蔫地吹起额前垂落的一缕碎发。但抵触归抵触，她不可能真不顾大局，龟缩逃避。

她几度深呼吸，待做好准备后，方从被褥中伸出纤细的胳膊，掌心朝上地招了招手。

流萤会意，忙将改变嗓音的汤药搁在她的掌心里。她皱着眉，"咕咚咕咚"地将汤药大口地饮尽了，而后下榻更衣。

平日里，她总嫌弃流萤下手太重，把胸部勒得让她喘不过气，今日倒是乖乖地咬着牙，一声不吭地受了束胸之痛。

宫中的雪已化，舆轿恢复通行了。

在去崇文殿的路上，赵嫣翻出记录兄长的人际关系与习性的册子，仔细地研读起来。

晨曦透过摇晃的垂帷洒入，让她的眼睫看起来似镀着光。她紧抿菱唇，神情是前所未有的认真，仿佛此行不是去听学，而是赴刑场。

流萤留意着周边的动静，暗自叹息：殿下到底是个及笄不久的少女，平日里再伶牙俐齿，和肃王那样心机深重之人交手也会露怯。

崇文殿外，礼部的礼赞官立于左右。等吉时到了，闻人蔺方着正式的朱红色的官袍信步走来。

流萤上前给主子整理衣袍，借机压低声音道："娘娘会让李浮跟着殿下伺候，殿下不必紧张。"

赵嫣以余光向后看，果然看到一名眼熟的小太监捧着束脩上前，朝她一笑，露出了一颗小虎牙。

赵嫣记得李浮。他是母后亲自把关教出来的内侍，年纪不大，看上去白白嫩嫩的，但做事相当机敏、伶俐，是个信得过的忠仆。

赵嫣安心了稍许。

按礼制，皇太子拜太子太傅须下跪叩首，以示尊师重道，然而赵嫣对着这样一个人……她思绪杂陈，只能说服自己，当座上那人是一尊石像，拜一拜石像无甚可怕的。

"太子金枝玉叶，那些繁文缛节便免了吧。"闻人蔺开了金口，像看透了她的心思似的。

赵嫣知他不怀善心，脸上却做出了感激的神情，笼着手朝殿中行了个规矩的学生礼："学生谢过太傅。"

寻常臣子若受储君的大礼，当侧身避让，闻人蔺却连表面的谦卑之态都懒得做，坦然受之。可谁又敢说他狂妄呢？

礼赞官引太子入殿，内侍李浮奉上束脩六礼。

鼎内焚着香，上座的闻人蔺着一袭朱红色的罗袍，貌若神祇。他的眼睛是极为好看的，只是睁眼看人时其中无甚温度，只有凌厉、压迫之意。

赵嫣打起十二分精神，亲自斟酒举于眉上，躬身再行礼道："学生受业于太傅，请太傅饮酒赐教。"

太子太傅饮下此酒，便算拜师礼成，然而她手中的杯盏久久未被取走。

赵嫣举了一会儿便开始手酸、脖子疼，半响方听到闻人蔺道："本王乃粗鄙之人，得圣上抬爱获此虚荣，实乃惭愧。望太子多加勤勉，不耻下问才是。"

这虽是勉励之言，他却说得极为缓慢，恨不得把一个字拆成几个音来说。

这家伙根本就是在故意拖延！

心里吐槽归吐槽，赵嫣面上仍要做出受教的神情，装模作样地道："学生谨记。"

见她的眼睫颤抖，被高捧于眉上的酒盏内也荡起了细密的涟漪，闻人蔺这才纡尊降贵似的抬手接过酒盏。

他的指腹在不经意间触到赵嫣的手指，赵嫣感受到了寒玉般的凉意。她也不知他做了什么，杯盏到了他的手里，涟漪立刻平息，盏中之酒化作一汪碧镜，倒映着他深不可测的眼神。

赵嫣攥紧了手，在袖中轻轻地蹭了蹭。

闻人蔺像是没看到她这番小动作，将酒盏置于唇边，轻嗅一番，而后一饮而尽，抬袖将酒盏倒扣于几案上，姿态优雅至极。

赵嫣笼手再礼，礼成，皇宫中最危险的乱臣贼子就这样成了与她日日相伴的老师。

赵嫣只觉得前路如窗外深冬中的冷雾一般，混沌无比，让她看不清方向。她倒有点儿怀念在华阳行宫里无忧无虑的日子了，但阿兄的死永远是扎在她心中的刺。她既然选此道路，哪怕荆棘遍地、粉身碎骨，也要走个明白。

她走神间，礼赞官已躬身退出崇文殿，继而两排内侍提着炭盆鱼贯而入。她定睛一看，只见十几个炭盆中俱燃着霜白无烟的银骨炭。

这些炭盆被满满当当地塞了殿中的各个角落里，他们还格外贴心地在赵嫣的书案旁多摆了两盆。

内侍们将所有的窗扇打开一线透气，而后便井然有序地退下了，自始至终未曾发出半点儿多余的声响。整座大殿顿时暖气充盈，烘得人皮肤发干。

"太傅，这炭盆……会不会太多了些？"赵嫣喏喏道。

"多吗？"闻人蔺岿然不动，抬起眼皮看向面前裹得严实的小太子，"昨日太子说天寒体虚，本王这才特意命人多备了些炭盆驱寒，以免太子又头晕目眩，不能提笔作文。"

他倒也不必如此！

殿里这么多炭盆，她恐怕文章没写出来，人就被烤得七窍生烟了！

赵嫣怀疑这是闻人蔺故意为之，偏生眼前的男人面若止水，言辞关切，好像真的只是在为病弱的太子考虑。

赵嫣心里有火，鼻腔里亦非常燥热，手心里全是汗。

"太子不必紧张，本王今日不让你写策论。"闻人蔺好像误会了她幽怨的眼神，屈指点了点书案道，"坐过来。"

他的语气不算严厉，相反，有一种和风细雨的感觉。可赵嫣早已见识过他的手段，只得小步上前，硬着头皮在书案对面坐下了。

只要他不让她写文章，什么都好说。

炭火一左一右烘烤着赵嫣，可她毕竟并非真正病弱之人，此时裹着厚重的狐裘，只觉得身上着了火似的。

见她抿了抿发干的唇瓣，身后的李浮低着头，颇有眼力见地给主子递上一杯温凉的茶水，将窗扇的缝隙又推开了些，笑着道："太子殿下有咳喘之疾，可不能闷着。"

赵嫣偷偷地递给李浮一个赞许的眼神。

然而这些努力都是杯水车薪，从窗缝里涌进来的这点儿气流压根带不进来多少凉意。她忍着想要将狐裘扒下的冲动，掩饰似的端起茶杯，小口地轻抿茶水润嗓。

闻人蔺将书案上的黄梨木板一掀，翻过来，那竟是一张纵横交错的棋盘。

赵嫣愣住了："太傅不继续讲解《六韬》吗？"

闻人蔺轻拂去棋盘上的一点儿灰，漫不经心地道："本王听说太子棋艺不错，师从何人？"

皇城里飞进来一只苍蝇都瞒不过肃王的眼睛，他又怎会不知太子的弈学夫子是谁？莫非他对她的身份起疑了，以此借机试探？

好在赵嫣早将兄长的人际关系背熟了，对答道："数年前孤幸得左丞相指点两局，略知皮毛罢了。"

"李恪行的棋艺在大玄是排得上号的，本王与他教出来的弟子对弈不算辱没。"闻人蔺颔首，抚袖做了个"请"的手势，"那便请太子殿下与本王手谈一局。"

满背的热汗开始发冷，赵嫣昧着良心道："太傅昨日所讲的《守土》一篇孤甚是喜欢，只是尚有几处不太明白。要不，太傅还是继续讲解吧。"

闻人蔺顺手从书堆中挑出《六韬》，将其拿在手中，又把青玉棋罐往赵嫣面前推去："对弈如两军交锋，其中的奥妙不比兵法的少。殿下尽管提问，不耽误本王下棋。"

她的请求竟被他轻飘飘地堵了回来！

炭盆中火势正旺，这回赵嫣再拿天寒体虚说事便行不通了。她脸颊发烫,咽了咽口水,硬着头皮执起了白子。

下棋嘛,她倒是会,先前在华阳行宫里时,周及曾教过她几手。

姓周的小古板是左丞相李恪行的得意门生,是流萤嘴里的"李门双璧"之一,自是棋艺精湛。只是赵嫣天生不是安分之人,把小聪明都用在琢磨如何悔棋上了。

可她如今的身份是太子赵衍,是光风霁月的少年,她自然不能再暴露先前的习性。

她将第一手落在星位,选了个保守的开局。

闻人蔺单手执卷研读,都没挪开视线,跟着落下一子。

几着过后,赵嫣落子的速度明显慢了许多,她面露难色,鼻尖上渗出了细密的汗珠。

而闻人蔺便显得游刃有余多了,甚至还抽空打趣:"太子若再看不出陷阱,便要输了。"末了,他还轻飘飘地补上一句,"这才第几手?"

对弈之人最怕被攻心,心不稳,棋必输。何况这殿内还烧着十几个炭盆,空气燥热,整个崇文殿仿若蒸笼般熏烤着她的理智。

李浮拧了帕子给她拭汗,然而无济于事。

闻人蔺这才从书卷后抬起眼来,慢悠悠地看向她。

小太子面色潮红,脸上挂着细密、晶莹的汗珠,呼吸也略微急促了。

闻人蔺不由得想起有人曾赠送他一块价值连城的玉石,平时白若凝脂,一经水浸透,便会呈现出胭脂般瑰丽的红色来,像极了小太子此时汗津津、红扑扑的脸蛋。

小太子虽是传闻已久的男生女相,可未免太过娇弱、漂亮了些。

闻人蔺以书卷抵着下颔,"咦"了一声,道:"太子因何汗出如浆?"

他明知故问!

赵嫣口干舌燥,说不出话来。

闻人蔺慢悠悠地翻了一页书,一点儿燥热不耐的情绪也没有。黑玉棋子在他骨相极佳的食、中二指间转动着,他俊美的脸上清清爽爽,不见一滴脏汗,整个人宛若以冰玉雕成。

他还是活人吗?他不热吗?!

她正在心里吐槽着,闻人蔺就额头上长眼睛似的适时地补充道:"屋内暖和,殿下何不解下狐裘和冬袄,免得气闷?"

这人看似端方纯良,其实连五脏六腑都是黑的,竟想出了这等损招!她若当众宽衣解袍,还瞒得住身份吗?!

见赵嫣不动,闻人蔺便倾身道:"也罢,太子娇贵,本王亲自服侍太子。"

而后,他做出了一副勉为其难的样子,朝她伸出手来。

他修长的手指碰到她的狐裘的衣结时,李浮怔住了,赵嫣也怔住了。

她下意识地躲开了,却因为用力过猛险些仰倒,用手撑住地砖方稳住身形。

四目相对,闻人蔺微眯的眸子黯了黯。赵嫣索性顺势做出虚弱力竭之态,"咝"了一声,摇摇晃晃地道:"太傅勿怪,孤这是在出虚汗,失态了。"

李浮趁机搀扶住她,忙不迭地帮腔:"正是呢!太医叮嘱过,殿下万不可去衣受风,得发出这身汗才算好呢。"

闻人蔺挑了挑眉,赵嫣也不知他信了这番鬼话不曾。

他收回手,冷眼看着赵嫣挣扎着爬起来,问道:"那么,太子可想好后手了?"

"孤正想着。"赵嫣低着头小声嗫嚅道,视线在棋盘上来回游移。

"李相独创的燕尾阵可解此局。"闻人蔺拈着棋子,别有深意地说。

赵嫣都没见过这位左丞相,哪里会什么燕尾阵?!可闻人蔺正盯着她,这手她不会下也得下。只是她下了,说不定会露出马脚……

赵嫣执着白子,只觉得呼吸带火,脸颊灼热,五脏六腑都快燃烧起来,眼前的棋盘也变得飘忽、扭曲起来。她感到鼻腔里忽地一阵湿痒,好像有什么东西正控制不住地往下流……

一旁的李浮瞪大了眼,赵嫣茫然地抬手一摸,见到了指尖上的鲜红色。

殿内太过燥热,她竟上火流鼻血了!

赵嫣的眼睫颤了颤,她随即就势两眼一翻,晃晃悠悠地朝前栽倒下去。她的额头磕在棋盘上，发出了好大一声沉闷的声响，黑白棋子瞬时"哗啦啦"地如水珠般蹦落至地面。

"来人哪！太子殿下不行了！"李浮手疾眼快地扑过来，护住她之后悲壮地大喊。

闻人蔺看着满盘散乱的棋局，眼皮一跳。

三

崇文殿后是一间供皇子或帝师休憩用的房舍，内置暖榻。

魏皇后匆匆地赶来了，凤冠上的那对步摇也仿佛失了往日的端庄之态。

东宫麾下的太医张煦已候于房舍中，流萤和李浮围着小榻，擦脸的擦脸，递水的递水，没让旁的宫女和太监近身。

魏皇后隔着两个人，只见赵嬷不省人事地躺在榻上，被狐裘裹得紧紧，额上红肿了一块，一侧的鼻腔中还隐隐地带着血。她不由得呼吸一窒，大步上前，在榻沿上坐下了，随后屏退了其余的宫侍："怎么回事？"

李浮间或抽搭一声，跪着答道："殿下与太子太傅对弈，不知怎的就口鼻溢血，猝然昏厥了。"

流萤的额角抽了抽。

殿下不过是流了两滴鼻血，就被这小子说得像命不久矣一般。可他若不说得严重些，今日他们便没法从此时正坐于崇文殿中的肃王的眼下脱身。于是流萤睁一只眼闭一只眼，没有拆穿李浮。

魏皇后面色沉重，伸手去抚赵嬷额上的瘀伤，赵嬷那紧闭的纤长的眼睫便微不可察地一颤。

魏皇后的指尖一顿，她与年轻的太医交换了个眼神后，便什么都明白了。

宫中无人知晓，太常寺卿容仕青与魏皇后乃年少旧识，有着过命的交情。而太医院隶属于太常寺，她选一个嘴严又可靠的太医来遮掩真相并不难。

张煦才到及冠之龄，却是太医院里百年一遇的奇才，生性沉默寡言，离群索居，因研究的方向颇为旁门左道而备受同门排挤。这样的人最适合被收入岌岌可危的东宫的麾下，赵嬷日日饮用的改嗓的汤药便是他调制出来的。

"殿中暖炭过热，伤及肺气，太子殿下又过于体虚，一时受不住，急火攻心，方至昏厥。"张煦收回手，面不改色地胡诌着。

说话间，他已开好药方，将药方交给李浮去抓药、煎药。

在门外立侍着的小太监竖着耳朵，听罢便立刻不动声色地退下，赶去崇文殿中汇报了。

待不相干的人尽数退下，魏皇后方命流萤关紧门窗，复杂的目光落向在榻上昏迷不醒的"病患"。

"人都走了，"魏皇后收神敛容，淡淡地道，"你还要装到何时？"

长睫如鸦羽般抖动几番后，赵嬷作势悠悠地转醒，扫视了一圈，用气音小声问道："肃王呢？"

流萤贴着门缝待了一会儿，确定外头无可疑之人方回来禀告："肃王在殿中坐了片刻便走了。"

赵嬷这才舍得将眼睛全睁开，掀开狐裘坐起身，长长地呼出一口肺腑中的灼热之气。

她若继续在崇文殿中待下去，非得在冬日热出暑病不可，但脑袋上这一下可是结结实实地砸在棋盘上的，没有作假。她以指轻触额上的红肿之处，当即疼得直吸气，眼尾泛红，越发显得那颗细小的泪痣嫣红、娇艳。

屏风后的太医张煦就像个木桩子，对周围的一切漠不关心，调配了活血化瘀的药膏，呈上后便收拾药箱起身告退了。

赵嬷心道：此人如此懂事、省心，难怪会被东宫选中。

张煦走后，魏皇后这才彻底卸下"母慈子孝"的伪装，拿出素日冷清的样子道："亏你想得出这招，若肃王趁机搭脉，你眼下已经暴露了。"

"不是有李浮在吗？"赵嬷扶着隐隐作痛的脑袋，难受地嘀咕，"何况闻人蔺又不傻，储君在他的课上昏厥，他自是要避嫌……"

魏皇后的语气严厉了些："此非儿戏，你能次次如此侥幸？"

赵嫣气血翻涌，刚缓过来的鼻腔又开始发痒。她连忙仰头靠在榻上，眼睫投下一圈阴影，看起来可怜兮兮的。

"娘娘莫怪，肃王燃炭对弈，步步进逼，殿下也是不得已而为之。"流萤忍不住上前一步，跪拜下来，出声解释。

魏皇后何尝不知内情？只是常年的杯弓蛇影使她忘了该如何温声细语地说话。

"先上药。"她喉间几番涌动，最终只说出这么一句不轻不重的话。

流萤便起身端来菱花镜，以温润的玉片挑了一抹药膏，轻而仔细地涂抹在赵嫣额上的伤处上，再用干净又柔软的绷带包扎上。

小少年的眼尾红红的，素白的绷带压在眉上，更显得她的脸莹白小巧，楚楚可怜。

魏皇后不免想起了死去的儿子，难掩恍惚之色。

接下来的两刻钟，屋内只余沉默的气氛。

做戏自然要做足，赵嫣饮了药后，在房舍内躺了半天方等到太极殿的传旨太监。

老太监来替皇帝抚慰太子，让太子好生休养，保重身体。这意味着东宫接下来几日都有借口不用听学。

终于能短暂地逃离名为"肃王"的阴影，赵嫣只觉得天都亮堂了，额头上的那一下总算没有白砸。

她回到东宫时，正是宫灯初燃、烛火通明的时候。下轿落地后，赵嫣深深地吐息起来，只觉得神清气爽。

刚拐过廊庑，她便见守门的东宫卫统领迎面走来，禀告道："太子殿下，一位名叫柳姬的女子求见。"

流萤听到这个名号，面色微变："你们放她进来了？"

这批东宫卫是新被调来的，并不知晓从前的隐情，连忙解释道："她持有东宫的令牌，见之如殿下亲临，属下不敢阻拦。"

赵嫣听得云里雾里的，只记得东宫上下除流萤以外的人都被撤换掉了，这个"柳姬"又是谁？

她观察流萤的面色，发现流萤似乎对此人的出现感到颇为紧张。她刚要开口问，便听到前方承恩殿的大门"砰"地被人由内踢开，发出了震天声响。

赵嫣诧异地望去，只见一名遍身绫罗绸缎的大美人阔步迈了出来，往阶前飒爽地一站，愠怒道："赵衍！你把我支开了几个月，到底在搞什么名堂？！"

赵嫣着实被吓了一跳，不仅因为这名大美人竟敢直呼太子的名讳，更因为流萤附耳低语的一句话——"此人便是柳姬，太子殿下所纳的……妾侍"。

妾……妾侍？她那柔弱得不能自理、年方十五岁的兄长……已经有屋里人了？

她正惊疑着，大美人就发现了她额上的绷带，当即神色一凛："喂，你怎么受伤了？谁弄的？"

大美人大步上前，自然地抬手去碰赵嫣的额角，却被侍卫执戟拦在了两步开外的地方。

大美人从未受过这般待遇，当即挑了挑柳眉："不长眼的东西，连我也拦？"

平心而论，柳姬是个让人一眼看上去便知她一定很特别的女子。她的面容甚为大气，五官比寻常女子多了两分异域的立体感，脂粉难掩其英气，连声音也是中气十足的。她身量高挑，风风火火，美得张扬，似乎带着刺，一点儿也没有京中女子的纤弱娇柔之感。

传闻中的"恃美而骄"大概就是眼前这般盛景了。

赵嫣在心中感慨：自己来东宫这些时日，还真是无时无刻不惊心动魄。不过，既然柳姬是与赵衍亲密接触过的人，自己应对时要更谨慎才行。

"我不小心撞到了头，已经包扎过了，你不必担心。"赵嫣清了清嗓子，在流萤的目光的示意下硬着头皮开口道，"孤有点儿累，先去沐浴休息了。"

柳姬狐疑地看着她，半响，推开了面前的长戟道："妾伺候殿下沐浴更衣。"

眼见这大美人比自己还高上两三寸，赵嫣连忙仰首后退一步，道：

"不必，孤有流萤伺候。"

柳姬眼中的惊讶之色一闪而过，她看了流萤一眼，脸上渐渐浮现出了受伤的神情："殿下以前不都是与妾身同浴同眠的吗？为何妾身回娘家一趟，殿下便与妾身这般疏远了？"

赵衍，我小瞧你了。

赵嫣在心中吐槽着，刚被包扎好的额头又开始抽痛起来。

"柳姬奔波数月，必是累了，理应好生休息。"她佯装体贴的样子，寻了个借口糊弄过去。

柳姬望着太子将要离去的背影，沉思片刻，忽然问了一个不着边际的问题："殿下今晚……还与妾身一起登楼点灯吗？"

赵嫣下意识地看了流萤一眼，而后含混地道："不了，下次吧。"

柳姬便不再多言，目送她缓步远去。

没了闻人蔺的压迫，赵嫣难得睡了两个懒觉，唯一头疼的问题便是如何妥善地打发走柳姬了。

"流萤，"赵嫣权衡许久后唤道，"你将那个柳姬的事仔细地说与我听听。"

肃王府内，烛火影影绰绰。闻人蔺照旧着一袭暗色的常服，在书案后提笔练字。

"太子今日也以头疼为由告假了，未去崇文殿。"左副将张沧低声禀告，多有不平之意。

闻人蔺本人倒是如没事人一般，眸静如水，其中映着一点儿烛火的暖之。

张沧琢磨着：王爷又在打什么主意呢？

小太子先是毁了王爷的棋局，这几日又托病不见人，将王爷晾在崇文殿里。更不可思议的是，素来杀伐果决的王爷也不生气，就慢悠悠地踱回府中看书、练字，头顶都快生出圣人的光环来了。王爷上次这般风平浪静，还是在他设计夷镇国公全族之前。

张沧正揣摩着，书房外就传来叩门声。

"王爷，将孙医仙请来了。"说话的人是肃王府的另一名亲卫，右副将蔡田。"

闻人蔺不疾不徐地落下最后一笔，方直起身收笔："备车，请孙医仙随本王进宫一趟。"他审视着未干的墨迹，接过帕子慢慢地擦着指节，淡然地道，"太子病痛如斯，本王身为太子太傅，也该亲自登门慰问一番了。"

张沧讶然地看了一眼外头的天色。此时灯火阑珊，乃人定时分，正是一天中人的精神最为放松、懈怠的时候。往常他们抄家、拿人就喜欢选在此时，因为一逮一个准。

似乎明白了什么，张沧打了个哆嗦。

王爷这是……醉翁之意不在酒啊。

四

"今春会试前，太子殿下曾去过明德馆，一则是听临江先生讲学，二则是代天家劝勉儒生，以示惜才重贤之意。"紧闭的寝殿内，流萤将往事一一道来，"当时奴婢于坤宁宫中侍疾，并未随行，只知殿下与诸多志同道合的学生相谈甚欢，柳姬便是殿下在这段时日里结识的人。殿下对其心生爱慕，归程时将她带了回来，并赐予了宫籍。"

赵嫣额上扎着绷带，半伏在桌上，拈着银针挑了挑烛台上的灯芯，问："阿兄很喜欢她？"

流萤微不可察地点了点头，道："殿下常留宿于承恩殿，与她共习书画，秉烛夜谈。"

承恩殿便是阿兄划给柳姬的住处。

"谈些什么？"赵嫣问。

流萤一愣，低下头去："那会儿殿下是不用奴婢伺候的。"

赵嫣也愣住了，末了又生出一股难以言说的违和之感来。在她的印象里，阿兄瘦弱、年少，循规蹈矩，不像是耽于女色之人。

她不太自然地挠了挠颈侧，看了一眼越发静默的流萤，岔开话题道："既然柳姬是太子深交之人，你之前为何从未跟我提起过？"

流萤回道："为了柳姬的事，皇后娘娘曾与太子殿下起过争执。"

赵嬷了然了，看来母后并不喜欢这位张扬飒爽的大美人。

"太子殿下仁孝，在出宫避暑的途中便修书将柳姬送走了。后来柳姬再无音讯，奴婢以为此事已作罢，是故没向您提及。"

"阿兄若真舍得放她走，便不会给她留东宫的令牌。"

这亦是流萤最担心的问题，她几乎下意识地说出了口："柳姬不能留在殿下身边。"

赵嬷极少见流萤表露喜恶，不由得多看了她一眼。

"这是你的想法还是母后的意思？"赵嬷问。

流萤猛然抬起头来，赵嬷看见她的脸色"唰"地白了，她像犯了什么不可饶恕之罪一般骤然跪拜，规规矩矩地道："奴婢僭越，请殿下责罚。"

"又来了……"赵嬷轻叹一声，放下手中的银针道，"人有喜恶是很正常的事，只要不因个人的喜恶随意伤害他人即可。你不必这般自责，起来吧。"

流萤的脸还白着，"僭越"一词与其说是她对赵嬷的请罪之辞，倒不如说更像是她说给自己听的话。

影子投在地上，像无形的枷锁，将她紧紧地禁锢着。

赵嬷只好换了个法子，琢磨片刻，稍稍坐直身子道："柳姬毕竟是跟了阿兄半年的人，你去收回她的宫籍与令牌，再准备些金银细软，客客气气地将人送出宫安顿吧，就说这是孤的意思。"

得了任务，流萤这才起身，又恢复了往日那般利落、沉稳的模样。

待流萤走后，赵嬷凝神片刻，披衣行至廊下，唤来了正在领军巡夜的东宫卫统领孤星。

"今年春考前，孤曾在明德馆中听学。你去将和孤有关的文墨书卷取回来。年底考课，孤用得上。"想了想，她又温和地补上一句，"只要是有字的，你都别落下，行事低调些。"

孤星一句话都没多问，立即抱拳领命，利索地退下了。

赵嬷看着浓墨般的夜空，下意识地抚了抚左眼的眼尾下那颗被刺下的小痣。

多亏了柳姬的出现，她才得以知晓阿兄年初曾去明德馆听学的事。

以赵衍的性子，他既然结交了那么多志同道合的儒生，必然会留下书信、文章，自己或许能从中窥察出什么有用的线索。

流萤与李浮是母后的人，一向反对她追查太子的死因，所以这事她只能交给旁人去做。

赵嫣从入东宫起就暗中观察身边的侍从，甄选能真正为自己所用之人。几番排查下来，她觉得孤星背景干净，算得上老实可靠。

她让他去取明德馆的书卷，一是为了追查线索，二是借此机会投石问路，试探孤星的品性。他若真妥当地将东西带回来了，则可堪大用；若带不回东西或走漏了风声也无伤大雅，并不会危及赵嫣眼下的处境。

这回自己算是峰回路转，得以窥见一线曙光。赵嫣心中倍感宽慰。

回到寝殿内，她刚卸下面上名为"太子"的伪装，便听见外头传来了吵闹声，继而"哐当"一声，寝殿的大门被人猛然推开了。

赵嫣愕然回首，见到了柳姬那张浓妆艳抹、长眉倒竖的脸。

"殿下要赶我走？"柳姬冷笑一声，单刀直入道，"当初是你请我随你入宫，你说过什么可都忘了？"

流萤匆匆地跟来，面露难色，显然是把事情办砸了。

柳姬毕竟是敢直呼太子的名讳的人，一般人还真镇不住她。

眼下阻拦对方已来不及，赵嫣只得屏退一干侍从，关起殿门议事。

她拿出好脾气的笑来，学着赵衍的语气道："东宫处于风口浪尖，并非好的归宿。孤再三权衡，做此决定，也是为你好。"

柳姬只吊着眉梢看她，眼中燃着一簇烈火，透出与寻常女子不同的锋芒来。

半晌，柳姬用修长的手指指向流萤，神情夸张地道："殿下近来只留流萤近身伺候，可是移情别恋，看上这小蹄子了？"

赵嫣笑容僵硬，只觉得自己与朝秦暮楚的负心汉一般无二。可东宫暗中换了主，她若继续与柳姬藕断丝连地拉扯下去，百害而无一利，倒不如快刀斩乱麻。

于是赵嫣摇首长叹，无辜地道："你要是这么想，孤也没办法。"

话音未落，她倒先把自己恶心到了。别说柳姬，她听了这话都生出一股无名火来。

柳姬的眸色几番变化，她上前一把揪住赵嬷的狐裘领子，道："你这浑……"

大逆不道的谩骂之言还未被说完，她们几个人便听见从庭中传来了一阵更大的喧哗声。

灯影摇晃，侍卫们低沉的声音由远及近："肃王请留步！殿下已经歇息了。您夜闯宫门，是为不敬！"

肃王？！

赵嬷措手不及间，脸色微变。

这个时辰了，他来做甚？

身手最好的孤星刚被她派出去，她此时让人拦住肃王也已经来不及了……不，即便孤星在，东宫上下谁又敢拦权倾天下的肃王？

他可是面圣无须跪拜、皇帝都要礼让他三分的恶鬼！

赵嬷刚绷直身子，便见一道熟悉的高大的影子映在了门上，随着摇曳的烛火微微跳动。她突然有一种不好的预感。

下一刻，门应声而开，疾风卷地而来，满殿垂纱疯狂地鼓动起来。

"本王素来不喜欢隔着门谈话，失礼了。"闻人蔺缓步踏入东宫的寝殿，阴影从他的身上一寸寸地退去。

他如迎光的白玉，眼中含着极淡的浅笑，道："太子头疼久不见愈，又是在本王授课时发作的，本王心怀歉疚，是以特请孙医仙出山，为太子诊治。"他让出身后鹤发仙姿的老者，将视线投向了内间的寝榻，"孙医仙悬壶济世，乃杏林翘楚，他的医品太子总应该信得过。"

赵嬷咬着牙，心中暗道：我说他这几日怎么这般安静呢，原来是在酝酿这一手！

没想到闻人蔺连避世退隐已久、传说能以枯骨生肉的孙医仙都请来了！这么厉害的人物，她哪里敢让他诊治？！

空气宛若凝固，柳姬面露狐疑之色，看了看月门的垂帘后的影子，又看了看眼前的赵嬷，若有所思。

赵嬷额上的瘀伤又开始隐隐作痛了，她顾不上处理柳姬，只看向了流萤。

流萤会意，出面道："肃王的好意东宫心领了，只是殿下好不容易安寝，实在不方便问诊，还请肃王……"

话未说完，她直接被肃王府的副将一左一右地拦下了。

眼瞅着闻人蔺朝内间走来，赵嫣心跳如鼓，惊惶之下来不及细思，一把抓住柳姬，将她推到了榻上。

金钩碰撞，发出了"叮当"的声响。帐帘晃荡着垂下，光影交替间，赵嫣看到了柳姬那双饱含惊诧之色的丹凤眼。

"嘘，"赵嫣抬指压在自己的唇上，示意柳姬噤声，低声说道，"配合孤。"

正所谓："坏人好事，天打雷劈。"这是赵嫣情急之下能想出的躲避孙医仙问诊的最实用的办法。

柳姬即刻明白了赵嫣的用意，虽然面上露出些许古怪之色，但来不及犹豫，立刻翻身反客为主。

二人位置颠倒，这回换赵嫣惊愕了。

纱灯昏暗，帐帘晃动，模糊地映出了一上一下两道身影。

"殿下急什么？慢些才好。"柳姬捏着嗓音嗔怪道，暧昧之辞张口就来。

镂花的月门下，闻人蔺抬手撩帘的动作一顿，他停下了脚步。

五

柳姬那声以假乱真的低吟弄得人耳朵发麻，但赵嫣庆幸闻人蔺听到这不堪入耳的动静后果真顿足了。

赵嫣毕竟不是真的男子，对夫妻之事懵懂得很，又担心与柳姬贴得太近，柳姬会察觉出异样。她不动声色地使劲，试图夺回主导权，谁知刚伸出手便被柳姬一把攥住腕子压下去了。

赵嫣睁圆了眼睛，心道：这位姐姐的手劲如此大吗？！

外头静悄悄的，但她知道闻人蔺并未离开。

果然，闻人蔺仅顿足片刻，便迤迤然迈步走了进来，撩袍坐在了内间的小桌旁，甚至颇有雅趣地给自己斟了一杯茶水，仔细地品鉴起来。

帐帘晃动，闻人蔺的身影便变得影影绰绰。赵嫣难辨其喜怒，但依然能感受到闻人蔺的视线正透过帐帘朝她投射过来,无声无息的,令人遍体生寒。

赵嬷欲哭无泪,心中纳闷:他……他怎的还不走?

柳姬也蹙起了眉,冷着脸捏出透着缱绻之意的嗓音,演得越发入戏:"肃王杵在这儿,还让殿下怎么办事?"

赵嬷听得头皮发麻,实在没脸去想闻人蔺现在是何种神情。

在帘外端坐的影子不动如山,赵嬷只闻杯盏被放回桌面上的轻微碰撞声,这声音在安静的寝殿内显得格外清晰。

"本王记得,狐媚惑主者当处以极刑。"闻人蔺波澜不惊的声音轻飘飘地传了过来。

赵嬷浑身一僵,知道闻人蔺并非假意恫吓,而是真的会对人施以极刑!她朝隐隐地含着怒意的柳姬摇了摇头,示意柳姬忍耐。

待柳姬松开了压制着赵嬷的手,赵嬷便拢着宽松的袍子稍稍撑起身子,声音沙哑地道:"孤实在没有供人观摩的癖好。现下夜已深了,肃王回府歇着吧,有什么事明日再说。"

"本王只是有些好奇。"闻人蔺用最低沉、有磁性的嗓音说着最为放肆的话语,"太子殿下昼时还病得下不来床,夜里却有精力与女人寻欢作乐,堪称医门奇迹,令人咋舌。"

赵嬷听得身冷手僵,一脱力,险些倒下,不禁闷哼一声。这声闷哼藏在帐帘后,却有着说不出的旖旎之感,引人遐思。

赵嬷忙咬住唇,索性将错就错,硬着头皮答道:"食、色,性也,人之常情。眼下并非闲谈的良机,太傅若再不走,孤就真的不行了。"

闻人蔺笑了起来,光影将他的神情分割得朦胧难辨,连笑声也变得神秘莫测起来。

他做出一副理解的样子,从孙医仙的药匣里挑了一瓶药,骨相极美的手握着不知名的玉瓶,仔细地把玩起来:"太子尽管办太子的事,只需要腾出一只手来,让孙医仙诊脉即可。"

这是什么话?!

赵嬷脸颊燥热,绷着嗓子说:"孤的头疾已快痊愈,太傅何必再小题大做,劳烦医仙他老人家?"

"病好了？"

"好……好了。"

闻人蔺话锋一转："那么，太子明日可来崇文殿听学？"

赵嫣咬牙切齿起来，急得眼眶都红了，只想着闻人蔺越快离开越好，遂乖乖地点头道："来。"

闻人蔺达成了目的，这才满意地"嗯"了一声，抬手理了理袖袍，站起身来。

他走了两步，又停下了："对了。"

赵嫣登时一口气提到了嗓子眼。

闻人蔺微微侧首，将手中的药瓶搁在了几案上："这个药太子记得吃，对太子的身子有好处。"

他用修长的手指点了点药瓶，这回真的走了。

直到那抹挺拔的身影远去，殿门被关上，连脚步声也彻底听不见了，赵嫣方软下背脊，以被褥裹住了僵冷的身躯。

柳姬就倚在榻上看她，脸上似有考究之色，可她实在没力气去猜测柳姬到底在想些什么了。

好在柳姬很快就移开了目光，略显粗鲁地扯着碍事的长裙下了榻，拿起肃王留下的药瓶嗅了嗅，然后蹙起了眉头。

赵嫣见她神情凝重，便从帐帘中探出一颗脑袋，仍将身子严严实实地捂在被褥中，紧张地问道："这是什么？有毒吗？"

柳姬嫌恶地道："逍遥丹。"

"什么丹？"赵嫣不懂。

柳姬看了她一眼，换了个说法："温阳补肾的。"

这回赵嫣懂了，她好不容易扳回的一局到底还是败了。

净室内水汽氤氲，赵嫣抱着双膝坐在浴池的边缘，将半截脸没入水中，只露出琼鼻与潋滟的眼睛来，任由晃荡的水波冲去满身的紧张与疲乏之感。

一天中她也只有这片刻的时间能卸下伪装，做回自己。

华阳行宫里多的是山林、清溪，后山还因地制宜地开辟了一处天然温泉别院。以前她闲来无事时便带着贴身宫婢去泡一会儿，日子过得无拘无束，不似如今这般见招拆招、步步悬心……

意识到自己开始怀念过往的安稳生活，赵嫣站起身，甩了甩脑袋，目光重新变得平静、坚定起来。

她更衣后回到寝殿里，发现柳姬已然不在了，便打着哈欠歪在榻上歇息。她等了两刻钟，却迟迟不见流萤——往常夜里，流萤都要屏退宫侍过来，掌灯再三检查她的束胸是否勒紧，方肯退下。

此时已是子夜，赵嫣便不再等候了，拢紧衣物将被褥一盖，渐渐合上了眼。

脑中蓦地闪过一个念头，她觉得不对劲，忽地起身披衣，唤来在殿外值夜的宫婢，问："流萤呢？"

宫婢答道："奴婢方才见流萤姊姊从膳房里出来，往承恩殿去了。"

承恩殿……是柳姬的住处。

赵嫣心中一紧，继而问："宫里有无使者来过？"

宫婢忙不迭地点头："坤宁宫的张女史来过。那会儿殿下在沐浴，流萤姊姊说无甚大事，不必惊扰殿下，便自行接待了。"

赵嫣不动声色地点了点头，待宫婢退下后，抓起大漆衣架上的狐裘匆匆一裹，提灯走出了殿门。

长廊曲折，一路灯火蜿蜒。流萤端着托盘穿过庭院，大概是有心事，竟然没有察觉到立在廊下的赵嫣。

"流萤，"赵嫣轻声唤她，"这么晚了，你到哪里去？"

流萤双肩一颤，抬首间难掩错愕慌乱之色。她很快低下头去，立在原地低声道："柳姬助殿下解了围，奴婢去给她送些酒水和夜宵。"

赵嫣朝灯火尚明的承恩殿看了一眼，问："这是母后的意思吗？"

流萤面上细微的神情波动并未逃过赵嫣的眼睛，赵嫣心下了然，猜出了母后的用意。

柳姬与阿兄朝夕相处半年之久，对其习性甚至是身体了如指掌，是这次"偷梁换柱"计划中最大的变数。

母后绝对不允许有这样的变数存在。

若说一开始只需要将柳姬送出宫，那么今夜肃王突袭后，与"太子"有过近距离接触的柳姬便不能被留下性命。

毕竟于果决寡情的皇后而言，只有死人才不会泄密。

凄冷的寒风撩动衣袍，赵嫣垂眸，半束着的长发自耳后垂下一缕，与额间的绷带一同让她显出几分凄然的病态。

她无权指责母后冷漠，毕竟她们走的这条路本就是刀山剑树、白骨铺途。她只是有些伤感，阿兄大概真的十分敬爱柳姬，才会纵容她直呼姓名，才会给她畅通无阻的令牌用来防身。他若知晓柳姬今夜因何而死，大概……会于九泉之下伤心得落泪吧？

沉默中，流萤的头颅越发低垂，肩胛骨从背后突出，端着托盘的手指泛出了惨白的颜色。

"我知你是听从母后的命令，为大局着想。我没有怪你的意思。"赵嫣凝神说道，那双与故太子如出一辙的眼眸染着夜的沉重颜色，"你把东西放下吧，我亲自去送她。"

流萤紧抿着唇，没有动。

赵嫣微动嘴角，露出一个不太像笑的笑来："你放心，我知晓轻重。"

承恩殿内布置得大气整洁，书香满盈，墙壁上还挂着一张象牙弓，此处不太像女子的内室。

窗边留了一盏纱灯，柳姬手搭着凭几，屈起一条腿坐在几案后，侧首出神地看着窗外悬挂于枝头的泠泠残月，姿态洒脱，似在等着谁。

流萤放缓了动作，将酒水与夜宵搁在几案上，柳姬的目光也不曾有半点儿偏移。

柳姬鼻挺而唇红，耳垂干干净净的，并未像寻常女子那般穿耳洞。她的身形并不丰腴，亦无玲珑的曲线。暖光洒在柳姬的侧颜上，有那么一瞬，赵嫣恍惚觉得，柳姬若是褪下脂粉扮起男装来，定然比她更为俊秀、耀眼。

赵嫣也未穿耳洞。按照大玄的习俗，女子十五岁成年那天，会由族中的女性长辈亲手为其穿耳戴坠，意味着她可成亲嫁人了。

赵嫣素来不服这些礼节：女子被穿耳便嫁人、生子，这和牲口待价而沽、被烙下可以出栏的印记有何区别？

好在华阳行宫中压根没几个人记得她的生辰,她自然就免了穿耳之痛。唯一记得她生辰并跋山涉水而来的人就只有她那傻乎乎的兄长赵衍……

而现在,她连兄长的房中人都护不住。

赵嫣示意流萤退下,流萤欲言又止,迟疑须臾,还是选择听话地屈膝一礼,端着托盘悄声退出,而后掩上殿门,值守于殿外。

赵嫣压了压嗓子,敛袍跪坐在柳姬对面,温声一礼道:"今夜之事,孤要多谢你仗义解围。"

柳姬这才转过脸来看赵嫣,瞳孔在灯火下呈现出极浅的琥珀色。

她的眼神如她这个人一般张扬,直勾勾的,不加一点儿掩饰。就在赵嫣端着"太子"的架势思索该如何继续说时,柳姬忽地嗤笑一声:"我知道,你并非真正的太子。"

赵嫣的心脏骤然一紧,浑身的汗毛争先竖立起来。

冷风自窗扇吹入,一地枯枝的暗影摇碎了月光。

"赵衍在哪儿?"柳姬再次语出惊人。

见面前的小少年不语,柳姬拧起了眉,好像有了答案,握紧了细长的手指:"他……怎么死的?"

她的语气低沉沙哑了不少,她好像压抑着怒意。

赵嫣的眼睛一眨不眨地看着柳姬,狐裘的毛领被夜风吹得微微颤动,拂着她的下颔。

在宫中讨生活的人大多心眼似蜂窝,她心知肚明,还不至于被人一诈就供认不讳。

"柳姬在说什么,孤怎的听不明白了?"赵嫣面不改色,露出太子招牌的笑来。

宫门下,马车静立,两盏车灯投下了三尺暖光。

闻人蔺站在这光中,朝车中的耄耋老者拱手:"今夜兴师动众,劳烦先生随本王跑这一趟。"

"你该知晓,老夫跑这一趟不为东宫,而是为你。"孙医仙须眉长垂,精神矍铄地道,"你若死了,老夫在九泉之下如何面对闻人将军?"

闻人蔺直起身浅笑:"本王不值得老先生费心。坠入炼狱之人,早救不回来了。"

孙医仙摇首叹气,乘坐着马车很快出了宫门。

残月斜斜地挂在西楼上,肃王沿着宫道慢慢地走着,朱红色的官服被夜色浸润成了暗紫色,配以金钩玉带,显得雍容华贵。

张沧远远地跟着,已满肚子疑问。

"王爷不是怀疑东宫有异吗?"他忍不住用手肘捅身侧的蔡田,小声问道,"今晚这么好的机会,咱们就这么走了?"

他正说着,一只通体黝黑的猫轻巧地从夹道旁的墙上跃下,踩着一地霜寒小步走来了,熟稔地围绕着闻人蔺讨食。

蔡田叹了一声,朝那一人一猫抬了抬下巴:"你知道猫如何捕食吗?它们捕获猎物后并不急于将其吞入腹,而是按着猎物的尾巴将其玩弄于股掌之中,徐徐图之。"

张沧露出一脸茫然之色:"这和王爷有何干系?"

蔡田用看朽木的眼神看着同僚,沉稳地道:"对于王爷而言,有趣的并非结果,而是布局和收网的过程。急功冒进是会引火自焚的。"

张沧想起方才王爷说的那句"坠入炼狱之人,早救不回来了",寻思着:王爷过去到底经历了什么,才会在意气风发的年纪里说出这般心冷之言?

"喵呜。"黑猫得了肉干,满足地蹭了蹭闻人蔺的掌心。

闻人蔺垂眸,轻抚着黑猫。他侧颜如画,长影投在宫墙上,月下的红衣风雅无双。

第三章
针锋相对

一

此时承恩殿中已是另一番暗流汹涌的景象。

"柳姬在说什么，孤怎的听不明白了？"赵嫣面不改色，露出太子招牌的笑来。

"一个人想要回避问题时，往往会抛出另一个问题来掩饰，不答反问。这样的人要么是被说中要害了，要么就是心虚有鬼。"柳姬单手搭在几案上，道，"你不必担心我在使计诈你，没有十成的把握，我也没胆戳破这层窗户纸。"

于是，赵嫣眸中秋水般的笑意便浅了些。

肃王夜访，无意将柳姬卷入，她早料到会有这般结果。

"但相貌如此相似的人并不好找，就连替太子身死的'影子'在模样、身段上也做不到如你这般神似，此事非血脉相连之人不能胜任。"说着，柳姬稍稍前倾身子，"我猜，你来自西南方千里之外的地方。"

西南方距京一千里，那里正是华阳行宫的位置。

赵嫣不言语，眸中的烛光跳动着。

她将全部精力放在了对付肃王上，低估了这个与兄长同寝共枕的身边人，未曾想过自己会在一个不起眼的姬妾身上栽跟头。

此人敏锐聪慧，远超常人……不，柳姬真的只是居于后院中的金丝雀吗？

赵嬷仅沉思片刻便做出了决定——对方既然已亮出"兵刃"，她也没必要遮掩了。

柳姬虽咄咄逼人，却并无半点儿敌意。真正可怕的是闻人蔺那般以笑颜示人却袖里藏刀的阴狠之人。

如此想着，她反倒轻松起来，抬手放下了支撑着窗扇的红漆叉杆。窗扇落下，在瑟瑟的朔风中隔出一片静谧的天地。

外头的流萤听到动静，回头时只见柳姬与太子的影子相对，影影绰绰的。她听不清她们在说些什么，踌躇片刻，到底没进去打扰。

殿中静得落针可闻。

赵嬷将红漆叉杆横搁在膝上，面上的怯懦之色消失不见，随之神色变得轻柔、懒怠起来。

柳姬的话不容小觑，既然她能看出端倪，说不定旁人也能看出，自己须得弄清楚漏洞在哪里。

"我不明白是哪里露了馅。"赵嬷仔细地回想，反思道，"是我对你的态度不够热忱，还是在床榻上时我暴露了什么？"

柳姬笑了："殿下放心，你装扮得很好，若是旁人定看不出端倪。我之所以能瞧出不同，不过是侥幸得益于……我曾与太子殿下私下约定的一个秘密。"柳姬端起流萤送来的酒壶，大方地给自己斟了一杯酒，"这个秘密连流萤都不知道，遑论你这个赝品。"

赵嬷凝神："什么秘密？"

那既然是秘密，柳姬怎肯轻易吐露？

"其实自归途中，我便隐隐地猜到了这般结局。"柳姬冷声嗤笑，让人说不出是怒是嘲。她握紧酒盏，自言自语道："我早说过，赵衍迟早会把他自己作死。"

说罢，她像是做出了什么决定般，当着赵嬷的面端起酒水，仰头要饮。

赵嫣一把攥住了她的腕子，酒水晃荡着溅出，倒映着柳姬那双满是惊诧之色的眸。

"什么'结局'？什么'作死'？"赵嫣抿了抿唇，然后胸口起伏着问道，"柳姬，你到底知道些什么？"

殿内片刻死寂，酒壶倾倒，酒水沿着几案的边沿"嘀嘀嗒嗒"地淌下，在织花的毯子上洇出暗色的水痕。空气中浓重的酒气氤氲，赵嫣仔细闻来，还能品出一丝难以被察觉到的苦味。

赵嫣抓着柳姬的手指不自觉地用力，她沉静地再次问道："太子是不是遭遇过什么？告诉我。"

柳姬神情复杂，只道："殿下应该……让我饮下这杯酒的。"

赵嫣加重了语气："告诉我！"

面前的小殿下与太子一般纤细，看似瘦弱，可那双漂亮的桃花眼透出的是与太子截然不同的倔强与坚忍的神色。

柳姬的眸色几番变化，她终是别过头，将手从赵嫣的掌中抽离出来。

"我与太子的关系并非你们所想的那般。"她道，"我与他打赌，我输了，所以践诺跟在他身边，他给我提供庇护之所，我为他排忧解难。实在要说，我们更像是各取所需的关系。"

这倒像赵衍的作风。

阿兄看上去懦弱无能，却有一样令人忌妒不已的本事——无论他玩何种博戏，逢赌必赢。每每见对方输得惨烈，他还要柔声谦和地说上一句："承让了。"

赵嫣在赵衍的手中输过不少回，气急了就要赖皮，骂他欺负人。他只是眼睛弯弯地望着她，宠溺地笑。那明明是苍白脆弱的笑容，却如和煦的春风一般温暖无比。

她现在想想，这段鸡飞狗跳的记忆已是她九岁之前少有的甜了。

赵嫣从思绪中抽离："所以，你佯装与流萤争风吃醋，从那时候就开始怀疑我了？"

柳姬默认，继续叙说："去避暑山庄时，他寻了个拙劣的借口将我支走，我虽略有怀疑，却并未深思，直至后来听到了一些关于东宫闭门的流言,我心中的不安更甚了。我匆匆处理完琐事归来,却发现东宫的侍从和守卫全换成了陌生的面孔,方证实了猜想。"

"仅是如此?"赵嫣将信将疑,直奔重点,"那你与太子约定之事到底是什么?"

柳姬看了赵嫣许久,忽然一笑:"我诓你的。我不这样说,你怎会替我挡下皇后的鸩酒?"

赵嫣也笑了,笃定地道:"你的这句话才是在诓我。"

柳姬闻言,笑意一顿,玩世不恭的眼神里多了几分认真之意。

"你方才是真的想饮下鸩酒吧?"赵嫣拧起了眉,"你到底与赵衍藏了什么秘密,才会做好赴死的决心?"

"既然那是秘密,我为何要告诉你?"柳姬抬臂搭在支棱起的膝头上,自嘲道,"我左右活不过今晚了,不将秘密带到坟墓里去,皇后如何放得下心?"

赵嫣知道她不会说出全部的实情,毕竟聪明之人必不会一把掷出所有的筹码,总得留一张底牌。

"你不会死的。"赵嫣道。

柳姬不仅不会死,自己还得好生护着她,一切与兄长死前无异。

赵嫣眼眸澄澈,仅思索一瞬便做出了抉择:"我用得上你。"

"你?"柳姬上下打量了她一眼,不信任之意溢于言表。

连太子赵衍都无法做到的事,她一个危如朝露的赝品,凭甚说此大话?

赵嫣并不过多解释,凝神片刻,望向一旁书案上的棋盘,道:"左相李大人教太子的那招燕尾阵,你可会?"

"啊?"话题转变得突然,柳姬一怔,下意识地点了点头。

长夜将明,黛蓝色的天际浮现出一弧微白。

烛花坠落,发出"吧嗒"的细响。伏在案上的赵嫣猛然惊醒,一副惺忪的样子,道:"我想到了。"

手中的棋子被重重地按在了棋盘上,发出一声清脆的玉石之音。

大大咧咧地仰躺在榻上酣睡的柳姬一哆嗦,睁开眼起身,诧异地问道:"你不会在这里打了一晚上的棋谱吧?"

赵嫣满意地审视棋局,但笑不语。

她抻了抻酸麻的肩背,蓝白色的光映在窗户纸上,给她纤细的身形镀上了暗色的阴影,让人一时分不清这是个秀气的少年还是个落落大方的少女。

赵嫣想起什么要紧事,揉肩的动作一顿,暗道一声"糟糕",然后匆匆地起身整理衣袍,因伏案而眠的浑身的酸痛感而皱眉吸气。

她朝殿门走了几步,又折回来,朝着支着腿坐在榻上的柳姬笼手一躬:"多谢你替我保守秘密,还有,谢谢你教的棋。"她直起身,眼睛在混沌的晦暗中显得格外明亮,"我会竭尽所能保下你。"

就像阿兄待柳姬一样。

说罢,来不及审视柳姬是何神情,她微微一笑,推门走入了那片晦暗的清寒之中。

柳姬起身下榻,行至窗边,歪着脑袋看满盘的黑白棋子。

白子的最后一手下得极妙,燕尾阵形成,如金蛟利剪,刺破了黑子的围剿,反败为胜。

一缕纤薄的晨曦自窗缝洒入,照在那颗收官的白子上,折射出耀眼的光芒。柳姬抬手轻抚那颗熠熠发光的官子,闭目喃喃道:"我终究是来晚了一步,赵衍。"

赵嫣出了内院,果然见到寝殿前站着坤宁宫的贴身女官。李浮也躬身立侍着,一脸欲言又止的焦灼表情。

赵嫣心下"咯噔"一声,加快步伐上了台阶,推开了寝殿的大门。

殿内烛火通明,魏皇后着一袭凤袍端坐在赵嫣的寝榻上,旁边跪着唇色发白的流萤。

殿门在身后被关拢,赵嫣上前行了个男子礼,定神道:"儿臣给母后请安。这个时辰风寒霜重,母后来此,怎的不差人通传一声?"

她刻意仿着赵衍的神情和姿态说话,但她这点儿小心机瞒不过魏皇后的眼睛。

这次魏皇后并未心软,面不改色地道:"你还知道回来,太子?"

那声"太子"听起来低沉沙哑,带着怒意,是魏皇后在提醒赵嫣如今的身份。

"倒掉鸩酒是我一个人的决定,我一个人担责,与流萤无关。"赵嫣看向流萤,低声道:"你身为太子的宫婢,听从太子的号令,何错之有?起来。"

流萤跪着没动,朝主子轻轻地摇头。

赵嫣将唇一抿,索性撩袍在流萤身边跪下了。

"柳姬已经看穿了我的真实身份。"未等震惊的皇后与流萤回神,她话锋一转,轻而坚定地道,"但母后,我想留下柳姬。"

魏皇后的凤眸里满是严厉的神色,她道:"你知不知道你在说什么?眼下的局势本就如履薄冰,留下此人后患无穷!"

"我理解母后心中的忧虑,但不赞同母后的做法。顾全大局并非只有杀戮这一种办法。"赵嫣说得字字清晰,"母后有无想过,柳姬是受太子宠信之人,在东宫闭门数月后回宫,撞见肃王夜访后就无端地暴毙,是否更让人起疑?"

魏皇后微蹙眉头。

赵嫣知她听进去了,继续道:"母后当然可以悄悄地处理,再令侍从三缄其口,就当柳姬从未来过东宫,可肃王会相信吗?"

她说的这些魏皇后自然也考虑到了。

"即便如此,你也不可留她在身侧侍奉,这无非是两害取其轻。事关国运,你我都赌不起。"

赵嫣见母亲的神色肃穆,声音却不似先前严厉,便知事情略有转机。

哪怕已是一线希望,她也要争取到底。

她趁热打铁,谈完利益,又动之以情:"柳姬在明知东宫有异的情况下依然义无反顾地回来了;明知看出我的身份会引来杀身之祸,依旧选择坦诚相待……这足以证明阿兄对她的信任是值得的。何况她与阿兄朝夕相处,兴趣相投,对阿兄的文章、棋艺了如指掌,杀了她,我们恐怕再找不出第二个称心之人。"

魏皇后抬手揉着涨痛的太阳穴,良久,问:"你的意思是……?"

赵嫣沉静地道:"柳姬于我们有用,请母亲暂且留她性命,辅佐东宫。"

"她若心术不正,泄露机密……"

"若她出了什么差池,我愿亲手了结此事,再向母后请罪!"

至少……至少现在自己要为柳姬争取活下去的机会。赵嫣轻轻地蜷起手指。

魏皇后权衡了良久。

沉默中,窗外天色渐明,投射在地砖上的昏暗的烛火逐渐被熹微的白光取代。

"流萤。"魏皇后开了口,起身命令,"暂将柳姬禁足于承恩殿,不许她与任何宫侍接触。如果她有异样,格杀勿论!"

流萤顾不上膝上的疼痛,忙俯首称"是"。

魏皇后要在天亮前折回坤宁宫去,便没有多做停留。

赵嫣知道柳姬这条小命算是暂时保住了,不由得跌坐在地砖上,长长地吐了一口浊气。

一颗心还未落地,又倏地悬起来了——天色已亮,她还得去崇文殿听学。

又一场大劫即将到来。

赵嫣蔫蔫的,再心不甘情不愿也得更衣、梳洗,进宫面对那满腹黑水的闻人蔺。

她赶到崇文殿时,闻人蔺已先行而至。

他照旧着一袭墨色的常服坐在太师椅上,左手文袖,执卷研读,右手武袖的护腕微微前伸。他漫不经心地转动修长有力的手,置于炭盆上烘烤。

好在殿内除了这盆炭火再无其他赘余之物,淡淡的暖香拂面,温度不寒不燥,刚刚好。

闻人蔺面前的几案上置着棋盘,黑白棋子交错。赵嫣壮着胆子走近一看才发现这棋路眼熟,似乎是前几日她假晕毁掉的那盘。

闻人蔺竟凭着记忆,一子不差地将棋局全部复原了!

赵嫣咽了咽口水,伸手在棋罐中摸了一颗白子,"吧嗒"一声,轻轻地按在棋盘右上角的断点处。

燕尾阵形成，白子一转颓势。

闻人蔺从书卷后抬眼，见到残局已破，不由得眸色微动。

赵嫣露出一个小心翼翼的笑来，轻声轻语地道："太傅，孤的病已经大好了。"

才怪！

这招燕尾阵压根就是她夜里临阵磨枪，跟着柳姬学的。

闻人蔺的视线只轻轻地一扫，赵嫣便觉浑身发麻，仿佛被他从头到脚看穿了似的。

他不予置评，以书卷敲了敲几案："过来。"

赵嫣便老老实实地在书案后坐下了。

闻人蔺又道："靠近些。"

赵嫣一愣，磨磨蹭蹭地往前挪了半寸。

见闻人蔺的长眉一挑，这回赵嫣不敢耍滑了，乖乖地伏案倾身，半截身子越过棋盘靠近了他。

闻人蔺拿起在一旁备好的青瓷小药罐，拔开塞子，用指腹挑了一指药膏。他骨节分明的手指冷白若霜，竟与那药膏的颜色一般无二，伸过来时，赵嫣逃避似的闭了双目，连呼吸都快暂停了。下一刻，从额上的瘀伤处传来了冰凉、湿润的触感。

她颤巍巍地睁眼，便见到闻人蔺那俊美无俦的脸庞近在咫尺，他半垂着眼，慢悠悠地替她将药膏涂抹均匀。

闻人蔺抬眼，与她的视线撞了个正着。

赵嫣将袖中的五指攥紧，拼尽全力压抑想要逃跑的欲望，然后听见闻人蔺散漫地问道："本王给太子的药，太子可按时吃了？"

"药……"

啊……那瓶温阳补肾的什么丸吗？

赵嫣的眼睫抖了抖，她有些尴尬："多谢太傅的盛情，孤下次一定吃。"

我一定要把它扔掉！赵嫣暗中盘算着。

闻人蔺给的东西鬼知道是什么，傻子才上赶着吃，遑论这药在她的手中并无用武之地。

闻人蔺发现小太子昨夜显然没睡好，脸白得欺霜赛雪，眼底挂着两圈淡淡的乌青，便道："太子小小年纪，纵欲可不行。"

赵嫣点头如捣蒜："太傅教训得是。"

闻人蔺看着她这副唯唯诺诺的模样，眼中了漾开极浅的笑，收回手道："太子将《玄女经》背来听听。"

赵嫣正欲点头敷衍他，忽地一愣。

《玄女经》是什么？

见赵嫣愣怔，闻人蔺缓缓地眯起了眼眸："宫中每位皇子晓事前，皆会学习御女术，《玄女经》便是众皇子的必读之作。"闻人蔺拈起内侍捧来的棉布，拭去指腹上残存的药膏，意味深长地道，"我见太子昨夜与姬妾颠鸾倒凤，必深得其奥义，不会背不出来吧？"

赵嫣傻眼了。

二

赵嫣尚未经人事，亦非晓事的皇子，哪里会看那种不正经的书？闻人蔺根本就是因昨夜之事借机刁难她，阴险至极。

赵嫣心中清楚，面上却不能表现出来，只笼着手呆呆地坐着，眼神颇为澄澈、无辜。

闻人蔺对她装傻的样子并不买账，不经意地摩擦着指腹，徐徐地背诵起来了。

赵嫣本懵懂无知，但听到闻人蔺用低沉的声音念着直白通俗的香艳场景，耳尖竟开始发烫了。明明殿中并不热，却有一股无名的燥意涌上她的脸颊，又向四肢奔涌而去。

闻人蔺后仰靠向椅背，平静的俊颜上并无半分狎昵轻浮之色，仿佛只是在探讨什么经学难题："太子素来博闻强识，过目成诵，怎么这会儿反倒装痴作傻？"

赵嫣埋下头去，依照赵衍的性情选了个最合适的借口："文太师曾教导孤，君子立于世，当以礼教为尊，博览圣贤，是以孤不曾看过这些闲书。"

闻人蔺低低地"哦"了一声："这么说来，太子是无师自通了。"赵嫣汗颜，继而听见这个刁钻恶劣的家伙又道，"但太子毕竟年少体弱，过度沉湎其中会长不高的。"

最后一句话已然隐隐地带了笑意。

赵嫣赧然，闷闷地盯着面前的棋盘："学生受教。"而后她又抬起头来，桃花眼轻轻地一眨，"太子太傅还管教这些吗？"

太子太傅当然不管教这些，这不过是他的一点儿睚眦必报的恶趣味罢了。

闻人蔺将小臂搭在椅子的扶手上，那片质感极佳的文袖便随之垂下，不见丝毫多余的褶皱。

他审视够了小太子挣扎求生的忐忑之色，方心情愉悦地屈指叩了叩棋盘。内侍立刻上前将黑白棋子重新收于棋罐中，动作麻利轻快，没发出丁点儿刺耳之声。

李浮一直跟在赵嫣身后，见状提起一旁在小炉上煮着的热水，为她沏了一杯茶。

茶叶被动了点儿手脚，赵嫣饮下后会在短期内被扰乱脉象，装病的同时还能掩盖她原本的女子阴脉。这原是太医院张煦熬夜赶制出来以备不时之需的，但来日且长，她总不能每回都靠装病糊弄过去。

赵嫣将茶搁置在一旁，并未取用。

好在昨夜她临阵磨枪，跟着柳姬将赵衍的那手燕尾阵学了个大概，虽技巧生涩，但用来做做表面功夫绰绰有余。毕竟"太子"年少，输给权倾天下的肃王殿下也不算露出破绽。

果不其然，赵嫣败得惨烈，所谓的燕尾阵在闻人蔺面前根本撑不过七手。

"孤输了。"赵嫣乖乖地投子认输，心中却暗自松了一口气，仿若度过一劫。

闻人蔺却并不打算放过她："输哪儿了？"

他翻阅着明日要讲的兵法，将一心二用发挥到了极致。

赵嫣一副自省的温驯模样，眼睫却不安分地颤个不停。

闻人蔼以书卷点了点棋盘右上角的位置，指上的玄铁戒折射出了森森寒光。他道："太子只见眼前之利，稍一经引诱便坠入陷阱，何时变得如此急功近利了？"

　　赵嫣低着头，温暾地道："毕竟是与太傅这般厉害的人物下棋，孤紧张了些。"

　　闻人蔼望了过来，视线落在她眼尾的小痣上，琢磨了一会儿，缓声道："棋差一着，尚可重来；太子若在皇城中也走错了位置，哪里还有第二条命重来？"

　　赵嫣颔首："太傅所言极是。"

　　闻人蔼靠在椅中，以书卷轻敲掌心："烦请太子回宫手抄《合纵》一篇，磨一磨心性。"

　　赵嫣点头："太傅高瞻远瞩。"

　　"冬节将至，举朝休沐七日，太子这几日便不必来崇文殿了。"

　　"太傅……"

　　等等！赵嫣涣散的眼神聚焦起来，她抬起头看向了闻人蔼。

　　天下竟有这等好事？！

　　"那可真是……太可惜了……"

　　赵嫣摇首叹息，那一瞬将生平所有难过的事都在脑子里过了一遍，方勉强压住那颗雀跃的心。

　　闻人蔼懒得拆穿她，嘴角勾起了无甚温度的笑。

　　撞钟声适时而响，半天的课业结束了。

　　赵嫣拢袖行礼，拜别太傅。直到他的脚步声越过她渐行渐远，再也听不见了，她方从袖袍后抬起眼来，问李浮："走了？"

　　李浮端着凉透的茶盏退下，瞥了一眼门外，道："走啦。"

　　赵嫣活过来了。

　　年关将至，京城的天总是阴的时候多，晴的时候少。雪化还未及一旬，北风中又隐隐有了冰雪的湿寒之意。

　　春风得意的唯有赵嫣一个人，她归程时嘴角都止不住上扬。

　　想起柳姬之事，赵嫣又折回坤宁宫里请安，将柳姬助力自己应付肃王之事如实地告知魏皇后，好让母后放心。

赵嫣回到东宫时已是黄昏，她捧着镏金手炉下轿落地，远远地便看见东宫卫统领孤星立于永福门下。

赵嫣清了清嗓子，吩咐流萤道："肃王命我手抄《合纵》兵书，你去给孤把书找来。"

流萤不疑有他，领命退下了。

赵嫣去了书房，屏退侍墨的内侍，等了不到半盏茶的工夫，孤星果然提着一个不起眼的绸布包来见她了。

"太子殿下，"他行了礼，方将布包里的东西小心地呈上去，"您让卑职取的书卷纸墨都在此处了。"

赵嫣不动声色地问道："可曾惊扰旁人？"

孤星道："卑职只说归家取些东西，没让旁人知晓，在明德馆里亦是亲自清点、整理的。"

"你做事踏实。"赵嫣颇为满意。

孤星忙低下头："此乃卑职本分，卑职不敢居功。"

办事踏实谨慎，人又老实忠诚，孤星是个可用之人。赵嫣暗中赞许。

"去忙吧，孤以后还有用得着你的地方。"赵嫣示意孤星退下。

她粗略地翻看一番，发现其中书信甚少，几本书籍大多是听学之用，上面用朱笔密密麻麻地写满了注解，彰显着执笔之人端正、认真的态度。

赵嫣趁流萤还未回来，将布包藏在宽大的狐裘中，悄无声息地将布包带回了寝殿。

夜阑人静，流萤例行来寝殿里检查了一番，替主子仔细地掖好被角，吹灭多余的烛盏，而后便放下帐帘，掩门退去了。

赵嫣竖着耳朵听，待殿门被关拢，脚步声远去，方披衣下榻，提着床头那盏起夜用的小纱灯，朝屏风后的小隔间行去。

她按下书架最底层的暗格，取出了白天存放于此的明德馆的书信。

赵嫣席地而坐，将阿兄遗留的这些信件、文章捂在怀中，深深地吐息后方怀着近乡情怯的微微怅惋之情打开了。

夜灯昏暗，唯一人一影相伴。

"贡生王裕，叩禀太子殿下""贡生程寄行，亲禀""沈惊鸣亲笔"……

几封信寥寥数言，于礼教、国法、时政提出了写信人自己的精练的见解。书信的落款皆是明德馆的儒生，想必他们就是那批与赵衍相谈甚欢的同道之人，其中沈惊鸣的名字出现的次数最多，其次则是王裕与程寄行的名字。

沈惊鸣已死，剩下的两个人赵嫣却不知其是何身份，于是将他们的名字一一记录在纸笺上了。

书信底下是两张被折叠起来的信笺，赵嫣展开一瞧，其上竟是赵衍亲笔的字迹。想必这是他写给诸位儒生的回信，未来得及被送出便和书本一块儿积压于此。

赵嫣将搁在地上的灯盏挪近些，继续往下看。

诸生来信，吾已拜阅。如君所言，无财便无军，无军便国弱，大玄宗室之制陈旧烦琐，乃积弊之源。开国伊始，皇亲勋将有数百，然王、侯、伯、卿，子孙世代分封承袭，至今已逾三万人。泱泱士族钟鸣鼎食，遍身珠玉，国库便如池中之水，出多进少，必三年而竭矣……

赵嫣越看越清醒，一开始一目十行，最后逐字咀嚼，桃花眼中满是难以遮掩的惊异之色。

在她的印象中，赵衍是个脾气好到近乎懦弱的人，其笔下的文字必然是风花雪月般的花拳绣腿，华丽有余而力量不足。然而此信字字珠玑，力透纸背，将大玄朝积弊已久的腐朽内里剖了出来，鞭挞于笔下。

母后对他的偏爱并非全无理由。

赵衍若还活着，必成一代贤明仁君。偏生这样一个人死得不明不白，连其身死的真相都不被人知晓。

想到此，赵嫣捏紧了手中的纸，心中的情绪交错翻涌，久久不息。

自己要带此物去见柳姬吗？

不，再等等。赵嫣很快否定了这个想法。

柳姬如今对自己和东宫尚有防备，并不会和盘托出，自己得晾她一段时间，观其态度。待她想清楚，愿意诚心地合作，自己才能摊出自己的筹码。

冷静下来后，赵嫣将书信仔细地叠放齐整，置回了暗格中。

一夜北风呜咽，在"窸窸窣窣"的雪粒声中，冬节悄然而至。

大玄朝素来重视冬节，再贫寒的百姓亦会在这日穿上得体的新衣，祭祖访友。宫中的排场更为浩大，天子设宴犒劳百官，王侯贵胄皆可携女眷、嫡子赴宴，筵席从永麟殿的正殿一直摆到长廊之下。

据说辖领巴蜀诸地的梁州州牧派了通判入宫，共议蜀川兵的招安之事，于是，声势浩大的宴饮的喜气中便多了一丝波诡云谲的阴云。

如此场合，赵嫣身为"东宫太子"，自然要在场。

马车停在了承天门下，赵嫣身着紫袍金冠，外罩月白色的斗篷，将东宫太子的文弱与矜贵之姿演绎得淋漓尽致。

"册子上的众臣的画像与人名，殿下可都记住了？"流萤再三确认。

那本册子赵嫣日日置于床头阅读。光看画像，几十个人的脸她记起来还真不容易，好在想了个标新立异的法子，那就是提取出每个人五官中的特点，起个诨名，便记得牢固多了。

赵嫣拢着袖袍道："差不多了，若一时有遗漏的，你在旁边多提点。"

流萤点头："奴婢省得。"而后她又叮嘱，"朝中党派众多，殿下要应付周全并非易事。待行过飨礼，殿下找个借口离开便是。"

赵嫣含混地"嗯"了一声，便穿过左廷朝宫廊行去了。

她还记挂着伴读之事，要趁此机会摸清局势，择选出能用的目标人选。当然，此事她是不能说与流萤听的。

她正凝神想着，忽闻前方传来一阵刺耳的谈笑声，抬眸望去，只见迎面走来了一群衣着华贵的世家子。为首的那个人约莫弱冠之龄，瘦高、眉淡、油头粉面的，一脸阴柔刻薄之相，罩着一件浮光雀羽裘，活像一只被人群簇拥着的彩羽斗鸡。

赵嫣一见这张脸便想起来了：呵，这不是雍王世子赵元煜吗？

雍王身为天子的胞弟，是第二皇位继承人，此乃朝中不争的事实。雍王的儿子打小与太子平起平坐，是故被养成了一副嚣张跋扈的纨绔性子。偏生赵衍性子软，这才使得赵元煜几次三番地骑到了东宫的头上。

赵衍一旦出事，直接获利者就是雍王叔父子。赵嫣停下脚步，静静地审视着赵元煜。

赵元煜显然也见到了立在廊下的小太子，眸色当即黯了黯。他咧开嘴角，露出嘲讽的笑，非但不避让，反而朝着赵嫣径直走来，幸灾乐祸地贱声道："哟，太子还活着呢？真是庆幸。"

六年多过去了，他这张脸还是这般倒胃口。

赵嫣牵了牵唇角，回敬道："正是呢。若孤有个三长两短，雍王世子便是头号疑犯，要被诛全族的。眼下孤好端端的，雍王府才能好端端的，当然值得世子庆幸。"

讥诮之言被尽数堵回，赵元煜被气得脸红脖子粗，越发像只斗鸡了。

"娘儿们似的逗口舌之利！不如回你的东宫闭门绣花，短命鬼！"

赵元煜将这声恶毒的咒骂压得很低，但赵嫣听见了，且听得清清楚楚。她嘴角的笑意淡了下去，抱着手炉的五指微紧。

宫廊并不宽敞，赵元煜见一向懦弱知礼的小太子没有给他这位堂兄让路，面上焦躁之色更甚。他索性硬闯，欲强行推开太子，谁知臂膀刚碰到太子的衣角，脚下就被绊了个趔趄，一头磕在红漆柱上，登时眼冒金星。

其拥趸哗然而上，扶人的扶人，高呼的高呼，将四周路过的官员及其家眷全引了过来。

赵元煜捂着额头怒目回瞪，指着赵嫣道："你……"

赵嫣已先一步跌在了廊下的美人靠上，单手扶额，一副隐忍着痛楚之态。

"殿下！"流萤蹙着眉，满眼焦灼之色，扶着赵嫣回首，神色凛然地道："雍王世子，即便太子殿下碍了您的道，您也不能下这般重手推搡！"

"我没有推他！不，我压根没有用力！"赵元煜将眼睛瞪得老大，脸色绛红，望向身边那群跟班道："你们都看见了，是他自己跌倒的！"

跟班们你看看我，我瞧瞧你，谁也不敢轻易吭声。

他们的确看到雍王世子推了太子，其力气之大，都将他自己弄得跟跄了，然后太子便轻飘飘地倒了。可他们毕竟是在雍王府中讨生活的，不好说实话，亦不能帮着他欺辱储君，索性支吾不语。

赵嫣紧抿嘴唇，然后撑着美人靠起身："的确是孤不小心跌倒的，与雍王世子无关。"

赵元煜大笑："你们都听见了吧？他自己都承认了！"

然而谁信呢？这两个人站在一块儿，力量之悬殊便是瞎子也能看出来。

偏生"太子"好脾气，朝围观之臣虚弱地笑了笑，一副大事化小的模样："此事真的与世子无关，还是……算了吧。正值大好节日，切莫给父皇添堵……"

她这一番说辞言真意切，令人无不动容。对比之下，雍王世子实乃面目可憎。

"太子大病初愈，怎禁得起世子这一推？"

"是啊，世子再得势也是臣子，怎可对储君出言不逊？！"

围观的官吏中不乏正义之辈，纷纷上前关心、宽慰太子，性情刚正的人更是直接指责雍王府的气焰太盛。

赵元煜的眼睛都红了，他撂下一句"你等着"便拨开众人拂袖而去了。

前方的廊桥之上，垂帘随风晃动，流苏轻舞。闻人蔺凭栏而立，嘴角噙笑，将这一切收归眼底。

三

"王爷，梁州通判一行人已入宫。"左副将张沧抱拳禀告。

闻人蔺抬手示意知晓，然后方将视线从廊下的纤细少年的身上收了回来。

太子到底不谙世事了些。蜀川寇首和雍王的人非蠢即坏，可不像他这般良善，太子装一装病就能逃过一劫。

"良善"的肃王殿下抬眸望向远处翻涌的云，笑意疏离莫测。

好戏才刚开始呢。

宫廊下，围观的官吏关切了柔弱可怜的太子一番方陆续散去。

做戏做全套，赵嫣顺势坐在了美人靠中休憩，突然有些好奇："我装病对付赵元煜，你怎的不规劝我了？"赵嫣看向面前躬侍着的流萤，眼中点缀着明亮的笑意，"你如此配合，我还真有点儿不适应。"

流萤沉默了片刻方低声道："他辱骂太子殿下。"

她嘴里的"太子殿下"是赵衍。

赵嫣颇为讶异，还以为流萤的心中只有命令和大局呢，没想到流萤竟也有通情理的一面。

流萤却误解了什么，自责地道："奴婢知错了。"

赵嫣顺手抚平流萤习惯性蹙起的眉头，轻笑道："有什么错？你护主，我护短，再好不过了。"

眉间温软的触感转瞬即逝，流萤神色怔怔的，那双素来流露出低顺、理智的眼神的眼眸中隐隐地浮现出了碎光。

赵嫣想的却是另一桩事。

天下熙熙，皆为利来，有直接的利益冲突之人最是可疑。雍王党气焰嚣张，如食腐的硕鼠，闻风而动，即便不是赵衍之死的元凶，也多半脱不了干系。

雍王叔整日醉心于山水，看似闲云野鹤、两袖清风，他的儿子却是极不省心的。赵元煜蠢笨又恶毒，一激便怒，这样的人可恨也最容易露出把柄。

她得想法子查一查。

山池园外，赵元煜已是满心戾气翻涌。

十八年前，那场夺嫡之争惨烈收场，皇子死了十之八九，到这一代，赵家的子嗣更是单薄。以前父王的人上书劝谏皇帝将他认作儿子，以备万一，可他那皇伯父嫌他鲁莽好色，以春秋正盛为由婉拒了。

本来这也没什么，这么多年皇帝再无儿子诞生，只待赵衍一死，他父王便可被封为皇太弟，继任大统，那么他就是下一个东宫太子！

赵衍死了才好啊，死了他就省心了。

他成为东宫太子原是板上钉钉之事，可为何那个病秧子又好端端地出现在他面前，还让他蒙受如此大辱？！

赵元煜越想越不甘，被气得一拳砸在了漆柱上。

随行之人见状，小心地劝解道："世子消消气。今日冬节宫宴还有梁州牧的人入宫谈判，圣上颇为重视。在如此节骨眼上，世子还是莫要横生枝节为好。"

梁州牧……蜀川乱党……

对了！

赵元煜的眼中闪过一丝阴毒之色，对方才说话之人道："你爹是鸿胪寺少卿，不是正愁没有出使梁州蜀兵的人选吗？你让他告诉梁州通判，本世子给他力荐一个人。"

说罢，他附耳说出了一个名字。

那人微微色变，惶然道："世子，这恐怕不合适。太子是何等金贵之躯，皇上怎舍得让他出入虎狼之地？遑论如今肃王担任太子太傅，世子动肃王看中的人，实非良策啊……"

"什么肃王的人？你以为肃王真的要辅佐东宫吗？他不过是磨刀霍霍罢了。我替他解决这一大难题，他谢我还来不及！"见此人还想劝解，赵元煜勃然大怒，"让你去你就去！别忘了你爹的前程是谁给的！"

那人只好惴惴不安地领命，下去安排了。

永麟殿内觥筹交错，不断地有清丽的宫娥捧着瓜果、琼浆鱼贯而入。

大太监扯着嗓子通传赴宴的勋贵的名号，那些公侯伯卿、郡王世子接踵而至，一个个锦衣华服，红光满面。一开始赵嫣还能耐着性子记一记，将人名和长相对应起来，记到后面已头昏脑涨，眼神呆滞。

如此多的宗亲权贵，即便是赵衍也不能一一对应，她索性破罐子破摔了。

大太监的嗓子一开始尖细嘹亮，最后逐渐沙哑无力。赵嫣悄悄地动了动僵硬的身子，百无聊赖之际，便听到大太监哑着嗓子喊了一声："吏部右侍郎沈大人入殿——"

吏部？沈大人？

这职位和姓氏赵嫣耳熟，仔细一想，这不是落水而亡的沈惊鸣的父亲吗？

赵嫣瞬间来了兴致，循声望去，便见到一名两鬓微霜的端庄又严肃的文官。

约莫还未从丧子之痛中走出，沈大人面容憔悴，双目混浊，与一众言笑晏晏的宾客格格不入。

赵嫣眼珠一转，示意身后的流萤："去把那位沈侍郎请过来，我与他说两句话。"

沈侍郎很快就过来了。见他躬身行礼，赵嫣忙道："爱卿免礼。孤叫你过来，是为令郎沈惊鸣之事。"

听到这个名字，于赵嫣身后立侍的流萤心头一紧。但她想起方才停留在眉间的温柔的触感，便没有阻止，只借着斟酒的空隙换了站位，莫让其他人靠近、打扰。

沈侍郎听到儿子的名字，面上沧桑、惨淡的神色淡去，化作了恨铁不成钢的严父的威仪。

"多谢太子殿下关心，"沈侍郎忍痛朗声道，"然犬子顽劣不堪，闲游浪荡，遭此横祸乃咎由自取，不值得殿下垂问！"

说罢，他再一行礼便退回到自己的席位上，竟一个字也不愿多说。

赵嫣怔住了，全然没料到沈侍郎竟视儿子之死为耻辱。难道真是她想多了？沈惊鸣的死与太子之死并无关联？

魏皇后伴随天子入殿时，见到的就是沈侍郎忍痛离去的背影。她看向自己那个不省心的"儿子"，蛾眉微微一拧。

"陛下万岁，娘娘千岁。"魏皇后的身后传来一声清朗的男声，打断了她的思绪。

魏皇后回首，只见一名文雅俊秀的着月白色长袍的男子携女眷迈入殿中，朝她行了个礼。

男子颇为俊逸，逢人自带三分笑意，五官与魏皇后的有几分相似；他身边的女眷云鬓花颜，素面朝天却难掩国色，周身仿若蒙着一层月华的光晕。

如此出色、登对的璧人，赵嫣这辈子都难以忘怀。此二人就是舅舅宁阳侯魏琰以及舅母容扶月。

赵嫣在华阳行宫时，曾听太后祖母说起过魏氏一族的过往。当年外祖父母去世时，宁阳侯府已经凋敝没落，只留下了入不敷出的烂摊子。

舅舅魏琰成为家主时才十四岁,赵嫣的母亲魏泠也只有十六岁,姐弟俩去哪儿都不被人放在眼里,受尽了冷落和嘲笑。

也是从这时起,姐弟俩便相约要振兴门楣。于是魏泠靠着"英烈之后"的好名声入宫,从籍籍无名的美人爬到了母仪天下的皇后之位。而魏琰则于宫外刻苦勤学,广交贤士,用了十年的时间,从人人轻视的落魄少年历练成声誉大震、一呼百应的宁阳小侯爷。

若论家底与人脉,如今的魏氏一族枝繁叶茂,当之无愧为京师士族之首。然而光看气质,谁能想到这般叱咤风云的传奇人物竟是一个温润随和的宠妻狂呢?

都说外甥像舅,赵衍那面人般的好脾气当真与宁阳侯魏琰如出一辙。

魏皇后毕竟身居高位,对亲弟弟并不热忱,略一点头便去上头的凤位上端坐着了。

魏琰便朝赵嫣看了过来,问道:"臣携阿月于京郊休养,昨日方回,未来得及谒见太子殿下。殿下的病可大好了?"

以前在宫中时,舅母虽孤高安静,但总会给赵嫣带些零嘴,舅舅也曾笑着将她扛在肩头上玩耍。这些年来与他们断了联系,赵嫣却始终对他们抱有几分好感。

赵嫣起身回礼道:"多谢舅舅挂念,孤已好多了。"

魏琰温声道:"那就好。"

他们还未说两句,殿外忽地传来一声太监那声音又尖又长的唱喏:"梁州通判入殿——"

殿内热闹的气氛瞬时凝结了。

谁人不知梁州通判名为与朝廷商议招安事宜,实则是叛军的寇首派来试探的棋子?

魏琰稍稍正色,不再寒暄客套,携着爱妻一同入座了。

一名穿着松绿色六品文官服的矮瘦男人堆着满脸谄媚之色进殿了,点头哈腰地朝两侧神色各异的王侯公卿拱手作揖,一副天生的走狗姿态。

朝廷派这样的墙头草去监管、协助梁州牧,难怪梁州会反。

满脸横肉的魁梧的武将紧跟其后,进殿竟然身着盔甲,甲胄上满是刀剑的斫痕。他目露凶光,一看就非善类,约莫是梁州牧麾下的家将何虎。

宴会中暗流涌动。

今年京师大寒,蜀川叛党看似来势汹汹,实则耗尽了粮草,大雪过后士卒冻伤无数。大玄明明可趁机反击,却因国库连年赤字,军心不稳,消极避战。

双方都需要喘息之机,如何谈是个问题。

蜀川那边俨然不可能轻易地放弃到嘴的肥肉,强攻不成也必定要连皮带骨地将大玄咬下一口肉来。

何虎并不满足于大玄提出的条件,冷哼道:"我与兄弟们随州牧大人一路清剿匪寇,饮血啖肉,出生入死,皇帝只封州牧大人一个爵位便敷衍了事,未免太不够诚意了吧?!"

闻言,赵嫣冷声嗤笑。

什么"一路清剿匪寇"?梁州牧借着勤王的名号攻城略地,率二十万蜀军合围京城施压,不臣之心昭然若揭,自己就是最大的匪寇!

皇帝不露声色:"卿欲如何?"

何虎道:"这一路的军饷、战死弟兄的抚恤,皇帝不补偿过来?"

一片死寂中,众臣或讷讷不语,或作壁上观,更多的人则露出了我为鱼肉的愤慨之色。

蜀川起兵反大玄,还反过来向大玄要钱!世上竟有如此厚颜无耻之人?!

见皇帝不语,何虎粗声道:"既然皇帝诚意不够,那我们只好死守于城外了。"

"诚意够,诚意够的。"鸿胪寺少卿擦着冷汗打圆场,给一旁自顾自地喝酒的梁州通判使了个眼色。

梁州通判会意,放下酒盏起了身:"为了表明我大玄招安的诚意,臣有一建议。"他出列躬身,一对鼠眼朝太子的座上瞥来,"太子贵为储君,乃大玄第二尊贵之人,最能代表陛下的天威。若能派太子殿下亲自入营答复梁州牧,以示大玄礼贤下士之心,州牧大人必然感念陛下的诚意，欣然领诺啊！"

此言一出，满堂震惊。

赵嫣抬起倦怠的眼，缓缓地坐直了身子。她不过是来当个摆设，未料竟看戏看到了自己的头上。

对面，赵元煜将一颗干果抛进了自己的嘴里，满眼幸灾乐祸之色。

看来这出戏多半还有雍王世子的功劳，行，她记住了。

何虎与之沆瀣一气，很快就转过弯来：将大玄的独苗捏在手里当人质，岂不比那点儿金银财帛的蝇头小利更有用？

他当即拍桌道："就这么定了，让小太子跟我们走一趟！"

"陛下，万万不可！"魏皇后凛然色变，声音微微发颤。

闻人蔺负手伫立于殿侧阁的门下，指腹轻轻地摩挲着玄铁戒，将里头的动静听得一清二楚。

张沧捏了一把汗，没忍住，骂道："王爷，这狗贼好大的胆子！您看中的人他们也敢打主意！"

闻人蔺乜了他一眼，眸若黑冰。

"卑职失言。"

张沧讪讪地认怂，心里却嘀咕不停：本来就是嘛！主子逗弄小太子的兴致甚至超越了逗弄宫中的野猫的兴致，咋自己说出来他还不高兴了？

见殿中的气氛愈加紧张，张沧没忍住，又碎嘴了："您不出面压一压那狗贼？"

"不急。"

闻人蔺的神色淡淡的，仿佛那正处在火坑里煎熬的人不是他朝夕相处的学生。

他倒要看看，太子这回用何种姿势昏厥。

四

赵嫣当然不会晕。

国事当前，她不会拿东宫太子的名誉开玩笑。

"既要金银、权势，还要人质在手，我看没有和谈诚意的是你们吧？！"

蓦地听到一声冷淡的嗤笑，赵嫣循声望去，发现说话的人是不远处的席位上的一名着劲装的少年。

少年身侧的晋平侯握拳低咳，示意他住嘴。少年却视若无睹，赵嫣不由得多看了他两眼。

少年十八九岁，气宇轩昂，只是左眉上有一道细小的旧伤，使之形成了断眉，看上去有点儿凶，是大殿内唯一敢直言相怼之人。

"我又没说错。"少年凛然道，"若论尊贵，怎么不选雍王、肃王去谈？此人其心可诛，无非是欺软怕硬罢了！"

"家父志在山水，无权无势，担不起如此重任。"赵元煜皮笑肉不笑地接话，欲将祸水东引，"让肃王护送太子前去倒是个好主意。"

殿侧阁的门下，张沧听了这话，额角已"突突"地狂跳了。

他悄悄地去看身侧的主子，冷光自门外斜斜地铺展进来，闻人蔺隐在晦暗中，一张脸上无甚表情。

"世子这话未免有失妥当。"殿中传来了小太子虚弱却清晰的声音。

赵嫣顶着众臣的视线起身，朝皇帝一礼："非孤贪生怕死，只是朝中皆知孤有弱症，若孤在招安的途中出了什么意外，这笔账会落在肃王的头上还是梁州牧的头上？"

这对于雍王府来说的确是个一石二鸟之计。若太子在招安途中出事，雍王不仅可顺理成章地上位，亦可嫁祸于肃王和梁州牧，将其一同拉下马。毕竟这两个人一个把控朝野，另一个为祸一方，任谁活着都对雍王府极其不利。雍王府一日不除他们，便一日芒刺在背。

此番被当众戳破了算计，赵元煜强作镇定，心中却暗自咬牙切齿。

这该死的病秧子！自己以前碍于面子还会假惺惺地忍让他，如今他却敢当着群臣的面让自己难堪，真是越发能耐了！

獐头鼠目的梁州通判讪笑着道："太子多虑了。州牧大人若见太子亲临，必倒屣迎之，怎舍得让太子遇险呢？"

"前不久，孤不过闭门休养些时日，便有谣言横行，扰我国本。梁州通判何来胆量越俎代庖，做此保证？"赵嫣身姿纤弱，看向对面的赵元煜:"一旦有心之人拿孤之死大做文章,诬蔑随行的忠良不说,还会再次挑起朝廷与梁州蜀地的嫌隙,则今日之谈必功亏一篑。难道这些都是世子想看到的?"

闻人蔺听到"忠良"二字,"嘁"地一笑。

倒是很久不曾有人这般形容他了,他乍一听还觉得怪讽刺的。

他看够了戏,方吩咐在一旁等候命令的大太监:"去回禀陛下,殿外的刑杖臣已准备妥当。"

说罢,他不待太监复命,转身出门离去了。

大太监躬身将肃王回禀的话以耳语转告给皇帝,皇帝端着不露喜怒的神仙脸,朝梁州通判的方向看了一眼。

一旁的大太监眼观鼻、鼻观心,立即领悟了圣意,不动声色地行至唾沫横飞的梁州通判身旁,堆出慈善的笑来:"通判大人,陛下劳您借一步说话。"

梁州通判还以为自己的建议被采纳了,天子要垂问行赏,不由得心下大喜,连连谄笑着应允了。

出了殿门,梁州通判便见到白玉雕栏边置着一把圈椅,着玉带红袍的俊美男子靠坐其中,纵使丹青妙手也难以描摹其风华之万一。他的身旁摆着一张长凳、一捆粗绳,四名手持刑杖的禁卫侍立其侧。

梁州通判认出了这位俊美男子的脸,瞬时睁大了笑成两条缝的鼠眼,茫然地停住了脚步。

等他察觉到不对劲时,为时已晚。两名禁卫一左一右地挟住他,扒下他的衣裳,将他面朝下地按在了长凳上。他想挣扎起身,却连手脚也被绳索缚住了。

"陛下!陛下何以对臣如此……啊!"

声音戛然而止。

殿外很快就传来了刑杖落在皮肉上的沉闷声响以及被堵在喉咙中的惨叫声。那惨叫声在沉寂的大殿内被无限放大,引得众人面面相觑。

闻人蔺在此时逆光而来,明明是闲庭信步的姿态,每一步却都像踏在众人的心尖上,颇具压迫之意。

"梁州通判监管不力,意欲挑拨皇上与梁州的关系,置朝堂于险境,其心可诛。臣奉皇上之命，杖责六十，以儆效尤。"

他说这话时仍是带着笑的，若没有殿外杀猪般的惨叫，这当是赏心悦目的一幅画。

"尔等何意？！杀鸡儆猴，这就是朝廷的待客之道？"何虎一拳砸在几案上，发出了震天的声响。

到底是鲁莽的武将，他猜不透天子的心思。

龙椅上的男人年轻时也是从十一位皇子中杀出来的铁血帝王，如今再如何求仙问道，也不会纵容皇权被践踏。招安，他自然要招，但绝不能是朝廷跪着招安。

赵嫣心知肚明，梁州通判这棵墙头草吃里爬外，是最好的弃子。

这六十杖落在他的身上，亦是落在在场每位臣子的心上：恩是天子施来的，不是他们抢来的。再有站错队伍者，梁州通判便是下场。

但大字不识的何虎自然不懂这些帝王之术，只知道一旦深陷敌营遇险时，应当下意识地寻找人质挡刀，使之投鼠忌器。所以，他凶狠的目光落在了看起来最有分量也最好挟持的大玄太子身上。

何虎刚想起身，便感觉肩上有一道强力压来。

"宴会还未结束，何将军不妨坐下谈？"

闻人蔺不知何时站到了他的身后，他自诩夜不卸甲、机敏警觉，竟然丝毫未曾察觉。

何虎满脸赤红，颈侧的青筋都暴起来了。闻人蔺单手按在他的肩头上，修长如玉的手指泛出霜白之色，手背上亦筋络凸显。

于旁人看来，肃王只是亲和地同何虎打了个招呼，赵嫣离得近，却是将一切看得明明白白：闻人蔺只用单手就按住了杀意弥漫的何虎，这是何等可怖的力道！

何虎心不甘情不愿地卸了力，闻人蔺这才松手，一边从袖中摸出素白的帕子拭了拭手，一边朝自己的位子行去。

闻人蔺的食案在赵嫣的右手边，是离天子最近之处。

赵嫣将视线落在面前的酒盏上，甚至能闻到他身上极淡的木质熏香。

殿外的哀号声由盛转衰，很快，众人连间或的呻吟声也听不见了。

鸿胪寺少卿面如菜色，赵元煜也明显坐立难安起来，不住地饮茶压惊。

六十杀威棒听起来不多，可这些年来他们已见证多少谏臣、犯官死于杖下。二十杖使人皮开肉绽，四十杖使人骨断筋残，六十杖嘛……人能不能剩一口气还未知。

棍棒声中，皇帝的声音格外平和："梁州牧辖领蜀川诸地，算起来还是太宗的九世孙、朕的堂兄。此番一路清剿匪寇立下大功，朕便封他为蜀王，赐金万两，美婢、舞姬数十，准其世代镇守西南千里地，自此退兵回梁州安享晚年，可好？"

这招先威后恩皇帝用得恰到好处，赵嫣却只觉凄凉可笑。

然而大玄若剥下皇权的华袍，内里何尝不是摇摇欲坠、满目疮痍？忠良之辈埋骨他乡，窃国之贼却封王封侯，真是荒唐至极。她如今倒是有点儿明白赵衍坐在太子之位上的卑微与无奈了。

赵嫣离席之时，被剥了官袍的梁州通判正被缚在刑凳上示众，由背至股一片血肉模糊，头无力地向下垂着，口鼻不断地溢出黏腻的血。

他这模样，多半不中用了。

赴宴之人一个接着一个地从他面前走过，以此自警，不敢直视他。

阶前已经有内侍冲洗过了，可赵嫣依旧能闻到空气中那股鲜血和着失禁的排泄物的、令人作呕的味道。

闻人蔺不知交代了一句什么，禁卫便上前解开粗绳，将梁州通判拖了下去。

闻人蔺轻抿着唇，脸上没有挂着往常那般高深莫测的笑意。这让赵嫣莫名其妙地生出一种错觉：他应是极厌恶血腥味的……

这真是可怕的错觉，一个制造杀戮的人竟会厌恶鲜血？

赵嫣正胡思乱想着，闻人蔺就像背后长眼睛似的回身看了过来。她下意识地移开视线，笼手朝他行了个学生礼，僵着颈子走下了汉白玉阶。

寒风卷来，她的狐狸毛披风被掀起一角，轻轻地掠过闻人蔺那黑色干净的靴面。

啧，他就这么怕？

肃王殿下望着小太子近乎仓皇的背影,若有所思地微眯起眼眸。

赵嫣的确看不透闻人蔺。

他的手修长、干净,昨天还在执卷对弈,今日就能取人性命。梁州通判固然是自作自受,可怀揣着天大的秘密的赵嫣何尝不会心生凄凉、惶恐之感?

人都有趋利避害的本能,她无法预料闻人蔺的那双手下一刻会落在谁的脖子上。

捧着小暖炉,赵嫣努力地将闻人蔺那张可恶的脸赶出脑海,问流萤:"柳姬的近况如何?"

流萤摇了摇头:"饮食作息正常,未有其他动静。"

"不管她提什么要求,只要不过分,你们都尽量满足。从前太子如何待她,今后我们还是如此,切不可怠慢她。"

"奴婢知晓。"

"对了,"想起另一桩重要之事,赵嫣习惯性地托着下颔问,"方才在宴席上为我鸣不平的少年是谁?就是坐在我左三位子的那位。"

流萤亦对那少年印象深刻,答道:"回殿下,那是晋平侯世子裴飒。"

晋平侯……赵嫣略有印象,他与宁阳侯魏氏同出簪缨世家,近几年闻人蔺一手遮天,这才被压了风头。

虽说如此,晋平侯有个拜把子的好兄弟——寿康长公主的驸马霍锋霍大将军,因此虽交了职,却在军中尚有些威望,且至今不曾依附于任何党派。

世子裴飒比自己大不了几岁,路见不平敢直言相怼,可见是个能用的人。

赵嫣心中有了主意,机灵地道:"告诉母后,我要裴飒做伴读。"

入夜,宫里传来了消息:闻人蔺亲自领着一队亲卫和敕官连夜出城,前往屯守西京的蜀川叛党中下达招安退兵的圣意。

赵嫣以为闻人蔺和梁州牧那样的反贼打交道,多少得十天半个月才能归来,怕是赶不及休沐后的授课。她暗生窃喜,直到第二日被侍墨的小太监领去崇文殿后的小校场，见到正坐在圈椅中擦拭弓箭的闻人蔺，才仿若一盆冷水当头浇下，直叫天地不灵。

这个人是生了翅膀吗？他怎么归得这般迅速？！

赵嬷认命地行了礼，俯身时闻到空气中有一股极淡的伤药味。

她未来得及细究，便见闻人蔺眼也没抬，指了指一侧的兵器架上各种各样的臂弩、弓箭，淡淡地道："烦请太子去挑一把称手的。"

弓弦锐利，箭矢锋寒，每一样兵器都透出沉重又慑人的气息。

赵嬷摸不准闻人蔺又在想什么折腾人的法子，咽了咽口水，问："今日……不对弈吗？"

"兵法、对弈、骑射，换着来太子方不烦腻。"闻人蔺回她。

赵嬷刚要张嘴，闻人蔺却像看透她的灵魂般，手指点了点几案上的两个黑瓷药瓶。

"本王特意向孙医仙讨了两瓶回春丹，莫说小小的昏厥，便是太子一只脚踏入鬼门关也能被拉回来。"他垂眸，轻勾嘴角，补上一句，"太子大可放心，药管够。"

赵嬷被气得握紧了拳头，肝一阵抽痛。

她去一旁挑选了一把大弓，纤细的手指试探地抚过弓弦，便听身后的闻人蔺说道："太子正是不安于现状的年纪，近来不甚本分，学点儿本事防身也好。"

赵嬷的指尖一颤，她艰难地吞咽一番，方若无其事地问道："太傅此言何意？"

她装作认真地挑选弓弩的模样，实则连那些兵器长什么样都没看清，如临大敌，一颗心狂跳如打鼓。

闻人蔺的声音让人听不出他有丝毫情绪："本王说过，人看得太透彻未必是件好事，站错了位置，就会挡他人的道路。"

赵嬷想起了长庆门下飞溅的鲜血，想起了被打得血肉模糊的梁州通判，亦想起了猝然死去的兄长……压下去的情绪争相翻涌，她到底问出了口："若是孤挡了肃王的路，会如何？"

身后之人久久未有回应。

赵嬷悬着一颗心，有些后悔，只能佯装镇定地挑了一把最小巧轻便的弓，深吸一口气，转身道："孤选好……"

寒光闪现，疾风扑面，一支森寒的羽箭已抵眼前！

闻人蔺一只手负在身后，另一只手握着箭杆，矢尖距离她的鼻尖仅有一寸之遥。

赵嫣的心脏骤停，骤缩的瞳孔中映着闻人蔺无可挑剔的容颜。

她以为他会杀了自己，然而他只是轻笑一声，指尖一转，将箭矢掉了个方向，将锋利的箭尖向着自己，无害的尾羽向着赵嫣。

"那要看太子挡的是本王的哪条道了。"说罢，闻人蔺将亲自磨好的箭放到了赵嫣冰冷的掌心中。

他见小少年仍呆呆地不动，眼中浮现出些许得逞的浅笑，温声道："听话点儿。"

五

箭矢以黑漆为杆，玄铁为镞，赵嫣握在手中，觉得它似有千斤重。

闻人蔺擦身行至兵器架前，已经挑好了称手的弓箭，那是一张二石力的良弓。他挽弓于左臂，廊下颀长的影子一直延伸至赵嫣的脚下，挺拔、矫健，仿若射日之姿。

他在等赵嫣过去。

于是赵嫣平复了神色，踏着地上的斜影缓步向前，行至闻人蔺身侧。

闻人蔺这才从箭筒中摸了一支羽箭，侧身而立，双脚微微叉开，与肩齐平，将拉弓搭箭的要领一一清晰地示范出来。

"箭羽于食、中二指间，三指扣弦，拉弦时左臂前推，右臂齐平。以眼指手，瞄准。"

因是拆解示范，闻人蔺将一举一动刻意放慢，倒生出一股从容不迫的优雅之意来。其冷白的指节拉弦如满月，食指上玄铁戒的冷光映在他的侧颜上，那份优雅便染上了些许凌寒之意。

他的手指一松，箭矢便"嗖"地离弦，如疾光般破空而去了。

他一箭穿透靶上的红心，冲击力大到将草靶震裂了。飞舞的碎屑中，箭矢钉入校场的砖墙里三寸，墙上的裂缝如蛛网般蔓延，箭羽犹"嗡嗡"地颤抖不止。

那支箭甚至没有开锋。

即便如此，二石良弓于他来说不过是孩童的玩具，他小试牛刀罢了。以他这样的身手，他便是于马背上开七石重弓，三箭齐射，亦能做到箭无虚发，其臂力、视力已非可怖能形容。

赵嫣看着远处四分五裂的草靶，不自觉地攥紧了五指。

她手中的弓是兵器架上最轻便的一把了，比闻人蔺手里的那把要小上一圈，饶是如此，仍沉得慌。

闻人蔺放下弓，转过身看向她，这意思便是轮到她上场了。赵嫣抿了抿唇，学着闻人蔺的模样一前一后地叉开腿，弯弓搭箭。

赵衍体弱，每年皇家围猎时皆称病缺席，应是不擅射箭的。赵嫣在华阳行宫，接触骑射的机会亦不多，是以不用刻意伪装。

在闻人蔺的手中轻松无比的技巧到了她这儿就变得漏洞百出，她不是箭尾的凹槽卡不准弦，就是箭头朝下垂坠，好不容易拉开了弓弦，手臂却因乏力而抖得瞄不准靶心。

赵嫣后背发热，全神贯注，压根顾不上闻人蔺是何神情。

闻人蔺看着摇摇晃晃的小太子，眸色幽幽，流露出些许轻淡的笑意。他重新取了一支钝箭，以箭杆为戒尺，轻轻地将赵嫣下垂的箭尖抬起，而后顺着她的手臂不断地上移。

他的箭矢并未开锋，可赵嫣还是能感觉到金属冰冷的质感透过衣料传来，带起一路战栗。

箭矢最终停在她绷紧的小巧的下颌处，点了点。赵嫣便不自觉地抬起下颌，艰难地吞咽了一番。

狐狸毛的毛领严实地遮住了小少年纤细的颈子，唇上干净，像是未经发育一般，不见少年应有的青涩绒毛。

闻人蔺冷冷地睨视着她："腰背挺直，颈项勿要前倾。"

说话间，他负在身后的手掌自然地向她的后颈搭去，纠正她的动作。

赵嫣的指尖一抖，箭已被歪歪扭扭地射出去了，"当"地撞在五丈之外的砖地上，倒了。

被她这么一打岔，闻人蔺那悬在她颈后的手顿了顿。

赵嫣脱力地垂下轻弓，转过身不好意思地笑了笑："孤的力气太小了，孤不知何时才能追上太傅射艺之万一。"

闻人蔺盯着她那双通透的眼，半响才将手收回，重新负于身后，道："太子手里的这把弓是给总角孩童启蒙用的。"

言外之意，她竟连十岁的孩子也不如。

赵嫣假装听不出他言辞中暗含的奚落之意，反正射出那一箭也只是为了避免与他身体接触。她好脾气地弯了弯眼睛，诚恳地道："孤会好好学的。"

闻人蔺笑了，然后从侍从手中接过赵嫣射出的那支羽箭，指腹沿着做工精良的黑漆箭杆一路抚去，然后屈指在镞尖上一弹，簇尖发出了清寒的金属之音。

"这支羽箭是开过锋的，太子只需要小小的力道便能贯穿最坚硬的胸骨。"他垂眸敛目，徐徐地道，"可惜如此良机，太子错过了。"

她错过了什么？

反应过来以后，赵嫣微微睁大了眼，观察着闻人蔺的神色，可他的脸上并无半点儿开玩笑的意味。

杀闻人蔺吗？这的确是个很好的机会。

赵嫣若同何虎一样是个鲁莽、冲动之辈，此时恐怕已经被勾出杀意来了。她很清楚，这支锋利的羽箭未必近得了闻人蔺的身，但闻人蔺的手能轻而易举地捏碎她的颈骨。

她拿不准，闻人蔺这番言辞中疯狂的暗示是源于他兴致来焉的恶意逗弄还是别有企图？

直觉告诉她，不要试图在闻人蔺面前撒谎，以卵击石必自取其辱。

"孤总是猜不透太傅的心思，是以有时……的确惧惮太傅。"赵嫣伸手接过他手中的箭矢，竭力让自己的声音听起来自然、真诚些，"但暗箭伤人非君子所为，孤亦不齿。骑射是为了强健体魄，肃王说这些话，实在太骇人了。"

不知哪个词戳中了闻人蔺的笑点，他忽地抬手抵着鼻尖，扭头低声笑了起来。

"强健体魄？"他笑得双肩都在微微颤动，良久方平静下来，垂眸俯视面前这个看似天真纯稚的太子，"太子先练臂力吧，或许有生之年能拉得开这张……轻弓？谁知道呢？"

这一次，赵嫣明明白白地在他的眼中看到了戏谑之意。

她不由得暗自咬牙切齿地想：太子太傅教储君骑射不是为了让他强身健体，难道是为了让他上阵杀敌吗？这有何好笑的？！

罢了罢了，左右她是仿着赵衍的语气说话的，就当这人嘲笑的对象是赵衍吧。

然而她依然觉得可气！他凭甚嘲笑她的同胞兄长？！

赵嫣憋着一肚子火拉弓，练了一个上午臂力，回到东宫时，双臂宛若灌铅，酸痛难忍。

赵嫣僵着纤细的胳膊，龇牙咧嘴地任凭流萤给她推拿、放松，心中已将黑心肠的闻人蔺骂了百遍。

可冷静下来，她又品味出几分不对劲来。闻人蔺在言辞间似乎对她颇有敲打、警醒之意，毕竟肃王这般位高权重之人从来不说废话。只是赵嫣不知他是在敲打真正的赵衍，还是对她这个赝品起了疑心……

一颗心沉了下去，赵嫣不由得蹙着眉打了个寒战。

肃王府的马车碾过长街，摇晃的马车中，闻人蔺坐得四平八稳的。他慢条斯理地解开被宽大的文袖遮挡的护腕，露出了缠着绷带的小臂来。

伤口显然裂开了，绷带上渗出了些许血色。

一旁的张沧捧来金疮药，忍不住又开始絮叨："那些狗贼下黑手行刺，王爷手上还带着伤呢，就赶着回来给小太子授课。要卑职说，那就是个扶不起的刘阿斗……"

"去将库房里那支袖里菖蒲找出来。"闻人蔺重新上药、包扎，打断了张沧的话。

"是……啊？"

张沧一愣：那东西女里女气的，王爷找它做甚？

练了两天开弓，赵嫣连着数日手抖，抖得连抬笔都困难。

连流萤见了也心生不忍，忙不迭地让张煦送舒筋活络的药油来，劝道："殿下不擅骑射亦非大错，何必如此拼命？"

赵嫣按住流萤手中的药瓶，牵连到伤处，不由得直吸气。

"你以为我转性了，突然奋发图强？"她扮成太子的模样后，浅笑是介于少年与少女之间明亮的样子，"我是故意如此的，上了药好得快，这苦肉计就不灵了。"

流萤直到第二日方知她这话的含义。

那天闻人蔼说兵法、对弈、骑射轮着来，赵嫣便算到这几日轮到他讲习兵书了，课上以文墨居多。

虽说她自入东宫以来一直在模仿赵衍的笔迹，如今已得八九分神似，但应付肃王这样危险的人物显然还不够，能拖一日是一日。眼下小胳膊小腿儿酸痛成这样，她便是极力控制，一落笔也如蚓走蛇行，这下连模仿赵衍字迹的功夫都省了，任神仙也写不出原本雅正的字来。

闻人蔼以单手抵着太阳穴，平静地扫视她那份不甚雅观的誊写之作，半晌，将其搁置在了一旁。

"去将本王备好的东西取来。"他吩咐身后的侍从。

侍从领命，很快就取来了一个比巴掌略长的漆盒。

赵嫣端坐于几案后，偷偷地观察他的动静。

这是何物？闻人蔼不会又想出了什么试探、折腾她的把戏来吧？

她正凝神，座上之人已"吧嗒"一声打开了盒子，从中取出了一个黄铜镏金的类似于护腕的精巧玩意儿。

闻人蔼屈指点了点几案，示意她："手。"

赵嫣不明所以，迟疑地将手搁在了几案上。

她的指甲被修整得齐整、圆润，手不似女子那般十指尖尖、软若无骨，却也没有男子应有的修长的样子，纤白、秀气得很。

闻人蔼没什么表情，伸手撩开她的袖袍，让她那细瘦的腕子露出来。赵嫣倏地蜷了蜷手指，如临大敌。

察觉到她紧绷起来，闻人蔼一只手拿着那镏金的护腕，另一只手拈着她中衣的衣袖，抬眼看着她。赵嫣只好强忍着要抽回手的恐慌感，老实地道："手臂还疼着……"

脉象可以被改变，女子的骨量她却无法遮掩，她怕闻人蔺摸出什么来。

然而闻人蔺只是重新将注意力放在了她的腕子上，将冰冷的金属物件给她套上，严丝合缝地一扣——大小刚刚好，三瓣菖蒲花的镂纹清冷流光。

"这是……何物？"赵嫣细声问。

"袖里菖蒲。"见她茫然的样子，闻人蔺换了个通俗的说法，"袖箭，暗器。"

暗……暗器？

赵嫣心下惊异，抬起左腕仔细地观察了一番，发现这的确不是一只普通的护腕，下方有精细的机关，连接着小指粗细的一个孔。

"太子若不想当场被射穿脑袋，便别对着自己瞎触。"

闻人蔺冰冷的嗓音传来，唬得赵嫣立刻将东西拿远了些，僵着酸痛的胳膊，再不敢随便触碰它了。

闻人蔺笑了一声，倾身指了指她腕下的一枚突出的机括："此物隐秘，不易被查出，且对臂力没有要求。太子只需要将其对准目标，按下此处的机括，其中的暗箭能伤百步以内的目标。不过里面只有三箭，太子省着点儿用。"

赵嫣像拿了一个烫手山芋，不明白闻人蔺此举何意。对手的东西她不能随意收，恐出祸端。

赵嫣权衡了片刻，方试探地道："孤身边有东宫卫护着，也许用不上此物。"

闻人蔺抬起眼来，悠然地道："质帝亡于舞姬行刺，元帝死于回宫途中，安王崩于汤池之中。他们死时，哪个人身边没有护卫守着？"

赵嫣眨了眨眼，无言辩驳。

她悄悄地收回手，将那冰冷的暗器藏于袖中，紧紧地捂住，半晌方鼓足勇气问："那太傅为何想起赠孤这个？"

她可不相信闻人蔺是为了照顾她柔弱，才为她挑选如此称心的"礼物"。

闻人蔺看了她很久，漆眸映着窗边暗淡的冷光，仿若寒潭，深不可测。

他嗤笑一声，手搭着扶手靠回太师椅中，淡然地道："就当是……本王回报太子在永麟殿上的良言夸赞。"

永麟殿？那场暗流涌动的招安冬宴？

赵嫣不记得自己说过什么夸赞闻人蔺的话了，只觉得他此时神色复杂，自己只要再与他对视两眼，他便能从头到脚将她看穿。

赵嫣握着拳干咳一声，扭头避开了视线。

寒风钻入窗缝，吹散了几案上袅袅的暖烟。今年的最后一场冬雪便在此时悄然降临了，洋洋洒洒，落在了闻人蔺晦明难辨的眼中。

第四章
危机四伏

一

书房中，赵嫣给孤星看那支护腕造型的袖里菖蒲。

"卑职已检查过了，此物的确是袖箭，内外并无问题。只是……"孤星将袖里菖蒲重新奉还给赵嫣，方在赵嫣疑惑的目光中继续道，"只是此物小巧，应是给女子防身用的。"

见赵嫣拧眉，孤星垂首，忙补上一句："若是半大少年，也可使用。"

护腕上的镂花菖蒲精细华丽，的确是女子喜爱的风格。何况少年生长得极快，骨量一天一个变化，有几个人会去定制这等用不了几个月的凶器防身？

所以，闻人蔺这是嘲讽东宫太子男生女相，还是怀疑……？

赵嫣不敢继续揣测，看着面前这物件都觉得扎眼起来。

她抓起袖里菖蒲欲丢出门外，然而手在半空中顿了顿，又慢慢地收了回来。

她如今顶着赵衍的身份，须得忘记自己的原名与喜好。赵衍是个宽厚到近乎傻气的人，断不会因为一支疑似女人使用的袖箭而心存芥蒂，流露出慌乱之色。

赵嫣决定索性以不变应万变。她倒想看看，闻人蔺那张人畜无害的皮囊下到底存了怎样的心思。

赵嫣仅须臾便冷静了下来，恢复了东宫太子应有的温和敦厚之色，握着那暗藏杀机的袖里菖蒲，道："对了，孤的那两个故交可有下落了？"

冬节过后，赵嫣便暗中命孤星去明德馆，找寻与故太子有过书信往来的王裕与程寄行。

她有很多事想问这两个人，如今大半个月过去了，按理说此事应该有结果了才对。

孤星就是为回禀此事而来的，沉默半晌才如实禀告道："回禀太子殿下，那位姓程的贡生在七月中突发急症，猝死于寝舍内。他乡下的寡母认领了尸身，并未提出什么质疑，没几日便下葬了。"

赵嫣讶异，忙问："因什么病死的？"

孤星道："似乎是他通宵挑灯读卷，诱发了心疾。"

赵嫣听得心尖发凉。

一个月内，明德馆的两名贡生暴毙，与赵衍有交集的沈惊鸣与程寄行先后而亡，世上真有如此巧合之事吗？

想了想，她问："你查过程寄行的病史吗？确定他死于心疾突发？"

孤星明白主子的意思，点头道："卑职自称为程生的同乡，向其同窗打探过此事。奇怪的是，同窗皆言程生素日身体康健，骑射一流，连风寒等小病都极少有。卑职还翻看了明德馆今年的儒生出勤册子，发现程生满勤，这说明一年来他从未告过病假。"

赵嫣了然，这实在不像一个患有心疾之人该有的表现。

"王裕呢？"赵嫣将希望寄托在这最后一个人身上。

"程生病故不久，此人便谢师云游了，至今未有音讯。"孤星抱拳道，"殿下放心，卑职正在全力追查。"

不太对劲……

多少儒生视科考为登天之梯，盼望鱼跃龙门。这个王裕已是贡生身份，离最终的殿试仅有一步之遥，为何偏偏在此时选择辞师远游？

心中疑窦渐浓，赵嫣觉得自己有必要再与柳姬谈一谈。

她刚行至承恩殿门口，便听到里头传来了一阵"稀里哗啦"的倾倒声。

流萤呈来了新鲜的糕点，刚要劝赵嫣，赵嫣便止住她的话茬，道："母后只说不许柳姬出门，没说不许我去看她吧？"

说罢，赵嫣亲自接过糕点的托盘，推门进去了。

一只靴才迈进殿中，赵嫣便踩到了一本仰躺在地砖上的旧书，远处还横七竖八地躺了不少纸、笔、书卷，地上几乎没有落脚之处。柳姬支棱着腿，歪在窗边的坐床上，正百无聊赖地掷棋子玩。

一枚白子蹦到了赵嫣的靴下，她顺势拾起，将它补在了棋盘上的断点处。

柳姬挑起了眉，朝她看了过来："呵！这还没到清明节呢，殿下怎的就想起来看我啦？"

大美人一开口便夹枪带棒的，字字不提委屈，但字字都暗藏她被禁足于殿中无聊至极的感受。

"想让母后放下戒心，我总得需要时日。再说了，我这不是一直在等你想明白，给我答复吗？"赵嫣被她逗笑了，将装着各色精致糕点的托盘置于几案上，随即规矩地坐在柳姬对面，"听流萤说你爱吃甜食，我便让膳房多做了些。"

柳姬皱了皱鼻子，半响，没忍住，挑了一块蜜豆糕塞入了嘴中，哼道："我没什么好答复你的，既然已确定赵衍不在了，真相如何又有何重要的？"

"你若真这么想，就不会冒险回宫了。"赵嫣也不费话，取出那张曾与赵衍有书信往来的名单，"这三个人你认识吗？"

柳姬的目光从纸笺上一掠而过，她不假思索地答："不认识。"

"王裕下落不明，沈惊鸣和程寄行死了，"赵嫣道，"死在太子出事前一个月。"

柳姬听到这话，眼睫微不可察地一颤，玩世不恭的样子消失了一瞬，很快又若无其事地拈起一块新的糖糕来。

柳姬撒谎了，几乎是抱着必死的决心守口如瓶。

赵嫣对此心知肚明，便适时地退让，从袖中取出了另一张纸笺，抚平后展示在柳姬的面前。那是她在沈惊鸣赠予太子的那本《古今注》中发现的纸笺。

"那我换个问题，这个'拂灯'是何意？"

这一次，柳姬的目光在纸笺上停留了许久，神色几番变化，而后她回道："扑棱蛾子。"

"什么？"赵嫣一愣，随即慢慢地拧起了眉头，"我并非在与你开玩笑。"

"我也并非在与你开玩笑。你没仔细读过那本《古今注》吧？"柳姬已然不耐烦了，咽下糕点，道，"'飞蛾善拂灯，一名火花，一名慕光'。拂灯便是飞虫，俗称扑棱蛾子。"

赵嫣愣住了，没想到自己视作重要线索的、费尽心思去追查的纸笺上的"拂灯"竟只是沈惊鸣随手誊写的飞虫的别称。

柳姬捧着糕点，眼睁睁地看见赵嫣缓缓地垂下眼帘，眼中的光彩明显暗了下去。

记忆在脑海中浮现，面前的身影变得模糊斑驳，取而代之的是另一个与之形似的少年。曾几何时，柳姬与赵衍也曾于此执子对弈，嬉笑调侃。

"赵衍，你怎么跟个木头人似的，身边一个伺候的美人也没有？"她大大咧咧地盘腿坐着，喋喋不休地抱怨，"害得我整日只能对着你这张小白脸，好生无聊。"

赵衍将外袍松松地罩在单薄的肩头上，温声道："美人没有，不过孤有个孪生妹妹，甚是漂亮可人。"

"有多可人？"柳姬两眼放光。

赵衍用手抵着下颌，沉思良久，方慢吞吞地道："嗯……和孤一样。"

柳姬作势要打他，赵衍却愉快地耸肩低笑起来，笑着笑着又咳得天昏地暗。

柳姬终是不忍，悬在半空的巴掌轻轻地落下了，改为给他抚背顺气。

"你既然这般疼爱她，为何不护在她身边？"柳姬问。

赵衍气喘吁吁地摇头："孤体弱无能，常惹她生气、厌恶。何况东宫并不安全，孤不想……将她拖入泥淖中。"

"她厌恶你？那你还这般挂念着她？"

赵衍只是摇首笑了笑："我知道嫣儿说的那些都是气话，因为她一心虚，便喜欢气势汹汹地反问回来，譬如'谁稀罕你的东西？''谁担心你了？'……她说完气话又会一个人躲起来后悔，嘴硬心软的模样倒与你有几分相似。"他的眼中全是身为兄长的宽厚温柔之色，他许诺道，"下次有机会，孤定然引见你们认识。"

柳姬没有等到他的"引见"，倒是记住了他的嘴里那个一心虚便下意识地反问的小姑娘。

可怜的小公主与她一样，都被剥夺了原本的身份和姓名，顶替别人坐在了摇摇欲坠的东宫之中的危椅上。

"那么你呢？你为何在意太子的死因？"柳姬不自觉地放轻了声音，"我听赵衍说过，你似乎很讨厌他。"

那声音极低的"讨厌"二字如同细针，刺痛了赵嫣心中最脆弱之处。

赵嫣蜷起了手指，上等的衣料在指间起了褶皱。

"是，我讨厌他。"她低声道，"我讨厌他背负那么多人的喜爱与希冀，而我如何努力也不被认可；讨厌他明明脆弱得连自己的性命都无法掌控，却还总想着去照顾别人……"

她重新抬起低垂的眼帘，仅是一瞬，眸光就变得澄澈而坚定："可那又怎样？他是我血脉相连的兄长，是这个世界上唯一在乎我的人！"

低柔的嗓音如珠玉落盘，掷地有声。

柳姬微张唇瓣，久久不语。

赵嫣以为今日又无功而返，不由得轻叹一口气，欲起身离去。

"王裕在沧州有田产。"身后蓦地传来了柳姬低沉的嗓音。

赵嫣诧异地回首，见柳姬拍掉指尖上的糕点的碎屑，起身了。

"我知道的事情并不比殿下多，既然我们目标一致，我与殿下合作也行。"柳姬环顾承恩殿，抛出了自己的条件，"我要行动自由。日日被禁足于屋中，我已待到厌烦了。"

云开见日，柳暗花明。

赵嫣拢袖一笑，轻而郑重地道："当然。"

转眼便是岁末，除夕在满城烟火的热闹声中如期而至。

梁州牧带着百车赏赐和搜刮而来的珍宝满载而归，厉兵秣马。而朝廷扬汤止沸，围城之急解了不到半月，宫中已是一番歌舞升平的场面。

皇帝并未出席除夕家宴，赵嫣与那几个妃子及未出嫁的公主不熟，索性寻了个借口，提前回了东宫。

洗去了一身的疲乏，赵嫣只在发尾处松松地绑了一条君子发带，裹着厚重的狐裘出来时，便见着一袭绯衣的柳姬提着一小坛罗浮春迎面而来。

"殿下怎的这个时辰回来了？"

柳姬解除禁足后便恢复了以往的随性样子，来去自由。此时她未施粉黛，五官竟比涂脂抹粉时更为英气、清晰。

一提起在家宴上的所见所闻，赵嫣便心觉烦闷。

"那神光教国师又借着占卜天机的名义怂恿父皇大兴春社祭祀，以求苍天庇佑来年风调雨顺、国泰民安。"她蔫蔫地道，"春社祭祀劳民伤财不说，正巧在上元节时，这下我连花灯也没的看了。"

无须端着名为"太子"的伪装时，她总爱以"我"自称，仿佛昼夜之中只有这会儿能做回自己。

柳姬眯了眯凤眼，食、中二指勾着酒坛晃了晃："陪我喝酒去？罗浮春，甜的。"

赵嫣刚才在宴会上本就没动几口，此时嗅了嗅空气中淡淡的甜香，肚子就开始"咕噜"地响起来。她眼波流转，颔首笑道："我们悄悄的，别让流萤知晓。"

柳姬亲昵地去勾她的肩，手臂抬起来方反应过来，面前这个娇俏的少年已然不是当初的赵衍了。

她便不着痕迹地放下手臂，别过头哼道："你倒是不怕我在酒里下毒。"

"我这张脸，你舍得下手？"赵嫣不动声色地揶揄回去，又问，"沧州那边，王裕可有下落？"

"暂未。"

两个人有一搭没一搭地聊着，在巡逻的宫侍看来就是一对恩爱的小情人。

积雪自屋檐坠落，远处的空中升起了红、黄、蓝、紫的光束，那是在黑蓝色的夜幕中炸开的朵朵似荼蘼般的烟火。

直到烟火完全绽开了，震耳欲聋的"砰砰"声才相继传来。赵嫣停下脚步，朝着廊庑的尽头望去。

流萤独自坐在石阶的阴影中，仰头望着天上皎皎的明月出神，身上落了色彩斑驳的烟火的余光。

除夕夜放恩，其他近身服侍的宫人都去偏房里吃年夜饭了，赵嫣好不容易才说动流萤休息两个时辰，却不料她一个人坐在此处，身影萧索而孤寂。

赵嫣想了想，朝流萤走去："流萤姊姊在看什么呢？"

听到身后的动静，流萤忙按了按眼睛，回头了。烟火升空，璀璨的光芒下，她的眼角泛着微微的红色。

那一瞬，赵嫣忽然明白了什么，将狐裘的下摆垫在身下，坐在了流萤身边。

流萤惶恐地想要起身，声音涩滞地道："石阶寒冷，殿下万不可坐于此。"

柳姬皱着眉将流萤按了回去，也跟着坐在了流萤的身侧。"太子殿下"与他的"宠妾"一左一右，将沉稳内敛的掌事宫女夹在了中间。

这下流萤动不了了，只好绷着身子坐着。

"你也很想他吧？"赵嫣托着下颔，望向那轮被积雪与枯枝切割得破碎的明月。

流萤没说话，素来古井无波的眼中流露出了近乎哀伤的神色。

柳姬去而复返，不知从哪里顺来了三个酒杯，而后拔开酒坛的木塞，给每人斟了一杯酒。

赵嫣先取了一杯酒，流萤迟疑了片刻，也取了一杯，捧在了手心里。

"敬故人。"赵嫣举杯提议。

"敬故人。"柳姬附和。

三个酒杯于月色下"叮"地一撞，然后不约而同地被倾于阶前，以

· 103 ·

告慰泉下的孤魂。

三线酒水自左向右地被倾洒出来，赵嬷也红了眼眶。

月下烟火正盛，三个人依偎在这静谧无人的角落里，看同一轮皎月，品同一坛清酒，亦缅怀同一个温柔过她们的岁月的少年。

夜风拂过，满城灯火随之摇曳，粲若星河。

烟火尚在继续，肃王府的大门紧闭，隔绝了外边热闹的氛围。

书阁里只燃着一对鹤首铜灯，闻人蔺坐在离炭火最近的椅中，正用朱笔勾画册子中的名字。

右副将蔡田带来了外边的消息，知晓主子到了那寒骨毒发作的日子，正是心情不佳之时，便越发放轻声音，恭敬地道："皇上定了上元节郊祀，储君亦会随行。"

见主子不语，蔡田继续回禀道："探子来报，似乎有人在暗中查探明德馆那几个儒生的消息。"

闻人蔺勾画的朱笔慢了下来。

蔡田继续道："近来城中混进了不少江湖浪士，追查之下，属下发觉这批人与雍王世子的幕僚多有接触。郊祀将近，他们恐会有动作。"

郊祀？

在一旁立侍的张沧瞬间激灵了一下："那他们岂非是冲着储君之位来的？那群狗贼，就知道与咱王爷抢食！"

蔡田抱拳垂首，白眼都快翻到了后脑勺。

他这个同僚什么都好，就是嘴太碎，脑子也不甚聪明。

"张不聪明"丝毫没领悟到蔡田的暗示，摩拳擦掌道："王爷，这回咱们还要不要出手？"

炭盆的火光映在闻人蔺的脸上，不见丝毫暖意。闻人蔺看着沾染到苍白的指尖上的那一点儿如血的朱砂墨，垂下了眼睫，投下一片阴影，像在思索要不要救一只来历神秘的野猫。

良久，他手中的朱笔终是落下了，他毫不留情地画去了最后一个名字。

"本王早说过，东宫挡的不只本王一个人的道，多活几日少活几日又有何区别？"热闹的除夕夜中，他置之事外的话语显得格外冰冷。

他给她那支袖里菖蒲已是他最大的善意,至于她最终是死是活……与他何干呢?

二

罗浮春味甘,赵嫣贪了一杯,不多时,白皙的脸颊上便浮现出了极淡的绯色。

赵衍血气不足,饮酒时是不会上脸的,并无她这般鲜活的颜色。

间或亮起的烟火的光芒下,柳姬忽地手撑石阶越过中间的流萤,眯着眼端详赵嫣。

赵嫣捧着酒杯,眼睫极慢地一眨,疑惑柳姬为何突然靠近。

"赵衍说得没错,你的确可人。"柳姬似醉非醉地嘀咕着,随即伸手去搭赵嫣的肩,"以后,我替他照顾你。"

流萤过于严肃的脸上也染了几分艳色,她毫不留情地截住柳姬那只不安分的手,皱着眉道:"还请柳姬说话、行事注意些。"

柳姬不在意地收回腕子,反手撑在阶前,仰望着黑冰般的夜空,笑得挑衅十足:"流萤,你就是在妒忌太子偏爱我。"

流萤抿了抿唇,别过头不理她。

赵嫣恍然间觉得一切都仿佛回到了夏末初秋的那场悲剧前,互相看不顺眼的柳姬与流萤之间夹着一个好脾气的赵衍。

夏末华阳行宫的那场大雨又浮现在她的脑海中了,打湿了她的心事。金笄坠在地上,张扬带刺的红裙少女握紧双拳,急促地张合着红唇,朝雨中的同胞兄长说出了那句令她抱憾终生的气话……

赵嫣猛地闭目,阻止自己再回忆下去。

半晌,她颤抖着睁眼,没事人似的望向身边因酒意而恍惚的流萤:"所以,流萤姊姊,太子走前说过什么?"

意识到这两个人是在互相配合着套话,流萤瞬时酒醒,道了一声"奴婢该去铺床了"便警惕地起身了。

她几乎是落荒而逃,然而走出一丈远,脚步就慢了下来。

"娘娘不让殿下知道太多,是为殿下好。"

说完这句，她才低头匆匆地离开。

烟火停了，世界一下子静下来，唯有阑珊的灯火还在檐下微微晃荡。

"流萤的话，你也听见了，"柳姬轻轻地摇晃着小酒坛，听了听响儿，"现在放弃还来得及。"

赵嫣知道，柳姬这话是对她说的。

她抬起被酒意熏得潋滟的眼，只回了两个字："绝不。"

说罢，她浅浅地打了个哈欠，将空酒杯放在阶上，起身朝寝殿走去了。

柳姬仰首将仅剩的一口罗浮春饮尽，任凭空酒坛"骨碌碌"地滚下石阶。她抬手覆在心口，隔着厚实的冬袄，隐约可以感受到布料的夹层中的一张绢纸。

这是她必须回来的理由。

冷月斜斜地坠下屋檐，没有赵衍存在的天佑十八年于烟火的余烬中悄然而至。

因春社祭祀之事，赵嫣的新年休沐过得苦不堪言。每日天还未亮，她便要乘轿前往太庙署，由礼赞官教导祭祀的礼仪。一旬下来，她已精疲力竭。

"这么多闲杂琐事一桩接一桩，难怪太子的病折腾成那样。"

赵嫣坐在榻上揉着酸痛的腰背，倒是理解赵衍坐在东宫之位上的难处了。

"明日就是郊祀，殿下忍一忍便过去了。"流萤拧干温热的帕子给她拭手，想起方才坤宁宫的女史的传话，沉声道，"娘娘那边得了消息，皇上擢选了侍讲，暂代少师之职，为殿下传授文课。明日郊祀，百官会集，他应该会与殿下碰面。"

这真是一波未平一波又起，一个闻人蔺已经够她受的了，这次还要再来一个人。

"这次是谁的人？"赵嫣问。

"此人由左丞相李大人和文太师亲自举荐，具体是谁，尚不知晓。"流萤的声音低了些，她似在忧心，"皇上身边有了甄妃，对坤宁宫上下越加冷落、提防，娘娘打探消息便不似以往灵敏。"

丧子之痛对母后来说既是心理上的致命打击，亦是中宫地位不保、国将动乱的灭顶之灾。

"我心中有数，会小心行事。"赵嫣宽慰道。

她已见过皇城中最危险的那个人，这回不管来的是谁，都不可能比面白心黑的肃王更令她心惊了。

明日就是上元节了，皇城开放宵禁，街上已经提前挂好了各色的花灯。蜿蜒的长街灯火下，碎雪飘零，赏灯的男男女女执着纸伞往来不绝，宛若春风一夜入城，盛开了各色的荼蘼。

左相府的静园内，暖黄色的窗纸上映着一老一少两道对弈的身影。

"你自天佑十六年夺得殿试魁首，被外放为官已有两年。此番我请求圣上将你调回京，一是为了让你暂代太子侍讲学士之职。因这是短期兼任，你不必担心自己年轻能否胜任，我李恪行教出来的得意门生，自当是帝师之才。"左相李恪行落下一枚棋子，严肃地道，"只是我听文太师所言，太子自病愈后想法变了许多。大玄就这一根独苗，想推行咱们的政令，他便是唯一的希望，你当好生引导、纠正他才是，切不可听之任之。"

棋盘的另一边，一只温润秀气的手伸过来，按下了棋子。此人规矩地道："是。"

"二是老夫的一点儿私心。"李恪行想起了另一个乖张浪荡的得意门生，眉间凝结着郁色，"你师弟沈惊鸣的死讯想必你已听闻，他虽不如你稳重守礼，却是老夫倾尽毕生的心血教出来的关门弟子，如今与东宫牵扯不清，死得冤枉、蹊跷。此番你兼任侍讲之职，若有机会……"

"老师的意思，学生明白。"

灯下执子之人极为年轻，约莫弱冠之龄，着一袭宽袖青衫，挺拔俊逸，其面容虽算不上剑眉星目般俊美，却胜在白皙干净。此人举手投足间尽显浑然天成的士族礼节，让人想起高山上终年不化的晶莹的积雪。

"学生与惊鸣受恩于老师，情同手足，责无旁贷。"

李恪行的眼中流露出了慈爱之色。

若没有七夕那起横祸，此时坐在这里与挽澜谈经对弈的人便是沈惊鸣那孩子。届时，一个是含霜履雪的端方君子，另一个是恃才傲物的风流少年，二者将碰撞出文坛乃至政坛中多么璀璨耀眼的火花来！

可惜，"李门双璧"终残一半。

"我知你志向高洁，想回翰林著书立言。此番将你卷入这名利场中，委屈你了。"李恪行长叹一声，收子道，"肃王为太子太傅，你与之共事，当谨慎克己。"

青年起身，笼手行了大礼，字字清朗地道："学生周及，谨遵老师的教诲。"

春社祭祀选在了南郊的祭坛。

四更天正是苦寒的夤夜，赵嫣被迫换上了庄重的衮冕礼服，跟着引路的宫侍前往太庙前候着。

到了太庙，见到站着的文武百官乌压压的，她才知自己竟算是来得晚的。然而她抬头看了看天色，天黑魆魆的，不见一点儿光亮，离破晓还早着。

有大臣陆续过来向她打招呼，国舅宁阳侯魏琰也在。

"舅舅。"赵嫣给他回了个礼，方问道，"舅母呢？"

她记得这场祭祀命妇亦可随行参与，这是只有勋贵宗亲才有的殊荣。以魏琰爱妻如命的性子，他竟然没将舅母一同带来？

魏琰解释道："阿月病了，尚在府中将养，不便来此。"

赵嫣这才想起来舅母亦是一盏风一吹就坏的美人灯，有心衰之疾，据说是以前太过伤神，损及根基，全靠魏琰想方设法地搜集来的珍奇药材养着。消耗的钱财不说，魏琰动用的人脉、花费的精力更是数不胜数。

宁阳侯却十年如一日地悉心照料着舅母，就连她那不理俗世的父皇听了，都曾言"魏氏出了一个情种"。

赵嫣正想着，魏琰已将目光投向了赵嫣身后，含着笑拱手道："李相。"说罢，他直起身，看向左丞相侧的年轻男子："若我没记错，这位便是天佑十六年的周状元吧？"

赵嫣下意识地回身望去，却在见到那抹眼熟的身影时微微一愣。

她以为自己认错人了,直到李恪行师生二人行至火把的明光下,橙黄色的暖光将周及那张冰山脸照得清清楚楚,她才"突突"地心脏狂跳起来。

周挽澜?!他怎么会在这里?!

赵嫣错愕间,周及朝她望来,顿了一下,似有些疑惑。

"挽澜,还不快见过太子殿下?"李相适时地引见。

周及很快就恢复了平静,规矩地行礼道:"臣周及,见过太子殿下。"

赵嫣只得硬着头皮打招呼,压着嗓子道:"周卿免礼。"

好在皇帝与皇后姗姗来迟,赵嫣与周及一行人各自退让至两旁,跪拜行礼,这才打断了这场尴尬至极的相会。

众人启程前往南郊,辂车上,赵嫣总算松了一口气。

"李相身边那位年轻的大人大概就是殿下的新侍讲。"流萤观察着赵嫣的神色,低声问,"殿下如此神色,是觉得他有问题?"

"他倒无甚大问题,只是……"赵嫣一言难尽,也跟着放轻了声音,"只是我在华阳行宫时,他曾兼任过一个月我的夫子。"

那一个月简直令赵嫣终生难忘。

遇见周及之前,她从来不知一个人可以有耐性到令人发指的地步。

她去膳房偷食打牙祭,周及便站在窗外看她;爬墙出去游玩,周及便站在墙下看她;逃课泛舟采莲,拨开片片莲叶一瞧,周及那厮便在岸上一边走一边看她,直到她愿意乖乖地坐下来跟着他念书、习字为止。

他若想做成一件事,天打雷劈也动摇不了。

车轮"辘辘",盖住了主仆二人的交谈声。

流萤凝神道:"这么说,他很有可能认出殿下。此人不能放在身边。"

"倒也不一定。"

"殿下何意?"

赵嫣嘴角一翘:"周及认人困难,有点儿脸盲。"

祭祀站位时,赵嫣刻意从周及面前行过,他果然目不斜视,没有半点儿反应。

虽说如此,皇后听后依旧不放心。

流萤带来了皇后的口信:"娘娘已经替殿下请示过了。皇上体恤太子体弱，恩准殿下不必参加分胙宴，可提前回宫歇息。"

赵嫣昨晚只睡了一个时辰，的确有些精神不济，便颔首道："换辆轻便的马车，孤补个觉。"

流萤便利落地下去安排了。

马车摇晃，驶上了回宫的必经之路。赵嫣抱着绣枕，歪在车壁上补眠。

赵嫣正昏昏欲睡，马车倏地急停，她一个不设防，险些栽倒。她惊醒，道："怎么了？"

前方开道的孤星勒马，一只手按在佩剑上，警惕地环顾道："不太对劲。"

话音刚落，一阵"嗖嗖"的破空声就呼啸着传来了。

"保护殿下！"孤星一声暴喝，斩落了面前的羽箭。

电光石火间，流萤熟稔地扑了过来，将赵嫣紧紧地护在了身下。几乎同时，数支羽箭刺破车帷，钉在了赵嫣耳侧的车壁上。

感受到流萤微不可察地一颤，赵嫣看到流萤破损的衣袖下不断地渗出了触目惊心的殷红色。

"流萤，你受伤了！"

"殿下勿动，奴婢没事……"

流萤还说没事？血都快滴她的脸上来了！

"别犯傻扑在我身上了！你的另一只手能动吗？搭把手！"赵嫣困意全无，彻底清醒过来，下意识地搬起了车中的几案。

明白了她的意思，流萤这才忍着痛搭手，以几案为盾挡在车窗上，阻拦乱箭。

"替天行道，杀了卖民求荣的狗皇帝！"

讨伐声自道旁响起，混乱中，拉车的两匹骏马中箭，吃痛地狂奔起来。

赵嫣被颠得晕头转向，回过神来时马车已跑出百余丈远，将孤星等侍卫远远地甩在了后头。

更要命的是，流萤晕了，而配合默契的刺客追了上来。

赵嫣拼命伏在车中，伸长手试图去控制缰绳，然而她的五脏六腑都被颠得好似移了位，她的努力根本就是徒劳。

又一箭射来，马终于吐着白沫嘶鸣着倒下了，赵嫣也被巨大的惯性甩出车外，滚落在地。

蒙面的匪徒举着刀，一步步朝赵嫣逼近。

见到面前的人是个少年，匪徒突然愣住了。

赵嫣方才在车内听他们喊什么"狗皇帝"，便知这群亡命之徒行刺错了人。她飞快地打好腹稿，刚要开口糊弄过去，便听前方传来了一阵马蹄声。

坊道的一端迎面走来一队人马，为首的那人骑在乌云踏雪的骏马上，一袭墨色的文武袖袍让她十分熟悉。

来的人不是救驾的禁军，而是恰巧奉命赶往南郊面圣的……肃王殿下。

可匪徒不管来人是谁，下意识地就擒住了赵嫣，将刀刃架在她的脖子上，让她做人质，反正总要带一个人头回去交差。

这少年羸弱，身上的衣裳倒是华贵得很，他不是太子也该是个王爷的世子之辈。

"让开！不然我宰了他！"匪徒大吼。

冰冷的刀刃抵在脆弱的颈侧，激出了一阵赵嫣与生俱来的战栗。若她说不害怕，那定然是假的。

赵嫣僵着身子，喉间艰难地吞咽一番，那双澄澈无辜的眼睛一眨不眨地望着高坐于马背上的肃王殿下，看起来要多可怜有多可怜。

冷风呼啸而过，四目相触，闻人蔺暗色的披风"猎猎"翻飞。下一刻，他意义不明地提起唇角，勒马移开了视线。

是的，他移开了视线，放任匪徒挟持太子，仿佛在刀下战栗的人只是一个素昧平生的陌生人。

赵嫣眼前一黑，气得咬牙切齿。

三

赵嫣意识到自己犯了个致命的错误——她不该将求生的全部希望寄

托在一个喜怒无常的危险的权臣身上。

她冷静了下来，觉得自己得想个两全之策。

赵嫣被刀刃逼着前行，心中飞速地盘算着。

方才她匆忙地看了一眼，追上来的刺客共有两个人，一个人以刀挟持着她，还有一个弓弩手藏匿于道旁的屋脊后。她就算有能力解决挟持她的匪徒，只怕还没跑出两步就会被屋脊后的弓箭射穿。

赵嫣死死地咬着唇，抬起手臂攀住匪徒握刀的手，将目光落在了冷眼旁观的闻人蔺身上，只是这次的眼神不再是乞求的，而是决然的。

闻人蔺唇畔的弧度淡去，他还未来得及思索小太子变化的眼神，便见小太子调整手腕的角度，而后朝着于刀刃相反的方向猛地后仰。

几乎同时，一支袖箭从小太子的腕下射出，由下而上地贯穿了身后挟持者的喉管。

闻人蔺一挑长眉，没有等来意料中的哀求，小太子用自己那日随手赠予去试探他的袖箭利落地解决了挟持之人。

闻人蔺以为那等凶器会将吓得小太子回去就扔掉呢，谁承想小太子竟一直将它带在身上。

时间仿若凝固了，匪徒高大的身躯如山般僵直地倒下。赵嫣紧跟着射出第二支袖箭，却因距离太远，未能击中藏在屋脊后的刺客。

只剩最后一支袖箭了，赵嫣脚下一个踉跄，有意朝闻人蔺跌去。

一切发生在须臾之间，蔡田和张沧根本来不及反应，就见刺客的箭也跟着朝肃王射去！

乌云踏雪受惊，高高地抬起了马蹄。闻人蔺眸色一寒，抬手攥住那支飞到面前的流箭，随即翻身下马，将赵嫣从马蹄下拎了上去。

天色晦暗，积雪茫茫，他的漆眸格外冷漠。

方才那一搏花去了赵嫣的全部力气，她呼吸凝滞，根本来不及思考闻人蔺眼中的怒意因何而来。

闻人蔺将她圈在怀中，从身后以一个半搂的姿势抓住她颤抖的右臂，引导她将袖箭对准屋脊后正挽弓搭箭的刺客。

"射。"

低沉的声音自耳畔传来，赵嫣下意识地扣动了机括。最后一支袖箭飞出，刺客还未来得及松开手中的弦，眉间便应声出现一点殷红色，身体僵了僵，从屋脊后直挺挺地栽了下来。

那沉闷的坠地声使赵嫣瞳孔一颤，无力地垂下手来。她微微张嘴，急促地喘息着，视线模糊，只听得见闻人蔺喷洒在耳后的潮湿的呼吸。

等到血液回流，混沌的五感渐渐清晰，她才感觉到从脸颊上传来了不轻不重的酥痒感。

赵嫣茫然地转移视线，只见闻人蔺半蹲在她身侧，正用干净的帕子擦拭着飞溅到她的脸颊上的鲜血——那是第一支袖箭射穿匪徒的颈子时，她不留神沾上的。

意识到现在两个人的距离与姿势有多危险，赵嫣下意识地要躲，却被闻人蔺用另一只手钳住了下颔。

闻人蔺看着明明没用多大的劲，她却像被定穴般动弹不能，只能僵硬地仰首，眼睁睁地看着闻人蔺耐着性子将她苍白的脸颊擦拭干净。

闻人蔺半垂着眸，过浓的眼睫盖住了那双慑人的漂亮眼睛，显得安谧无害。他刻意放慢了动作，擦得极认真，也极磨人。

他的视线往下，落在了赵嫣被血濡湿的狐狸毛的毛领上。松软的白色上有一抹潮湿的红色，像雪地里娇艳的落梅。

那不是刺客的血，而是从赵嫣的颈侧渗出来的。

闻人蔺捏着帕子的手往下，他拨开毛领子瞧了瞧，果然看见了一条寸许的细细的伤痕横亘在她的颈上，想来是那匪徒用刀刃抵着她的脖子时伤到的。

他极轻地"啐"了一声，皱眉道："太子为了拖本王下水，当真是连命也不要了。"

他一提起这事赵嫣就来气，若不是这人一副坐收渔翁之利的漠视态度，她也犯不着兵行险着！

"孤实在太害怕了，一时着急了些……"她可怜兮兮地道，声音还有些颤，"万幸未连累肃王受伤，否则孤难辞其咎。"

闻人蔺扬了扬唇角，拇指轻轻地碾过藏在毛领中的细白的颈项，抚去那滴渗出来的血珠，没有拆穿她那拙劣的讨好的谎言。

既然今日这群杂碎撞上了他，那他便没有不出手清理他们的道理，否则容易落人话柄。

他不过是想看小太子哭着求他罢了。

闻人蔺微凉的目光落在太子平滑、干净、不见丝毫起伏的喉上，片刻后他淡然地吩咐随从："取本王的金疮药来。"

"不必了。"赵嫣拢紧狐裘，硬撑着艰难地起身，道，"孤的车上有药……"

话音刚落，甲胄上溅血的孤星领着一小队侍卫策马而来，着急地道："殿下！"还未等马刹住蹄子，他便匆忙地翻下马背，快步朝前跪拜道，"卑职救驾来迟，请殿下恕罪！"

他们来得再及时不过了！

赵嫣终于有理由逃离闻人蔺的审视了，忙不迭地虚扶起孤星，道："卿牵制了刺客的主力，使孤得以突出重围，何罪之有？"

她又回身看向闻人蔺，细声诚恳地道："多谢肃王殿下及时赶到相助，将孤从挟刀刺客的手中救出。"

说罢，她笼手朝闻人蔺行了一礼，以作答谢。

直起身时，她避开了闻人蔺的视线，在孤星的护送下上了马车。

流萤昏了片刻便醒了，额上被磕破了皮，小臂亦被箭矢划破了，好在都是轻伤。东宫太子归程遇刺并非小事，禁军很快就赶到了，正在和闻人蔺等人交涉。

赵嫣挑开车帷的一角瞧了瞧，看到闻人蔺负手而立，手里还松松地握着给她擦拭血迹的帕子。帕子上沾染着触目的殷红色，反而将他的指节衬得如玉般白皙。

闻人蔺微顿，毫无征兆地转过脸来。赵嫣立刻放下了车帷，将自己藏在了逼仄的阴影中。

禁军很快就清理完道路了，孤星则牵了新的马匹套上车。在赵嫣再次启程前，车壁上传来了轻叩声。

随后，车外传来了闻人蔺平淡的声音："本王与禁军一道，护送太子殿下回宫。"

颈侧被他抚过的地方开始发麻，赵嫣端正身子，隔着帘子低声道："有劳肃王。"

在崇文殿以外的地方,她极少唤他"太傅",像守着一条无形的界线,时刻提醒自己不应放松警惕。

闻人蔺没多说什么,松松地握了握手中的帕子。

禁军一路将赵嫣送到了东宫门口。赵嫣在闻人蔺的目光中下车,僵着背脊入了东宫,拐过长廊,直接去了内院的承恩殿。

直到关上殿门,她方撑不住似的一个趔趄,撑着桌面慢慢地跌坐下去。

"怎么了?"柳姬倏地自窗边起身,一见她与流萤那狼狈的惨状,瞬间反应过来了,"郊祀途中出事了?"

"殿下,"流萤顾不得处理自己身上的伤口,忍着疼痛沏了一杯热茶奉上,"喝口茶压压惊。"

赵嫣抬起冰冷的手指,才发觉自己的手早已抖得端不住茶盏。

"现在你还敢说,太子是死于旧疾复发吗?"赵嫣望向流萤,哑着嗓子问。

流萤低下了头,颤抖着不语。

柳姬的神色凝重起来,她含着怒气问:"谁对你们下的手?"

赵嫣摇了摇头。

孤星说那些人都是死士,行刺失败便服毒自尽了。但眼下的危机并非这群来历不明的刺客,而是……

赵嫣垂眸敛目,看向自己腕上的那支被射空了的袖里菖蒲,将菱唇压成了一条线。

闻人蔺将她护在怀里,握着她的腕子对准屋脊后的刺客时,她清清楚楚地感觉到了闻人蔺的手指的温度。

那个瞬间生死攸关,她根本无力阻止闻人蔺触碰她。

他摸出什么来了吗?

或许没有。衣料那般厚实,何况他当时的神情太过平静,没有丝毫惊诧的异常之色。

赵嫣撑着额头,累极了一般合上双目,努力平复纷乱的思绪。

她不敢想下去,不敢揣测明天等待她的将是什么。

宫门外，闻人蔺骑坐于马背上，迎着光端详着沾在指腹上的一点儿血色。那是他为小太子擦拭颈侧的伤痕时沾上的血色，一同沾上他的指腹的，还有那个温暖、柔滑的触感。

冷云低垂，马不安地打着响鼻。张沧和蔡田一左一右地护在凝神的肃王身后，你看看我，我看看你，谁也不敢上前催促。

闻人蔺捻了捻那抹淡红色，半晌才舍得掏出那方起皱的帕子，将痕迹仔细地擦去。

他的嘴角有了笑意，他好像找到了什么新的乐趣，道："差人出一趟远门，本王有要事询问。"

说完这一句，他方心情大好地一夹马腹，疾驰而去。

四

东宫，承恩殿。

赵嫣搁笔，朝微凉的指尖哈了一口气。

"华阳行宫那边不能留下把柄。"她吹干墨迹，将信笺交给流萤，"我以太子的名义书信一封，你即刻命人快马加鞭地送去华阳行宫，时兰会知晓怎么做。"

时兰是她在华阳行宫时的贴身宫婢之一，因身形、年纪与她相仿，又是个伶俐忠诚的宫婢，是以每次赵嫣偷溜出去玩耍，都会与时兰互换衣裳，让时兰代替自己待在殿中，以应付嬷嬷们查访。

此番被召回京前，她特意将时兰留在了华阳行宫里，伴随太后，以备万一。

反正长风公主年幼离宫，这么多年过去，又有谁知晓公主如今是何模样？

流萤接过信笺，思虑道："太后娘娘那边……"

赵嫣知道流萤在担心什么。她让宫婢假扮自己，瞒得过皇城的人，却瞒不过常年与她相伴的太后娘娘。

想起自己临行前，太后命嬷嬷送来的那串檀木佛珠，赵嫣缓缓地吐出了一口气："你把祖母看低了。她虽一心向佛，却并非局外之人，比我们更知晓该如何去做。"

流萤便不再多说什么,福礼后下去安排了。

赵嫣坐在书案后,想了许多。

方才在坊中遇刺,流萤扑过来的反应太过熟稔、及时,仿佛经历了很多次这种事,身体已形成了本能。

赵衍是这般死的吗?

这样的刺杀,他经历了多少次?

可整个大玄都知晓太子常年卧榻,幕后之人为何要迫不及待地行刺一个不成气候的病弱的少年?

诸多疑团如墨云般凝集,沉甸甸地压在了她的心头上。

一旁,柳姬胡乱地擦去指上的墨迹,沉默了许久,忽然道:"流萤有没有和你说过,今春圣上龙体有恙,曾让太子代理朝政?"

赵嫣极慢地抬起了眼,怔怔的,似乎明白了什么。

所有人都教育赵衍要心怀仁德,要挑起储君的责任,唯独没有人教教他该如何保护好自己。

"那婢子嘴严,又死心眼,我想她也不会说。"柳姬很快地否决了自己的提问,泄愤般拈起桌上甜腻的糕点,一块接着一块地塞入嘴中。

赵嫣忽地想起阿兄也爱吃甜食,因为从小灌了太多汤药,苦怕了。

"害怕?"柳姬瞥着她的神色,问道。

四面楚歌,她焉能不怕?

赵嫣点了点头,又极轻地摇了摇头:"敌人不会因我害怕而放过我,就像不曾因赵衍体弱而留他生路。从回宫的那日起我便明白了,不想被洪流吞没,便只能抓住每一根浮木,逆流而上。"

因遇刺之事,东宫眼下乱得很,外头的禁军往来巡防,询问着细节。

赵嫣困倦地揉了揉眼睛,起身行至柳姬的小榻上,歪身小心而缓慢地躺下了。

她轻轻地合上双目,呢喃道:"不能连我们也忘了他,柳姬。那个笨蛋不该落得这般下场。"

她的声音轻而坚定,藏着一股子韧劲。

柳姬顿了顿，回首望去，只见赵嫣紧紧地拢着狐裘，纤细的身体微微蜷缩着。

她记得赵衍说过，他这个孪生妹妹睡觉最不安稳了，一晚上不知要踢几回被子。而此时，她眼前这个少女的睡姿安静、警觉，仿若初生婴儿。

柳姬起身，扯了被角给赵嫣盖上。

她思虑许久，终是提笔润墨，凭借记忆在宣纸上描绘起来。

雍王府里，僻静的偏厅门窗紧闭。

"啪"的一声，巴掌的脆响响起，赵元煜如同陀螺似的转了个圈，又摇晃着站稳脚跟，捂着脸不敢言语。

"我且问你，郊祀归程的路线是谁泄露出去的？！"雍王来回踱步，手指几乎戳上了儿子的面门，压着嗓子道，"去年那事后我便警告过你，不可轻举妄动，不可急于求成！你怎的就听不进去？才不到半年你就又行如此大逆不道之事，还和江湖乱党扯上了关系！你……你是要气死本王！"

赵元煜那张刻薄的脸上立刻浮现出斗大的巴掌印，他委屈地道："儿子所做的这一切还不都是为了父王？"

"为了本王？哼，我看你是在坑害你老子！"

雍王为了迎合皇上求仙问道的喜好，也终日道袍加身，只是终归没有仙人的气质，道袍勒在膀大腰圆的身体上，颇为滑稽。

他训斥道："皇上没有子嗣，东宫太子又是短寿之相，你当太子也就是忍个几年的事。"

"父王倒是能忍，也不怕那短寿的太子临死前折腾出个皇太孙来，毕竟他小小年纪身边便有美婢宠姬日夜地侍候。"赵元煜冷笑道，"几年够他生好几个了呢，父王也不怕煮熟的鸭子飞了！"

"逆子！"

雍王扬手又要揍，赵元煜见状，连忙举起袖子躲避。

雍王一见自家儿子那怂样便气不打一处来。但凡这嫡子内外兼修些，有太子一半的聪慧与气度，皇帝也不至于嫌弃到连认他做儿子都不肯，自己又何至于落到如今这般铤而走险的地步？

雍王将铁掌紧攥成拳，视线扫过儿子下面的某处，重重地哼道："东宫若有皇孙诞生，那也是命数如此！在操别人的闲心前，你不妨先管好自己的那条软虫！"

赵元煜被戳中痛处，脸色"唰"地变了。

他生来好色，弱冠之龄便已御女无数。可自从去年春蒐围猎时坠马伤到下面，他那处便越发不行，到最近两个月已完全不能人道了，就连胡子也越发稀少。

他害怕啊！

那么多美人他无福消受不说，一个不能人道之人如何成为下一个东宫太子？他只能拼命地吃药，拼命地吃，就连那群女冠奉来的催情猛药也尝试过了。女人被折腾死了几个，自己的那物却还是不争气！

于父王看来，他是沉溺于女色的浪荡子，但只有他知道自己有多恐慌。

他不敢禀明真相，只忍气吞声地道了一声"是"，从偏厅里失魂落魄地出来了。

一名幕僚模样的中年男子从角落里走了出来，朝他行了一礼，只看了一眼雍王世子的脸上的掴痕，便知雍王这回动了肝火。

他道："世子爷这回做得……的确冒进了些。"

"连你也来训我！"赵元煜才压下的火气"腾"地上来了。

"世子少安毋躁，属下的意思是，行刺之事一击不中，便不该再有第二次，以免留下把柄。"幕僚左顾右盼了一番，鬼鬼祟祟地道，"世子要除去那位，何必与虎谋皮，选用这下下之策？"

赵元煜有些不耐烦："照你的意思，何为上上之策？"

"那位不是颇有贤名吗？上策莫过于杀人诛心，让他声名狼藉。他德不配位，方能显出世子爷的好来。"幕僚露出一个只可意会的笑，"再过月余便是春宴，太子必然在场，世子何不……"

他凑过去，对赵元煜几番耳语。

赵元煜眯了眯眼，心情大悦："啧，这倒是个好办法。"

他迫不及待地要找人去安排这事，正巧见到柴房前的石阶上蹲着一个人。

那人三十多岁，身高足有九尺，猿臂蜂腰，穿着一身脏兮兮的破烂的黑蓝色武袍，沾着泥点的靴子上破了一个洞，露出黑黝黝的大脚趾来。他捧着一个海碗蹲在石阶上，大口地扒拉着一点儿荤腥也没有的剩饭，像一条饿极了的野狗。

在赵元煜的眼里，此人也确实只配当一条狗。

赵元煜走过去，从男人的背后踹了他一脚，轻蔑地吆喝道："喂，去把红香院的女冠叫来！本世子有事找她！"

男人受了他这一脚，却如石头般岿然不动。直到将最后一口隔夜饭扒入嘴中，他方一抹嘴，起身拿起身侧的弯刀，将颈上那块起了毛边的黑色三角巾往上一提，遮住脸上的疤痕，沉默地走了。

男人一个字没说，幕僚却察觉到了森森寒意，不由得劝道："世子留下此人，恐有后患。"

"能有什么后患？他就是个三姓家奴而已，谁给他饭吃他就跟谁。"赵元煜不屑地道，龇牙咧嘴地伸了伸踹疼的腿，"我养的那批人里，还就这条'狗'最听话，我使唤得顺手。"

想起这个人的来历，幕僚欲言又止，终是摇头叹了一声。

赵嫣昏昏沉沉地睡了一夜。

翌日一早，宫里的老太监便带来了皇帝的口谕：圣上传太子于太极殿内面圣。

赵嫣没想到太极殿的旨意来得这般快，再联想到昨天闻人蔺摸骨之事……她不敢细思，只命流萤将束胸紧了又紧。

坐在去太极殿的轿辇上，赵嫣着一袭紫袍金冠，对着镜子将细腻的脂粉补在唇上，问道："如何？"

脂粉盖住了她原本红润的唇瓣，让她显出几分病态的苍白之色来。因束胸勒得极紧，她的呼吸短促无力，颈侧被包扎好的刀伤处也渗出了浅淡的红色，任谁见了她这副"病容"都会心生怜悯。

流萤颔首道："确有受惊病重之姿。"

赵嫣这才稍稍宽心了。

太极殿内还是熏香缭绕,烛盏通明。赵嫣在小太监的搀扶下缓步入殿,正欲晃晃悠悠地下跪,便见垂纱后还立着一个人。

闻人蔺一只手负在身后,另一只手执着烛台,正替皇帝将木架上的百盏长明灯一一点燃。

四目相对时,他朝她略一勾唇,露出个意义不明的笑来。暖光落在他那张俊美无瑕的脸上,烛火在他漆黑的眸中微微跳跃,那仙人般的笑容便变得诡谲起来。

赵嫣呼吸一窒,头顶似有"轰"的一声雷鸣。

闻人蔺为何会在这里?!

他是来向父皇告密的吗?

父皇全都知道了,所以才唤她来此审讯她?

一时间,千万个念头中她的脑中呼啸而过。赵嫣嗓子干涩,几乎用尽全身的力气才控制住发颤的声音,平静地道:"儿臣给父皇请安。"

她叩首时,手掌贴在地上,一时竟分不清指尖与地砖究竟哪个更为冰冷。

"起来吧。"皇帝正于蒲团上打坐,徐徐地道,"朕听肃王说,你昨日于坊中遇刺……"

父皇果然为了这事唤自己,赵嫣下意识地五指一紧。

"身体可有被伤到?"皇帝顿了顿,补全了下句。

"谢父皇关心,都是小伤,儿臣已无大碍。"

她虚弱地回应,眼角的余光却投向了地砖上的倒影,揣摩着皇帝的神色。

"那便好。"皇帝点了点头,睁开眼睛道,"朕欲于下个月特设恩科,为朝廷遴选人才,得中者设簪花宴款待。你既然为储君,此事朕便交给你负责。"

赵嫣一愣,眼睫颤了颤:父皇就为了这事?

"你也是。"皇帝看向了在一旁专注地燃灯的闻人蔺,"朕记得你及冠已有两三年,一直未有妻室。朕会让皇后多选几家未婚的贵女赴宴,届时你也挑一挑,看看有无心仪、合适之人。"

闻人蔺点完最后一盏长明灯,吹灭了手中的烛盏。他立在憧憧的灯影中，仿若从画中走出来的仙人，淡然地道："是。"

他嘴上应着，眼睛却透过薄纱望向了正忐忑地盯着脚尖的小太子。

赵嫣的确忐忑。她可不相信闻人蔺是专程来太极殿里散步的。然而她紧绷心弦，严阵以待，发现皇帝除了让她负责给恩科进士簪花之事，再未开口。

赵嫣心下疑惑，却也只能乖乖地领命告退。

她前脚刚迈出太极殿，闻人蔺后脚便跟了过来。

"太子殿下。"

听见身后传来那道低沉优雅的声音，赵嫣闭了闭眼，只得认命地停下脚步，轻咳着转身回礼："肃王还有事？"

闻人蔺停在她面前，微凉的目光在她那渗出殷红色的颈侧的绷带上停留了片刻。他伸出手，道："这血……还未止住？"

眼看他的手指就要碰上自己的脖子，赵嫣下意识地捂住了颈侧，后退半步，道："孤体虚，故而比常人好得慢些。"

才怪！这是她出门前用特制的药水染的，为的就是让自己看起来可怜些，以唤起父皇的舐犊之情。

闻人蔺收回顿在半空中的手，垂眸看她。

"殿下见了本王，怎如老鼠见了猫一般？"他忽然一笑，俯下身，声音极低地问，"不会是因为自己女……"

赵嫣的心脏骤缩！

"屡教不改，装病逃课，恐本王向皇上告状吧？"他笑吟吟地将下一句补全了。

赵嫣蹿到嗓子眼的心脏顿了顿，又猛然坠了下去。

她张了张唇，半晌只哑声憋出一句："孤没有……装病。"

闻人蔺颔首，"哦"了一声，徐徐地道："殿下是没有装病，只是装男……"

赵嫣的心脏又是一紧！

"装难受而已。"闻人蔺轻轻地道。

赵嫣已然呆滞了，紧抿着唇，一颗心七上八下的，"吧唧"一下撞死在了胸腔中。

闻人蔺却别过头低声笑了起来。那明明是春风化雪般和煦的面容，怎奈他的眼中却浮现出了恶劣的愉悦之意。

赵嫣袖中的五指攥紧了又放松，放松了又攥紧，默念了三遍"他杀人不眨眼，我打不过他"，这才绽开一抹乖巧柔弱的笑来，恭敬地道："孤知错了，以后定然不会再让太傅失望了。"她顿了顿，诚恳地道，"簪花宴上，孤定然为太傅选一个贤良淑德的夫人，聊表敬意。"

闻人蔺挑了挑长眉，有些意外。

"那殿下可要好好挑，毕竟寻常的庸脂俗粉可入不了本王的眼。"他看着赵嫣的眼睛，漆眸中囚着她纤细的身影，意味深长地道，"依本王看，殿下的胞妹长风公主就很不错。"

五

"依本王看，殿下的胞妹长风公主就很不错。"

话音刚落，赵嫣的心脏就骤然痉挛起来。

闻人蔺的眼里噙着浅笑，他垂眸审视她，将她的神情尽收眼底，不放过丁点儿细微的变化。

风从殿前穿过，二人的衣袂翩飞。然而赵嫣只是懵懂地站着，回过神来以后，慢慢地弯起了眼睛。

"孤的胞妹自是世间极好的，可惜配肃王并不合适。"她以赵衍的口吻夸赞自己，那双半垂的眸子也染了亮色，仰首温和地道，"孤的太傅若成了孤的妹夫，岂非降了辈？这于伦常不合。"

闻人蔺的笑意浅了一些，他扫视着她，试图在她那张莹白的脸上找出些许慌乱无措之色。然而她的眸子干干净净的，映着他晦明难辨的脸色。

闻人蔺并不着急，对于玩弄人心的游戏总是相当有耐心。

"那就要看殿下给不给本王这个降辈的机会了。"他抬手拂去沾染在小太子的衣襟上的殷红色的药水，方越过她离去了。

身后沉稳的脚步声渐行渐远，不消片刻，连寒风吹动他的衣袍发出的"窸窸窣窣"的声音也没有了。赵嫣这才敢松开紧握成拳的五指，呼出一口白气。

她和肃王的每一次见面都像是一场兵不厌诈的交锋。有那么一瞬，她以为自己的底细真要交待于此了，因为他那双深沉又慑人的眼睛仿佛早已洞悉一切，直到他说出了"长风公主"……

闻人蔺若已掌握她鱼目混珠的铁证，方才在太极殿内必会直接行动，断不会这般出言试探。换言之，他虽怀疑对了人，可手里并无实证。

而他这般身份的人，不可能堂而皇之地要求东宫储君验明正身，那是大不敬之罪。

闻人蔺想看她惊慌失措的模样，想看她自乱阵脚，可她偏不如他所愿。

她知晓，自己只需要扛住他三番五次的试探、逗弄，便暂无性命之忧。

秘密层层包裹于严实的衣物与束胸之下，连她自己都只有沐浴那片刻的时间里看到真身，闻人蔺不会有找到实证的机会的。

永远不会。

赵嫣拢紧了身上的衣物，如同护着自己最后的甲胄，定神后走入了瑟瑟寒风中。

出了正月，霜雪融化了。

风中依旧残存着冬日的凛然寒意，天空却不再阴暗，阳光透过乳白色的云层洒落下来，此时已有了几分春的和煦之感。

然而这份和煦之感对赵嫣来说只是累赘——她尚裹着太子必备的狐裘，将自己的身体遮挡得严严实实的。

若是去年刚回宫那会儿，她说不定还得小声抱怨两句闷热，而今只能紧抿着唇，乖乖地忍了。

距离闻人蔺上次的试探已有半个月之久，此番崇文殿复学，她还不知闻人蔺又挖了什么坑等着她跳。

她刚于长庆门前落轿，便见到门洞下候着一名马尾高束的着劲装的少年。

赵嬷见那劲装少年的背影眼熟，还未来得及询问，流萤便贴心地道："娘娘恐殿下孤单势弱，故而命伴读提前来了。"

二人正说着，裴飒一眼就瞧见了阳光下文文弱弱的太子。

赵嬷对裴飒在冬宴上仗义执言的行为颇有好感，正欲主动打招呼，便见裴飒不情不愿地上前行了个礼："臣裴飒，见过太子殿下。"

说罢，他退至一旁，一路上再未言语，冷淡的态度和在宴席上时截然不同。

赵嬷瞥了他的侧颜几眼，忍不住地问："裴世子可是心情不佳？"

裴飒停下脚步，留有小疤的断眉一拧："敢问太子殿下，臣可是哪里得罪过你？"

这话将赵嬷问蒙了："世子在冬宴上仗义执言，孤感怀还来不及，何来'得罪'之说？"

"若非如此，殿下为何偏偏挑我做伴读？"裴飒的眉头拧得更紧了些。

赵嬷眨了眨眼，以眼神示意：怎么回事？

流萤亦觉得茫然，轻轻地摇了摇头。

他们来得较早，离辰正还有两刻钟，然而崇文殿内已有人候着了。

赵嬷有伴读陪着，底气稍足了些。她对着屏风后那道伫立的身形深吸了一口气，方踏入殿中，笼手道："学生见过……"

话被卡在喉中，赵嬷诧异地望向着一袭儒雅的青衫的青年："怎的是你？"

周及正凝神观摩察壁上的《鹤唳图》真迹，闻言转过身来，淡漠的视线在赵嬷的脸上停留下来，面上又浮现出了点儿疑惑之色。

但他素来是知礼、守礼的，很快就移开了视线，躬身行礼道："臣周及，暂领东宫侍讲学士一职，见过太子殿下。"

赵嬷自然知晓他是今后的太子侍讲……可上午的课业不一直是由太傅辅佐的吗？

管他呢！

只要能离闻人蔺远远的，她自然是高兴还来不及。

赵嬷还是头一次觉得周及这张冰山脸如此可爱。嘴角微不可察地翘

· 125 ·

了翘,她忙道:"久仰小周先生大名,快请坐。"

周及在她的眼中看到了如盼甘霖的热忱之意,心中略有违和之感,然而思及太子素有贤名,待谁都这般温柔和蔼,也就慢慢地释然了。

他略一颔首致意,方撩袍端坐,问道:"臣初上任,对先前教学的进程尚不了解。还请殿下告知,如今所学的是何书、何篇目?"

自文太师致仕后,倒是有几位翰林的学士来讲过学,但因都兼任辅佐,讲的文章东一榔头西一棒子的,根本无甚系统性可言。

赵嫣本也志不在此,便随意点了一篇自己熟知的:"年前学到了《春秋要义》第二卷。"

周及表示明了,温润地拿起镇纸由左至右一抚,开始讲解起来。他的声音不如闻人蔺那般低沉,清清冷冷的,犹如漱石的泉水,波澜不惊。

赵嫣曾一度嫌弃周及讲书的音调宛若念经般枯燥,现在才知自己当初身在福中不知福。面前这位小古板至少一生以文墨为友,心无旁骛、坦荡磊落,全然不似闻人蔺那般外白内黑、阴险狡诈。

右边书案旁的裴飒一脸惊讶的表情,盯着周及空空如也的书案,没忍住,问道:"他不用看书就能授课吗?"

赵嫣对周及的教学方式习以为常了,便含着笑答道:"周挽澜的记忆力好得很,他胸有千卷,倒背如流。"

裴飒肃然起敬,拿书的姿势都端正了几分,然而还是把书卷拿倒了。

这下赵嫣明白他那番凶巴巴的"得罪"之辞从何而来了——晋平侯世子竟然是大字不识几个的纯武夫。让这样的少年规规矩矩地坐在崇文殿里伴读,也难怪他会如此闷闷不乐。

赵嫣正迟疑是否出声提醒他,便见一道阴影自身后侵袭过来,越过头顶在书案上蔓延,直至将她整个儿笼罩其中。

这种熟悉的感觉……

赵嫣缓缓地回过头,先映入眼帘的是一片暗色的袍角,视线再往上,便是闻人蔺那张不辨喜怒的俊颜了。

该来的还是来了。

赵嫣连忙移开视线,佯装认真看书,听见闻人蔺低沉的嗓音自上方

· 126 ·

传来:"今日崇文殿里倒是热闹。"

周及一心授课,直到闻人蔺出声方反应过来,便也抬起眼看他。四目相对,周及依旧端坐如松,不见丝毫怯意。

"肃王殿下!哎哟,都怪老奴!"崇文殿里的掌事太监适时地打破了死寂的氛围,解释道,"周侍讲暂代少师之职,为太子殿下授课,陛下就将辰正的时间匀出来给周侍讲,武课则挪至巳正。老奴原是亲自去给您回话的,谁知您正巧入宫面圣,这才岔开了。"

掌事太监擦了擦额上细密的冷汗,赔笑道:"您看这……您可否去后殿歇息一个时辰,容老奴给您沏杯热茶赔罪?"

闻人蔺的目光在小太子低垂的后脑勺上微顿,他略一抬手,看起来脾气好极了,道:"无妨,本王就在此处旁听。"

说罢,他行至先前皇后旁听的圈椅前,堂而皇之地振袖坐下,屈指抵着太阳穴,示意他们继续。

掌事太监自然不敢劝阻,见周及没有出声反对,于是奉了茶,讷讷地退下了。

周及确实对文墨以外的东西毫无兴致,甚至可以说有些迟钝。他只朝着闻人蔺略微颔首致意,便接着讲解起来。

殿内平静和谐,如果赵嫣忽略那道若有若无地扫过来的微冷的视线的话。

赵嫣专心致志地看着面前的书卷,时不时地执笔圈画,纤长的眼睫半垂着,显出几分女气。闻人蔺端详着她这副好好学生的认真模样,冷白色的筋络分明的手随意地搭在膝头上,食指有一搭没一搭地点叩着。

在别人的课上,这小太子倒乖巧得很,别说发病、昏厥了,连眨眨眼皮都舍不得,真稀奇。

没来由的一声低低的嗤笑声轻飘飘地落在了离得极近的赵嫣的耳里。她不知闻人蔺在笑什么,只觉得一半身子凉飕飕的,任凭她再凝神也无法阻止时间的流逝。

撞钟声响了,一个时辰的文课很快就过去了。周及平静地起身回礼,将崇文殿交给了兼任太傅的肃王。

闻人蔺放下交叠的长腿,刚要朝赵嫣行去,便见她起身一溜烟地跑了，跟着裴飒一同去殿外的长廊上远眺透气去了。

闻人蔺望着她头也不回的背影，顿了一下，缓缓地眯起眼眸。

廊下的风铃"叮当"晃动，阳光淡淡的，晒得人很舒服。

裴飒倚靠在栏杆上，抱臂与赵嫣闲聊："没想到周侍讲年纪轻轻，与肃王对峙却丝毫不落下风，真是当之无愧的文人风骨。"

赵嫣听了，不免失笑。

风骨嘛，周及自然是有的。世人皆言周挽澜是高岭之花，难下凡尘，只有赵嫣知晓他纯粹是因为略有脸盲，为避免认错人的尴尬，索性闭口不语，等候对方自报家门。久而久之，他便给人一种孤高难近的错觉。

赵嫣收敛心神，戚然望着京城远处起伏的青灰色群山，长长地叹了一口气。

裴飒果然被她这番愁苦的模样吸引了目光，转头看了过来。

"接下来肃王的课，恐有难度。"赵嫣适时地将话题朝自己预设的方向引。

裴飒不以为然："骑射是我的强项，对弈和兵法我亦略懂，无甚难的。"

"是呢，所以孤才特地请世子为太子伴读，相助于孤。"说着，她面露几分凄楚之色，垂首叹道，"都怪孤身体太弱了，是以在太傅的课上表现得不尽如人意。"

裴飒是个仗义的直肠子，听到太子是特意请求他相助的，心里抵触与郁闷的情绪消了大半。又见小太子神色低迷，裴飒便了然地道："他刁难殿下？"

赵嫣只摇首一笑，一副委曲求全的好脾性。

裴飒心中的责任感油然而生，他直言道："明白了。臣虽不喜欢殿下柔弱，但该尽之责，义不容辞。"

赵嫣面露感动之色，待裴飒转身先行入了殿，才转头对候在殿外的流萤道："张太医研制的那茶，给孤泡一杯来。"

她若没记错，今日的武课又轮到了骑射。

最让赵嫣头疼的便是这门课程，因为它不似兵法、对弈那般只需要端坐即可，闻人蔺教学时少不了与她身体接触，她还是多留一手为好。

赵嫣皱着眉饮下那杯苦茶，待脉象发生了变化，再回大殿时步履轻松了许多。

闻人蔺并没有去崇文殿后的校场。

殿中的书案已经被挪开了，腾出了一片空地来。闻人蔺盯着周及坐过的那把椅子，慢悠悠地道："把这脏东西给本王丢了。"

掌事太监擦着冷汗，点头哈腰地命小太监将椅子挪了出去，换上了闻人蔺方才坐过的那把。

而方才提前进殿的裴世子正腰和双腿上各绑一个沉重的沙袋，端着一盏茶在角落里扎马步，鼻尖上已渗出了细密的汗珠。

"怎么回事？"赵嫣愕然问李浮。

不过是她饮了一杯茶的工夫，她的"盟友"怎么这样了？

李浮悄声答道："许是对肃王今日的授课内容不满，裴世子便为您打抱不平，主动提出代您对战，然后就……"说着，李浮摇了摇头，"裴世子的身手绝对是年轻一辈中的翘楚，可惜对手是肃王，他扛了几十招还是败下阵来。肃王说其下盘不稳，得多练练，于是便成这样了。"

即便如此，赵嫣对裴飒的好感度还是只增不减。

裴飒说过，他不喜欢太子滥好人的性子，可到了关键时刻仍会挺身而出，这份不以自身的喜恶待人的忠贞在人人自危求保的朝堂中显得难能可贵。

何况闻人蔺是单手就能压制叛军的猛将何虎的人，裴飒能与他过上几十招，虽败犹荣。

一阵沉重的拖动声传来，打断了赵嫣的思绪。

闻人蔺抬手握住椅背，将椅子拖到了窗边的位置，而后面朝赵嫣坐了下来，交叠双腿，抚平下裳。窗边柔和的暖阳斜斜地投射进来，一半打在他英俊的侧颜上，另一半顺着他的衣裳下摆和靴尖垂下，仿佛一匹金纱。

这样的闻人蔺如去年她在雪中初见时那般，安静而无害。

"太傅。"赵嫣平静地朝他行了礼，没有半点儿慌乱闪躲之色。

闻人蔺抬起眼来，浓密纤长的眼睫便也染上了金色的光泽。

"看来殿下是想好如何应付本王了。"他含着兴味笑起来,示意她靠近些。

赵嫣依言上前一步,对答如流:"太傅这是哪里的话?孤说过会好好学的,再不懈怠。"

闻人蔺却笑了,拇指轻轻地摩挲着玄铁指环。

内侍很快将教学所需的兵器搬了上来,刀、剑、长枪,应有尽有。

"春寒料峭,校场上四面通风,易风邪入体,殿下便不必挪动了。今日本王教授殿下简单的格挡之术,殿下将来再遇险,便可防身。这也是皇上的意思。"闻人蔺看出了赵嫣的心思,起身行至兵器架前,指尖挨个点过兵器,"上次是殿下命好,反抗时万幸只伤了表皮,下次若再这般不管不顾……"

他睨视着她,半边身子陷入阴影中,抬手轻轻地横过自己的颈侧。这个轻描淡写的动作却让赵嫣蓦地发寒,郊祀归途遇刺的惊险画面争先恐后地浮现在她的脑海中。

她乖乖地伸出手,接过了闻人蔺为她挑选的轻便的匕首。

匕首冰冷,她握在手中有些不适。

裴飒还在角落里扎着马步,手中的茶盏微微摇晃,带起一片茶水的涟漪。闻人蔺好像忘了还有这么个人,只专心致志地为赵嫣拆分、讲解动作。

赵嫣面上做出受宠若惊的样子,心中暗自咬牙切齿:难为肃王殿下对她如此关爱,连一对二的课程也要将全部精力放在她一个人身上。

"被人从身后以利刃挟持时,切不可随意晃动脑袋挣扎。"闻人蔺只用单手就攥住了赵嫣握刀的腕子,轻松地将匕首反搁在她自己的颈上,"殿下方才那动作便不对……"

他感受着从指腹上传来的脉搏,话语微妙地一顿,若有所思。

赵嫣自知是那杯茶的药效起了作用,一扬唇角,挣了挣,道:"太傅只为孤讲解,而对裴世子置之不理,是否不太公平?"

"殿下这般挣扎,只会激怒歹徒,应该如此一只手攀住我的手臂往下压,另一只手臂屈肘,用尽全力往后击。"闻人蔺一边纠正她的动作,一边气定神闲地道,"太子太傅自然只对太子殿下负责。本王素来专一,不似殿下这般……"

他想了个合适的词，低沉的嗓音传到了赵嫣的耳边："朝秦暮楚。"

谁朝秦暮楚？！

赵嫣一肘子回击，却被闻人蔺轻松地包住了手肘。

"力道不够，必失先机。"闻人蔺钳制着她，"殿下自病愈受惊以来，待人对事总有几分警惕之意，对那周状元却颇为亲近、信任，好似早就与他相识一般。"

赵嫣眼皮一跳，装糊涂道："太傅说笑了。孤沉疴病体，连伴读都是临时凑的，相交之人更是寥落，怎会认识周状元？孤不过是久仰其才高志洁，心生敬意罢了。"

闻人蔺"嗯"了一声，淡然地颔首："他才高志洁，本王阴险狡诈，是以殿下避之不及。"

原来您还知道哪？

赵嫣抬手反击，却被他连另一手也控制住了，反钳在身后。

自始至终，闻人蔺都只用了左手，而力量更强的右臂一直负在身后。

他凝视着她因恼怒、挫败而泛红的耳尖，眼中染上了笑意："听闻周状元曾在华阳行宫游学，许是见过长风公主。"

在旁人看来，肃王只是在尽职尽责地给她拆分、讲解动作，只有赵嫣知晓他藏在道貌岸然的伪装下的恶劣的心机。

"是吗？若真如此，他日有机会见面，周侍讲定是第一个认出嫣儿的人。"

她的言外之意是，周及没认出她来，说明她并非他的故人。

赵嫣反将一军："肃王殿下对孤的胞妹倒是十分上心呢。"

"自然，"闻人蔺俯身与她挨得近了些，故意道，"本王还盼着在簪花宴上一睹长风公主的芳容呢。"

束胸勒得紧，赵嫣本就呼吸困难，闻言险些眼前一黑。

匕首"叮当"一声坠落在地，赵嫣捂着腕子跌坐下去。从闻人蔺的角度看去，她瘦弱的双肩不住地耸动，整个人似乎难受至极。

他的目光顿了顿，落在自己空空如也的掌心上，他觉得方才没用什么劲。

"同样的招数,殿下用三遍便不管用了。"说着,他伸手去扶赵嫣。

指尖才触及她的衣料,他便见寒光已闪到眼前!

闻人蔺眸色一凛,左手轻飘飘地攥住她的腕子,刚想嘲弄她的偷袭不堪一击,便发觉情况不对。

她手中握着的只是刀鞘,那么匕首只可能在……

听到耳畔的风声,闻人蔺下意识地以右臂格挡住赵嫣挥来的另一只手,略一侧首,刀刃擦着他的下颌而过,带起了锋芒毕露的凉意。

阳光从僵持的两个人中间静谧地穿过,照亮了在空气中舞动的尘埃。风停了,两个人飞扬的衣料随之落下,殿中静得让人只听得到一急一缓两道交缠的呼吸声。

闻人蔺很快就回过神来了。方才她佯做脱力状跌坐下去,只是为了藏好匕首和刀鞘做掩饰。这一招佯攻她用得极妙,竟然能逼他出双手应对。

"殿下这是……真打算弑师?"

他垂着眼帘,看着面前气短的少年,漆眸中流露出了如墨般深沉的神色。

"学生怎敢?"赵嫣方才用力过猛,被束好的头发散下一缕,脸颊血色充盈,急促地喘息道,"兵不厌诈,是太傅教得好。"

她的声音是虚弱的,脉象紊乱,眼睛却很明亮,仿佛在说:你看,孤说过会好好跟着太傅学的。

闻人蔺像是第一次认识她,凝神瞧了她许久,那目光仿佛要生生剥开她的层层伪装,让她露出最真实的内里。

被钳制住双手的姿势并不好受,赵嫣的心脏"突突"地如打鼓一般地跳。见他果真不再提"华阳行宫""长风公主"的话题,她便不动声色地挣了挣腕子。

闻人蔺当作没看穿她这点儿小心思,平静地松了手。

撞钟声适时响起,赵嫣轻咳两声,避开闻人蔺的视线,朝他晃晃悠悠地行礼告别后,才行至仍在扎马步的裴飒面前,替他取走了伸臂端着的茶盏。她问道:"你没事吧?"

整整一个时辰，杯子里的茶水竟一滴未洒。

裴飒解下腰上和腿上的沙袋，抬手按着后颈，将僵痛的脖子掰得"咔咔"响，语气里透着浓浓的不甘之意："无碍，我练练基本功而已。"

趁着闻人蔺还未反悔，赵嬷连忙带着裴飒往殿外走。

上了回东宫的轿辇，放下重重车帷，赵嬷这才瘫倒在绣枕堆中，连多说一个字的力气也没有了。

阿兄保佑，今天又是她苟住小命的一天。

崇文殿。

闻人蔺抬起右臂，发现紧束的武袖上，衣料被划开了一道齐整的小口。

这是方才太子偷袭之时，他抬臂格挡弄的。虽然这只是一道极小、极浅的破口，旁观了全局的张沧却难免额角"突突"直跳。

除了在敌军如蝗的战场上，他还没见谁能近王爷的身。

这一刀多危险哪！若非王爷身经百战，及时化解了招式，匕首说不定就划在王爷的脸上了！

平心而论，王爷这人吧，喜怒不定，手段呢，也不甚光明，名声更不用说了，能止小儿夜啼……他也就这一张脸算得上出色，若是连最后的优点也没了，以后还如何找媳妇儿？

眼瞅着簪花宴要到了，张沧还指望王爷找个知冷知热的温柔的夫人相伴呢，王爷可不能在这个关键的时刻破相。

与心思千回百转的张沧相比，闻人蔺倒是淡然得多。

"华阳那边可有动静？"他问。

张沧这才想起正事来，答道："已收到蔡田的飞鸽传书，他按照您的吩咐谒见了太后娘娘，长风公主随行在侧，并无异常。"

闻人蔺略一沉眸："确定那是小公主本人？"

张沧道："蔡田会继续潜伏在行宫一段时日，观察事情是否有变。"

闻人蔺抬手抚了抚那道微小的破口，忽然低声笑起来。

每当他略觉乏味之时，小太子总会勾起他新的乐趣。也罢，他倒想看看东宫的这场戏能演多久。不知到了她藏不住的那日，她会露出怎样惶恐又战栗的神情呢？

他真是期待极了。

料峭的春风穿堂而过，云翳遮挡了太阳，于皇城上空投下了大片阴影。

惊蛰这日，潮湿的雨气席卷了京城。

春雷滚滚，雍王府别院里一派阴沉之景。屋内纱帐鼓动，映出里头蛇一般扭动的身形，呻吟声夹杂在雨声中，分不清那是因为痛楚还是欢愉。

赵元煜看得口干舌燥，可这燥热感也就止步于胸腔，再往下便没了半点儿反应。

帐中是他买来的最烈性的女子，只沾了一点儿那药，便神志不清，成了这般模样。

"这药……确定男女都能用？"他扯了扯衣襟，问道。

衣着轻薄透肉的女冠没骨头似的贴着他，媚笑道："世子放心，这是仙师亲自调配的灵药，便是阉人用了亦能重振……"

说罢，女冠意识到自己戳中了赵元煜的痛处，面色一白。

可眼下赵元煜并不在乎这些。他对这药的药性颇为满意，即将摧毁太子的贤名所带来的扭曲的愉悦感掩盖了他身患隐疾的痛苦。

赵元煜仔细地盘算着，几乎按捺不住兴奋之意："光是如此还不够，得再给他加上一条罪，使其万劫不复。"

女冠赔笑，顺从地敬酒，道："妾替仙师恭祝世子一步登天，荣光无限。"

赵元煜"哈哈"大笑，一把将女冠拉入怀中，紫白色的闪电将他阴鸷的脸照得狰狞。

几场春雨过后，京师焕然一新。

厚重的青灰色逐渐掩于一片桃红柳绿中，天上纸鸢纷呈，地上百花齐放，蜂蝶萦绕，一派生机盎然之景。

恩科放榜，最不开心的人是柳姬。

"若非东宫遇上祸事，今年的恩科，我……"

恩科如何，她没有继续说下去，但赵嫣明白她的未尽之言：若没有去年接连的祸事，考中恩科的或许就是沈惊鸣、程寄行那样的少年英才……

东宫也不至于势单力薄，至今未有拥趸跟随。

赵嫣看着礼部呈上来的名册，一个头两个大。这些都是什么乱七八糟的人哪？！这些人和朝中各党派沾亲带故，一个干净能用的都没有。偏生父皇闭关清修，无暇顾及簪花宴，遴选人才的重任便落在了东宫的头上。

天快黑了，赵嫣还忙着温习宴会的流程。桌上关于各部官员为恩科进士引荐官职的奏折堆积成山，她还未来得及查阅。

流萤进来掌灯，见奏折后的少年眉头紧锁，便劝道："明日还要赴宴，殿下早些歇息吧。"

"是这个理。"柳姬用手指蘸了酒水，在几案上百无聊赖地画王八，"你如今并无实权，皇帝也不会真的放心地将任免之事交到你的手中。那些奏折你随便批个'阅'字就行，不必急于一时。"

"我倒不全是为了奏折而苦恼。"赵嫣抬起纤细的手，手指轻轻地覆在点了朱砂小痣的眼尾处。

不知为何，从午后开始，她这只眼睛的眼皮便跳个不停，搅得人心烦意乱。

春风满城，肃王府却仿佛被神明遗忘了。在京城争妍斗艳之时，这里只有苍松翠柏挺立，不见半点儿桃粉杏红。

蔡田自华阳行宫归来已有数日，可连王爷的面也不曾见到。他算了算日子，快到王爷病发的时候了。每到病发之时，王爷便心情不佳，谁也不见。

他看着紧闭的书阁的大门，问道："上个月的药，王爷什么时候吃的？"

张沧想了半天才道："王爷说想看看身体的极限，撑到初七才服药。"

蔡田点了点头。今天才是初二，看来还有几天才到那时候。

"发病的时日一个月比一个月晚,说不定哪天王爷就不用吃药了呢,这也是好事。"

张沧正絮叨着,书阁的门便从里面被打开了。闻人蔺除了脸色比平常白些,并无其他异常之色。

"备车,入宫。"他道。

暮色中,他的背影依旧高大挺拔,步履从容,仿佛世间没有一物能使他驻足、折腰。

第五章
春宴意外

一

三月初三，上巳节。

辰时，鸟雀的脆鸣声先于晨光到来了。

东宫寝殿的门窗紧闭，殿内水汽氤氲，在梁上凝成了细密、晶莹的水珠。

屏风上映出了一道妙曼的影子，赵嫣一只手从颈后拢起半干的长发，露出细白的颈项，另一只手按住胸前质地柔软的素白色的绸布，一圈一圈地转着身子，慢慢地任流萤将其缠绕、勒紧。

赵嫣被缠了小半年的绸缎，这胸都快不是自己的了。然而天气回暖，春衫日渐单薄，她丝毫不敢放松警惕。

"再紧些。"赵嫣皱着眉道，随即被勒得呼吸一窒，好半晌才徐徐地找到呼吸的节奏。

"祝酒后便无须太子出场了，若宴会的流程走得快，殿下只需要忍耐半日。"流萤伺候主子披上素白色的中衣，遮盖住了那层层束缚住主子的身体的紧绷的白绸，垂下眼帘，道，"春、夏最难熬，殿下受苦了。"

她是皇后亲手教出来的宫婢,行事自然也和皇后一般,只问结果,不在乎手段,难得说两句体己话。

"流萤,你真是越来越有人情味了。"赵嫣尚有心思逗弄她,穿上绯红色的罗袍后,将拢起的长发放下来,道,"当初回宫前我便已做好了心理准备,如今都已经走到这一步了,难熬也得受着。"

赵嫣穿戴齐整,出门便见到柳姬戴着帷帽立于廊中。

柳姬抬手撩起垂纱的一角来,朝赵嫣道:"我要出宫,殿下将我也带出去吧。"

柳姬虽有东宫的令牌,但顾及朝中各派盯得紧,又有肃王那样手眼通天的人在,是以行动并不方便。她若能藏在太子的车中一并出宫,便可省去这些麻烦。

赵嫣其实挺喜欢柳姬的性子。她想什么、要做什么都会直接说出来,且极有主见。譬如她这会儿就不是询问"殿下能否将我也带出宫?",而是拿定了主意,说"殿下将我也带出去吧"。

赵嫣没打探她出宫去做什么——用人不疑是祖母教她的处事之道。

簪花宴设在皇城以北的蓬莱苑里,她们从东宫的侧门出发,拐个弯,沿着宫墙外的夹道行两刻钟便可抵达蓬莱门。

"你在何处下车?"赵嫣问柳姬。

柳姬撩开车帷看了一眼,道:"在此处即可。"

说罢,她戴好帷帽,下了车。

赵嫣以指拨开车帘的一角向外望去,只见柳姬自永昌坊门而出,在街边的铺子前随意转了转,然后便没入了往来不绝的人群中。

赵嫣目送她远去,方吩咐孤星继续驾车前行。

柳姬穿梭过数条街道,漫无目的地闲逛了大半个时辰,直至确定身后并无可疑之辈跟随,才进了大宁街的一家胭脂铺子。她从胭脂铺子的后门出去,绕到了明德馆后院的围墙处。

她豪迈地提起裙边往腰间一别,也不管露出的里裤和小腿,熟稔地踩着那棵歪脖子枣树翻身爬上了围墙。

卖豆花的小贩挑着担子路过,目瞪口呆地望着大大咧咧地坐在墙头的女子。

柳姬揉脚踝的动作一僵,她将碍事的裙摆放下来,头发一甩,凶道:"看什么看?!没见过女人幽会情郎?"

说罢,她一翻白眼,跳进了明德馆的后院中。

墙上的鸟雀被惊飞了,小贩道了一声"世风日下",然后摇着头走了。

柳姬抱臂躲在院子一角的假山后,皱着眉等那群吟诗闲逛的酸腐儒生走了后才转出来,径直朝镜鉴楼行去。

她一路上东躲西藏,倒还真像个见不得人的苟且之辈。

上巳节明德馆内休假,儒生们要么归家探亲,要么结伴出门踏青,风雅点儿的人还会寻个山清水秀之地曲水流觞,吟诗作对。故而此时镜鉴楼中空空如也,并无人值守。

柳姬踩着盘旋的老旧木楼梯而上,到了五层的顶楼。

顶楼是一间三面开窗的阁楼,因荒废已久,未有人及时洒扫,阁中已落了一层厚厚的灰尘,几案与木地板暗淡无光,几乎让人辨不出原有的颜色。

陈年腐朽的气息自四面八方包裹而来,柳姬抬手拂去头顶一张硕大的蛛网,几度握拳,方有勇气重新踏入这片萧索的晦暗中。

莲花烛台倾倒在地,纸糊的灯罩破损得只剩下竹质的骨架,仿佛一架白骨横在地上。

柳姬将烛台扶起,指腹用力地擦去几案边角处的灰尘,只见苍劲有力的"拂灯"二字隐现于眼前。

去年此时的记忆如洪流般涌现,儒生们围着病弱但温柔的太子殿下谈经论道的盛况她还历历在目。

那时的他们浑然不知疲倦,累了就横七竖八地相枕而眠。有时在睡梦中突然冒出一个极妙的点子,他们便蓬头垢面地爬起来奋笔疾书,直至晨光熹微,方怀着莫大的满足感倒下去。

那时阁楼的灯盏彻夜明亮,一如他们胸腔中的火种热烈地燃烧。

他们都以为长夜将尽,黎明就在眼前……

柳姬一拧细眉,拔下发间的簪子,将几案一角的"拂灯"二字一点点划烂，直至完全看不出原貌。

随后，她敛袖蹲下，撬开一块空木板，将封存了近一年的物件取了出来。

那是一卷卷轴，卷轴只有巴掌大。她挑开绳结展开一角，入眼先是一朵歪歪扭扭的花状图案，继而是几个笔触各异的落款：大玄太子赵衍、沈惊鸣、程寄行、王裕，还有柳……

柳姬没有继续看下去，将这沉甸甸的卷轴往怀中一塞，转身下楼了。

蓬莱苑是皇家花苑，占地颇广，由东向西开辟了大小十来处园子，园子里栽着成片的桃、梨、杏、樱等各色花植，山池林立，殿宇错落，楼阁掩映于一片云蒸霞蔚之中，此处好似人间仙境。

东宫的车驾停在正门下，赵嫣踩着脚凳下车，忽然驻足揉了揉右眼，那颗小小的泪痣被揉得更加艳丽了。

"殿下的眼睛还是不舒服吗？"流萤关切地问。

"眼皮直跳。"赵嫣皱起了眉。

流萤去车上捧了个小袖炉出来，替她熨在眼尾的穴位处，道："恐是殿下这几日用眼过度，不曾休息好。"

"我还是觉得哪里不对。"赵嫣想了想，盼咐一旁随行的流萤，"待会儿宴上所有奉上来的酒水、吃食，你都要私下验过再呈上来。还有，兽炉中所用的熏香也要换成咱们自己的。"

"是。"流萤回道，"奴婢已提前交代过李浮了，入席后会再提醒他一遍。"

蓬莱苑的防备不如宫中严密，宴上鱼龙混杂，赵嫣多点儿戒心总没错。

主仆正说着，忽闻徐徐的马蹄声由远及近。

赵嫣的手还握着温热的袖炉，她以余光瞥去，只见斜生出宫墙的梨花下，闻人蔺单手握着缰绳驭马而来。

大玄以玄、红二色为尊，他今日亦穿了一身红底的常服，颜色比官袍的更深，像被鲜血染就的暗红色。这常服既勾勒出了他肩阔腿长的矫健身形，也衬得他的面容比平日更加白净、俊秀。

· 140 ·

是了，父皇让他在宴上挑选合眼缘的贵女，他自然要穿得打眼些。

赵嫣侧身避开了他的视线。

她昨日收到了从华阳行宫来的回信，信是时兰以长风公主的名义写来的，信中说感谢宫中来使挂念，太后娘娘在华阳行宫中一切安好……这信时兰写得委婉，暗指确实有人在暗中打探华阳行宫里的事。

闻人蔼近来神出鬼没，赵嫣不知他在酝酿什么阴谋。再联想他三番五次地提及长风公主，赵嫣猜想他不会善罢甘休。

难怪从昨日起，她这眼皮便跳个不停。

她思索间，闻人蔼已翻身下马，朝这边走来了。梨花白如雪，在他的靴旁翻飞。

赵嫣不着痕迹地转了个身，迎向刚落轿走下来的周及："周侍讲来得正好。昨日所学的簪花礼节，孤尚有一处不太确定，还请先生不吝赐教。"

说罢，她从侍从奉来的托盘中取了一朵层叠绽放的"十八学士"白茶花，自然巧妙地避开了闻人蔼。

闻人蔼却脚步未停。

小太子素来打扮得雅致、干净，常服以雪色、杏白色居多，今日却难得穿了一袭浅绯色的罗袍，鲜丽的颜色让整个人都明亮起来了，连眼尾的泪痣都多了几分娇艳之意。

而此时，她颇为勤勉地捧着一朵层叠绽放的白茶花，根据周及的提点不断地调整姿势，眉眼间尽是浅浅的笑意。"十八学士"的花瓣与她的指尖相比，竟让人不知道哪个更为洁白。

闻人蔼扫了一眼便收回视线，缓步越过那言笑晏晏的两个人，踏上了石阶。

他这一趟可不是为太子而来的，没心情逗猫。

擦身带过的凉风转瞬即逝，但赵嫣还是闻到了闻人蔼身上那股极淡的木香，还夹杂着一丝她之前未曾嗅过的气息，像是……严冬时节冰雪的清寒之气。

"殿下？"周及唤了一声。

赵嫣回神，糊弄道："多谢周侍讲，孤已记住了。"

"利用"完周及就走似乎不太够意思,她便将手中的白茶花递了过去:"这个,就当酬谢先生。"

簪花宴上,储君赐花乃莫大的恩赏,臣子不可拒绝。周及便伸手接了花,道了一声:"多谢殿下。"

那朵白茶花躺在他的掌心上,倒与他的气质颇为般配。

赵嫣满意地离去了。

周及看着她姿态轻松的背影,脑中浮现出了熟悉的一幕——华阳行宫里桃花如霞,灵动娇艳的少女随手折了一枝蓓蕾递过来:"春色正好,闷在书房中实在可惜,小周先生不要这般固执嘛,这个送给你!"

微风撩动青衫,周及对猝然浮现出的记忆感到疑惑:明明声音截然不同,性子也天差地别,他为何会觉得眼前之人仿若旧识?

看来自己这脸盲之症是越发严重了。

赵嫣没料到,前来赴宴的女眷还挺多。除了各家选送上来的未婚贵女,闲来无事的后宫娘娘也聚集在东北角的揽芳阁中,登高赏花,远眺盛景。

赵嫣一出现,席上众人的目光便纷纷投射过来。

在一众青蓝色袍服的恩科进士中,东宫太子那身绯色绣金的罗袍便格外抢眼,更遑论他还生了一张祸水般雌雄莫辨的脸!

太子的容貌如此出色,众人纵观全席的男子,也就肃王能胜一筹。但肃王位高权重,喜怒无常,并非容易接近之人。贵女们多多少少受父母和其他长辈训导过,自然不会傻到以身饲虎。

方才郭尚书家那个不自量力的嫡女鼓起勇气去"偶遇"肃王,也不知肃王在画桥上浅笑着与她说了一句什么,郭家嫡女不一会儿就哭着回来了,手脚冰冷地颤抖着,整个人宛若失了魂……贵女们将此景看在眼里,便彻底绝了不该有的心思。

但太子殿下不一样。

他矜贵、漂亮,见之可亲,身量纤弱而不萎靡,是极能激起女子心中的母性与怜惜之情的。

他年纪小算得了什么?姐姐们可以!

贵女们正是怀春的年纪，纵是有帷帽和垂纱遮面，也难掩脸红心跳的样子。

赵元煜站在门洞的阴影下，看着远处受尽美人青睐的太子，阴柔刻薄的脸上露出了浓重的阴暗之色。

"那人怎么还没来？赶紧把东西呈上去！"他咬着牙催促，迫不及待地要将赵衍拉下神坛，连同东宫的尊严一起踏成烂泥。

小太监不敢违逆，打着飞脚跑去传话了。

另一边，赵嫣耐着性子，含着笑向每一个前来跪拜问礼的恩科进士点头致意。礼部冗长的开场白过后，她终于挨到了御赐簪花的环节。

两排宫女鱼贯而入，奉上托盘中早已准备妥当的金银绒花。

按照大玄的旧制，状元、榜眼、探花受赐金叶绒花，其余进士则受赐银叶绒花。太子当亲自将花簪于他们的纱帽一侧，以示圣恩，连用何姿势拿花、以何角度簪花亦有严格的规定。

赵嫣拈起了状元的金叶绒花，发现这花极为精致，仔细嗅来，连香味也做得十分逼真。

赵嫣并未多想，按礼制将花别在了那年纪能当她爹的状元郎的纱帽上。状元郎感激涕零，三跪九叩后方退下了。

赵嫣好不容易赐完了花，还未到开宴的时辰，礼部便呈上了清雅的舞乐以供新贵们消遣。

赵嫣觉得胸口闷得慌，便去廊下寻了个阴凉之处透气。在一旁按捺了许久的贵女们你推推我，我瞅瞅你，三五成群地结伴凑了过来。有几个胆子大的贵女直接大大方方地开了口。

"太子殿下，请给我们也赐朵花吧。"

"是呀是呀！殿下哪怕赏根草，也是臣女们莫大的荣耀啦。"

闻人蔺从廊桥上下来，见到的便是这番热闹的场面：小太子被一群莺莺燕燕簇拥着，正将新采摘的各色花卉赠予她们，一副兴致盎然的模样，全然是乐在其中。

闻人蔺脚步一转，朝她们行去。

热闹的欢笑声戛然而止，连暖风也停滞下来了。赵嫣抬首，微弯的眼眸在见到信步而来的闻人蔺时一滞。

有了郭家嫡女的前车之鉴，众贵女见到容貌俊美的"杀神"款款而来，俱以他为中心飞速地撤离了。

一名年纪稍小的少女站在原地，竟看呆了，忘了做出反应。她的姐姐咬着唇，上前将她猛地扯了过去。

闻人蔺对她们识趣的举动颇为满意。他将视线落在赵嫣身上，看了半晌，无甚表情地道："殿下这花倒是送得勤快。"

赵嫣可不信他是专程来话家常的。他不过是乐于摧毁她的兴致，享受众人战栗的反应罢了。

宫人采摘来的玉英被她赠得差不多了，只余一枝早开的石榴花孤零零地躺在石桌上。

"替父皇赐花恩赏臣民，是孤的职责。"赵嫣心绪一动，顺势拈起那枝石榴花递了出去，仰首乖顺地道，"这枝是孤给太傅准备的。"

她将这话茬接得巧妙，闻人蔺不由得将视线从她鲜红的唇瓣下移，落在了那枝同样鲜妍的石榴花上。

花影扶疏，他们两个人一个负手而立，另一个笔直地端坐着；一个殷袍如血，另一个绯衣明亮。

赐花是对忠臣良将的恩赏，赐者是君，受者是臣。可惜，他既非忠臣，也非良将，君臣的身份之别约束不了他分毫。

"殿下有心了。"闻人蔺接过了石榴花，用指腹漫不经心地捻了捻。

花枝在指间被转了一圈，闻人蔺嗅到了一缕极浅的、不属于石榴花的清香，眸色微凝。

这味道有些违和……

"王爷。"张沧朝闻人蔺抱拳，似乎有话禀告。

闻人蔺将花枝背在身后，朝赵嫣略一颔首，走了。火红的石榴花在他的指间被轻轻地转动着，那霜雪般苍白的修长的手指便染上了花的艳色。

浮云飘散，暖阳重新倾泻下来。赵嫣的视线晃了晃，她忙撑住脑袋，吐出了一口热气。

"殿下怎么了？"流萤第一时间扶住了她。

"有点儿头晕。"赵嫣道。

流萤抬头看了一眼燥热的日头,低声道:"殿下许是闷着了,奴婢扶您去拾翠殿里歇息片刻。"

拾翠殿并不远,赵嫣躺在小榻上,头昏脑涨的感觉却并未减轻。

她以为是束胸太紧,喘不上气才导致眩晕,便道:"去和礼部打声招呼,开宴祝酒的事孤许是赶不上了,让他们自己看着办。"

流萤见她的面色实在不对,且祝酒也并非什么必不可少的流程,便颔首道:"殿下在此稍候片刻,奴婢去安排。"

自明化年间发生亲王带侍卫入宫,欲于宴上行刺皇帝的事以来,宫中便下令,除武将在卸甲解刀入宫述职时可令一名副将随行外,其余人不管是王爷还是世子,皆不可携侍卫、家将入宫。是故这会儿连孤星也只能于蓬莱苑的宫门外候着。

人手不够,流萤只能去找内侍传话。然而四下空无一人,再等下去恐怕殿下撑不住,她略一皱眉,沿着花林掩映的小道朝不远处的宴席行去了。

流萤一走,赵嫣便支撑不住身子,渐渐瘫软下去了,眼皮宛若被灌了铅,意识仿若陷入了泥泞的沼泽中。

门猝然被推开,宫婢扶着一名后妃模样的女子跌跌撞撞地进来了。那女子钗环尽散,呼吸急促,已然神志不清。

"刘美人,您就在此处好好歇息。"赵嫣听到宫婢声音发颤地如此说道。

赵嫣呼吸一窒,便是再晕、头脑再混沌也反应过来这是怎么回事了。她虽不知是哪个流程出了纰漏,但自己的确是……中圈套了,还是最肮脏、下作的圈套。

赵嫣没来得及呼喊,刘美人身上散发的甜香便涌入了她的鼻腔,与她体内的那股香味交融、相撞,宛若烈火浇油,"哧"的一声烧出了汹涌无比的、陌生的燥热感来。

赵嫣死死地掐住了掌心,心下慌乱、无措……

假山之上的小亭中,赵元煜将一切尽收眼底。直到亲眼看到被收买的宫婢将刘美人送入殿中,他才哼了一声,确认道:"赵衍近来谨慎得很,凡是入嘴的东西一应不碰,就连熏香也得用他们东宫自备的。你确

145

定这药下进去了？"

"这鸳鸯香是仙师亲自调配的，分雌雄两种，雌的那份下在了刘美人的酒水中，而雄的那份嘛，秋娘已扮成宫女将其染在了金叶绒花上。太子赐花时，哪怕沾染上一点儿，也必然中招。"小太监露出了一个猥琐的笑容，"这香若单有一种，便无毒无害，最多让人有些酒醉般的头晕之感。然而雌雄二香一旦相遇，阴阳相吸，被下药之人那反应……世子您是亲眼见过的。"

回忆起几次在府中试药的结果，赵元煜扯出了一个阴沉的笑来。自己若非不能暴露身份，非得亲自去瞧瞧那小太子剥离礼教伦常，如同低等的野兽同皇帝的女人苟合的下贱模样。

真解气啊！仙师让秋娘送来的这药果真甚合他意！

察觉到少了什么，赵元煜回头一看："对了，秋娘呢？"

小太监摇了摇头："奴也奇怪呢，按理说秋娘混入宫女之中，下完药便该回来了。"

赵元煜眸色一沉，很快就忽略掉了这个小插曲，一挥袖子兴奋地道："不管她！按计划引那群妃子去拾翠殿，务必抓现行！"

这是……哪儿？

秋娘被缚住了双手，瑟瑟发抖地坐在地上，茫然四顾。她不过是替雍王世子办事，刚要回去复命便被人用手刀劈下，粗暴地掳来此处……

秋娘的视线忽然一顿，她怔怔地看着藏在阴影中的俊美男人。她认出了这身暗红色的衣裳，脸上一半是惊惧之色，另一半是难掩本性的惊艳的表情。

"你们的仙师藏身于何处？"男人的声音很低，听起来有一种缱绻的错觉。

秋娘瞳孔一颤，咬了咬唇，然后道："妾……妾不知什么仙师。"

男人摆弄着手里的石榴花，晦暗中，只让人看得见他暗红色的衣裳的轮廓以及指间仿若灼灼地燃着的红色。

"你会知道的。"他说这话的时候甚至嘴角带笑。

一声惨叫还未彻底发出就被堵在了喉中，继而传来了一声沉闷的倒地声。

"带回去，慢慢审。"张沧吩咐在门外候着的内侍。

女人很快就被拖下去了，不出一刻钟便会被送进肃王府的地牢中。

"王爷，咱……"张沧回头，却在见到主子的脸时骤然色变。

那张脸煞白如霜，唇瓣泛着不正常的绯红色。闻人蔺抬起眼来，漆色的眸隐隐地透着诡谲的暗红色，妖冶至极。

张沧知道，这是寒骨毒发作的征兆。

"王爷，你的毒！"

张沧回过神来，拼命地在身上各处摸索着，然而什么也没摸出来。

他们都以为这毒要到初七才发作，是以这个月的药丸还在王府的暗格中……

这毒怎么会提前发作？为何偏偏是今天？！

"本王暂时死不了，你慌什么？"晦暗中，闻人蔺的声音平静得惊人。

这毒彻底发作时有多凶猛可怖，连张沧这样的铁血硬汉也不忍心再看一遍。他能不急吗？！

"王爷还能走动吗？咱们马上回府吃药，来得及的！"他上前半蹲，拍了拍自己健硕的肩臂，"来，王爷搭着卑职的肩走。"

闻人蔺笑了："本王这副尊容若让人瞧见，以后还能太平？"

"那要如何……？"

"你回府取药来。"闻人蔺道，"半个时辰而已，本王受得住。"

张沧一拍脑门，说道："卑职这就去！"

言罢，他旋风般地跑了，连门也忘了关。

闻人蔺起身去了窗边，坐在了三尺暖阳下。他寻了个舒服的姿势倚靠着，虚握五指，又缓缓地松开，仔细地感受着从骨骼和肺腑传来的阵阵阴寒与刺痛。哪怕阳光也如冰刀般彻骨，他亦面不改色。

反正，他早习惯了。

拾翠殿。

赵嫣面色潮红，提着半截花瓶喘息，花瓶的另一端碎在了那已然昏厥的宫婢的脑袋上。

解决了宫婢，赵嫣将视线投向了在软榻上不断地扭动、呻吟的刘美人，而自己身上所受之痛苦一点儿也不比刘美人少。

这药异常凶猛，先前她一个人待着时只是觉得头晕，刘美人一来，她的心里便烧起了无名的邪火，那邪火几乎要吞没她的理智。只是下药之人并不知道她是女儿身，她对同样是女子的刘美人并无兴趣，是以能勉强存一丝清醒的神志，趁宫婢放松戒备时偷袭了对方。

她不能傻傻地待在这儿。即便没有构成事实，她身为太子，与衣衫凌乱的后妃共处一室亦是弥天大罪。

她若抖出真实身份，倒是能自证清白，可怎么敢？欺君罔上、牝鸡司晨的罪可比"通奸"之罪大了不知多少倍！

破损的花瓶"哐当"一声坠落在地，赵嫣胡乱扯来被褥给刘美人盖上，护住了她的最后一点儿尊严，然后才凭借最后一丝清明的神志，摇摇晃晃地扶着墙出门了。

赵嫣的脚步虚浮无比，视线扭曲模糊，她只能凭借本能摸索着前行。

"人呢？怎么不见了？！快去找来，可别坏了事！"

远处传来了太监又尖又细的嗓音，赵嫣心中一慌，下意识地朝相反的方向踉跄而去。

她不知自己走了多远，也不知这条曲折不见尽头的长廊要通往何方，只想离人群越远越好，不要让人看到"太子"这般狼狈不堪的模样……

人语声她渐渐听不见了，取而代之的是自己那陌生又急促的喘息声。燥火从体内一路烧上了脸颊，化作热汗淌下。她宛若涸辙之鲋，痛苦得快要死去。

在坚持不住之时，她终于看到了一处隐藏在苍林后的僻静的殿宇。

赵嫣躲了进去。

因力气被耗尽，她几乎是整个人扑入殿中的，然后猝不及防地摔在了一片熟悉无比的、殷红色的衣料上。

148

赵嫣没想到殿中有人，一时蒙了。

她没有力气起身，只能用力地咬紧下唇，昏昏然顺着那片衣料抬眼望去。涣散的视线中，那张凑近的冷白色的容颜显得缥缈而模糊。她拼命地睁大双眼，直至那五官慢慢地拼凑成她最熟悉的模样。

闻人蔺看着鬓发汗湿、面色酡红的"小太子"，眼中有诧然之色闪过。他正受着毒发之苦，心情自然不佳，听到脚步声靠近便萌生了杀意，谁知撞上来的人却是……

"殿下？"

他抬起冰冷的手指，将赵嫣散落在脸侧的头发拨至一旁，似乎想看清她的脸。

赵嫣的脑中"嗡"的一声，她一瞬间竟不敢看他此刻的神情，绝望且屈辱地闭上了眼。

事实证明，后面还有更令她绝望的事。

闻人蔺抬手时，身上特有的清冷的气息便浮动在她的鼻端，是与刘美人的气息截然不同的异性的气息。

赵嫣甚至怀疑他也被下了某种烈性蛊药，因为她坚守的最后一丝清明的神志在撞上这个男人的那一瞬彻底断裂了。被压抑着的陌生的渴望如决堤之水，千百倍地反噬了回来。

她不受控制地抬起手，手指颤巍巍地穿过从殿门投射过来的阳光，轻轻地攥住了那片殷红色的衣袖。

见这力道如乞怜般微小，闻人蔺愣怔了一下，看着小太子湿漉漉的涣散的眼眸，仿佛明白了什么，眼中徐徐地染上了瑰丽的笑意。

二

"一群废物！连个人都看不住！"赵元煜焦躁地于亭中来回踱步，又倏地揪住了小太监的衣襟，"今日绝不能再失手，否则你我都要完蛋！"

"世子息怒，息怒……"小太监被提得踮起脚尖，警惕地四顾一番，咧着嘴赔笑道，"那位确实中了招，且其身子本就虚弱，不就地解决是会死人的。他即便没有幸他的庶母，也必定在哪个角落里与宫女苟合，只要世子找到了人，依旧能弹劾他荒淫无道、德行有失。"

"那你还不快去找？！"赵元煜愤愤地松了手，声音几乎是从齿缝中被挤出来的，"手脚干净些，别让人看出异常。"

小太监连声称"是"，连滚带爬地去了。可这里毕竟不是雍王府，偌大一个皇家花苑，其中山林、殿宇众多，人多眼杂，他要找到一个存心藏起来的少年，谈何容易？！

"你去这边，你往那边，眼睛都给我擦亮点儿！"小太监安排着手底下能用的人，"悄声儿去寻，找到了即刻来报！"

他擦了擦脸上的油汗，鬼鬼祟祟地四下张望起来。

现在，就只剩下西边那处鹤归阁没有人找了。

皇上最倚重的左臂右膀，除了神光教的国师便是肃王殿下。因皇上时常诏肃王殿下议事到深夜——圣心难测，总有一些旨意和决策是见不得光的——而鹤归阁毗邻正北门，离太极殿近，皇上便将此处拨给了肃王，让他作偶尔留宿之用。

平时不好说，但今日簪花宴就设在蓬莱苑里，肃王必定在此歇息。

可谁敢去阎王爷的地盘上搜人啊？只怕他还没靠近，就被当成刺客肃清了。

何况即便太子真有力气跑那么远，又恰巧闯入了鹤归阁，以他那副狼狈不堪的模样，落在肃王的手里只怕比落在雍王世子的手中更为凄惨、可怕……

小太监蓦地打了个寒战，决定先将其他地方搜完再说。

鹤归阁。

空气中那股清香越来越浓，已甜得发腻了。

平日里精致端庄得仿若瓷人的"太子殿下"此时眸色迷蒙，全身汗津津的，宛若缺水的鱼儿般徒劳地翕动着唇瓣。潮热的呼吸拂在闻人蔺的手上，一下接着一下，冲淡了从他的骨缝中渗出的阴寒与疼痛。

闻人蔺感到意外且新奇，手指只顿了一下，然后继续如常地将她散下的那缕发丝撩起，轻轻地别至她的耳后。

"殿下这是……着了谁的道？"他问，顺势搭上了她的脉。

闻人蔺忽然皱起眉来——小太子的脉象乱得很。

赵嫣全然任他拿捏。感受到腕上的冰冷的指腹，她仿佛久旱之人得到了一滴甘霖，渴求更多的同时也唤起了一丝混沌的神志。

意识到自己在做什么，她被烫着似的收了手，仿佛刚才攥住的不是闻人蔺的衣袖，而是焚身的烈火。

赵嫣根本没有足够的理智去分析或者回答闻人蔺提出的问题。

她将下唇咬得发白，艰难地撑起身子，试图离他远些，然而收效甚微。此时她连骨头都是软的，才被别在耳后的那缕头发又散了下来，粘在了她潮湿的下颔上。

闻人蔺的目光跟着那缕湿发晃了晃，然后停在了她的唇角处，变得更加深沉了。

赵嫣不敢再看他，难受和恐慌之感仿若陌生的洪流，铺天盖地席卷而来。

她害怕自己做出更丢脸、更无法挽回的事，只能硬着头皮难堪地向面前的男人请求："请肃王……暂且回避……"

话一说出口，连她自己都被吓了一跳。不知是体内之药的药效太猛，还是张太医的方子失了药效，她的嗓音已恢复了柔细的女声，甚至更为酥软。

闻人蔺惊异于她此时的声音，抬起眼来，似乎在笑，又似乎没有。

"殿下不请自来也就罢了，还想将屋主赶走？好没道理。"

如果知道这里是闻人蔺的地盘，赵嫣宁可死在路上也不会踏入此地半步。

她倒是想自行离开，可做不到，方才躲避搜寻她的太监已经耗尽了力气。

"叫人……来救孤……"赵嫣咽了咽口水，艰难地道。

"恐怕也不行。"闻人蔺感受着在体内窜动的寒毒，声音像隆冬的霜雪，轻柔，但冰冷，"本王现下的处境并不比殿下的好，不便让外人见到。"

赵嫣没听明白他这话的意思，脑中一片空白，那丝凉意带来的清醒已被本能的渴求蚕食殆尽。

她该怎么办？谁能来救救她？谁都好，只要能帮帮她……

"周侍讲！"远处传来了一声呼喊，有人扯着嗓子道，"太子殿下身体抱恙，不能主持祝酒了，尚书大人正寻您去救急呢！"

周及……

赵嫣听到熟悉的名字，仿若溺水之人瞥见了一根浮木，拼尽全力地想要抓住它。

周及是正人君子，是她保全体面的最后的希望。

她下意识地挪动身体，扶着门框一点儿一点儿地颤巍巍地撑起上身："周……挽澜……"

她用尽全部力气呼救，可吐出来的声音如被春水浸透般潮湿。

闻人蔺面上从容不迫的神色忽然消失殆尽，他眸色一凝，猛然抬臂，阴寒的袖风击在门上，"砰"的一声将门关拢了。

斜铺的暖阳从赵嫣的指尖上消失了，她还保持着抬手呼救的姿势，神色茫然，眼中的希冀也随之熄灭了。沉稳的脚步声靠近，高大的阴影从她身后寸寸侵袭过来，直至将绵软、战栗的她完全笼罩。

"本王说过了，"闻人蔺从她身后靠了上来，低沉的声音带着浓重的压迫感，"今日不宜见外人。"

赵嫣的双肩抖了抖，她听出了闻人蔺那掩藏在平静的语气下微妙的不悦之意。可若没有人帮忙，她以这副模样……根本撑不了多久。

闻人蔺也发现了这个问题，微微眯起了眼眸。

"殿下可想活命？"他问。

那不是废话吗？！

赵嫣咬着牙，用力地点了点头。

"那就听话些。"

他思索了一番，手臂从下揽过她的胭窝。赵嫣只感觉身体一轻，继而整个人被他打横抱了起来。

她愣了愣，以为闻人蔺要将她丢出去，让自己的丑态暴露于众人的面前，不由得闷哼一声，紧张地攥住了闻人蔺的衣襟，直至那片上等的衣料起了皱……

感受到她的渴求与战栗，闻人蔺微微皱起了眉。

事实上，他的确有一瞬是这般想的。他虽说现下毒发难忍，但若要将神志不清的小太子丢出鹤归阁，任其自生自灭，还是勉强做得到的。但这个念头在她用糟糕透顶的声音叫出周及的名字时就荡然无存了。

笑话！她已见过自己的这副样子，自己怎么可能轻易地放她离开？是故他改了主意，步履一转，抱着她朝里间那张休憩用的软榻行去。

薄如烟雾的垂纱从赵嫣滚烫的脸上掠去，又拂向了闻人蔺。他抱着人，腾不出手来，便侧首躲了躲，脸颊不经意地蹭过了赵嫣滚烫的额头。

一时间，两个人同时怔了怔。

闻人蔺还好，赵嫣已然要疯了，呼吸急促得不行，甚至恬不知耻地伸出了双臂，颤抖着挂在了他的脖颈上。然而闻人蔺什么反应也没有，只是淡淡地瞥了她一眼，便将她连人带手臂从身上剥离了，把她平搁在了榻上。

离了那片惑人的气息，赵嫣立刻如置身火海之中，难受地蜷缩起来。她忍不住去碰闻人蔺撑在榻沿上的手，将两根骨节分明、修长有力的手指握在掌心里。见闻人蔺没拒绝，她又壮着胆子将另一只手也覆了上去。

温软的炙热恰好抵消了他指骨的坚硬与阴寒之意。

赵嫣已浑然不知自己在做些什么了，胡乱地道："太傅……"

她这一声叫得可怜无比，闻人蔺不由得挑了挑眉。

这次她姑且求对了人，没再叫出什么乱七八糟的名字。

闻人蔺从阴寒的疼痛中品出了一丝近乎自虐的快意，心情尚好，便由着赵嫣不老实地四处攀缘。他将自己的另一只手从她的腰后抽离出来，摸上她颈后的睡穴不轻不重地一按，她立即低低地哼了一声，抬起水汽迷蒙的眼睛看向了他。晦暗的光线下，她的眼尾带着不属于少年的媚意。

闻人蔺没想到赵嫣中的毒这般凶猛，连能让人昏睡的穴位都全然失效。

他正思索有无别的办法，赵嫣便垂眸凑了上来，这次寻的是唇。她的气息离他不到一寸，她正笨拙地靠近他。

张沧就在此时闯了进来。

"哐当"一声门响，赵嫣一惊，本能的反应让她下意识地扑入了闻人蔺的怀中。闻人蔺皱起眉，宽大的殷红色的袖袍兜头罩住了怀中之人，将那战栗的身形严实地护住了。

"王爷，药来……"

声音戛然而止。

张沧拿着药盒，愕然看着在软榻上相拥的两个人，嘴巴大张得能塞下一枚鸡蛋。

闻人蔺略一抬手，安抚似的轻轻地落在了怀中之人因痛苦而颤抖的背上，然后乜斜着眼睛看向张沧，眸中暗色翻涌，妖冶而凌厉。

张沧什么都懂了，目不斜视地飞速将药盒搁在了榻边的几案上，再目不斜视地飞速离开，小心地掩上殿门，试图将自己伪装成一缕即将消散的青烟。

殿中重新恢复了缱绻的昏暗。

闻人蔺的一只手还搭在赵嫣的背上，虚虚地拥着她不住地往下滑的滚烫的身体，另一只手摸到了几案上的药盒，单手将其拨开，取出暗红色的药丸含在嘴中，嚼碎了，一点儿一点儿地咽了下去。

寒骨毒很快得到了缓解，但阴寒并不会立即散去，因此怀中的温软感便恰到好处地诱人。

故意拖延了半晌，他才在赵嫣崩溃之前开口："人已走了。"

怀中之人没有动静，唯有滚烫的鼻息一股接着一股地喷在他的心口处。

察觉到不对劲，闻人蔺放下了遮掩对方的袖子，借着淡淡的光一瞧，赵嫣鲜红无比的唇瓣急促地张合着，汗珠流入了散乱的鬓角，双目已经没了焦点。

她像即将殒命的花，美丽又脆弱。这毒再不发出来，她即便侥幸不死，人也会废了。

"请太医已来不及，现在摆在殿下面前的是两个选择。"闻人蔺半垂着眼帘，声音仿佛被闷在鼓中，又仿佛从遥远的天际传来，在赵嫣的耳畔形成了模糊又缱绻的回音,"其一,殿下立即自尽,保全名节;其二……"

话还未说完,闻人蔺便感受到唇上蓦地多了一片湿软的触感——赵嫣用行动给出了答案。

闻人蔺微微眯眼,鼻息间尽是醉人的甜香。因为太过震惊,以至于赵嫣扑上来时,他并没有反抗。

从来没有人敢这样欺他。

闻人蔺回过神来,眼中寒气氤氲,下意识地抬手朝赵嫣的颈上掐去。赵嫣却轻柔地握住了他的手,纤细而滚烫的手指乘虚而入,与他十指紧扣。

柔荑素手交缠着他的手指,软若无骨。闻人蔺眼睫一抖,不自觉地松了力道。

"你……"他甫一开口,嘴也被堵住了。

闻人蔺对她是打不得,骂不了,逗猫反倒把自己逗进去了。

赵嫣其实根本不知道自己在做些什么,毒性加上有人突然闯入殿中的惊惶之感使得她的心脏不堪重负,疼得几乎炸裂,整个人都处在濒死的状态中。

可她不想死,也不能死。

赵衍的死因她还未查清,奏折还未批阅完,朝中的隐患未除……她还有许多许多的事没有做,不能以如此难堪的方式倒在这里。

当然,她的神志已经不足以支撑她思虑这些了,支撑她做出如此胆大的决定的是骨子里的求生欲,还有毒性催动下的本能。

唇瓣纠缠间,她尝到了闻人蔺的唇间清苦的药味,却如饮鸩止渴般迷恋得一发不可收拾。

光是这般她怎么够呢?可她并不知接下来该如何做,能想到的只有当初柳姬与她做的那场戏,是以这般做了。

闻人蔺再次愣住,被气得急了,反倒轻笑出声。

"敢对本王放肆的人,殿下还是第一个。"他一只手臂还扶着赵嫣摇摇欲坠的身体,另一只手臂屈肘抵在榻上,抬头望着她。

话音未落,他的视线一顿。

赵嫣的衣襟不知何时松乱了，汗珠顺着精巧的锁骨往下流，浸湿了层层缠绕的素色绸带。那绸带同样散了，随着呼吸不住地起伏，作用似有似无。

闻人蔺图谋已久的答案就在眼前了。

明明已经猜到了结果，但亲眼看到时，他仍是止不住地觉得惊艳。所谓世间极致的美好大概就是眼前这般风景。

说实话，闻人蔺并不反感这样的"太子"，她柔软、娇艳，诱人采撷。

他叹了一声，不再控制气息，眼中的笑意也染上了混沌的暗色。

"殿下，当真不后悔？"

闻人蔺抬手捏住了她束冠的金簪，轻轻地一扯，墨云般的长发霎时就倾泻下来了。

赵嫣看到他的漆眸中透出了瑰丽的暗红色，他仿若堕仙般惑人。

"不能……不能死……"她断断续续地呢喃，也不知是在勉励自己还是在回答他。

"殿下想好了？"闻人蔺松松地握住松散的绸带，若即若离地拉扯着，"无论是本王以下犯上，还是殿下欺师灭祖，可都是罔顾人伦。"

命都快没了，赵嫣哪里还顾得上人伦？

"救我……太傅！"

这一声"太傅"已然带了饱含命令之意的哭腔。

于是闻人蔺的手掌穿过她缎子般的长发，轻轻地扣在她的后颈处，然后托起了她桃花带露般明丽的脸庞。

"别哭，太傅领命了。"

伴随慵懒、低哑的嗓音落下的，还有一条柔软的绸带。

金红色的夕阳滚下山坡，余晖将晚霞染成了瑰丽的红色。

簪花宴已经陆续散了，可还有不少宫女、太监在蓬莱苑的角落里乱窜，鬼鬼祟祟的，不知在找什么。

张沧坐在廊下的石阶上，宛若拦路的恶鬼，没有让任何人靠近鹤归阁。

说到鹤归阁……

张沧回头看了一眼林木深处的阁顶，纳闷地想：原来王爷抱着女子也可以缓解体内的寒骨毒吗？那个女人是谁呢？她看样子不像普通的宫女，因为露出的那片衣袍的一角自己一看就知不是凡品，还有点儿眼熟。

可惜有垂纱遮挡，王爷又护得紧，他没有看清。

张沧如此琢磨着，又肃然起敬：不愧是王爷啊，身体不适还能熬到此时，天赋异禀！

赵嫣从昏睡中醒来时，还有些茫然。

涣散的视线渐渐聚焦，她好像做了一场荒唐的梦，可身体上每一处酸软无力的地方都在尖叫着告诉她，那不是梦。

空气中浮动着旖旎的余韵，赵嫣僵硬地转动脖子，猝然望见了倚坐在榻边的高大的身形。

那位权倾天下的肃王殿下正披发散衣，似在闭目养神。夕阳的余光从窗缝中投入，在他轻合的眼上镀上了一条狭长的金红色的线。

听到了动静，他极慢地睁开了眼睛，微挑的眼睛让他看起来慵懒又危险。

"醒了？"闻人蔺将目光落在了她的脸上。

赵嫣怔怔地看着缠绕于他指间的绸带，下意识地挪动指尖，触及自己柔软的胸口……

完了！

完了完了！

赵嫣那残存血色的脸迅速变成了惨白色。

三

最后一缕余晖收拢，天边的晚霞徐徐地变得暗淡，夜幕自东蚕食而来。

快到宫门落锁的时辰了，赴宴的新贵陆续离去，来时的夹道被塞得满满当当，而现在只余东宫的马车还远远地停着。墙下的骏马不住地踏着马蹄,已然不耐烦了。

流萤面上看似平静,心中早已焦急如焚。她不过是去席上传达殿下的口谕,仅过了一刻钟,再回拾翠殿时就发现殿下不见了,屋内只有碎裂的花瓶、昏迷的宫婢,还有在床榻上痛苦地呻吟的刘美人。

流萤在宫中这么多年,什么龌龊的手段没见过?她发觉不对,便第一时间妥当地安置了刘美人。

果不其然,那宫婢醒来后,眼睛还未睁开,就一口咬定是太子殿下砸伤了她,还说太子殿下欲对刘美人行不轨之事。好在当时太子并不在殿中,刘美人亦被流萤安置妥当,宫婢那颠三倒四的谎话这才不攻自破。

宫婢见计划败露,彻底慌了神,趁流萤叫太医和禁卫来查问的工夫,一扭头跑去了后院。众人找到她的时候,只看到了一只掉落在井边的绣花鞋。

至于这个宫婢到底是真的畏罪自尽还是被人灭口,众人不得而知,当务之急是尽快找到太子殿下。

"怎么样?"流萤问。

"孤星统领回去瞧过了,殿下并未回东宫。"李浮擦着汗,道,"蓬莱苑内的楼台殿宇和假山都被找过了,眼下就余池沼里还未被搜寻。"

流萤听到"池沼"一词,脸色微变。若殿下真因眩晕而失足落水,这会儿怕是已经……

"瞧我这嘴!"李浮嘀咕着,作势在自己的嘴上拍了一掌,而后抿出嘴角的梨涡,道,"殿下许是寻了个僻静无人的角落昏睡过去了。我命人多打些灯,再去仔细地找找。"

流萤知晓李浮不过是在宽慰她。

若殿下真藏在哪处睡着了,倒还算好的。可流萤方才领人去杏园时,正好撞见几个眼生的奴子,他们一见人就着急忙慌地躲避。流萤心下警觉,几番审问,对方便推说是雍王世子将一块什么宝玉弄丢了,命他们找寻。

流萤联想到莫名其妙地出现在拾翠殿中的刘美人,心里不好的预感愈加浓烈了。她道:"你让孤星盯着雍王府,我怀疑今日之事是雍王党在推波助澜。还有，太子失踪并非小事，切不可将动静闹大。"

安排好了这一切，流萤提着灯继续朝西面找去。

春夜寒凉，她不知殿下身处何方，有无受伤、着凉。她已失去太子殿下一次了，绝不能再让旧事重演。

想到此，流萤握紧了手中的提灯。

远处，内侍们执着长钩而来，沿着主道一盏盏地挂上宫灯。东风一过，烛火与花影一同摇曳，偌大的皇家花苑便添了几分仙境般的瑰奇感。

西面山林苍翠，鹤归阁兀立其中。闻人蔺披衣赤足下榻，点燃了榻旁的落地宫灯，窗纸上便晕开了灯火的暖黄色。柔光镀在他微白无瑕的脸上，也照亮了满地狼藉。

衣袍和亵服不分彼此地胡乱纠缠着，所有的东西都不在原来的位置上。那条长长的素白色的绸带随着闻人蔺起身而垂落，一半挂在榻沿上，另一半堆在地上，盖住了那枝同样滚落在地的火红色的石榴花。

绸带的一角上染了被水稀释般浅淡的红色，让人分不清是石榴花的花汁还是那会儿……

赵嫣的面色又白了两分，身体的每一分不适感都在助她回忆起难以启齿的解毒过程。

趁着闻人蔺在专心地点灯，她终于艰难地撑着身体爬了起来，伸手去够榻边的里衣。平时再简单不过的动作此刻她却做得格外艰难，她甚至觉得酷刑过后的酸痛感与羞耻感也不过如此了。

为了活命，她主动招惹旁人也就罢了，偏生招惹的还是整个皇宫里最危险的那个人……

没人教过赵嫣该如何处理眼下的糟糕局面，她唯一能做的便是将自己的衣裳一件件地捡起来，仿佛如此就能找回她无所不能的盔甲，将自己重新伪装起来。

可思绪乱得厉害，连绸带她也缠不利索了。这东西本就长且累赘，平时都是流萤帮她才能束齐整，眼下她就两只手，还都发酸，抖得厉害，按紧这头松了那头。

她莫名其妙地喉咙哽咽，满心的挫败感。

人走背运，连一块布料都欺负她。

闻人蔺早就注意到了她那细微的动作，不过暂且未决定好如何处置她，是以并不着急回头问话。

他神情平静，直至慢悠悠地点完了所有的灯，才轻轻地吹灭火折，转身朝赵嫣看去。

他这一看就愣住了。

明亮的灯火下，小太子……不，小公主正费力地试图将绸带裹上，垂下的眼睫如鸦羽般颤动着。

因她太过着急，散乱的鬓发从玉色的颈后垂下，质地柔软的薄被也稍稍滑了下来，露出了她臂上的指印。指印并不重，却因肤色过白而显得触目惊心。

闻人蔺将视线下移，发现她那不盈一握的腰上也有指印。

没人比他更清楚这指印是如何来的。那毒的药性太猛，小公主神志混沌又毫无经验，他怕她年纪轻轻就将腰扭伤，这才扶了她一把。至于他扶这一把时有几分理智、几分情难自禁，如今已无甚重要了。

闻人蔺无意识地蜷了蜷手指，微微勾了勾嘴角，朝她走去。

赵嫣一察觉到他靠近便不能自已地绷紧了身子，连衣裳也顾不上穿齐整，将靴子匆匆一套，转身就要跑。

下一刻，她的衣带被身后之人钩住了。

闻人蔺嗤笑一声，嗓音染上了不悦之意："殿下这就跑，不好吧？"

赵嫣下意识地伸手去扯衣带，却碰到了一节硬硬的指节，模糊的、不堪的回忆霎时涌入了她的脑海。

当时他轻抚她的发丝，紧握纤腰，十指交扣地将她的手按在枕边，她被烫着似的缩回指尖……

闻人蔺将她的反应收入眼底，将指间的衣带绕了两圈，慢条斯理地说："本王半生清白，毁于殿下之手……"顿了顿，他刻意地补充，"两次，殿下不给个交代？"

第二次又不是我想的！赵嫣几乎在心中咆哮了。

然而事已至此，她亦并非不情愿，现在再纠结一次还是两次有何用？

· 160 ·

脑中一片混沌,她只想赶紧离开这儿,找个安全无人的角落将自己藏起来,独自消化眼前狼狈的败局。

她披散着墨发,想了半天,只白着脸磕磕巴巴地道:"我……我去阅奏折。"

说罢,她真想掐自己一把。这真是个拙劣又可笑的借口!

是她主动招惹闻人蔺的,闻人蔺如何肯轻易地放她走?

"好啊。"身后的男人不紧不慢地勾着她的发丝,声音低沉沙哑地道,"殿下阅奏折,臣阅殿下。"

闻人蔺的手一用力,赵嫣便被衣带扯着往后跌去,坐进了温热、硬实的椅子中。意识到这"椅子"是谁的身躯,赵嫣浑身一僵,下意识地弹了起来。

目光扫至凌乱的被褥中的一抹金色,她朝后退了一步,跌坐在褥子上,以手撑着榻沿。只是如此一来,方才她胡乱缠绕的绸带再次松散了,看起来比不缠还要糟糕。

闻人蔺视若无睹,屈起食指抵住赵嫣的下颌,轻轻地将她僵着的脸抬起来,让它迎着落地宫灯的暖光。

他果真阅得极富耐性,甚至还有闲情将赵嫣鬓角的发丝拨开,别在耳后,方便自己看得更仔细些。

此时在灯下看美人,他竟比方才更觉得惊心动魄。

闻人蔺的漆眸流露出神秘莫测的笑意,竟让人生出几分缱绻的错觉。可赵嫣只觉得麻意顺着被他抚过的发丝爬上后脑勺,身体残留的感觉使得她情不自禁地发颤。

闻人蔺察觉到她在发抖,心道:春夜微寒,她容易着凉。

视线顺着她凹陷的锁骨往下,他看了半晌,方一只手纡尊降贵地拈起那条松散的绸带,另一只手点了点她的胳膊:"抬手。"

赵嫣将手蜷缩进袖中,抿着唇照做了。一抬起手臂,她立刻酸痛得闷哼了一声。

闻人蔺听到了她的闷哼,抬起眼来。他已取下了她那条乱糟糟的、不忍直视的绸带,素白色的绸带挂在他的指间,像催命的白绫。

赵嫣僵坐着,忍不住用最坏的恶意揣度他:闻人蔺大概会弄死自己吧？只是自己不知是什么死法，疼不疼。

"殿下不妨将手臂搭在本王的肩头上，会好受些。"

闻人蔺说着，将那条绸带覆在了她的胸前，一只手按着，另一只手从她的胸侧穿过，将绸带一圈圈地缠紧。

赵嫣诧然，当然不觉得闻人蔺是出于好心才做此事的。从她认识他的第一天起便是如此，他每一次温柔的样子都是假象，他都在酝酿着更大的阴谋……

胸骤然被紧紧地勒住，疼痛打断了赵嫣的思绪。她骇然，呼吸一窒，心说：闻人蔺果然想勒死我！

见她的反应如此之大，闻人蔺怔了怔，可对上那双猜疑他的漂亮眼睛，又难以抑制地生出几分愉悦之意来。他略一顿便继续动作了，这回好歹轻了些。

"本王是第一次为女子束胸，不懂轻重，殿下多担待。"闻人蔺拖长尾音，目光微黯，道，"束上这碍事的物件真是暴殄天物了。"

两个人离得极近，几乎是胸膛贴着胸膛相拥。闻人蔺低沉微哑的声音就落在赵嫣的耳畔，她甚至能感受到他的唇瓣的热度以及他说话时胸腔的微微振动。

赵嫣不自觉地往后挪了挪，细声乞求："我自己来……"

话音未落，她愣住了。

闻人蔺发现了绸带尾端的污迹……不，或许他早就发现了，毕竟赵嫣醒来时便看见他的手指勾着这条绸带。

总之他刻意放缓了动作，指腹轻轻地捻了捻那片浅红色。

赵嫣脸颊燥热，逃避般移开了视线。闻人蔺却将她的脸又轻轻地转了回来，让她瞧着那抹痕迹，神色如常地问道："殿下觉得，如何处理为妙？"

他就是在欺负人，存心看她难堪！

视线无处闪躲，赵嫣索性闭上眼眸，道："随便……"

闻人蔺微微抬眼，盯着她不住地颤抖的眼睫，笑了一声："殿下这会儿才脸皮薄，未免晚了些。殿下方才压着本王的胆量哪儿去了？"

说罢，他用拇指轻按食指上的玄铁戒，一枚锋利的小刃便应声突出，在烛火下闪着清冷的寒光。

赵嫣如临大敌，亦攥紧了褥子下金色的锐物。

裂帛之音"刺啦"一声，闻人蔺将那截被弄脏的绸带裁了下来，然后收回利刃，替她将缠好的部分扎紧，继续为她穿衣。

赵嫣如提线木偶般随他摆弄，看着那截染着浅红色的绸带被整齐地叠放在榻沿上。

她咽了咽口水，终于试探地道："肃王，可否放我回东宫……？"

一开口，她才发觉嗓子哑得厉害。

她不自觉地舔了舔唇瓣，继续道："孤消失这么久，恐生变故。"

闻人蔺没有回答，仔细地替她合拢衣襟，系好衣结，再慢慢地抚平褶皱，举手投足优雅至极。

"出了这等事，还想完璧归赵，殿下未免太天真了些。"闻人蔺望向她，试图在她的眼中找出些什么，"毕竟殿下在解毒时可是见过本王的那般模样。"

他凑过来时衣襟微敞，胸膛上的抓痕依稀可见，只怕肩上、背上也有这样的痕迹。

赵嫣伤了他，甚至还下嘴咬了他……她以为闻人蔺在计较这事。

她的记忆模糊有混乱，除此之外，她想不到别的什么"模样"。

可她不明白，闻人蔺若要她性命，那时见死不救便可，为何要等到现在？

莫非……他只是想乘人之危？

自己丢了小命事小，但此事波及甚广，不知多少人会跟着丧命。

还有赵衍……自己若以这样的方式去见他，在九泉之下定会被他耻笑的吧？

不行，自己不能坐以待毙！

赵嫣忽然冷静下来，握着袖子低下头去，小声嗫嚅了一句什么。

闻人蔺一直在观察她的反应，见她绯红润泽的嘴唇张张合合，便略一蹙眉，凑上前道："殿下在嘀咕……"

话未说完，锋利的寒光已横至他的眼前。

四

　　一切发生在瞬息之间，闻人蔺下意识地抬手，握住了赵嫣扎来的利器。

　　他定睛一瞧，原来是太子束发的金簪。

　　原来她方才跌坐在被褥上也好，绞紧袖边也罢，就为了藏起这物什。

　　"本王还以为，殿下要用它来自裁。"短暂的讶异之后，闻人蔺顺势将她拽到眼前，眸中浮现了几分深沉的笑意，"原来殿下是要卸磨杀驴，来刺本王？"

　　赵嫣喘息着，眸光微动。

　　她若是有轻生的意思，中药后最难挨的那会儿便该自裁了，何苦忍到现在？

　　"孤现在……不能死。"闻人蔺的压迫感太强，赵嫣不得不腾出另一只手来，抵在他的胸口上，试图抓住一线喘息的生机，"太傅既然救了孤，又何必绝人的生路？"

　　这一声"太傅"又勾起了闻人蔺脑中两个人缠绵的记忆。

　　是他看轻她了，这样热烈的少女怎会是那等自怨自艾的庸脂俗粉？

　　"谁叫殿下招惹得实在不是时候？本王不得不谨慎些。"闻人蔺的手稍稍用力，压下了她掌中的金簪，"殿下看着本王的眼睛，好好想想该拿什么筹码来和本王谈。"

　　他的瞳孔漆黑，似有蛊惑人心的力量，一贯低沉含笑的嗓音也带了几分逼问的深意。

　　赵嫣恍惚间想起自己似乎看过一双更瑰丽、疯狂的眼睛，想要深究，却回忆不起更多的细节了。

　　如果他们之间必须死一个人方能守住这个秘密……

　　她知道自己此举无异于以卵击石，可想不到别的办法了。天已近全黑，她再磨蹭下去，即便闻人蔺不杀她，她亦在劫难逃。

　　那日所学的防身术骤然浮现于她的脑中，一招一式清晰无比。回过神来时，她已卸力旋身，左手接过从右手抛来的簪子，再次横着刺向闻人蔺的喉结。

闻人蔺单手制住赵嫣，皱起了眉："你……"

话音未落，她的第三招已至眼前。

闻人蔺"啧"了一声，不得不反剪她的双手，手指用力。金簪终于坠到地上，发出了"叮当"的脆响。

赵嫣纤细的双腕被他单手缚在背后，她下意识地勾腿朝他蹬去。眼看那只秀气的龙纹黑靴就要踹至双腿间，闻人蔺忙侧身避过，屈腿往她的膝盖顶去。赵嫣膝盖一软，闷哼一声朝前倒去，面朝下地摔在了柔软而凌乱的锦被间。带起的风使得她的黑发如云烟般扬起，擦过了闻人蔺的下颌与手臂，再丝丝缕缕地落下。

闻人蔺屈膝抵着榻沿，一只手按着她乱动的身子，另一只手撑在她的脸庞边，俯身压了上来。

这真是个危险的姿势，赵嫣的整个背脊都僵了，难以启齿的酸痛感又争先恐后地涌了上来。

赵嫣的头发散乱地盖着半张脸，模糊的视线中，只见闻人蔺撑在榻上的那只手霜白修长，淡青色的筋脉略微浮现出来，距离她的颈子只有不到两寸的距离，她甚至能闻到从身后传来的清冷的木香。

此刻她宛如被按在案板上的鱼，只能任人宰割。

"本王尽心尽力地辅佐殿下，殿下却用本王教授的招式来杀本王，好生无情。"闻人蔺万年淡然的脸上终于有了些许不悦之色，他抬起她的下颌，道，"冷静点儿了？"

声音略微一顿，他望向了眼尾通红、仍喘息不定的小公主。

褪去了名为"太子"的伪装，她整个人都张扬明丽起来。眸子明明如春水般潋滟，里头却仿佛燃着两簇火焰，柔中带韧。

她在榻上时亦是如此。有好几次闻人蔺以为她会哭出来，可她宁可一口咬在他的肩头上，把呜咽声嚼碎了往肚子里咽，也未曾掉下一滴眼泪。

眼下被困在榻上，她仍徒劳地瞪着双眼，就像一头被困住的漂亮的小兽，龇牙咧嘴地想要冲破牢笼，拼一线生机。

他的掌心下，赵嫣的脉搏紊乱了。被药损伤加上情绪起伏，此时她已有急火攻心之兆。

闻人蔺不再开口逼问结果，略一皱眉，抬手朝她的耳后覆去。

赵嫣僵着脖子，盯着他缓缓靠近的手指……

这回她恐怕真的要完了！

她的瞳孔一颤，继而眼前的一切开始模糊、暗淡。她的眼睫徒劳地颤了颤，终是慢慢地合上了。

待赵嫣急促的呼吸渐渐变得绵长、平静，闻人蔺这才收回手。

"还真是不让人省心……"闻人蔺的另一只手也从她的腕上松开了，他翻身坐在榻沿上，小臂随意地搭在膝头上，道，"该担忧、头疼的人是本王才对。"

自言自语毕，他又察觉出几分不对劲来。

权倾朝野的肃王必须无坚不摧、所向披靡，而体内的寒骨毒是他不能被旁人触及的命门。此事若让旁人知晓，还不知会引来怎样的麻烦，是以闻人蔺方才几番出言试探。可赵嫣宁可拔簪相向、以命相搏，也没有提及一星半点儿有关寒骨毒的事。

赵嫣不笨，相反，颇有聪明的小伎俩才能几次三番地从他设的套中跳出来。

方才她眼中的茫然与愠怒之色似乎不像是假的。莫非自己毒发时那副人鬼不如的尊容，赵嫣真的不记得了？

闻人蔺睨视在榻上昏睡的少女半晌，抬手替她将遮面的墨色长发拨开些，露出芙蓉般明丽的脸来。

这样也好，纵使她当时真看出了什么端倪，他也是有那么点儿……舍不得善后的。

闻人蔺提了提唇角。

兴致来焉，他以指腹轻碾过她的眼睫，而后顿住了，遮住了眼尾那颗不属于她的泪痣。

嗯，这样她看起来顺眼多了。

地上还散落着两只罗袜，闻人蔺踏着烛火的暖光上前俯身拾起，而后转身撩袍半跪，大手托起赵嫣垂在榻边的小腿，轻轻地将她的革靴褪了下来。秀气而白皙的足尖一览无余，在灯火下泛着暖玉般的光泽——她方才竟连袜子也顾不得穿好便着急要跑。

闻人蔺嗤笑着捏了捏那带着粉色的脚趾，低声道："殿下但凡肯说两句软话哄哄本王，何至于这般狼狈？"

赵嫣自然听不见他这声似嘲非嘲的喟叹，浑然不知发生了什么，任由他摆弄。

闻人蔺握住她纤细的脚踝，对着灯看了一会儿，又将自己的手掌比了上去。见这只嫩脚竟比他的手掌还小上一圈，他挑了挑眉，似乎很诧异："这么小。"

他以目光研究了片刻，方将罗袜从她的脚尖往上套去，然后替她扎好裤腿，重新套上靴子。

闻人蔺抬手抵着下颌端详了榻上的美人片刻，才摸出命张沧备好的一丸药，俯身挑开她松散的衣袍的一角，将药搁在她轻轻起伏的肚脐处。然后，他抬掌覆上那片细腻如软玉的肌肤，以掌心的温度暖化那颗药丸，直至化开的药油被凝脂般的肚皮完全吸收。

自己虽控制得还算好，可这种事……难免有遗漏。

这药原是给各宫的娘娘避子用的，比饮那等寒汤要管用些，但用多了亦会伤身。

下次他得研发些不那么伤身的法子……

这个念头一冒出来，闻人蔺揉推的动作便微微一顿。他垂下了眼帘，心道：一次已是意外，哪里还有什么下次？

赵嫣仿佛陷入一片黑色的沼泽中，寻不到出路。

"嫣儿，嫣儿……"有谁在唤她，声音缥缈，仿若来自天际。

赵嫣睁开了眼，视线朦胧，仿佛又回到了华阳行宫的寝殿里。窗外有"淅淅沥沥"的雨声，赵衍披着雪色的襕衫坐于她面前，身上镀着一层银色的雨光，正含笑望着她。

自己……这是死了吗？

赵嫣试探着伸出手，似乎要触及那张与自己极为相似却更加温柔的脸，然而纤细的手指停顿在半空中，又慢慢地蜷缩起来了。她紧紧地抿住菱唇，抱膝将自己藏入了黑暗的角落里。

"嫣儿很难受吗？"赵衍轻柔的声音自耳畔响起，蕴藏着难以遮掩的担忧之意。

"你一定很失望吧？"赵嫣闭上了眼睛，"我将事情搞砸了。"

"怎么会？嫣儿已经做得很好了，比大部分女子甚至男子都要勇敢、聪慧。"赵衍将手轻轻地搭在她的肩头上，温声道，"嫣儿不要再苛责自己了，那并非你的错。孤的妹妹可不是会轻易认输的人。"

赵嫣的眼睫一抖，她抬起眼来，发现面前的一切渐行渐远，都变得模糊、暗淡了。

"赵衍！"赵嫣低叫着从梦中惊醒，一只手还向前伸着，抓住了流萤的袖子。

不错，面前之人是流萤。

这里不是鹤归阁。

赵嫣四下环顾，只见自己正躺在东宫寝殿的大床上，淡黄色的清透的帐纱正在灯影下微微晃荡着。

她撑着额角怔了片刻，回过神来，立即往胸上摸去——束胸的绸带仍在，衣裳齐整，连簪冠亦是端端正正的。她甚至觉得簪花宴上的种种经历只是一场噩梦，如果忽略她现在遍身隐秘的酸痛的话。

她屏息撩开衣袖一看，臂上那个指痕还在，提醒她所经历的一切并非噩梦。

赵嫣飞快地放下了袖子，茫然地坐了半晌，哑声问道："我……怎么回来的？"

流萤将纱灯往床榻的方向挪了挪，答道："殿下在鹤归阁里昏睡过去了。肃王发现了殿下，便差人告知奴婢，殿下这才被接回了东宫。"

"肃王……"赵嫣攥着褥子，嗓子紧了紧，道，"谁去接的我？可瞧见了……什么异常？"

"是奴婢与李浮亲自去接的殿下，当时只见殿下独自在榻上睡得正熟，其他的什么也未曾瞧见。"言毕，流萤又轻声道，"张太医已经为殿下把过脉了。"

赵嫣才稍稍放下的心又骤然提起来了，她紧张地问道："他怎么说的？"

"张太医说殿下饮酒受寒，风邪入体，是故引起昏睡，休息两日便好了。"

流萤小心翼翼地观察着主子的神色，一个可怕的猜想在心中形成了。她咬唇半晌，终是放下了帐帘，悄声问："殿下受奸人陷害，可是……被谁欺负了？"

流萤措辞隐晦，赵嫣却像被惊雷劈顶，所有的秘密和难堪之处都暴露在了那煞白的愣怔的脸色中。

"殿下放心，张太医什么也没说。他是个信得过的人。"流萤狠狠地握了握手指，后退一步，跪拜请罪道，"是奴婢自作主张，给殿下更衣时发现……"

那时赵嫣虽穿戴齐整，束胸的绸带也缠得严实，可眼尖的流萤还是一眼就看出那缠绕的手法根本不是出自自己之手。她再看到那纤细的腰肢上的指痕……在宫里当值的人哪里能看不出这意味着什么呢？

流萤当时都快被吓傻了，坐立难安。

那时张煦已经赶来请过脉，正在外间写安神补气的药方，见流萤沉着脸欲言又止，便道："殿下只是风邪入体，气虚眩晕。姑娘放心，无论是谁来问，下官都这样说。"

流萤这才明白，张太医的想法与她的一样，那便是他们会豁出性命守住这个秘密。

小殿下以弱质女流之身踏入这乱局中，半年以来日日如履薄冰，已经够不容易的了。他们守口如瓶，往轻了说，是为情义；往重了说，是为家国。

赵嫣看着在帐外跪着的流萤，混乱的思绪反倒清晰了不少，忽然觉得有一种尘埃落定的平静感。

"是我不小心着了道，怎能怪你？"赵嫣艰难地抬臂抱住屈起的双腿，甚至还有心思朝柳眉紧皱的流萤笑，"越是在这种时候，你越不能自乱阵脚呀！我们之间总得留一个清醒的人。"

流萤咬着唇，用力地点了点头。

小殿下看似灵动张扬，不循规蹈矩，但其实与太子殿下一样，骨子里都是极温柔、重情义的人。

　　流萤没问欺负主子的人是谁，那人若是宴会上某位普通的男子，东宫自然有手段使其闭嘴，将此事遮掩过去。但殿下自醒来起就绝口不提处置对方之事，只能说明那个男子是连东宫也无法撼动的人。

　　皇城内外，这样的男子能有几个？殿下又是在鹤归阁里出的事……

　　流萤略一推衍，心中便有了结果。

　　这场暗流涌动的争斗中，殿下本就是最无辜的那个人，流萤怎忍心眼睁睁地看着她坠下高台、万劫不复呢？

　　"让娘娘送殿下走吧，离京城远远的。"流萤下定决心，沉声道，"便是太子殿下也不愿看到您受此牵连。"

　　赵嬷怔了怔，下意识地问："我走了，你们怎么办？"

　　流萤沉思片刻，然后道："太子殿下出事，奴婢本该一同去了，托小殿下的福方能苟活至今，这已是莫大的幸事。"

　　赵嬷将下颔抵在膝头上，闻言轻而坚定地摇头："我不能走。"

　　赵衍有一句话说得对，她向来倔强叛逆，绝非轻言放弃之人。闻人蔺既然将她送回来了，眼下也并无其他动作，便说明此事或有转机。

　　然而流萤着实为主子担忧，正欲再劝，便听殿外的内侍一声唱喏："皇后娘娘到——"

　　见赵嬷的眼睫微颤，流萤忙让她躺好，给她严严实实地盖上被褥，方转身跪迎道："皇后娘娘千岁。"

　　魏皇后伴了一天圣驾，能脱身后便直接来了东宫。闻言，她道了一声"起"，便径直走向内间的床榻。

　　她看着帐纱后那团朝里侧躺的纤细的身形，半晌，道："听闻太子在鹤归阁里昏睡了一下午，可有不适之处？"

　　赵嬷睁着眼睛，压了压嗓子，道："我只是头晕，不知不觉就睡过去了。"

　　尽管她刻意隐藏，可魏皇后还是听出了女儿的声音里微妙的不对劲之处。

　　魏皇后心下略沉，亲手挑开帐帘，坐在床沿上看了女儿半晌，问道："真没事？"

· 170 ·

这回，她的声音轻了许多。

赵嫣"嗯"了一声，莫名其妙地觉得鼻子发酸。

她自懂事以来，时常与母后势同水火，两个人极少有这般心平气和地谈话的时候。此时此刻，她不知母后是在关心"太子赵衍"还是女儿赵嫣，可就是莫名其妙地想拉着母后的袖子，如同寻常人家的孩子那样向母后宣泄点儿什么。

可她不敢，怕看到母后冰冷而失望的眼神。

魏皇后红唇微动，过了许久才低声道："你是本宫的孩子，要记住，即便有东宫兜不住的事，还有中宫在。"

铿锵有力的话语让赵嫣的心里一阵酸软。

她咬了咬唇，正迟疑着要不要将一切坦白，便听到太监的唱喏声再次传来："太子太傅到——"

闻人蔺！

赵嫣那点儿娇气和犹豫的心思荡然无存，她在黑暗中将眼睛瞪得老大，心中诧异：他这会儿来做什么？！

五

赵嫣躺在床榻的最里侧，听到了一连串"窸窸窣窣"的动静。

她辨不出闻人蔺领了多少个人来，也不知他是否带着父皇的敕令，只听见那阵沉稳而熟悉的脚步声缓缓地逼近，停在了镂空雕花的月门下。

"娘娘金安。"闻人蔺朝皇后略一问礼。

魏皇后不动声色地放下帐帘，起身直面来客："已是宫禁时辰，肃王怎还有闲情散步至此？"

"娘娘说笑了。本王忝居太子太傅一职，出入东宫辅佐不受宫禁的约束，便是夜宿于此亦无不妥之处。"闻人蔺接过宫婢奉上的茶，置于唇边却并不饮，只随意地道，"本王顺道来此，是为今日鹤归阁一事。"

帐中的赵嫣登时竖起了耳朵。

闻人蔺打算揭穿她的秘密吗？！

寂静的氛围中,赵嫣的身子越发僵硬,头顶仿若悬着一把明晃晃的尖刀,下一刻尖刀就要落下来了。

此事被捅破之后,她要如何应对?自己若难逃一死,索性将责任全揽于自己身上好了,莫要牵连其他无辜之人……

赵嫣深吸了一口气,努力平复聒噪的心跳,已然做好了最坏的打算。

"鹤归阁是天子赐给本王的留宿之处,本王奉命在那里处理了多少政务,连自己都记不清了。今日蓬莱苑设宴,守卫人手不足,这才让太子殿下醉酒误入,酣眠其中。"闻人蔺顿了顿,嗓音颇为低沉,好像在故意说给谁听,"幸而其宫婢发现得早,即刻将太子寻回,否则此事被宣扬出去,一顶'刺探圣意、出位僭越'的帽子压下来,御史台再一弹劾,只怕太子殿下将地位不保。"

意料中的腥风血雨并未到来,赵嫣紧绷的心弦倏地松了,慌乱的情绪化作了无限的茫然。

闻人蔺的这番话看似在敲打、警告,但她仔细一揣摩,发现他似乎只说太子醉酒后误入鹤归阁里酣睡,且被人即刻寻回了,只字未提至关重要的中药与解毒过程……

听起来,他怎么更像为她遮掩、开脱?

不,闻人蔺不会如此好心。

赵嫣又打起了精神,只能愈加屏息敛神,继续听下去。

魏皇后也在揣摩肃王的意思,可是烛影中的年轻男人始终面不改色,气势凛然,好似真的只是专程来进谏的正人君子。

好在身居高位之人最擅长维系表面和谐的场面,魏皇后猜不透,便顺着话茬道:"吾儿年幼,一时春景醉人,贪了杯,还请肃王宽宥。待太子酒醒,本宫自会罚他。"

"那倒不必。"闻人蔺将目光投向了安静的帐帘,轻捻指腹,道,"这罚,想必殿下已受过了。"

隔着重重帐帘,赵嫣依旧感觉到他的视线落在自己的背后,沉甸甸、凉飕飕的。

是啊,她可不是"受罚"过了?眼下她的腰和腿还酸痛得很!她咬着唇愤愤地想。

"这解酒药，殿下醒来记得喝。"

闻人蔺从袖中取出一个小药瓶，搁在几案上，然后别有深意地屈指点了点，竟就这么起身走了。

赵嫣扭头看着帐帘外的那个药瓶，轻轻地蹙起了眉。一颗心倏地从半空落到了底，她说不出此刻的心情是劫后余生的欢喜还是悬而未决的余悸。

闻人蔺来这一趟究竟是什么意思呢？

赵嫣猜不到，觉得自己的脑子快要炸了。

东宫外，马车上的灯笼随风摇晃，沁人的花香在空气中飘浮。

自入夜起，张沧的行径就颇为古怪。他时而抬起佩刀，出鞘三寸，以刀刃为镜，左右照着粗犷的古铜色的脸颊，时而将眉头拧成疙瘩，唉声叹气。

右副将蔡田抱臂靠着宫墙，看着身边这位愁眉不展的仁兄，终于忍不住问道："你到底怎么了？自打从蓬莱苑出来，你就心事重重的。"

张沧的确有心事。

先前他送药时，撞见毒发的王爷的怀中抱着一个人。因那个人身量纤细，王爷又举袖护得紧，是故他下意识地以为那是个赴宴的女公子。

只是那片露出的浅绯色的衣角他怎么想都觉得眼熟，直到眼睁睁地看着东宫的侍从闻讯赶来，将太子从鹤归阁扶了回去，才一拍脑袋想起来：难怪我眼熟呢，那不就是太子殿下的衣裳吗？！

八尺大汉张副将回过神来，不由得毛骨悚然。

难怪王爷二十来岁了，连一个女人都没有过！应酬时的舞姬不说，便是下面的人孝敬的美人他也从不多看一眼，一应将其打发干净。原来这些人投其所好投错了路！

千年老狐敢欺龙，王爷这魄力……啧！

张沧震惊归震惊，跟了肃王这么多年，嘴还是严实的。可这么大一桩秘辛压在心头，他憋久了就容易胡思乱想。

他摸着自己的下巴，又屈肱比了比壮实的肌肉，问蔡田："你觉得我长得好看不？"

蔡田看着他胡子拉碴的脸，眼角一阵抽搐，面无表情地道："你见过门上的钟馗像吗？那是你的亲兄弟。"

张沧欲反驳，吸了一口气，又重重地叹出来了："你不懂！"

"我怎的不懂？"蔡田觉得奇怪。

"那我问你，明明你跟着王爷的年岁更长，为何王爷却偏生将我放在身边伺候？"

"因为你四肢发达却头脑蠢笨，干不了传信、刺探的活，只能留在王爷身边长随。"蔡田忍不住说了实话。

张沧自是不服气："我就说你不懂吧？那必然是我生得比你孔武、英俊，更招王爷喜欢。"说着，张沧似乎又发现了新的难题，飞扬的眉毛瞬时耷拉下来，仰着头对月喟叹，"可我……只怕要辜负王爷的厚爱了。"

蔡田撇头"呵"了一声，白眼都要翻到后脑勺去了。

东宫的侧门就在此时开了，闻人蔺身姿颀长挺拔，踏着满地的月色与花影缓步出来了。

宫墙下的灯火那样明亮，却映不暖他霜白的面容。

方才还信誓旦旦地说辜负厚爱的张沧立即搓手迎了上去，殷勤地放下车凳，道："王爷今日是宿在鹤归阁里还是回王府？"

闻人蔺抬靴刚踩上脚凳，忽地顿了顿，抬手捂住了嘴，声音极低地咳了一声。片刻后，他放下手，发现苍白的掌心中已有了一小片暗红的血迹，格外触目惊心。

蔡田面色微变，连忙不动声色地移动身体，挡住不远处的东宫卫的视线，低声问道："王爷服用解药之后是不是没有好好休息？怎会突然如此？"

张沧道："王爷本就操劳了一个下午，入夜又急着赶来东宫，哪里顾得上休息？"

闻人蔺本人倒是颇为平静，仿佛方才吐出的并非自己的血。他将指节一蜷，面不改色地上了车，从怀中摸出一方柔软的帕子拭了拭掌心，慢悠悠地道："回府。"

车内有一盏纱灯，闻人蔺借着灯一瞧，才发现自己用来拭血的布并

174

非什么帕子，而是下午裁下来的一截束胸的绸带。

绸带的断裂处还带着那抹兑了水一般的淡红色，与他方才吐出的浓重暗红色交叠在一起，如同一幅艳丽的春图。

收拾床榻前，他鬼使神差地将这方布料叠好，揣进了怀中。

闻人蔺的眼中浮现出些许绮丽的笑意，淡色的唇因血气而染了几分艳色。他改了主意，道："去鹤归阁。"

来日方长，但愿小公主别让人失望。

赵嫣心事重重，辗转难眠，好不容易合上眼，却总被光怪陆离的噩梦惊醒，梦中一会儿是赵衍身死的场面，一会儿是她暴露身份的惊惶之景。

她挨到后半夜，小腹又隐隐地坠痛起来，起来一瞧，竟提前一旬来癸水了。

流萤立即将弄脏的衣裤拿去秘密地烧毁，又伺候着赵嫣擦拭、更衣，等折腾完毕，烛火暗淡，窗外已天色渐亮。

赵嫣一宿未眠，加上身体不适，精神着实算不上太好。

流萤捧来了干净的衣物，看了主子的面色半晌，不忍心地道："要不殿下还是歇息两日吧，奴婢请张太医作证，为殿下告个假。"

赵嫣坐在床沿上，一只手捂着肚子，另一只手托着下颚，皱着眉摇了摇头。

"父皇第一次让东宫代他主持宴会，我还没处理妥善就告病假，他会怎么想？"赵嫣深吸了一口气，取来衣物艰难地披上，吩咐道，"让李浮将批好的折子取来，备轿入太极宫。"

流萤知晓主子是为了大局在强撑，虽心疼，却也不忍心阻拦，只好下去安排了。

人力轿辇不如马车平稳，平时一颠一颠的，晃动得很悠闲，此刻于赵嫣而言却无异于酷刑。她的腰本就酸痛，加上癸水，酸痛加倍。她更难以启齿的是，那处也颇为不适，颠簸起来她更是觉得肿痛。

赵嫣靠着车壁，扭动身子略微抬起一边屁股，片刻又换了另一边，试图稍稍减轻那股疼痛感，然而收效甚微。

流萤看出了主子在隐忍，将包好的手炉塞在她的手中，轻声道："马上就到了，殿下先用它暖暖肚子。"说罢，流萤掀帘探首，吩咐抬驾的侍从道："你们稳当些走。"

赵嫣好不容易挨到太极宫门下，走下轿来，险些腿软跪到地上。多亏流萤手疾眼快地扶了一把，她这才缓过劲来。

清晨下了雨，阶前扬起烟雾般的水汽，潮湿得很。

赵嫣抱着折子在太极殿外候了两盏茶的时间，传话的老太监才躬身出来，带着歉意道："太子殿下，陛下正在与国师坐谈论道，可能……还要些时候。"

赵嫣咬了咬牙，好脾气地道："无碍，孤就在此等父皇传召。"

又小半个时辰过去了，外头的雨由小转大，又由大渐无。赵嫣左右脚换着站了几轮，难忍腰酸腹痛之际，身后传来了轻缓又熟悉的脚步声。

赵嫣都不需要回头，只闻到那股极淡、极冷的木质熏香便知是谁来了，不由得站直了身子，将头埋得更低些。

闻人蔺一大早见到赵嫣在此，颇为意外。他的目光从赵嫣抖动的眼睫上掠过，落在了她抱着奏折的、发白的手上，略一顿，他便与她擦身而过了。

他无须通传，竟直接进了大殿。

赵嫣盯着自己的脚尖，不知该松一口气还是该警觉。

她的思绪混乱之际，老太监又躬身出来了，这次面上的笑意深了许多："肃王向陛下开了口，陛下特地让老奴请太子进殿呢。"

赵嫣抿了抿唇，然后收敛心绪，道："有劳。"

皇帝不知在调配什么丹药，面前摆了一堆瓶瓶罐罐。他见到太子进殿行礼，眼也未抬，道："簪花宴的事，肃王都与朕说了。"

闻人蔺说了什么？他是否向父皇吐露了什么对她不利的事？一切她都不得而知。

赵嫣压下一瞬的忐忑心情，神色如常地含着笑道："儿臣特地将各部举荐的折子呈来了，请父皇过目。"

皇帝略一抬手，老太监便微微颔首领命，向太子行去。

老太监还未走到赵嫣面前，就见一只冷白修长的大手斜斜地伸了过来，替他取走了太子手中的折子。

老太监一愣，赵嫣也愣住了。

闻人蔺着一袭殷红色的官袍挺立，指腹有意无意地拂过她的指尖，握着折子随口提道："这场宴会，太子殿下办得极为周全。"

皇帝这才抬起眼来，接过折子略一翻看，颔首道："太子虽批得生涩，却也有可圈可点之处。"言罢，皇帝将折子随意地置于几案上，看向面前的年轻人："你呢？朕让你遴选王妃，你可有中意之人？"

闻人蔺欠身，视线越过木架上的烛火，落在了"小太子"身上。

赵嫣神色一凛，总觉得闻人蔺眼中的笑意更深了，还带着几分促狭的捉弄之意。

"倒是……有那么一个有趣的女子。"他说。

六

闻人蔺刻意放缓了声音，使赵嫣能听得真切。

皇帝并未留意那一瞬闻人蔺和赵嫣在眼神上的交锋，闻言，感到很诧异。他盘腿坐着，单手按在膝头上，问道："是谁家的女子？若她与你家世、背景得当，朕可为你做主。"

所谓"家世、背景得当"，便是女方要无权无势，与闻人蔺结亲也不影响朝堂上的权力制衡。赵嫣心知肚明，唯恐闻人蔺那一张嘴吐出什么惊世骇俗的名讳来，譬如长风公主——反正他总喜欢用这事来恫吓她。

那短暂的沉寂仿佛一个甲子般漫长，每一息都是对赵嫣的心态的莫大挑战。

"她于宴上惊鸿一瞥，又匆匆地离去了，是以臣还未来得及请教对方的芳名。"闻人蔺的眼中含着完美的浅笑，他再次瞥向赵嫣，似在诚恳地请教，"太子殿下可知那是谁家的女子？"

赵嫣当然知道，但如何敢说实话？她索性接住被抛过来的话茬，语气平静地道："宴上来宾颇多，孤并未留意。回头还请太傅将那女子的容貌与特征描述一番，孤好命人去找寻。"

闻人蔺眼中的笑意更深了，直至她的眼睫又不安地颤动起来，他才"嗯"了一声，道："有劳殿下。"

如此一来，她总算将这危险的话题揭过去了。

皇帝大概有什么要紧事要与闻人蔺说，交代了赵嫣几句，便放她离去了。

赵嫣出了太极殿，被紧张感压下的五感方渐渐地苏醒，酸痛感又蔓延至全身，让她反而有一种如释重负的感觉。她深吸了一口潮湿的雨气，扶着流萤递来的手臂，道："去崇文殿吧。"

因去太极殿回禀父皇耽搁了时辰，赵嫣扶着酸痛的腰爬上崇文殿的石阶时，已晚了两刻钟。

晋平侯世子裴飒歪身坐在席位上，百无聊赖地转着毛笔玩；而周及着一袭青衫常服，正执着铜质香压静静地整理兽炉中的香灰，宛若窗边映着雨光的清雅的修竹，没有半点儿焦躁之意。

赵嫣记得自己中药那会儿听见有人唤周及的名字，此刻不由得有些心虚。周及是个绝对端正的君子，一生坦荡，从不撒谎，而她当时被药昏了头，竟然有那么一瞬间想将他拉入浑水中。

她招惹闻人蔺虽然是一件可怕之事，但有一个好处：只要闻人蔺不想揭露春宴之事，便没有人能动得了她。这世上能凌驾于肃王之上的人几乎没有。

而周及呢？他区区一个五品侍讲，若是被牵扯进来，只怕不管能否救她，都会因撞破东宫的秘闻而丧命。

她没有牵连更多无辜之人，这也算是不幸中的万幸。

思及此，赵嫣凝神吸气，神色较平日多了几分认真之意，道："周侍讲，孤来迟了。"

裴飒起身行礼，抬头见到赵嫣额角的虚汗，一愣："殿下怎的脸色这般差？"

这两天的倒霉事，赵嫣实在不想再忆及。她接过李浮递过来的帕子，于书案后艰难地坐下了，道："无碍，孤在簪花宴上着凉了。"

春日渐暖，座下的冬日的厚毯已被撤下来，换成了进贡来的薄绒波斯地毯。但薄绒波斯地毯不如厚毯那般柔软厚实，赵嫣跪坐下来，只觉得小腹的酸痛感更甚，纵欢那处也被脚踝抵得颇为难受。

一开始她尚能勉强挺直背脊，过了不到片刻，干脆怎么舒服怎么来了。她蔫蔫地趴在几案上听讲，眼皮因一宿未眠而沉重无比。

见小太子歪着身子似在思索什么，周及想起了老师交给他的任务。此时小太子精神松懈，正是他套话的最佳时机。然君子不乘人之危，他迟疑了半晌，终是咽下了备好的腹稿，转而道："殿下若身体不适，可宣太医问诊，之后告假回宫歇息。"

赵嫣迟钝了片刻，回神后揉了揉眼睛，摇首道："孤方才在太极殿前站了许久，真是一点儿力气也没有了。让孤先在这儿养养神吧。"

周及见她的面色着实惨淡，颔首应允道："那臣继续讲解，殿下无须听，只管休憩。"

赵嫣知道周及是个有原则的人，既然领命为太子授课，便不会浪费任何一个时辰，非得讲到撞钟声响为止，但从不用自己的原则去苛求别人。

赵嫣遂枕着掌心趴在几案上，伴随着那阵平淡的讲读声合上了双眼，不消片刻便疲惫地坠入了幽深的梦境中。周及见状，声音微顿，起身取了大漆衣架上被晾干了的油布斗篷，轻轻地披在了小太子瘦弱的双肩上。

闻人蔺从太极殿里出来，身上沾着的那股浓重的降真香令他略微不适。

候在长庆门下的张沧迎了上来，胳膊下夹着一柄纸伞，另一只手提着一件遮挡雨气的藏蓝色斗篷，歪身给主子披上了。

闻人蔺上下扫视了他一番，问："穿新衣了？"

"嘿！王爷厉害，一眼就瞧出来了。"张沧摸了摸自己刮得干净的铁青色下巴，"嘿嘿"地笑着道，"卑职洗了个澡，胡子也刮净了。"

张沧回去琢磨了半宿，自己这辈子是铁了心要找婆娘过日子的，虽无法迎合王爷的喜好，但怎么着也得仪容整洁，方对得起王爷另眼相看。

他想了一堆有的没的，又殷勤地执伞，为闻人蔺遮挡了从檐上滚落的雨滴。

伞檐低低地压在闻人蔺的头顶上，险些戳瞎了他的眼睛。他忍着要将这破伞一掌掀翻的念头，抬手抵着伞檐，皱着眉将其从自己的眼前移开了。

张沧又举着伞追了上去，压低声音念叨："快到巳时了，王爷去崇文殿见太子，别忘了带上那个……"

说罢，他露出一个只可意会的神情。

崇文殿……闻人蔺停下了脚步。

当初他接下太子太傅之职，不过是想将小太子放在眼皮子底下，置于股掌中，当作自己无聊的时日里的一桩解谜的乐趣。现今谜底已然被揭开，按理说，小太子对他而言已无任何观察的价值，这个太子太傅自己又何须继续当下去？

闻人蔺思忖着得寻个时机卸了这职，将精力放在雍王身上。毕竟他若要成事，少不了让弃子来搅浑水。

他在不知不觉中踏上了崇文殿的石阶，穿过了廊庑。他从半开的轩窗望去，只见周及微微躬身，正给伏案补眠的"小太子"披衣御寒，裴飒则冷着脸，顺势伸手给她掖了掖衣角。

闻人蔺若有所思，微微眯起了漆色的眼眸。

赵嫣昏昏沉沉地醒来时，发现自己正躺在一张罗汉床上，身上盖着丝质的又滑又软的春被。殿内空无一人，她眨了眨惺忪的眼，很快辨认出这里是崇文殿后殿的休憩之所。

可她不是在前殿里听周及讲学吗？怎么会到这里？

她揉着睡僵的脖颈起身，略一扭头便瞧见了坐在床头椅中的闻人蔺。轩窗半开着，她依稀可见外头斜飞的雨光，闻人蔺便坐在这光中，手里执着一卷兵书翻阅。

一些糟糕的画面涌入了脑海，赵嫣瞬时清醒了，不得不偷偷地伸手摸了摸身上的衣物……

还好还好，衣衫齐整，裹胸的绸带也在。

可她的动作幅度太大，引得又一阵绞痛袭来。她躬身捂着肚子，想缓过这一阵疼痛。

闻人蔺听到她的动静，便从书后抬起眼，又见她皱着眉缩成一团，便知昨夜给她的那瓶药她没有服用。

他放下书卷，起身将在外间的小炉上煨着的滚水倒了一盏，再回到榻边，将热气腾腾的茶盏搁在几案上，慢条斯理的样子颇为风雅。

赵嫣那双水润的桃花眼一眨不眨地盯着闻人蔺，眼珠随着他的动作微动。直至看到闻人蔺从怀中摸出一个和他昨夜送来的一模一样的小药瓶，拔开玉塞子，当着她的面往茶盏里倒了小半瓶琥珀色的液体，她才掩耳盗铃般垂下了眼帘。

闻人蔺并未解释，只将茶盏朝她的方向推了推，命令她："喝了它。"

赵嫣咽了咽口水，将五指攥紧了又松开，方从被褥中伸出一只无甚血气的纤纤素手，顺从地端走了茶盏。

浅金色的水热气氤氲，赵嫣抿了抿唇，终是仰首闭目，小口小口地将药饮尽了。

药有点儿苦，还有点儿辛辣，她小心地舔去了唇上的水珠。闻人蔺看到她一闪而过的嫣红的舌尖，没忍住，伸手用温凉的指腹拭去了遗留在她下唇上的水痕。

四目相对，两个人一时都怔了怔。

霜白色的指腹按压在艳丽的唇瓣上，让赵嫣勾起了某些不合时宜的记忆。明明更亲密的事情他们都做过了，她却仍难堪又慌乱。

好在闻人蔺只是蜻蜓点水般拂了一下，然后就面不改色地收回了手，嗤笑道："这回殿下不怕本王给的是毒药了？"

赵嫣强装镇定，没回答。

如果这是毒，闻人蔺不会用两次，也不会蠢到在崇文殿里堂而皇之地动手。

她喝下药后，腹内很快就生出了一阵热意。热意顺着血脉游走，温暖了四肢百骸，不消片刻，连腰和腿的酸痛感也缓解了不少。

这药……竟然有这般神效？

那她这大半日担惊受怕、痛苦煎熬又算什么呢？

闻人蔺不知从哪儿又掏出一个白玉小药盒，倾身将其搁在了赵嫣的枕边，示意道："外用。"

外……外用？

赵嫣顺着闻人蔺的视线看去，一惊，下意识地并拢了双膝。

"我回东宫再抹。"她避开他的视线，声音干涩地道。

"殿下初经人事，又是与本王……"闻人蔺微不可察地一顿，眸色深了些许，"再拖下去，别说回东宫，殿下下榻行走都困难。"

她被说中了，颠簸了大半日，确实到她能忍耐的极限了。

"那……请肃王暂且回避。"

赵嫣扭过头，随即想起来，昨日中药误入鹤归阁时，自己好像也是这样对闻人蔺说的。

好在闻人蔺没再提什么让她难堪的事，将一块干净的棉布搁在了几案上，之后便起身去了外间。

赵嫣以为闻人蔺走了，这才小心地解了金玉革带，以指挑了药膏抹到疼痛之处。她万万没想到他又回来了，一紧张便下手重了些，顿时疼得闷哼了一声。

闻人蔺端着一盆温热的净水，挑眉看着跪着俯身缩在被褥中的赵嫣。

她当真是既可怜，又……叫人想欺负。

闻人蔺的唇动了动。

他肩阔腿长，三两步就走到了床边，将那方棉布置于铜盆中浸湿，又轻轻地拧干。他使劲时，指骨微微突出，清透的温水从他的指缝争先溢出，仿佛清泉流过冷白色的寒玉。

"这药，要擦净后抹上。"

闻人蔺握着赵嫣纤细的微颤着的腕子，将她藏在被褥下的手拉了出来。他屈指在她紧握的拳上轻轻地点了点，她便僵着身子，一点儿一点儿地将手张开了。

她的指腹上沾了鲜红的颜色，还混着药膏的清香，闻人蔺便垂眸以湿棉布仔细地替她擦拭干净了。

赵嫣颤巍巍地抬眼，试图在闻人蔺的脸上找出些许情绪，然而无果，闻人蔺的神情始终悠闲平静，浓密的眼睫投下一片淡影。他没有半点儿轻佻的狎昵之意，仿佛只是在对待一件脆弱而美丽的玉器。

"殿下身体不适，不好好休息还到处乱跑，是怕本王告密？"闻人蔺语气散漫地说，好像只是随口一问。

待他松手，赵嫣便飞快地将手缩了回去，咬着唇磨磨蹭蹭地在被褥中将衣服穿戴齐整。

殿内很安静。有些事赵嫣即便不想再提，也不得不面对。

"没想到肃王还会来崇文殿。"她主动开了口，轻声道，"我以为，我对肃王而言没有试探的价值了。"

闻人蔺敏锐地发现她以"我"自称，而不是披着太子的皮自称"孤"，觉得她如同一只收了爪子的颓靡的小兽。

闻人蔺即便被她猜中了心思，脸上也无半点儿波澜。

"绯色的衣裳，腰细、腿长、肤如凝脂，玲珑无双，就是牙尖嘴利，有些爱咬人……"他见赵嫣的脸上浮现出诧异与疑惑的神色，嘴角噙着一抹淡淡的优雅的笑意，缓缓地解释，"殿下不是说，要本王将那女子的容貌与特征告知殿下吗？这便是了。"

赵嫣蒙了。

她没想到形容自己的样貌和身段的词从闻人蔺的唇间吐出，竟是如此……如此不堪入耳。

闻人蔺如愿以偿地看到了她莹白的脸颊上现出胭脂般的血气，逼近了些，笑着问道："殿下……可为本王寻着她了？"

赵嫣张了张唇，复又闭上了，然后道："反正她是将死之人了，肃王寻她来有何用？"赵嫣垂眼盖住了情绪，小心地措辞，试探他，"肃王不杀我吗？"

闻人蔺握着那方被染成鲜红色的棉布，将其浸入铜盆中，直至那红色如墨般在水中晕开，弄得盆中一片胭红。

"我为何要杀殿下？"他道，"这么大一个把柄被捏在本王的手心里，殿下投鼠忌器，今后行事就要多掂量几分。这岂不是比杀你有用？"

闻人蔺将要挟之言说得如此光明正大，好不要脸！要不是知道自己打不过他，就算打也败得惨烈，赵嫣早张牙舞爪地扑上去了。

"殿下也是如此想的，不是吗？"闻人蔺抬起手，抖了抖指尖上的水珠，波澜不惊地说。

见赵嫣褪去了懦弱的伪装，那双漂亮的眸子中又隐隐地燃起愠恼的火苗，闻人蔺便以手抵唇，愉悦地笑了起来。

"殿下好好养伤，下次，本王要亲自检查……"闻人蔺捻了捻指腹上的水渍，意味深长地道，"顺便替殿下将今日落下的功课补上。"

第六章
红妆暖玉

一

京郊的锦云山庄闲置了七八年，近日迎来了新主。

春雨绵绵，半荒废的宅邸隐藏在山林中，门口挂着两盏簇新的红色灯笼。风一吹，寒意逼人，鬼气森森。

内院里不断地传来女子破碎的哭喊声与求饶声，不多时，帐帘被撩开，满头虚汗的赵元煜披着衣服走出来，气喘吁吁地咒骂了一声。

侍卫们默不作声地进屋，将榻上半死不活的两名女子拖下去处理了。她们的腕上皆绑着粗绳，露出的胳膊上血痕累累，若仔细来看，其苍白的面容上稚气未脱，这两名女子俨然都是小姑娘。

婢子战战兢兢地进来更换带血的褥子，褥子却被赵元煜一把掀翻了。

前不久，那神龙见首不见尾的仙师给赵元煜送来了新炼成的药，此药名为无上秘药，据说有回阳之效，报酬是需要雍王府配合他做点儿事。

赵元煜想也不想，一口答应了。毕竟他在簪花宴上陷害太子不成，已失了先机，断不能再有别的闪失了。为了稳住"皇位继承人之一"的身份，治好隐疾之事便迫在眉睫。

如今赵元煜服了几丸药，有些回阳的感觉了，可每每药效刚起就疼得慌，弄得他着实心情不好，手下也没了轻重，仿佛只有如此才能宣泄他内心的无能与焦虑之感。

"秋娘怎么还没下落？"赵元煜口干舌燥，连灌了两杯凉茶，道，"春娘呢？去把春娘叫来，立刻！"

春娘是红香院的另一名女冠，和风流媚俗的秋娘不同，穿着齐整规矩的暗黄褐色衣裙，容颜素净，乍一看还真有几分方外之人的样子。

她抬起右手，拇指与食指微屈，行了个礼道："见过世子爷。"

"免礼，免礼！"赵元煜面色极差，眼底挂着两圈暗青色，耐着性子问，"无上秘药还有吗？你再多给本世子送些，本世子吃个几瓶，必大有增益！"

"世子勿要心焦，这药是仙师倾尽毕生心血炼制的，其炼制过程十分烦琐。"春娘敛目道，"上个月世子送来的那七七四十九只'童子鸡'已经被尽数炼完，如今药引没了，只怕世子还须再等上数月。"

"这么久？！"

赵元煜能等，可他这日渐严重的隐疾等不了了。何况皇伯父已经开始让赵衍替他主持簪花宴了，若东宫得了重用，还有雍王府什么事？

"不就是几个药引吗？京城外遍地无主的'鸡'，你差人去抓便是！"想到了什么，赵元煜面露阴鸷之色，道，"你去回禀你们仙师，尽管专心炼制无上秘药，旁的事不用操心！别说几只'童子鸡'，他便是要龙肝凤髓做药引，本世子照样能给他寻来。"

"下个月的月初是十年难遇的纯阳之日，最适合炼制此药。那妾便回去禀明仙师，恭候世子的佳音。"春娘略一颔首，行礼告退了。

流萤去太医院找张太医领了些外用的药，再回到崇文殿时，便见自家主子不甚自然地从后殿出来，原本苍白的面容上带着一层薄薄的绯色，似有隐忍、愠怒之意。

"谁惹着殿下了？"

流萤有些担忧地朝门扉半敞的后殿看了一眼，无奈距离太远，看不真切。

"没什么。"赵嫣扶着红漆栏杆徐徐地吐息，待情绪稍稍平息，便摆手道，"今日课毕，回东宫吧。"

赵嫣不知闻人蔺给的药有什么来头，再乘坐轿辇总算没有受刑般那么难挨了。

她悄悄地握紧了袖中的两个药瓶，只觉得身子飘飘然，暖和得似泡在极为舒适的温水中，所有的酸痛、寒气都被洗涤殆尽了。

唯有那处的里边她没有抹药，还有些痒痛，不过尚能忍受。

趁着精神好转，赵嫣想起正事来，问道："簪花宴的事，查得如何？"

流萤将一只柔软的绣枕轻轻地塞在赵嫣的细腰后，使她倚靠得更舒服些，答道："孤星还命人在那边蹲守着。昨夜奴婢将殿下寻回后，雍王世子便乘着一辆低调的马车悄悄地出城了，至今未归，行踪颇为诡秘。孤星怕打草惊蛇，故而没跟太紧。"

赵嫣拧起了眉："大战初歇，城外流民遍野，他在这种时候出去乱窜，而不是心虚地逃遁，其中必有蹊跷。"

她暗自思忖：我得给孤星传信，让孤星务必跟紧这条线。且不说赵元煜是害死兄长的最大疑犯，便是看他在簪花宴上龌龊地下的这一桩黑手，我也绝不能轻饶他！

回到东宫，赵嫣一眼就瞧见了在廊下抱臂等候的柳姬。

春雨沾湿了落英，一枝湿淋淋的海棠横斜，恰巧点缀在柳姬那珠钗摇曳的鬓间，颇有工笔画中的美人的韵味。可惜这位美人过于泼辣、高挑，安静时还好，稍稍一动便将美人图的意境击得粉碎。

"听闻殿下昨日身体不适，怎么样了？"柳姬扯着碍事的裙子，大步流星地走了过来。

赵嫣这才想起将她忘了，连忙敛神道："我好多了。你呢？要办的事可办完了？"

柳姬看了默默地侍立在侧的流萤一眼，低声道："我有话想与殿下说。"

见柳姬难得严肃，赵嫣便示意流萤在殿外等候，自己则跟着柳姬进了承恩殿。

殿门一经关上，柳姬便歪身坐在窗边的几案旁，将一幅画像展开了。画像上的男人刀眉隼目，面容瘦削得仿若以刀斧凿成，蓄着扎手的胡楂，额角和颈后烙有罪犯才有的刺青，腰后还别着两把缠着破布条的弯刀。

赵嫣不得不说，柳姬的画技一流，她只凭简单粗糙的墨色线条便将男人身上那久经杀戮的阴沉与压迫之气绘得淋漓尽致。

"这是……"赵嫣捧起画像仔细地辨别起来，可记忆中实在没有这号人物。

"流萤可与你说过，太子殿下曾礼贤下士，从死牢里捞出来一个重刑犯？"见赵嫣愣神，柳姬将长眉一蹙，不悦地道，"流萤那小蹄子，怎么什么事都瞒着你？！"

流萤自然有流萤的立场，人活着，本就各有各的无奈。

赵嫣瞥着画像上受了黥面之刑的凶恶的男人，了然地道："所以阿兄捞出来的罪犯便是这画中人？"

直觉告诉她，柳姬出宫这一趟，定然有什么重大的发现。

赵嫣放下画像，神情凝重了些，认真地道："和我说说他的事，柳姬。"

柳姬打开一包从集市上买来的松子糖，丢了两颗到嘴里，然后才用沾着糖油的食指朝画像上一指，娓娓道来："此人无名无姓，不知犯了什么事被丢入牢中，等待问斩。那时太子殿下身边缺人，正值急需用人之际，便不顾众人的劝阻将此人从牢中捞出来了，赐名为仇醉，拿他当太子府的宾客养着。我入宫之前，仇醉便已被擢升为太子的长随，负责贴身护卫太子。

"东宫出事闭门那会儿，我听闻仇醉死了。想想也对，仇醉若是在，以他的身手，不可能护不住太子。"

柳姬说到这里，嚼着松子糖的动作慢了下来。她拧着眉，陷入了回忆之中，许久才道："可昨天在明德馆外，我分明……看见他了。"

昨日柳姬取了那份密卷下楼，准备原路逃离，正骑在墙头上，便见远处拐角的阴影中似乎站着一个人，那个人阴森森地注视着这边。

"仇……"柳姬心头一惊,踩着墙外的歪脖子枣树"刺溜"地滑下,就这么一分神的工夫,墙角的那个人便不见了。

明德馆?

赵嫣沉默了。被牵涉的人与事如蛛网般交织,而蛛网的中心赫然写着"明德馆"三个字。

去年赵衍在明德馆里的那两个月到底发生了什么?

因沈惊鸣之死而断掉的线索似乎延向了另一个方向。

赵嫣不自觉地屏息,问道:"你确定昨天看到的那个人是仇醉?"

柳姬点头:"我没看着脸,但身形和佩刀错不了,八九不离十吧。"

赵嫣思忖了片刻,将画像仔细地卷好,道:"我会让人去查此人的下落,有消息便告知你。"

她将画像藏入宽大的袖袍中,谁知不小心带出了一个白玉小药盒。药盒掉在地毯上,滚了一圈,停在了柳姬的脚下。

"这是什么?"柳姬欲伸手去捡。

赵嫣眼睫一抖,忙不迭地先一步拾起小药盒,险些咬着舌头:"没什么,太医院送来的薄荷油而已,我提神醒脑用的。"

柳姬望着"小少年"匆匆离去的背影,愣了愣:"薄荷油就薄荷油,她脸红什么?"

回到寝殿,赵嫣盯了那个小药盒许久,终是难堪地将其藏回了袖中。

待她安排好诸项事宜,已是华灯初上的时候了。

赵嫣在特殊时期,不能坐浴,流萤便为她备了几桶热水、数条干净的帕子,让她将身子擦拭干净。

擦身完毕,重新裹上束胸,赵嫣想起还有一件事没做,便抿了抿唇,然后状若自然地吩咐:"剩下的衣物我自己穿,你先下去吧。"

流萤颔首,将赵嫣换下来的衣物及月事带收好,带下去处理干净了。

待流萤一走,赵嫣便翻出了先前藏好的小药盒,忍着难受的感觉挑了一指头药膏出来。

她第一次自己上这种药，要心平气和地接受，说实话有些难。里头还隐隐地有些痛，可她不敢将手指探进去，只摸索着在外围随意抹了一圈，便匆匆地濯手，将衣品穿戴齐整了。

赵嫣坐在小榻上，颓然地想：男欢女爱销魂蚀骨都是骗人的，以后自己再也不做这种事了，难堪不说，事后还麻烦。

待心情平复了些，她便披上了外袍，推开净室的门走了出去。

"殿下！肃王殿下来了，正在寝殿里候着您。"李浮步履匆忙地走过来，紧张地道，"要不，您去柳姬那儿避一避？"

赵嫣怔了怔，终是缓缓地摇了摇头。

闻人蔺已经知晓她是女儿身了，她再拿宠幸柳姬当借口便说不过去了。

"你在远处候着，别让旁人靠近寝殿。"

赵嫣吩咐完李浮，这才深吸一口气，抬手按在寝殿的门扉上，轻轻地将其推开了。

明亮的灯光迎面扑来，闻人蔺坐在灯火中心，俯身翻阅书案上她还未誊写完的文章。抬眸见她僵立在门口，闻人蔺忽然笑了，仿若春风化雪般和气。

"殿下为何这副……"他顿了顿，想出了一个合适的词，"视死如归的神情？"

赵嫣穿的春衫单薄，发梢还带着些微湿气。她盯了颇有闲情逸致的闻人蔺半晌，轻声道："快到就寝的时辰了……"

闻人蔺微挑长眉，对她这句没头没尾的话感到疑惑。

于是赵嫣咽了咽口水，说得明白些："我……要睡了。"

闻人蔺直起身来，"嗯"了一声："殿下放心，要不了多久。"他缓步靠近，长臂越过赵嫣的耳侧，将她身后的殿门轻轻地关上了，"检查完，本王就走。"

二

他检……检查什么？

"殿下好好养伤，下次，本王要亲自检查……"

赵嫣想起午后在崇文殿的后殿中他说的那句暗含深意的话，不太自然地捏了捏袖边。

她没想到闻人蔺说话算话，竟然真的来了。

身后的门扉被合拢，赵嫣嗅到了闻人蔺的衣服上干净的木香。

她朝后退了半步，贴着门扇哑声道："我已按照太傅的吩咐做过了，太傅不必检查，也……不方便。"

"今日事，今日毕。本王检查一番晌午殿下落下的功课罢了，有何不方便？"闻人蔺说到这里，声音微妙地一顿。

他似乎明白了什么，垂着眸收回手，眼中浮现出了笑意："殿下以为本王要检查什么呢？"

他刻意说得低沉而缓慢，语气轻描淡写。

赵嫣难掩尴尬之色，在脸颊热起来之前转身绕过闻人蔺，行至几案后规规矩矩地坐下了。但她的动作幅度略大，她微不可察地蹙了蹙眉尖，随即掩饰般提起笔，佯装凝神誊写未被写完的文章，连笔也忘了润。

眼前有暗影投下，是闻人蔺走过来了，取走了她那支笔锋不稳的紫毫。

"殿下倒是提醒本王了，"闻人蔺自她身后俯身，将笔杆在骨相极佳的指节间一转，笔就被重新挂回了笔架上，"殿下有好好地上药吗？"

手中一空，赵嫣不甚自在地蜷了蜷手指，轻声道："上过了。"

"里边呢？"闻人蔺随口问。

赵嫣一噎，移开了目光，道："已经好了。"

她目光闪躲的动作并未逃过闻人蔺的眼睛，他再一看她略微僵硬的坐姿，心下了然。

"撒谎。"闻人蔺慢慢地收回手，声音低了些许，"去榻上。"

托昨日解毒的"福"，赵嫣如今一听"床""榻"之类的字眼，便下意识地发怵。她眨着眼睛，磨磨蹭蹭的，僵坐着没动，将掩耳盗铃之意表现得很彻底。

闻人蔺取了一方棉帕，在一旁漫不经心地拭手："明日本王入宫面圣，只怕皇上又会问本王于簪花宴上看中的女子是谁。"他抬起眼，意有所指地道，"殿下觉得，本王是否要如实回答？"

听到这话，赵嬷立刻起身，三两步走到榻前，麻利地坐下了，一点儿拖泥带水的迟疑意思都没有。

她攥着手指，面上乖巧柔顺，眼睛里却快蹿出火星子来了。她咬牙切齿地在心里骂道：好了，我知道你捏着本宫的把柄了！你不用时时刻刻地提出来要挟我！

闻人蔺听着榻上的动静，唇角的笑意更甚了。他有条不紊地将手拭净，方打开了随手带来的一个锦盒，锦盒中垫了柔软的绸布，其上隐隐有温润的光泽流淌。

赵嬷还欲仔细看，闻人蔺已托着那盒子绕过镂空雕花的月门走过来了，掀帘道："那药可还在？"

赵嬷沉默了一下，将藏在袖中的白玉小药盒取了出来，用纤细的手指捏在指间。

闻人蔺笑了，随手拖过旁边的一把圈椅，坐在赵嬷的面前，将手中的锦盒轻轻地搁在床头的几案上。

借着纱灯的暖光，赵嬷清楚地看到锦盒里是几根长约一指、小指粗细的光滑的玉条，玉条无一丝杂色。

"午时本王见殿下出门，步伐依旧略微僵硬，就料到殿下拉不下脸面仔细地上药。正巧王府的库房里有一块上等软玉，极为温润细腻，本王想着殿下养伤用得着，便亲自将其磨好带来了。"

赵嬷正疑惑玉条如何养伤，就见闻人蔺神色如常地用一只手从锦盒中取了一条玉条，另一只手取过赵嬷手中的药盒置于案上，单手将其打开了……

赵嬷蓦然睁圆了双眼，这玉条……该不会是她想的那样吧？！

说什么检查功课，他分明就是有备而来！

闻人蔺转过脸来，看了衣着齐整的赵嬷一眼。

意识到他在等待什么，赵嬷并紧了双膝，试图挣扎："我自己来。"

闻人蔺淡然地问："殿下可以吗？"

"那……让流萤来。"

"殿下若肯让旁人瞧见这副样子，又怎会拖到现在？"闻人蔺一针见血地沉声道，"那个宫女再体贴也是坤宁宫的人。"

赵嫣只觉得自己强撑的体面瞬间被看透了，她露出了狼狈的内里。

她是大玄名正言顺的嫡亲公主，有自己的骄傲。深处的疼痛仿佛是对她无能的嘲笑，她无法直视，也不愿承认自己的失败。她习惯了一个人消化情绪，从未想过去依赖谁，哪怕那个人是流萤。

赵嫣的眼睫如蝶翼般抖动，更紧地揪住了衣服。

她即便与闻人蔺做过最亲密的事情，还是无法越过心里的那关。昨日她着了道，神志不清之下自然没有礼义廉耻，那现在他们坦诚相待又算得了什么呢？

闻人蔺见她久久没有下一步动作，视线从她隐忍的玉色的脸颊上往下移，落在了她紧攥着的泛白的指节上。仿佛他只要再说一句话，她就会红了眼眶。

她刚沐浴完，披着单薄宽松的春衫，腰间没有系正式的革带，而是用一条四指宽的月白色绸带松松地束着。闻人蔺以指勾住了绸带的结，轻轻地一扯，她腰间的衣物便瞬间松垮下来。

赵嫣一愣，以为闻人蔺耐心耗尽，要直接上手。心跳紊乱之际，她发现闻人蔺只是将那条解下来的绸带轻轻地搭在了她的手背上。

"本王的手拿着药，不甚方便，还请殿下纡尊降贵，为本王蒙一蒙眼。"见赵嫣诧异，他慢条斯理地往椅中靠了靠，难得解释了两句，"本王并非好色之人，稀里糊涂地与殿下搅在一块儿实属意外，殿下大可不必防贼似的防着本王。该看的本王都已看过，殿下不愿让本王看的，本王……也没兴趣。"

他说得这样坦荡从容，仿佛赵嫣这两日惶然与失落的情绪只是庸人自扰。

他都说到这份上了，赵嫣再扭捏便是矫情了。于是她终于抬起僵硬的手臂，跪坐着抓起了那条绸带。

闻人蔺很配合地前倾身子，轻轻地合上了眼。

这明明是顺从的动作，他做起来却别有一番凛然不可侵犯的高洁之感。

赵嬷抿了抿唇，将手中的月白色绸带蒙到他的双眼上，在其脑后绑紧。唯恐绸带留有缝隙，她特地用力地多打了个结，随后便听闻人蔺声音极低地闷哼了一声，道："殿下这是想公报私仇，勒死本王？"

赵嬷暗自惋惜：我倒是想，可惜打不过你，只怕还没勒上你的脖子就会被你掐断了小命。

一阵轻微的"窸窣"声过后，被绸带遮目的闻人蔺稍稍侧首，问道："好了？"

赵嬷坐在榻沿上点了点头，反应过来闻人蔺看不见，便又轻轻地"嗯"了一声。

闻人蔺一只手执着抹了药膏的玉，另一只手向前触及赵嬷的脚踝，再沿着她的小腿往上摸索。

他的手掌偏大，手指极为修长，却又不似书生的手那般清秀，手背上微微突出的筋络使之看起来极富力量感，仿佛他轻而易举就能掌控一切。

赵嬷不自觉地朝后一跌，连忙屈肘撑住身子。

闻人蔺忽然顿住了，仿佛遇到了什么阻碍。他皱了皱眉头，声音低沉地道："放松点儿。"

赵嬷一声不吭。

闻人蔺虽看不见，可她的视野清晰得很，温热的触感使她分不清那是上药的软玉还是闻人蔺的手指。

这种情况下，她很难想到什么放松的法子，越是不知所措便越紧张。闻人蔺也察觉到了，这样下去他根本没法成功上药。

"殿下这样绷着，不疼吗？"他道。

赵嬷憋了半晌，忍不住回嘴："疼也是太傅害的。"

闻人蔺笑了，明明蒙着眼，却准确地面向赵嬷的方位，视线仿佛穿透绸带而来。

"本王冤枉。"他故意拉长了语调，道，"当时殿下中毒颇深，只顾着自己，若非本王帮扶，这会儿恐怕痛得无法走路了。"

听出了他话中的戏谑之意，赵嬷恼羞成怒，在气头上也顾不得伏低做小了，下意识地一脚蹬了过去。

闻人蔺抬手，准确地攥住了她纤细的脚踝，趁她怔神的工夫一推，她只觉得身体一凉，接着便感受到了一阵药油被暖化后带来的温热，并无想象中那般难堪与不适。

"殿下年纪小，面子薄，总觉得委身于人——尤其是本王这样恶名远扬的人——是一件难以直面的事。人快饿死了就得吃饭，没饭吃便嚼草根、树皮，若是连树皮也没了……"闻人蔺顿了一下，脸迎着烛火的暖光，在绸带的遮挡下越发显得鼻挺唇薄，"哪怕是腐尸虫蛇，人也会闭着眼睛拼命地往肚子里塞。同理，殿下中毒时性命垂危，便要想方设法地解毒。求生的意志人皆有之，殿下做都做了，有何丢脸的？"

闻人蔺用平静的语气讲着骇人听闻的譬喻，可赵嫣敏锐地察觉出了他的言辞间夹杂的淡淡的嘲讽之意，仿佛他叙说的是某件亲身经历过的事情。

她安静下来，试图从闻人蔺的脸上窥探出什么，可暖光下，对方那张被绸带半遮的脸依旧如玉般无瑕，不见半点儿波澜。

闻人蔺收回手，在几案上摸了摸，食、中二指上还沾着些许触目惊心的红色。赵嫣眼皮一跳，猜想他要拭手，便匆匆地穿戴齐整，将几案角落处的那方棉布往他的指腹下挪了挪。闻人蔺摸到了棉布，慢悠悠地擦净了指节，这才将眼前的绸带取了下来。

乍一接触暖光，他颇为不适地眯了眯双眸，半晌睁开了眼，望向在榻上拥着被子端坐的赵嫣。

她的两颊上还残存着淡淡的绯色，眼眸因隐忍而显得水光潋滟，仿佛潮湿的春意都到了她的眼睛里，格外动人。闻人蔺又忍不住伸出手，轻轻地遮住了她眼尾的那颗碍事的泪痣。

闻人蔺心情大好，又露出了往常那般神秘莫测的浅笑，起身将那方用过的棉布塞在赵嫣的手中，指腹在她的掌心上滑过："那……殿下可要自己记着用药的位置。"

语毕，他理了理衣袍，掀帘而出，提笔在她那份未完成的文章上批了一行字，走了。

赵嫣着实好奇他在文章上批了什么，待他出了殿门便迫不及待地穿鞋下榻，趴在几案上一看，发现两行遒劲洒脱的行草朱批写着：早晚一次，盒中药膏用毕即止。

赵嫣呼吸一窒，将那份被"玷污"的文章连同手中的棉布一起丢入了铜盆里的清水中，还泄愤似的搅了搅，直至完全看不出上面的字迹。

可气归气，赵嫣不得不承认，里外用过药的伤处真的不再疼痛了。

她难得一夜安稳，酣眠无梦，第二日神清气爽地醒来，连流萤都夸"殿下今日的气色好多了"。

晨间春雨明亮，落红满地，她准时赶到崇文殿时，恰逢雨霁天晴，屋檐上的积雨被阳光照耀得熠熠生辉。

赵嫣眼尖地发现自己的席位上多了一层厚绒毯子，跪坐上去仿若置身于云端，舒服得很，想必是流萤见她身体不适，命李浮提前加了一层厚毯。赵嫣并未深究，将注意力放到课业上去了。

周及照旧醉心于研究儒学政论，闻人蔺教授棋艺、兵法，除了偶尔若有若无的视线让赵嫣有些心虚，一切似与平常无异。

这日课毕，闻人蔺单独唤住了赵嫣。

赵嫣心头一跳，已有了不好的预感，状若平静地回身问："太傅还有何事？"

闻人蔺靠于椅中，翻阅她仿着赵衍的文风呈上去的策论，随意地问："上次的玉，殿下可用着称心？"

他说话的语气不重，可赵嫣还是觉得他的声音太大了。她下意识地看了一眼在身后整理几案的裴飒，眼睫抖了抖。

"已经用完了。"赵嫣低着头，声音细得几乎听不见。

闻人蔺微微颔首，指腹又翻开一页纸："殿下用完了，记得将玉还给本王。"

什么？这玉她还……还要还的吗？！

赵嫣呆愣住了，正烦恼该如何回绝，便看见闻人蔺的眼中噙着笑意。

她就知他是故意的！他仿佛揪住了赵嫣的小辫子，隔三岔五就要扯上一扯。

正如他自己所说，一个这么大的把柄被捏在他的手中，赵嫣投鼠忌器，以后只能活在他的阴影下，唯他马首是瞻。

可泥人还有三分脾气呢，更何况赵嫣本就不是逆来顺受之人。

"人活于世，总会有弱点和短处。"她忍着气，声音里反倒有一种平静的倔强之意，"孤只祈求太傅永远强悍无情，永远不会有病痛、失败、受制于人的一天。"

赵嫣被拿捏得久了，心有不甘，可闻人蔺听到这些话，翻阅文章的手一顿，眼中的笑意渐渐淡了下去。他的脸明明还是那样优雅俊美，可赵嫣敏锐地察觉到气氛僵住了，连空气都仿若凝固了。

她不知道自己说错了哪句话，触到了闻人蔺的逆鳞，被他那审视的目光逼得下意识地后退了一步。

"肃王殿下……"太极殿的老太监迈着碎步进殿，及时打破了殿中沉寂的气氛，擦着汗道，"王爷，圣上宣您即刻去太极殿。"

赵嫣逮住机会，朝座上的男人行了个学生礼，便匆匆告退了。

闻人蔺抬手，示意老太监先行退下。他望着赵嫣纤细的背影，眼眸一眯，良久，嗤笑了一声，心想：自己忍着毒发之痛充当她的解药，可人家呢？人家想着怎么揭他的短处呢！

呵，小没良心的。她若真抓住了他的把柄，还能活命？

三

赵嫣明显察觉到，近来闻人蔺在她面前出现的次数锐减。

每日的武课换成了另一位新被擢上任的太子少傅来上，此人兵法讲得晦涩难懂不说，棋亦下得杂乱无章。

闻人蔺偶尔会出现一两次，然后又会莫名其妙地消失六七日。在少有的几次见面里，他平静得近乎疏离，讲完课就走，目光不在赵嫣身上多做片刻停留。

按理说，闻人蔺不再盯着自己，赵嫣应该开心。可不知为何，她莫名其妙地有些惴惴不安，总觉得哪里不太对。

她仔细地想了一下，似乎是那日在崇文殿里闻人蔺刻意提及软玉之事，自己在担惊受怕之下脾性上来了，没忍住，回了一句嘴，闻人蔺的眸色便明显冷淡了下来。

赵嫣将自己那天所说之言翻来覆去地回味了好几遍，也没发现是哪句话犯了他的禁忌。明明簪花宴后她直接动了手，闻人蔺也未曾放在心上呀……

簪花宴后的那几日，闻人蔺虽爱恫吓她，眼里却是含着笑的。赵嫣紧张归紧张，却也能察觉出闻人蔺并无明显的杀意。现在嘛……闻人蔺神龙见首不见尾，不可捉摸，什么态度可就说不定了。

到底该主动地探一探口风还是静观其变，赵嫣很是纠结了几日。

直至四月底，一桩悬案震惊朝野，赵嫣的注意力才暂时得以转移。

承恩殿内，窗边阳光明亮，花影摇曳。赵嫣与柳姬坐于罗汉床上，共看一份被摊开的京郊舆图。

年底冬宴之后，蜀川乱党带着掳掠而来的成车的金银珠宝及无上的封赏餍足地退了兵，留下了千里疮痍焦土和无数聚集在京师外避难的流民。

"起先是年初那会儿，流民的营地中陆续有童男与少女失踪，而后渐渐地波及了城郊贫苦百姓家的孩子。"柳姬伸出手指在舆图上从京郊的位置往西城门处一画，继而道，"当时朝廷刚避战招安，正是需要稳定人心、粉饰太平之际，京兆府尹便将此事压了下来，随意处死了两名人牙子后便草草地结案了。"

但风波并未就此停歇，幕后黑手竟猖獗到将爪牙伸往了官宦人家。

赵嫣颔首，将上午从裴飒那儿打探来的消息告知柳姬："四月份，陆续有京城官员的幼子及少女失踪，其中还有老来得子的何御史的幼子，以及被兵部侍郎岑孟视作眼珠般疼爱的幼妹。"

京师各家一时人人自危，奏折一封接着一封地被送入太极殿，皇帝被迫提前出关，坐镇朝堂。

柳姬颔首，根据赵嫣的提示找到了何御史及岑侍郎的府邸，以朱笔在舆图上画了几个圈，又将诸个红圈一一连接了起来。

"出事的位置似乎围绕着京郊这块地。我会让孤星查一查，这块地属于谁家。"赵嫣看着柳姬的动作，忽然笑了笑，问，"柳姬，你为何知晓这么多？国事朝局不说，就连官员的府邸你也大致清楚。这些细节孤都不知道呢。"

柳姬微微一顿，随即若无其事地移开笔尖，托着下颚道："不然你阿兄为何费尽心机也要将我留在身边呢？"

赵嫣看着柳姬大气的五官，也跟着抬手托住了下颌，道："我总觉得柳姬不像寻常女子。"

闻言，柳姬将眉梢高高吊起，露出了一脸难以置信的表情："殿下怀疑我？"

她这副模样，反倒跋扈得可爱。

"我若是疑你，在你拆穿我真实身份的那一天就该任凭母后将你处置了。"赵嫣凑近了些，看着她琥珀色的瞳孔，"何况，柳姬姊姊议事的时候真的很耀眼啊，眼界高远，确实与寻常女子不同。"

赵嫣夸得真诚无比，搞得柳姬难得有几分局促之意，抬手揉了揉鼻尖，道："我？我不过是装模作样，殿下才是真与寻常少女不同。寻常十五六岁的姑娘若临危受命，恐怕还未坐到东宫的危椅之上就被吓哭了。"柳姬的目光闪躲了一下，随即她又理直气壮地瞪了回来，"殿下还说不疑我？自簪花宴之后，殿下便时常一副失神的模样，摆明了有心事。"

赵嫣怔住了。

"看吧，看吧！"柳姬露出一副了然的神情，轻哼道，"殿下心有苦闷却瞒着我，摆明了就是不信任我嘛。"

赵嫣一直以为自己将这桩秘密藏得极好，连流萤都在刻意避讳谈及此话题，唯恐说错什么惹主子伤神。于是，赵嫣也装作没事人的样子应付东宫的里外事宜，却未料被素日里大大咧咧的柳姬一语道破了。

心事就是如此，无人在意的时候她觉得尚能忍受，一旦有人破开了一道口子，她便会迫不及待地想要宣泄出来。

赵嫣托着腮，眨了一下眼睛，说："我最近的确遇到了一个费解的难题。"

柳姬抬掌朝上，勾了勾手指，示意她说来听听。

"是前不久在崇文殿里周侍讲提到的一个故事。"赵嫣心虚地清了清嗓子，沉思片刻后轻声道，"说是河东有一望族，其族中幼子做了一件有违礼教的事，却无意间被宿敌当场撞破了。这少主在慌乱之下错上加错,与那宿敌做了一件更加可怕的坏事,于是那宿敌便捏住了此把柄,时不时就拿出来要挟少主……你说,此局该如何破解?"

柳姬疑惑,周及是名门君子,除了政论,竟会给太子讲这种世家大族的钩心斗角之事?

她眼睛一转,笑着道:"这还不简单?这位少主想个法子除掉宿敌便可。"

赵嬷微微拧起了眉:"可若那宿敌是个无法撼动的位高之人呢?"

"那便想法子打探他的弱处,揪其把柄,互相制衡。"

"他处事果决狠厉,滴水不漏,似乎并无把柄。"

柳姬愕然,愣了许久,问赵嬷:"这宿敌位高权重,难逢敌手,却放下身段去威胁一个空有其表的少主,图什么啊?"

这话把赵嬷问住了。

"许是他想控制少主,吞并其族中的家产?"她揣摩道。

柳姬抱着手臂反驳:"那他为何不直接借此机会杀了少主,取而代之?你看,我们揪着把柄去威胁某人,一般是因为那人会对我们造成威胁,或是我们能用这个把柄换得更大的利益。可这个故事中的宿敌显然不需要这些龌龊的手段,照样能达成目的,甚至借机杀了少主更加省事。"柳姬将手一摊,表示难以理解,道,"所以宿敌如此吊着少主,到底图什么?这不合情理。"

他到底图什么?

赵嬷仿佛被问到了灵魂深处,脑中"叮"地发出了清越的回声。

的确,以闻人蔺一人之下万人之上的滔天权势,他若想要得到什么东西,根本不需要东宫的助力。

那他为何不对自己下手?逼急了自己,对他有何好处?

灵光一闪而过,赵嬷还未来得及抓住,它便如水月镜花般消散不见了。

五月梅雨天,整个京师都笼罩在朦胧清新的烟雨中,宛若一幅湿淋淋的水墨画卷。

连着下了半个月的雨,今日终于放晴了。春季的落英已化作香泥消失殆尽，滋润着墙头的满树绿荫。

夏天终是来了。

再过八十天便是赵衍的忌辰，赵嫣今日在课毕之后特地去太极殿里请了安，委婉地提出要和去年一般去明德馆主持祭孔大典，抚慰大玄的下一批栋梁之材。

数条陨灭的性命皆与明德馆有关，仇醉也至今未再露踪迹，她无论如何都要亲自走一趟。

皇帝沉默了许久方轻描淡写地道："京中局势不稳，太子就不必兴师动众了，安心待在东宫研读圣贤书，磨一磨性子。"

皇帝竟直接拒绝了她！

赵嫣虽心有不甘，却也深知不能急功近利，道了一声"儿臣遵旨"便笼手躬身退出了大殿。

入夏后，阳光已有几分刺目。流萤前来请示道："日头正盛，殿下回东宫是想乘坐轿辇还是马车？"

赵嫣看了一眼湛蓝的天，轻轻地摇首道："孤想散会儿步。"

下了太久的雨，赵嫣只觉得从骨头缝里都能挤出水来，这会儿正好可以晒晒太阳，散散湿气。

流萤从内侍的手中接过一把纸伞撑开，稍稍为主子遮了遮阳光。二人一前一后，沿着长长的宫道缓步而行。

赵嫣正想着如何才能顺理成章地出宫一趟，便听见从一侧的宫墙上传来了细微的"喵呜"声。她驻足抬首，手搭着遮于眉上，便见一只通体雪白的猫撅臀打了个哈欠，然后尾巴如水草般悠然一摆，转身跳下宫墙，消失不见了。

宫里的野猫若无人照看，只怕挨不过苦寒的冬日。但这只猫油光水滑的，不像是无主的样子。赵嫣心下好奇，下意识地拾级而上，拢袖穿过了垂花门。

头顶树影婆娑，她穿过庭中阳光斑驳的小道，只见廊庑之下坐着一个熟悉而高大的身影，那身殷红色的官袍与满庭的绿荫交映，别样醒目。

闻人蔺交叠着双腿倚在廊下的美人靠上，膝头上搁着一个绸布小袋,手里捻着两颗肉干,正悠然自得地逗猫玩。他深色的官靴下已然聚集了七八只花色迥异的猫,俱随着他手指的动作转着圈,摇头晃脑的。

闻人蔺似乎找到了莫大的乐趣,直至那些猫被馋得"喵呜"直叫,他方大发慈悲地一扬手,将肉干抛下,霜白修长的手指在阳光下划出一道耀眼的弧度……

心狠手辣的肃王殿下逗猫,这画面赵嬷怎么想怎么觉得诡异,可又透出一股赏心悦目的和谐感来。

他不应该在忙着调查童男少女失踪案吗？怎会有闲情在此喂猫？

惊诧之下,赵嬷不禁多看了两眼,莫名其妙地觉得闻人蔺逗猫的动作有些眼熟,甚至有些感同身受。

她正透过叶缝窥探,却见闻人蔺漫不经心地捻去指腹上的肉渣,不轻不重地道:"太子殿下何时有窥人墙角的癖好了？"

自己被发现了！赵嬷心中"咯噔"一声。

左右躲不过,她索性大大方方地从树影后走出来,朝着闻人蔺颔首道:"方才孤见墙头上有一只漂亮的鸳鸯眼的猫,一时好奇就跟了过来,未料肃王也在此处。"

话音刚落,那只黄绿色鸳鸯眼的白猫就从一旁的花丛中钻出来了,亲昵地跳上了闻人蔺的膝头,在他一尘不染的官袍上留下了几枚带着尘土的梅花爪印。闻人蔺面不改色,任由那只猫踩着他宽阔的胸膛跃上肩头。

"这些小东西来历不明,有东西吃时便撒撒娇,供人逗弄；无利可图时便转身离去,不似犬类那般摇尾谄媚。"闻人蔺抬手挠了挠白猫的下颌,目光却穿过半个庭院望向了赵嬷,似笑非笑地道,"殿下不觉得它们很有意思吗？"

赵嬷不太明白他话中的深意,半晌,含混地道:"是很有意思。那孤便不打扰肃王的雅兴了。"

她略一拢袖,转身离去了。

闻人蔺哼笑一声,抬手拎下肩头上的那只雪白的小猫,随即淡然地拂去身上的爪印与猫毛,唤了一声:"张沧。"

202

张沧不知从哪个角落里闪身出来了，抱着拳道："卑职在。"

"去和太极殿的张公公说一声，以后太子再想面圣出宫，一应回绝。"

"是。"

张沧知晓，如今正是关键时刻，不可能让小太子介入其中，搅乱大局。可他憋了半晌，终是没忍住，小声问道："王爷不去崇文殿吗？这都大半个月没见着太子了，您不想……"

视线触及肃王冷冷的眸，张沧识趣地咽下了后半句话。

"之前确实是本王高估了她，"闻人蔺将绸袋中的肉干尽数倾下，无甚表情地道，"如今看来，她不过尔尔。"

孤星回东宫复命了。

赵嫣见他不是以飞鸽传信，而是亲自回来禀告，便知他此行定有重大的发现。果然，孤星一进书房便抱拳道："卑职近来发现雍王世子频繁出入城门，身后总有侍卫押送大量木箱。一开始，卑职以为他在转移金银私产，直到昨日借机凑近去瞧，竟然发现箱子上皆被凿了通气的孔洞。"

"你的意思是……箱子里运送的是活物？"

赵嫣托着腮沉思，再联想到近几个月来失踪的童男和少女，一个可怕的猜想浮现在脑海中，令她汗毛倒竖。

"不仅如此，"孤星顿了顿，压低声音道，"卑职还看见肃王殿下进出雍王府，二者似暗中有接触。"

赵嫣连忙直起身子："可知晓他们私下往来所为何事？"

孤星摇头："肃王警觉得很，其手下的副将亦是万里挑一的高手。卑职能力不足，已被他们发现，恐再难近其身。"

赵嫣闻言，心中略沉。

赵元煜运送的那些木箱中，装的可是失踪的孩子们？以闻人蔺的能力，他既然已经接近雍王府，就不可能查不出什么蛛丝马迹……

不管闻人蔺想做什么，赵元煜都是赵嫣的仇人，她不可能坐视不管。她必须想法子出宫一趟，不仅要出宫，还得名正言顺地接触到此案的核心。

可她今日的提议已被父皇否决，整个朝堂上下能助她达成这个心愿的人只可能是……

赵嫣想起了闻人蔺悠闲地逗猫的画面，也想起了他数次逗得自己紧张脸红时，眼中浮现出的淡淡的笑意。

"所以宿敌如此吊着少主，到底图什么？"

赵嫣忽然觉得，柳姬当初问她的这个问题已有了清晰的答案。

她在书房里静坐到日落，想了很多。随着思绪变得清晰，她的眼神逐渐坚定起来，她终是长长地吐出一口浊气，踏着金红色的余晖迈出了房门。

门外只有流萤尽职尽责地守着。

"流萤，你让李浮带个口信去肃王府，就说孤有个难题不会，请肃王殿下入东宫为孤释疑。"赵嫣的眼中映着夕阳的绮丽之色，她微微提起嘴角，轻柔地道，"还有，去给孤弄一套胭脂水粉以及女孩的衣裙。"

她想了想，在流萤惊诧的目光中补充："要孤穿着合身的。"

那自己就不妨赌一把，赌他对自己有兴趣。

东宫寝殿的门窗紧闭，所有的侍从皆被遣散了。赵嫣看着镜中熟悉又陌生的自己，抬手拢了拢鬓发，道："行了，钗饰不必太多。"

反正到时候她得取下来，省得麻烦。

流萤握着玉梳，欲言又止。赵嫣从镜中看她，宽慰道："放心吧，我心里有数。"

她已经不再是那个被逗一逗就战战兢兢的小公主了，得自己去争取筹码。

流萤一咬唇，搁下梳子，道："奴婢伺候太子殿下惯了，并不知女子时下的妆容。奴婢这就去请柳姬帮忙。"

柳姬颇为义气，也不多问赵嫣这唱的是哪一出，拿起妆台上的脂粉便开始描画起来。赵嫣不知最终成果如何，只知红妆落成之时，连柳姬也看得呆愣了许久。

赵嫣撑着下颌坐于寝殿的书案后，连裙摆散开的褶皱都被精心地设计过，从日落时分等到华灯初上，殿门外总算传来了流萤的恭迎声。

下一刻，门扉被推开，熟悉而沉稳的脚步声传了过来。

闻人蔺着一袭暗色的常服，肩阔腿长，负手信步绕过屏风，便见到了坐于璀璨灯火中的曼妙的少女。

她肘间挽着流光的绫罗披帛，石榴长裙如花瓣般于膝下散开，纤纤素手轻轻地托着下颌，露出一截皓如凝脂的小臂，恰如月中聚雪，般般入画……

这是他从未见过的模样。

闻人蔺只略一挑眉，便神色如常地行至她身旁，半垂着眼帘睨视她，平淡地问："殿下大费周章地请本王前来，是哪句文章不懂？"

说着，他提起笔架上的朱笔，俯身去看她横摆于案上的纸张。

赵嫣抬起眼来，灯火便聚集在她的眼中。那双眼睛澄澈明亮，泛着粼粼的光泽。

她没有回答，只将一旁眼熟的锦盒轻轻地挪到了闻人蔺的手边，"吧嗒"一声将其打开，露出了盒中莹白暖润的玉。

赵嫣极轻地眨了一下眼睫，竭力保持平静，道："我来将玉……还给太傅。"

闻人蔺指间的朱笔一顿，在纸上画出了一条鲜艳的红痕。

四

闻人蔺将视线从那条鲜红的朱砂墨迹处移开，又瞥向了赵嫣。

少女的眉间点着花钿，黛眉雪腮，以胭脂薄敷的唇瓣娇艳欲滴。脱离了太子的男装的遮掩与束缚，其修长而纤细的脖颈下是微微凸起的锁骨，再往下拥雪成峰，在暖灯的映衬下宛若月华般夺目。

闻人蔺不苟言笑之时，眼波深沉无底，颇有神秘莫测的凌寒之意。

这回赵嫣忍着没有躲开视线——自己都以最真实的面貌见他了，就没有装病弱、怯懦的必要了。是以她勇敢地回望过去，伸出纤白的一根手指，将装着软玉的锦盒又挪过去一寸，问："盒中之玉我已经洗净，太傅不检查一下吗？"

闻人蔺好像才明白过来似的，手中之笔的笔尖从那排齐整的暖色软玉上轻轻地掠过，玉便被染上了一条鲜红的湿痕，像极了那晚闻人蔺蒙着眼为她上药时沾上暧昧的血色的手……

那笔又沿着她纤细的指尖往上，而后停在了她细嫩的手背上，轻轻地点了点。

"殿下这是……在引诱本王。"

闻人蔺维持着俯身落笔的姿势，脸不红，心不跳，端的是一本正经。赵嫣真想撕开他这张道貌岸然的假面，让他露出黑心黑肺的内里来。

"我只是觉得，事已成定局，我倒不如对太傅坦诚相待。"赵嫣努力让自己的神情看起来真诚些，微抬手臂，问道，"太傅对我原本的样子可还满意？"

闻人蔺看着她如芙蓉般绽放的衣裙，片刻后淡淡地道："自然。"

眼下灯火明丽，她妆容精美，比簪花宴上那迷蒙、脆弱的模样不知要美上多少倍。

知晓赵嫣并非真的诚心请教，闻人蔺便轻轻地搁下笔，收手时顺势轻捏住了她的下颌，将她的脸朝自己的方向转过来。他甚为仔细地扫视着赵嫣的眉眼与丹唇，直至那双鸦羽般的眼睫禁不住起了颤，这才低声随意地问道："这妆是谁给殿下画的？"

赵嫣本在凝神留意他的反应，却不料他问了一个这样细枝末节的问题，不由得怔了一下。

"流萤不会妆造，是柳姬帮的忙。"她说了实话。

这种小事，她没必要瞒闻人蔺，也瞒不过他——她身边知晓她的真实身份的、能用的人统共就那么几个。

不知为何，闻人蔺微不可察地皱了皱眉，赵嫣甚至在他漆色的眼眸中看到了类似……嫌弃的神色。

是她今日的妆容不好看吗？

不可能呀！

柳姬擅丹青，也许是触类旁通，偶尔琢磨着画出来的妆容极为好看。莫非是柳姬的五官本就明艳，所以柳姬画出来的妆容才好看，其实并不适用于她？

赵嫣正暗自揣摩着，闻人蔺就已拿起了在几案上被叠放齐整的那方绸帕，丢到一侧净手的铜盆中浸湿，单手略抓干水分，将其覆在了赵嫣的脸上。

"啊。"

赵嫣被湿帕子盖了满脸，下意识地要扭开脸，却被闻人蔺稳稳地托住了下巴。他将另一只手也覆了上来，竟开始慢悠悠地擦拭她脸上刚描上不久的红妆，帕子很快就染上了红红白白的脂粉的颜色。

"闭眼。"闻人蔺将帕子停在她右眼下的泪痣处，淡然地吩咐。

赵嫣依言合眼，眼睫不安分地抖动着。

她的眼睛很漂亮，眼尾染了墨线似的，即便被拭去了脂粉，肤色依旧莹白无瑕，甚至更为通透自然。

"殿下终于想通了？"

赵嫣闭着眼，听到闻人蔺那不带情绪的声音传了过来。她下意识地蜷了蜷手指，又缓缓地松开，仰首"嗯"了一声："太傅说得对，中毒的人要解毒，就跟快饿死的人要吃饭一样，是再正常不过的事。"沉默片刻，她又极小声地嘀咕道，"我就当被狗咬了一口，无甚大不了的。"

擦拭眉眼的湿帕子一顿。半晌，赵嫣明显感受到卸妆的手力道重了不少。

闻人蔺轻轻地嗤笑一声，道："那殿下还挺会挑狗。"他按了按赵嫣的眼尾，迫使她睁眼，"这会儿殿下不怕被本王弄死了？"

赵嫣睁开眼，于是满殿的灯火重新汇聚于她的眸中，带着小公主该有的矜贵之色。

她想了想，说出早就打好的腹稿："不怕，毕竟太傅与我是一条船上的共犯。"

闻人蔺的眸色变得深沉起来。

"太傅若大义灭我，揭发公主假冒太子的事实，我也只好如实招供与太傅纠缠、苟且之事。毕竟臣子以下犯上，染指公主，亦是大罪。"

赵嫣还维持着仰首的姿势，感受下颌处闻人蔺渐渐收紧的手指上的力量，一字一顿地清晰地道，"即便父皇选择保太傅而处死我，我能以尸骸为太傅铺出活路，亦是我之幸事。而若父皇留我性命，那便更好办了。到时候父皇为了遮掩丑闻，定会挑个老实可靠的世家子将我随意嫁了，我年纪轻轻就能与两个男子亲密，似乎也不亏。"

她弯了弯眼眸，抬手握住了闻人蔺攥着绸帕的微冷的手指，刻意又认真地道："你说是吗，太傅？"

闻人蔺看着她，岿然不动，神色间却隐约多了两分危险的压迫之意。赵嫣反而镇定了下来，知道自己说到节骨眼上了。

"本王有些好奇。"闻人蔺左右晃了晃掌中这张纯稚的脸，慢条斯理地道，"殿下究竟是被哪位高人点化了？"

赵嫣的心脏"突突"地跳了几下，她当然不会供出柳姬。

事实上，柳姬只是一个思绪的敲门人，诸多细节都是她花费一个下午的时间，冷静下来后一点一滴捋清楚的。

如果闻人蔺对她逗猫似的戏弄并非出自要挟的目的，而是兴趣使然，那么这何尝不是肃王殿下的一个弱点呢？

她想明白了这点，这场必败的死局便有了破解的生机。

闻人蔺抬手擦去残留在赵嫣的唇角上的胭脂，随即握着绸帕坐于案旁的圈椅中，屈指抵着太阳穴，道："说吧，殿下纡尊降贵，又有何事相求？"

总之，她的什么心事都瞒不过他。

"我想出宫小住几日，散散心。"

"殿下该与皇上、皇后商议，本王可不管皇子私行之事。"

赵嫣点了点头，被擦湿的鬓发潮湿地贴在她的脸颊上，勾勒出几分不合时宜的柔顺模样。

"但是，孤想与太傅同行。"赵嫣想起赵元煜做的那些龌龊事，语气更坚定了几分，道，"不少眼睛盯着东宫，为了安全，孤想与太傅同行。"

闻人蔺这些日子常宿在城外，他在查什么案赵嫣自然心知肚明。她就是故意如此孤注一掷，看看闻人蔺能为她退到哪步。

"也并非不可。"闻人蔺道。

这下反倒是赵嫣愣了,回过神来后,眼中流露出了几分狐疑之色——她才不相信闻人蔺是这般好说话的人。

果然,闻人蔺屈指叩着膝头,接上话茬:"只是殿下求本王办事总要有求人的态度,譬如,为本王做一件事。"

看吧?我就知道!

赵嫣浅笑着道:"孤愚钝,还请太傅指点。"

闻人蔺抬眼:"做什么都可以?"

赵嫣告诉自己不能露怯,便竭力稳住想要逃遁的双腿,思索了片刻,冷静地道:"孤虽然不大喜欢如此,但想到亲近的人是权倾天下的肃王殿下,似乎也没那么难以忍受了。"她自顾自地微微颔首,笃定地道,"一回生二回熟,这次孤就有经验了。"

闻人蔺闻言,叩着膝头的手指一顿。

这都哪儿跟哪儿?

不过,既然小公主主动提到了这个话题……

闻人蔺勾唇,抬起那双睫毛浓密的眼来:"殿下不会天真地以为本王还会如上次一般由着殿下吧?"

赵嫣愣了,不太明白。

直至赵嫣忐忑地咽了咽口水,闻人蔺方刻意拉长语调,声音低沉地道:"要玩,也该换本王来玩。"

赵嫣心虚地抿了抿唇,明显一副茫然的样子。

她这副干净纯稚却故作洒脱、柔媚的模样着实有趣得很。闻人蔺略一抬眉,了然地道:"晓事必备的《玄女经》殿下又没看,难怪上次没轻没重的。"

谁没轻没重?!

赵嫣两颊燥热,索性别过了头。

耳畔传来衣料摩擦的"窸窸窣窣"的声音,闻人蔺从圈椅中站起身来。阴影笼罩上来,赵嫣还未回过神,便觉得身体一轻。

闻人蔺轻松地将她打横抱起,面不改色,稳步朝里间行去。如葳蕤的枝叶般的裙摆随着他的步伐摇晃,两只藕丝绣鞋及纤细的脚踝露出，她的心跳瞬时乱了，鼻端尽是闻人蔺身上混着霜雪的冷意的独特气息。

她隐约记得自己中药那会儿撞见闻人蔺，也是被他如此打横抱起，接下来就……

可这回她没有中药，两个人都清醒得很。赵嫣虽做好了最坏的打算，但真到了这一步，才发现自己压根没有想象中那般轻松自如。

赵嫣吸取了上次的教训，甫一被放在榻上便立即"腾"地站直了。她试着与闻人蔺拉开些许距离，然而她的手腕被攥住了，继而闻人蔺屈膝朝她的腘窝一顶，她便惊呼一声，轻飘飘地扑倒在床榻上了。

头发松散，几缕青丝调皮地散在脸旁。她蒙了，终于反应过来了——这根本就不是上次那般自己以上位者的姿态掌握主动权的方法！

赵嫣红了脸颊，下意识地屈膝爬起，却被一只大手按住了肩头。

赵嫣跪伏着，只觉得后背发凉。

她这次是真的后悔了，忙不迭地想手脚并用朝床榻里头逃去，然而她的身子纹丝不动——闻人蔺的臂力根本不是她这种养尊处优的小公主能抗衡的。

乌黑的长发自她的颈后分散着垂下，发丝随着她的呼吸轻颤，露出了她一截白皙的皮肤和两只通红的耳朵。

她看不到身后的闻人蔺是何神情，因为未知，所以愈加忐忑。但她是公主，亦不甘心服软认输。感受到脸颊红得快要滴血，她索性咬着唇将脸往被褥中一埋，活像一只欲盖弥彰地将头藏入沙土中的小鸵鸟。

然而想象中的羞耻行径并未发生，赵嫣揪着被褥竖耳倾听了半晌，终是颤巍巍地从锦绣堆中抬起水光潋滟的眼睛，小心地窥视闻人蔺。

见他屈肘倚在床头，气定神闲地看着自己，赵嫣眨了眨眼，意识到自己又被这人吓得乱了分寸。她不由得羞愤交加，顶着一头微乱的云鬓起身，瞪着闻人蔺微微喘息。

她着实报然，闻人蔺也看出来了。

"本王只是一条狗而已。"闻人蔺伸手理了理她鬓角散乱的碎发，微凉的手指有意无意地从她滚烫的脸颊上蹭过，眼中浮现出笑意，声音低沉沙哑地道,"殿下何必生小狗的气呢?"

赵嫣一愣,心中纳闷:什么意思?

闻人蔺不再言语,噙着笑替她理好鬓发,然后愉悦地起身踱出了大殿。一同消失的,还有几案上那盒温润的暖玉。

赵嫣终于反应过来,他指的是她说的那句"我就当被狗咬了一口"。

她坐于被褥中,不知是气还是笑,随即又垂眸懊恼起来:看闻人蔺这态度,他到底有没有答应呢?

第七章
共赴温泉

一

闻人蔺又消失了两日。

赵嫣一度怀疑自己前晚那场试探失败得彻底，不免有些悻悻之意。

初五端阳节，赵嫣难得清闲一日，不用去崇文殿上学。一大早，东宫上下忙着洒扫、布置，光禄寺命人送来了新鲜的粽子、石榴花、艾草等物，一并送来的还有一道太极殿的口谕。

"太医院诸位大人的意思是，太子殿下近来睡眠不佳，去年冬天积攒的阴寒之气迟迟未发，恐有碍寿数。正巧京郊的玉泉宫建成了，夏日泡温泉有助于排毒延寿，皇上怜悯太子殿下，特请您移步玉泉宫休养半个月。"老太监满脸堆笑地道，"午膳过后，未时出发，还有半日的时辰供您安排随行事宜。老奴不多打扰了，愿殿下福寿安康！"

赵嫣面色平静地命流萤行了赏，然后转身朝寝殿行去，步伐越来越快，嘴角亦微微上扬。一进门，她便趴在了书案上，长长地舒了一口气。

之前赵嫣有意无意地提及出宫之事，不是被父皇忽视便是被母后阻拦。今日这道旨意，她用头发丝想也知道是闻人蔺的功劳。

她知道，这一场自己暂且赌赢了。

眼下唯一的问题是，她在玉泉宫里行事不便，得寻个法子接近闻人蔺，伺机查找男童少女失踪案与雍王府相关的直接证据。

她正思索下一步该如何行动，门外就传来了风风火火的脚步声。

赵嫣一听这声音便知是谁来了，抬眼一瞧，果然见到柳姬迈进门来，直言道："听闻殿下要去玉泉宫疗养，殿下可带我随行？"

"当然。"赵嫣弯着唇笑道，"此次出宫事关重大，孤正愁少人帮忙。即便柳姬姊姊不说，孤亦会主动请你同行的。"

柳姬给了她一个"这还差不多"的神情，扬着眉的样子颇为神气。

夏衫单薄，没有厚重的冬袄遮身，她的身量越发显得高挑、平坦，有一种深闺女子的身上没有的洒脱和干练之感。

柳姬想起了什么，脸色又沉了下来。她将手撑在几案上，倾身逼近，道："我忍了两日，还是忍不住想多问一句。前日你恢复女孩的打扮，把自己关在殿中，到底在打什么主意？"

赵嫣没来由地心一慌，声音低了下去："没什么，嗯……只是我扮太子久了，想看看自己真实的模样。"

"殿下长大了，有自己的秘密了。"柳姬哼了一声，眼神不自在地从赵嫣昳丽的面容上移开，半晌，又坚定地移了回来，认真地问道，"那……我是殿下入东宫以来，第一个有幸瞧见殿下女孩的模样的人吗？"

赵嫣刚说了一个"流"字，柳姬立刻挑眉补充："流萤不算！"

赵嫣不可抑制地想起了在鹤归阁里厮混的半日，该被看的、不该被看的，都在闻人蔺的面前显露无遗了……

"算……吧？"赵嫣不无心虚地说。

柳姬是除流萤以外，第一个在东宫里瞧见她的女孩装扮的女人，她也不算说谎。

听到这话，柳姬果然眉开眼笑，像得到了什么莫大的嘉奖一般，将藏在袖中的一柄精巧的短刀递了来去。

"这是？"赵嫣接过短刀，拇指拔鞘一寸，只见刀刃薄如秋水，寒若霜雪，一看便知这是吹毛断发的珍品。

柳姬道："这是赵衍的佩刀，先前一直被收在我的箱中，现今我将它转赠给殿下。殿下此番出门可带着它防身，以备万一。"

赵嫣知晓柳姬是在担心去年遇刺之事重演，便颔首道："多谢。"

"这本就是你阿兄的东西，我不过是物归原主罢了。"

说着，柳姬目不转睛地盯着赵嫣的脸。

直到赵嫣被她盯得疑惑起来，她方轻笑一声，声音低沉地道："殿下快些收拾，到了玉泉宫，我要陪殿下泡温泉。"

赵嫣所图之事压根就不在玉泉宫上，不过她觉得泡个热水澡放松一下未必是坏事。

"好。"她含着笑应允了。

柳姬转身打算回去收拾衣物，走了两步，又回过头来，道："赵衍说得没错，殿下真的是个美人。"

说完这句，她方笑着走了。

赵嫣也不知柳姬为何如此开怀，眨了眨眼，索性将目光放在面前的匕首上。

刀鞘是牛皮制成的，低调内敛，上面还有一道浅色的划痕。她以指轻轻地抚过，试图感受赵衍的温度……

"很快了，赵衍。"赵嫣将刀鞘贴在胸口上，敛眸自言自语，"你若于泉下有知，保佑我此行顺利，尽快查出真凶。"

午膳过后，前往玉泉宫的随行人员及箱箧行李皆已准备妥当。

流萤站在垂花门下，正垂首与坤宁宫的女官交谈。见到赵嫣着一袭杏白色的襕衫缓步而来，她匆匆地说了一句什么，这才行礼道："殿下，马车已安排妥当。"

赵嫣猜想母后担心她此行的安危，派人来对流萤耳提面命，便没多问，略一点头便朝门外跨去。

孤星领着卫队在前方静候，门口一前一后停着两辆四驾的马车。赵嫣正迟疑该上哪辆，就见后头那辆马车上深青色的帷幕被挑开了一角，露出了半张熟悉的冷峻的脸来。

赵嬷心中有数了，朝身后的流萤道："你与柳姬上前头那辆马车，我坐后面的。"

流萤虽知此举不妥，但看到主子坚定又冷静的眼神，踟蹰片刻，终是领命了。

闻人蔺的马车甚为宽敞，里面坐四个人也绰绰有余。

四周的车帷垂下，马车中的光线略为昏暗。闻人蔺用手抵着太阳穴坐于主位上，金白色的一线光透过车帷的缝隙洒入，落在他沉静的侧颜上，不见半分暖意。

不知为何，赵嬷总觉得他今日的脸色看上去过于苍白冰冷，薄唇却格外绯红，俊美若仙的容颜透出些许妖冶之意。

赵嬷还未来得及多看两眼，视线便撞入了一双神秘莫测的美人眼中，一如去年在雪中的初见。

闻人蔺略一勾唇，抬手轻轻地拍了拍自己身侧的空位，赵嬷便安静地挪了过去，端坐于他身旁。

马车摇摇晃晃地启程了，她以余光觑视一眼，只见闻人蔺换回了暗色的文武袖袍的衣裳，右手随意地搭在膝头上，握着一柄玉骨折扇，扇把上坠着一对指节长的云纹暖玉。

他食指上的那枚玄铁指环不见了，被换成了嵌着暖玉的指环，衬得他的指节又长又白。腰间也换上了簇新的雕螭玉钩带，上面的玉亦是同样的暖玉材质，为他平添了几分儒将的温润之感。

不知为何，闻人蔺今日的装扮似与暖玉杠上了，且这些玉饰的材质看上去……怎么有些眼熟呢？

见赵嬷正看得入神，闻人蔺嗤笑了一声，抖开扇子在她的眼前晃了晃，扇坠上的一对玉就随之"丁零"地摇晃起来。

"殿下对自己用过的东西就这般在意？"他问。

她用过的东西？

一对扇坠、一个指环、一个玉钩带……刚好四个东西，尺寸也差不多……

赵嬷忽然有了一个荒谬的想法：这些玉饰……该不会是用那晚闻人蔺取走的那盒玉条雕成的吧？

215

见小殿下满眼难以置信的神色，闻人蔺以指腹摩挲着嵌玉的指环，故意问："本王临时赶工，做得有些粗糙，望殿下海涵。"

算了，反正这些是他用的东西，他都不嫌丢脸，自己又何必尴尬呢？

"肃王这两日就是在雕这些？"赵嫣皱了皱鼻子，又嗅到了那股淡淡的霜雪气息。

"也不尽然。殿下放下身段请求本王出宫，本王总得抽出时间亲自送殿下一程。"闻人蔺并不想提及月初的遭遇，以扇子点了点赵嫣的袖袍，"藏了什么凶器？"

这家伙果真是属狗的，她藏在袖中的东西也瞒不过他！

赵嫣在心里骂归骂，却老老实实地将柳姬送来的那把短刀取出来，摆在了几案上。闻人蔺粗略地扫了一眼，淡然地问："男人的？"

"这是阿兄的遗物，我带着防身。"

闻人蔺不予置评，把玩着玉坠，道："防本王？"

赵嫣一噎，抬起干净的眼来，诚实地道："以肃王殿下的本事，我即便想防也防不住。不过是有阿兄的前车之鉴，我防一防小人罢了。"说到此，她抿了抿绯色的唇，随后声音低了下去，"我还未谢过肃王，助我离宫休养。"

闻人蔺把玩玉坠的手指微顿，他挑起长眉，问："如何谢？"

赵嫣以手抵着下颌，垂下眼帘，正思索如何将话题朝对自己有利的方向引，马车猝然停下了。

赵嫣一个不备，朝前栽去，额头撞入一片微凉的掌心中。

闻人蔺单手便稳稳地托住了她的脑袋，使她免受头破血流之苦。这么热的天，那片掌心依旧如冷玉一般没有半点儿湿热之意，反倒是赵嫣在一惊一缓之下热血上涌，脸颊都快烧起来了，连忙稍稍坐稳身子。

闻人蔺虚虚地握了握手指，感受了一下温暖细腻的余韵，方收回手，从座凳下取出了一包早就备好的物件。

他把这包物件搁在几案上，打开，里面是一套嫣红色的女子的衣裙、一套钗饰和一盒胭脂。

闻人蔺将胭脂盒拧开，提起描妆的细笔，让每一根细软洁白的羊毛都染上胭脂的绯红色，然后才转身托住赵嫣的下颌，将她茫然的小脸转过来，朝着自己。

他的第一笔落在了赵嫣的右眼下，鲜红的胭脂遮住了那颗让她看起来过于柔弱的泪痣。

赵嫣觉得有点儿痒，无意识地眨了眨眼睛，片刻后终于反应过来，闻人蔺是在亲自给她描妆。

今日端阳节，大道上人多，马车走得慢而颠簸，他的手却那样稳。离得近了，赵嫣甚至能感觉到他极轻的鼻息。

"前夜本王说过，殿下想要本王陪同出行，就得为本王做一件事。"闻人蔺仔细地在她的眼尾处画花瓣，又稍稍离远些，捏着她的下颔左右端详了几眼，"可还作数？"

赵嫣愕然，愣愣地想：自己不是已经被他戏弄一番了吗？那竟不算？！

闻人蔺好像能听到她的心声似的，重新蘸了蘸胭脂，声音低沉地问道："那本《玄女经》，殿下研读透彻了？"

赵嫣摆在身侧的双手立刻蜷了起来。她点了点头，又飞快地摇了摇头，不安地猜测：闻人蔺所说的"做一件事"，该不会是将《玄女经》上的内容全演示一遍吧？

她缓缓地蹙起了眉，心中继续想：那着实……有些难度。

闻人蔺抬指为她拭去多余的胭脂，那冷白色的指腹便沾上了醒目的浅红色。

闻人蔺冰冷的视线移了过来，他停下笔，问："殿下要食言？"

二

赵嫣捂着肚子，小声说了一句什么。闻人蔺听力极佳，明明听见了，却装作无动于衷，赵嫣只好稍稍抬高音量，重复道："我小日子将至，不太方便。"

闻人蔺看着她佯装镇定的样子，半晌，点了点头。

"本王并非不通情理之人，没有强迫殿下的嗜好。既然如此，那本王便换个条件。"他一副有商有量的模样，想了想，道，"正巧本王身边缺个贴身女婢服侍，殿下可愿屈尊补上？"

让堂堂长风公主扮成婢女，闻人蔺怎么敢？然而这和演示《玄女经》的内容相比，这个要求赵嫣反倒能接受……

或许，闻人蔺一开始的目的就不在《玄女经》上。

见赵嫣滴溜溜地转动眼眸，抿唇不语，闻人蔺便收了描妆的笔，淡然地撩起了车帷，道："来人，送殿下……"

"就扮一天。"赵嫣连忙拉住了他的袖边，一副能屈能伸的样子。

两害取其轻，即便明知这是闻人蔺挖好的坑，她也得咬着牙往下跳。

闻人蔺乜了她一眼，伴随着车轮的"辘辘"声，极浅的阳光在他的眸中轻轻地摇晃起来。

"送殿下一些冰鉴降暑。"他眼中含着浅笑，清晰地将后半句话补完了。

马车停下，两名侍从捧着沉重的铜质冰鉴进来了，又默不作声地躬身退下了。车帷重新被放下，赵嫣的手从闻人蔺的袖边滑落，颓然地坠在身侧。

她又中计了。

赵嫣索性转过头不去看他，只拧着眉，泄愤似的揭开冒着丝丝凉气的冰鉴，将凝着白霜的冰镇葡萄一颗一颗地往嘴里塞。

"殿下这时候少贪凉，若是再腹痛，本王可不管。"闻人蔺抬扇压住了她不断地拿葡萄的手，示意道，"将衣裳换了。"

赵嫣诧异："在这儿？"

闻人蔺气定神闲地说："车内又无旁人。"

赵嫣听着街道上人来人往的热闹吆喝声，为难地道："可车帷摇晃，难免走光，且我的真实样貌不能为人所知。我若上车时是太子，下车时是女子，宫人们见了，该如何想？此举势必也会给太傅惹来麻烦。"

见闻人蔺不语，她掩饰似的挑开车帷的一角朝外望去，远远地瞧见了耸立在前方的安平寺的七级宝塔，便知此处离毗邻京城北门的大宁街不远了。

"久闻大宁街上多食肆、酒楼，热闹非凡，不如我们悄声去那儿寻个落脚之处,我再换回女子的装扮,伴肃王随左右。"赵嬷眨了眨眼睛,放软语气,道,"可好,太傅?"

说罢,赵嬷唯恐闻人蔺反对似的,从车窗探出身子,命令道:"让其他人继续前行,孤改道去大宁街。"

太子年纪尚小,未束全发,后脑柔黑的头发垂落至腰际,勾勒出了纤细的身形。闻人蔺眸色平静,笑意若有若无,倒也没阻止她。

闻人蔺撩开车帷朝侍从吩咐了一句,马车便慢慢地停下了,然后脱离了长长的队伍,只带着副将和数名亲卫、暗卫,朝大宁街行去。

归海楼是大宁街上最大的酒楼,建于云霄桥边、龙水渠畔,四方之客往来不绝,游人凭栏远眺便能将京师的盛景尽收眼底。

龙水渠上刚赛过龙舟,高楼上还挤着不少看客。其中四楼的栏杆处就斜倚着一名二十来岁的年轻公子,他着一袭华服美冠,身边簇拥着四五名花枝招展的姬妾,俨然是谁家出游的富家子弟。

公子张嘴衔过姬妾喂来的干果,兴味索然地哼了一声:"还以为今日盛景必是美人如云,可惜本公子在这里看了一个下午,所见之人不过凡桃俗李。"

喂干果的小妾不过十七八岁,闻言噘嘴啐道:"员外都有我们了,怎还想着拈花惹草?!"

"天下唯美人与美食不可负。你们?你们终究是差点儿意思啊……"

着华服的公子笑着捏了捏美妾的粉腮,刚转身,便脚下生根似的呆住了。

一名少女挽着杏色的披帛缓缓地下了楼,绯色的裙摆随着步伐轻绽,仿若一幅会动的美人图。少女那张脸更不用说,花容月貌,如遗世的明珠,明丽的海棠花钿并非被画在眉间,而是别出心裁地落在了眼尾处,美而不俗。更难得的是,少女的气质矜贵出尘,她不似寻常女子一副含着胸的低顺模样,连蹙着眉整理披帛的动作都显得天然、娇憨。

这位公子咽了咽口水,不自觉地向前迈了一步。他满院的美人和眼前之人一比,全如泥塑般失了颜色。

姬妾们知他痴病犯了,一气之下在他的胳膊上拧了一把。他就这么一晃神的工夫,那少女穿过堂厅和过道,朝另一侧的栏杆行去了。栏杆边负手站着一个身量颀长、高大的男子，光一个背影已是不凡，待此人转过半张冷白的俊脸来，方才咬牙切齿的姬妾们也看得呆了。

天上的仙人也不过如此了。

男子抬手替少女捋了捋耳边的碎发，随即揽着她的纤腰往自己身边一带，二人姿势亲昵，俨然不是兄妹。

一时间公子和姬妾们齐齐地倒吸一口气，心有戚戚：可惜可惜，此人原来是个有主儿的。

偏生闻人蔺的脸上一派风轻云淡的神情，温和端方，只有赵嫣知晓，看似亲密地搭在自己腰间的那只大手禁锢得有多牢。

闻人蔺拿起一旁的亲卫递来的帷帽，轻轻地往赵嫣的头上一戴，声音低沉地道："殿下的这张脸还真是招摇。"

赵嫣抬手理了理被风吹到脸上的垂纱，不甘示弱地道："彼此彼此。"

"本王久候殿下更衣，有些口渴。"见赵嫣无动于衷，他睨过来，"殿下既然扮作女婢，这点儿小事总不用人教吧？"

行……为了线索，自己就忍他这一日。

赵嫣提起食案上的茶壶，沏了一杯茶，单手递到闻人蔺的面前。见闻人蔺不动，她便又耐着性子往他的唇边送了送，咬了咬牙，笑着道："郎君，请饮茶。"

听到"郎君"二字，闻人蔺流露出一丝讶异的神色。他让她扮成女婢，她却自己抬高了身份，唤起了"郎君"，小算盘打得精细。

闻人蔺并未纠正她，单手收了折扇，方就着她的手将唇凑了过来。赵嫣只觉得茶盏一沉，不得不将另一只手也托上来。夕阳下，闻人蔺的薄唇抿在茶盏的杯沿处，享受一般眼睫半垂着，落下了两弧暗色的阴影……

他这样子一点儿也不像令朝堂闻风丧胆的肃王。

然而当他抬起漆色的眼眸时，其中深沉与戏谑的神色又让赵嫣看得牙痒痒。她收起了茶盏，往外一瞥，指着楼下卖花的小姑娘，道："郎君，我想买花。"

闻人蔺挑了挑长眉，想看她又要作什么妖。

赵嫣撩开帷帽的垂纱的一角，露出那只眼尾被点缀了海棠花钿的明亮的眼睛来，笑得无比灿烂："郎君，陪我去买花可好？"

他倒忘了，她是能将太子赵衍模仿得活灵活现的人，扮个恃宠而骄的女子自然不在话下。

闻人蔺兴致渐浓，依言道："走吧。"

二人"夫唱妇随"，身后的栏杆处又出现了一片心碎的声音。

卖花的小姑娘是个十二三岁的少女，长相平平，鼻尖和脸颊上散落着几点雀斑，身上的粗布衣裙打着补丁，却收拾得很干净，想必是个受爹娘疼爱的穷苦孩子。

此时日头西斜，篮中的香包她只卖出了几只，花也剩了大半。即便她不断地用水珠润泽，这些花也难掩蔫态。

天色已晚，她若是再卖不完这些花，便只能空手回去了——近来城里城外频繁有少女与童男失踪，爹娘不许她天黑后还在外边逗留。

她见到一对年轻的璧人上前，眼睛亮了亮，连忙打起精神，声音清脆地问道："贵客要买花吗？这位姊姊一看就是个大美人，贵客买朵花送她吧！"

"要哪个？"闻人蔺朝身侧之人问。

民间的植物没有经过花匠修剪，旁逸斜出的枝条反而有一种天然、野性的美。赵嫣正俯身为难地挑选，便听见闻人蔺淡淡地道："都买了。"

话音刚落，王府的亲卫便不知从何处蹿出来了，将一小块碎银放在卖花少女的手中，然后悄无声息地退下了。

小姑娘喜上眉梢，诚实地道："花不值这么多钱的……这花篮是我阿爹用柳条编织的，也送给姊姊好了！还有这些香包，是阿娘亲手做的……"

小姑娘一股脑地将所有的物品都交给了赵嫣，这才将那几钱碎银小心地揣入荷包中，欢喜地跑远了。

今日真是好运，她遇着大方的贵客了！

她将装有碎银和零星几个铜板的荷包捂在胸口，比得到了全京城最甜的糖果还开心，心想：有了这些钱，阿娘这个月的汤药钱就有着落了!

　　小姑娘穿过川流不息的人群,越跑越快,恨不能脚下生风,立刻跑回家中报喜,全然没有察觉到拐角处那几双神色阴鸷的眼睛正盯着她。

　　短促的惊呼声被死死地捂进嘴里,淹没于京城里热闹的欢笑声中。一辆堆满菜叶的牛车驶过,停在了大宁街的拐角处。待车轮再次滚动,那处已没了卖花少女的身影,只余一只陈旧得褪了色的旧荷包躺在地上,任往来的行人的踢踩践踏。

　　闻人蔺买下整篮花可不是为了博小公主欢心,只是单纯地觉得在这等小事上浪费时间是一件不值当的事。

　　但赵嫣很开心。

　　她在华阳行宫时便酷爱游走于山林、清溪间,归来时必带一大捧各色野花,插满殿中的花瓶。自从成为太子后,她便不能做这等事了,如同一个得体、精致的傀儡木偶,摆在不属于她的位置上。

　　此时暮色四合,天边的残阳还未湮灭,大宁街的灯笼已然亮起来了。赵嫣就挽着花篮立于云霄桥边,站在这天上人间交映的瑰丽之景中,回眸时风撩动她浅色的披帛,满袖生香。她低头嗅了嗅腕上戴着的茉莉花手串,嘴角悄悄漾出笑意来,让人恍惚间想起她原本只是个矜贵无忧的二八少女。

　　那一两银子,闻人蔺觉得花得也算值。

　　他负在身后的手不自觉地抚了抚食指上的嵌玉指环。

　　"王……主子,"蔡田大步上前,临时改了称呼,压低声音道,"那边已有动静。"

　　闻人蔺略一抬手,示意赵嫣过来。

　　"要去玉泉宫了吗?"赵嫣看了一眼倒映着夕阳与灯火的波光粼粼的渠水,不舍地道,"未到关城门的时辰,我还想再逛会儿。"

　　闻人蔺看着她的眼睛,如同望进她的灵魂深处,攫取了她所有隐秘的想法。

　　他缓缓地开口:"不管殿下此行在盘算什么,别挡本王的道。"

　　最后一缕夕阳收拢,夜风自相对的两个人中间穿过。

赵嫣蓦地脊背一寒，迟疑地抬起了眼。

闻人蔺的面色让人辨不出喜怒，语气却算得上温柔，他道："自己去玩，两刻钟后启程。"

说罢，他将亲卫留下，负手转身朝酒楼行去了。

人潮涌动，他挺拔的背影看起来孤高难近又坚不可摧，很快就隐入了晦暗中。

"姑娘与那郎君还未成亲吧？我见你还梳着少女的髻呢。"

一个银铃般带着笑意的声音从身侧传来，赵嫣扭头一看，发现对方是先前在酒楼上的几名姬妾之一。

"奴叫兰香，是陈员外府上的四姨娘。喏，那位便是员外大人。"

兰香朝楼上努了努嘴，赵嫣顺势望去，只见那名着美冠华服的年轻男子正殷切地同她招手。

她心下了然：这名女子恐怕是那陈员外派来投石问路的。

赵嫣道："我虽未成亲，但已是郎君的人，差不多。"

兰香了然地道："你们不常出门吧？奴时常随员外出门应酬，游遍京城，却从不知谁家有姑娘这般人物。"

听兰香似对京城的大小事宜了如指掌，赵嫣来了兴致："是呢，我因体弱多病，养在深闺中无人识得，近来身子好些了才出门走走。"赵嫣不动声色地问，"兰香姊姊可知京城内外有何玩耍之处？"

兰香丝毫没意识到自己奉命来套话，反被赵嫣套了话，掩唇笑着道："那可多了！大宁街七夕的花灯、兴宁街的四海美食、昌平街的瓦肆杂耍……对了，还有城东的圣灵寺，风景独美不说，求姻缘最是灵验。"

赵嫣想起了柳姬圈过的那张舆图，问道："那京郊西北处呢？我方才登楼远眺，只见那边林木掩映，隐隐地露出古宅的一角，似乎别有一番探幽之趣。"

兰香听到这话，神情变得古怪起来，连忙道："姑娘快打住，那边可去不得！"

"为何？"

"那边有一座锦云山庄，山庄里面曾出过命案，自此以后便阴森森的。"兰香打了个哆嗦，神神秘秘地道，"前几个月吧，那庄子里开始闹鬼，凡是接近庄子的人尽数无端地消失了，无一例外。听闻夜里那边还有鬼哭狼嚎的声音，鬼火闪烁，可怕得很！"

"何时开始闹鬼的？"

"就是开春那会儿，具体何时奴也不知。近来城中的孩童无故失踪，有人说他们是被山上的怨鬼吃了，便是官府的人都不敢靠近那里，遑论姑娘您！"

赵嫣心下一沉，面上却做出了惊恐的神情："竟如此可怖！还好兰香姊姊提醒了我。"

"嘻，也没什么。"兰香瞥了一眼在楼上抓耳挠腮的陈员外，想起了正事，"我们姊妹几个人想请姑娘上楼小酌一杯，就当结交个朋友，不知姑娘可赏脸？"

赵嫣为难地道："多谢姊姊的好意，只是我家郎君让我在此处等他，不可走远。他素有官威，容不得旁人忤逆，我还是不给姊姊添麻烦了。"

兰香一听那俊俏的郎君是当官的，便知自家员外惹不起，只好作罢，兴冲冲地接下了赵嫣用来致歉的一束芍药花，回楼上复命去了。

四楼的雅间内，闻人蔺从轩窗向外望去，朝着那翘首等候美人的陈员外一指，吩咐道："去将此人揍一顿，丢远些。"

说罢，他拂袖落下窗扇，接过蔡田递来的密文，将其抖开了。

晚风拂去一日的燥热，京城的夜景在橙黄色的暖灯的浸润下，逐渐温柔起来。

赵嫣梳理着方才得来的消息，挽着花篮缓步走上了如跨水飞虹的云霄桥，站在石桥的最高处俯瞰下头静谧的渠水。

此处便是沈惊鸣坠水而亡的地方。

虽然该查的事情孤星都已查过了，可她还是想来亲自看一看，想知道沈惊鸣和程寄行之死到底是不是传闻中的意外。

错过了此次机会，她恐怕再难出宫探察。她不想让自己后悔，这也是她想方设法要在大宁街下车的主要缘由。

桥洞下陆续有载着出游的年轻男女的小船经过，船夫在船尾摇桨，小厮在船头撑篙。不及一丈长的船篙撑到水底，又被缓缓地抽出，水面

"哗啦"一声荡开波纹。

赵嫣看了一眼长篙上的湿痕,估算出此地水深不过六尺左右,大概在一个成人的肩膀处。

"这么浅的水,能淹死一个成年男子吗?"她不禁喃喃道。

"不能,"身边蓦地传来一道熟悉的清朗的嗓音,"除非人醉酒后跌落其中,无意识地溺水。"

赵嫣一怔,循声望去,不由得睁大了双眸。

周及?

她险些惊叫出声,还好及时咬住了唇,只凌乱地想:他怎么会出现在这里?!

风悄然掠过,撩起了赵嫣帷帽上的垂纱,那张残留着诧异之色的清丽的容颜一闪而过。

见面前的女子手挽着花篮,绯色的衣裙飘扬,周及觉得此景似曾相识,恍惚间又想起了行宫中那个令人头疼的少女,她亦时常捧着一大束山花,逃课归来。

周及略微侧首,疑惑地道:"长风殿下?"

他不是脸盲吗?他这会儿怎么认出自己来了?!是因为自己换回了女孩的打扮吗?

赵嫣心乱如麻,抬手按住了不断鼓动的轻纱,装作听不懂的模样,疏离地道:"站于桥上,的确易被长风侵扰。"

声音不像。

周及眼中的疑惑之色消散了,他又恢复了往常那般清冷自持的模样,后退一步,笼着手惭愧地道:"姑娘很像在下的一个故人,在下一时错认,多有冒犯。"

长风公主应该在千里之外的华阳行宫里,怎会以这样的姿态出现在京城的民间呢?他于心中耻笑自己的病越发严重,竟到了这般地步。

在华阳行宫里时亦是如此,长风公主无意间知晓他识人困难,便常让宫婢时兰扮成她的模样坐在堂中听课,自己则偷溜出去玩。周及直到几天后才发现换了人,至此下定决心要克服这个毛病。

他下定决心要做某事时,纵是不休不眠亦要做成。是以他不骄不躁，跟了长风公主六七日，看着她翻墙偷食、泛舟采莲，盯久了，自然寻到了认出她的最好方法——人群中穿嫣红色的罗裙最灵动好看的那个少女定然是长风公主。

自此之后，周及再未看走眼。

今天认错了人，他的确始料未及。他想要确认，又觉得汗颜失礼，索性往旁边挪了一步，隔着合乎礼节的距离，着一袭竹青色襕衫的身影仿若乘风飞去。

酒楼四层的栏杆处，闲杂人等已被清理干净。闻人蔺负手而立，目光穿过京城明亮的光海，落在了伫立在石桥上攀谈的两个人身上。

他将写满字的纸笺置于油灯上焚烧，手一松，任凭纸灰如黑蝶般随风飘散，消失在流动的灯火中。

楼下，桥上行人渐疏。赵嫣没想到，在偌大一个京城里，自己竟随随便便就遇见熟人，想要先行避开，又有些舍不得方才的话题。

她清了清嗓子，含混地试探："公子在此处，也是等人吗？"

周及目不斜视，平静地道："不是。"

"那为何……？"

"在下的师弟溺毙于此，是故每逢休沐闲暇之际，在下便会来此驻足。"

原来如此，周及也是为沈惊鸣而来。

"公子的师弟是醉酒落水的吗？"赵嫣意识到自己即将接触到什么重要的线索，连说话都小心起来。

"不是。师弟千杯不醉，从不酗酒，且自幼习得凫水。"周及适时地止住了话题，再一笼手道，"叨扰姑娘的雅兴，失礼了。"

赵嫣知晓周及并非交浅言深之人，自己问多了反而惹他猜疑，遂敛衽回礼。

她再直起身时，一只温凉的大手熟稔地搭上了她的腰肢，不轻不重地虚扣着。她蓦地警觉起来，刚要屈肘回击，就听闻人蔺那低沉闲散的嗓音传来："周侍讲与本王的美妾在聊些什么？"

美……美妾？

赵嫣悻悻地放下胳膊，心道：行吧，肃王说什么就是什么。

闻人蔺今日没有佩戴那枚特制的玄铁戒，是以周及用清冷的眼神观察了他很长一段时间，方辨认出来这股独属于肃王殿下的压迫感。

可是，肃王身边何时有女子了？他不是一直将女子视为弱点和累赘，从不沉湎其中吗？

周及不懂，但无心揣测。

"见过肃王。"周及行礼，不卑不亢，"在下不知这位姑娘是王爷所爱，无心冒犯，还请王爷海涵。"

周及的出现实属意外，赵嫣唯恐闻人蔺多想，便出言解释道："我与……这位公子萍水相逢，不过聊了几句天气、家常。"

"萍水相逢也是缘，说不定还能他乡遇故知。周侍讲何不留下来共饮一杯？"闻人蔺看着臂弯中的少女，深沉的目光仿若穿透薄纱而来，慢条斯理地笑道，"就让本王的……烟烟，为周侍讲斟酒举觯如何？"

赵嫣险些咬着舌头。

闻人蔺知道她不敢暴露身份，这是故意的！自己兢兢业业地扮演他的美妾，何时惹着他了？

赵嫣倔劲一上来，偏不如他意。

手一握，眸一抬，她笑得要多乖巧有多乖巧："好呀，我很乐意。"

闻人蔺睨了她一眼，眸色微沉。

三

闻人蔺没接话茬，赵嫣亦不甘示弱，脸上挂着笑与他对视。

感受到搭在腰上的手惩戒般地收紧，赵嫣不动声色地扭了扭，发现不能挣脱。

两个人相对而立，看似含情脉脉，实则暗中较量着，二者侧颜的缝隙中可见暖光明灭，隐约露出周及清冷俊秀的脸来。

桥上往来之人的面目在周及的眼中是模糊的，他对尘世浮华了无兴趣，便淡漠而端庄地略一拱手，作别离去。

赵嫣终是先一步移开了目光，按住闻人蔺的小臂提醒："周挽澜已经走了。"

"挽澜？"闻人蔺扬着唇角重复了一遍，抬手沿着她的背脊往上，在她的颈后轻轻地碰了一下。

赵嫣只觉得脖颈生寒，下意识地捂住了被他碰过的地方。闻人蔺却敛了神色，凝着一双比夜色还浓的眸，转身走了。

风盈满袖，吹落了篮中几朵红红白白的芍药与茉莉。赵嫣怔然片刻，连忙加快步伐跟了上去。

城门戌时关闭，蔡田已命亲卫备好了马车，准备继续启程。

赵嫣弯腰钻上车，车帷一经放下，她就迫不及待地摘下了帷帽透气。

闻人蔺面前的几案上的冰鉴已然被搬走了，换成了七八碟新鲜的热气腾腾的菜。

赵嫣在太后娘娘身边待久了，曾想方设法打牙祭，因此对"伪素斋"颇有研究。譬如闻人蔺手边那一碗看似不起眼的清汤豆腐，实则"豆腐"是取新鲜的鸡脯剁成细泥调制而成的，而"清汤"则是以山珍海味搭配豚骨，用文火熬出来的小小的一碗汤，她光闻味道就知其鲜香无比。

没想到闻人蔺的饮食如此精细、清淡，赵嫣还以为他这样的人即便不是话本里那般茹毛饮血的怪物，也必定酷爱敲骨啖肉。

她悄声坐下，将花篮搁置在一旁。闻人蔺眼也不抬，只用湿棉帕专心致志地拭手。

赵嫣的确饿了，匆匆擦净手便拈起玉勺，先给自己盛了一碗汤。

碗勺碰撞的声响清晰可闻，闻人蔺终于抬起了眼，片刻后才道："好吃吗？"

赵嫣诚实地点头："好吃。"

"本王以前怎么没发现殿下能如此乖巧顺从？"

"嗯？"赵嫣用双手捧着小碗，略一侧首，反应过来他指的是方才那句"斟酒举觯"的戏言，"不是太傅说要孤……我扮演美妾吗？"想起什么，她露出难以置信的神情，"莫非太傅不喜欢听话的人？"

"听话的人自然有听话的妙处。"闻人蔺看着赵嫣饮完了垫腹的汤，又去夹白玉般细嫩的鱼肉，扯了扯唇，道，"只是旁人不在之时，殿下似乎没这般听话。"

赵嬷顺着他的视线看去，发现他的视线落在自己汇聚了满桌精华的碗中，眼睫颤了颤。

她的确没有服侍人的经验，吃喝玩乐皆习惯以自己为先，倒忘了闻人蔺还未动筷。赵嬷试图弥补，转而拿起另一副干净的牙箸，依样夹了一遍，方将那只冒出小尖的碗轻轻地往他的面前推了推，而后将牙箸搁在了白玉筷枕上。

闻人蔺以单手抵着额角，看着那碗着实算不上雅观的吃食，沉默了半晌方道："酒。"

赵嬷又斟了一杯酒，这回学乖了，直接将杯盏递到了他的嘴边。

谁料夜路崎岖，马车的轱辘恰巧碾过一块石头。骤然颠簸间，赵嬷一个不稳，下意识地伸手撑在了闻人蔺的肩头上。如此一来，杯中的酒水一半洒在了她的手上，另一半顺着闻人蔺的衣襟滴落至下裳，晕开了一片深色的湿痕……

湿痕的位置看上去有些糟糕。

闻人蔺看着衣裳上的酒渍，微微眯了眯眸。

赵嬷连忙收回手，正举着杯迟疑要不要找帕子给他擦一擦，便发觉从手背上传来了一阵温软的触感。闻人蔺淡然地垂首靠近，以唇轻轻地抿去了在她右手的指节处残留的几滴酒水，慢条斯理地品尝起来。

赵嬷怔住了，手背上被他的薄唇碰过的地方仿佛被火燎一样。

"酒不错。"闻人蔺语气平静地给出结论。

赵嬷咽了咽口水。

不知是不是错觉，每当她以为自己小胜一局的时候，闻人蔺总有法子扳一局回来，偏生还要做出一副道貌岸然的正经模样，令她无从招架。

赵嬷有些僵硬地坐回位置上，将杯盏往桌上一放，决心不再理会这个诡计多端的家伙，端起自己的小碗闷头吃了起来。

闻人蔺眼中的波澜一闪而过，他也拿起牙箸，从那堆得冒尖的玉碗中扒拉出一块白白嫩嫩的豆腐，送入了嘴中。

鲜，香。

马车赶在城门落锁的最后一刻出城了，在山间大道上行了近一个时辰方赶到玉泉宫。

彼时玉泉宫尚未被收拾妥当，宫人来往着搬箱箧归置，连灯笼都未来得及备齐，是以昏暗中并没有多少人留意赵嫣归来。

车还未停稳，在门外焦急等候的流萤便迎了上来，福礼道："殿下，何女史奉命前来慰问，奴婢以殿下疲乏小憩为由，将她暂时稳在了观云殿中。"

赵嫣没想到父皇和母后派来监管的人来得这般快，想了想，道："孤从正门进恐怕动静太大，有别的门可进吗？"

流萤道："北边的角门离观云殿近。"

赵嫣颔首吩咐："你将无关的侍从支开，准备擦脸的湿帕子和干净的衣物，孤这就来。"

见流萤福礼退下，赵嫣又朝赶车的侍卫道："去角门，轻些。"

侍卫似有顾忌，没有动。

赵嫣这才想起这些侍卫都是闻人蔺的人，当然不会听她的。她趴在车窗处，回头看了闻人蔺一眼，眼巴巴的样子看起来颇为可怜。

"殿下的话你们没听见？"闻人蔺总算发了话。

马车立即启动起来，又快又平稳。他轻飘飘、无甚情感的一句话却比赵嫣焦急的命令来得更有效。

角门内果真只有流萤捧着巾帕和衣物等候在那里。

赵嫣来不及与闻人蔺道别便跳下了马车，一边穿过廊庑一边随手摘下帷帽和钗饰，又接过流萤沉默着递来的巾帕擦净脸上的红妆，散下鬓发，以手随意地抓了两把，再以玉簪束于头顶。

她从观云殿的后门进去，刚脱下披帛便听到何女史的声音由远及近："不必惊醒太子殿下了，还是让太医把个平安脉，确定殿下安然无恙，我才好回宫复命。"

将衣裳换齐整已是来不及了，赵嫣在流萤的帮衬下匆匆地缠好束胸的绸带，披上亵服，连裙子也顾不上全然脱下就钻入了里间的寝房中，从遮掩得严实的帷幔中露出一颗脑袋。

几乎同一时刻，女官与太医一前一后地进殿了。

"何女史、张太医。"赵嫣朝女官和张煦点了点头，借着帷幔的遮掩不动声色地踢掉堆积在脚踝处的裙裾。

"殿下醒了？"何女史讶然行礼，见小太子面色红润，发髻与衣衫皆微微松散，的确像补眠刚醒的模样，暗自放了心。

"刚醒。"赵嫣佯装责备流萤："何女史是母后最信任之人。她来了，你怎么不叫醒孤？"

何女史连忙道："从皇城至此须颠簸半日，殿下的确辛苦，奴婢万不敢惊扰殿下。只是娘娘与圣上牵挂殿下，叮嘱奴婢一定要看着太医请脉后再回宫复命。"

赵嫣表示理解，乖乖地从帷幔中伸出一只手来，看向张煦，道："有劳张太医。"

张煦行礼上前，忽然一顿。

赵嫣顺着他的视线望去，而后一惊——匆忙之下自己竟忘了将那以鲜花编织的小手串摘下来。

好在张煦是自己人，耷拉着眼皮取出一方柔软轻薄的丝帕垫在了赵嫣的腕上，遮住了那半蔫的鲜花手串。

诊脉毕，他收手道："殿下每日泡一刻钟温泉，将体内的虚毒渐渐逼出即可。因夏日泡温泉较燥，臣再开一些解暑的方子。"

赵嫣立即缩回手，只见张煦笔走龙蛇，转瞬就写好了方子，上面写的却是酸梅汤和酥山等甘甜的冰饮。

何女史彻底放下心来，行礼辞行，连夜赶回宫复命去了。

有惊无险，赵嫣长舒一口气，扯了扯身上黏腻的衣裳道："流萤，汤池在何处？"

流萤道："有龙池、凤池两处，殿下要用哪个？"

赵嫣不太习惯与旁人一起泡澡，想起还有个想与她手拉手共浴的柳姬，立即回答："男的那边吧，凤池留给你们。离宫了就不必拘着，你与柳姬也好生放松放松。"

柳姬的确是个难缠的家伙，从前黏着太子殿下，现在黏着小殿下，难免做出什么出格之事。于是流萤点头："奴婢下去安排。"

"等等。"赵嫣回身，浅笑着从方才带回来的花篮中抽出一束粉白色的月季和一只香包，递了过去。"在坊间顺手买的，端午安康。"

流萤蒙了，半晌才郑重其事地双手接过花束与香包，将这份祝福小心地轻握于掌心，低声道："谢殿下。"

赵嫣摆了摆手，一松懈下来便有了困意，揉了揉眼睛，道："是我该谢你。流萤姊姊要多笑一笑，时时刻刻板着脸多累啊。"

流萤规规矩矩地道了一声"是"，而后反应过来自己这反应实在太疏离、板正了，想要如柳姬那般自来熟一些，却又迈不过名为"主仆"的坎，一时手脚都不知该往何处放。她索性福了一礼，几乎落荒而逃。

皓月当空，流萤看着手中绽放得热烈的花朵，任凭山间清凉的夜风拂去脸上的燥热。

"多笑一笑，流萤姊姊。"

曾经有个温柔脆弱的小少年如此对她说过。他也曾站在避暑山庄的廊下，数着庭中的萤虫告诉她："不要艳羡柳姬，也不要因为不能与孤并肩作战而倍感自卑。你看，流萤不与星辰明月争辉，渺小如它，也能照亮一寸夜空。"

可是后来，她的月亮陨落了。世间再无温柔的月光照拂那只孤独而又卑微的流萤。

她以为自己会淹没于黑暗中，怀着憾与恨无声地死去，直至迎来了另一轮骄傲而坚韧的小太阳……

流萤将香包揣入怀中，严肃的表情渐渐坚定。她的确没有柳姬那般博弈的才华，可以昂首挺胸地站在殿下身边，但至少现在她也找到属于自己的位置了。

龙池就在观云殿后，赵嫣浅浅地打了个哈欠，屏退了提灯的宫婢："你们都退下吧，衣物搁在外间便可。"

内侍领了命，将衣物搁在外间的榻上便掩门退出去了。

赵嫣撩开镂花月门下的垂帘，继续朝里走，只见暖黄色的灯火混着潮热的水汽扑面而来。波光粼粼的龙池边，闻人蔺正执着火引，点燃最后一盏花枝落地铜灯。

四

赵嬷诧异了。

她把闻人蔺忘记了，完全没料到他会留下来泡澡！她不知自己现在去凤池那边是否还来得及……

正思忖着，赵嬷若无其事地后退一步，准备溜走。

"殿下说好服侍本王一日，这才到晚上，"闻人蔺吹灭了手中的火引，回身看她，"殿下又要食言？"

闻人蔺喜怒不定，城府颇深，她若是不如他的意，他总能挖出新的坑给她跳。

于是赵嬷转了回来，磨蹭着上前，问道："肃王也要泡澡祛毒？"

闻人蔺抬起眼皮，赵嬷便知自己问了一句废话。据说玉泉宫的这眼灵泉来自龙脉深处，受天神庇佑，池水能治百病，他来都来了，焉有不泡之理？

闻人蔺微微张开了双臂，这架势……他定是要她为其宽衣。

当初在鹤归阁里他不是解衣解得挺顺溜吗？今日他倒像没长手似的。赵嬷垂着眸在心中吐槽，而后硬着头皮上前了。

手指碰到他腰间那条螭纹玉钩带，想起这枚暖玉原先是干什么用的，赵嬷心虚地移开了视线，拧着眉抠了半天，越解越紧。

闻人蔺耐性极佳，就这么看着小殿下柔软蓬松的发顶在胸前晃动，任凭她纤细白嫩的手指艰难地与玉钩带做斗争。

她好半天才解开腰带，紧接着又与衣结较上了劲。

半天，赵嬷终于泄气地垮下双肩，抬起一张微红潮湿的脸来，无辜地道："变死结了。"

闻人蔺抬袖，看着腰侧那一串不堪入目的衣结，万年不变的面色终于有一瞬愣怔的神色了。

"殿下还真是金枝玉叶，天生是受人伺候的主儿。"

不知为何，赵嬷觉得他说"受人伺候"一词时，似在别有深意地暗指什么。

"我这辈子又没伺候过别人，难免生疏。"

才怪。她在心底道。

她虽是锦衣玉食的公主，也不至于连衣结都解不开，只是深知一旦开了头，做得太完美、太乖顺了，以后被拿捏的日子只怕会更多。

事情她办不好，还办不坏吗？她就不信自己这般败兴，闻人蔺还有什么闲情逸致。

果然，闻人蔺握住那串衣结一扯，发出了刺耳的裂帛之声，衣结应声绷开了。

"衣结……是这般解的。"

闻人蔺抬手在赵嫣的腰上一拂，他宽松的外袍即刻滑落，堆在了他的脚下。

赵嫣穿着单薄的亵服，胸上束胸的绸带若隐若现，她茫然地愣了半晌，也没看清他方才是怎样做的。

闻人蔺将外袍搭在漆木架上，自行褪了里衣，仅穿一条亵裤赤足迈入了水池中。水波一层层地荡开，满池碎光折射于他线条分明的精壮的上身上，整个人宛若涉水而来的俊美男妖。

原来他的胸膛这般厚实，腰腹上的肌肉这般分明！他穿着衣裳时她还真看不出来。还有那双极富爆发力的臂膀，难怪他能轻而易举地拉起七石力的重弓……

赵嫣的脑中忽地闪过一些记忆碎片，她记得自己在鹤归阁时十指合拢也握不住闻人蔺钳在腰侧的手臂，推不开，躲不掉，最后只能呜咽着一口咬上去，他绷紧的肌肉反震得她下巴发麻。

意识到自己在回忆什么，赵嫣倏地别过脸去，将与那场败局有关的一切画面赶出脑海。

她逼迫自己认清两个人的身份，稍稍静心，顺势将身侧一篮子湿润的花瓣尽数倒入了池中。红白交映的艳丽芳菲即刻漂满池面，遮住了清澈的水波下的光景。

花瓣粘在闻人蔺的胸口和臂上，他微不可察地挑了挑眉，抬手将花瓣拂开了，似乎很嫌弃。

闻人蔺单臂反搭在池岸的龙饰的背脊上，闭目养神，任凭水珠顺着他筋脉凸起的修长的手滑过,再顺着指尖"滴答"地落入池中。

赵嫣观察了许久,发现闻人蔺泡温泉竟然不会出汗,肤色依旧霜白清冷,就好像整个人都是冰玉雕成般,感受不到世间的暖意。

去年冬天亦是如此,他命人搬了十几个炭盆放在崇文殿中,赵嫣热得大汗淋漓,他却连一丝燥热的样子也没有,干净清爽得不似凡人。她偶尔触碰到他的手指,发现他的手指亦是微凉的。

整整一刻钟,闻人蔺泡在温泉中一动也未动。

他泡这么久不出来透气,会晕吧?他该不会死了?

赵嫣忽然有了一个荒谬的想法,没忍住,手撑着池子的边沿,在池岸上猫似的膝行靠近,试图观察得更仔细些。

与他相隔不过咫尺,赵嫣却几乎看不到闻人蔺胸膛起伏的动作,只隐约觉得他的面色稍稍正常了些,唇瓣也恢复了以往的淡色,奇怪得很。

赵嫣正凝神观察着,一只湿漉漉的大手突然从汤池下伸出来了,"呼啦"一声攥住了她的腕子。赵嫣被吓了一跳,险些栽入池中,一只手拼命地寻找支撑点,而后扶住了闻人蔺的胸膛。

闻人蔺微怔,目光落在了自己胸口上的那只纤细白嫩的小手上。

赵嫣咬着唇想抽回手,但已然来不及了。

久等赵嫣不至的柳姬抱着衣物闯了进来,恼然推开殿门,道:"说好的一起泡温泉,殿下却将我和流萤丢去那边,独自在此享受,真是好没意思!"

此时根本来不及阻止柳姬,又不能让柳姬看见自己和闻人蔺的这副样子,赵嫣慌乱之下没了主意,下意识地按住了闻人蔺的脑袋和肩膀,道:"快躲水里!"

闻人蔺眯起了眼眸,神情看起来很危险。

赵嫣却顾不得那么多了,忘了自己还在扮演女婢美妾之流,手脚并用地使尽浑身的力气一按,"哗啦"一声水响,水将潮湿的花瓣拍上了池岸。

"我的身子又不是谁都能看的,流萤可没那个福气……"柳姬喋喋不休地掀帘进来了,愕然看着满池凌乱未平的波澜,半晌吐出一句,

"殿下是哪吒吗？在这里闹海？"

赵嫣将双足没入花瓣漂浮的池水中，坐在池边掩饰一般踢了踢池水，努力地笑道："水温合适，我便禁不住玩了会儿水……柳姬找我有事吗？"

话音刚落，浸在池中的足尖传来一阵刺痛，她好像被水怪咬了一口，忙抿紧唇，将闷哼吞进腹中。

柳姬显然有心事，平日眼观六路的一个人竟没有察觉到赵嫣的异常，只抬着下颌哼道："殿下答应了会与我共浴的。"

"啊，这事……"赵嫣为难地道，"我这几天不方便，不能泡澡，要不推迟两天？"

她一说，柳姬便懂了，不免有些失望。

赵嫣唯恐柳姬再提出一起泡脚的要求，便岔开话题，道："我从坊间经过时，给你带了些鲜花还有香包，就放在观云殿中，你不去看一看？"

一听有礼物，柳姬又精神起来，挑着眉道："那我再等你两天。"

见她转身要走，赵嫣连忙去看渐渐平息的池面，谁知她半道折了回来："对了。"

赵嫣被吓了一跳，问道："何事？"

"我方才好像看见肃王的人从这里出去了。他是个心狠手辣的人，殿下切记要离他远点儿。"

说完这句，柳姬才抱着衣物出去看礼物了。

待脚步声远去，赵嫣立刻伸手拨了拨水面上的花瓣，紧张地道："肃王？"

花瓣被拨开一重又来一重，水波晃荡不休，她根本看不清水底。

他该不会被憋晕了？

"太傅？"赵嫣又唤了一声。

池中依旧毫无动静。

完了完了，她莫不是无意间为国除害了？！

赵嫣趴在池边，紧张地将手伸往水里摸索，忽然腕上一紧，来不及惊叫便整个人被拽入了水中。

· 236 ·

"扑通"一声,水花四溅,热流从四面八方涌来,赵嫣觉得自己像随波逐流的一叶苇草,漂浮着,落不到实处。

她不会憋气,气息瞬时乱了,只能凌乱地划动手脚,直至被拽入了一个宽阔的怀中。

唇瓣上忽然而至的痛感像对她方才大胆无礼之举的惩戒,继而有什么柔软的东西贴上了她的唇,在她憋不住气之时撬开了她的牙关,给了她喘息的生机。

赵嫣懵懂地睁开眼,只见烛火荡碎在池面上,水中的闻人蔺变得光怪陆离。她仿若遇到了吸人精气的水妖,身体被禁锢着,气息紊乱,连灵魂也快被攫取殆尽了。

她有些后悔方才那样对待闻人蔺,可已然受到了最"可怕"的惩罚。

灯火静谧,浮光跃金,花瓣随波晃动,间或从水底冒出两串微小的气泡,破碎在荡漾的涟漪间。

从水中出来时,赵嫣觉得自己像死过一次一般,只能徒劳地攀着闻人蔺的肩,大口大口地喘息。她的头发湿了,衣衫湿了,连眼睛也像盛满了水光,一片潮湿的脆弱之意。

涣散的目光渐渐聚焦,赵嫣想揍闻人蔺,可是一点儿力气也没有了。有那么一瞬,她以为自己真的会溺毙于池底。

闻人蔺以单手托住她,漆眸盯着她微微张合的艳丽的唇瓣,低声缓缓地道:"殿下好大的胆子!那几脚不是在泄私愤?"

"你不……也拉我下水了吗?"赵嫣不甘地瞪着眼,气喘吁吁地道,"扯平了。"

她的亵服湿漉漉地贴着身躯,滴水淋淋。现在她的嘴还疼着,肯定破皮了。

闻人蔺低笑一声,但这会儿他笑比不笑还让人心里没底。

"笃笃",突兀的敲门声响起。

"王爷,有消息。"殿外传来了亲卫刻意压低的声音。

赵嫣记得,这个亲卫叫蔡田。

对峙的气氛稍缓,闻人蔺移开了目光,半响,松了手。

他一松手，赵嫣便抑制不住地往池水中心漂去，忙不迭地扑腾着趴在岸边，稳住了身子。

她抬眼间，闻人蔺已踩着石阶上了岸，留下了一路水痕。他精壮高大的身形转至屏风后，再从屏风的另一端转出时，身上已换上了干爽的衣物。

他步履从容，脸色看上去极为平静，可赵嫣莫名其妙地有些不安，连忙问道："太傅去哪儿？"

呵，这会子她又叫上"太傅"了。

"今夜月光很美，"闻人蔺拾起暗色的外袍披上，声音无比温和，"杀起碍事之人来一定痛快。"

他要杀谁？是涉案相关的嫌犯还是方才碍事的柳姬？

赵嫣越想越觉得有可能是后者，据理力争道："不知者无罪，是我慌了神，与我身边之人无关。"

闻人蔺嗤笑一声。

赵嫣忐忑地垂下眼，复又抬眸，将粘在唇边的湿发撩开，道："太傅要如何才能消气？"

闻人蔺湿润的眼睫半垂着，他慢条斯理地将护腕扣上，冷冷地睨向浮在池中的曼妙的少女。

"如果殿下也送个香囊、香包，再殷勤地献浴，本王或许能消气吧。"他轻笑一声，"谁知道呢？"

布丁琉璃 著

拂灯

FU DENG

下册

青岛出版集团 | 青岛出版社

第八章
无上秘药

一

赵嫣泡在池水中,脖颈连同脸颊都泛起了热浴后的浅红色,贴在皮肤上的湿发给她添了几分出水芙蓉般的柔媚之意。

堂堂肃王殿下还缺一两只香包吗?这又不是什么值钱的物件。

赵嫣试图分辨闻人蔺的话是认真的还是随口说的,然而闻人蔺那张脸隐在垂纱后的暗影中,赵嫣什么也看不出来。

待闻人蔺走后,赵嫣方昏头涨脑地从池子里爬出来,换下了因被水浸湿而显得透明的亵服,抬手拧干了滴水的头发。

半晌,她倚倒在小榻上,摸着痛到麻的下唇轻哼了一声。

不远处突然传来"砰"的一声响,接着是瓶罐倾倒、碎裂的声音,在寂静的黑夜中格外清晰。

赵嫣紧张地起身,问:"什么事?"

门扇外,一盏灯晃荡着靠近,继而传来了李浮的声音:"殿下,这好像是从柳姬的房中传来的动静。"

赵嫣蓦地心中一惊,拿起玉簪匆匆地绾起湿发,将衣裳往身上一披便赶紧拉开了门。流萤亦从观云殿中赶了过来，一行人提着灯来到了柳姬的听雨轩。

"柳姬姑娘，你没事吧？"李浮在赵嬷的示意下抬手叩了叩门，又抬高了声量，"柳姬姑娘？"

赵嬷见里头久久没回应，有些心慌。

她快步走上了石阶，抬手正欲强行破门，便听见里头传来了微弱的回应："等等……哒！我现在不太方便，衣裳没穿好。"

里面传来了一阵"窸窸窣窣"的动静，赵嬷估摸着时间差不多了，便用力地推开了门。

大家一时都被眼前之景吓了一跳。

屋内一片狼藉，地砖湿漉漉的，垂幔也掉下来了，花架倾倒，花瓶碎了一地。柳姬披头散发地坐在碎片之间，捂着额头直皱眉，身上的大袖衫染上了脏污。

"哎哟！您怎么了这是？"

李浮将花架扶起，又打起飞脚去外头取了扫帚、簸箕等物，小心而麻利地将碎瓷片扫净，以手仔细地摸了摸地缝，确定没有瓷片残留才放心让主子进来。

"你去请张太医来一趟。"赵嬷吩咐流萤，随即蹲下身拿开柳姬遮掩着伤处的手，望着她的额上那块破皮红肿之处，拧起了眉："你怎么弄成这样？"

"我刚沐浴回来，准备将花养在瓶中。但地上湿滑，我不留神便跌了一跤。"柳姬唇色发白，看上去沮丧极了，"我一头磕在了花架上，脚扭伤了不说，殿下送的花也散了。"

"这都什么时候了，你还管花做甚？"

赵嬷吩咐两名宫婢将柳姬扶去榻上，自己则弯腰将她的裙摆往上撩了撩，果然看见她的脚踝处略微肿起来了。

赵嬷看得认真，全然没察觉到柳姬的视线落在了她下唇上的破皮处。柳姬问道："殿下的嘴怎么伤了？"

"狗咬的。"

"啊？"

"没什么，我也是不小心在浴池中磕伤的。"赵嬷抿了抿唇，然后试图岔开话题，"你回来的时候，屋内没有旁人吗？"

柳姬果然被转移了注意力，想了一会儿，捂着刺痛的额头，摇头道："应该没有，我换衣衫时素来不习惯别人伺候。本来我还想借此机会向殿下坦白，现在这脚……莫说我们一起泡温泉，恐怕我数日都不能沾水了。"说着，她扭过头，难堪地道，"殿下还是快走吧，我这副模样太狼狈了。"

赵嬷等张太医前来诊治完毕，确定柳姬只是受了点儿皮肉伤后，又拨了两名勤快的宫人留下照顾她，这才安心地离开了。

赵嬷的耳畔响起了闻人蔺离开前的那番低语——"今夜月光很美，杀起碍事之人来一定痛快。"

闻人蔺一走，柳姬便受伤了，这真的只是巧合吗？

赵嬷不愿意多想，又很难不多想。

山间的夜风从廊下穿过，发梢上的水珠滴落至脖颈上，赵嬷一哆嗦，竟感受出了几分寒意。

她回到观云殿时，孤星已在廊下等候了。

"奴婢去给殿下取些抹唇的药膏。"流萤很自觉地福礼告退，将观云殿的侍从也一并带了出去。

"殿下，今日城中又失踪了一名少女及一名童男。"孤星言简意赅，将探来的情报奉上，"卑职方才见肃王的车马匆匆地下山了，想必肃王就是为了此事而去。卑职恐肃王察觉，是故不敢跟得太近。"

赵嬷接过情报，想了想，道："肃王直接下了山，没有在玉泉宫里停留？"

孤星道："卑职远远地戒备着，确实未看到异常的情况。"

难道自己想多了，柳姬跌伤只是一个意外？

不……对于人命关天的事，自己还是谨慎些为好。

赵嬷压下心中的疑惑，将写有失踪之人的信息的情报抖开，不由得瞳孔微缩。

　　　　刘小妹，年十二岁，父为篾匠，母重病；于五月初五辰时入集市卖花,酉末于龙水渠畔失踪。

　　胡阿满,年三岁,父为大理寺主事胡敬德,于五月初五申时在自家后院失踪。

　"刘小妹……"赵嫣认得这个少女。

　她下意识地瞥向被搁置在木架上的那只柳条花篮,脑中不由得浮现出下午她在云霄桥边遇到的那个俏皮懂事的贫家小少女的样子。

　小少女的衣裳被收拾得那样干净,想必她是受爹娘疼爱的乖孩子。如今她猝然消失,她的爹娘此刻必心急如焚,陷入了无尽的痛苦中。

　赵嫣不禁指尖用力,宣纸在她的指间起了皱。

　太慢了……东宫势力不足,自己即便让孤星日夜兼程地探察也还是太慢了。自己每拖延一日,就会有更多的无辜之人遭遇不测。

　思及此,赵嫣让自己冷静下来。她快步行至木架旁,将花篮取下,将其抱在怀中思索起来。

　不管是为了阿兄还是城中这些被掳走的孩子,她都得亲自去闻人蔺那儿走一趟。

　赵嫣摸出仅剩的一只桃粉色香包,端详了半晌……

　算了,她还是换一样吧。

　这俗不可耐的颜色,她怕闻人蔺会"温柔"地将香包连同她一起丢出门"厚葬"。

　锦云山庄。

　密室内,墙上火光跳跃,仿若森森的鬼火照着黑不见底的幽幽洞口。

　"没用的东西!"赵元煜拿起一方砚台,狠狠地朝沉默而凶悍的男人砸去。

　墙上,男人极为高瘦的影子一动不动,砚台被他的脑袋弹开,"哐当"一声坠在了地上。男人的额角流出殷红的血来,他别说眨眼,连眼睫毛都不曾颤动一下,好像只是一潭死水、一块石雕。

　"我让你去抓'童子鸡',你这条蠢狗倒好,抓到朝廷命官的家里去了!你身手这么好,怎么不把赵衍给我弄死?!"

眼下动静闹得太大，赵元煜越说越气，拿起一旁缚人的铁链"噼里啪啦"地朝男人身上抽去，结果力气没使对，自己反被沉重的铁链带得绊了一下。

　　"现在并非世子爷动怒的时候。"女冠春娘执着拂尘走了过来，冷眼劝道，"我们现已打草惊蛇，此地不宜久留，世子爷不妨'断尾'求生，趁早清理痕迹为好。"

　　"你的意思是让本世子跑？再过几天就到炼药的日子了，本世子跑哪儿去？"赵元煜满头虚汗，阴柔的脸上满是恶毒之色，"好不容易抓到那么多小孩，本世子所有的希望都押在这儿了！"

　　"世子慎言。"听到"小孩"二字，春娘顿时加重了语气。

　　知道自己犯了忌讳，赵元煜瞬时收了气焰，喘着粗气道："知道了，知道了。"

　　用过了早膳，赵嫣戴上帷帽，坐上了下山的马车。

　　她让孤星踩好了点，得知闻人蔺这几日都宿在义宁街北的西山别院里，那里离玉泉宫有一个时辰的车程。

　　马车摇晃，斑驳的树影不住地从车帷上掠过。赵嫣帷帽上的垂纱随马车轻轻地晃动着，用于掩人耳目的男装之上却是略施脂粉的姣好面容。

　　她的膝上搭着一柄折扇，这是她花了一个晚上亲笔绘的。

　　赵嫣想了很久。昨日端阳节已过，她送香包已然错过了最佳时机，且香囊太暧昧，她又自小没学过什么女红，绣不出花样来。她若是送玉嘛，更没必要了，闻人蔺身上至今还挂着那几枚令她面红耳赤的暖玉。

　　大玄有夏日君赐臣扇的传统，赵嫣想起闻人蔺昨日拿在手中的那柄折扇上没有题字绘花，素白一片，心中便有了主意。

　　左右这只是一个她为了探口风才去见他的借口，闻人蔺喜不喜欢这件物什倒也没那么重要。

　　思及此，赵嫣稍稍安心了，接过流萤递来的扇套，将折扇装好，握在了手中。

　　赵嫣到达别院时正值午时，闻人蔺有事出门了，尚未归来。开门的人是王府的另一名副将，赵嫣记得这张粗犷的脸，他好像叫张沧。

张沧知晓小太子与自家主子的关系，当然不敢让这么个弱不禁风的小东西站在炎炎烈日下，便搓着手将她请进厅中歇息，又是端茶又是送水的，殷勤得很。

屋檐上不断传来信鸽振翅的声音，张沧守着赵嫣，眼睛不住地往外头瞟。

赵嫣心知肚明，放下凉茶，道："张副将去忙自己的事吧。请问别院里可有读书消遣之地？孤去挑两本书看一看，顺便等太傅归来。"

张沧道："这里有间小书房，殿下请跟卑职来。"

王爷行事谨慎，凡机密的信笺，要么及时烧毁，要么将相关卷宗留在肃王府或鹤归阁中。这处别院里干净得很，能留在这里的都是些无关紧要的东西，张沧并不担心会泄露什么机密。

尽管如此，赵嫣还是找到了一些关于失踪案的零星的线索——倒不是她刻意翻找，而是这本小册子就被压在书案上的一本畿县方志下。

册子中记载了所有失踪的童男与少女的名字，数量比赵嫣查到的还要多许多，其中光是被报至官府的就有七十余人，更遑论那些无父无母的孤儿与流民中的乞儿。

长长的名单后是一份锦云山庄的地契。赵嫣眸色一沉，取下了碍事的帷帽置于案上，继续朝后翻去……

熟悉的阴影自身后蔓延，直至笼罩住她的身体，一只修长的大手从她的耳畔越过，轻轻地取走了她看得正入神的册子。

赵嫣回头看见闻人蔺，被吓了一跳。但她很快就冷静了下来，自己看的又不是什么机密，若是机密……

"这若是机密，殿下此时就已经没命了。"闻人蔺好像看穿了她的心思，将册子置于掌心，敲了敲，殷红色的常服的袖袍如最深重的血色铺展于赵嫣的眼前。

赵嫣定了定神，若无其事地岔开话题："孤此番前来，是有一样东西想赠予肃王。"

说着，她拿出了早已准备好的扇子，递给闻人蔺。

闻人蔺的视线顿了一瞬，而后他坐于圈椅中，抖开扇子，望着上面所绘的孤月与绵延的雪山，微微挑眉："就这个？"

不然呢?

赵嫣解释道:"我只是觉得,这孤月与雪山的意境与肃王的气质有些相似。"

他和它们一样如夜色般深不可测,如冰雪般近乎刺骨。

"本王还以为殿下研究这么久《玄女经》,必颇有心得。"

"嗯?"

"也罢。"

闻人蔺勉为其难地单手合拢折扇,望着赵嫣憋得耳根发红的模样,心情略好。盯着那枚蓝灰色的流苏扇坠半晌,他终是将其拆下,换上了自己那柄扇子上悬着的暖玉扇坠。

"过来。"闻人蔺慢悠悠地捋着暖玉,抬眼看向赵嫣。

赵嫣迟疑了片刻,起身站于他的面前。

闻人蔺明明坐着,气势却半点儿不减,修长的手握着那柄绘着孤月和雪山的扇子,颇为温润、优雅。

"你那冒牌的姬妾有句话说对了,本王是个心狠手辣之人,殿下最好离本王远些。"他慢悠悠地抬起手,指尖隔空点了点她眼尾的泪痣,缓缓地道,"看在殿下哄人还算称心的分上,本王给殿下一个忠告——这桩案子不是殿下能动的,殿下想要活命就别插手,懂了?"

赵嫣的眼睫不可抑制地颤了颤,如羽毛一般。

闻人蔺低笑了一声,指尖往下,缓缓地蹭过她刻意抹了一层薄薄的胭脂的下唇。她看到他冷白色的指腹瞬间染上了一抹淡淡的红色。

下一刻,他抖开折扇,将从她的唇上蹭来的胭脂按在了扇面上被留白的那轮满月上,旋了一圈。

那轮清冷的雪月便成了妖冶的血月。

二

"昨日肃王说,不论我想做什么,只要别挡道。"赵嫣望着闻人蔺半垂的浓密的眼睫,轻轻地道,"我虽不知肃王所求为何,但我所求的从来都不是皇权与地位,我无非是自保罢了。你我既然没有利益冲突,肃王又何苦对我如此刻薄？"

"本王刻薄？"闻人蔺被赵嫣的用词逗笑了，审视着扇面上那轮被胭脂染就的红月，道，"殿下难道天真地以为本王所求的只是权势与地位？"

赵嫣一惊。光是无边的权势他还不满足吗？那他还要做什么？造反夺位吗？

似乎意识到自己多说了什么，闻人蔺微微一顿。他以前可不是这般意志松懈之人，近来是否对小公主太过纵容了些？

闻人蔺慢慢地合拢了扇子，深沉的眼眸里的笑意淡了些："殿下不必费心套话了，本王不吃这一套。"

见他软硬不吃，赵嫣张了张嘴，复又闭上了。

"总归我说什么肃王都不会满意。昨晚我本就半宿未眠，又大热天的下山来送扇子，本想着能让肃王开怀片刻，谁知竟无端地被说了一通。"赵嫣蹙了蹙眉，取了几案上的帷帽重重地一扣，"我回去了。"

闻人蔺看了一眼外头刺眼的阳光，道："站住。"

赵嫣没理他，下一刻，她的手臂被闻人蔺攥住了。

"响午日头毒辣，殿下不要命了？"闻人蔺慢慢地垂下眼眸，将她拽回到自己面前，"殿下只许自己使小心机，不许本王戳穿，殿下的牙怎的这般尖利？"

说话间，他别有深意地用扇子点了点自己的肩，那对暖玉扇坠便随之碰撞出清脆的响声。

赵嫣莫名其妙地想起他们在鹤归阁里纠缠时，自己受不住时咬在他肩上的那两枚牙印，不由得脸颊燥热。

"肃王当初不也因为我与阿兄性格迥异，才心生兴致，留我性命吗？"知道同闻人蔺这样的人撒谎并非明智之举，赵嫣也就不藏着掖着了，别过脸道，"总之我就是这样的性子——旁人三番五次地害我，我必要咬回来。"

赵嫣被拭去了口脂，她下唇上的那道细小的破皮处便格外显眼，让闻人蔺回味起昨夜于汤池的水下，小公主如云的乌发飘散，她被迫张开双唇，憋不住用拳捶打他的肩膀的情景。

心中的阴云消散，闻人蔺俯身以扇压着她的唇瓣，慢悠悠地问："那昨晚这一口，殿下怎么不咬回来？"

赵嫣的确牙痒痒，可还不至于被他一激就顺着坑往下跳，便平静地道："我若咬回去，焉知肃王不会给我小鞋穿？"

闻人蔺露出了极浅的诧异神情："小殿下又聪明了些。"

"是太傅教得好。"赵嫣轻声回敬，"为了不负太傅的厚望，我必会将牙磨得再尖利些……"

她要咬在他的喉管上才好。

闻人蔺颔首"嗯"了一声，看穿了她的心思似的笑了："本王必洗干净些，引颈受戮。"

赵嫣愕然，看他的眼神都多了几分惊疑之色。

闻人蔺这次是真的心情大好，眉梢、眼角都挂着愉悦之色，转头朝门外吩咐："让膳房备些吃食，给殿下磨一磨牙。"

午膳照旧是清淡的饮食，不过赵嫣的手边多了一碗甘甜解暑的酸梅汤，常温，不是冰镇的。

二人用过午膳，待日头稍斜，闻人蔺便亲自送赵嫣回玉泉宫。

马车一路穿过绿荫与蝉鸣，发白的阳光渐渐转成浓厚的赤金色，穿透山间的林木，投下一道道如纱的光。

赵嫣见闻人蔺屈肘抵着额角养神，忍不住问道："肃王是不喜欢吃荤腥辛辣吗？"见闻人蔺慢慢地睁开了眼睛，她托着下颔，理所当然地道，"这可不是套话，我不过是想多了解肃王一些，这样以后才能少犯些错，省得自己怎么死的都不知道。"

闻人蔺避而不答，屈指点着膝上的折扇："殿下只要乖乖地听话，自然不会死。"

马车适时地停下，玉泉宫到了。

赵嫣准备去摸几案上的帷帽，帷帽却被闻人蔺先一步取走了。他顺势将帷帽轻轻地扣在赵嫣的头上，微微俯身侧首，指尖拈着系带穿梭、打结，端的是优雅至极。

赵嫣被迫微抬下颔，看着闻人蔺近在咫尺的平静的俊颜。

"本王于别院中告诫殿下的那些话，殿下记着了？"他问。

感受到闻人蔺温凉的指节时不时地蹭过赵嫣的下颔,她小声地道:"记着了。"

"嗯,殿下听话,本王才愿意哄着。"

闻人蔺抬手调整了帷帽的角度,又仔细地将垂纱捋顺了。

赵嫣的眼前隔着一层纱,薄纱让他的面容模糊难辨起来,唯有他低沉的嗓音清晰地传来:"否则就算殿下哭着相求,本王也绝不搭救。"

赵嫣搭着流萤的手下了车,回到观云殿,于透窗的夕晖中坐了许久,才慢慢地回过神来。

她再睁眼时,眸中一片清明。她提笔润墨,将那份名册和地契中的信息默写了出来。

戌时,玉泉宫灿然的灯火点缀在群山之间,让玉泉宫看起来宛若仙人之境。

听雨轩内,柳姬惊异地看着面前这份墨迹初干的名册,问道:"这东西你从哪儿弄来的?竟比官府登记的内容还要翔实。"

赵嫣轻摇纸扇,顿了顿,道:"这个你无须知晓。地契的买主我已让孤星去查了,唯有这份名册我总觉得哪里不对劲,你快帮我瞧瞧。"

"失踪的人都在这里了?"

"十之七八吧,时间有限,我只记住了这么多。"

柳姬认真地扫视了一眼名册,而后拧起了英气的眉:"这些孩童失踪的日子有些古怪。"说着,她单腿蹦跶着取了朱笔,又坐回几案旁,将几个日子圈给赵嫣看,"失踪案在月初、月末几日频发,而月中则太平无事……殿下不觉得奇怪吗?"

赵嫣摇扇的动作慢了下来,她思索着道:"除非月中是什么特殊的日子,他们不能作案。"

对了,根据孤星之前蹲守得来的情报,似乎每逢临近月中之时,赵元煜便会悄声溜出城去,数日方回。

这两件事之间必有关联。

"难道他们掳人还讲究皇历,月中不宜出行?"

想到什么,柳姬又蹦跶着去了里间,一阵翻箱倒柜过后,拿出来一本半旧的泛黄的册子,而后又蹦跶了出来。

赵嫣起身扶了她一把，好奇地问道："什么书？"

"《阴阳大和录》。"见到赵嫣疑惑的眼神，柳姬难得别扭了一回，抬手抵着鼻尖轻咳一声，"就……讲房中术的。"

赵嫣愣住了，而后慢慢地睁大了眼睛："你来玉泉宫为何会带这种书？"

"这是以前掌事的宫女塞来的……好吧，我自己也有兴趣研究。"柳姬坦荡地承认了，揉了揉略微发红的耳尖，道，"这本书上写了，男子于月中阳气最盛，夫妻若要生小孩，这几日同房正合适……"

见赵嫣凑过脑袋来，柳姬连忙一把合拢了小册子。

"殿下是女孩子，不宜看这些。这事若让赵衍知晓，他非得跳出来痛骂我不可。"

话音刚落，她与赵嫣齐齐地一怔。

她若真能让赵衍活生生地站在眼前痛骂她，这又何尝不是好事？

见柳姬面露懊恼之色，赵嫣忍不住笑着问道："你也是女子，为何就看得？"

"我……"柳姬避开了赵嫣的视线，嘀咕一声，"我又不算。"

这么一插科打诨，赵嫣反倒思绪清晰了些，回归正题："所以你的意思是，月中阳气盛，那些被掳走的少女就是被抓去同房生育了，故而才不见有人犯案？"

不，这说不通。

未及笄的少女还未彻底长成，于生育不利，他们要抓也应该抓成年的女子。而且那些未满四岁的童男又做何解释？

除非对方的目的不是生育，而是……

"采阴补阳。"柳姬适时地接上话茬，"此书上说，处子气息纯净，最适合采补，如此一来，小童失踪就说得通了。大玄崇道，宣扬人有五脏之气，而心阳最盛，童子的心头血被誉为纯阳之气，传闻有倒阴还阳之效……"

寥寥数言就编织出了一个令人不寒而栗的猜想。

赵嫣终于明白为何闻人蔺不许她插手此事，为何明明肃王府查到了失踪案的诸多线索却迟迟不曾拿人结案，因为此案涉及神光教的道义，而神光教的顶峰站着当今的天子。若让天下知晓有人借求仙问道的名义草菅人命、屠戮稚童，将案情的真相摆在明面上，那无疑是在打皇帝的脸。

闻人蔺或许在斟酌，又或许有别的企图。

可赵嫣等不及了。若赵元煜真的是幕后元凶，父皇要粉饰太平，肃王心思难测……那整个大玄能治得了雍王府的人还能有谁？

炎炎夏夜，赵嫣竟衣衫寒透。

她搁下纸扇，沉声问："柳姬，这个月阳气最盛的日子是何时？"

柳姬掐指算道："十一至十三，这三天。"

只有不到五天的时间了。赵嫣心下一沉。

柳姬看出了她的想法，沉默了半响，开口道："当初赵衍好不容易走到能代理朝政这步，手下多少有几个能用的人，可即便如此，还是丢了性命。如今殿下只有孤星带来的二百名东宫卫以及一百名名为保护、实为监督的禁军……"

赵嫣明白柳姬的意思：她手下能调用的人太少了，她若将此事上报给皇帝，只怕也只能得到一拖再拖、息事宁人的态度。

"要动锦云山庄，未必需要我亲自出手。"赵嫣抬起落满暖黄色烛光的眼睫，轻声道，"朝中有人比我们更想救出那些孩子。"

柳姬一愣，回过神来："殿下的意思是……兵部侍郎岑孟？"

幼妹岑毓已经失踪二十天了。

岑孟双目赤红，胡子拉碴地游走于大街小巷。他因为一路上问了太多人，嗓子已经沙哑得说不出话了，只能拿着小妹的画像着急地比画。

连他的同僚都说，十四岁的水灵姑娘，想想都知道会被卖到什么地方去，只怕被找回来也没有个人样了，他还不如认命。他被气得不顾往日的情分，抡起拳头就狠命地朝对方的脸上砸去。

那是他的亲妹妹！

他们的爹娘死得早，只留下尚在襁褓中的妹妹与他相依为命。他一口粥一口水地将妹妹仔细地喂养大，两个人经历了风风雨雨，依偎着取暖。谁都可以认命，他这个当哥的不能！

因为殴打同僚，岑孟被罚俸，停职了半个月。他索性利用这段"长假"风餐露宿地来往于各地，查找小妹的下落。这么多天过去了，马被累死了几匹，人黑瘦了一圈，连采买扬州瘦马的小船他都去搜寻、打听过了，为此还险些丢了性命，可还是没有得到妹妹的半点儿消息。

他要是多教妹妹两招拳脚功夫就好了……岑孟满眼悔恨之色。

之前妹妹向往行侠仗义的江湖，总吵着闹着要学习拳脚功夫，可他嫌弃妹妹没有大家闺秀的风范，不许她舞枪弄棒，导致妹妹一气之下跑出了家门……

自己如果能好好地教她防身之术，抑或那天没与她争执，这一切都不会发生。

几天几夜没合眼，岑孟一头从马上栽了下去。

再次醒来时，他发现自己躺在一家驿馆里，桌上压着一封信笺，信笺附带了一张标注着锦云山庄的位置的舆图。

看完信笺上的内容，岑孟既惊又疑。他一心以为妹妹是被人拐走的，所以只将找寻的范围局限于秦楼楚馆和采买姬妾婢女的人牙子上，全然没有想到世上竟然有人为了采阴补阳这种荒谬的理由掳走那么多孩童。

岑孟怀疑过送信之人的身份，可妹妹失踪已久，已容不得自己再迟疑不定。这一线希望很有可能是他妹妹的全部生机！

想到这里，岑孟立即告知了同样是苦主的何御史与大理寺胡主事，一起先斩后奏，调动吏员、护卫近百人，朝那幢鬼气森森的锦云山庄奔去。可他们连夜赶到山上时，只看到了庄子里四处燃起的火堆。

何御史承受不住希望破灭的打击，险些昏厥过去，集结起来的人一时乱作一团。

"有哭声。"岑孟抬手示意众人安静，随即赤红的眼睛一亮，翻身下马，道，"里面有孩子的哭声！快救人！"

浓烟蹿天而起，像一片鬼影，盘旋在远处的半山腰上。

赵嫣一边披衣一边从观云殿里走出来，皱着眉问道："怎么回事？"

孤星气喘吁吁地回来禀告："兵部侍郎他们上山搜人，赶到的时候锦云山庄已经失火了。"

赵嫣冷笑:"他们这是要连人带庄子烧干净,毁尸灭迹。"

山中缺水,风一吹,火势必蔓延至整座山,岑孟带去的那么点儿人根本不够救火!难道自己要眼睁睁地看着赵元煜抽身逃走,将证据付之一炬吗?

赵嫣站于玉泉宫的宫门处俯瞰。夏夜的凉风中,她着一袭杏白色的襕衫,飘然若仙。

她的眸中映着漆黑的远山中的红色火光,目光冷静。她深吸一口气,喝道:"备马,带上所有能用之人前去锦云山庄!"

王府,西山别院。

闻人蔺负手于书房中练字,窗纸上隐隐地映着远处山腰上的刺目火光。

蔡田快步奔来,沉声禀告:"锦云山庄失火了,看来他们要逃。"

闻人蔺笔走龙蛇,波澜不惊地道:"岑孟不是去救人了吗?"

"可是证据……"

"烧了就烧了,赵元煜这枚棋子,本王还用得着。"

"是。"想起一事,蔡田把声音压低了些,"太子殿下也赶去了那边。"

折扇跌落在地,闻人蔺笔锋一顿,上等的玉笔在他的指间断成了两截。

三

乌云蔽月,空气中满是风雨将至的闷热之感。

锦云山庄已成了一片火海,火舌破窗而出,舔舐着山庄的屋脊,浓烟裹挟着黑灰肆意飞舞,半个夜空都被染成了触目惊心的红色。

孤星策马而来,回禀道:"卑职已派人快马加鞭地赶往最近的屯所,若顺利,驰援之人半个时辰就能到。"

赵嫣带上了赵衍留下的那把短刀,坐在车内都能感受到被火焰熏烤的灼热感,拧着眉道:"火势太大,等不及他们来了。"

她撩开车帷,望着山庄后头黑魆魆的密林,在心中盘算:赵元煜要确保证据被烧毁，必然留了同党在暗处观察。

　　沉思片刻，赵嫣将短刀挂在腰间，吩咐正指挥着人群的孤星："将咱们的人分成两队，一队去救火，勿让山火连累乡野的村民；另一队从后山搜寻，遇见可疑之人一概将其拿下审问。"

　　何御史见过太子几面，亦知晓太子来玉泉宫里养病之事。是以赵嫣一下马车，何御史便将怀中那个被熏得脏兮兮的、不住地啼哭的童男交给仆从，老泪纵横地要下跪："惊扰殿下养病，臣……"

　　赵嫣及时虚扶住他，示意他勿要点破身份。

　　她环顾着在安全的空地上被转移出来的二十多名不住地哭啼的稚童与少女，问道："人都被救出来了？"

　　何御史道："还有几个年纪小的孩子被困在火场中，岑侍郎他们正在全力营救。"

　　话音未落，众人只闻山庄的主屋发出"轰隆"一声巨响，被烧塌的房梁倾倒，从火海中冲出一个衣裳着火、须发皆被烧得卷曲的男人。他紧紧地护着两名不及三岁的幼童，怀中的湿衣冒着被炙烤出来的白烟。

　　众人惊呼，冲上去灭火的灭火，抱孩子的抱孩子。

　　岑孟满脸黑灰，嘴唇干裂，衣服已被烧得千疮百孔，露出的手臂和手背上满是被燎出来的水泡。他顾不上喝一口水润嗓，只焦急地奔向那群死里逃生的少女，不住地用粗糙的被烫伤的大手抹去女孩们脸上的黑灰，挨个辨认。

　　"不是阿毓……你也不是……不是，都不是！"岑孟倏地站起身来，双目充满血丝，被熏哑的嗓子发出近乎绝望的嘶吼，"谁看见我妹妹了？她叫岑毓，十四岁，穿一身缃色襦裙，颈上有小银锁，个子瘦高，约莫到我的下颔处……谁看见她了？"

　　最后这一句已变成了破碎的气音。

　　三四岁的孩童只会啼哭，少女们被关了这么久，亦身心受损。过了一会儿，终于有个神志稍稍清醒的女孩子抹着眼泪，弱弱地道："我们逃出来的时候，阿毓姐姐还在牢屋中……"

　　牢屋……

　　岑孟回头看了一眼，屋舍相继在大火中坍塌，滚滚的热浪冲击着他死灰般黝黑、皴裂的面容。

他没想到自己拼了命救出那么多人，却唯独没有救出自己的妹妹。

"怎么会……她不是最爱习武吗？她不是要当侠女吗？"岑孟失神地呢喃，转身不要命地往火里冲，却被同行的吏员死死地拉住了。

现场乱成一团，大火焚烧的不仅是锦云山庄，还有赵嫣追踪了这么久的证据与希望。

赵嫣的眸中映着熊熊烈焰，她忽然灵光一动，想到了什么。

"这山庄并不大，如此多的孩童被关押，难免日夜啼哭，他们怎么做到无声无息的？"

除非……山庄里还有密室或地牢。

孤星也想到了这点，立即转身去探察，不消片刻就有了结果。

"殿下，小姑娘们的确看到有女冠进入后院的书房后就凭空消失不见了。"孤星按着佩刀低声道，"她们胆子小，还以为那些女冠是山中吃人的精怪，来无影去无踪。"

相比中庭与前院的惨烈景象，后院要安静得多。

书房早已被烧得只剩一具焦黑的房梁骨架，应该是最先失火之处。赵嫣猜测，赵元煜这么急着烧毁这屋，恰恰说明此处对他来说尤为重要。

孤星命人清空烧焦的木头，确定不会有烫伤的危险，果然摸索着找到了博古架后的一个不明显的凹槽。他用力一按，机关"咔嗒"地运转起来，被烧黑的地砖"轰隆"一声打开了，露出了一个深不见底的密室洞口来。

隐蔽的偌大的炼丹房里，丹炉仍在熊熊地燃烧着，热气混着呛鼻的烟雾从四面的通风口涌入。

赵元煜满头热汗，去而复返，胡乱地揽过几案上的半成品丹药，面露疯狂之色："我的药必须带走，必须带走！"

瓶子跌落在地，黑红色的丹药散落一地，他竟像条狗似的趴在地上开始捡拾。

"世子爷，快走吧！"侍从使劲拉扯他，焦急地道，"都什么时候了，您还管药？再不走就来不及了！"

赵元煜将半瓶药死死地攥在手中，被两名健硕的侍从架走时，仍状若疯癫地念叨着"无上秘药"。

一枚私印从他的腰间坠落在地，谁也未曾察觉。

赵嫣抬手挥去在鼻端飘散的烟，不到半盏茶的时间就到达了丹房之中。

丹房的角落里有一座莲花台，用来缚孩童的细铁索凌乱地散落在台上。赵嫣看着铁索上暗红色的斑驳的血迹，只觉得一股无名的怒火从心肺一路烧上脸颊。

近百名失踪的童男与少女，活着等到救援的不及三成。

赵嫣攥紧手指，扫视了一眼散落在几案上的丹药方子，对孤星道："把证物都收集起来。"

"阿毓！阿毓……"岑孟竟跌跌撞撞地跟了进来，颤抖着双手捧起了铁索。

"哥？"

听到角落里传来了一个微弱的声音，绝望的岑孟立刻打起了精神，倏地起身张望，道："阿毓！是你吗？阿毓！"

"是我，哥！"这一次，那少女的声音里带了强忍着的哭腔。

声音是从隔壁传来的，赵嫣示意侍卫推开石门，这才看见里边还有一方供水的小池，一大一小两名少女依偎着蜷缩在及膝的池水中，借此抵挡不住地渗透进来的热浪。

大的那名少女穿着细色衣裙，脸颊白嫩，装扮价值不菲，定然就是岑孟视作眼珠般疼爱的妹妹；而小的那个衣裳粗糙，腿受伤了，点缀着雀斑的小脸上，一双眼睛惊恐地睁着，正是前两日在云霄桥边卖花的刘小妹。

见到她们还活着，赵嫣略松了一口气，拨了两名侍卫前去帮忙救人。

岑孟"扑通"一声直接跳下水池，将妹妹打横抱了出来，放在相对安全的密室通风处。他借着微弱的火把的光上下扫视，确定妹妹身上没有受伤,这才沉下脸来呵斥道:"我让你不要乱跑,你非不听!你天天叫嚷着行侠仗义,却连牢房都逃不出来!你要是听哥哥的话待在府中,何至于险些丢了小命?!"

有些人就是如此,嘴硬心软,明明没见面时牵肠挂肚,可一见面就梗着脖子,说不出一句好话来。

岑毓年纪小,尚不懂有些爱是藏在严厉的态度之下的。她被兄长声音喑哑的斥责整蒙了,呆滞了半晌,又湿又红的眼中泛起了委屈之意:"哥哥若是嫌我麻烦,大可不必来救我。"

"你!"岑孟恨铁不成钢,厉声道,"你知道为了救你们,我们动用了多少人力吗?你的一时任性出走甚至惊动了太子殿下亲自出马!你若不是我的妹妹,我就该不管你!"

听说面前这个俊俏漂亮的小少年是太子殿下,岑毓既羞又难受,推了一把岑孟,道:"谁稀罕你管我?!"

赵嫣一怔。风拂过记忆的尘埃,她仿佛在羞愧难当的岑毓身上看到了另一个少女的影子。

岑毓忍着泪意,跺脚道:"哥哥最讨厌了!我再也不要见到……"

赵嫣及时拉住了岑毓的袖边,止住了她脱口而出的伤人话语。

"不要说违心的气话,"赵嫣的目光仿佛穿透了沉重的记忆,她轻轻地告诉被气得脸颊通红的少女,"否则,后悔的人是你自己。"

岑毓愣了愣,不知为何,从这个漂亮得过分的小太子的眼中看到了类似哀伤的情绪。

太子殿下曾经也与家人吵过架吗?

那他们和好了不曾?

"贵人不要责怪阿毓姐姐。"刘小妹拖着受伤的腿一瘸一拐地向前走,声音清脆地将真相说了出来,"那些人想放火烧死我们,是身手灵敏的阿毓姐姐打开了铁牢门,将我们放了出去。大家都跑了,可我的腿受伤了……"

刘小妹说到这里,眼中涌动着泪花:"其他人都只顾自己逃命,只有阿毓姐姐折返回火场,将我救来此处保命。"

岑孟喘着气,有些茫然地看着妹妹。

他甚至能想象在熊熊火海之下，自家被娇惯久了的妹妹逆着奔逃的人群往回跑的情景——她那样明媚，又那样勇敢。

　　岑孟高高地扬起了手掌，岑毓的眼神闪了闪，但她还是昂首挺胸地站在原地。

　　可那只满是烫伤的粗糙的手掌只是轻轻地落在了她的脸颊旁，替她抚去了那块黑灰色的脏污。

　　"是哥哥错了。"岑孟声音嘶哑地道，"阿毓做得很好，岑家以你为荣。"

　　"哥……"岑毓忍了许久的眼泪终于"吧嗒吧嗒"地落下来了，她一下子扑入了兄长的怀中。

　　赵嬷看着相拥而泣的兄妹俩，眼中泛起了连她自己都未曾察觉到的艳羡之意。

　　这世上再也没有一个瘦弱但包容的胸膛给她依靠了。她能让岑家兄妹重归于好，对她来说未必不是一种宽慰。

　　"证物都收好了吗？"见孤星点头，赵嬷低声道，"此地不宜久留……"

　　说着，她瞥见了在墙角处隐现的一个人影，不由得骇然一惊。

　　那是个神色清冷的年轻的女冠，她如鬼魅般悄无声息地出现，手握着鸡蛋大小的铜丸，立于阴暗中。

　　"殿下小心！"孤星立刻按刀，领着侍卫将赵嬷护于身后。

　　岑毓显然认出了女冠，忽地睁大眼睛大喊道："拦住她！她想炸丹炉！"

　　说罢，她不要命地朝女冠冲去，竟试图以身阻止。

　　"别动！"赵嬷一把拽住了岑毓，将她朝洞口的方向推去。

　　几乎同时，女冠将手中的铜丸抛向火势旺盛的丹炉中，抬起右手竖于面前，垂眸念道："神光降世，无量仙师！"

　　丹炉"轰"的一声炸开，碎片四散，地动山摇。赵嬷下意识地往里边躲去，但被巨大的冲击力冲得跌倒，随即被孤星等人及时合围护住了。

　　密室的梁柱开始坍塌，尘土和碎石不住地从众人的头顶上"哗啦啦"地掉，过了将近一盏茶的工夫才慢慢地平息下来。

"殿下没事吧？可曾受伤？"孤星拿起掉落在地上的火把，沉声问。

赵嫣甩掉身上厚重的土和灰，扶着被震得耳鸣的脑袋，道："没事。你们呢？"

孤星的手臂受了点儿轻伤，其他四名侍卫亦多少有些狼狈，而剩下的大队人马则与他们分散了，被困在了密室的另一边。

坍塌的巨石挡住了出路，孤星领着侍卫试图用肩顶开障碍物，那东西却纹丝不动。

"殿下，你们在里面吗？"岩石的另一边传来了岑孟细若蚊蚋的声音。

"我们都在！"孤星扯着嗓子回应，"你们呢？"

"我们也都还好。"岑孟声音嘶哑，几近破音，"殿下别怕，我们这就去叫人救你们！"

然而这么大一块巨石横亘在此，若他们刀劈斧凿，谁知要等到什么时候才能把它搬走？

逼仄的黑暗中唯有一支火把照明，四周一时静得众人能听见自己的心跳声。

"有风。"

孤星盯着火把上倾斜的火苗，笃定的声音在狭小的空间内回荡，唤起了众人的一丝希望。

赵嫣想起了那个凭空出现的女冠……

人总不可能从地底下钻出来，赵嫣再回想自己照着工匠的图纸闯华阳行宫的密室的情景，立刻明白过来了："这里应该有别的出口，你们快找！"

孤星执着火把不住地摸索着墙面，而后一顿，手掌覆住一块微微凸起的岩石用力地旋转起来。

"咔嚓咔嚓"，几声涩滞的声响过后，赵嫣身后的石壁应声而开。然而方才丹炉爆炸，损坏了机关，石门只开了一尺多的缝就被卡住了。

赵嫣身材娇小，轻松地钻过去了，那几名侍卫就没这般好运了。

孤星解了铠甲，领着两名侍卫勉强地钻了过去。而剩下的两名侍卫身形太过壮硕,又是吸气又是含胸的,却怎么也挤不过去,只好无奈地放弃了,在原地等候援兵到来。

密道狭长曲折,不见尽头,微弱的火把的光芒中,四个人隐约可见前方有个物件折射着丝丝光芒。

"等一下。"赵嫣抬手,视线微凝。

她示意侍卫将火把凑近些,待看清楚那物的轮廓,她的瞳孔骤然一缩。

那是一块成色极佳的莲花纹玉佩,与赵衍曾经佩戴的那枚一般无二。

天佑十七年夏末的那段潮湿而痛苦的记忆再次涌进了她的脑海,裹挟着尖锐的呼啸声席卷而来。

"谁稀罕你的礼物?!"少女倏地拂袖,那只嵌着螺钿的精美绿檀盒子便磕在了赵衍腰间的莲花纹玉佩上,"哐当"一声坠落在地。

盒中的金笄滚落出来,少年腰间的莲花纹玉佩上也出现了一道浮冰似的浅浅的裂纹。

火光幽微,赵嫣发现自己捡拾的这枚莲花纹玉佩的左上角有一道一模一样的裂纹。而现在,这枚无比眼熟的莲花纹玉佩之下坠着一枚小小的私印,私印上赫然篆刻着雍王世子的表字!

赵衍的玉佩为何会在赵元煜的手里?!

迷雾被拨开,赵嫣心中的猜想渐渐成形。她眸光闪动,攥紧了玉佩。

她知道,这一趟自己来对了。

这玉佩是赵元煜匆忙逃命间掉落的吧?这么说来,害死阿兄的疑犯就在自己的眼前。

思及此,赵嫣抿唇抬眸,望向了黑魆魆的密道深处,眼中一派沉静、理智之色。

火星乘风飞舞,恍若漫天的萤虫,还未被触碰就化作灰烬散落了。

密室的入口处,闻人蔺逆着火光立于焦土之上,一袭红袍翻飞,宛若吸了血般瑰丽。他俯身看着被炸得半死不活的女冠,温和地问:"说,殿下在哪儿?"

女冠口鼻溢血,被肃王府的亲卫按着下跪,断断续续地冷笑道:"他追查到……丹房的密室中,碍了……仙师大业,早被炸死……"

知晓赵嫣在密室中,闻人蔺微微颔首,道了一声"多谢"。

说这话时,他仍是优雅地带着笑的。而下一刻,寒光闪现,女冠睁大了双眸,直直地倒了下去。

直到死的那一刻,她都没看清面前这个貌若神祇的男人是如何动的手。

闻人蔺顾不上擦净手上死亡的味道,起身时眸中的笑意散去,化作了幽幽的寒意。

他看着坍塌的石壁,只说了一句:"两刻钟,凿开它。"

四

密道曲折不见尽头,赵嫣踏着火把昏暗的光深入腹地,满身的暑热消失殆尽,只余下彻骨的寒意。

墙壁潮湿,头顶嶙峋的怪石倒挂着,水滴间或"吧嗒"地滴落下来。

孤星蹲下身,以手抚过地上的水洼,探察片刻后方抬眼直视前方的幽暗处:"脚印很新鲜,约莫十个人逃过,前方必有出口。"

一行人踩着坑洼深一脚浅一脚地蹚过,复行百来步,狭窄的密道渐渐开阔起来。众人到了一处天然形成的石洞前,石洞中的潮湿之气渐浓。

前方开道的孤星忽地停下了脚步,抬手示意众人戒备:"脚印消失了,当心有埋伏。"

话音刚落,石壁上就有几个人影倏地掠过,继而惊弦的破空之声乍响,数道臂弩短箭直取众人的面门而来。

"保护殿下!"孤星低喝一声,抬刀连斩两箭。

其余两名侍卫亦拔刀而出,训练有素。

赵嫣将身子紧贴在拐角处凸起的岩壁后,耳畔只有箭矢与刀刃碰撞发出的"叮当"声,霎时火星迸射。

侍卫们为了挤过方才那道石门,都卸了甲以轻装上阵,在暗箭的连番攻势下并不占优势。

"敌暗我明,不能硬碰硬。"孤星将手中的火把丢入水洼中,喘着气道,"殿下藏好勿动。"

赵嫣握着短刀颔首。

火把被浸灭,四周即刻陷入了一片漆黑之中。

偷袭之人失去了目标,胡乱地放了几支冷箭便藏形匿影了。

赵嫣知晓他们并未离去,而是如野兽般蛰伏在暗处,等候猎物耐不住性子,露出破绽。

石壁上渗出的水汽浸透了赵嫣的衣衫,她屏住呼吸,察觉到黑暗中有极轻的脚步声正在靠近,立即举起了手中的短刀!

"殿下,是我们。"孤星摸索了过来。

赵嫣绷紧的心弦这才稍稍放松。

孤星压着声音道:"弩箭无法转弯,石壁拐角后暂且安全。"

"可这样僵持下去也不是办法,"另一名侍卫中了箭,气息略微凌乱,"对方迟早会找到这儿来。"

这种情况下,他们自然不能硬碰硬,而走了这么远,又无火光照路,折回去亦不现实。

极致的黑暗与死寂中,在赵嫣的脑海中清晰地浮现出来的竟是在崇文殿中听闻人蔺讲解兵法谋略的画面。

她冷静下来,轻声道:"眼下大家都看不到,谁杀谁还不一定。"

"殿下的意思是……?"

"投石为饵,诱敌近前。我们反杀他们。"

待眼睛稍稍适应黑暗,孤星拾起一块石子,掷在了不远处的水洼中。黑暗中,这点儿声响被无限放大,于石壁上撞出了清脆的回音。

距离他们最近的一名杀手听到动静,立刻提刀来砍。早已等候在此的两名东宫卫一拥而上,抱住他再利落地一扭其颈子,那个人便软软地倒了下去。

孤星再故意踩踏水洼发出动静,与下属默契地配合,以同样的方法陆续解决了第二人、第三人。

　　剩下的两名杀手见形势不对，皆蛰伏起来，不再露面。可赵嫣等人若想顺利前行，就必须解决他们。

　　那名受伤的侍卫也想到了这点，主动道："属下做诱饵，引出那两个人。"

　　赵嫣担心地道："你身上有伤，太危险了。"

　　"殿下放心，属下跟随孤统领多年，这点儿默契还是有的。能与殿下并肩作战，属下这辈子值了！"

　　说罢，那侍卫快步上前，摸出了从刺客的尸首上顺来的火引，吹燃，大声道："我认输，不要杀我！"

　　两支冷箭射来，侍卫勉强躲开，继续诱敌。

　　又有两支冷箭射来，孤星看清楚了箭矢的方向，按着刀悄声迂回靠近那两名杀手。

　　躲在暗处的杀手再次抬臂搭箭，箭尖瞄准下方体力将尽的侍卫，全然没察觉到孤星已攀上石台，绕至他的身后。

　　颈上一寒，那杀手睁大眼睛跌下石台，没了声息。

　　最后一名杀手见大势已去，立即转身朝出口逃去了。

　　赵嫣知晓他一旦逃走必定会回去报信求援，不由得低喝："孤星！"

　　孤星抬刀一掷，刀刃破空而去，那个人便应声倒地了。

　　确定杀手都被解决了，赵嫣快步上前，一把揪起那苟延残喘的杀手："雍王世子呢？"

　　刺客颤抖着不语，张嘴就要咬舌自尽，却被东宫卫利落地卸了下巴。

　　"他总归跑不远。"赵嫣将短刀入鞘，吩咐侍卫，"把此人绑起来丢在此处，事后此人也算得上人证。"

　　几个人扫平了障碍，继续往前走。他们没走多远，空气逐渐变得新鲜起来，一点儿暗蓝色的微光隐现于前。

　　赵嫣扶着石壁走出了密道。闷热的山风扑面而来，她借着从浓厚的乌云中透出来的一点儿月光，方察觉自己已经穿过了整座大山的腹地，来到了一片陌生的畿郊之处。

风吹动满山的林木，发出了仿若冷笑的声音。

有几个人正围着篝火席地休息。

见到赵嫣一行人平安地出来，赵元煜大惊失色，仓皇间爬起来就跑。

"赵元煜！"赵嫣握紧了腰间的莲花纹玉佩，哑声道，"站住！"

赵元煜哪里敢停下？他领着仅剩的几名护卫一路狂奔，消失在道路尽头的颓圮的街道中。

大雨将至，星月无光。不知谁家的破灯笼被风吹落，砸在了路边的那块有裂纹的界碑上，其上"刘氏义庄"四个字隐约可见。

刘氏大族在去年的叛军扫荡中已然没落。街边的义宅凋敝，空无一人，最适合鼠辈藏身。

孤星护于赵嫣身前，按着刀道："殿下，对方自入庄起便消失不见了，必是躲于暗处了。"

仿佛印证他的这句话，几个人的身后传来了枯枝被踏碎的细响。

赵嫣回首，只见方才还落荒而逃的赵元煜向他们走来，脸上挂着阴笑，抬脚狠狠地蹍了蹍脚下的破灯笼。

"你阴魂不散的，还真敢追上来，什么时候胆子变得这么大了？"

赵元煜抬手示意，雍王府的护卫便从街道的四面围了上来，一个个目露凶光。

义庄驿馆的二楼，闻人蔺负手立于黑暗中，在被风吹得"哐当"作响的破败的窗户旁俯瞰。

他循着踪迹快马加鞭而来，刚好赶上了这场好戏。

张沧见小太子实在是势单力薄，华贵精致的衣料也因长途跋涉的磕碰而略微破损，忍不住说道："王爷，可要属下领人去帮一把……"

张沧话才说一半，蔡田就以肘捅来，摇头示意他不要多言。

外面狂风大作，幽暗中，闻人蔺却岿然不动。他面沉如水，目光冷冷地落在了那道纤细的对峙中的身影上，没有半点儿情绪。

张沧不由得一凛，将未说完的话吞回腹中，心道：这回王爷恐怕真动了怒。

空荡破败的街头，落叶翻卷而过。

赵嫣估算了一下赵元煜身边的人马——六七个人，若搏一搏，未必没有生机；而若放过他，无异于放虎归山，遗患无穷。

赵嫣问孤星："你们还能战吗？"

孤星等人毫不迟疑地道："愿为殿下赴汤蹈火！"

"好。"赵嫣神色坚定，迎风上前一步，朝雍王府的护卫朗声道："行刺大玄太子乃诛九族的死罪，各位不为自己着想，也要想想你们的妻儿、亲友！我知诸位好汉受制于人，迫于无奈才跟随赵元煜，只要诸位肯放下利刃悬崖勒马，助孤擒拿此贼，必有重赏！"

那些护卫并非杀手，听赵嫣这么一说，几个胆小的人已心生动摇之意。

"他说谎！他不是太子！"见护卫往后退了一步，赵元煜心一慌，抽出护卫的佩刀指向赵嫣，狠声道，"杀了他！待我成为东宫太子，你们就是从龙的功臣，都要被封侯、封爵！只有我才能给你们想要的一切！"

眼下这种情况，就看谁给出的利益足够诱人。显然，疯癫的赵元煜在卖官鬻爵这件事上已达到了登峰造极的地步。

刀刃相接之时，大雨倾盆而至。

驿馆的楼上，闻人蔺听着雨打屋檐的"淅淅沥沥"的声音，微不可察地皱了皱眉。

他用拇指慢慢地抚了抚食指上的嵌玉指环，垂下了眸。

方才一路疾驰而来，闻人蔺想了上百种方法惩戒不听话的小公主，恨不能将其锁在自己身边，使她再不能开口骗人、下地乱跑……可眼下见她以纤弱之姿对抗赵元煜，他反而平静了下来，平静的外表下是难以消弭的汹涌的心绪。

闻人蔺倒想看看，赵嫣不惜违逆他也要卷入此案中，到底准备了多少勇气来迎接真相，到底能坚持多久才不至于后悔地呜咽。到那时他再悠然出面，好好地欣赏她那张漂亮又脆弱的脸上涕泪涟涟的狼狈神色。

"轰隆——"

雷鸣炸响，紫电将雨夜撕开一道惨白的裂痕。

孤星被牵制住，回身一刀斩下冲上前的敌人，朝不远处的赵嫣喊道："殿下！"

铺天盖地的雨声席卷而来，赵嫣握拳而立，任由雨水自脸颊淌下，从下颌滴落。

又一道闪电落下，将赵元煜那张狰狞可怖的脸照得煞白。

赵嫣扯下腰间的莲花纹玉佩，高举于眼前，问步步逼近的赵元煜："这个，为何会在你的手里？"

赵元煜定睛一看，下意识地摸向空荡荡的腰间。事到如今，他也不再隐瞒，"呵呵"地狞笑道："为何？赵衍啊赵衍，你是真不明白还是装不明白？你一副病恹恹的弱鸡样，三步一喘，五步一歇，可就因为是皇帝的独子，所有人都捧着你、让着你，太子之位不费吹灰之力就落于你的手中，这何其不公？！而我……我想要什么只能凭本事去抢，这枚战利品如此，储君之位亦如此！"

"战利品？"赵嫣敏锐地察觉到了关键词，沉声问，"行刺太子的人果然是你？"

"是我又如何？！"赵元煜抹了一把脸上的雨水，阴鸷地道，"你若安心做个短命的药罐子也就罢了，偏非要改田赋、擢寒门、裁勋贵，装出一副仁德贤良的明君风范，这里要高我一等，那里要压我一头，恨不能将我的脸面踩在地上摩擦，呼朋引伴，好不威风！"

赵嫣怒道："你见不得东宫太子势起，所以杀了明德馆里那些即将殿试入朝的儒生？"

赵元煜一副毫不在意的轻蔑神情，嗤笑道："本世子除过那么多碍事的人，谁知道你指的是哪条狗？"赵元煜显出不耐烦的狂躁样子来，抬刀大吼，"要怪就怪你自己，赵衍，你早该……死在从行宫归京的途中了！"

电闪雷鸣，鬼影攒动。

赵嫣抬手握住了腰间短刀的刀鞘，一字一顿地哑声问："所以……是你杀了他们？"

"你想拖延时间吗？可惜这畿郊荒城可不是从行宫归京的途中，没有人替你送死。去年没弄死你，我现在下手也不迟！"

赵元煜"哈哈"大笑，抬刀凶狠地朝赵嫣的颈上砍去。

孤星被数人围攻，脱身不能，只能沉痛地大喊："殿下！跑！"

在赵元煜的印象中，太子赵衍手无缚鸡之力，柔弱不堪，是以当那抹纤细的身影抬刀格挡住他致命的一击时，他傻了般愣在原地。

赵嫣的眼中映着刀刃的冷光，仿若涌动在冰层之下的炽热的岩浆。

她的虎口因反被震到而发麻，她却恍若未觉，满脑子尖啸着一个声音：杀了他！杀了赵元煜，给阿兄报仇！

"殿下的力道先天不足，招式当以灵巧取胜。若退无可退，在必须死拼之际，殿下当一鼓作气，攻向对方的薄弱之处，绝不能给对方回神喘息之机……"

闻人蔺在崇文殿后的校场上缓慢而清晰的拆解动作的画面仿佛出现在她的眼前。她屏住了呼吸，将手中的短刀转了个圈，狠狠地朝赵元煜劈去！

驿馆的楼上，张沧与蔡田俱面露惊愕之色——他们都没想到，在生死攸关之际，疲惫而纤弱的小少年还能爆发出这般力道。

"长刀对短刀，小太子难有胜算。"张沧"啧啧"地摇首，叹道，"雍王世子是存心激怒、羞辱小太子，小太子未免冲动了些。"

闻人蔺的眼中闪着潮湿的雨光，他一言不发。

赵嫣的每一刀都在他的意料之中，然而她每一次挥刀时果决与坚定之意都在他的意料之外。

他看出了赵嫣使出的招式是谁所教，也想起了在多年前同样的雨夜中，有个不满十六岁的少年趴在腐臭的死人堆里，挨个辨认父兄的尸首时的绝望与愤恨。

张沧说小殿下太过冲动，那是因为没有亲身经历过亲人横死的呕血之痛。

闻人蔺已经忘了自己最初盛怒的源头是什么。

雨太大，他看不清赵嫣的神情，不知道小殿下有没有疼到哭泣。

他有点儿厌倦了这场无聊的旁观。

闻人蔺上前一步，手搭在窗台之上，忽地一顿，幽幽的目光穿过雨幕，直直地刺向了对面的屋舍。

同为猎手，他嗅到了野兽身上的恶臭味道。

不能松懈，不能迟疑！赵嫣豁出性命挥动手中的短刀。

一刀、两刀，接二连三的招式如狂风骤雨般席卷而来。刀刃相接，雨花四溅，赵元煜竟被那凌乱又带着盛怒的招式逼得连连后退，勉强举刀遮挡，眼中的神色由轻蔑变为惊愕，再化作惊恐！

他手中的刀很快出现了豁口，"叮"的一声脆响后，刀刃竟在赵嫣的连番攻势下断成了两截！

失去了凶器，赵元煜就像一条被拔去爪牙的败犬，呜咽着跌倒在了地上。

"你……你不是赵衍？"

他终于意识到了这个问题。眼前的"小少年"没有丝毫怯弱、仁慈的样子，沉静、执着，像赵衍，却又不是赵衍。

赵元煜仿若见鬼般大叫一声，挣扎着向前爬去，却被赵嫣一脚踩趴于地上，只能徒劳地划动手脚挣扎。

"不……不要……"赵元煜哆嗦着回望，瞳孔骤缩。

雷电中，赵嫣没有一丝迟疑地举起了手中的短刀——赵衍的短刀——朝赵元煜的后背狠狠地扎去。

她没力气了，手抖得厉害，这一下竟被赵元煜躲开了。

短刀只在他那具肮脏的身体上划破了一道血口，但这并不妨碍她再次举起短刀。

赵元煜惨叫起来，涕泗横流地朝前伸手，仿佛朝隐匿于黑暗中的恶鬼求助："救我，救我……"他满脸惊惧之色，嘶声大喊道，"你还要等到什么时候？仇醉——"

"轰隆"，雷声炸响，伴随震天的声响坠落于眼前的还有一道足有九尺（依古代的尺计算，即两米以上）的高瘦的身影。

他蹲着落在了赵元煜的身前，溅起一地泥泞的水珠。破旧的箬笠下，一道皮肉翻卷的旧伤从他的左眉越过鹰钩鼻的鼻梁斜划至右脸，一双眼睛透出麻木的死寂之色。

赵嫣只看了一眼那双死寂的眼睛，听到这个熟悉的名字，便抑制不住地浑身颤抖。

暗处竟然还藏了赵元煜的底牌！

仇醉……阿兄从死牢里捞出来的仇醉……

"仇醉，杀了他！给我杀了他！"赵元煜在仇醉身后大喊。

仇醉木然地挠了挠颈后属于罪犯的刺青，抬手将破损的箬笠往下压了压，盖住了额角的刺配痕迹，然后站起身朝赵嫣走去。

他的影子投射在墙上，像蛰伏的凶兽，又像跳动的鬼影。

催命的脚步声逼近，赵嫣像被扼住喉咙的小鹿般睁大了眼，身体失去了站起来的力气。

她听到了"叮叮当当"的杂音，好半响才反应过来，那声响来源于自己——她在发抖，剧烈的抖动使得手中的短刀撞击在地砖上，不住地发出声音。

那是一种绝对的死亡压制，赵嫣甚至能感觉到从对方身上散发出来的浓重的血气，刺激得她的灵魂都在战栗。

阴影笼罩在赵嫣的身上，仇醉俯瞰着她，沉寂的眼眸微动。他终是将双手缓缓地背至身后，握住了两把缠着破布条的弯刀。

赵嫣咬着牙举起了手中的短刀，却见仇醉沉默片刻，屈指轻轻一弹，她手中的短刀便飞向一边，直直地插在了地上。

几乎同一时刻，一道身影从楼上跃下，一掌拍向了仇醉的胸口。

疾风震荡，雨珠碎裂。

仇醉睁圆了眼睛，下意识地抬臂交叉于胸前格挡，却被巨大的冲击力逼得连连后退，后背"哐当"一声撞在墙上，墙被震得爬上了蛛网般的裂纹。

仇醉从凹陷的土墙中挣脱出来，抬臂按住自己的后颈"咔嚓"一掰，"呸"的一声吐出了一口带血的唾沫。

着一袭红袍的谪仙翩然收手，抬手解下了身上的暗色斗篷，抖开，裹住了身后发抖的赵嫣。

闻人蔺踏着雨水将小公主的短刀捡了回来，顺势解决了扑上来的两名雍王府的护卫，这才抬起袖子仔细地擦干净刀刃上的血迹，将短刀奉还至赵嫣冰冷的手中。

· 268 ·

"好了，没事了。"闻人蔺蹲下身子半跪着，用拇指仔细地抚去赵嫣眼角的雨水，轻声示意她，"呼吸。"

赵嫣茫然地睁大了眼睛，停滞的呼吸这才开始运转。空气裹挟着雨水争先恐后地涌入她的口鼻，呛得她躬身咳嗽起来。

闻人蔺敛目，将她颤抖的纤细的身躯揽入怀中，有一搭没一搭地轻拍她的脊背，为她顺气。

"肃……肃王。"赵元煜知道来了一尊自己根本惹不起的煞神，忙不迭地催促仇醉："走，快走！"

"别跑！"赵嫣大口大口地喘息着，厉声道，"别跑！"

她拼尽最后一丝力气，带着满腔恨意将手中的短刀朝赵元煜掷去！

仇醉揽着赵元煜跃上了土墙，几个起落后消失在了暗夜中。那柄短刀只来得及擦过仇醉粗黑的手臂，带着一丝血痕钉入了土墙上蛛网般的缝隙中。

张沧和蔡田立即去追。

只差一步，只差一步！

"抓住他……"赵嫣双目湿红，如同溺水之人一般揪着闻人蔺的衣襟，近乎绝望地呐喊，"太傅，助我杀了他！"

说是呐喊，她却因极度脱力只发出了破碎的声音。

赵嫣心中某根强撑的弦终于断裂了，聒噪的雨声突然变得寂静，她最后感受到的是在栽倒在闻人蔺的怀中时闻到的清淡的木香。

眼前一黑，她失去了意识。

第九章
拂灯夜蛾

一

赵嫣并没有昏迷多久，醒来时发现自己在马车里，躺在闻人蔺的怀中。

她的听觉先一步恢复了，嘈杂的雨声再次从四面八方裹挟而来，继而她眼前的景象渐渐清晰了。

雨水自闻人蔺冷白色的下颌滚落，滴在了赵嫣的额间。

昏暗的马车中，他潮湿的外袍显现出浸了血一般厚重的暗红色。

赵嫣的耳畔掠过一阵尖锐的嘶鸣，而后自己追击赵元煜的记忆涌入了脑海……

她一把握住了身侧的短刀，挣扎着要起身。

"躺着别动。"闻人蔺抬手按在她的肩上，力道轻，但不容她抗拒。

他的眼睫亦是湿漉漉的，一簇簇地粘连着，遮住了他眼中的情愫。

赵嫣被他按着，方发觉自己浑身发颤，只能徒劳地喘息道："赵元煜……"

她要杀了赵元煜。

她必须杀了他!

闻人蔺凝视着在她眼中近乎燃烧起来的执拗的神色,半响,指腹轻轻地抚过她被雨水浸泡得发白的脸颊,落在她失了血色的唇瓣上。

"本王不认为一条败犬的性命比殿下重要。"闻人蔺嗓音低沉地说,让人有几分缱绻的错觉,"本王喜欢殿下的骨气,但偶尔也会想,若殿下的脾气也能像您的唇舌一般柔软就好了。"

闻人蔺只是想让小公主服个软,乖乖地躲在他的身后。可当那头野兽手持弯刀靠近在雨中瑟瑟发抖还强撑着的小公主时,他不可否认,有一瞬间,自己的杀意迸发出来了。

赵嫣显然误解了他的意思。

自己想要从闻人蔺那里得到什么东西,就要付出相应的代价。

她懂得的。

所以赵嫣努力地抬起颤抖的指尖,毫不迟疑地压下了闻人蔺的脖颈,将微凉湿润的唇瓣印在了闻人蔺的嘴角上。

闻人蔺看着她,一动不动。

赵嫣的发梢滴着水,她闭了闭眼,狠下心与闻人蔺贴得更紧了些,唇瓣笨拙而生涩地抿了抿,然后试图撬开他的牙关,到最后已近乎撕咬了。

她虚搂着闻人蔺的脖子,手中还死死地握着那把承载着她全部的愤怒与仇恨的短刀,一个献祭般的轻吻在这个绝望的雨夜里显得瑰丽又惊心。

闻人蔺一只手揽着她的腰,另一只手仍保持着抬起的姿势,微微垂下了眼帘。

耳畔雨声渐停,狭小的空间内只有衣料的摩擦声。就当赵嫣快要坚持不住时,闻人蔺抬起的手总算落在了她的颈后,在她将自己憋死前把她轻轻地推远了些。

他凝视着赵嫣因不甘心而微红的脸颊,许久,哑声问:"赵嫣,你把本王当什么了?"

这是闻人蔺第一次唤赵嫣的真名,带着些许咬牙切齿的意味。

赵嫣苍白的脸上浮现出了绯色。她答不上来。

她视线涣散，呼吸急促，连挂在闻人蔺颈上的手臂也无力地垂了下去。

掌心下的皮肤滚烫，闻人蔺终于发觉到不对劲，抬手覆在了她的额头上。半晌，他一皱眉头——她发热了。

赵嫣开始频繁地梦见往事。

她梦见六七岁的时候，自己扒着赵衍寝房的窗棂，踮着脚尖朝里看。

太医们尽职尽责地围着病榻上的赵衍，给他切脉诊治。母后衣不解带地陪伴着儿子，不时以染了蔻丹的玉指摩挲他苍白的小手，就连父皇亦在百忙之中抽空前来探望他，流露出了少见的慈爱神情。

小赵嫣怔怔地看了许久，大眼睛中除了对兄长的担忧，更多的是属于孩童的纯粹的艳羡。

她扭头跑回了自己的房间，故意减了衣物，光着脚丫坐在殿门前吹风祈祷。她天真地以为，自己只要生病，便也能得到父皇和母后无微不至的关爱；只要病痛转移到自己的身上，阿兄就会好起来。

"你什么时候才能让本宫省点儿心？"母后只是看着衣衫单薄的她，疲惫地揉了揉眉心。

她梦见自己十五岁生辰那日，赵衍病弱的脸庞被雨气打湿，漆黑的瞳孔让他看起来温和、宽厚。

他弯腰将绿檀首饰盒捡起来："嫣儿，哥哥不是在可怜你。哥哥只是……不知该如何弥补你这些年所受委屈的万分之一。"

"你就是在可怜我！"少女脱口而出，"赵衍，你拥有的东西已经够多了……如果可以，我宁愿与你互换身份。"

一语成谶，往事终成了她挥之不去的梦魇。

自己为何要说那样的话呢？赵嫣不止一次质问自己。

当初自己若是没有吐出那样的"诅咒"，若是没有说出那番违心的伤人的话，赵衍是不是就能活得好好的？

可万事没有"如果"，她只能背负着回忆的阴影举步前行。从此，她扮成赵衍的每一日都是上苍对她的无知的惩罚。

直到在那个雨夜中,她亲耳听到赵元煜承认了一切。
"是我又如何?!"
"赵衍,你早该……死在从行宫归京的途中了!"
雷雨声中,赵元煜狰狞的大笑震得她肝胆欲碎。
原来赵衍并非死于疾病,也并非死于她所谓的"诅咒"。
她没有害死赵衍。
她梦见自己手持短刀追击仇人,可怎么也追不上。赵元煜癫狂的笑声从四面八方响起来,滚滚火焰将她裹挟,她斩不断,挣不开。
"赵元煜……别跑!"
她仿若置身于熔炉之中,同一个看不见的敌人斗争,精疲力竭。
一片温凉之物贴上她的额头,宛若一泓冷泉淌过,驱散了她梦魇中的狞笑与烧灼感。
赵嫣难受地将脸颊往那冷泉处拱了拱,祈求更多的凉意。直至整个身子都蜷缩着贴了上去,她方合上潮湿的眼睫,疲惫地坠入静谧的黑暗中。
她再次醒来的时候,天已大亮。
雨霁天晴,鸟语"啾啾",夏日的骄阳透过叶缝,在窗台上洒下了一片明亮的光。
赵嫣脸朝下地趴着睡了太久,只觉得头重脚轻,一时分不清今夕是何夕,唯有熟悉的陈设告诉她,自己已然回到了玉泉宫的观云殿中。
她上衣半褪,露出了束胸的绸带和肩背。有人坐在床榻尾处,以手轻轻地推拿她因挥刀过度而酸痛的地方。空气中飘浮着淡淡的药油的香气。
因那手法轻柔得当,赵嫣以为上药之人是流萤,便轻咳一声,声音喑哑地道:"流萤,给我一杯水……"
推拿的手微顿。
一阵濯手声后,那个人起身走到了桌旁,倒了一盏温热的茶,然而执盏将茶递到赵嫣眼前的那只修长的手明显不属于流萤。
赵嫣顺着那片暗色的衣袖往上看去,不由得一愣,立即抓起那团冰丝夏被盖住了自己的身子。

雨夜中的那场决斗耗尽了她的体力，她又高烧初退，手臂尤为酸痛。她蓦地撑起身子，闷哼一声，耳后柔软的黑发丝丝缕缕地垂下来，遮挡了她的半张脸。

闻人蔺神色如常地坐于榻沿上，道："殿下浑身上下哪处我没见过？"

他说得也对，赵嫣心想。

然后她稍稍放松身体，伸手去接闻人蔺递过来的杯盏。

闻人蔺没动，赵嫣只好默默地把手收了回来，任由闻人蔺将茶水喂至她的嘴边。

他在生气吗？

自己不仅无视他的警告，插手了失踪案，还弄得这般狼狈……他应该是生气的。

赵嫣就着闻人蔺的手小口小口地抿茶润嗓，试图从他古井无波的脸上看出些许端倪。

闻人蔺连眼也没抬，喂完了水，问了她一句："还要吗？"

赵嫣摇头，他便将杯盏放回了几案上，握住了赵嫣的脚踝。

赵嫣一颤，忍着没动。

闻人蔺将她的裤腿往上卷了卷，露出她膝盖上的擦伤——这是仇醉出现时，她在地上跌伤的。

闻人蔺熟稔地取了创伤药，仔细地将药涂抹在她那发红、结痂的伤处。赵嫣觉得有点儿凉，还有点儿疼，抿着唇缩了缩身体。

闻人蔺这才抬起眼来，低声问："现在知道怕了？"

"没怕。"赵嫣哑声道。

即便再来一次，她亦会做出同样的选择，毫不迟疑地挥刀刺向赵元煜。

闻人蔺将手撑在榻上，漫不经心地问："殿下有没有想过，若是本王没有及时出手呢？"

赵嫣捏紧了褥子。

她知道闻人蔺定然不放心，派人暗中盯着自己。她领东宫卫亲自追击赵元煜，不是没有赌的成分在。

"我必须杀了他。"赵嫣坚定地道。

"为了杀一只阴沟里的老鼠,殿下不惜放下身段亲近本王?"闻人蔺问。

赵嫣这才想起来二人在马车中的零碎的画面——她眼睁睁地看着仇人逃走,无能为力的愤恨促使她下意识地抓住一切能抓住的力量。

"对太傅来说,赵元煜只是一只阴沟里的老鼠,我却恨不能饮其血、啖其肉……"未得到回应,赵嫣别过头,掐着掌心道,"手足亲情,太傅又怎会懂?"

闻人蔺微顿,须臾,收回了手。

他直起身子看着赵嫣,眼眸宛若深不见底的寒潭。他颔首笑道:"是,本王的同胞手足都死在天佑十年的雁落关了,本王的确不太懂。"

这是他第一次提及家人,以冷淡平静的语气叙说着惊心动魄的事实。

赵嫣没来由地心头微震。

她张了张嘴,很想再说一句什么。然而闻人蔺抓起棉帕擦了擦手,起身走了。

阳光下,他暗色的背影好似重峦叠嶂,宛若千年不化的冰,挺拔冷冽,坚不可摧。

待他走远了,流萤才撩开垂幔进来,将吃食一字摆开。

赵嫣抱着双膝问道:"流萤,我昏睡了多久?"

流萤本分地道:"殿下鲜少生病,头一次烧得这般厉害,足足昏睡了两天一夜。"

自己竟昏睡了这么久?两天一夜足够赵元煜逃遁至远方。

赵嫣恨恨地咬了咬牙。

流萤观察着赵嫣的脸色,低声道:"是肃王将殿下抱回并亲自用药诊治的。"

"他……一直在这里吗?"赵嫣有些恍惚,想起了梦里那片熨帖的凉意。

"肃王夜里会来殿下的榻边小坐片刻,白天鲜少见人。"流萤绝口不提赵嫣在救火后失踪的那一晚经历了什么,只道,"柳姬闹着要来探望殿下，被奴婢拦下了。"

赵嬷接过流萤递来的一小碗碧粳鸡蓉粥，轻轻地搅了搅，终是开了口："我见着仇醉了。他如今……跟在赵元煜身边。"

流萤愣怔，忽地退后一步，直挺挺地跪了下去。

"你跪什么？"赵嬷疑惑地问，"你又要阻拦我查下去？"

流萤用力地摇了摇头，攥着袖边道："奴婢恨不能与殿下一起手刃仇人！"

"仇人……"赵嬷喃喃道，蓦地眼眶一湿，仿佛长久以来独自坚持的那些假设都有了回应，"你终于承认太子是死于凶杀了？"

流萤点头，抬起微红的眼睛，一字一顿地道："是仇醉……杀了太子殿下！"

二

京畿百里外，一座破庙的门口，十来名雍王府雇来的江湖浪士或坐或立。

沙地上的水洼倒映着雨后的流云，仇醉蹲坐在门槛外，正用一根小树枝在地上描画着什么，破损的箬笠被他压得极低。

仔细看来，那线条歪歪扭扭的，隐约是一朵梅花的形状。

"十一号，你有名字吗？"暗无天日的地牢底层，病弱的小少年从外头带来了一枝藏着雪的绿萼白梅，俯身看着铁索加身的困兽，"孤是说，你原来的名字。"

阴暗中，被铁索重重禁锢的高大的身影蛰伏不动，唯有一双凶狠冷漠的眼睛望向那枝怒放的白梅。

"囚罪。"他发出嘶哑的咕哝声，难听得像野兽的低语。

时刻控制着铁索的狱吏警惕着，向少年解释："殿下，杀手没有名字，没有过往。因弑主叛逃，必深陷于囚牢以死赎罪，故而他有个别名，叫作'囚罪'。"

小少年品味着这两字，摇首道："这个名字不好，孤给你取个新名字。"他眉目温和，以指蘸了酒水在几案上一笔一画地写起来，然后笑着道,"仇醉,你可愿跟孤走?"

仇醉不识字,至今不明白这笔画复杂的两个字代表什么,也不会写,只记住了那日被置于几案上的纯洁脱俗的白梅。

小树枝在仇醉粗糙的大手中显得纤细,他于沙土上画了许久,才勉强画出这么一朵像样的梅花。

一只沾满泥点的靴子踏过,将这朵花踩得稀烂。

赵元煜的一只手臂以夹板固定,吊在颈上,他身上缠满了绷带,鼻青脸肿,狼狈至极。

"父王那边接应的人怎么还没来?!"赵元煜无能地怒吼。

然而江湖浪士只认钱不认人,不比王府的奴仆顺从,一时间磨刀的磨刀,小憩的小憩,无人搭理他。

赵元煜面上挂不住,转而一脚踩在仇醉画花的小树枝上,发出了"咔嚓"一声脆响,又狠命地踮了踮,道:"你说你刺杀了赵衍,我原还不信,现在看来倒是真的!呵,前后咬杀两任主子,你还真是条人人得而诛之的恶犬。现在只有本世子愿意接纳你!你,起来探路!"

仇醉漠然地看着地上被踏得凌乱的沙土,半响,拿起弯刀起了身。

风卷地而来,庙外竹海翻涌,落叶纷纷。

仇醉鹰隼般的目光骤然变得锐利,他抬首望向密林的深处——有人来了。

赵嫣一直在想流萤说的那句"是仇醉……杀了太子殿下!"。

流萤说这话时,眼中含泪。这等大事她亲眼所见,并不会拿它开玩笑。

莫非仇醉是雍王府埋在东宫里的细作,想方设法地获得单独保护太子的机会后,就设计在太子从行宫归京的途中行刺?

可她在刘氏义庄拼杀的那个雨夜,赵元煜惊恐地说的那句"你不是赵衍?"并不像在作假。

仇醉若真为雍王府的走狗,应该是最清楚太子是否遇害的人,赵元煜没理由直到此刻才确认东宫太子换了人……

"殿下,"孤星臂上扎着绷带,于外间抱拳禀告,"锦云山庄的买主已经被押解回了大理寺狱。他的确是雍王府的幕僚,奉雍王世子之命购买山庄,藏匿被掳来的少女和童男,炼制无上秘药。"

"无上秘药?"赵嫣想起了那个炸丹炉并试图与他们同归于尽的女冠,"他可有招供指使赵元煜炼药的仙师是谁?"

"他只说炼丹之事有女冠对接,就连雍王世子也从未见过仙师的真容。然而女冠已死,再往上的事他也不知。"孤星道,"卑职仔细地审问过了,他倒不像有所隐瞒的样子。"

这些疑团或许只有她真正缉拿到赵元煜和仇醉的那一刻方能被解开。然而两天过去了,现在她想抓人无异于大海捞针。

赵嫣披衣而坐,命人赏了随行奋战的东宫卫各一百两银子。孤星的配刀在决斗中损坏了,赵嫣单独赏了他一把花柄皮鞘的横刀,刀身似雪,无一丝杂色,这是功臣才配受赐的上品。

孤星忙单膝下跪,垂首道:"尽忠职守乃卑职的本分,卑职不敢受此大恩。"

"你随孤出生入死,铲奸除恶,这是你应得的。"赵嫣将横刀置于掌中,朗声道,"好刀配忠臣,不算辱没了它。收下吧,以后你用此刀立功的机会还多着呢。"

孤星喉结滚动,郑重地用双手接过横刀:"卑职谢殿下恩赏。"

流萤自己待了一下午,此时已恢复冷静,如常地进来奉药。赵嫣朝她身后看了一眼,没见着闻人蔺。

流萤不是说她病着的这几日,都是闻人蔺亲自给她上药的吗?

赵嫣想起了自己脱口而出的那句"手足亲情,太傅又怎会懂?",似乎明白了什么。

"把药放这儿吧。"赵嫣示意流萤,又朝候在殿外的李浮道:"你差人去告诉肃王,就说这药旁人不会使,劳他亲自过来看看。"

李浮领命退下了,不消片刻便擦着汗快步归来,皱着眉回禀道:"肃王说,这药殿下不会使就扔了,他忙着沐浴,没心情陪殿下。"

沐浴……

赵嫣下了榻,吩咐道:"掌灯去龙池。"

流萤看着赵嫣还煞白的面容,心疼地道:"殿下大病初愈,实在不该操劳奔波。有什么事,殿下请交给奴婢去做。"

赵嫣扶额缓了缓,微微吸气,道:"你知道的,有些事只有我能做,也必须去做。"

龙池边灯火明亮,闻人蔺果然泡在池中,双目轻合。

他没有束发,极黑的发尾散在池水中,宛若晕开的浓墨。没有那些碍事的花瓣阻碍视野,赵嫣只见池水澄澈,从他胸腹上紧实的沟壑往下,池中的景象一览无余。

赵嫣呼吸一窒,将目光稍稍移开,半晌,又坚定地移了回来。

她坐于池边的小榻上,单手托着下颌,正蹙着眉寻思如何开口,便听到闻人蔺淡淡的声音传来了:"有话就说,别打扰本王清净。"

他先开口,赵嫣反而宽心了,原本没头绪的腹稿清晰地涌现于她的唇边。

"我来向肃王道谢。"赵嫣的声音还带着些许病后的沙哑之意,柔而不怯,"还有,我不该说肃王不懂手足之情。"

闻人蔺宛若入定,未有丝毫回应。

赵嫣想了想,这回声音轻了许多:"我不听话,性子硬,自小便是如此,没有人教我如何撒娇……"

她似乎耻于剖白自己,很快就止住了话茬,抿着唇别开了视线。

闻人蔺从那句"没有人教我如何撒娇"开始便睁开了眼,越过晃荡的水波注视着她。

"过来。"他抬起手,手臂上的水珠"哗啦啦"地连成线滴落下来,搅碎了一池平静的光。

赵嫣以为他不会再开口搭理自己了,是以听到这两个字还有些愣怔。她眨了眨眼睛,还是起身坐于闻人蔺的身边,将双足浸入了汤池的热水中。

那晚赵嫣跑了太多的山路,脚后跟有些破皮,被热水一刺激,又痛又痒。她吸了一口气,蹙着眉抱怨:"白天还未上完药,肃王就跑了。"

"本王若不走,怕忍不住弄死殿下。"闻人蔺看着她病恹恹的样子,抬手在她的眉间按了按,话虽可怕,语气却并不威严,"殿下如今是太子,不妨养几个裙下之臣、入幕之宾,让他们替你做事。"

譬如周什么、张什么、裴什么，还有那个东宫卫统领，甚至是连正经女人都算不上的柳姬。"

赵嫣作势认真地思索了一番，才在闻人蔺深沉的目光中道："我有肃王一个人足矣。"

闻人蔺嗤之以鼻，对这番拙劣的虚假答案无动于衷。

"肃王永远是我的第一选择。"赵嫣映着水波的面容脆弱而美丽，带着几分小公主的骄矜，"肃王不愿，我再找他人替代。"

这回，闻人蔺看了她许久。

"殿下不妨试试。"他说道，眸中荡漾着细碎的水光，让人辨不出情绪。

"还请肃王别给孤尝试的机会。"

赵嫣用手指紧紧地抠着玉雕的池沿，俯身侧首，仔细地分辨闻人蔺脸上的神情。

烛光影影绰绰，满池涟漪如同她起伏的心绪，最后在沉默中回归平静。

赵嫣不知道闻人蔺能为她退到哪一步，许多事总归还是要靠她自己。

回到殿中，赵嫣取出了先前柳姬所绘的舆图，将其展开。

赵元煜那种外强中干的人，此时必如惊弓之鸟，以假路引改头换面，准备之后潜逃出去。

他伪造凭证和身份需要时间，自己若此时以东宫太子遇刺、捉拿刺客为由命畿县严加盘查，未必不能查出点儿蛛丝马迹。

然而离京的路线众多，赵嫣也拿不准该往哪个方向查，于是将舆图仔细地卷起塞入了袖中，准备去听雨轩询问柳姬。

甫一出殿，赵嫣便见蔡田立于庭下，朝着自己恭敬地道："殿下，请移步。"

赵嫣知他定是奉闻人蔺之命前来的，权衡片刻，终是掉转了方向。

流萤与孤星欲跟上，却被蔡田拦下了。赵嫣回首朝他们摇了摇头，示意不必跟随，这才跟着蔡田出了角门。

门外停着一辆熟悉的马车，赵嫣上车，果然见到闻人蔺单手撑着膝头,倾身而坐,质感极佳的暗色袖袍如墨般垂下,半散的墨发沿着他宽阔的肩滑下来,发尾还带着汤池的潮湿气息。

他的面前摆着一盘晶莹饱满的冰镇荔枝肉,荔枝肉正冒着丝丝凉气。

见到赵嬷过来,闻人蔺顺手以玉叉子叉了一颗荔枝肉,递到了她的唇边。

那枚一指长的玉叉子亦是由暖玉制成的,小柄处的雕花精细无比。

见马车动了,赵嬷便顺势咬住了那颗荔枝肉。汁水于她的唇齿间爆开,润泽了无甚血色的唇,留下了沁人心脾的甜味。

"好吃?"闻人蔺问,神情慵懒而平静,像在扬着肉干喂猫。

赵嬷诚实地点头,随即问:"肃王请我来此,总不能只为了品鉴荔枝。"

闻人蔺没说话,又叉了一颗荔枝肉送至她的唇边。

赵嬷总觉得这枚玉叉子有些眼熟,不由得狐疑,下意识地扫过闻人蔺腰间的玉钩带与扇坠。半响,她张嘴含住了荔枝肉,小心地将其抿进嘴里,唇瓣没有碰到那枚材质眼熟的玉叉子。

闻人蔺瞥了她一眼,似笑非笑地道:"自己用过的东西,殿下嫌弃什么?"

赵嬷愣住了,含着荔枝肉咽也不是,吐也不是,微白的脸颊上总算有了几分血气。

闻人蔺抬手撑着下颚,冷漠的漆色眼眸中有了几分笑意。他就着赵嬷用过的那枚玉叉子戳了一颗荔枝肉送进自己的嘴里,淡色的唇从温润的玉叉子上抿过,像在品味荔枝的甜味,又像在回味别的什么东西。

赵嬷咳了一声,垂眸专心致志地咽荔枝肉。

马车没有下山,而是沿着小道朝密林的深处行去。也就过了一盏茶的时间,马车停在了某处被藤蔓掩盖的峭壁前。

下马车时,闻人蔺伸手扶了赵嬷一把。

执着火把的蔡田将藤蔓拨开,露出了一扇青苔密布的兽首石门。他按动机关打开门,阴森之气扑面而来,几点火光相继跳跃着燃起来,延伸至深处。

"这是……何处？"赵嫣愕然地问。

察觉到她跟得艰难，闻人蔺稍稍放缓了脚步，负着手道："通往玉泉宫的密道。"

赵嫣好奇这密道的另一端是玉泉宫的哪个地方，便问："既然这里与玉泉宫相连，那方才我们为何不直接从玉泉宫的入口下来？"

闻人蔺低声哂笑："既然这里是密道，本王又岂会随意让外人知晓其入口和出口？"

莫非我就不是外人？

话在嘴边转了个圈，又被赵嫣咽下了。

这条密道精巧、坚固，绝非赵元煜的锦云山庄能媲美。赵嫣小心地跟在闻人蔺身旁，心想：自己竟从来不知玉泉宫后有这样的隐秘之所。

他在皇家疗养的玉泉宫下弄这样一条密道，是想做什么呢？

想着闻人蔺总不至于兴致来焉杀人越货，赵嫣渐渐放下疑惑，不再多问了。

三个人沿着密道直走数十步，到了又一道暗门前。

闻人蔺抬手示意蔡田停下脚步，微微侧首，面容的轮廓在暗室中尤为让人难辨。他看着赵嫣，道："这是最后一次，本王为殿下让步。"

说着，他抬脚踩踏暗门的机关，露出了另一处通往更深处的密室。

赵嫣走进了密室，这才明白闻人蔺的话是何意。

这是一间地下密牢，关着赵嫣此刻恨着的人。

三

仇醉被婴儿手臂般粗的铁索和镣铐吊着双臂，右手腕似乎脱臼了，软软地垂着，头发凌乱地散在瘦削粗糙的两颊边，一双凶悍而冷漠的眼睛随着赵嫣的靠近而微微转动。

而赵元煜已然昏厥，死猪般狼狈地躺在地上。

赵嫣握紧了拳头，在汹涌的恨意吞噬理智前深呼吸，问闻人蔺："这是怎么回事？"

"他这只手碰了不该碰的东西，"闻人蔺看向仇醉脱臼的右手腕，淡然地道，"所以本王就将它卸了。"

赵嫣想起来了，在刘氏义庄里的那个雨夜，仇醉曾用这只手弹走了她手中的短刀。

她好像明白了闻人蔺的意思，漂亮的桃花眼中燃起了火焰："肃王的意思是他们任我处置？"

闻人蔺并未回答，示意蔡田留下。

"肃王不留下吗？"见闻人蔺转身，赵嫣连忙问。

"本王没有殿下这般有好奇心。"闻人蔺顺着石阶走出了密室，淡淡的声音随着他的影子渐行渐远，"处理完就上来。"

闻人蔺之所以没有好奇心，是因为这皇城对他而言没有秘密。

见他真将仇人送到自己的眼皮子底下，赵嫣反而有一种不真实的感觉。然而很快，赵元煜苏醒的哼唧声便将她的思绪拉回了现实。

"赵……赵衍？"赵元煜抬手遮住了光线，仿若见鬼般不住地往后缩，抵着墙壁嗫嚅，"不，不……你不是赵衍。你是谁？"

赵嫣盯着他，字字清晰地道："来让你偿命的人。"

"你是赝品！冒名顶替东宫太子是死罪，你也得死！"赵元煜哑声大吼，瞥见了一旁被枷锁缚住的仇醉，眼睛一亮，膝行向前："你这条死狗！快起来杀了他！杀……"

看到赵嫣攥着拳头上前一步，赵元煜立刻缩了缩脖子，举起袖子遮住了脸，道："不是我！不是我杀的……"

"事到如今，你还敢翻供？"赵嫣握住腰间的莲花纹玉佩，逼问道，"不是你，这玉佩为何会在你的手里？！"

"真的不是我！"意识到仇醉不中用了，赵元煜没出息地呜咽起来，"我的确命人在赵衍归京的途中伏击，谁承想他的麾下来了一招金蝉脱壳，拼死护他逃回了东宫！我杀死的那个是与赵衍互换了衣物的影子卫。这玉……这玉就是我从那替身的身上拽下来的！在义庄时，我是存心气你、辱你，才没有辩白……"

赵嫣一怔，随即沉下眸色："行刺不成，你便让仇醉再下黑手？！"

赵元煜疯狂地摇头："那时我并不认识仇醉！他是在东宫出事后自行投奔至我的门下的！他说他行刺了太子，以此为投名状……对！没错,是他叛主杀了太子!你问他!"

赵元煜的裤裆一片濡湿,显然他是被吓得失禁了。

赵嫣见他疯癫的颤抖样子,不知其所言真假,只冷静地道:"不急,一个一个来。那几十个死去的少女和童男你总抵赖不掉。"

赵元煜忽地安静下来,死死地盯着赵嫣,扯出一抹古怪的笑。

"你是赵嫣吧?"他问,好像发现了一个可以拿捏住她的秘密,"你以为赵衍是什么安分之人吗?他暗中谋划的那些事不知会触及多少人的利害,想要他死的人可不止我一个。"

赵元煜将手背至身后,警惕地瞥了蔡田一眼,然后对赵嫣说:"我知道还有谁想杀他。你附耳过来,我只说给你一个人听。"

赵嫣盯着他阴鸷的眼睛,缓步上前。

一丈、半丈、三尺……

赵元煜忽然将藏在身后的半截树枝抽出,以尖利的断口为刃,暴起扑向赵嫣的颈项!

事发突然,蔡田立即按刀道:"太子!"

一只纤细的手先一步拔出了蔡田的佩刀,继而寒光闪现,一声细微的皮肉被割开的"扑哧"声响起。赵元煜维持着行刺的姿势僵住了,惊愕地看着面前横刀的"少年"。

赵元煜手中尖利的树枝出现了整齐的切口,鲜血迸溅时,赵嫣握着刀闭上了眼。

蔡田亦惊诧地看着面前被溅到星星点点的血渍的"太子殿下"。这具身躯娇贵又纤弱,却总能在关键时刻迸发出令人惊奇的力量。这一瞬,她带给他的震撼无异于那场雨夜在刘家义庄里的殊死拼杀,酣畅淋漓。

他现在有点儿明白,独身行走于深渊之中的王爷为何独独愿为她退守一寸底线。

赵元煜扑倒于地,没了动静。

解决了第一个杀兄仇人,赵嫣倏地垂下了手。刀尖撞在地上,发出了"叮"的一声脆鸣,空气中晕开了浓重的令人作呕的腥气。

蔡田以为"太子"会忍不住吐出来,但她没有,只是抬手抚去下颌

284

上恶心的血渍，目光沉静地转向了仇醉。

仇醉看着已经没气的赵元煜，把身上的铁链挣得"哗哗"作响，眸中的神色翻涌。

赵嫣握着刀站在他的面前，如同幼鹿对上巨兽，刀尖止不住地抖。但她依旧竭尽全身的力气站得笔直，与仇醉对峙。

"赵衍遇险的时候，你也像保护赵元煜一样保护过他吗？"赵嫣扬声，红着眼睛质问，"有吗？"

仇醉看着她，不说话，青筋暴起的手臂忽地松懈了下来。

赵嫣很难形容仇醉此时的眼神——空洞、木然，好像世间再无一物可以填满这种空洞。

"是你杀了赵衍吗？"赵嫣没有逼问他"为什么要杀你的知遇恩人？"这样的无聊之言，只颤声地问了一句，"如果赵衍是你杀的，为何你没有告诉赵元煜太子的确已死？为何你在刘氏义庄里没有当众揭穿我，而是由着雍王府上下作妖试探？"

仇醉的眼珠动了动，其中似乎有微妙的波澜一闪而过。

"我……没有杀主公。"他咕哝着，只说了这么一句，嗓音沙哑难听。

赵嫣微微睁大了眼睛，片刻后反应过来，他口中的"主公"是赵衍。

对于只认钱不认主的刺客来说，他们叫谁一声"主公"，无异于野狗自愿套上颈圈，那是绝对忠诚的表现。

疑窦渐浓，赵嫣急促地问道："那为何流萤亲眼所见，是你杀了太子后打伤数人逃窜？为何你要归顺雍王府，告诉他们是你刺杀了太子？"

仇醉沉默了很久，似在调动有限的智力挣扎着。

"你在帮主公，是好人。"很久很久，他才含混地哑声道，"主公在回京的途中遇刺，影子卫诱敌，我带主公逃回了东宫。我受了伤，在包扎，有人递给主公一封信，主公拆开了……我发现的时候已经晚了。"

"信被动了手脚？流萤发现太子死时只有你在太子身边，所以认为是你杀了他？"赵嫣握紧了刀柄，问，"那你为何要逃？"

仇醉默认了，艰难地道："我没有……保护好主公。我想杀仇人，可是发现……"

"你发现雍王世子的背后还有人，故而选择蛰伏在他身边，是吗？背后之人是那个仙师吗？"见仇醉再次沉默，赵嫣思绪飞转，将一切疑点穿针引线地连了起来，"何御史的幺儿与兵部岑侍郎的妹妹岑毓也是你将计就计绑走的吧？只有你有这样大的本事。你为的就是将赵元煜的阴谋闹大，引起朝廷的重视？"

仇醉不再说话了。

他不相信主公以外的任何人，哪怕这个人有着和主公一模一样的脸。

"我换个问题。"赵嫣一字一顿地颤声道，"告诉我，是谁给赵衍送了那封信？"

或许是因为她这一声问话带着压抑的哭腔，仇醉终于又抬起了那双凶狠冷漠的隼目。

他用嘶哑难辨的嗓音吐出了一个残忍的真相："长风公主——赵嫣。"

天佑十七年，八月末，雷雨初歇。

死里逃生的赵衍脸色煞白，披着衣服坐在东宫的寝殿中，急促地咳喘道："你们不该让影子卫替孤去死。以别人的鲜血换自己苟活，踏着尸骨前行，孤算什么光明磊落的明主？"见高大的刺客带着一身的伤口跪拜不语，少年心生不忍，扶起他，道，"罢了，我是在怪自己无用，不是责备你。你去将伤口处理一下。"

"殿下，华阳行宫长风公主来信。"

"嫣儿？速速将信取来。"

仇醉取了药回来时，与那匆匆送信离去的内侍擦肩而过。空气中飘着一股不合时宜的淡香，转瞬即逝。

仇醉盘腿坐在殿前，撕开被血粘着皮肉的上衣，将药粉一股脑地倒在了伤处上。

听到身后传来"吧嗒"一声细响，好像什么黏腻的液体打在了宣纸上。仇醉一愣，警惕地回过身，漠然的瞳孔中第一次有了惊恐的神色……

太子殿下握着那封异香浓郁的信笺，茫然地摸了一把从鼻端涌出的殷红色的液体。他想张嘴，那血却从他的口中争先涌了出来，而后他的身体便如一只断翅的蝶般轻飘飘地倒下了。

仇醉疯了似的扑过去，以掌托住了那道瘦弱的身影。

太子拼着最后一口气，在众人发现前将那封沾满鲜血的信置于烛火上烧掉，于黎明前在飘飞的黑灰中静静地合上了双目。

那是他最后一次用自己的方式保护他的妹妹。

密牢的门被打开了，赵嫣从厚重的阴影中走了出来。

闻人蔺闻声转过脸来，却在见到她略微苍白的面色以及沾到脸颊上的血珠时怔住了。

"怎么弄成这个样子？"他说这话时，眼睛也向了蔡田。

蔡田立刻低头："属下失职。"

不过，得到那样的答案，殿下没昏厥、崩溃已算有莫大的毅力了。

闻人蔺也顾不得脏不脏了，抬袖蹭了蹭赵嫣脸上的血，见拭不干净，便不悦地拧起了眉。

"我好像有点儿累了……"赵嫣眨了一下眼睛，喃喃着重复，"太傅，我真的累了……"

闻人蔺动作一顿，打横抱起了这具发冷发颤的身躯，朝密道的出口走去。

密道外灯火明亮，水汽氤氲，他们竟直接到了龙池后的更衣小屋中。

闻人蔺解了外袍，抱着赵嫣步入汤池之中。他难得没有逗赵嫣在作茧自缚，而是掬水仔细地洗去她脸颊上和下颔处的血星子，神情专注而平静。

然而闻人蔺这样平静的表情让赵嫣的内心越发汹涌，她压抑已久的情绪叫嚣着要决堤而出。

"吧嗒"，一滴液体落在了闻人蔺的手背上。闻人蔺怔了怔，半响，抬起眼帘看去——赵嫣那双倔强漂亮的眼睛中早已蓄满了泪水，泪珠滚落，接二连三地砸在了他抬起的手上。

这是她第一次哭，为了死去的赵衍。

闻人蔺早就看出来了，小殿下似乎很容易陷入自责的怪圈中，将别人的意外揽于己身。

她哭起来是没有声音的，只攥着衣裳，咬住下唇，安静得令人心疼。

这实在不像一个千娇百媚的公主该有的性子，她这样明艳的人，合该骄纵无礼，受尽众人的宠爱。

"旁人借殿下之手杀人，是杀人者的错，不是你的错。"闻人蔺抬手抚去她眼角的泪痕，示意她松开被咬得发白的唇瓣，声音低而沉稳，"殿下不必自责。"

赵嫣索性一口咬在闻人蔺的手上，哭得更厉害了。她攀着他的双肩，一抖一抖的，宛若风中瑟瑟发颤的带露水的花朵。

闻人蔺曾想逗得她眼角含泪、面红耳赤——那是他的一点儿隐秘的恶趣味。如今真看到这滚滚而下的晶莹泪珠，他却并无想象中那般愉悦，甚至隐隐有些不悦。

小殿下说没有人教过她撒娇，其实是没有人能让她肆无忌惮地撒娇。

她真是惹人怜。

水波荡漾，闻人蔺靠在汤池的边缘，骨节修长的手指穿过她的发丝，有一搭没一搭地轻抚着她颤抖的柔弱的脊背。

他任由她宣泄，垂眸敛目，以细碎的吻吻去了她眼角的泪痕。

四

月色西斜，满池的波光安静了下来。

赵嫣裹着干爽的亵服坐于榻上，眼角湿润，鼻尖微红，未加束缚的身形玲珑起伏，宛若月中聚雪。

池中，长而轻透的绸带如云岚般浮于池水之上——那是她哭得喘不过气时，闻人蔺顺手拽下来丢在水中的，免得她因气短而昏厥过去。

闻人蔺陪着她在池中泡了许久，衣裳亦里外湿透了。这会儿他换了一身霜色的中衣走出来，头发以一支油光的木簪束了一半，另一半湿着自肩头披散，随着他的步伐微微晃动。

他行至一旁，以干净柔软的棉布握住了赵嫣黑缎般的垂腰长发，一寸一寸自上而下地替她擦干，再仔细地梳开。

落地的铜镜映出他高大挺拔的身形，他的侧颜带着烛火的暖光，看起来有一种漫不经心的从容之意。

察觉到赵嫣于镜中窥探的视线，闻人蔺敛眸，问："好受点儿了？"

赵嫣抬手拭了拭眼尾，哑声道："饿了。"

闻人蔺轻笑了一声，心道：这个年纪的少女哪有不会撒娇的呢？

他将玉梳放回桌面上，发现手背上一圈小而鲜红的牙印清晰可见。赵嫣也瞧见了，想起来这牙印从何而来，不由得别开了视线。

闻人蔺行至外间，低声吩咐了几句，不消片刻便端着几样吃食迈了进来。

赵嫣不知道玉泉宫里有多少人听候他的调遣——今夜发生了太多事，她无心顾及这些。

见闻人蔺将吃食摆在了自己面前，赵嫣下意识地抬眸看了他一眼。她纤长的眼睫上还挂着未干的泪，抬眼看人时颇有我见犹怜的脆弱感。

闻人蔺不禁笑了笑，顺手从桌边拖了一把椅子坐下，端过粥碗搅了搅，舀了一勺粥递于她的唇边，道："本王没有吃夜宵的习惯，殿下自便。"

赵嫣这才张嘴抿入那勺温热的粥，咽入腹中，思绪翻涌不息。

闻人蔺只扫了一眼她略微失神的湿红眼睛，便知她还未彻底走出来。他将粥碗搁置在一旁，以帕子擦了擦沾在她嘴角上的晶莹的水渍，随意地问道："殿下这个什么责任都往自己身上揽的性子到底是如何养成的？"

赵嫣很难不自责。

她知道，赵衍性子温软，但并不傻。那封信必是仿着她的笔迹，做得十分逼真，又选在兄妹俩不欢而散后的恰当时机被交给赵衍的。如此，赵衍才会毫无防备地拆开信封查阅。

在意识到自己已然中招的那个瞬间，赵衍唯一能做的就是烧毁那封信。

直到最后一刻,赵衍都在以羸弱之躯保护着她,而她留给赵衍的最后的记忆只有那句钻心的伤人话语。

自己若是没有说出想和他互换人生的话就好了,若是再坦诚一点儿就好了……可世间哪有那么多"若是"?多的是死者遗憾,生者追悔。

或许是太想要一个倾诉的对象了,赵嫣启唇,喃喃道:"他死于以我之名送出的信,可是……他烧了它。"

闻人蔺稍加联想就猜出了赵嫣这话里的意思,真相倒是与去年他让探子查到的版本相差无几。若非赵嫣冒名顶替太子,扰乱了众人的视野片刻,大玄朝现在怕是真如他的计划一般乱得不成样子了。

"明明他留下证物,我就能更快地查出真凶……"

赵嫣不自觉地哽咽了一声,将下颌抵在膝头上,闭目道了一声"笨蛋"。

闻人蔺夹了一片水晶梨片递给她,见她怔怔的,不愿张嘴,方问:"殿下怎会想不到,若太子不烧毁证物,殿下被牵扯进这么大的案件中,会遭遇什么?"

"信非我所写,我自能证明我的清白。"赵嫣道。

比起缉拿真凶、能为阿兄昭雪,她受点儿委屈又算什么?

闻人蔺的眼睫微动。

"殿下学过《承德广记》,想必读过杨金疑仆的故事。"他好像陷入了久远的回忆中,慢悠悠地说道,"殷朝承德年间,上将军杨金兵败,逃亡于外,唯有一忠仆相随。某日,杨金渡水路时遇追兵,疑心是仆从叛变告密,便将仆从喝令于前,百般拷问。仆从辩解无力,乃以刀剖腹,剜心验之。"

天佑十年,阴云灰蒙蒙的,孤城无援,尸横遍野。闻人将军浑身浴血,雨水混着血水从他的身上蜿蜒地淌下。他将最后的药丸塞入了幺儿的嘴中,半跪的身形宛若一座石碑。

"以我性命,全忠义之名。"他死死地捂住少年的嘴,不让少年将药丸吐出去,"为父去了,你好好地活着。"

羽箭如麻,鲜血飞溅,映在了少年因绝望而震颤的瞳孔中。

闻人蔺抬眼，眸中似有与当年同样的暗色。

他嘴角微动，声音低沉地道："殿下，自证清白是要剖腹验心的。"

所以，太子并非在替小公主遮掩什么，只是单纯地不愿让妹妹受这验心之苦。

赵嫣明白了闻人蔺的意思，不由得怔了怔，双目再次泛起潮湿的水光。她眼睫一颤，眼泪便止不住地流了出来。

闻人蔺屈指揩去她眼睫下那颗晶莹的泪珠，俯首将其吻去了。

他没再说话，缓缓地抬起一只手臂将赵嫣揽入怀中，以掌轻抚其脊背，下颌极轻极慢地蹭了蹭她潮湿的鬓发。

矜贵的小猫生来就是要被疼爱的。

灯影渐暗，窗外的浓夜渐渐化作了纤白色。

赵嫣醒来的时候已日上三竿，她躺在观云殿的寝房中，发现闻人蔺并不在身边。

她昨晚哭得太厉害，醒来后头晕目眩，撑着脑袋回忆了许久才想起来凌晨是如何回到此处的。

赵嫣觉得自己很没出息，在汤池中揪着闻人蔺哭了大半宿，将他霜白色的整齐衣衫蹭得湿乱不堪，后来哭累了，好不容易合上眼，又被斩杀赵元煜的梦魇吓醒了。闻人蔺没法子，只得好脾气地从后门出去，将她送回了观云殿的寝房中，又命人送了安神的香过来，在床头坐了好一会儿才走。

赵嫣经过彻夜宣泄，心口总算没有被巨石堵着般的窒息感了，因情绪冲击而混乱的思绪亦渐渐明晰起来。

现在不是自怨自艾的时候，她得弄明白那个假冒自己传信的人究竟是谁，赵衍究竟做了什么才惹来如此横祸……

静坐着醒神片刻，赵嫣摇铃唤来了在殿外值守的流萤，捂着肿痛的眼睛哑声道："给我弄些冷敷的冰块来，还有……准备一条新的束胸的绸带。"

赵嫣以冰敷了许久，到入夜时分，哭红的眼睛总算能见人了，就是脸色还有些苍白。

她抬手拍了拍脸颊，直至淡淡的血色浮现，方长长地吐了一口气，穿衣束簪，前去听雨轩。

她想知道柳姬到底隐瞒了什么重要的细节。

听雨轩门户大开，柳姬似乎早就知道有人要来。

赵嬷屏退了侍从，独自迈入房中，只见柳姬只穿着简单的中衣、中裙，外头松松垮垮地罩着一件月白色的袍子。柳姬未以钗饰绾发，而是将一根素色的发带松松地系在了发尾上。

两只小虫跑进了灯罩中，怎么也飞不出去。柳姬就凝视着在纱灯内扑腾的飞虫，暖光打在她英气的容颜上，竟让她一时看起来雌雄难辨。

赵嬷定了定神，行至柳姬对面坐下了。

几案上摆了一份巴掌大的绢帛卷轴和一件被叠得齐整的冬袄，赵嬷认出了冬袄，这是去年柳姬归来时穿的那件，此时已经被剪破了一道口子，露出了里头的夹层。

"你知晓我为何而来？"赵嬷扫视着桌上的东西，轻声问。

柳姬点了点头，声音低沉沙哑："知晓。自殿下追踪赵元煜归来，我便猜到事情瞒不住了。"说着，她从冬袄的夹层中取出了一份被折叠得整整齐齐的纸笺，轻轻地展开，推至赵嬷的眼前，"殿下想要的答案都在这里了。"

赵嬷望见纸笺上熟悉而雅正的小楷，没忍住，鼻头一酸："这是……"

柳姬道："太子早已做好了最坏的打算。这是他留给殿下……不，是他留给下一任储君的遗言。"

"遗言"二字如有千钧之重，狠狠地砸在了赵嬷的心上。

她深吸了一口气，拾起那张薄薄的信笺，逐字逐句地看了起来。

　　君见此笺，则吾已不在人世。人生十五载，壮志未酬。今汝继任东宫储君，但求承吾未完成之志，推吾未施行之法，挽大厦于将倾……吾于九泉之下顿首，再顿首。

赵衍绝笔

看到最后一行字，赵嬷止不住眸光颤动。

她又从头到尾地看了一遍，方将赵衍留下的绝笔信放回案上，坚定的目光落在了一旁的卷轴上："这就是赵衍在谋划之事？"

柳姬默认了。

一切答案、一切祸事的起源，都在这份耗尽他们的心血起草的革新政论中。

赵嫣伸手去拿卷轴，却被柳姬按住了。

柳姬喉间微动，难得严肃地道："殿下要想好，一旦知晓真相，便再也回不到曾经了……"

赵嫣神色不变，沉静地道："从赵衍死的那一刻起，我坐上东宫的位置，就不可能回到懵懂的过去了。"

柳姬咬了咬唇，终是慢慢地松了手。

赵嫣抬指解开绳结，一拂袖，三尺长的卷轴上，密密麻麻的小字立刻呈现于眼前。

国之革新，首在赋税。当改按人丁交税为按田亩多寡交税，如此，士族将不再大肆兼并土地、吞并地方政权，贫者亦有地可耕，繁衍生息。其次，当改革科考，擢寒门、削勋贵，削弱世袭贵族对朝廷要职之掌控……

卷轴上上千字的革新政论，从赋税、科考、宗室改革，甚至是崇儒轻教等大小十余个方面进行分析，提出了改革要义。这份文稿会触及多少人的利益，引来多少祸端，赵嫣想都不敢想。

卷轴的末尾还有一段小字，上面写着极有风骨的两行誓言：

不管身居何位，吾皆愿以死践诺。

此生愿效拂灯夜蛾，虽死而向光明。

"拂灯……"

赵嫣总算明白阿兄珍藏的沈惊鸣所赠的《古今注》中，"拂灯"二字有何意义了。

"此生愿效拂灯夜蛾,虽死而向光明",这是多么宏伟而纯粹的愿望！那群博学多才的少年愿用生命践诺,将来入朝拥护太子革新,如同飞蛾扑火般死而不悔。

可他们一个个都倒在了黎明到来前。

赵嫣捧着这份沉甸甸的革新政论草案,指尖微微颤抖,闭目几度呼吸后方问:"这些……你为何不早告诉我？"

柳姬亦眼圈泛红,低声道:"我也不是一开始就信任殿下的,而且,赵衍不愿让你卷入其中……"她顿了顿,"本来那日我想和殿下泡温泉,将一切坦白,可是……"

可是,她终究错过了那个时机。

赵嫣盯着她,半晌,轻轻地问:"柳姬,你到底是谁？"

柳姬没说话。

灯罩中的飞虫终是一头撞入了烛火中,化作壮烈的青烟,消散了。

许久,柳姬像下定决心般抬首,越过几案,拉住了赵嫣的手,将其轻轻地放在了自己的胸前。

外袍从柳姬的肩头上滑下,继而垫着柔软的凸起的里衣滑了下来,她将最真实的自己暴露于赵嫣面前——烛火的暖光下,那片瓷白的胸膛一马平川,没有半点儿应有的起伏。

柳姬看着赵嫣的眼睛,道:"我的真名,叫柳白微。"

风过无声,闻人蔺站在廊下,刚巧看到窗纸上两道影子相对而立,一个人被另一个人拉着手按在胸上。

肃王殿下以指腹蹭了蹭手背上的牙印,半晌,微眯起了眼眸。

五

柳姬的声音并不柔媚,身量亦不娇小,五官的轮廓大气,浑身上下透着绫罗脂粉也掩盖不住的飒爽洒脱之气。

当柳姬以超常的学识侃侃而谈时,赵嫣并非没有怀疑过。而今亲手触及那片平坦紧实的胸膛,她仍睁大了眼眸。

"所以,你也是明德馆的儒生？"赵嫣不太适应地蜷起手指,问道。

柳白微腰腹的线条紧实，但整个人看起来并不羸弱。他松手轻咳了一声："算是吧。"

赵嫣不太明白，即将科考入仕的少年为何甘愿隐姓埋名？读书人通常带着三分清高，最讲究文人风骨，应该是最不齿于涂脂抹粉扮成女子的。

想起被柳姬识破身份那晚的细节，赵嫣道："你扮成女子入宫，是因为和赵衍的赌约？"

闻言，柳白微扬眉一笑："我这样性子的人，怎么可能被区区赌约束缚？"

他视线下移，望向灯罩中跳动的烛火，仿佛又看到了去年年初明德馆的镜鉴楼里彻夜不息的灯火，和灯火下儒生与太子殿下促膝长谈的盛况。

天佑十七年，春夜。

浪荡不羁的沈惊鸣四仰八叉地躺着，与数名儒生相枕而眠；程寄行性格腼腆，自己蜷缩在角落里小憩，满是墨迹的手还紧紧地握着起草的卷轴……

轩窗半开，孤灯之下，瘦弱稚嫩的太子殿下披衣而立，俯瞰夤夜中暗淡无光的楼阁屋舍。

"临江先生一言点醒了孤。大玄建朝以来，科考所擢官吏，十之八九出于各士族门下。这些人入朝后巩固的是其背后的门阀的利益，并不在乎苍生。大玄上有数万宗室嗷嗷待哺，下有神光教要建观祭神，国库疲敝，乱世凶年，非猛药不能根除。"赵衍眉目温和，转过来望向身侧着一袭雪袍黛襟的张扬的少年，"新政非孤一个人能推行，也非一年之功能成就，须得集结尔等志同道合之辈，花费十年乃至众人毕生的心血，方能为大玄换一番崭新的天地。"

他顿了顿，温声道："白微，孤体弱多病，被困于东宫这方寸之地，须有一个人隐姓埋名，换上最不令人起疑的身份做孤的传声信使，集结每一份可用的力量。"

柳白微昨天与太子射覆，输得惨烈，闻言，撇了撇嘴，道："最不会让人起疑的只有查不到背景、空有美貌的女人了吧？"

可这样的女子不好找。

"谁说不好找？"沈惊鸣不知何时醒了，以折扇挑起柳白微尖尖的下颌，又看了一眼赵衍，不正经地调侃道，"眼下不就有两个吗？"

柳白微长得颇有女相，习惯了众人以此打趣，却没想到沈惊鸣这个浪荡子竟敢连太子一起取笑。他不由得参毛，翻了个白眼怒道："滚。"

太子本人倒是毫不介意被说成是"美人"，握拳抵在唇边轻笑了一声。

柳白微打闹够了，大大咧咧地抱着手臂倚在书架旁，说："我可以一试。"

赵衍讶然望向他，连沈惊鸣也收敛了脸上玩世不恭的表情。

柳白微道："即便有那样一个女子，我们也不能保证她行事谨慎、心地忠诚。我擅丹青，可以用脂粉修饰喉结与五官，再加上殿下帮忙遮掩，也许能蒙混过关吧。"

赵衍敛了神，道："白微，明年会增设恩科，你若扮成了女子则会错过……"

"我来明德书院本就是为了藏身，能有机会藏到东宫之中，自是更好。"柳白微佯装轻松的样子伸了个懒腰，哼道，"再说了，等我恢复身份，你们或许都已成为朝中股肱，我入朝坐享其成，岂不轻松痛快？"

于是众人都笑了起来。

"如今新政草案初步形成，我等不如就以十年为期，立个字据共勉。"沈惊鸣执笔提议，"不管身居何位，吾皆愿以死践诺。"

月下的飞蛾扑扇着翅膀，义无反顾地飞入了灯罩之中。

赵衍沉思了一会儿，上前一步，提笔于卷轴的末尾郑重地补上了两行小字：不管身居何位，吾皆愿以死践诺。此生愿效拂灯夜蛾，虽死而向光明。

"拂灯……妙！甚妙！"沈惊鸣拊掌大笑起来，"你我皆为扑火之蛾，不如就以明灯为号。太子殿下有吩咐时，便于东宫的嘉福高楼上挂灯一盏，我等见了信号自会集结于镜鉴楼，商榷殿下的指令。"

众人皆点头称"可"。

他们当中有人已是接近而立之年的贡生，有人还是十多岁的少年，但无一例外，相继虔诚而庄重地在小字后写下了自己的姓名。

想起了什么，赵衍抬头朝门外尽职戍守的两个人看了一眼，笑着道："阿行、仇醉，你们也来。"

自前朝元安太子暴毙以来，皇帝都会为太子选一位影子卫。影子卫会与太子同住同行，关键时刻李代桃僵。

阿行就是赵衍的影子卫，主仆二人年纪一般，身形和样貌有七八分像。

影子卫行于暗处，本没有名字，是赵衍从自己的名字"衍"中分了一半给他，为他取名"阿行"。赵衍还告诉他，没有谁生来就是别人的影子，人行于世，当为自己而活。

阿行受宠若惊，踟蹰着不敢上前。

他这样身份卑微的人，怎配在这份千斤之重的卷轴上留名？

"若无你们日夜守护，我等又如何能安心地筹划这些？"

赵衍温声勉励，阿行这才敢接过润了墨的笔，在卷轴的末尾一笔一画地写下了一个小而端正的名字。

他将笔转交给身后的仇醉，但仇醉仍直直地站着。

"我不识字。"仇醉说这话时没有半点儿羞愧之色。

但没有人笑话他，连内敛的程寄行都主动开口道："无碍，你盖个手印或是画个别的什么东西也可。这无非是众人明志互勉罢了。"

仇醉这才以握拳的姿势抓住那支笔，生疏且缓慢地在最末尾的位置画了几条扭曲且粗糙的线条。

柳白微擅丹青，一见这画技就直拧眉，表情古怪地道："仇兄为何画了个煎蛋？"

仇醉没有解释自己画的不是煎蛋，而是梅花。

回忆淡去，明德馆镜鉴楼中的那群意气风发的年轻人终究没能走完他们约定的十年。

赵嫣静静地听柳白微叙说往事，以指腹抚过那一个个或狷狂或端正的名字，仿佛还能感受到他们签名时的余温。

有人泄露了他们的革新内容吗？赵嫣猜测。

那个人能仿她的字迹，必是对她与赵衍十分了解的人。神光教、士族、皇亲……所有被赵衍触动利益之人皆有可能成为那个人的帮凶。

赵元煜与劳什子"仙师"牵扯不清，神光教是跑不掉了。

自己有空还得去沈惊鸣等人的家中走一趟，或许能查到些许蛛丝马迹。

赵嫣将赵衍的绝笔信与卷轴揣入袖中，心事重重地回到了观云殿。

流萤见赵嫣回来，便迎了上来，欲言又止。

赵嫣顺着她的暗示看去，才发现闻人蔺不知何时到了观云殿，正垂眸倚坐于宫椅上，一只手屈肘搭着扶手，另一只手随意地搁在膝头，食指有一搭没一搭地轻叩着。

他那极富力量感的修长的手上，一枚淡红色的牙印隐约可见。

见他等候在此，赵嫣莫名其妙地有一丝心虚的感觉，连忙将袖中的卷轴藏好，轻声道："夜已深了，肃王怎会在此？"

闻言，闻人蔺抬眼，淡淡地道："本王来不得了？"

赵嫣一怔，回想起昨晚夜深时自己还抱着闻人蔺哭得上气不接下气，发觉今夜问出这句话实属多余，显得自己在过河拆桥。

刚欲辩解，她便发现闻人蔺正看着她笼在袖中的手，声音低沉地道："去洗干净。"

"洗干净……什么？"

他莫不是让自己去沐浴吧？大晚上孤男寡女的，"洗干净"一词听起来怪暧昧的。

赵嫣迟疑了一会儿，未动，谨慎地道："我已经洗过了。"

闻人蔺没说话，不疾不徐地起身，扣住赵嫣的袖子里的右手，带着她朝外间的盥洗架走去。

他个高腿长，一步能顶别人两步。赵嫣被他拉得身子前倾，踉踉跄跄方勉强跟上，不由得连声道："慢些，慢些！"

赵嫣快步跌撞中，袖中的卷轴不小心坠了出来，滚落在闻人蔺的脚下。

赵嫣的眼皮一跳——闻人蔺若知晓她又卷入了太子之死的乱流中，只怕会闹得天翻地覆。

然而出乎她意料的是，闻人蔺的心思并不在此物上，他只视若无睹地跨过卷轴，将赵嫣的右手按进了铜盆里已然凉透的清水中。

刚下过雨，山间的夏夜透着一丝凉意，赵嫣的手骤然接触到凉水，

· 298 ·

不禁微微一僵。

闻人蔺无甚表情地掰开她蜷起的手指,一根一根地亲自以指腹揉搓起来,仿佛她的手触碰过什么脏东西似的,洗濯得极为细致。

男人的骨节分明,指腹上略有薄茧,此举与其说是服侍,倒更像是不轻不重的惩罚。

直至赵嫣纤白细嫩的手掌被洗得泛起了淡红色,闻人蔺才大发慈悲地放过她,取来棉布为她擦拭。

她的这只手是不如他的意了吗?

赵嫣实在不明白,忍着手掌上的酥麻感与微痛感轻声试探:"肃王在生气?是因为孤昨夜斩杀赵元煜,惹肃王心烦了?"

除了沾过仇人的鲜血,赵嫣一时想不出自己的手上还有什么脏污能让闻人蔺如此介怀。

闻人蔺瞥了一眼地上的卷轴,低声笑道:"本王烦了有甚要紧?左右殿下还有别的胸膛可以依靠。"

闻人蔺平淡无常的语调听起来有些阴阳怪气的味道。

赵嫣正思索这奇怪之感从何而来,就惊觉指尖一痛!她忍不住"啊"了一声,忽然睁大了眼睛,只见闻人蔺低头叼着她的尾指卷入唇间,牙关轻轻地一合……赵嫣一颤,寒意立刻从指尖爬上了头皮。

闻人蔺见她呆呆愣愣的模样,眼中这才浮现出了淡淡的笑意。他抿了抿赵嫣的指尖,终是没舍得下重嘴咬。

"此事到赵元煜这里打住。本王说过,这是本王最后的让步。"他不轻不重地捏了捏赵嫣的那根骨节纤细的尾指,道,"若殿下再做什么不该做之事,碰什么不该碰的脏东西,本王就在这不老实的手指内侧刺一个印记,再用链子将殿下的手紧紧地缚起来。"

赵嫣怔怔地看着闻人蔺丢了棉帕离去,半晌才反应过来:他说"碰什么不该碰的脏东西"……他莫不是知道柳白微拉着她的手摸胸膛了吧?这就像他看见自己养的小猫去蹭了别人的手掌?

这个人是在房梁上安了眼睛吗?!怎么什么事都瞒不过他?

赵嫣蹲下身子将卷轴拾起来,贴在胸膛上,心有余悸。

可是,她如何甘心就此罢手呢?

第十章
镜鉴灯明

一

仇醉逃了。

没人知晓仇醉是如何在守卫严密的监守之下从无人知晓的阴森密牢里逃出去的。据说蔡田发现时，牢中只余两截从脆弱的接口处断裂的铁索。

仇醉是被闻人蔺刻意放走的吗？赵嫣陷入了沉思。

两日后，赵元煜的尸首被押送回城。

据说雍王去大理寺认领的时候，赵元煜的尸首已被野兽啃咬得不成样子了，除了一张脸可勉强让人辨认出身份，几乎未有全尸。

肃王对皇帝做出的解释是：雍王世子犯下重罪潜逃，于途中坠崖身亡，尸首遭野兽啃咬损坏了。

只有赵嫣知道赵元煜是怎么死的。

倒不是闻人蔺为她开脱遮掩，而是父皇一向重用神光教的愚民，必然不会将真相公之于众，打自己的脸。父皇唯有将罪责推到赵元煜身上，方能稳住局面。

赵嫣料到必是这样的结局——当朝廷不可信之时，她便只能寄希望于私刑。她从不后悔亲自让赵元煜偿命。

山间雨雾绵绵，赵嫣记事以来的第一场病也大好了。

她捏着小指坐在半开的窗边透气，那儿仿佛还残留着被闻人蔺以啮咬警告的酥痛的感觉。

孤星立于外间，尽职尽责地汇报："肃王尚在宫中处理雍王世子一案的后续事宜，暂未露面。"

这倒是个好机会。

赵嫣捏着小指的手一顿，微蹙的眉头慢慢舒展开了。她起身道："将柳白……柳姬请来，孤要与她回一趟京城。"

赵嫣先按照孤星呈上来的地址去了一趟外城东门下程寄行的家。

青苔密布的小径深处，砖墙颓圮，隐约有一座盖着苇席遮雨的破败小院。

"程寄行乃真正的寒门子弟，其父早亡，唯有寡母靠浆洗衣物供他读书科考。"小路年久失修，坑坑洼洼的，柳白微的脚伤还未好利索，他戴着帷帽走得艰难，"程寄行本是程家祖坟冒青烟出来的栋梁，深得临江先生的赏识，这才被破格录入明德馆，在乡试、会试中亦名列前茅……"

而现在，这名刚满二十岁的年轻人也成了祖坟中的一个不起眼的小土包。

赵嫣以同窗好友的身份谒见程母，然后命身后的孤星奉上沉甸甸的抚恤银两。

她告诉这个眼中几乎没有光亮的妇人："你的儿子曾胸怀伟愿、藏道于心，敢以蚍蜉之身撼乱世大椿，虽九死而未悔。"

语毕，赵嫣摘下斗篷的风帽，后退一步，替死去的赵衍、替天下寒门子弟朝程母笼手，行了迟来一年的躬身礼。

程母坚持不收赵嫣的银两。这个两鬓霜白的木讷妇人穿着被浆洗到发白的旧衣裳，目光混浊但坚定地告诉赵嫣，她虽听不懂贵人那些家国天下的话，但知道人穷不能志短。儿子为天下大业而死，她这个做母亲的断不能辱没了儿子的品性。

赵嬷辞行上车之前，程母想起了一事，用不太熟稔的官话道："认领阿寄的尸身时，老妪曾在其衣上嗅到了一股淡淡的异香。因官府催得急，且阿寄确实没有受外伤而中毒的迹象，是以老妪先前不曾起疑。而今听贵人讲述内情，老妪方觉得有所不对劲。"

程寄行也死于奇毒吗？

赵嬷了然，郑重地颔首，道："您放心，我必竭尽所能查明真相，为令郎洗冤。"

程母眼眶泛红，坚持着屈膝行了个大礼。

马车掉转方向，进入大安街，载着赵嬷与柳白微拐去了沈惊鸣家的府邸。

沈侍郎的面容较去年冬宴时又瘦削、沧桑了许多。

沈侍郎先是恭敬万分地迎接了微服私访的"太子殿下"，然而一提及儿子的死因，立刻沉下脸色，痛斥道："犬子性情顽劣，行为浪荡，定是眠花宿柳时灌多了黄汤才落水丧命。"

沈侍郎会如此想并非没有缘由。

沈家家风严苛板正，偏生沈惊鸣恃才傲物，不服礼教的管束。

人生于黑暗的世道，太过清醒反而是一种痛苦，而痛苦外露便成了狂放。

沈惊鸣常寄情山水，与秦楼楚馆的红粉知己厮混。故而在沈父的眼中，这个儿子除了有那么点儿才华，简直一无是处！

赵嬷知道，要解开沈父的心结，自己绝不能用财帛。所以，她取出了沈惊鸣呈给太子的书信，将他在信中所纂的《赋税论》递给沈侍郎看。

她不能将那份惊世骇俗的卷轴坦白于世，但至少要让这个哀戚的臣子明白他的儿子是为什么而死的。

沈侍郎迫不及待地展开了那封厚重的信，面色从严厉肃穆到不可置信。他将策论的署名翻来覆去地看了几遍，似乎在确认这篇敢与大半个朝堂为敌的气势磅礴的文章是否真出自自己那个玩世不恭的儿子之手。

"'不管身居何位，吾皆愿以死践诺'。"赵嬷清晰地复述道，"惊鸣以血为墨，以骨为刀，绝非侍郎所言的顽劣不堪之辈。"

沈侍郎的手剧烈地抖动起来，混浊的眼泪溢出了眼眶，一颗颗地砸在宣纸之上。

赵嫣笼手一躬，辞行离去了。

她刚行至庭院，沈侍郎就在家仆的搀扶下踽踽地跟了出来。

他似乎下定了决心，握着儿子的那份策论迟缓地跪了下来，朝赵嫣拱手，哽咽道："若殿下不嫌臣老朽，有何需要，臣万死不辞！"

沈侍郎一叩到底，庭中的积雨浸湿了他靛蓝色的袖袍。他脊背嶙峋，形销骨立。

赵嫣从沈侍郎的府邸里出来时，细雨初停，淡淡的一抹斜阳自天边铺开，照亮了满地的水洼。

她上了马车后，孤星问她是否要回玉泉宫。思索了片刻，她抬眸道："去明德馆。"

此时正值五月中的田假，暮色四合，在明德馆内留守的儒生并不多。

柳白微提着碍事的裙裾先行下车，如常伸手扶了赵嫣一把。他吹开了帷帽上的垂纱，道："这种时候，殿下不宜大张旗鼓，以免暴露身份。我知后门处有一条隐秘的小道。"

赵嫣看了一眼隔着袖子虚搭着的修长的手指，微微一顿。

柳白微察觉到了，坦然地问道："殿下怎的突然如此生分？明明以前你我同行共谈，亲若姊妹，而今殿下知晓了我的身份，反而嫌恶起我来了。"

赵嫣收回了手，浅浅一笑："我并非嫌恶，就是知晓你是男子……还不太适应。"

风一吹，满树的积雨被抖落下来。柳白微举袖替她遮在头顶上挡雨，露出了少年人纯粹张扬的笑来："无妨，殿下多看我两次就适应了。"

街边，一辆挂着暗纹垂帘的马车停靠在槐树的绿荫下。微风撩动车帘，车中之人从缝隙往外望去，看见一身男装的小殿下与一身女装的柳白微比肩进了明德馆的后门，"少年"的背影俊美如画，意气风发。

闻人蔺观察了片刻，将手中凉透的茶置于几案上。茶水溅出，茶盏发出了"叮当"一声脆响。

明德馆内书香气浓厚，随处可见松柏修竹，幽雅宁静。镜鉴楼兀立于二人的眼前，高五层，楼顶可见一小阁。翘起的檐角映着晦暗的暮色，黑漆漆的，没有一点儿光亮。

临到头了，赵嫣才发现自己并没有想象中的近乡情怯的心思，只余狂澜过后的深沉与平静。

木质楼梯盘旋而上，延伸至让人望不见的暗处。赵嫣将手搭在门扉上，吩咐道："给孤取一盏提灯过来，要亮。"

柳白微心神微动，明白了什么似的，跟跄着上前一步。

赵嫣知晓他跟着自己奔波了一日，受伤的脚踝定然快撑到极限了，便对他道："我想上去一个人静一静。你的脚还伤着，你就不必跟着了。"

柳白微张嘴欲逞强，然而脚踝实在疼得厉害，只好悻悻地作罢，自己跛着脚走到廊下，寻了个位置坐下缓神。

孤星领人将空荡无人的镜鉴楼上下巡视了一遍，确定并无隐患才放下心来，将手中的六角提灯呈给了赵嫣。

提灯在脚下铺了一圈橙黄色的暖光。赵嫣抬手拂去头顶的蛛网，踩着"吱呀"作响的老旧楼梯缓步而上。

半盏茶的工夫后，她站在了顶层的阁楼中，微微喘气。

提灯的暖光摇曳，稍稍驱退了如潮水般厚重的黑暗。阁中静得她只听到了自己低低的呼吸声，满目荒废萧条之景，尤显寂寥。

赵嫣抬手抚过半倒的书架，抚过墙上残留的墨痕，视线最终定格在了楼阁中间那张落满灰尘的长长的几案上。

几案的边角有一处突兀且崭新的划痕，好像原本有人在此处刻了什么字，又被人用尖利的物件划掉了。泛白的木头触目惊心，仿佛被划开皮肉露出的年轻文人的寒骨。

明明第一次来到此处，赵嫣却莫名其妙地有一种重回故地的熟悉之感。

这是因为双生子之间心有灵犀吗？她指尖下的死物仿佛有温度似的，在她的脑海中活了过来。

赵嫣仿若能看到兄长赵衍披着衣服坐在几案后，含着笑倾听儒生们辩论天下的局势，他们或坐或立，或执笔或阅卷，围着太子殿下，热热闹闹的声音填满了阁楼的每一个角落……

她曾不齿于兄长的仁厚与谦卑，总觉得他像高奉于案台上的琉璃灯，弱不禁风，而今方知道那具一触即碎的身躯中燃烧着怎样的灵魂。

风从窗户潜入，拂动了赵嫣的衣袍，仿若有人在她的耳边呢喃。

她放眼望去，星月无光，暗夜展开了它硕大的羽翼侵袭大地。窗外，翘起的檐角将阴影低低地压在窗扇上，梁架处的铜钩空荡荡的，生了锈。

再无明灯悬挂于高楼之上，与东宫嘉福楼上的灯遥相呼应了。

赵嫣回宫前曾想，只要查清赵衍之死的真相就好。现在她终于知晓了赵衍因何而死，知晓了暗夜之下有鬼魅猖獗，却再也没有置身事外的勇气了。

她想再往前走一步，哪怕只是一小步……

窗架上的铜钩太高，于是赵嫣先将提灯轻轻地搁在地上，再将那张陈旧的长几案挪到窗边。她从提柄上取下六角提灯，迎着夏夜的柔风踩上了几案，仰首望着近在头顶的铜钩。

她抱着灯盏，如同抱着一团滚烫炙热的火种。她抬手举臂，橙黄色的暖光落在了她澄澈的眼眸中，温柔又坚定。

"把那盏灯给本王放下，下来。"

赵嫣听见身后蓦地传来了一个无甚起伏的声音。

几案"吱呀"一晃，赵嫣愕然回首，发现闻人蔺整个人嵌在楼梯口的暗影处，正直勾勾地盯着她，一袭暗色的袍服厚重深沉。

风过无声，撩动着她的衣袍。

赵嫣知晓，自己查到赵元煜身上已是闻人蔺能让她插手的底线了。继续查下去会有什么后果、会牵连出哪些人，她无法预知。

这盏灯一点，赵嫣便将自己的态度摆在了明面上，火种不灭，斗争不止。

她或许该服软，将这盏灯藏在心底，做一只被驯服的乖顺的小猫。但这一次，她不想骗他，也不该骗他。

赵嬷转身，轻声道："天太黑了，我来点灯。"

"下来！"闻人蔺岿然不动，加重了语气。

赵嬷微顿，终是微颤着抬高手臂，踮着脚尖将灯盏挂在了铜钩上。

灯如红日般高悬，微小但热烈。

闻人蔺的漆眸仿若凝着冰碴，翻涌着浓重的暗色，他第一次被气得想将人拽下来狠狠地抽上一顿。

然而"吱呀"一声木材的"惨叫"后，年久失修的几案的榫卯松动，"咔嚓"塌了一条腿。站在上头的赵嬷猝不及防地一头朝前栽去，腹部重重地磕在了窗台上，疼得几欲窒息。

她慌忙抓紧窗扇稳住身形，几乎同时腰上一紧，前栽的身体被一股大力揽得后仰，撞入了一个硬实宽阔的怀抱中，发丝飞舞，衣袖被撩起又随之落了下来。

闻人蔺的手臂箍得很紧，赵嬷几乎喘不上气来，后背上传来闻人蔺急促的心跳，一声一声的，撞得她的心尖发麻。

灯影在二人的头顶上摇晃，落在闻人蔺的眼中，翻涌起暗色的波涛。

"我还是把你打断腿锁起来吧。"他扭过赵嬷的脸，端详着。

迅猛的袖风砸在窗扇上，窗扇被"砰"的一声关紧了，安谧的阁楼即刻成了一座密闭的监牢。

二

镜鉴楼上轩窗紧闭，仍有微弱的光从窗棂的缝隙中照射进来，照亮了阁楼中浮动的细小尘埃。

赵嬷跌坐于地上，被迫扭头凝望着闻人蔺。

这个姿势太过刁钻，拗得赵嬷的脖子酸疼得紧，她不得不小心翼翼地挪动膝盖掉转身体，换个和闻人蔺面对面的姿势。

赵嬷直面闻人蔺时，方觉得他的眼神有着与温和的语气截然不同的压迫感，其中还有暗色翻涌。

她颤了颤眼睫，很快便稳住了视线。

"如果太傅打断我的腿就能让我乖乖地听话……那去年遇刺时，抑或是面对赵元煜的威胁时,我就该老实了。"

闻人蔺被她坦诚到近乎理直气壮的话语气笑了,单手攥住她的腕子拽至胸前,缓缓地道:"那本王就连殿下的手也绑起来。殿下再不听话,本王就封了殿下的经脉穴位,将殿下做成人偶,摆在本王身边。"

他的声音低且轻,另一只手沿着赵嫣颈后和脊骨的各处穴位往下,似乎在比画。

赵嫣忍着颤抖的欲望,被攥住的手轻握成拳,抵着闻人蔺的胸膛,在二人之间隔出了些许距离。她轻声问:"那真是太傅想要的吗?"见闻人蔺不语,她抿了抿唇,然后问,"太傅教我防身、骑射,教我兵法、对弈,是为了有朝一日将我变成口不能言、足不能动的死物吗?"

闻人蔺手上用劲,眸色微沉。

半晌,他忽然笑了,盯着她润泽的唇道:"本王可没有教殿下如何违逆本王。索性,这舌头殿下也别想要了。"

赵嫣忌惮似的闭了唇,把菱唇抿成了一条线。

然而只是安静了片刻,她明白了什么似的抬起眼,不是很确定地问道:"肃王是在……担忧我吗?"

闻人蔺愕然。因为太过惊讶于这个莫名其妙的结论,他一时间竟忘了反驳。

赵嫣仔细地观察着他的反应,反而笃定了些,声音清晰地道:"除非赵衍的死与肃王有关,我继续查下去会牵连到肃王,否则肃王有何理由阻拦我?"

闻人蔺看着她,道:"殿下又怎知太子之死与本王无关?"

赵嫣想了想,摇首道:"如果兄长的死真是肃王的手笔,我不会活到现在。今日肃王如此生气,或许是因为我妨碍了你别的什么计划,又或许只是为我的不自量力有那么一丁点儿的……担心?"

"担心?"闻人蔺低声重复了一遍,唇角漾出温和的浅笑来。

连皇后都不相信他未曾对东宫下手,小殿下却信了。

可那又如何?他这样的人,身上背负着这样沉重的阴暗的过去,怎么能为一个无关紧要的小公主而动摇、担忧?

"殿下想多了。殿下的命是本王拘下的,殿下要寻死,也只能死在本王的手里。"

他说得漫不经心，揽着赵嫣的后腰的手指稍稍收紧，她立刻闷哼了一声。

闻人蔺一顿，语气让人辨不出喜怒："本王还未下手惩戒殿下，殿下哼唧得是否太假了些？"

"疼。"赵嫣轻轻地吸气。

闻人蔺将视线落在她紧捂的地方上，淡淡地道："殿下这点儿疼都受不了，还做什么救世圣人？"

"我从未想过拯救谁，只是想找出以我之名杀害兄长的仇人。暗夜行舟，总得有一盏灯将希望延续下去，我问心无愧……"赵嫣后知后觉地蹙起眉头，身子渐渐佝偻了起来，有些可怜地道，"我方才肚子磕在了窗台上，真的疼。"

闻人蔺见她的神情不像作假，眉头微不可察地皱了皱。

他终是不情不愿地压下心中阴暗的念头，长臂一带，将她从地上轻且稳地拽了起来。

阁楼许久未曾被洒扫，赵嫣在地上坐了这么久，月白色的精致袍服后沾上了一大片灰尘。闻人蔺扶着她的腰，俯下身，动作自然地朝她臀后的下裳的脏污处拍了拍。

男人的手掌十分有力，赵嫣被拍得朝前趔趄了一下，顿时半边屁股都麻了。她连忙反手护住那娇嫩之处，一股羞耻感涌上心头。

闻人蔺这拍灰尘的动作多少带了两分泄愤的意思，"啪啪"两声闷响，像长辈打屁股责罚不听话的小辈似的……

疼痛微不足道，但赵嫣很丢脸，不免脸颊发烫，连腹部的疼痛都忘了，震惊地看着闻人蔺。

她虽不受父皇和母后待见，可长这么大，还真没有谁敢如此待她！

偏生闻人蔺一副正经模样，稳住她的身形，道："把手拿开。"

闻人蔺的语气不容置疑，赵嫣深知不能再蹬鼻子上脸，只得咬了咬唇，无可奈何地将手挪开了那么两寸。

"轻……轻点儿。"她难堪地小声道。

闻人蔺没答话，又是"啪啪"两声，专注地拍她下裳处的灰尘。

见掌下的触感柔软、微弹，衣料随着自己的动作一颤一颤的，他不自觉地敛目，拍得慢了些。

镜鉴楼上孤灯高悬，很快就吸引了学馆中几位留守儒生的注意。
"快看，镜鉴楼的灯亮了！"
"自临江先生告老还乡，几位授课的博士官也相继被逐出明德馆，惊鸣与寄行皆埋骨泉下……到现在有一年了吧？这么久以来，那间阁楼再无人敢踏入。"
"是啊，没想到我还能看到灯亮。"
一个年纪稍小的、新入馆的儒生歪着脑袋张望，不明就里。而去年旁听过临江先生讲学，围观过太子殿下谈经论道的几名贡生皆神情肃穆，久久地凝视着那盏灯。
今年恩科，所擢之人皆为各家士族子弟，明德馆内的儒生无一入选。他们抱璞泣血，没人比他们更怀念百家争鸣、镜鉴楼内灯火通明的那段时日了。
"这天日……昏昧太久了。"学馆内，有人小声地叹了一句。
明德馆的后门，枣树根系虬结，枝叶青葱，随风摇晃。
飘落的枣花下，一名穿着布衣芒鞋、胡楂凌乱的落魄书生气喘吁吁地扶墙而立，望着镜鉴楼上的灯火出神。
他生而胆怯，但听闻沉寂了近一年的太子殿下出宫休养，还是抱着微弱的希望冒险从沧州回到了京城，只是半个月来一直犹豫，没有勇气踏出驿馆。
今日远远地见到明德馆的高楼上的灯亮了，回过神来时，他已经失魂落魄地站在了此处。
"你留胡子了啊，还弄得这么狼狈，"书生身后传来了一个微哑的声音，似乎有些嫌弃之意，"简直苍老了十岁。"
书生仓皇地回过了头，只见一名戴着帷帽的高挑女子瘸着腿从后门走出来，抬手一撩垂纱，露出了一张熟悉而张扬的脸来。
"白微……"书生后退一步，似乎耻于以逃兵的姿态面对故友。
当年意气风发的同窗们有的隐姓埋名，有的成仁取义，只有他害怕了，在祸事降临在自己的头上之前选择了卷铺盖逃跑。

"你这个人啊，还是一如既往地胆小怕事。当初事起时我就劝太子殿下，你心性不稳，不该用你，可殿下说'他的心里有光，哪怕微弱，只要镜鉴楼的明灯一亮，他仍会如扑火的夜蛾般无畏而来'……"柳白微跛足上前，抬手重重地捶了书生的胸口一下，低声愤愤地道，"你小子怎么才来，王裕？"

王裕一声不吭，直到被捶得踉跄着靠在砖墙上，才怔怔地流下两行泪来。

孤星守在楼下的厅中，见到闻人蔺和自家殿下一前一后地下楼，眼中闪过了一丝意外之色。

孤星发现殿下手中的提灯不见了，殿下跟在气定神闲的肃王身后，脸颊上浮现出了可疑的浅绯色，迈步下楼的步伐有些不自然。

"柳姬呢？"赵嬷清了清嗓子，问道。

孤星道："柳姑娘说去见个故人，往后门去了。"

赵嬷瞥了一眼，只见闻人蔺负手站在前方，指腹轻轻地捻着，似在回味什么触感。

他越是风轻云淡，便越是让人捉摸不透。

赵嬷只得识时务地道："将孤的马车留给柳姬，孤自个儿乘肃王的马车回玉泉宫。"

孤星看了一眼天色，再等候下去恐怕会错过太子殿下出城的时辰，便抱拳道："卑职领命。"

马车夜间走山路缓慢而颠簸，赵嬷的尾椎骨还有些发麻，她不由得微微侧了侧身子，试图离闻人蔺远些。

风撩动车帘，赵嬷从半山腰往下看去，皇城的灯火如星般散落，温柔地回应着赵嬷的凝视。

玉泉宫。

流萤按照赵嬷的吩咐，亲自端来了沐浴的棉巾与净水，又松开浅黄色的层层垂幔，直到将寝房遮掩得密不透风才谨慎地福礼离去，候于廊下。

重重垂幔内,赵嫣的外袍与腰带胡乱地散落在脚榻上。

她跪坐于床沿,束发此刻被弄散了,纯白的亵服松松地被褪至臂弯处,露出了莹白单薄的肩背与层层束胸的绸带……

闻人蔼审视着她腹部紫红色的撞伤处,以指轻触着检查。

他的指腹温凉,赵嫣不免缩了缩。

闻人蔼抬眼,什么也没说,走到一旁的矮柜边取出上次没用完的跌打损伤膏,单手拧开盖子,挑了一指头药膏,涂抹在了赵嫣的伤处。

赵嫣感受到一阵舒坦的微凉感后,药膏被暖化,渗入皮肤,渐渐激起热辣的感觉。

她没忍住,吸了一口气,平坦柔软的小腹一起一伏。闻人蔼抬手搭在她的后背上,眼也不抬地道:"别动。"

在夏日里发热,赵嫣着实不太舒服,还有些痒。偏生闻人蔼抹药抹得极慢,又推又揉,让赵嫣煎熬得很。

"差不多可以了……"赵嫣小声反抗着,没忍住,抬手挠了挠。

闻人蔼一把抓住了她,慢悠悠地道:"药没干,别碰。"

说罢,他略一沉思,从堆叠的衣料中抽出那根嵌玉的踝蹀带,往赵嫣被扣住的双腕处缠绕起来。

赵嫣都没看见他是如何动作的,双腕就被他缚在身后不能动了。她挣了挣,发现松紧被闻人蔼拿捏得刚好,让她挣不开又不至于被勒得发疼。

赵嫣茫然,委屈地道:"肃王何至于此?"

闻人蔼继续揉着擦药膏,不急不缓地道:"谁让殿下手脚都不老实,总爱碰不该碰的东西?本王只好出此下策。"

赵嫣心中愕然:她不过是不甘于浑浑噩噩,想将真相追查到底,怎么就成他嘴中说的这样了?

她不可置信地问:"肃王是在假公济私、罗织罪名吗?"

"是。"闻人蔼稍挑长眉,"那又如何?"

自己还能如何?赵嫣挣不开手,只得泄气地红了脸。

她正咬唇受着那不轻不重的按揉,忽闻殿外传来了人语声。

"殿下已经歇息了……"

"我有要事要说，两句话。"

柳姬的声音由远及近，他旁若无人惯了，很快就到了寝房的垂幔外。

赵嬷蓦然身体一紧，连忙扭过头往里躲了躲，并试图将挂在臂弯上的衣裳蹭上去。

闻人蔺一只手还托着药盒，不悦地慢慢拧起了长眉。

三

"殿下怎的先行回来了？也不等等我。"柳白微小声嘟囔着，已经绕过座屏朝内间而来，"殿下猜我今日见着了谁？"

赵嬷被反缚着双腕，察觉眼下不是议事的好时机，只得及时喝止柳姬："等等！"

"怎么了？"柳姬愣怔了一下，硬生生地顿住了。

赵嬷刚说了个"我"字，脚踝就被一只大手扣住了。

昏暗的床帐内，闻人蔺屈膝抵在榻上，撑着身子道："瘀血还未散开，殿下跑什么？"

他的声音压得很轻，几乎是呢喃耳语，可赵嬷还是觉得心惊胆战，连忙睁圆了眼睛瞪他，示意他噤声。

可她越是紧张，闻人蔺便越是从容自若，眸中甚至有浅浅的坏笑。果然，他不退反进，温声道："殿下的玉臀也跌着了，可要顺便一起检查？"

赵嬷无法用手去捂他的嘴，又怕他继续胡言乱语，索性侧首挺身，以唇封缄。帐帘晃动，他未说完的低语被堵在了柔软的唇间。

闻人蔺总算安静下来了，垂下的眼睫投下一圈浓密的阴影。他慢条斯理地磨了磨牙，启唇反咬住了那片芳泽。

赵嬷吃痛，"呜"了一声。

"什么声音？"柳白微听到动静，跛着脚靠近了两步，影子映在了垂幔上。

一阵可疑的衣料摩擦声过后，赵嬷气息不稳的声音隔着重重垂幔传来，有些气急败坏之意。她局促地道:"没什么,我抽……抽筋了。"

柳白微狐疑地问道:"真的?可要我叫人进来给殿下捏捏?"

赵嫣哪里敢?

帐中昏暗,闻人蔺的神情也变得缱绻起来。他意有所指地以指腹轻轻地摩挲着唇瓣,抬眼看人时,浓密的长眉低低地压在眼上,美人眼格外摄人心魄。

赵嫣不由得抿了抿麻木的唇瓣,不想再费力地堵一次他的嘴。

"不必,我已经宽衣了。"赵嫣猜想柳白微要说的正事与兄长等人有关,当着闻人蔺的面谈论着实危险,便解释道,"我今日实在困倦,有何要事咱们明日再说。"

柳白微颇为意外地"哦"了一声,跛着隐隐作痛的脚行至一旁,将一个小食盒搁在了座屏前的几案上。

"明德馆后有家饸饹店,卖的饸饹味美无比,我给殿下带了些回来。"想起什么,他又笑着补充道,"殿下放心,这是蟹黄饸饹,不是甜口的。食盒里垫了棉布保温,殿下一定要趁热吃,冷了可就腻了。"

"多谢。"赵嫣没敢直视面前闻人蔺的眼神,目光随着垂幔上柳白微的影子飘忽。她清了清嗓子,道:"你的腿还伤着,你快回去休息吧。"

大约是她赶客的意思太过明显,柳白微哼了一声:"殿下以前都与我以姊妹相称,而今一口一个'你'啊'你'的,怪生分的。"

如今赵嫣知晓了柳白微的男子身份,断不可能如往常那般亲密无间地唤他"柳姬姊姊"。顾及帐中还有个危险的闻人蔺,她亦不能大大咧咧地唤柳白微的本名,索性选择了缄默。

柳白微开玩笑般嘀咕:"殿下虽不能叫姊姊了,以兄弟相称亦可。"

他不知闻人蔺在帐中,就差将自己的底细全抖出来了。

赵嫣被吓了一跳,下意识地望向闻人蔺。闻人蔺屈肘斜倚在榻上,另一只手随意地搭在赵嫣的纤纤细腰后,轻轻地揉捏着,面容平静,让人辨不出喜怒。

柳姬久久没有得到回应,这才轻咳一声以掩饰落寞的心绪,道了一声"告辞"便离去了。

殿门重新被掩上,狭小的帐帘内只有赵嫣小心翼翼的呼吸声。赵嫣不确定闻人蔺是否知晓柳白微的真实身份,以及他知道后会做出什么反应……

闻人蔺姿态悠闲,面容温和得近乎完美。他扯了扯被赵嫣压得起了细微褶皱的袖袍,霜白色的手指撩开帐帘,将未上完的药膏"吧嗒"一声搁在了床头的矮柜上。

闻人蔺要走了?

赵嫣连忙提醒:"我的手肃王还未解开。"

闻人蔺侧首睨视着她,忽然一笑:"殿下身边素不缺人,随便唤个什么'兄弟''哥哥'前来解开即可,何须劳动本王?"

好嘛,他原来在这儿等着她呢!

赵嫣的确可以唤别人来解,然而素来面子薄,怎肯让流萤等人瞧见自己这副凌乱不堪的模样?堂堂长风公主可丢不起这个人!

何况若柳白微的身份真惹得闻人蔺不悦,她恐怕不会有好果子吃,还是让闻人蔺就地解开为妙。

见闻人蔺当真起身要走,赵嫣情急之下双腿往前一够,环住了闻人蔺健壮紧实的腰,试图阻拦他。玉钩带质感微凉,贴着赵嫣露出的小腿肌肤。没有人比她更清楚这条玉钩带有多"可怕"了,但她强忍着没打退堂鼓。

闻人蔺诧异了一下,略垂眼帘,视线落在了盘在自己腰间的那双骨肉匀称的小腿上。

垂幔轻动,寝房内光线昏昧,反而衬得那两截小腿白得发光,泛着淡淡的如月华般的柔光。

闻人蔺不禁伸手轻轻地拍了拍还在不断收紧的小腿,掌下的触感温软细滑。他留恋般地顿了须臾,方轻声道:"谁教殿下这般耍赖的,嗯?"

"我不要别人解……"

"殿下在说什么?"

闻人蔺佯装听不见,赵嫣只得稍稍加大音量。

"我不想让别人来解。"她微抬下颔,清楚地说,"我说过,肃王永远是我的第一选择。"

闻人蔺背对着赵嫣,坐着没动,似乎对这句话不甚满意。他高大的身形投下影子,刚好将半仰躺着的赵嫣笼罩起来。

赵嫣委屈起来,心道:这个人怎么这么难对付?!

手被缚在身后半躺的姿势并不好受,她气恼地握了握发麻的指尖,腰腹一用力,顺势挺身,一口咬在了闻人蔺的肩上。

隔着衣料,这一口带来的痛感就跟猫挠似的轻。是以闻人蔺纹丝不动,半晌才抬手抚了抚咬在肩头上的那颗脑袋,嗤笑道:"你也不嫌脏。"

"肃王纵使心中有气,欺负我欺负了这么久,也该消气了,否则未免太过小气。"赵嫣恨恨地松了嘴,用额头在闻人蔺的背上轻轻地顶了一下,闷声道,"因为肃王总是不许我查案,我才迫不得已动用他人。现在肃王又闹的哪一出?肃王管绑不管松,真是过分。"

闻人蔺险些被她气笑了:"看来病好透了,殿下又恢复了往日的牙尖嘴利的样子。本王还未找你算账,你倒先苛责起本王来了。"

"我哪儿敢?可手被绑久了真不舒服,我的指尖都是麻的。"

闻人蔺亲手缚的蹀躞带,焉能不清楚力道?他倒没拆穿她,只是一只手握住盘在他腰间的小腿,另一只手攥住身后的她的手臂,用力地转了一下。赵嫣甚至没反应过来发生了什么,整个人便以闻人蔺的腰肢为轴心转了半圈,从他身后转到面前,盘坐在了他的大腿上,与他面对面。

感受到男人的腿硬邦邦的,赵嫣眨了眨眼睫,忙不迭地放松双腿,要换成跪坐的姿势,但刚起身就被闻人蔺以单手按住了肩头。

"殿下迟早得适应被这革带束缚的力度。"闻人蔺悠然地垂目,几乎贴着她的脸颊拥着她,腾出一只手去解她腕上的活结,"殿下不听话,以后被绑起来的机会还多着呢。"

手腕一松,赵嫣立刻如释重负地撑着身子远离他,揉了揉有些酸麻的腕子。

闻人蔺以掌托着蹀躞带,看着空空如也的怀抱,眸子微微一眯。

赵嫣也知道自己有些过河拆桥,于是试图弥补:"肃王奔波劳累,可要留下用些饣羊饣各?"

闻人蔺睨着她，微扬唇角："本王偏爱樱桃口味，甜。"

说罢，他抬指意有所指地按了按赵嫣红润的唇瓣。

唇上的力度稍纵即逝，赵嫣愣了一瞬，才反应过来闻人蔺所说的"樱桃"非彼樱桃。

她摸了摸唇，再抬眼时，闻人蔺已撩开垂幔缓步离去——从观云殿的正门。

庭中石路发白，山风拂面，闻人蔺乘夜信步而行，走得缓慢又优雅。廊下的暗处有一道身影狼狈地闪过，他勾唇冷笑，视若无睹。

盛夏明媚，山间郁郁葱葱，几幢宫楼掩映其中，宛若避暑仙境。

赵嫣记挂着柳白微，用过早膳便沿着长廊拐去了听雨轩。

听雨轩窗户大开，赵嫣从窗户向外望去，见远处群山绵延。柳白微坐在窗边，精神不济，连赵嫣特地给他带的荷花酥都没心情吃，撑着下颚将昨夜和王裕相见的情形道来。

"程寄行猝死于寝舍内，王裕是第一个发现的人。据王裕说，程寄行死时面朝下，倒在几案上，油灯耗尽了，桌上摆着一本程寄行翻看到一半的《风水论》。"柳白微顿了顿，方沉声道，"程寄行重实干，最厌恶虚无缥缈的风水、神明之说，这也是他支持太子推行新政的主要缘由。"

赵嫣了然："也就是说，以他的性子，他不可能通宵研究《风水论》。"

柳白微点头："王裕也察觉到不对劲了，加之沈惊鸣的前车之鉴，便第一时间将那本《风水论》藏了起来，连夜收拾东西逃去了沧州。"

赵嫣凝眸，连忙问道："那本书还在吗？"

"王裕他……他耻于来见殿下，昨夜亲手将书托付给了我。"柳白微说着，从里间的箱中翻出了一个层层包裹的小布包，搁在了几案上。

赵嫣欲伸手去取，却被柳白微一把按住了："别碰。王裕说这书上有股奇怪的淡香，他收拾的时候就碰了那么一小会儿，结果头晕目眩了好些日子才缓过来。我猜想，书上应该有毒。"

赵嫣心中一沉：若真如此，这下毒的技巧倒是与谋害太子的那封信一般无二……两次下毒会是同一个人做的吗？

"我们得想个法子查验查验。"柳白微道。

赵嫣起身行至廊下，吩咐孤星将张煦请来，顺便把上次在赵元煜的炼丹房中搜罗来的证物带来。

张太医一向负责为"太子"调理，是以也跟着来了玉泉宫。不到两刻钟，他便提着药箱进了门，行了个礼。

张煦依旧一副离群索居的寡淡模样，只有在接过柳白微递来的那卷《风水论》时，耷拉的眼中才迸发出兴奋的光芒来。

他毫不避讳地翻了翻，又嗅了嗅。

赵嫣看得心惊胆战，提醒道："当心有毒。"

"殿下放心，微臣自小浸淫奇毒，不会有事的。"说罢，张煦皱起了眉，道，"这香味……有些熟悉。"

"你可有头绪？"赵嫣期待地问道。

张煦想了想，摇头道："微臣需要些时日排查。"

"此物于我十分重要，拜请张太医竭力为之。"赵嫣神情郑重，又示意孤星将从赵元煜的密室中捡拾来的丹药与药方奉上，嘱托道，"这些也请张太医一并查验，看是否有相通之处。"

张煦是个医痴，接过一应疑难毒物，只说了一句："微臣需要一间四面通风的药庐、两个跑腿人力。"

"好。"赵嫣示意孤星去安排。

张煦如获至宝，竟连辞别礼都忘了施，转身就跟着孤星去药庐里忙碌了。

赵嫣安排好一切，才发觉柳白微的状态着实不太对劲，他似有心事般心不在焉。

"你怎么了？"她看着柳白微眼下的青色，关切地问道，"昨夜没睡好吗？"

柳白微回神，张嘴欲说什么，而后又悻悻地闭上了嘴。

"天阴了，出去走走吧。"赵嫣望着窗外的浮云，提议道。

以往在东宫，赵嫣与柳白微商议对策累了时，也会在庭中散会儿步。

柳白微没有意见，两个人便一前一后地出了门，沿着长廊漫无目的地放空思绪。

"殿下不怕吗？"柳白微问。

赵嫣知道他指的是继续查下去这件事，想了想，诚实地道："偶尔有点儿。你呢？"

"我？"柳白微笑了一声，"以蜉蝣之身，直面雷霆电光，未尝不是一件快事！"

赵嫣也笑了，轻声道："我亦如此，问心无愧。"

柳白微侧首看了她半晌，忽然道："那时在东宫，我曾与殿下说过，赵衍不在了，我会替他保护你……"顿了顿，他扭过头去，"殿下的兄长是太子殿下，我这么说可能有些自大，但那句话是真心的。"

柳姬的性别是假的，但那句话是真的。

他只想告诉殿下这么一句。

赵嫣虽不明白柳白微为何突然提起这件事，但还是点了点头，道："柳姬姊姊是第一个知晓我的身份的外人，亦是我第一个真正信任之人，说的话自然是真的，我信。"

"真的？"柳白微云开见日般露出了一个心满意足的笑来。

然而笑着笑着，他如临大敌般，忽地停住了脚步。

赵嫣疑惑柳白微为何突然变了脸色，正欲询问，却见他一把攥住她的腕子，道："我们换条路走。"

赵嫣一愣，下意识地扭头回望，才发现前方的凉亭之下立着一抹熟悉的身影。闻人蔺着一袭墨袍挺立，面朝着赵嫣的方向，不知是在看她还是她身后的苍林群山。

赵嫣感觉脊背凉飕飕的，脑海中涌上了一种不祥的预感。

她想要将手腕从柳白微的手里挣脱出来，然而他着实攥得紧，她跟着走了十多丈远才停住脚步，不由得拧着眉道："柳白微，你到底怎么了？"

蝉鸣阵阵，柳白微背对着赵嫣停住了脚步，许久才喘着气说了实话："昨夜，我看到他从你的房中出来了。"

四

"我出门后越想越觉得不对劲，担心殿下出事，就折回去看了看，"

柳白微的声音闷闷的,也不知他在和谁置气,"谁知就看见他大摇大摆地从你的房中走了出来!"

回想起帐中发出的细碎声响,柳白微当时整个人都快裂开了!若非流萤及时出现,将他拽了回去,且自己的脚踝实在疼得紧,他定要冲上去问个明白。

赵嫣看着柳白微气呼呼的背影,心情有些复杂。

柳白微是兄长最信任的同盟,亦是第一个辨出她的真实身份的外人。他如同一根纽带,牵连着她所有与赵衍有关的回忆。

她迟疑了一会儿,还是选择了坦白,于是垂下眼睫轻声道:"我常把你看作兄长,没有告诉你闻人蔺的事,是怕你知晓后会失望。"

她这话已然是委婉地承认了。

柳白微愕然回过头来:"殿下与他……并非近期才开始的?"柳白微是个聪明人,想起赵嫣如紧闭的蚌壳般颓靡的那段时日,顿时呼吸一窒,"簪花宴后殿下的状态就很不对劲,你们是从那时……?"

赵嫣默认了。

"后来殿下让我描眉施妆,也是……为了他?"赵嫣还没回答,柳白微就已经震惊地倒退了两步,"如此说来,我并非第一个见到殿下的女孩子模样的男人?"

瞒了柳白微这么久,赵嫣并不好受,此刻坦白了,反而有一种如释重负的轻松感。它解释道:"簪花宴上,我受了赵元煜的暗算,那只是……一场意外。"

脑中"轰隆"一声,柳白微捂着心口喘起了气。

柳白微一向张扬热烈,赵嫣还是第一次见他被打击得说不出话来的样子,不由得歉然,低声叹道:"抱歉。"

"抱歉?殿下为何要说'抱歉'?"柳白微的神魂被这两个字硬生生地扯了回来,他被气得脸颊飞红,"该肉袒面缚、跪地请罪的人不是那个以下犯上的无耻之辈吗?!"

赵嫣眨了眨眼,心道:这世上能让闻人蔺跪地请罪之人怕是还没出现。

"是他强迫殿下的?他威胁殿下了?"柳白微来回踱步,又问。

"没有。"赵嫣无奈地笑了笑。

那一次严格来说是她勉强了闻人蔺。

"殿下怎还笑得出来？"柳白微比自己受辱还义愤填膺。

赵嫣抬手抵着下颔，纤长的眼睫微垂，落下的阴影盖住了眼尾那颗嫣红的小痣。她声音低沉地道："我只是觉得，帝王常宠幸各士族的贵女以平衡朝堂，说到底也是以雨露换利益。既如此，为何我不可以呢？"

说罢，她自个儿倒是一怔，长久以来的隐秘心结仿若被清泉抚过，心中豁然开朗起来。

论权势、利益，天下谁能及肃王？多少人想求他驻足都求不来，自己若能让他甘为裙下之臣，这又算得上什么难堪之事呢？

"那也不能是他！"柳白微撸起袖子，道，"此人危险狡诈、阴狠至极，放眼五陵年少、文臣武将，哪一个不比他乖巧、合适？就连我……"

太子殿下唯一的妹妹、骄矜无双的长风公主，岂是闻人蔺一介佞臣能染指的？！

柳白微被气得胸口发堵，然而更多的是后悔。他如若早些坦白自己的男儿身份，多个心眼日夜地守着长风公主，是不是就能护她明媚如初？是否这些糟糕的纠缠与意外就不会发生？

柳白微泄气般萎靡下去，靠在柱子上恍惚地道："以后见了赵衍，我该怎么跟他交代？"

和温和宽厚的赵衍不同，柳白微没说两句就被气得要爆炸，看似咋呼，实则字字句句都在护短，是名副其实的刀子嘴豆腐心。

风过千山，云岚散尽。赵嫣的眸中泛着暖光，她认真地道："放心，以后见了赵衍，我亲自向他交代。"

凉亭中，蔡田将在长廊边听来的对话一字不漏地禀告给了闻人蔺。

"是吗？那只是一场意外？"闻人蔺品味着赵嫣的话，面容冷白俊美，让人看不出多少情绪，"小公主还想效仿帝王，将本王当作攀附利益的筹码……"

他自顾自地笑了一声。孤亭下竹帘飘动，青黛色的远山也变得模糊起来。

闻人蔺不由得回想起方才那两个人言笑晏晏地走来的情景，小公主那轻松明媚的笑颜是她面对他时不曾展露过的。

他们连小手都拉上了……很好。她头也不回地跟着那个姓柳的离去，一刻钟了，还未回来认错，真是翅膀硬了。她身边的狂蜂浪蝶那么多，无怪乎她对他说的是"第一选择"而非"唯一选择"呢。

闻人蔺摩挲着食指上的嵌玉指环，胸腔蓦地生出一阵熟悉的刺痛，痛感如涟漪般轻轻地扩散开来。

自己又要毒发了吗？

他抬手按了按胸口，感受那阵稍纵即逝的余悸，薄唇淡得几乎不见血色。

闻人蔺又立了一盏茶的时间，目光投向了空荡的长廊。

她还没回来。很好，他给她机会了。

许久，闻人蔺转过身，缓慢地道："后日启程回宫，姓柳的不必留了。"

见到闻人蔺眼中瑰丽的暗色，蔡田心中一惊：现在离毒发还有近一旬，王爷的脸色……怎的这般苍白可怖？

"太子"回宫那日天气晴好，青云出岫，搬运箱箧的队伍绵延不绝。

赵嫣虽只在玉泉宫里住了短短二十日，但这二十日内所发生的事已胜过往昔半年的事了。她如同从山脚攀上山腰，不再一叶障目，眼前虽有迷雾，然所见亦更深广。现在又要回到皇城，过崇文殿与东宫两点一线的日子，她还真有些舍不得。

"柳姬呢？"赵嫣环顾了一圈排列齐整的宫侍与车队，没见着柳白微。

莫非他因为打击过大，闭关一日还在生气？

流萤摇着扇上前回道："奴婢方才遣李浮去听雨轩问了，李浮说柳姬还未收拾妥当。日头渐热，殿下先上车。"

赵嫣点头应允了，刚要上东宫的马车，就见蔡田赶着另一辆更宽敞的马车过来了。蔡田朝她行礼："请太子殿下屈尊乘坐这辆马车。"

赵嫣认出了这是闻人蔺的马车，便吩咐流萤："将我的那辆马车留给柳姬。她的脚还伤着，我的车舒坦些。"

流萤应允，然后扶着赵嫣上了肃王府的马车。

车中的绣垫蓬松柔软，蜀锦车帷上隐隐地闪着流光，长长的几案上放置了香炉与冰鉴等物，淡香夹杂着丝丝缕缕的凉意飘散开，让人惬意无比。

然而闻人蔺不在其中。

"你们王爷呢？"赵嫣心中觉得奇怪，撩开车帘问了一句。

蔡田驭马护卫在侧，恭敬地答道："王爷有要事处理，脱不开身，命卑职代为护送殿下回宫。"

赵嫣记得负责王府日常护卫的人是张沧，而蔡田神龙见首不见尾，一向负责缉拿、刺探等重任……闻人蔺怎么派他来了？

虽有疑惑，赵嫣却并未多想，下令拔营启程。

一行车马沿着山路往下，绿荫倒退，斑驳的阳光从叶缝中漏了下来，晃得赵嫣昏昏欲睡。

许是车中熏香淡淡，冰鉴沁凉，连流萤手中的摇扇都慢了下来。赵嫣便寻了个舒服的姿势，屈肘以手抵着腮帮，合上了双目。

她睡了没多久，忽闻一阵凌乱的马蹄声夹杂着惊呼声传来了。

马车急停，赵嫣立即惊醒了，揉了揉眼睛，问："怎么了？"

莫非又有不怕死的人来行刺？

赵嫣刚撩开车帘欲询问，就见孤星策马绝尘而来，面色凝重地道："殿下，柳姬姑娘骑的马忽然受惊狂奔，马车坠下山崖去了。"

流萤手中的摇扇一顿，满目震惊之色。

赵嫣怀疑自己还在梦中，抑或是听错了，呆坐半晌方问："谁的马车？"

"柳姬姑娘的。"孤星的声音低了下去，他翻身下马，请罪道，"属下等人阻拦不及，没能救下她……"

赵嫣忽地弓着身跳下车，匆匆地穿过车队，越过或惊慌或沉默的宫侍，朝队伍末尾的出事地点赶去。

流萤大步跟在赵嫣后头，低声示意孤星："请孤统领加强戒备，保护殿下。"

　　这条山路直通玉泉宫,为了保护皇家贵胄的安危,道旁以栏杆加固了。而现在栏杆被撞开了一处缺口,地上数道凌乱的车辙,沿着车辙往前,是一条深不见底的山涧……

　　蔡田领人将出事地点围了起来。从现场遗落的木料碎片与车帷来看,这的确是赵嫣让给柳白微乘坐的那辆马车。

　　她呼吸一室,足以想象马车冲下去的那一瞬间,情形如何惊险。

　　"派人下去搜!务必把人带上来!"赵嫣声音发哑,低声喝道,"快!"

　　然而峭壁如此高,夏季的山涧如此湍急,所有人都知道希望渺茫。

　　整整四个时辰,从上午到日落西山,东宫卫和内侍相继下去了三趟,只从山涧的下游打捞出来些许马车的木料碎片,还有一件湿漉漉的、沾着泥沙的浅碧色大袖夏衫——这是柳白微着女装时最爱穿的衣裳。

　　没有找到尸首,赵嫣反而平静了下来,问道:"柳姬出事时身边都有谁?"

　　孤星答道:"卑职赶到时,蔡副将已经在那儿了。"

　　赵嫣眉头一皱,望向不远处面色如常的蔡田。

　　她冷静下来想想,方才蔡田让自己上肃王府的马车的举动确实有些诡谲、刻意。她一离开,身后的柳白微就出事了,一切真会这么巧吗?

　　赵嫣回想起前日柳白微拽着自己逃离闻人蔺时自己身后那道深沉的视线,一个大胆的揣测浮上了心头。

　　她对孤星道:"继续沿着水流搜查,一有消息即刻回禀。"继而她撩开车帘,朝驭马护卫在侧的蔡田道:"孤要见你们王爷,烦请蔡副将引路。"

　　车夫快马加鞭地赶路,入夜时分,马车停在了肃王府的正门前。

　　这是赵嫣第一次真正踏入闻人蔺的领地。王府整洁静穆,她却无心观赏此间风景。

　　她的手中攥着柳白微那件粘着泥沙的大袖衫,白着小脸走得又快又急,连疾行惯了的蔡田都跟不上,不得不加快步伐领着她来到三层高的

323

偌大的书阁前。

蔡田上前叩了叩门,里头很快传来了熟悉的低沉嗓音:"进。"

不待蔡田开门,赵嫣自己就快步闯了进去,顿时,宽敞而幽暗的书阁展现于眼前。

率先映入赵嫣的眼帘的是三面高不见顶的书柜,继而是一对好似在引吭高歌的鹤首铜灯,铜灯的烛火投下光晕,照亮了一张长长的书案。闻人蔺穿着一袭墨色的大袖常服坐在书案后,半敛眉目,抬笔润墨。

他似乎早料到赵嫣要来,眼皮也不抬地道:"殿下晚归了三个时辰。"

赵嫣气都没喘匀,开门见山地道:"柳姬呢?"

闻人蔺没有停笔,一副置之事外的模样,淡然地问道:"谁?"

"柳姬。她今日坠崖了,我知那不是意外。"赵嫣好像抓到了一缕微弱的希望,上前一步,道,"如若她还活着,请太傅将她交还于我,可好?"

闻言,闻人蔺总算停笔了,抬起眼看她。他的那双眼睛漆黑深沉,在烛火下闪着温和的暖光。

闻人蔺看着赵嫣紧攥着的脏衣裳,忽然一笑,轻声道:"殿下是为了一个外人来质问本王吗?"

和温柔的语气截然不同的是他眸中慑人的压迫感。

"她是阿兄最好的盟友,不是外人。"

赵衍身边的人死的死,走的走,只剩下柳白微了。赵嫣只是觉得,自己不能连兄长最后的盟友都护不住。

她咽了咽口水,道:"我身边总共就这么两个可信之人了,纵其有千错万错,我愿代为认错。请太傅将她还给我。"

"可信之人?"闻人蔺轻轻地重复了一遍,胸口既闷又冷,隐痛霎时蔓延开来。

他近乎自虐般品味着这丝陌生的闷痛,而后才看向赵嫣那双带着乞求之意的眼睛,起身缓步走到了赵嫣的面前。

他拭去手上的朱砂墨迹,道:"柳姬死了,殿下身边不会再有柳姬其人。殿下对本王这个答案可满意?"

赵嫣睁大了双目，不可置信地看着他。

"殿下是在生气吗？"闻人蔺神色不变，抬手抚了抚她湿红的眼尾，温声道，"殿下来之前不就已经认定是本王杀了她？本王不过是承认了早已被安上的罪名，殿下又在气什么呢？"

他语气这般温和，可说出来的话又是如此残忍。

赵嫣眸光闪烁，仿佛听到了自己内心深处一丝细微的什么东西破碎的声音。

她茫然地站着，呼吸微抖："你为何要这样呢，太傅？"

"殿下现在才服软撒娇，晚了。"闻人蔺凝望着她，面色冷白若霜，平静地道，"那个姓柳的从那么高的地方摔下去，怕是尸骨无存了。殿下带来了她的衣物，也好。"

闻人蔺转而吩咐蔡田："去将柳家的兄长带上来，让他认领遗物。"

闻人蔺竟连柳白微的家人也羁押起来了？！

脑中"嗡"的一声，赵嫣回过神来时已颤抖着握住了袖中的短刀。

蔡田很快就将人带上来了。那是个穿着雪色黛襟儒服的少年，低着头踉跄而来，赵嫣觉得他的身形有些眼熟。

闻人蔺胸中越是有戾气翻涌，面上便越是冷淡、平静："衣服拿去，给令妹做个衣冠冢。"

少年几度呼吸，终是抬起一张被气红的脸来，抛却毕生的君子素养大声道："你妹妹的衣冠冢！"

再熟悉不过的张扬的嗓音终于让赵嫣确认了少年的身份——他是柳白微，恢复男装的柳白微。

紧绷许久的心脏瞬时落回了胸腔，赵嫣猛然扭头，看向苍白而俊美的闻人蔺，而后慢慢地红了眼眶。

第十一章
夜夜伴读

一

闻人蔺这个浑蛋，竟骗她！

赵嫣深吸一口气，压下情绪，先问了柳白微一句："你没事吧？可有何处受伤？"

闻人蔺本来正专注地凝视着赵嫣眼尾的那抹湿意，闻言，冷笑了一声。

柳白微面对赵嫣焦急又关切的脸，低着头，放轻了声音："我无甚大碍，就是伤了两根手指。"

赵嫣将视线下移，果然见到柳白微的右手指骨上有几处青紫色的破皮，看上去还挺严重。

他被用刑了吗？

赵嫣忍不住又以余光瞥了一眼身侧之人，发现闻人蔺正坐在紫檀木宫椅中，手臂搭在扶手上，屈指轻轻地叩着，冷眼旁观着。

柳白微擅书画丹青，若他的右手因此落下什么病根，赵嫣难辞其咎。

她虽满肚子情绪，却只得先处理完眼前的情况，便问道："你怎么伤的？"

"我被人阴了一把。"柳白微磨着牙，恨恨地答道。

那日在玉泉宫，他得知闻人蔺对小殿下做的那些破事，着实难以接受，闷闷地掷了一晚上棋子。

万幸自己眼下还顶着"柳姬"这个宠妾的身份，以后在殿下的寝殿的外间里打个地铺日夜值守，纵使是螳臂当车，未必不能从肃王的虎口下护殿下周全。

想到这里，柳白微心中方好受些，正要出门去找赵嫣，就被人从身后以手劈晕了。醒来时，他已经到了一间陌生的地牢中。

自称张沧的糙脸汉子丢给他一身男子的儒服，告诉他柳姬已坠崖"身亡"，让他以柳姬的兄长的身份前去"收尸"。

柳白微这才知道，在昏迷的这几个时辰内，自己竟被抹掉了"柳姬"的身份，强行恢复了男儿身！从此别说日夜地贴身保护殿下，他就是想入宫见她一面都难于登天……

阴险，真阴险哪！

柳白微一气之下抡拳捶向石门，门没事，他的手险些废了，被气红的脸"唰"地疼得煞白。

听到柳白微的手是这般伤的，赵嫣总算彻底放下心来，上前道："你先回去上药，万不可冲动冒进。"

柳白微骤然抬头，满脸不可置信的表情。他看了一眼坐在椅中的罪魁祸首，随即明白了什么似的，沉下脸道："请殿下和我一起走。"

赵嫣诧异，不用回头也知闻人蔺是何神情。

"殿下别怕，柳某虽为一介书生，却也懂主辱臣死的道理。"柳白微上前一步，凛然道，"无非是伏尸二人，流血五步。"

再不走，他真得流血五步了。

"柳白微！"赵嫣神色凝重，声音轻而焦急地道，"明德馆的灯，你得给孤亮着。"

柳白微神情复杂，握拳半晌，终是低声道："殿下保护好自己，我会再想法子的。"

柳白微被带了下去，赵嫣知晓，他的这条小命暂时被保住了。

蔡田沉默着关上了书阁的大门，偌大的厅堂内，只有烛芯燃烧时发出的细响。

赵嫣慢慢地转过身，发现紫檀木的宫椅中已没了闻人蔺的身影。那道高大冷峻的颀长身影转过长长的山水屏风，消失在了内间的珠帘后。

闻人蔺这样身份的人，真动起怒来不会如狂风暴雨般可怖，反而是温柔的，挂着优雅的笑意，弹指间灰飞烟灭。

他越平静，赵嫣心中的情绪就越被放大，在胸腔里撞出空荡荡的回响。

想了想，她抿着唇跟了上去。

今日之事，她必须说清楚才行。

珠帘里是供人休憩用的宽敞的茶室，放着各色珍稀古玩的博古架延伸至深处。靠墙的位置摆放着长榻和桌椅，闻人蔺坐在椅中，去取在小炉上温着的冰玉酒壶，自始至终未曾抬头看她一眼。

内间里没有多余的椅子，赵嫣便自个儿坐在了长榻上，清了清嗓子，道："盛夏炎热，肃王怎么还喝热酒？"

闻人蔺没接话，赵嫣的耳畔就只有细微的"潺潺"的斟酒声。

"肃王也给我一杯酒吧？"赵嫣道，眼尾还残留着湿红色，"我被吓出了一身汗，冷得很。"

她说着，尾音竟真有些抖。

赵嫣虽知晓闻人蔺一向老谋深算，自己被他吓到也非一次两次了，但这次放松之余，语气里隐隐地添了几分连她自己都未察觉到的委屈。

这很奇怪。她自小要强，并非娇气之人，可近来在闻人蔺面前委屈的次数越来越多。他似乎总有能耐击溃她所有的伪装，让她露出脆弱的内里。

这可不是什么好兆头。

闻人蔺总算稍稍抬眼了。不知是不是灯火的原因，赵嫣总觉得他的眼睛与平常不同，好像多了几分……熟悉的妖冶之意。

他单手执着冰玉酒盏，并未依言递给她。他的视线顺着赵嫣微红的眼尾往下，落在了她袖中交叠的指尖上。

"本王好奇，殿下袖中的那柄短刀要何时才会出鞘？"他道。

赵嫣听出了他淡淡的嘲讽之意，不由得一怔，下意识地道："太傅身手卓然，我败过一次，断不会再以卵击石。"

闻人蔺了然，缓声道："殿下不是行刺本王，那便是想把刀架在自己的颈上，逼本王放人？"

赵嫣那双漂亮的眼睛中一闪而过的讶异之色并未逃过闻人蔺的眼睛——他这样的人早已练就了看人心事的本事。

闻人蔺明知事实如此，可胸中仍涌上了一股陌生的沉郁的心绪，血气翻涌起来。

连他都不舍得下重手的骄矜的少女，竟想以自己的性命做赌注，换另一个人的生路？那个姓柳的也配？

"殿下乃千金之躯，肯为他做到这个地步？"闻人蔺被气笑了，将半滴未饮的酒盏轻轻地置于桌上，"平日里，殿下见到本王跟兔子见着苍狼似的，连诚心地笑一笑都不愿，与旁人倒肯交心。"他说着，语气越发轻柔，"天下之人皆至纯至善，唯本王是大奸大恶之人。与本王这样的人苟合，是殿下一生都难以直视的污点。殿下是否后悔，若簪花宴那日遇见的人不是本王这等'无耻之辈'，而是周挽澜那般含霜履雪的正人君子，或是姓柳的那等雌雄皆可的独特少年，殿下兴许会快乐……？"

闻人蔺低沉的声音戛然而止——他凝眸望着那颗毫无征兆地滚落下来的晶莹泪珠，泪珠打湿了赵嫣紧攥着的袖边。

赵嫣也不想哭。

她从记事以来，只在得知赵衍死亡的真相那晚在闻人蔺的怀中哭过那么一次。方才得知柳姬的"死讯"，她急红了眼也未落泪，这会儿被闻人蔺说上两句反而受不了了。

她觉得很丢脸。视线模糊，她看不清闻人蔺此刻的神情。

闻人蔺很久没有说话。

"若肃王肯与我商量此事，不以柳白微的死来骗人，我又何至于被蒙在鼓中，出此下策？！"赵嫣下颔轻抖，仍固执地瞪圆了水光潋滟的眼眸，挺直单薄的脊背，道，"明明是肃王先恫吓人，不安抚、不解释也就罢了，还要这般盛气凌人……"

许久，她在模糊的视野中看见闻人蔺起身了。阴影笼罩着赵嫣，闻人蔺抬手欲抚去她眼睫上的湿意。赵嫣略一侧首，很有骨气地躲开了他的触碰。

"肃王为何不肯与我商议？是害怕我知晓你的计划后舍不得柳白微吗？"赵嫣趁着那股气，将心中所想一股脑地倾倒出来，"我于长庆门下见肃王第二面时，肃王便在杀人。而今肃王自作主张地处理柳姬，又不好好地与我说明内情，我怎能不心慌、害怕？"

话一出口，她与闻人蔺皆顿住了。

确实，比起费尽心思地让柳白微恢复男儿身，闻人蔺杀了他不是更干脆吗？

"殿下说得对，杀了那个姓柳的才是本王的行事风格，"闻人蔺轻轻地扳过赵嫣表情愣怔的脸，微微颔首道，"何须大费周折？本王现在杀他倒也不晚。"

见闻人蔺起身欲走，赵嫣抿唇，下意识地攀住了他的双肩，用力一压，将他高大的身形压得俯身垂首。而后她效仿在观云殿的寝房里的那晚，合上双目，以唇封缄。

世界突然安静了下来。

珠帘晃荡，璀璨的光落在他们相贴的面容上，忽明忽暗。

赵嫣喘息着稍稍拉开了距离，闻人蔺却垂下眼帘，低声笑道："同样的招式用两次，殿下也太高估自己了。"

赵嫣没说话，忍着气又堵住了他的嘴，这次用的可不是同样的招式。

闻人蔺任她挂在自己身上，垂眼欣赏她近在咫尺的容颜绽出芙蕖般娇艳的霞色来。直到小殿下的手臂快挂不住了，他才伸手扶了一把那纤细的腰肢。

"想让本王做裙下之臣，真不知殿下是人傻还是胆大。"闻人蔺低语，声音慵懒又缱绻，"哪天本王死了，是会拉着殿下一起陪葬的。"

他怎么还有工夫说这些气人的话？

赵嫣一拧眉头，愤然咬上他的唇，含混地道："祸害遗千年，太傅可没那么容易死。"

闻人蔺的笑被闷在喉中,消散于唇齿间。

小殿下不知道他本就是从死尸中爬出来的修罗,迟早会回到炼狱之中,那一日并不久远。

她什么也不知道。

闻人蔺应该生气,应该将不听话的小公主束缚在身边,锁起来。然而怒意涌到嘴边后消散了,抬起的手掌也只是轻轻地压住了她的双腕。

闻人蔺专注地合上眼眸,在泄了愤的小殿下撤退前以单手扣住她的后脑勺,启唇更用力地吻了回去。

赵嫣舌尖一痛,只觉得呼吸一窒,连灵魂都似被攫取走了。

闻人蔺以微凉的薄唇教她什么才是真正的吻。两个人都带着满腔的情绪,彼此恨不能分个高低。

赵嫣的脸颊很快就热出了汗,她试图反击,将局势扭回成簪花宴上那般。然而未果。恍惚间,她看见闻人蔺浓密的眼睫半垂着,瑰丽的暗色在他的眼中若隐若现。

"你的眼睛……"赵嫣在呼吸的间隙艰难地挤出几个字,随即话语就混着呜咽声被吞进去了。

严格来说,今夜并不是一个好时机。闻人蔺并不想让赵嫣看到自己这副苍白、诡谲的模样,于是扳着她的肩轻轻一转,她便面朝下地跌在了榻上。

一声裂帛之音过后,杏白色的绸带倏地滑落下来。赵嫣下意识地撑肘起身,却被一只骨节分明的大手按住后腰压了下去,感觉到质感极佳的陌生布料自身后贴了上来。

他光是"第一选择"怎么够呢?他要的是唯一,也只要唯一。

隔壁的净室里传来了倒水声,继而闻人蔺的脚步声靠近了。

赵嫣脸颊通红,气息未匀。她转过身,面朝榻里侧闭目,不想见他。

经过这么一闹腾,她已经忘了自己在和闻人蔺置什么气了,满腔情绪就像被掏空了似的,心中有一种莫名其妙的平和之感。

闻人蔺看着那个纤细窈窕的背影，弯身将她连人带被一同抱起来，走向了隔壁的净室，然后把她剥干净，置于浴桶中。

水汽氤氲，蒸得赵嫣原本红霞未消的脸颊又红了几分，连纤细漂亮的脖颈也泛出了淡淡的红色。

闻人蔺不由得多看了她两眼，而后解了外袍搭在檀木衣架上，只穿着单薄的雪色里衣，边挽袖子边朝她走来。他坐在一旁，舀水一点点地濯湿她秀美的长发。

赵嫣看着他衣衫齐整的模样，眼中的不甘之色又多了几分。

闻人蔺坦然地接受了她恼怒的眼神，用指节轻轻地刮去她耳朵上的水珠，似笑非笑地道："本王已经给殿下肉袒面缚、跪地请罪过了，殿下还气什么？"

缚不是那个缚法，跪也不是那个跪法！

论无耻程度，赵嫣自然甘拜下风。她索性背对着闻人蔺，换了个跪坐的姿势，皱着眉攀着浴桶的边缘，带起了一阵"哗啦啦"的水声。

闻人蔺望着贴在她纤薄的脊背上的湿漉漉的墨发，声音低沉地问道："怎么还跪着？"

浴桶里倒是贴心地放了供人坐着沐浴的小凳，但她这时候……

"坐着不太舒服。"赵嫣扭过头小声道，声音还哑着。

闻人蔺淋水的动作微顿，他很快就明白过来了，颔首道："殿下太小了。"

小吗？赵嫣恍惚了。

她十六岁了，寻常公主到了这个年纪，已要交由皇后择驸马出降。

"本王并非在说年纪。"闻人蔺伸手替她揉了揉，补上一句。

他神色如常，赵嫣却扭头瞪了过来，拍开了他的手。

闻人蔺微微侧首，避开了溅起的水花，眼中藏着笑意。

他似乎也消了气，漆色的瞳孔又恢复了往日的样子。赵嫣扭回身子，累得压根不想搭理他。

赵嫣沐浴完，闻人蔺又将她抱回到长榻上，为她擦干了长发，翻出一身没穿过的干净里衣将她裹上了。衣裳有些大，袖口长长地垂下来，衬得赵嫣的身形越发纤细。

332

闻人蔺忙了一通，自己的衣裳湿了个透。他将中衣一解，越过屏风去里间沐浴了。

赵嫣抱膝听着隔壁的水声，脸颊微热，思绪纷乱。

这次的情形和簪花宴上的不一样，没有药性的影响，一切都如此清晰，她不难受，相反……

她阻止自己想下去，怀疑体内还有残毒未消，否则那会儿怎会陌生得不像自己？

赵嫣不确定这步走对了没有，可不得不承认，闻人蔺是除亲卫以外唯一出手保护过她的人。他没有杀柳白微，反而再一次证明他为她退了一步。

赵嫣想了许久才后知后觉地感受到膝盖不适，悄悄地掀起过长的衣服下摆一看，膝盖果然红了。

她恐回到东宫后被流萤发现，便寻思下榻找点儿药抹抹。

床头边有个没上锁的矮柜，她拉开看了一眼，里头果然有几瓶药，还有个巴掌大的红漆小木盒。

那木盒做得精巧，像宫里的款式，摇起来有丹丸滚动的声响，也不知里头装了什么药。

赵嫣心中好奇，拿起药盒前后看了一眼。她刚打开，一只带着湿气的大手就从身后伸了过来，"吧嗒"一下按住了木盒。

二

盒中隐约有一颗暗红色的丹药，赵嫣还未来得及仔细地看上一眼，红漆小木盒就被人从身后按住了。

她被吓了一跳，蜷起指尖，顺着对方的手臂往后看去，只见闻人蔺带着满身水汽，自身后投下了阴影。

他雪色的衣襟松散，眉目沾染着沐浴过后的湿意，别有一番缱绻、温和之意。半干的墨发披散下来，顺着他俯身的姿势从肩头垂下两缕，凉凉地扫过赵嫣的脸颊与颈窝。

她下意识地摸了摸脸侧的湿痒处，这工夫闻人蔺已将木盒握在掌心里收回了。

他并未起身离去，而是就着俯身的姿势将赵嫣圈于身下，带着若即若离的掌控意味，垂眸似在思索该如何处置眼下的局面。

这间书阁他从未让外人涉足，按理说这样的意外不该发生，而窥探到他的秘密的人也绝不能活着离开。

闻人蔺微微侧首，乜向赵嫣。

他那穿起来合身的柔软裹服此刻在眼前少女的身上却颇为松垮宽大，下摆垂至她的膝上，斜襟领口几乎要顺着单薄的肩头滑落，露出拥雪成峰的曲线，更为她添了几分平日见不到的娇柔、可怜的模样。

赵嫣望着闻人蔺几乎贴上来的侧脸，似乎意识到气氛很微妙，芙蕖般的面容带了几分愣怔之色。

闻人蔺那有暗流涌动的眼眸渐渐归于平静了，他抬起那只能轻松取人性命的手，却只是轻轻地搭在她的胸口上，替她拢了拢快要滑下的衣襟。

"那里面是什么药？"赵嫣随口问了一句。

闻人蔺随手将小木盒放回柜中，悠闲地道："时隔几个月，殿下体力大涨，竟还有力气下榻乱跑。"

这都什么和什么？！

思绪被岔开了，赵嫣道："我只是想找些药抹抹。"

"伤着了？"闻人蔺有些意外。

他已经尽可能顾及她了，离开前还特意看了她一眼，除了有些地方泛红，倒没有别的伤痕。

"膝盖有点儿疼，红了。"赵嫣揉了揉膝头。

说起这事她就气恼。那时自己被剥了个干净，闻人蔺倒是衣衫齐整，温润的玉钩带与质感细腻的布料不断地擦过她的皮肤，带起说不出的异样感觉，最磨人的刑罚也不过如此了。

闻人蔺将视线下移，果然见她刚痊愈的娇嫩的膝头跪出了一片胭脂色。他抬手挽起她过长的袖口，发现她的手肘亦红了一小片，好在没有破皮，只是被周遭莹白细腻的皮肤色衬着，看起来实在过于触目惊心。

闻人蔺的眸色一暗，指腹轻柔地抚过赵嫣膝头的那一片红色，才起身行至外间,取了赵嫣需要的药膏回来。

他弯腰将赵嫣抱回榻上,自己则坐在榻沿上,将她的身子扳过来一些,打开小药罐挑了一点儿药膏,俯身为她涂抹药膏。

他的指腹微凉,带着习武之人特有的薄茧,药膏也是凉丝丝的,赵嫣感觉膝盖上的热痛之感立刻消弭殆尽了。

赵嫣忽然想起来,这几个月,闻人蔺为她抹药的次数似乎越来越多了,涂抹的手法也越发自然、娴熟。不知从何时开始,两个人有了这种默契。若放在去年她刚回宫时,别说让闻人蔺上药了,纵是被他碰一下,她都能被吓出一身冷汗。

闻人蔺瞥了一眼她轻垂的眼睫,似乎看穿了她此刻的心思,慢悠悠地道:"殿下越发娇气了,跪不得,打不得,还得本王上下伺候着。"

赵嫣气恼地辩驳道:"是肃王府的床榻太硬。"

这张长榻上铺着夏季的玉簟,仅有一床薄薄的褥子,行军床般硬邦邦的,也不知闻人蔺在上头如何睡得着。

闻人蔺闻言轻笑,以湿棉帕拭净了自己的指节:"殿下不知,硬有硬的好处。人睡得太安稳了,容易醒不来。"

赵嫣敏锐地捕捉到了什么信息,正欲张口追问,却见闻人蔺将一枚雪白的药丸塞入了她的唇齿间,堵住了她试图刨根问底的话头。

带着淡淡的药味的指腹从赵嫣的唇上抚过,她微愣,抿着那枚黄豆大小的白丸卷入口中,登时眉头一皱。

这小丸看起来如糖霜一般晶莹,竟是苦的。

"别吐。"闻人蔺压住了她的唇。

"这是……什么东西?"赵嫣将眉头拧成疙瘩,艰难地问。

"免让殿下受苦的东西。"见赵嫣疑惑,闻人蔺端来早已备好的茶水,说得更直白些,"避子丸,是经本王亲手改良过的,殿下大可放心。"

赵嫣眨了眨眼,又眨了眨眼,回过神来,耳尖浮上了一层薄薄的红色。

"你不是……没……没有弄在……"她磕巴起来,不知该如何描述。

闻人蔺回想起当时的那一幕,眸色深了些许。

"在这种事上,殿下最好莫太相信本王的定力。"

赵嬷没想到这些——没人教过她。

她这下不嫌苦了,接过闻人蔺手中的茶杯,将茶水全部灌入口中,仰头送服药丸。而后,她怔怔地道:"那上次簪花宴……"

"上回用的药是外用的,不如这种效用好。"

闻人蔺顺势以指抹去她唇瓣上的水珠。小公主年纪尚轻,那种粗劣的东西用多了伤身,怎配得上她这金枝玉叶般的身子?

赵嬷说不出话来,这情景……怎么这么像夫妻闲聊闺房密语?

闻人蔺看着她一抖一抖的眼睫,捻了捻蹭到指腹上的水珠,眸色渐渐平和下来。

夜还长,有那么一瞬,他想起身取出柔软的被褥,将长榻铺得更软和、清爽些,不要再硌伤小公主娇嫩的身子。恍惚间,他明白了,自己费尽心思迂回做的那些破事,只是为了像此刻一样安静而长久地独占这份风华。

然而这个念头只是冒了个泡就被他生生地压下了。

自己这是在干什么呢?

闻人蔺自嘲:他竟动摇如斯,妄想让小公主留宿同榻了。

他正沉思着,眼皮开始打架的赵嬷先一步开口了:"我该回东宫了,流萤还在马车上候着。"

闻人蔺看着她,没说"好",也没说"不好"。

赵嬷揉了揉眼睛,缩回榻上,在被褥中穿好亵裤,而后伸出白皙的手,去拽散落在榻沿上的束胸的绸带。

她没办法一个人将绸带扎紧,正左支右绌着,闻人蔺就倾身向前,替她将绸带一层层地裹好了。他的力道不轻不重,手法比簪花宴那天熟稔了太多。

赵嬷闻着他身上极淡的霜雪气息,放开了手。

他用食指点一点赵嬷的手臂,赵嬷就抬起双臂穿袖;叩一叩赵嬷的细腿,赵嬷便抬腿穿靴。然后,闻人蔺为她簪上玉簪,看了一眼镜中她恢复了昳丽的少年的模样,动作慢了下来。

才为她穿戴齐整,他就想将这身不属于她的碍事的衣物扒下来了。

赵嬷浅浅地打了个哈欠,从镜子里观察闻人蔺漫不经心的俊美容颜，几度措辞，终是轻声试探道："太傅消气了吗？"

闻人蔺调整了一下玉簪的角度，凝眸看她。

赵嫣继续道："等会儿将柳白微带回明德馆，我会命人好生看管、教训他，绝不让他再给肃王府添乱。"

闻人蔺将她那点儿小心思看得透透的，手顺势往下，拈着她鬓角的一缕垂发慢慢地绕着。

"谁说本王要放他走了？"

"有何关系？反正他如今也不能出入东宫了，不会再碍太傅的眼。"赵嫣从镜中回望他，头脑冷静下来，思绪也清晰了不少，"我身边能用的人不多，太傅也不能时时地护着我，如今没了柳白微，我更是举步维艰，还没向太傅索赔呢。"

"没有索赔吗？"闻人蔺问。

那他们这一晚是在做什么呢？

闻人蔺若有所思地颔首，眸色深沉："确实要赔。"

赵嫣见好就收，起身时深吸了一口气，转过身看着闻人蔺，道："以后有何涉及东宫的计划，太傅还是知会我一声吧。"她仰首，明眸中盛着光，"我不禁吓的。"

闻人蔺抬手捏了捏她柔软的微红的耳垂，声音一如既往地低沉："你还走不走？"

"走。"

赵嫣点了点头，朝外间走了几步，又回头望了过来。

珠帘摇晃，闻人蔺的身形影影绰绰。片刻后，他终于披衣掀帘走了出来，亲自送赵嫣出府上车。

赵嫣什么话也没说，可紧绷了一个晚上的嘴角终于在此时轻轻地翘了起来。

流萤在马车中等得心焦，见赵嫣在肃王的护送下归来，终于松了一口气。

殿下迟了这么久回东宫，中途还在肃王府中逗留了半夜，恐在皇后娘娘那儿不好交代。但流萤什么也没问，只将赵嫣扶上马车，贴心地递上了润喉的凉茶。

见肃王跟着赵嫣上了车,流萤便知他要亲自护送殿下回东宫,于是主动下车步行,将马车里头的位置让了出来。

马车启动,肃王府内静穆的灯火逐渐远去了。

赵嫣实在累得很,撑着下颌昏昏欲睡,不一会儿就陷入了梦中。她醒来时,入目是一片暗色的衣襟。

她不知怎么倚在了闻人蔺的怀中,脑袋搁在他的肩头上。闻人蔺则一只手抵着太阳穴,另一只手松松地圈在她的腰上。

见他也睁眼了,赵嫣忙坐直了身子,问道:"到了?"

闻人蔺点了点头,目光落在她脸颊上那片淡红色的压痕上,眼中有极浅的笑意。

"多谢肃王。"

赵嫣揉了揉脸颊,知道再说下去就过于暧昧了,于是下意识地咬了咬下唇,站起身来。

从东宫的侧门走入,赵嫣立于高门下回首。闻人蔺的马车还停在原地,车帘落着,但赵嫣能感觉到那道若有若无的视线并未离开。

她再往里走,过了长廊,东宫的侧门落闩,重新戒严,外头才响起马蹄离去的声响。

赵嫣一鼓作气地回到寝殿中,坐在了床榻上。许久,她轻轻地抬起手,嗅了嗅残留在指尖上的微不可察的清冷的淡香,像在闻隆冬时节苦寒的霜雪。

这香气是她在打开闻人蔺的那只红漆小木盒时不小心沾染上的。她怕触及闻人蔺的什么隐秘,故而虽有怀疑,却忍着并未表现出来,直到回到东宫,才敢抬起手指轻嗅确认。

那颗暗红色的丸药是丹药吗?

可闻人蔺素来不敬天地鬼神,不像求仙问道之人,那他的房中为何会有丹药?他还放在书阁那般重要的地方……

赵嫣想了想,将流萤唤来了:"去将张太医请来,孤有要事问他。"

张煦很快就来了,行礼时眼中还带着惺忪的睡意:"那卷藏毒的书以及丹药方子微臣还在剖析中,请殿下宽宥些时日。"

赵嬷摆了摆手："我叫你来是有别的事。"

她又嗅了嗅指尖上熟悉的霜雪味，但是味道太淡了，即便是张煦也不可能就凭这点儿味道闻出什么来。眼下唯一可以确认的事就是闻人蔺的那颗药丸没毒。

赵嬷想起闻人蔺偶尔不太正常的体温，心中的疑惑渐浓，示意张煦暂且退下。

她忽然想起什么，又抬首唤道："等等。"

张煦提着药箱止步，转身听候指令。

赵嬷抿了抿唇，然后方轻声问道："张太医有无避子汤？"

她被闻人蔺点醒了，有些后怕，还是加服一服药较为放心。

张煦看了赵嬷一眼，并没有多问什么，只提醒道："常用的避子汤乃寒凉之物，服多伤身，殿下能少服就尽量少服。"

张煦拱手退下了，不一会儿便让流萤送来了一碗热气腾腾的苦汤药，说此药有固元养身之用。

赵嬷心领神会，端起药碗一饮而尽。

不知是不是药效的缘故，后半夜赵嬷的小腹隐隐地坠痛起来。

三

张煦说得没错，这避子汤果真寒凉无比。赵嬷素日里身体还算皮实，此番饮了汤药后来了癸水，竟疼得好似被钝刀割腹，一阵一阵地发冷。

流萤将主子换下来的底裤一层层地包裹好，拿去销毁，随即又灌了个汤婆子，塞到了赵嬷冰冷的指间。她轻声问："殿下今日还能进宫吗？"

赵嬷艰难地点了点头，焐着肚子，道："我出宫归来，于情于理都得去请个安。"

流萤欲劝又止，然后颔首道："殿下再躺会儿，奴婢下去安排。"

赵嬷半宿没睡好，晨起又饮了压嗓子的汤药，此刻在太极殿外被降真香与丹药味一冲，便有些犯恶心。

薄可透光的垂纱后，皇帝着一袭青衣道袍盘腿坐于明灯中心，头戴金莲冠的甄妃与手持拂尘的神光真人一左一右，伴随其侧，似在掐指谋划什么要事。

赵嫣隐约听到"北苑殿宇受风雷摧毁""重建摘星观"等话，就知他们所商议之事多半劳民伤财。

"金丹已成，玉燕投怀，此乃天赐之喜。"甄妃以玉手轻斟碧茶，见到太子进殿，便含着笑止住了话茬。

赵嫣压下胸中翻涌的感觉，直待垂纱后的声音消停了，才规规矩矩地朝皇帝笼手叩拜："儿臣给父皇请安。"

"你回来了。"皇帝似乎有些心不在焉，徐徐地道，"你休养这些时日，身子好些了？"

地砖冷硬，赵嫣低眉垂首，忍着不适感，道："承父皇庇佑，儿臣的体质大有进益。儿臣感激父皇垂怜，特带回二物，聊表孝心。"

她略一抬眸，身后的李浮便将早已准备好的托盘奉了上来。托盘上放着一份赵嫣仿太子的文风而作的文章，还有一壶从玉泉宫的泉眼处取来的净水。

皇帝略过那份字迹端正的厚重的文章，只拿起玉壶倒了一杯，赞道："好水！"

神光真人眼观鼻，鼻观心，立刻捻须附和："久闻玉泉宫的泉眼之水来自龙脉深处，有延年益寿之效，用来送服丹药最是合适了。"

"太子有心了。"

皇帝难得夸了一句，却不为文章策论，不为天下苍生，只为一壶随手带回的"灵泉之水"。

"谢父皇谬赞。"赵嫣垂着眼帘，嘴角微不可察地动了动。

"你来得正好。"皇帝临时想起一事，交代道，"再过月余便是你母后的生辰，去年你离宫避暑，未能于眼前尽孝，今年就由你好生操办这场生辰宴，也算是弥补缺憾。"

赵嫣道："儿臣领命。"

皇帝不再多言，挥袖示意她退下。

赵嫣如释重负，行礼告退时与大太监擦身而过。大太监朝赵嫣笼手

· 340 ·

躬身，随即步履匆忙地上前，在皇帝的耳边说了一句什么。

皇帝沉思着权衡了一会儿，合目道："不急，过两日再送去。"

大太监面色微变，只道了一声"是"。

赵嬷笼着手退出了太极殿，殿内后续的情形如何便不知晓了。

她深吸一口气，攥着流萤的手缓过腹中那一阵阵的疼痛，问道："方才我听甄妃说什么'玉燕投怀'，你可知这是何事？"

流萤环顾一番，压低声音道："奴婢方才从何女史处得知，许婉仪有孕了，据说诊出来的前夜还做了祥云入怀的梦。众人议论，许婉仪怀的很有可能是皇子。"

赵嬷闻言，冷笑了一声——这等怪力乱神之事她向来不信。

不过赵家这代子嗣单薄，父皇耕耘了大半辈子也只得了五女一儿，这十来年更是无所出，如同被诅咒了一般。如今在这个节骨眼上突然传出后妃有孕的消息，还真是奇怪。

赵嬷凝神片刻，问道："这个许婉仪是甄妃的人吗？"

流萤摇首道："据闻甄妃一心向道，并不曾有什么心腹。不过因其心境淡薄，与世无争，妃嫔们都愿与她交好。"

严格来说，甄妃算不得倾国倾城的绝世美人，却胜在气质出尘。她头戴金莲冠、手持拂尘，拈香浅笑时，真有几分从画像中走出的神妃的模样，正中求仙问道的父皇下怀。

甄妃这等仁善可亲的人性，再添上道袍加身的神性，是冷艳威仪的魏皇后远不能及的。

赵嬷掉转方向，吩咐道："去坤宁宫。"

"娘娘这些时日积忧成疾，头疼得厉害，刚请太医施过针，正在里间休憩呢。"女史上前福礼，恭敬地领赵嬷进殿。

赵嬷用力地抿了抿唇，又以掌揉搓腮帮，转头悄声问流萤："怎么样？"

流萤端详着她脸颊上被搓出的血气，点头道："气色好多了。"

赵嬷这才装出如常的模样，放心地抬脚迈入了殿中。

殿中的几案上香烟袅袅，魏皇后端坐在小榻上，闭目让宫婢为她揉捏太阳穴放松。

她的面色并不好，长眉蹙得宛若一个打不开的结，饶是如此，她也依旧妆容大气，凤袍上不见半丝褶皱，仿佛一位永不败北的女将。

听到赵嫣进门问安，她睁开了眼，恢复了往日清冷端庄的模样，抬手示意宫婢退下。

"听闻母后凤体微恙，"赵嫣行礼后抬首，道，"是因为许婉仪的事吗？"

"老毛病了。"魏皇后看着面前这张熟悉万分的脸，略微失神，"你憔悴了些。"

赵嫣一愣，下意识地摸了摸自己的脸。她明明已经搓了几分气色出来，却还是被看穿了。

赵嫣只好寻了个借口："昨日回宫途中，有马受惊坠崖，儿臣许是被吓到了，还未回过神来。"

"此事本宫也有所耳闻。"魏皇后冷静地说道，"你将柳姬留于身边终究是隐患，如今她不在也好。"

赵嫣知晓母后此言是为大局设想，不掺杂私情，可心中还是没来由地觉得堵。

身居高位者看到的似乎只有利益和大局，人命不值一提，赵衍枉死的真相也不值一提。

赵嫣掐了掐手指，抬起漂亮而倔强的眼来："母后不想问问，儿臣出门在外的这些天知道了些什么吗？"

魏皇后注视着她，平静地道："若你是指拂灯之事，本宫没什么好问的。"

"母后知道？"赵嫣愕然。

"衍儿是本宫的儿子，做母亲的怎会全然不知孩子在想什么、做什么？"

"您知道阿兄是为何而死？您知道凶手？"

"雍王、肃王，甚至是被利益触及的世家大族，哪一个不可能是凶犯？可那又如何？你我谁能动得了他们？"魏皇后深吸了一口气，徐徐地闭目，"本宫知晓你想质问什么，但是，长风，本宫这半生犹如怀抱着珍宝攀缘登高，年轻时只想跑得最快、爬得最高，直到有一日怀中的珍宝忽然摔碎了一件才痛彻心扉……"

从此她便没了向前冲的勇气，只想着如何平稳些，如何于风雨中护住怀中仅剩的那件珍宝，护住它不要也碎了才好。

肃王府内，蔡田脱靴立于书阁的外间，一一禀告情报。

"一切如王爷所料，放出的饵已查到仙师的踪迹，近期应该会有所行动。

"柳白微之事亦按王爷的吩咐处置妥当了。

"今日太极殿中来了信，说丹药未成，送药之期得延迟两日。卑职揣测，皇上是对雍王世子一案不满，借机敲山震虎。"

书案后，着一袭暗色的文武袖袍的肃王殿下正交叠着双腿靠在宫椅中，左手执卷，右手置于温酒的小炉上烘烤。

临近毒发之日，王爷心情不佳，总会以读卷分神。

只是以前王爷读的都是高深莫测的兵法诡论，近来却换成了男女风月之卷。他的眼睫投下了两抹暗影，冷白的脸上没有丝毫狎昵之意，仿佛他只是兴致来焉，正经地求知，又仿佛方才那条骇然的情报与自己无关。

主子没开口，蔡田也不敢贸然退下。

见王爷久久没有动静，宛若老僧入定的蔡田忐忑起来，无端地猜想：莫非自己漏报了什么情报？抑或是王爷对他的表现不尽满意？

思索间，蔡田又闻"哗啦"一声极轻的翻页声，见闻人蔺用指腹拨起一页，翻过来压住，然后换成右手执卷，将左手置于炉上烘烤。

蔡田搜刮着腹内所有的情报，终于试探着道："太子殿下派人去了明德馆，仍在关注柳白微的动静。"

肃王被烘烤着的修长的手微微转动着，他扫视书卷的速度也稍稍慢了下来。

蔡田飞速地筛选着脑中的情报，又补上一条："今晨太子殿下入宫请安，有宫侍瞧见殿下时常捂着肚子，脸色不太好，似有隐疾。"

闻人蔺微不可察地皱了皱眉，侧首望向了窗外。晚霞瑰丽如被火烧,斜阳铺展,将万物拉出了长影,白日的余热将蝉鸣烘烤得绵长无力。

张沧将袖口挽至肘上,擦着汗前来禀告:"王爷,马车备好了,您可要即刻出发去玉泉宫?"

快到月初了,王爷多泡温泉能稍稍缓解身上的寒毒,若非要处理雍王世子、照顾小太子,这几日实在不该下山回城的。

闻人蔺一言未发,轻轻地放下手中未看完的书卷,负手出门了。

东宫,华灯初上。

赵嫣拖着疲惫又疼痛的身躯回到了寝殿,一头栽倒在床榻上。

夏日炎炎,她却从头到脚冷得发抖,不得不拥着薄被蜷缩于榻上,额角尽是疼出来的冷汗。她挨到最后,甚至有些头晕想吐。

周围安静得如同坟冢似的。东宫里没有柳姬张扬跋扈的声音,赵嫣还真有点儿不适应。

赵嫣总算想到了分神之事,便拥着被褥下榻,寻来纸笔,只露出一张苍白的小脸,道:"我给柳白微书信一封,等孤星办事回来,你让他亲自转交至明德馆。"

流萤提着半桶刚烧好的热水进来了,闻言颔首。

她也是昨夜才从殿下的口中得知柳姬竟是男儿身,男扮女装只是为了不引人怀疑地充当太子的谋士。

她当时震惊了一番,一是因为太子殿下竟瞒了她这么久,或许是对她不信任;二是因为柳姬常与小殿下以姊妹相称,举止随性亲密,她不知这里头几分为的是公事,几分为的是私情。

想了一晚上,她渐渐接受了。只要是殿下信任之人,她也应该学着信任。

流萤往木桶里放好驱寒的药材,挽起袖子为赵嫣研墨:"殿下还难受着,不妨先歇歇,这信明日写也来得及。"

赵嫣轻轻地摇首,坐于几案后:"柳白微性急直爽,若等不到我的消息,还不知会做出什么事来。"

两个人正说着,流萤磨墨的动作忽然一顿,她朝外间行礼道:"肃王殿下。"

赵嬷见屏风后立着一道颀长高大的影子,也不知他在那里站了多久。她笔尖一顿,只见闻人蔺缓步转过屏风,稳稳地朝她走来了。

赵嬷不自觉地咽了咽口水,对流萤和门口的内侍道:"你们都下去吧。"

流萤看了一眼面色格外冷峻的肃王,终是在赵嬷的眼神示意下福了一礼,掩门退下了。

"太傅怎的没让人通传……"赵嬷还未说完话,整个人连人带被子腾空了,被闻人蔺俯身抱回到了床榻上。

她愣住了,下意识地伸手环住了闻人蔺的脖颈,疼到发冷的异常的体温也随之传至他的颈侧。

闻人蔺顺势拉下她的手,眼帘半垂,二指搭上了她的脉门。

半响,他慢慢地皱起了眉头,抬眼看向赵嬷:"殿下乱吃了什么东西?"

赵嬷心知瞒不过他,只得缩回手,闷而轻地说了一句:"避子汤。"

"什么?"闻人蔺略一扬眉,语气明显阴沉了不少。

被他用那样深沉的眼神望着,赵嬷宛若受审的犯人,没敢说第二遍。

"本王不是已经给殿下喂过药了吗?外头的粗劣东西殿下怎可乱吃?"闻人蔺声音低沉地问,轻轻地抬起了赵嬷的下颔,使她的目光无处可逃,"谁给殿下开的药?"

赵嬷不得不直视他,声音干涩地道:"是我自己要吃的……不是太傅说的吗?莫要对你的定力太有信心。"

令人心慌的沉默氛围立即环绕住了两个人。

"那句话……殿下是这么理解的?"良久,闻人蔺心平气和地问。

赵嬷唯恐他立马就要将张煦拉下去砍了,只得捂住肚子蜷缩起来,像一只想缩回硬壳中的软蚌,汗津津地哑声道:"太傅回头再审吧,我现在没力气与你说话……"

闻人蔺看着一旁墨迹未干的信笺,轻笑了一声。而后他转过身,脱了外袍将其随手扔在书案上,开始默不作声地挽袖口,一层一层,直至

· 345 ·

卷至手肘处，露出了结实的小臂。

赵嫣心下一紧，心道：他莫不是要揍人吧？

是以闻人蔺俯身握住赵嫣的脚踝时，她下意识地缩了缩。

闻人蔺看了她一眼，温声道："再乱动，本王就将姓张的和姓柳的抓来，取其热血为殿下暖身。"

赵嫣立刻僵住了。

闻人蔺不甚温柔地拽去了赵嫣的靴袜，然后以掌托着她的双足，轻轻地浸入了温度适宜的热水中。

四

泡着驱寒的药材的热水浸润双足，热意很快就顺着脚底攀爬而上，赵嫣不禁蜷了蜷脚趾。

她将手撑在榻上，悄悄地打量着闻人蔺的神情。

明明腹痛的人是自己，闻人蔺的脸色却比她的还要冷上两分。她敏锐地察觉到有什么不对劲，却又不知这股违和感从何而来。

赵嫣凝神间，闻人蔺抓起在一旁叠放齐整的棉布擦了擦手，随即起身毫不留情地拽开了赵嫣腰间的玉带銙。

细微的崩裂声后，衣物骤然松垮下来，赵嫣才放下的心又提了起来。

"我来癸水了……"她迟疑后小声说了一句。

闻人蔺看了她一眼，撩袍坐在她身侧，道："本王对殿下这副狼狈的模样并无兴致。"

赵嫣专心地看着木桶中荡漾的琥珀色水光，突然感觉到闻人蔺的手揽上了她单薄的双肩，轻轻地扳了一下。她一愣，上身不受控制地朝旁边微斜，整个人靠在了闻人蔺的胸膛上。

她还未回过神，一只被水浸得温热的大手从她散开的衣结处探了进去，焐在她的小腹处，不轻不重地画着圈推拿。

赵嫣的小腹寒痛，刚开始并不舒服，仿佛腹中有伤口被直接按压似的。她下意识地想起身，却被闻人蔺轻而易举地控制住了。

"殿下就这般抵触？"闻人蔺兼顾活血化瘀的穴位，掌下揉推的动作没停，"殿下现在后悔还来得及。"

"疼。"赵嫣咬着唇辩解，告诉他不是他想的那样。

闻人蔺极轻地哼了一声，可掌下的力度明显轻了不少。

"刚开始有些难受，殿下忍忍。本王身边并无女人，不过体寒时按揉此穴位尤为有效，想来女子瘀血凝滞亦是同理。"

两个人离得极近，闻人蔺低沉的嗓音紧紧地贴着赵嫣的耳畔，她甚至能清晰地感受到他说话时胸腔的轻微震动。

赵嫣不再僵硬，渐渐放松了身子，软软地靠在了他的怀中。

闻人蔺神色悠闲，可赵嫣还是敏锐地察觉到了他的话中的微妙之处，问道："肃王如何知晓针对体寒之人的疗法？"

闻人蔺没有回答。

他这个人看似云淡风轻，实则心深似海，喜怒不形于色，不愿说出口的事便无人能打探到分毫。赵嫣也是与他相处久了，才能从他那双深不见底的眼眸中揣摩出些许淡淡的情绪。

不消片刻，赵嫣小腹的疼痛渐缓，一股热意从穴位处升腾、扩散，驱散了体内的阴寒。

赵嫣好像终于从寒冷彻骨的冰窟中走了出来，感受到夏夜的热意温柔地包裹着她，后背开始隐隐地渗出薄汗。

她置于热水中的纤足交叠着踩了踩，水荡碎了光，舒适得使她心底的那点儿疑惑被无限放大了。

终是没按捺住，她试探地问道："肃王为何有时……待我这般好？"

这就算待她好了？

闻人蔺不由得失笑，想起了方才进门时小殿下面色煞白的模样。

也不知皇后是怎么养女儿的，别的姑娘能依偎在父母的怀中撒娇喊疼，她却只能一个人捂着肚子生挨……

当然，最主要的缘由并非在此。

他早已为自己选定了结局，眼下之景发生无非是因为他亲手织就的蛛网中误入了一只柔弱的蝶，他在收网前看着她扑腾、蜕变，也挺有趣。

他欣赏这份美丽与倔强，她是独属于他的猎物。

闻人蔺低垂眼帘，收回了手，顺势搭在她的纤腰上，说道："还能因为什么？当然是殿下自投罗网的样子漂亮又有趣，本王暂且有那么些稀罕。"

赵嫣自他的怀中扭头向上看去，似乎想辨别此言的真伪。

"稀罕到要我陪葬吗？"

她想起了昨夜在肃王府中与他唇舌"打架"时他那句缱绻又沉重的低语。

闻人蔺一怔，随即低声笑了出来，笑得胸膛都在震动。

他垂首端详着赵嫣昳丽的容颜，伸手捏了捏她的腰肉，眼中映出的烛火很是绚丽："可惜殿下不甘于被困在罗网之中，总爱扑腾翅膀。将来本王若是腻了，殿下想求本王的垂怜都求不来。"

闻人蔺似乎还有私事要处理，没打算久留。待赵嫣的手脚都暖和了，他便为她拢好衣物，起身离去了，独留她一个人抱膝蜷缩在榻上，思索他最后说的那两句意味深长的话。

翌日清晨，赵嫣照旧要去崇文殿里听学。

周及还是老样子，眼中只有文山书海，心无旁骛。只是在课毕回礼时，他忽然淡淡地说了一句："殿下去玉泉宫休养的这大半个月，臣归了一趟华阳。"

赵嫣心脏一抽，装作如常的样子笑着道："早知周侍讲要去华阳，孤就该修书一封，请周卿转交给孤的胞妹。"

她知晓了兄长被害的前因后果，再以赵衍的口吻关怀自己，难免心酸落寞。好在周及似乎并未察觉到她在袖中轻攥手指，只道："长风公主甚是安好，殿下勿忧。"

虽然他一眼就辨出华阳那位"长风公主"是假的。

恩师李左相曾告诫他："挽澜，老夫知你心性高洁，不容污垢，然天下之事，不是事事看破才叫聪明。知何能言，何不能言，未必不是一种大慧。"

周及将这些话铭记于心，是以虽对长风公主的去向有疑，也只是点到为止。

他神情恬淡、坦然，拢袖告退了。阳光下，他一袭青衫如竹，其上不见半点儿阴暗之气。

赵嫣知晓周及亦在查其师弟沈惊鸣的死因，却踌躇着不敢将真相告知他。毕竟周家和李家的背后立着洛阳士族的百年根基，这两个家族若知沈惊鸣为协助太子推行的新政第一个要动的对象就是他们这些士族，很难说不会与东宫生出嫌隙……

但赵嫣很快就没有心情思量此事了，因为下一堂武课上，闻人蔺没有来。

不只是今日，连着四五日都由讲兵法如说天书的奇人靳少傅来教武课。

赵嫣听得昏头涨脑的，不禁回想起闻人蔺倚坐于太师椅中将晦涩难懂的合纵之术深入浅出地娓娓道来的优雅模样，心中竟生出了几分怀念之意。

她听裴飒说，肃王这几日称病，连太极殿议事都推辞了，狂妄得很。

赵嫣闻言将信将疑。闻人蔺这样强悍的人也会身体不适？抑或者这是他随口的托词？

他不打算继续担任东宫太傅了吗？

赵嫣满腹疑窦，回到东宫后仍在揣度此事。

直到此刻她才恍然发觉，闻人蔺几乎知晓她的所有秘密，而她始终不曾看透闻人蔺的心思，连他在想什么、做什么都一无所知。

她正想着，流萤前来禀告："殿下，张太医来请平安脉。"

赵嫣看了一眼天色，此时还未到请脉的时辰。她知晓定是交代张煦去查的毒有了眉目，连忙敛神道："请他进来。"

张煦入内后行了礼，赵嫣见状，屏退了一干侍从，只留流萤在身侧，随即问道："结果如何？"

张煦答道："殿下所给的这几副丹药方子皆有回阳助孕之效，微臣照着方子炼了两丸药，除了没加童男的心头血这个药引子，其他药物一应俱全。而后，微臣发现，炼出的丹药散发着一缕淡香，似与那书卷中夹杂的毒香同出一宗。"

"有毒？"赵嫣沉思起来。

"臣起先也怀疑如此，可经过数次排查，确定香味的来源为南疆特产的烛蛇的腺体。此物至阳至热，能治病，亦能害人，关键在于用药之人如何配药。"张煦将赵嫣从锦云山庄的丹房中搜出的丹药方子置于几案上，指出其中用朱笔圈出的那味奇药，"但此物香味特殊，非其他药材能压制住，是以不管配成回阳秘药还是毒药，皆会留下味道。且此物极其稀有，臣托遍了关系才在黑市的老道手中买到够炼成两丸的量。"

这东西有市无价，可赵元煜一炼便是几十丸……他有这般门路？

赵嫣俯下身端详着张煦递来的那颗黑色的丹药，谨慎地问道："这药丸有毒吗？"

张煦道："微臣已亲自试过药，无毒。"

赵嫣佩服张煦的胆量，命流萤取了一袋金叶子赠予他，当作以身试毒的犒劳，然后才小心地接过仅剩的那丸丹药，送到鼻端以手轻扇。

极浅的冷香在鼻端萦绕，赵嫣忽然一顿——这味道略微熟悉，她似乎在哪里闻过……

赵嫣想起了在肃王府里看到的那只红漆小木盒，眸色微深，心里琢磨：这是那种味道吗？

赵嫣不太确定，示意张煦先行告退。

闻人蔺销声匿迹了几日，赵嫣想起他消失前说的那句"将来本王若是腻了，殿下想求本王的垂怜都求不来"……

他总不可能是腻了吧？

赵嫣凝视着指间这颗散发着淡淡的冷香的黑色丹药，眉头一皱，将其装入一个小药瓶中，封严药瓶，起身道："备车，孤要去肃王府一趟。"

肃王府，夜幕深沉。

张沧长舒了一口气，甩了甩满手的鲜血，道："王爷吃了解药，总算压制住了……王爷险些连我一起杀了，吓死人。"

蔡田却没言语，望向了灯火通明的净室。

就在此时，王府的正门被叩响了。蔡田警惕起来，下意识地按住了刀柄,贴在门后,示意张沧开门。

张沧谨慎地将门打开一条缝,随即将沾了血的手藏至身后,愕然道:"太子殿下?!"

赵嫣在肃王府的书阁里的长榻上坐着等候。玉簟下垫了一床薄褥子,这长榻总算不那么硌人了。

没过多久,隔壁的水声停了。一阵开门、关门的声音后,闻人蔺散发披衣,带着满身潮湿的水汽来了。

见到下意识地直起身子的赵嫣,他似乎一点儿也不惊讶,执着烛火点燃了阁中所有的灯盏后,方坐在她对面的椅子上,道:"殿下又有何事相求?"

赵嫣似乎又嗅到了那股极淡的霜雪气息,端详着闻人蔺如常的脸色,反问:"没事我就不能来找你了?"

闻人蔺微挑长眉,良久,面不改色地道:"那便是殿下孤枕难眠,想借本王的身子使使。"

赵嫣一噎,热意攀上了脸颊。

"我不过听闻太傅身子抱恙,连朝堂和崇文殿都不去,故而来看看。"赵嫣抿了抿唇,然后道,"看来是我自取其辱了。"

闻人蔺这游刃有余的模样哪里像生病的样子?

见赵嫣眼尾的泪痣带着薄红色,她别过了精致的脸,闻人蔺这才逗够了,心情大好地低笑了一声。

他抬了抬手臂,意有所指地道:"本王这几日是有些不自在,兴许殿下屈尊抱上一抱,本王就好了呢。"说完,他又缓缓地放下手臂,搭在椅子的扶手上叩了两下,"本王险些忘了,殿下若抱了本王,高低得再喝上两碗汤药才罢休。"

他怎么还提这事?

"我多喝那碗药,只是想保险些,否则将来出了什么事,无人为我善后……"赵嫣恼羞成怒,"我不懂这些,以为身子能挺住……"

坚忍的小公主还是不太擅长示弱,声音越发低了下去。

可闻人蔺还是听清楚了,轻轻地"嗯"了一声:"本王的过失。"他若有所思地道,"下次本王带两本书去东宫,亲自教教殿下,也不枉殿下叫我一声'太傅'。"

什么书？

赵嫣怔怔地看着闻人蔺正经的面容，心中隐约有些不祥之感。

五

不过既然闻人蔺提到了教学之事，赵嫣就敏锐地捕捉到了他话中的深意。

"这么说，太傅还会来崇文殿授课？"她问道，眼睫上落着明亮的灯火的光亮。

她去玉泉宫前，闻人蔺去崇文殿授课的次数就越发少了，近几日更是全然不见人影。她心中着实有些没底，于公于私，都没有比闻人蔺更合适的太子太傅的人选了。

闻人蔺的嘴角微动，搭在扶手上的霜白的手指点了点。

寒骨毒刚被压制下去，他今晚并不想与谁亲近、交心，是以方才那些逗弄之言大半是他刻意为之的。按照小殿下以往的性子，她定会红着耳尖恼然离去，今日却没有，站在灯火中的纤细的身影透出了几分沉静、恬淡之意。

闻人蔺心中觉得稀罕，不答反问："殿下是期待还是不期待呢？"

他的眼中藏着浅浅的戏谑之色，仿佛不管他得到的答案是"是"还是"否"，小殿下都会掉进他提前挖好的陷阱中。

赵嫣自然不会再中计，抬起眼来，露出几分苦恼的神色："靳少傅讲的内容冗长晦涩，实在让人难懂。我既已身居此位，还是想学些东西的。"

闻人蔺看着她的眼睛，不置可否地道："殿下自玉泉宫归来，越发勤奋了，只是不知学起别的东西来是否也这般积极。"

"那得看是谁教。"赵嫣勇敢地回击。

闻人蔺笑了起来，起身行至赵嫣的面前看着她。

"殿下的小日子走了？"他低声问，眉目疏朗潮湿。

他怎么突然问这个？

赵嬷猝不及防，张了张嘴，不知该说实话还是装作没听见。

"殿下若是身子好了，明日本王去小校场教殿下骑马。将来殿下万一遇险，策马总比两条腿跑得快……"说到这里，闻人蔺微妙地一顿，含着笑凝望赵嬷目光闪躲的眼睛，"殿下这神情……是想哪儿去了？"

赵嬷怔了怔，脸颊缓缓地涌上了一股热意。

闻人蔺仿佛明白了什么，片刻又正色道："殿下尚且虚着，还是等两日较为合适。"

赵嬷眨了眨眼，这回懂了：闻人蔺说的"等两日"定是在指骑马之事。

她的思绪绝不会被带偏两次，她遂颔首道："好。"

闻人蔺微挑长眉，眼中的笑意更深了。他抬手扶了扶赵嬷在马车上被颠歪的发冠："那殿下先回东宫去，今夜本王就不留殿下了。"

赵嬷下意识地点了点头，回过神来后眼中掠过了讶然之色。

什么留宿？她原本也没想过和他过夜！

自己到底还是被闻人蔺绕进去了，她欲开口解释，可无论说什么都像欲盖弥彰似的，只得悻悻地抿住了菱唇。

见闻人蔺唇红眸亮，散发披衣的模样透着几分妖冶的俊朗之色，谈吐甚至比平时更老谋深算，根本不像生病的样子，赵嬷便道："见肃王行有余力，我就放心了。"

她转过身去，走了两步，又慢慢地停了下来。她好像做了一个很大的决定，十指轻轻地一握，终是转身回来，伸出纤白的手指拉住了闻人蔺的袖袍，往他的肩上靠了靠。

怀中的温软转瞬即逝，闻人蔺还未回过神来，赵嬷已抬起染了墨线般的眼睫，快步离去了。

那是一个少女轻而矜持的"拥抱"，蜻蜓点水般的一下，落在了闻人蔺带着湿气的宽阔的肩上。

闻人蔺知晓她是在回应那句"兴许殿下屈尊抱上一抱，本王就好了呢"，不娇媚，还有点儿敷衍，但很真实。他明知如此，胸中的那点儿泛着血腥气的烦躁感还是随之烟消云散了。

半响,他回味一般微眯眼眸,从喉中闷闷地发出了一声极低沉的笑。

赵嫣回到了马车上,放下车帘后,一盏摇曳的小灯映亮了她绯色的脸颊。

方才碰闻人蔺的那一下乃她临时起意之举,连她自己都分不清是公是私,回过神来连他是何神情都没看清就落荒而逃了。

她抬手摸了摸鼻尖,那里仿佛还沾染着闻人蔺沐浴过后的味道,浅淡的冷香与那日她在红漆小木盒中看到的那丸黑红色的丹药的香气几乎如出一辙。

那丹药到底是什么呢?

闻人蔺若并非真的生病,那他找借口不入宫的这些时日里到底发生了什么?

脑中的迷雾渐浓,赵嫣托着仍在微微发烫的脸颊,总觉得真相就在触手可及的地方,不禁蹙起了眉。

翌日,赵嫣从崇文殿归来后,礼部就拟出了皇后寿宴的接待事宜,交给她过目。说是过目,礼部也不过是看在皇帝将此事交给太子操办的分上告知她一声。

去年叛军围城,民心本就不稳,加之前不久童男少女失踪一案牵涉颇广,朝中认为越是这种时候便越要歌舞升平、与民同乐才好。

祝寿事小,显出国泰民安的盛况才是最终目的,因此礼部呈上来的折子可谓冗长烦琐至极。

"届时封地的各位皇亲贵胄来京庆贺,少说也有近百位王侯世子要接待,按照礼部定的规格,光是安置这一项便已超支太多。父皇还听从那劳什子神光真人的建议,执意于北苑重修摘星观,为许婉仪肚里未出生的皇嗣祈福……"赵嫣坐于榻上,将手中那份四尺多长的折子丢至一旁,头疼地道,"这是要寅吃卯粮,把国库未来三年的银子都掏空啊……"

蛀虫遍地,禄蠹横行,大玄朝被啃噬得暗无天日,难怪赵衍铁了心要做拂灯之蛾。

"听闻寿康长公主一家子已在归京的路上,大概再过一旬就能抵达。"流萤端了冰镇葡萄过来，为赵嫣摇扇，道，"届时长乐郡主会入宫小住一段时日，皇后娘娘的意思是希望殿下能多加照拂。"

闻言，赵嫣扶额，原本蹙起的眉上又添了两分愁绪。

长乐郡主霍蓁蓁是寿康长公主与霍锋霍大将军的独女，从小骄纵任性，儿时为了吸引太子赵衍的注意，没少和赵嫣吵架。

两个人虽有七年多未见，但赵嫣依旧能想起霍蓁蓁气呼呼地挽着金纱袖子，趾高气扬地噘嘴瞪她的嚣张样子。

母后让她代为照拂长乐郡主，原因很简单：其父霍锋在军中有些威望，且与裴飒之父晋平侯交好；其母寿康长公主乃父皇的亲妹妹，当年父皇能顺利登基为帝，离不开妹夫霍锋与闻人家上下襄助。

而且，长乐郡主霍蓁蓁原本是母后为赵衍拟定的太子妃人选，两家要亲上加亲的。

如今赵衍出事，许婉仪有孕，霍家这棵大树她们不能不拉拢，多少能为岌岌可危的东宫加固些砖瓦。

要替兄长照拂未来的太子妃，且这女子还是她儿时的宿敌，赵嫣一时心中五味杂陈。

不过，眼下还有更让她头疼的问题。

"母后寿辰，东宫往年都送什么贺礼？"赵嫣问。

"长风公主"那份倒是容易，华阳盛产玉石，到时候那边挑拣些精美得当的玉器摆件送来，再手书一封言明要长随太后娘娘左右、不能于膝下尽孝云云的书信便算了结。

往年赵嫣都是这样做的，反正母后也不在意她送的是什么。可她如今还是"太子赵衍"——以太子的身份送的东西她自然要认真、谨慎些。

流萤回道："往年皇后娘娘的寿礼都是太子殿下亲力为之。"

赵嫣转动眼珠，凑过去低声问道："可要我仿太子的字迹撰一篇文章？"

流萤想了想，道："去年太子殿下便献了一篇《祝寿赋》，今年殿下万不能相同了。"

"那书画可行？"

"奴婢听闻今年宁阳侯在筹备《百寿图》，准备进献给皇后娘娘。论书画造诣……"

赵嫣听懂了流萤的言外之意：舅舅宁阳侯魏琰素来笔精墨妙，论书画造诣，赵嫣这点儿依样葫芦的功力实在难登大雅之堂。

最后一条路也被堵死了，赵嫣歪身倒在榻上，头仰着悬在榻沿边，望着房顶上交错的梁架长叹了一声。

"若柳姬在就好了……"她无意识地喟叹一声。

柳白微见多识广，又视赵衍为伯乐和知己，若在她的身边当参谋，定然能提出许多好主意。

她正想着，倒转的视野里出现了一道颀长挺拔的熟悉的身影。伴随着内侍小心翼翼地通传的声音，那道身影越来越近，越来越近，最终停在了她的榻前。

阴影笼罩下来，闻人蔺负手俯身，用深沉的美人眸凝视着赵嫣，问道："殿下方才在唤谁的名？"

他问这句话的时候嗓音低沉，嘴角甚至还带着些许浅笑。

赵嫣眨了眨眼，连忙起身坐直身子，拧过头去看他。

"今日的武课已经结束了。"说着，赵嫣看了一眼外头的天色。

此刻暮色四合，正是万物初歇的时辰。

闻人蔺坐在她对面的椅中，接过流萤奉上的茶盏晃动起来，语气平和地道："本王说过，会带两本书来东宫，亲自教授殿下。"

那些内容他可不能在崇文殿里教。

赵嫣经他提醒才想起来，往后一看，果然见到闻人蔺身边的内侍捧着一个蓝布包裹，看其形状和大小，里面的东西还挺厚实的。

眼见闻人蔺接过包裹，开始用修长白皙的手指慢条斯理地拆布结，赵嫣莫名其妙地有些紧张，连忙敷衍道："我想起来了，确有此事！"

她唯恐闻人蔺当众拆出什么不雅之物，只得正襟危坐，吩咐一旁的流萤："你们都退下吧，孤想单独请教太傅。"

流萤看了一眼赵嫣，将几案上的灯火挪近些，而后才领着内侍们福礼退下了。

殿门被关上的时候，闻人蔺手中的布包也被拆开了，他从长方形的锦盒中拿出了一叠书本、图册。

赵嫣瞥了一眼,隐约看到了《素女经》《养阴》等书。书名和《玄女经》一脉相承,她想想也知道这些书是什么东西。

赵嫣咽了咽口水,别开视线,道:"其实我不看这些也可以……"

"殿下不懂阴阳调和,一味地作践身子,将来年纪大些便知苦楚了。"闻人蔺倾身将书本置于床头的几案上,抬眼道,"殿下还不长教训,到时候找谁哭去?"

赵嫣只好退而求其次:"那太傅把书放在这里,我得空了自己学习。"

闻人蔺仿若看穿了她的小心思,不慌不忙地道:"皇子到了年纪也要学这些,殿下自恃不输男子,害臊什么?"他将小臂随意地搭在椅子的扶手上,质感极佳的暗色袖袍就垂了下来,"殿下挑一本先看着,有不懂的地方且问本王。"

他这样便是要监督她学习,不许她偷懒耍滑了。

赵嫣没有法子,只得认命地从那一堆书中随便挑了一本。她翻开扉页,顿时被那引人遐想的图画与文字震惊了,忙"啪"地合上书本,目光闪躲。

闻人蔺看着她坐立难安的神情,不由得低笑,心道:小殿下明明连最亲近的事都与他做过了,反应还是这般青涩纯稚,和那时芙蕖尽绽的娇媚模样全然不同。

书她是必须看的,他并不想让小殿下每次都稀里糊涂地将自己交代出去,再潦草地善后。

"若殿下不好意思,本王讲解给殿下听也无妨。"

他伸手拿起赵嫣手中的那本书,虚合着眼睑,真以低沉好听的嗓音徐徐地念起来了。

赵嫣听着声音低沉的话语,对应上了自己在肃王府中的某些荒唐的记忆。偏偏闻人蔺衣衫齐整,一本正经地传授、讲解,没有半点儿捉弄之意。

赵嫣面色飞红,连忙道:"我可以自己看的。"

说罢,她夺过闻人蔺手中的书,佯装诚心地阅读起来。她的视线移动得极快,脑子里却乱糟糟的,看得囫囵吞枣,实则她什么也没记住。

闻人蔺似乎看出了她在应付,从果盘中拈了一颗带着冰霜的葡萄,慢悠悠地剥了皮,塞入了赵嫣的嘴中。

被汁水湿润的指腹擦过赵嫣的唇,他低沉地道:"念出来。"

六

赵嫣不想念,觉得太羞耻了。

"那还是由本王代劳吧。"闻人蔺笑了一声,作势起身道,"殿下这眼神飘忽的样子,只想着如何蒙混过关了。"

"不,不!我自己来。"

赵嫣没法子,只得起身坐在书案后,一只手托着绯红发烫的腮帮,另一只手压着书卷,以细弱蚊蚋的声音磕磕巴巴地念了起来。

她的眼睫半垂着,随着大胆又通俗的话语微微抖动,投下的长影如同蝶翅般轻颤。

闻人蔺将纱灯往她的书旁挪了挪,使明亮的光线能清晰地照亮每一个蝇头小字,随即拖过椅子倚坐在一旁,右腿交叠着搭在左腿上,从暗色的衣裳下摆后露出一截修长又笔挺的官靴。他的面容浸润在逆光的阴影中,眸色深沉平和,这监督的模样比往日在崇文殿里时还仔细些。

赵嫣读完某一篇,闻人蔺会伸手替她翻页,略过她不需要了解的内容,翻到指定的篇目处。有时他会轻声打断赵嫣,提一两个问题,若她支支吾吾地答不上来,他还会再以平缓低沉的语调一一讲解给她听。

一开始,赵嫣以为闻人蔺此举多少夹带些私怨,是在刻意地为难她,是以多少有些恼羞成怒,后来才发现并非如此。

闻人蔺授课时是极为认真的,俊美的面容上没有半分轻浮或不耐烦之色,无论从何角度看都只是在传道、授业、解惑罢了。

他这般清正凛然,赵嫣若再羞恼便有些自作多情了,于是收敛了那些不该有的遐想,强迫自己冷静下来。

摒弃了羞耻心,赵嫣这才知晓书中写的那些内容亦有可取之处,譬如女子来癸水时不能同房,行事前后该做何种准备,饮药过量会致体寒不孕……她看进去了,豁然开朗,曾经不懂的那些问题全都知晓了。

她一向擅长举一反三，了解得多了，又生出几分不甘之意来。

"明明风月是两个人的事，为何受苦的人总是女子？"赵嫣拧着眉，也不知在向谁抱怨，"生子与避子损伤的都是女子的身体，男子什么也不用承受……"

闻人蔺闻言，略微抬起了眼。

不负责的苟合只是累赘，所以他这些年来才不碰女子，偏生破了他二十来年的原则的小殿下此时还满是嫌弃地抱怨。

"是不太公平。男子越是萎靡、软弱，便越要靠束缚女子来寻求自尊。"闻人蔺从果盘中拈了一颗葡萄，"不过，这世间也有不用饮药就可使双方愉悦的法子，只是男子高高在上惯了，不愿迁就罢了。"

闻人蔺见赵嫣投来疑惑的目光，眸色深了深。

不知他误会了赵嫣的意思还是刻意为之，他冷白修长的手指拈着绛色的葡萄转了转，又捏了捏，忽然问："殿下想学？"

赵嫣的直觉告诉她那应该不是什么好东西，于是她连忙把头摇得如拨浪鼓："不……不用了。"

闻人蔺看着她敬谢不敏的模样，没来由地闷笑了一声，心道：小殿下终归是年纪小，不解其中的奥妙，自己慢慢来吧。

夜沉如水，殿内静谧，赵嫣合上书卷，抿着凉好的茶水小口地润嗓。见闻人蔺久久没有发话，她这才从杯盏后抬起眼来，道："这本读完了。"

她的声音带着淡淡的倦怠之意，她无意识地舔了舔唇瓣，补充一句："夜色已深，马上就到宵禁的时辰了，肃王还不归府吗？"

说罢，她才觉此话多余，闻人蔺还有鹤归阁可以去，根本不受宵禁的束缚。

闻人蔺将视线从她带着水光的唇瓣上移开，道："本王回不了王府，借宿东宫亦可。"

赵嫣诧异起来。

闻人蔺顺势将剥好的葡萄塞入她微张的唇间，起身抽走了她掌下的书本，满意地道："今晚就学到这里，殿下去沐浴吧。"

赵嫣猜不透闻人蔺此言的深意，只得依言起身，推开了殿门。

净室中，流萤早就命人准备好了热水，赵嫣浸泡其中，揣摩着闻人蔺说的那句"借宿东宫亦可"的真假。

东宫如今根基不稳，众臣审时度势，态度微妙，就连身为太子伴读的裴飒都没住在东宫中。闻人蔺若留宿东宫，如此青睐之举无疑是在向朝中的官员宣布站队……

可闻人蔺会这样做吗？他这样的人会甘愿屈于裙下？

赵嫣觉得这难以置信。水汽将她的思绪蒸腾得混乱无比，她不由得抱膝朝下一缩，将半张脸浸入热水中，只留眼睛和鼻子在外头。

沐浴过后，赵嫣披着外袍回到了寝殿里，屏风后的圈椅中果然不见闻人蔺的身影了。

夏夜的凉风从殿外涌入，撩动垂纱，吹得几案上的书卷"哗哗"作响，翻页不止。赵嫣快步走过去，在那书被翻到有什么奇怪的画面的页面之前一把按住了它，连同剩下的几本书一股脑地塞入了床头的矮柜中。

闻人蔺说那句话果然是在逗弄她吧？

赵嫣歪着身子倒在榻上，不知道该不该松一口气。

东宫外，肃王府的马车沿着宫墙缓缓地前行。马车摇晃，闻人蔺单手按膝而坐，身形稳如磐石。

他垂着眸轻轻地摩挲指腹，指尖上还沾着些许黏腻的甜香，让人分不清那是葡萄汁水的味道还是少女柔软的唇瓣上的芳泽。

待马车驶入空荡无人的街道，抱着刀坐于车头的蔡田才环顾一番，掀开帘子钻入了车中，将一小块木料呈给了闻人蔺。

他禀告道："重修摘星观的楠木已经工部之手运入了北苑，一切如王爷所料。"

车中灯火昏暗，深褐色的木料被握在闻人蔺冷白色的指间，散发出淡淡的陈腐味。闻人蔺的眸中藏着寒意，手指一用力，木料便化作了碎渣。

朝廷花费巨额银两采办的楠木果真被换成了浸过水的陈年废木。

第十二章
关心则乱

一

日头将崇文殿的砖瓦晒得发白,殿内的窗边竹帘半卷,如同屏障,隔绝了外边所有的热浪。兽炉里焚着香,殿内只有周及讲解《周礼》的朗朗嗓音。

《周礼》包罗万象,周及却无须持卷,博征旁引,将《天官》卷中的要义一一阐述了出来。

周及的授课方式和他的坐姿一般端正、古板,一旁的裴飒已百无聊赖地在宣纸上写写画画起来。赵嫣虽能听懂大半,但天热疲惫,也难免困意上涌。

她昨晚被盯着"学习"到深夜,着实没睡好。

周及说"礼乃国之根本,废则国亡"时,赵嫣忽地睁开了眼睛,道:"那也要看是哪种'礼'。有些礼法是顺应当时的朝代所需而产生的,譬如士族建立的礼法维护的是士族的利益,经过数百上千年的更迭,或许并不适应如今的朝局,那今人便不能一概沿袭。《周礼》中还讲究'时宜''地宜'呢。"

她正倦怠着，替赵衍也替自己说出了心中所想，然而这番话令周及微微一怔。周及想起了前些时日在沈侍郎的府中打探到的消息，想起了师弟沈惊鸣的意外之死，不由得抬目望向太子。

阳光透过竹帘的缝隙投入殿中，被切割成数个明亮的光条，那窄窄的阴影便恰巧落在了赵嫣的眼尾处，遮住了那颗小痣。

周及恍惚，忽然觉得眼前的这张脸变得无比熟悉与清晰。

风撩动竹帘，光影浮动间，那颗嫣红的小痣又浮现出来了。

赵嫣终于察觉到了周及的视线，对他难得失神的样子感到好奇，便笑着问："周侍讲看着孤做甚？"

周及目光坦然，诚实地道："殿下方才说话的样子，很像臣的一个故人。"

赵嫣嘴角的笑容淡了一瞬，而后她很快就稳住了心神，若无其事地抬起眼，笑道："周侍讲的眼睛怎么看谁都像故人？"

周及清秀的面容上镀着一层盛夏的暖光，仿若高山的冰雪，清冷又干净。

他将识人不清的小毛病隐藏得极好，按理来说太子殿下是不知道的。

香钟撞珠，发出了清脆的"丁零"声响——文课结束了。一旁的裴飒伸了个懒腰，抬手揉了揉僵硬的脖子。

周及适时而止，没有继续追问下去。他颔首浅笑着归拢几案上的纸墨，一样样齐整地摆放好才起身拢袖告退。

周及这个"小古板"有个好处，做什么事都极有原则——撞珠声一响，授课；撞珠声再响，课毕。该讲的话他不少讲一句，不该问的也绝不多言。

赵嫣浅浅地吐息，如释重负的同时又难掩疑惑：周及不是略微脸盲吗？他怎的对她就越发敏锐，三番五次地要认出她来？

一个闻人蔺已经够她应付的了，若是再来一个不知是敌是友的周及……

赵嫣不禁心有戚戚焉，撑着腮帮长叹了一声。

裴飒见这纤弱的小太子满面倦容，不由得插了一句嘴："太子殿下昨晚没睡好？从晨起我便见殿下没精神，声音也哑。"

话音刚落，一阵沉稳的脚步声靠近，闻人蔺低沉含笑的声音自身后传来："是啊，殿下昨晚干什么去了？"

他刻意放缓了声音，带着些许戏谑之意。

沁凉的崇文殿内仿佛突然涌进一股热浪，赵嫣以手背贴了贴脸颊，嘀咕了一声："念了半宿的书，自然声音嘶哑。"

"如今暑热难耐，太子还熬灯夜读？"少年武夫裴飒难掩惊讶之意，看向赵嫣的目光里多了几分崇敬之情。

赵嫣心虚地别开视线，望着窗边的光影，没敢看闻人蔺此刻是何神情。

"太傅，今日是教骑射吧？"裴飒没有察觉到微妙的气氛，迫不及待地起身活动了一番筋骨。

闻人蔺置若罔闻，只停在赵嫣的书案旁，俯身侧首道："请殿下更换骑射服，移步校场。"

他的嗓音低低的、沉沉的，让赵嫣不自觉地颤了颤眼睫。

天边翻涌的云遮住了燥热的日光，阴影徐徐地侵袭过来，连风也泛起了凉意，倒是个练习骑射的好天气。

小校场内，执驭们牵着数匹骏马静候着。这些马大多是从太仆寺的马厩中临时借调来授课的，但也有两匹是闻人蔺亲自挑选送进宫来的良驹。其中一匹马不算特别高大，但通体雪白，皮毛被养得如绸缎般顺滑，鬃毛柔顺地分垂在颈侧，如雪的睫毛卷翘，瞳孔漆黑，看上去极为温驯、优雅。

裴飒一眼就知这匹温驯的漂亮马驹是为太子殿下准备的，于是很自觉地走到一旁，挑了一匹次等的棕马，翻身骑了上去，英气十足。

"如何？"闻人蔺问赵嫣。

他素来说话算话，既许诺等小殿下身子好了就教她骑射，便定然做到。他不但亲自教，连万里挑一的良驹都一并赠送了。

赵嫣拍了拍白马的脖子，目光却投向了一旁打着响鼻的胭脂马。那马毛色油亮通红，唯额间有一抹白色，瞳孔炯炯有神，黑中带紫，躯干矫健，四肢有力，一看就知是一匹千里骓。

若此事放在去年，赵嫣定会仿着兄长的性格选择那匹漂亮温驯的白马，可如今在闻人蔺面前无须伪装，便大大方方地挑自己喜欢的。

"我要这匹胭脂马。"赵嫣穿着杏白色的束袖骑射服，看向了闻人蔺。

闻人蔺看着她眼中期许的碎光，不免想起了去玉泉宫的路上她穿着一身石榴色的衣裙以轻纱遮面的模样，那样的娇艳之色与这烈焰红马十分相配。

"这马颇为高大，且有些小性子。"闻人蔺摘下食指上的嵌玉指环，轻轻地搁在几案上，这才负手下来，手把手地教赵嫣道，"上马背前，殿下得先让这畜生熟悉你。"

赵嫣点头，正面站于马前，抬手去碰它额前的白毛。

红马倔强地后退了两步，马前蹄刨地，抬首嘶鸣。

"殿下别退，盯着它。"闻人蔺自一旁伸出手臂，手掌包裹住赵嫣的手，引导她从马头抚下，落在马笼头的缰绳处，"良驹通人性，殿下若在它面前露怯，是上不了马背的。"

闻人蔺今日亦穿了一身殷红色的束袖武袍，扎着玄色的护腕，肩阔腰窄，与那红马一般桀骜矫健。赵嫣一时有一种荒谬的错觉，不知自己到底驯的是马还是身旁的这个……

闻人蔺修长冷白的手离去，红马打了个响鼻。

赵嫣立刻回神，全神贯注地与马打交道，牵着它在校场中走了半圈。见红马渐渐安静下来，不再抵触，她便踩着侍从递来的木凳去够马镫。

马背有点儿高，她拽着马鞍子，有些吃力。侍从要来帮忙，她拒绝道："我自己来。"

说罢，她脚下一蹬，抬腿跨了上去，稳稳地端坐于马背之上。

赵嫣在华阳行宫时偷骑过小马驹，所以并非全然不懂的生手，没过多久就能驭着马匹沿着校场的边缘慢走了。

闻人蔺在阶前的阴影中随行，不时地出言指点两句。

云开见日，天光乍泄，小殿下捏着乌漆的小马鞭，脸颊泛出荔红色，汗淋淋的，衣袍随风轻舞，在阳光下非常夺目。

· 364 ·

赵嫣第一次骑高头骏马，并不急躁冒进，差不多就勒紧缰绳往回赶。谁知裴飒的马这时候疾驰而来，身后扬起了一路尘烟。裴飒的骑术极好，他及时勒缰立马，赵嫣身下的红马却受惊了。

闻人蔺眸色一暗，电光石火间已单手攥住了红马的缰绳，力气大到骨节微微泛白。直到将那躁动的马拉得嘶鸣一声，马蹄"嗒嗒"地落回地面，他仍紧紧地拽着缰绳。

寻常人受这一下定然会被颠下马背，踏于马蹄之下了。赵嫣身子前倾，手紧紧地攥着马鞍，竟稳住了身形。她长舒一口气，难得展露了笑颜，桃花眼弯弯的。

她本来就该是这样子，骄傲如风，灵动而耀眼。

心脏骤然收缩又无限地放大，闻人蔺感受着胸腔中陌生的余悸。他这颗心早在七年前就该死在腐尸堆里了，从此只有冰冷麻木之感，"呼呼"地漏风。可如果心死了，此刻涌动的暗流又算什么？

赵嫣意犹未尽地下了马。刚才被颠那一下，她股间略疼，落地时微微趔趄了一下，闻人蔺下意识地抬臂扶了她一把。

赵嫣双颊绯红，呼吸急促地站稳，回首朝闻人蔺笑了笑："多谢太傅。"

闻人蔺眸中的那点儿深沉随之淡去，他接过侍从递来的干净帕子，顺手为她拭去了鬓角的汗珠。

裴飒牵着马路过，听到一道低沉散漫的声音传来："裴世子既然这般爱策马，不如再围着校场跑三十圈。"

裴飒脊背略僵，只得翻身上马，顶着炎炎烈日一圈圈地奔跑起来。

课毕，赵嫣又与礼部、光禄寺核对了皇后的寿宴事宜，裁减了一些款项，诸如器皿陈设、绢花绫罗之类能重复使用的东西可从库房中支取，无须置办新的。

待她回到东宫时，已是黄昏时分了。

赵嫣手脚酸痛，正坐在书房中缓神，就见孤星按着刀穿过中庭而来，于门外抱拳。

"进来。"赵嫣眼眸一亮，打起精神问，"是烛蛇香腺的事有眉目了？"

烛蛇香腺的产量极少，从天佑十年起它就成了南疆的岁贡之物，宫中的达官显贵能有那么一二钱用以入药就已是莫大的恩赐。

赵元煜从哪里弄来那么多烛蛇香腺炼丹？其中必有蹊跷。

孤星将查到的线索双手呈给赵嫣看，禀告道："卑职按照张太医提供的线索亲自走了一趟黑市，那贩药的老道警惕得很，卑职与下属日夜蹲守，才在昨天夤夜跟上了与那老道交易之人。"

"如何？"

"卑职怕打草惊蛇，便一路跟随，天亮时见那男子混入出宫采办的宫人的回宫队伍中，入了宫。"

宫中？

赵嫣心下一沉，问道："你可知他是宫里的什么人？"

孤星道："卑职听那个人与老道交易时说了一句'神光降世，无量仙师'，与在锦云山庄遇到的那名女冠言辞一致，想来是教中之人。"

天子座下……神光教……

赵嫣的额角抽疼——这已是她设想中最坏的结果了。

按照赵衍的革新政论，大玄士族根深蒂固、枝叶繁茂，东宫动起他们来绝非一朝一夕能完成，非改朝换代不能根治。但东宫处理神光教就简单多了，将什么真人、仙师处死或流放，便足以瓦解这条依附于大玄之上敲骨吸髓的毒虫。

神光教为了自保，极有可能对太子下黑手。然而神光教之上是天子，东宫力量太单薄了，要动他们谈何容易？

可她必须走下去，必须让所有残害赵衍和明德馆的儒生的人付出应有的代价，以告慰泉下那群纯粹无畏的年轻的魂灵。

"还有一事……"孤星垂首，沉声打断了赵嫣的思绪，"柳公子不见了。"

"不见了？怎么回事？"

"据派去的护卫说，柳公子询问了好几次殿下的近况，似乎颇有顾虑。近期属下忙于追查烛蛇香腺之事，与明德馆的联络渐少，今晨派护卫前去查看，就发现柳公子不见了。"

赵嫣眼中的惊愕化作担忧，她起身问道："他是自行离开还是有歹人作乱?"

"卑职检查过柳公子的寝舍,发现寝舍里并无闯入、打斗的痕迹,故而推测柳公子应是自行离开的。且他于桌上留信一封,是给殿下您的。"

孤星从怀中摸出一封信,恭敬地递给了赵嫣。赵嫣迫不及待地拆开信封,抖开信笺,发现上面果然是柳白微的字迹,只有两个字:等我。

有了赵衍和程寄行的前车之鉴,赵嫣疑心这封信是别人冒充柳白微留下的,而柳白微已经遭遇了不测……然而信上没有可疑的香味,以柳白微的聪明才智,他也不至于傻乎乎地被人掳走。

那么这句"等我"究竟是何意思?莫非柳白微还留有什么后手?

赵嫣迟疑了一会儿,抬眼望去,潮湿的凉风破窗而来,天边早已风云涌动。

鹤归阁内,闻人蔺于顶层凭栏而立,俯瞰皇城中璀璨的灯火。

"王爷,那边查到神光教的头上来了,卑职怕打草惊蛇,坏了王爷的大计。"黛蓝色的夜色蚕食着天边的晚霞,蔡田压低声音道,"咱们可要出手,暂时压一压?"

闻言,闻人蔺只是轻轻一笑:"不必。"闻人蔺眸色深沉,袖袍无风而动,"我们非但不插手,还要将此消息放出去。"

蔡田一愣,半晌转过弯来:"王爷的意思是,逼仙师自乱阵脚?"

闻人蔺不置可否。

他想要的从来都不是某一个人的性命,而是彻底的毁灭。他要一点点地收网,看着他们徒劳地挣扎,相互猜忌、厮杀,那才叫有趣。

灯影摇晃,将他谪仙般的容颜分割成明暗的两面。

不远处,东宫嘉福楼上明灯晃荡,格外耀眼。

闻人蔺心情略好,若有所思地叩了叩栏杆:不知自己给小殿下的那些书,她可读完了?

二

近来赵嫣不知闻人蔺在忙什么,他已连着数晚不曾来东宫监督她

"学习"了。

赵嫣忙着筹备皇后寿宴的大小事宜,也就乐得偷个小懒,将没看完的那两本书锁入了抽屉中,抛诸脑后。

明日事来明日愁,等哪天闻人蔺想起检查功课了她再说。

六月中,殿中静谧,冰鉴的微凉难抵中伏的酷暑。

赵嫣捧着两三张玉佩花纹的草图,夏衫下裹着不透气的绸带,烙饼似的在簟席上翻滚。一旁的几案上,刻刀、铰具杂陈,锦盒中摆着几块成色极佳的玉料。

流萤交握着双手进殿,接过了李浮手中的扇子,轻轻地为赵嫣扇风。李浮很有眼力见地退下了,顺便掩上了殿门。

"有柳白微的消息了?"赵嫣知晓流萤有要事要禀,问道。

流萤摇了摇头,低声道:"是娘娘身边的何女史来过,说颍川老郡王昨日已携庶孙入京,意在求圣上的恩旨,让小王孙认祖归宗。"

"颍川老郡王?"

赵嫣在朝中的宗室名录里搜罗了一番,想起来了。这位老郡王勉强算是父皇的堂叔,年近古稀,膝下只有一个独子,且这位独子十年前就因病故去了。

"我记得颍川王世子故去得突然,并未留后,这个小王孙是从何处来的?"

"据闻是外边的女子生的,前不久才认回。"

"偏偏在这个时候……从哪里认回的?"

"暂且未知,老郡王将消息瞒得严。"

赵嫣想了想,唇角一翘,道:"颍川郡王虽与父皇同宗同姓,但毕竟已出了五代,空享爵位而已,并无实权。多个小王孙也不会对东宫造成影响。"

倒是许婉仪肚子里的那个孩子,还未出生就已经闹得满城风雨。

流萤道:"虽说如此,但毕竟这位小王孙出现得太过巧合,又急着进宫来,娘娘担心事出蹊跷,所以让殿下多加小心。"

赵嫣点头以示明了,而后想起什么,从枕下摸出赵衍遗留的那块莲花纹玉佩,以指抚了抚上面轻微的裂纹,道:"就选这个花样吧。"

她挺身而起，下榻行至几案后坐下，比对着从锦盒中挑了一块成色一致的玉料。

赵衍素爱莲花纹，自己以他的名义亲手雕琢玉佩赠送给母后，母后应该会喜欢吧？

赵嫣心想：就当自己为赵衍尽孝了。

"去年冬天苦寒，非但叛党熬不住，城外的流民也不知被冻死了多少，谁承想今年入夏又热成这样……"

崇文殿中，裴飒挽起了袖子，露出两条手臂纳凉，断眉拧作一团。

赵嫣以扇子扇风，衣裳裹得严实不说，还有束胸的绸带层层缠绕，被憋得胸闷气短。

这天气着实反常。

就在这时，李浮自殿外进入，悄声请示道："殿下，颍川小王孙求见。"

"谁？"

"颍川老郡王刚认祖归宗的庶孙。"

赵嫣和颍川老郡王连面都没见过，与小王孙更是不熟，不由得讶然："他求见孤做甚？"

李浮环顾殿内端茶送水的宫侍们，只道："您见了便知。"

赵嫣没想到这么快就会和这位小王孙打照面，对方到底意欲何为，自己一见便知分晓。

此时离闻人蔺的武课还有一刻钟，她思索片刻，吩咐道："你让他去后殿里等着。"

说罢，赵嫣穿过长廊，朝后殿行去了。

后殿的门扇半掩，赵嫣隐约可见一位身着绲金边的月白色缎袍的贵气少年临窗而立，抱着双臂，高束的马尾随着他轻点的靴尖微微抖动，似乎等得有些不耐烦。

这个小王孙倒是脾气挺大，赵嫣心想。

她仿着太子的神态，温和地开口道："听闻你找孤……"

少年闻声转过头来，赵嫣未说完的话语戛然而止。

四目相对，赵嬷装出的温和模样霎时消失了，半晌，她睁大眼眸道："怎么是你？！"

　　颍川小王孙……不，柳白微放下双手，所有焦躁和不耐烦的情绪都在见到赵嬷的那一瞬烟消云散了。

　　他微抬下颌，长眉习惯性地一挑，张扬地道："我说过，我会回来找殿下的。"

　　不远处，宫墙上的树荫里，一只通体油黑的碧眼乌云猫弓背伸了个懒腰，迈着优雅的步伐穿梭于交错的枝丫间，而后踩着飞翼翘起的屋檐往上纵身一跃，钻过栏杆，熟稔地蹭了蹭那双修长笔挺的官靴。

　　"是吗？姓柳的果真选择回来了。"

　　闻人蔺坐于椅中，从随身的小袋中摸出一颗肉干投喂玄猫，脸逆着光，其上不见半点儿波澜。

　　"他真是个阴魂不散的狐狸精，换了一身皮囊，摇身一变，成了颍川小王孙。"张沧盯着崇文殿后殿廊下的某处，义愤填膺地道，"王爷何不用点儿手段，让他小王孙的身份作废？反正他流亡在外这么多年，谁知他的身份是真是假。"

　　闻人蔺抚着黑猫的皮毛，睨向张沧："聪明。"

　　张沧"嘿嘿"一笑："那当然……"

　　张沧察觉到主子渐沉的目光，笑容凝固了，讪讪地低下头，道："卑职僭越，又教王爷做事了。"

　　他认错快，可脑子转得不快。

　　以前柳白微扮成女子黏在小太子身边时，王爷眼里容不得沙子，不惜得罪小太子也要将姓柳的以假死弄走，怎么这会儿反倒不着急了？

　　张沧琢磨着，忽然想到了什么，恍然大悟："卑职明白了！那狐狸精既然认回了小王孙的身份，就算与太子同宗同姓了。依照本朝的礼法，同宗同姓之人哪怕相隔十七八代也是不能在一起的！"

　　还是王爷高明啊，兵不血刃就彻底绝了那男狐狸精的心思！张沧佩服得五体投地。

　　闻人蔺倒是淡然，以帕子拭净了手，垂着眸转动霜白色的修长手指，忽然想换一样更柔软细腻的东西抚一抚。于是他转身下楼，朝崇文

370

殿走去了。

廊下，赵嬷与柳白微比肩而立，听檐铃"丁零"作响。

"老爷子去太极殿里面圣了，估摸着要候上一阵，我便自己偷溜来此处了。"

柳白微换上了云缎锦衣，金白二色衬得他唇红齿白，极富少年气，与扮女装、做儒生时大为不同。

他哼了一声："明德馆的灯要亮着，可我不愿如深闺怨妇一般翘首等候殿下的音信，只能出此下策了。"

赵嬷着实用了好一会儿才接受眼前的情况。

"这到底是怎么回事？"她不知从何问起，"你不是姓柳吗？"

柳白微似乎难以启齿，张了张唇，半天才坦诚地道："柳是我的母姓。"

颍川王世子为老郡王的独子，在当地一手遮天，看上哪个美人不过是一句话的事，轻而易举地就能夺去一个少女的清白。

那少女是私塾夫子的女儿，生得如兰花般清纯美丽，却无端遭此横祸。世子吃饱后餍足地拍拍屁股走人了，转头迎娶了门当户对的士族贵女，连个名分都没给柳家姑娘，柳夫子因此被气得呕血而亡。

柳白微自嘲地笑了笑："这些恶霸行径放在话本中我都嫌老套，而可笑的是，它竟是真实发生过的噩梦。"

此后，柳家姑娘变卖了家产投靠亲戚，拼死生下了儿子。她本以为会这样了此残生，谁知颍川王世子作恶多端遭了报应，突发恶疾而亡。

郡王府绝了后，一旦老郡王撒手人寰，朝廷就会收回颍川郡王府的爵位与俸禄。皇家的禄蠹怎么可能放弃到手的肥肉？于是，世子妃这才想起丈夫还有个遗留在外的私生的孽种。

她派人追杀柳家妇，想要去母留子，稳住郡王府的基业。谁料那妇人带着儿子逃了出来，于倾盆的雨夜拼尽最后一口气，将年仅九岁的儿子托付给了先父的好友临江先生。

"我改名换姓，跟着临江先生游历了七年，其间，颍川郡王府从未停止搜寻我的下落。直到天佑十六年，临江先生举荐我进入了明德馆。"柳白微背靠着栏杆，平静地道，"第二年春，我就遇见了下榻明德馆的太子殿下。"

他恨极了这些摧毁了柳家的皇戚和权贵，也恨极了自己身上那一半肮脏的血脉。他毕生唯求见天日昭昭，暗夜魍魉无处遁形，以告慰母亲和外祖父的亡魂。

是以和太子殿下交谈的第一天，他就知自己跟对了人。

赵嫣忽地想起，在玉泉宫的听雨轩里，柳白微向她吐露"拂灯"的真相时的确说过，"我来明德书院本就是为了藏身，能有机会藏到东宫之中，自是更好"。只是那时的赵嫣被阿兄一行人飞蛾扑火般纯粹的风骨所震撼，心中悲潮翻涌，一时忘了深究柳白微的这句剖白的深意。

柳白微别过了头，低声解释道："我并非刻意隐瞒，后来也想过向殿下坦白身世……"

可后来镜鉴楼上亮了灯，他见到了王裕，又得知肃王欺负殿下，继而被迫假死……事情桩桩件件地涌来，他终是丧失了坦白的良机。

听到这里，赵嫣似乎明白了什么。她也靠着栏杆，清澈的眼眸望向身边这个熟悉而又陌生的倨傲少年："你回来，是为了东宫吗？"

柳白微所有颠沛流离的经历都拜颍川郡王府所赐，他应是极其厌恶这个"小王孙"的称谓的。

柳白微一怔，随即失笑，下意识地要去揽赵嫣的肩，而后反应过来，自己以如今的身份已经不能再亲昵地去勾殿下的袖边或肩头了。

柳白微抬起的手于空中转了个弯，他揉了揉自己的鼻尖，道："也不全是为了名正言顺地见殿下，我只是想通了一些事，有现成的权势可以利用，何乐而不为？"

赵嫣仿佛看透了他的心事，道："你不必勉强自己。"

"殿下是在担心我吗？"柳白微以手指心，清朗地道，"殿下放心，我只是换个身份和殿下并肩作战罢了，我的心志不会因此而改变。"

赵嫣明白，可世间最难能可贵的便是"坚守"二字。柳白微如此，死去的赵衍与拂灯者们亦如此。

她笑了一声，认真地道："柳白微，你是真有少年意气、君子之风。"

她一笑，云间所有璀璨的光都落在了她的眸中。

柳白微顿了顿，而后不甚自然地别开了视线，望着自己的脚尖，道:"殿下这般夸赞,也不怕良心痛。身世可怜并非自甘沉沦的借口,我拼命地抗争,就是为了不成为作恶之人,怎能因自己身居高位而忘记当初的信念?"

然而深究起来,他到底是有遗憾的。

柳白微有些失神:"我常说要替赵衍照顾殿下,如今,你我倒真成一家人了……"

"我们成为一家人也无甚不好,算起来,我得叫你一声堂兄呢。"

"都六七代开外的远亲了,我算什么堂兄?"

柳白微似抵触,又似不甘,咬牙切齿的模样有几分柳姬的影子。然而自己与赵嫣同姓已是不争的事实,他只得悻悻地断了念头。

赵嫣看着他一会儿鼓气,一会儿泄气,不由得觉得好笑:"父皇怎么说?"

柳白微兴味索然地道:"老爷子求皇上给我赐个字,就算我认祖归宗了。"

"你这么早就要取字了?"赵嫣讶然。

她记得柳白微还未到行冠礼、取字的年纪。

柳白微解释:"老爷子急需我撑当门面,故而我未及二十岁也可取字。"

赵嫣了然,想起了舅舅宁阳侯魏琰十四岁为家主,十五岁就取字为"泽然"的事。

那闻人蔺呢?她好像从未听谁叫过闻人蔺的字,尽管他早两三年就及冠了。

她正想着,柳白微想起了自己此行的真正目的,打断了她的思绪,道:"殿下还在查那毒香的来源?"

赵嫣回神,凝眸道:"是。"

柳白微正色,心想:果然如此。

"我发现连颍川郡王府都在求丹问药,和神光教的道士有往来,可见这群妖道的触须已经遍布朝野。"云翳掠过,蝉鸣低伏,柳白微压低嗓音道,"我总觉得近期会有大事发生,殿下务必小心。"

赵嫣颔首:"我知道。文脉乃一国之魂,明德馆那边就交给你了。"

二人交换了情报，而后见一名内侍远远地走了过来。柳白微知道那内侍是来寻自己的，便站直身子道："我该走了。"

话虽如此，他的双脚却没舍得挪动分毫。

赵嫣颔首说："好。"

柳白微张了张嘴，最终只别过头说了一句："我会常来看殿下的。"

说毕，他行了个儒生礼，深吸了一口气方转身离开。

赵嫣回到崇文殿中，迟了半盏茶的时间。

殿中竹帘半垂，兽炉之上烟雾袅袅，裴飒和所有的侍从都不见了踪影，唯有闻人蔺临窗而立。从竹帘的缝隙中透入的阳光将他的官袍染成了艳丽的金红色，使他的侧颜冷淡又英俊，如嵌画中。

从那个位置，闻人蔺刚好可以看见后殿的回廊。

赵嫣的心蓦地一跳，而后她低眉敛目，老老实实地蹭到书案后坐下了。

"裴伴读他们呢？"她没忍住，问道。

闻人蔺回首看着坐得端正的小殿下，缓缓地道："本王忽然想起要检查殿下的功课，便让碍事的人都滚了。"

赵嫣眼皮一跳，不知他说的功课是什么。

空无一人的大殿内，气氛实在暧昧，总让她如坐针毡、惴惴难安。

她佯装沉静地铺纸、润墨，忽然想起一件事，执起笔问道："太傅字什么？"

闻人蔺抬眼看向了她。

赵嫣知道自己岔开话题的方式有些拙劣，可实在想知道答案，只好硬着头皮道："我突然想起太傅年已及冠，还不知太傅取了什么字。"

字嘛，闻人蔺是有的。他及冠成年时，家里的长辈都死绝了，字是他自个儿取的。如今他成了把控朝野的异姓王，一人之下，万人之上，自然无人敢唤他的字。若非小殿下心虚地提及，连他自己都快忘了这回事。

赵嫣观察着闻人蔺的神情，没从他的脸上看出丝毫抵触或厌烦的情绪。

闻人蔺步履平稳地从窗边走来，被切割成窄条的阳光一道道地从他的身上退去。而后他在赵嫣身后站定，倾身俯首，用温凉如玉的手指握着赵嫣执笔的右手，以脸颊贴着她的脸颊，如教小儿悬腕般引导她在宣纸上写下两个遒劲的字。

赵嫣甚至能感受到轻拂于耳畔的绵长的呼吸，属于闻人蔺的气息从四面八方包裹而来。她心跳如鼓，手臂如同被租赁来的一般失去了知觉，只能任凭闻人蔺牵引着写写画画。

"少……渊？"赵嫣品味着墨迹未干的二字，见其笔锋峥嵘如剑，磅礴大气，不由得侧首问道，"是'渊博'的'渊'吗？"

闻人蔺笑了一声。

不知为何，赵嫣总觉得这声笑带着些嘲弄的意味。

闻人蔺感受着掌心里小殿下那细腻如玉的肌肤，声音未显分毫波澜："是'深渊'的'渊'。"

三

少渊，非少年学识渊博之意，而是说他在少年时便堕于深渊，行于暗夜之中。

赵嫣想起自己刚回东宫时，让流萤搜罗来一本朝中股肱重臣的名册，名册上头有关闻人蔺的身世不过占了薄薄的一页。

可这一页的内容，字字触目，句句惊心。

天佑十年，孤城围困，闻人家父子四个人领近十万将士血战到底，以血肉筑墙，护住了身后十三城百姓的安宁。滚滚乌云下，剑折旗残，尸骸遍野。

听说闻人将军战死时仍保持着持剑站立之姿，把北夷敌军震慑得不敢向前。直至霍锋率领援军赶至孤城，含泪取走了闻人将军手中的残剑，那具石像般高大而残破的身躯才轰然倒下。

闻人家的长子闻人苍、次子闻人慕相继战死，十六岁的幼子闻人蔺被人从尸山里刨出来时仅剩一口气。

朝廷驰援的军令为何迟迟未至，如今所有人已不得而知。

去年年底，赵嫣曾让孤星暗中查过雁落关一战的内情，试图窥察闻人蔺的目的以自保。可奇怪的是，当年涉及此战的监军与御史皆已亡故，她根本无从查证。

没人知道闻人蔺在孤城中受困的那两个月里到底经历了什么。他的心就如同他为自己取的字一样，深渊无测，望不见底。

赵嫣的心脏仿佛被轻轻地牵动了一下。她不自觉地侧首，唇瓣几乎擦过闻人蔺的脸颊。

她很想再问点儿什么，关于雁落关一战，关于闻人蔺的过往。

她轻启唇瓣，正思索如何措辞，闻人蔺却松开了她执笔的手，撑着几案，将她半笼罩在臂弯中。

这是一个看似躬身垂问，略显亲近却又暗含压迫意味的姿势。

"现在，该我问殿下了。"他以食指轻轻地点了点几案的边缘，"书都学完了？"

见话题又绕了回来，赵嫣一阵心虚，只得支支吾吾地回避："太傅回东宫再问吧。崇文殿是太子学习经纬政略之处，太傅问那些，恐怕有辱斯文。"

闻人蔺乜了她一眼，淡淡地道："本王将殿下都辱过了，还在乎斯文？"

赵嫣心底刚涌起的那点儿隐痛瞬间消散了，她气恼地把笔往桌上一拍，在宣纸上留下了一条曲折的墨痕。

她近来忙得回到东宫只想呼呼大睡，压根没看书，闻人蔺问的那些养生之道她自然大多答不上来。闻人蔺便以她的身体为示范，将暖宫的穴位一一比画给她看。

他一脸正色，指尖隔着衣服一触即离，举止并不轻佻、刻意，可赵嫣还是被他折腾得面红耳赤。

这里毕竟是崇文殿，不是东宫的寝殿。

逗得差不多了，闻人蔺才噙着笑，若无其事地拿起《合纵》继续讲解。

夏夜，骤然一声雷鸣，暴雨便毫无征兆地席卷而至了。

整整半个月不见天日,各地水灾的奏折纷至沓来,堆满了太极殿中的长案。

朝中上下为赈灾的粮款之事吵得不可开交,连皇后都主动减了寿宴的规格,一切从简。宫中恨不能将一两银子掰成两半用,唯有摘星观仍热火朝天地建造着,要赶在年底封顶。

寿康长公主一家因暴雨和洪涝耽搁了行程,直到七月初才赶到京城。他们在长公主府邸里安置妥当后,就入宫拜谒皇帝与皇后了。

宫门外,水洼里倒映着天上的流云。赵嫣身着东宫太子的紫袍金冠,亲自迎姑母寿康长公主下车。

铜铃声"叮当",华盖香车还未停稳,车帷就被一只柔荑般的小手掀开了。

"太子哥哥!"长乐郡主霍蓁蓁挽着浅金色的烟纱披帛跳下了车,踩着小水洼快步奔来,笑着扑了赵嫣满怀,腰间的金铃铛"丁零"作响。

怀中的少女身上软香四溢,赵嫣被她撞得后退一步才勉强站稳。

赵嫣不由得惊讶:儿时那个时常与自己拌嘴、扯头花的"莲藕团子"竟出落得这般水灵可爱了?!

霍蓁蓁腕上的金玉镯子也碰撞出了"叮当"的声响,她稍稍后退半步,连珠炮一般道:"洛州一带到处发洪水,我险些以为赶不到京城了呢!对了,我听说太子哥哥身边的那个'柳狐狸'没了,是真的吗?哼,她敢抢我的太子哥哥……可见这是报应!"霍蓁蓁又叉住小腰,神气地道,"太子哥哥,我上个月及笄了,你怎的没写信给我呀?我也想要太子哥哥亲手打造的金笄!赵嫣有的东西,我也要有!"

赵嫣微笑着看这个表妹拿自己做比较,正忍得眼皮抽搐,便听见后头传来了一声清冷的女声:"蓁蓁,你已是成年的大姑娘了,莫再像小时候那般没有规矩。"

赵嫣闻声望去,只见一位钗环璀璨的贵气美妇搭着侍婢的手走下车来,身后跟着小心翼翼地护着她的霍大将军。

赵嫣收敛神情,规矩地行礼,道:"侄儿赵衍见过姑母、姑父。"

美妇只略一点头便移开了视线,径直走到霍蓁蓁的面前,温柔地替她理了理方才跑松的鬓发。

霍锋抱拳回礼，打破了尴尬的局面："臣霍锋给太子殿下问安。"

长公主入宫要先面见皇帝和皇后，赵嫣便亲自领着姑父和姑母朝会客的紫云阁走去。一路上，夫妇俩一言不发，好在还有个雀儿般的霍蓁蓁"叽叽喳喳"地说个不停，不至于让气氛太沉闷。

赵嫣看了一眼前面略微冷淡的寿康长公主，侧首低声问流萤："我方才有什么礼数不周全，惹姑母生气了吗？"

流萤压低声音飞快地道："去年春，太子殿下执意带回柳姬，长乐郡主知道后来东宫哭闹了一番，后来就负气离京了。"

赵嫣明白了，姑母是在为女儿撑腰。

若说霍蓁蓁有多心悦赵衍，倒也不见得，不过是青梅竹马的情分在，加上她忌妒赵嫣有个宽厚温柔的兄长，于是铆足了劲也想得到这份温柔罢了。

而赵嫣呢，打小就羡慕姑父、姑母鹣鲽情深，将所有的爱意都倾注在了霍蓁蓁的身上——他们是她心目中最完美的爹娘的模样。

两个小孩互相忌妒，互相看对方不顺眼，赵衍就成了夹在她们中间被争夺的香饽饽。

而今赵嫣回想起来，只觉得又好笑又无奈。

一行人在宫中用膳完毕，霍蓁蓁又缠着太子要去西苑的樱桃园里逛逛。赵嫣正愁没有借口接近神光教，便笑着道："如今樱桃过季了，西苑里无甚好看的，倒是北苑地阔景宜。孤带郡主去走走？"

霍蓁蓁不疑有他，欣然应允了。

晚霞如胭脂般浸染了半边天，不知名的飞鸟振翅掠过。北苑被风雷摧毁的殿宇已推翻重建，地基扩了数倍，搭起来的梁架如巨兽的骨骼耸立着，衬托之下，往来的工匠和宫人们便如蝼蚁般渺小。

"太子殿下，前方石料、木材堆放如山，着实危险，还请您止步。"负责监察的工部吏员作揖赔笑，"别说是哪个不长眼的下人冲撞了您，就算一个小石子掉下来，小人也承担不起啊。"

赵嫣好脾气地应着："好，我们就远远地看上一眼。"

说着，她掩唇轻咳，给了身后的李浮一个眼神。

一队运送木材的车马"辘辘"地经过,离开时,李浮的身影已不见了,没人留意到太子的身边少了一个不起眼的小太监。

待天完全黑了,李浮才带着满鞋底的泥土匆匆归来,默不作声地回到了赵嫣身后的宫人队伍中。

赵嫣送寿康长公主一行人离宫归府,之后才上了回东宫的轿辇。

今天跑了一身的汗,赵嫣痛快地沐浴干净,便双手拢着半干的长发随意地束在头顶。她披着衣服回到寝殿时,李浮已收拾干净候在殿外了。

赵嫣屏退了左右,问道:"你可查到什么了?"

"回殿下,通天台有道士时刻把守,奴观其步伐、神态,发现他们都是练家子,实在无法靠近搜查证据。不过……"李浮上前一步,谨慎地道,"不过奴听他们说什么'木料不太对',就混进摘星台的木料棚房里看了一眼,发现里面果然有问题。"

说着,李浮将一块巴掌大的楠木边角料呈给赵嫣。

赵嫣接过楠木边角料看了看,初始没看出什么来,直至李浮出言提醒,才发觉它的气味和颜色有些不对劲。

她凑近闻了闻,嗅到了淡淡的湿腐味。

这是积年陈木,被连日的暴雨一泡只能作废。可朝廷拨出的银款明明足够买最精良的新木,中间硕大一笔差价去了何处,赵嫣用头发丝想都能明白。

这是一个很好的突破口,可赵嫣也知道动父皇的臂膀有多难,稍有不慎则满盘皆输。

自己必须仔细地谋划,一击即中。

赵嫣垂眸凝神,慢慢地转动着掌中湿冷的陈木。东宫如今没有在朝堂上议政的实权,要想扳倒神光教,须选一个天时地利的恰当时机。而纵观近期的大事,符合条件的时机只有……

想到什么,赵嫣看了一眼几案上那枚尚未抛光的莲花纹玉佩,潋滟的桃花眼中浮现出了挣扎之意。

自己如果真这样做,母后会失望吧?

时间静静地流逝,李浮屏息以待,听候赵嫣的下一步指令。

许久,赵嬷握紧了手中的楠木,像刚经历了一场天人交战,疲倦地道:"你执孤的亲笔信去何御史与兵部岑侍郎的府邸,不必说什么事,他们看了信自会明白。"

她如今也只能赌一把自己在锦云山庄一案中积攒的人情了。

肃王府,书阁。

蔡田的脚步在阶前的水洼里激起了水花,他朝倚坐在鹤首灯前的男人道:"王爷,探子来报,那边的人狗急跳墙,果真开始行动了。"

闻人蔺放下了手中的书,面白唇绯,神色比平日更添了几分……危险之意。

蔡田算了算日子,放低声音道:"王爷可要去一趟玉泉宫?"

可蔡田心里十分清楚,王爷已经连着两个月去玉泉宫了,再有第三次,恐怕会被有心之人揪住把柄。

闻人蔺果然没答话,轻轻地叩了一下冷白如霜的手指,起身道:"备车,去东宫。"

半轮皎月隐匿在云端,东宫的寝殿里灯火通明。闻人蔺负手行至东宫寝殿的门口,听到殿中传来了一阵着急忙慌地翻找物件的声音。

他迈入殿中,便见小殿下松松地束着微潮的发髻,端正地坐于书案后夜读,纤白的颈项低垂,一副焚膏继晷的认真模样。

闻人蔺看了一眼她急促起伏的胸膛,便知她在临时抱佛脚,不由得勾了勾唇角。

他走过去,俯身握住了赵嬷的手,轻轻地将其挪开,从摊开的书卷下摸出了一枚被打磨光滑的莲花纹玉佩。

"殿下近来偷懒,就是在忙这个?"闻人蔺问。

反正被发现了,赵嬷便不再伪装,破罐子破摔地道:"是。我不如太子博才,母后的寿礼我只想起来送这个。"

闻人蔺抚了抚玉佩上雕工略显生涩的花纹,半晌,道了一声:"也行吧。"

他干什么露出这么一副勉强的神情?

赵嬷不由得气恼起来,起身从闻人蔺的手中夺回玉佩,收回了锦盒中。

她正欲盖上锦盒，闻人蔺却眼尖地瞥见了什么，抬掌按住了锦盒。

"这也是……给皇后的寿礼？"

他骨节分明的手捏了捏赵嫣的指尖，从锦盒中拿出了另外一块三指宽的羊脂玉佩。

见这枚玉佩落到了闻人蔺的手中，赵嫣忙伸手去抢。然而闻人蔺身高腿长，将手举起后她便够不着玉佩了，还险些扑进他的怀里。

闻人蔺一只手松松地圈着赵嫣的腰，使她不至于跌倒，另一只手将玉佩举过头顶，迎光而照，只见玉佩上雕的是一只四爪小兽，看上去怪模怪样的，不像女子佩戴的物件。

闻人蔺难得皱眉，"啧"了一声，问："雕的什么东西？狗？"

赵嫣被气得睁圆了眼睛，辩解道："什么狗？那明明是只狸奴！"

这四不像的纹路……她雕的竟然是只猫？

"猫"谐音"耄"，有长寿之意。闻人蔺收紧了手臂，温声逼问："这玉佩……殿下想送给哪个相好的？"

赵嫣挣开了他的束缚，气喘吁吁地坐回几案后，撑着下颔泄气地道："你说它是狗，那它就是狗吧。反正我是送给狗的。"

眼中轻慢的笑意一滞，闻人蔺怔了怔。

"我就当被狗咬了一口，无甚大不了的。"

"本王只是一条狗而已。殿下何必生小狗的气呢？"

小殿下归还玉条那晚的两个人的对话仿佛犹在他的耳侧。

闻人蔺望着手中这枚刻技青涩的玉佩，几乎不用思考就明白过来了——这玉佩原来是小殿下要送给自己的啊。

这是小殿下花了无数个夜晚挑灯琢玉，一点点打磨出来的玉佩。玉质高洁，小殿下将玉佩送给他这样的恶鬼还真是暴殄天物。

纯稚的少女将全部的精力都投到了这场寿宴的筹备中，满怀期许，全然不知她亲手筹办的宴会本就是一场局、一个火引。

这还真是让人怜惜。

闻人蔺抬手按了按刺痛的胸口，眸中波澜叠涌。

"我并非不懂恩情之人……上次太傅送了我一匹胭脂马，我就顺便琢了这块玉，想当个回礼。"

赵嫣说着，声音越来越小。

她实在不想看闻人蔺戴着那枚嵌玉指环和那条玉钩带到处晃悠了，它们总让她想起那些不该想起的暧昧的情景来。

赵嫣也知这块玉没有被琢好，原本想重新琢一块，再选个恰当的时机送出去，没想到闻人蔺的眼睛这么尖，他打了她一个措手不及。

她半垂着眼帘，掩饰般"哗哗"地翻了两页书，终于回过神来——殿中过于安静了。

赵嫣以余光瞥去，发现闻人蔺握着玉佩隐于阴影中，让人看不清神情。

他是嫌自己的雕工太差吗？自己果然该重新琢一块玉。

赵嫣难以忍受这样寂静的气氛，脊背渐渐僵硬起来，懊恼又不自在。

她清了清嗓子，随手指了指书上的某行字，寻了个破冰的话题道："这句话我不懂，何为'赤珠'？"

闻人蔺总算从玉佩上移开了视线，望向了赵嫣指的那行字。

灯下，她容颜精致，双目纯净，纯净到想让人将她揽入怀中，恣意地疼爱一番。

闻人蔺确实这样做了。

他神情自然地将玉佩挂在腰带上，仔细地抚平玉佩下方玄青色的流苏，而后在赵嫣身后俯下身来，将她揽于怀中。

男人的手指微凉，带着些许薄茧。他挑开赵嫣的玉带铐，修长的霜白色手指往下，以实际行动告诉她答案。

赵嫣先是愣怔了一下，随即浑身一颤，眼尾的泪痣被烧得绯红，整个人如受惊的小鹿般要弹跳着起身。

闻人蔺单手就按住了她的肩头，半垂的眼睫打开，勾魂夺魄。

"本王说过，世间有不必饮药也不伤身的法子。"他的脸上落着缱绻的灯光，神情虔诚而专注，"愿请殿下一试。"

月光自云层中漏下，积雨沿着瓦垄滴落在阶前。东宫寝殿的门窗紧闭，烛火将窗纸映成了柔暖的橙黄色。

夏夜虫声"窸窣"，赵嫣不知何时坐到了闻人蔺的腿上，鬓角的碎发被汗打湿，白皙的脸上渐渐蒸腾出娇艳的霞粉色。

闻人蔺不得不揽紧了怀中柔弱无骨的纤腰，左手的掌心扣在她不住地起伏的小腹上扶稳，右手隐于松散的杏白色下裳中。他垂首敛目，神情专注地凝望着她，不肯放过她脸上丝毫的神情变化。

赵嫣被他审视得低下头去，索性咬唇闭眼，将他平整的暗色衣襟攥得起了皱。

察觉到她在逃避，闻人蔺抬手捏着她的下颌转过来，侧首采撷那片紧抿起来的芳泽。

他长眉浓，眼睫密，半垂眼帘的样子优雅又缱绻，如同在品味珍馐，徐徐图之。

等赵嫣察觉到不对劲时已经晚了，她的唇舌被抵了回来，呼吸被搅碎了，连神志也仿佛顺着舌尖被掠夺了。

冰鉴中冒尖的冰块渐渐消融，化作一汪清水，倒映着殿中的重重灯火。

赵嫣的上下唇瓣都鲜红欲滴，眸中亦是一片潋滟的波光，她只能抵着闻人蔺的胸膛平复呼吸。

许久，闻人蔺将右手随意地浸入冰鉴中，就着冷水濯洗，而后搭在几案的边缘晾干指间的水珠，另一只手则慢悠悠地抚了抚小殿下散落的长发。

待她呼吸平稳些，闻人蔺便拧干帕子给她擦了擦，再将她的下裳仔细地抚平。

那条玉带銙还躺在地上，反正到就寝的时辰了，赵嫣就懒得再将它扣上了。耳畔的潮汐声退去，赵嫣才发现殿中竟然如此安静，安静得每一声失衡的心跳都如此聒噪。

她缓过气来，觉得被男人结实的身躯硌得有些难受，想要起身，却被大手按住了。

"先别动。"闻人蔺垂首贴上她的脸颊，声音沙哑低沉，"殿下不必紧张，这回无须吃药。"

这是她吃不吃药的问题吗？

赵嫣面色绯红，察觉到了什么，果真不敢再动了。

过了很久，她才盯着闻人蔺筋脉凸起的修长的大手道："下次……不要这样。"

闻人蔺抬眼，问她："不喜欢？"

赵嫣点头不是，摇头也不是。她羞于被闻人蔺注视，仿佛沉溺其中的人只有自己，这种感觉着实奇怪。她仔细地想了想，之前要么自己中毒记忆模糊，要么方位不对，好像还从未正面见过闻人蔺失控的神情。

这真是不公平。

赵嫣惊异于自己此刻的想法，心中觉得怪异，半晌鼬声道："你一直在看着我。"

闻人蔺怔了怔，明白过来小殿下在害羞什么，深沉的漆眸中浮现出了些许笑意。

"本王不能碰，连看也不行？"他轻轻地掐了掐掌下的腰肉，低声道，"殿下这么难伺候？"

被这么一闹，赵嫣实在困得不行，匆匆地擦了一把脸就爬上了榻，合眼时听到远处的宫楼上传来了二更天的钟声。

此刻宫道禁行，可闻人蔺还没走。

他坐于榻沿上，将手指插入赵嫣的发中，替她理了理枕间被压乱的发丝，慢悠悠地俯下身，道："明日寿宴，殿下露个脸就回东宫待着，莫要乱跑。"

赵嫣正迷糊着，闻言，艰难地睁开了眼，含混地问："肃王不赴宴吗？"

闻人蔺摩挲着腰间的羊脂玉佩，眸色深沉又平静，没有回答。

赵嫣没力气深究，眨了眨眼睫便徐徐地坠入了梦乡。

赵嫣醒来时天刚蒙蒙亮，床榻边已不见闻人蔺的身影。

流萤端着洗漱的棉巾进殿，听赵嫣询问，答道："肃王殿下一直在寝殿里坐着，寅时方走。"

寅时？闻人蔺竟在东宫的寝殿里待了大半夜吗？

见赵嫣看过来，流萤立即道："殿外只有奴婢守着，东宫卫亦有孤统领管束，不会乱言。"

赵嫣想的事情并非这个，相反，有肃王支持，东宫以后的路或许会好走很多。

她正欲开口，就听李浮于殿外禀告道："殿下，何御史和兵部岑侍郎都回信了。"

赵嫣倏地抬眼，披衣下榻，道："快呈上来。"

李浮将信笺内外核查了一遍，确认并无陷阱，这才双手呈给赵嫣。

赵嫣抖开了何御史的回信，示意流萤掌灯靠近。

殿下尚且年少，如朝水东流，来日方长。老臣衰朽之年，于御史台尸位素餐，苟延残喘。幸得殿下于锦云山庄挽救幺儿性命，得以延续何家血脉，老臣死亦无憾！今愿于众目之下上书死谏，揭妖道贪腐之面目。不论成败，万望殿下珍重！

兵部侍郎岑孟的回信只有一句话：

但为马前卒，听候差遣。

何府，油灯晦暗。

内间传来了中年妇人哄睡稚子的哼吟声，何御史身穿官袍端坐着，一旁的小桌上放着他连夜写好的奏疏。

待天际微明，他方长舒一口浊气，颤巍巍地起身，双手捧着官帽郑重地戴上，拿着写好的奏疏蹒跚地走入黎明将至的晦暗中。

岑府，岑毓刚偷溜到后院里准备练习拳法，就被兄长逮了个正着。

她原以为少不了一顿诸如"女孩子要温婉娴静些"的训斥，谁知这回阿兄什么话也没说，只是沉默着走至庭中，纠正妹妹的动作。

岑毓蒙了半晌，惴惴不安地问："哥，你不生气了？"

岑孟哪里舍得生气？在锦云山庄时，这个娇生惯养的妹妹竟然敢豁出性命去解救另一群受难的少女，他以她为傲。

岑孟端详着妹妹，平和地道："书房的几案上有个包裹，若哥哥申时还未回府，阿毓就带上包裹里的东西与王叔乘车出行，去看看外面的山、外面的水。"

"真的？！"岑毓禁不住狂喜，随即发现不对劲，迟疑地问道，"哥，你怎么突然对我这么好？不会是出事了吧？"

岑孟不答，只问："太子殿下好吗？"

"当然好！太子虽纤弱但勇敢，不以贫贱论高低，是个很好很好的人！"

"那就对了。哥哥……也要去做一件勇敢的事。"

小厮提灯来催，岑孟抬手按了按妹妹的发顶，迎着破晓的晨光肃穆地上了马车。

四

皇后的寿宴设在北苑的栖凤阁中。才巳时，廊桥、栈道上便挤满了赴宴的贵女、命妇及王孙贵胄，众人互相往来寒暄。

赵嫣以玉簪束发，穿着一袭太子的金紫袍下车，低声吩咐孤星："赴宴之人不能带侍卫和家臣，你想法子去通天台上守着。奏折一经递上去，神光真人必有行动，到时你再见机行事。"

孤星领命离去了。

流萤捧着赵嫣准备的寿礼，忧虑地问道："殿下可要提前将计划告知娘娘，以做准备？"

这个问题赵嫣昨天已设想了太多遍。

"不必。"她道。

母后根本不可能同意的。

流萤大概也料到了结果，遂不再多言。

入了北苑的宫门，赵嫣远远地就见廊桥边上站着一个以双臂环胸之姿等待的熟悉的身影。

"柳……"赵嫣唤了一声，迎上去道，"我都不知道称呼你什么好了。"

"殿下唤我柳白微便可，我只认这个名。"柳白微放下环着胸的手，嗤笑道，"老爷子急着带我赴宴，恨不得让全天下知道他颍川郡王府后继有人了。要不是想着能见殿下一眼，我才懒得来。"

"你难道不是为了寿宴上的美酒与甜糕？"赵嫣打趣柳白微，忽然发现他的衣襟有些散乱，一旁的系带还断了一根，不由得问道，"你与人打架了？衣裳怎么这样？"

一提这事柳白微就郁闷，掸了掸衣襟，道："还不是赵衍的'小青梅'弄的？"

"霍蓁蓁？"

"可不就是她？方才我在宫门口与长乐郡主狭路相逢，她非得指着我骂'柳狐狸'。我自然不能承认，这小姑奶奶竟然上手扒我的衣服，说要看看我的皮下到底是雌是雄。"

若不是寿康长公主及时制止，他真就清白不保了。

赵嫣听了，"扑哧"一声笑了出来，因为楠木料之事而紧张的心情消散了不少。

"殿下还笑？"柳白微挑起了眉，一副要歹毛的神情。

"抱歉，我只是觉得有趣。"赵嫣捂着笑疼的肚子，眉眼弯弯地道，"你这张扬跋扈的性子，难得有人能让你吃瘪。"

"不然我能怎样？以前我做柳姬时，借着女子的身份还能与长乐郡主戗上两句，如今恢复身份了，总不能大男人欺负人家小姑娘吧？"

说着，柳白微想起了一件事。

"当年赵衍顶着压力将我带回东宫，还有一个很重要的原因，就是让情窦初开的长乐郡主死心。他说他已经连累自己的亲妹妹了，不能再害了另一个妹妹。"柳白微环顾一番，见并无外人，方低声问，"我一直很好奇，当初皇后娘娘为何雷霆震怒，执意将你送去华阳行宫？"

见赵嫣愣神，柳白微才察觉失言，连忙道："我多嘴了，殿下别介意。"

赵嫣莞尔，抬手抵着下颌思索："连我自己都快忘了什么原因……总归是我儿时不懂事，闯了祸。"

北苑的廊桥贯通栖凤阁，二人于桥上远眺，可见耸立在西北角的摘星观的巨大骨架。

赵嫣停下脚步，感受着雨后拂面的湿润的凉风，轻而坚定地道：

"摘星观的楠木料有问题,这是我唯一的机会了。"

他们两个人之间无须把话说得太明白。

柳白微的眸中闪过一丝诧异的神色,随即他平静下来,心想:这事被闹出来只有两个结果,一是皇上彻查此事,解决神光教;二是皇上为了保全颜面而遮掩事实,解决提出问题之人。他们要扳倒附骨之疽须得在众目睽睽之下,使此案没有斡旋的余地,这无异于在逼皇帝做选择。无论怎么看,他都觉得是第二种结果发生的可能性更大。可即便只有一线希望,他们也得去争取。

"记住,此事不能由东宫出头。"柳白微神色凝重地说,"我会想办法帮你。"

赵嫣的心隐隐地被触动了。

她昨夜送出去的信写得极为隐晦,只是试探何、岑二人对楠木料问题的态度,甚至没有提及在宴会上进谏之事,可何御史、岑孟甚至是柳白微都不约而同地选择挺身而出,无一退缩。

盛夏燥热,栖凤阁却三面透风,阴凉沁人,视野极为开阔。

巳末,宾客陆续入场了。

何御史和岑侍郎先后入殿落座,自始至终没有与座上的太子有多余的眼神交流,一切如常。

随着一声又尖又长的唱喏,皇帝与魏皇后入殿,寿宴正式开始了。

各家轮流给皇后叩首祝寿,宁阳侯魏琰赠出的果然是一幅亲笔写就的《百寿图》,一百个"寿"字风格迥异,有楷、行、草、隶,亦有古今名家的风骨。这些大小不一的"寿"字又恰巧组成了一个大的"寿"字,每一笔都堪称妙手,引得众宾客"啧啧"称奇。

赵嫣虽早知舅舅满腹经纶,却还是被小小地震撼了一番,感觉自己准备的寿礼就有些相形见绌了。

轮到太子祝寿,赵嫣便起身奉上锦盒,恭敬地跪呈道:"儿臣不才,为母后亲琢玉佩一对,恭祝母后千年之寿,璇阁长春!"

女史接过赵嫣掌心里的锦盒,转呈给了魏皇后。

魏皇后打开锦盒,目光不由得一顿。

锦盒中躺着一对莲花纹玉佩,其中一块流苏陈旧,玉身略有裂纹,她几乎一眼就认出此为儿子赵衍曾佩戴的那块；而另一块玉料簇新，花纹虽与旧的那块一样，但看得出是个新手耐着性子一刀刀地雕琢而成，再仔细地打磨光亮的。

两块玉比肩双生，一块代表她死去的孩子，另一块代表她面前的孩子。这是他们兄妹的孝心。

魏皇后眸色微动，心中的酸楚感蔓延，整个人仿佛坠入了无尽的黑洞中。可她不能表现出来，不能有丝毫的软弱、失态的样子。

她合上锦盒，望着在殿中跪着的蓬勃生长的女儿，颔首温和地道："太子有心了，起来吧。"

"谢母后。"赵嫣再行大礼，以额触地。

替赵衍尽了孝，她就无甚愧疚了。

赵嫣回到席上，轻轻地端起了酒盏。目光与对角席位上的何御史隔空相触时，她在这位年近花甲的老臣的眼中看到了决绝之色。可是，她怎么可能明知此举危险，还让别人替她出头送死呢？

不管如何，父皇现在只有她这一个"儿子"，再迁怒也不能真拿她开刀。

赵嫣放下酒盏，站起身，沉静地望向高位上的至尊帝王。

她正欲开口，却被身侧的柳白微抢先了一步。他起身朗声道："陛下，臣有事要奏！"

赵嫣震惊地看向了他。

宴饮的众宾安静下来，齐刷刷地看向这位突然冒出来的小王孙，气氛瞬间凝重起来。

明白柳白微要做什么，赵嫣霎时被气得肺疼，咬着牙道："柳……"

就在此时，众人只觉得一阵地动山摇，继而"轰隆"的巨响自西北方传来，宛若山崩石裂，雷霆怒吼。

殿中的众人一时顾不上小王孙要禀告何事，俱慌乱地惊叫起来。禁军闻声一蜂拥而入，拔刀大喊"护驾"。

混乱中，有人颤抖着发出了一声尖厉的叫喊："摘星观塌……塌了！"

赵嫣顺着众人惊恐的视线望去，不由得睁大了眼眸。

窗外鸟雀惊飞，阳光下，摘星观宏大的骨架坍塌、萎缩，扬起的尘灰铺天盖地，仿若垂死的巨兽在发出最后一声叹息。

无人能挽回它的坍塌……无法挽回。

栖凤阁中噤若寒蝉，一片死寂。

赵嫣看向何御史和岑孟，在他们的眼中看到了同样震惊的神色——这不是她的人出手做的。

五

摘星观的工址上，先是极轻的"咔"的一声，像某处台基下陷，又像某根梁架断裂。

起初无人在意，直至裂纹迅速蔓延。地动山摇间，宫台化土，扬起的厚重的尘灰笼罩着木料的残骸。

鹤归阁上，悬挂的檐铃受此震动，发出了急促又混乱的"丁零"声。顶层的平座上，闻人蔺着一袭玄红色的袍服临风而立，寻了个视野极佳的位置，眺望这座巨物崩塌的骨骼。

张沧瞪大了双眼，"啧啧"地道："王爷才刻意漏了点儿风声，他们就狗急跳墙了，竟闹出了这么大的动静！"

闻人蔺下意识地摩挲着腰间的羊脂玉佩，极轻地扯了一下唇角。

阴沟里的虫鼠果然不会让人失望，自相残杀起来，效果比他预想的还要轰轰烈烈。然而，这场好戏才刚刚开始。

闻人蔺心情愉悦，这种痛快使他甚至忘记了五脏六腑中阴寒的剧痛。坍塌的死灰映在他的眸中，化成了绚丽的艳色。

"你将太子殿下护送回去，让她安心地在东宫里等着。"闻人蔺噙着一抹温和的笑，吩咐身后的张沧。

小殿下精心筹办的寿宴被毁，她难免受惊扰、扫兴，他总得放下身段去安抚安抚她。

栖凤阁。

众宾客震悚，坐立不安，张口结舌。工部的数位大臣皆被吓得面无血色，不住地举袖拭汗。

宁阳侯魏琰没有去看摘星观的惨烈情况，只下意识地握紧了容扶月的手，温声宽慰受惊的妻子。

魏皇后起身，冷静地训斥禁军："你们愣着做甚？即刻封锁宫门，查清缘由！"

何御史逮住这个机会，凛然出列，双手捧着奏疏跪呈道："臣何颐弹劾神光教与工部沆瀣一气，以次充好，采购陈腐楠木以致今日之祸！请陛下严查！"

岑孟继而出列，伏地叩首道："请陛下严查！"

这话一出，殿中无人不惊骇。一时质疑者有之，震惊者有之，众人如清水入油锅一般吵得不可开交。

赵嫣立于一片沸反盈天的争吵声中，仍保持着禀报的姿势，隐隐地觉得何处不对劲：楠木料虽说的确有问题，但摘星观在皇后的寿宴上当着父皇与百官、命妇的面恰好崩塌，是否太过巧合了些？

何御史以头抢地，吏部沈侍郎也跟着下跪请求皇帝彻查。皇帝面色凝重，殿中乱成一片。

皇帝毕竟是皇帝，经此大乱依旧面不改色，只端起杯盏顿了顿，起身道："神光真人何在？禁军去看看，到底怎么回事？"

混乱中，赵嫣想到了什么，忽地一凛。

摘星观坍塌，禁军的主力集中在栖凤阁和摘星观里。北苑乱成一团，神光教自顾不暇，其老巢通天台必防范松懈……此乃她潜入通天台搜查人证、物证的极佳时机！

柳白微显然也想到了这一点，隔空与她对视，略微颔首示意她。

寿宴俨然无法继续下去了，魏皇后起身请罪告退，抬首时越过人群望去，不由得微蹙柳眉——太子的席位上空荡荡的，赵嫣已然不见了身影。

赵嫣此时正领人沿着长长的石陛登通天台。

摘星观一出事，通天台上的道士就不知躲到何处去了，几个懵懂迷糊的丹童被柳白微喝住了。

主台之上有左右两座小殿楼，为论道、炼丹之所。

"你去左边，我去右边。"赵嫣朝柳白微示意，还不忘认真地补上一句，"安危最重要，保护好自己！"

闻言，柳白微洒脱地一笑。

二人兵分两路，穿过前庭朝左右二殿奔去。

右殿门户半开，里边不时地传来东西倾倒、碎裂的声音。李浮和另一名内侍捡了棍子防身，灵巧地护在赵嫣身前，而后一脚踹开了殿门。

殿内一片狼藉，几案倾倒，瓷瓶碎裂，门后躺着两名昏倒的道士。而提前趁乱赶到的孤星正与另一名年轻的道士缠斗在一起，争抢一本厚实的册子。

那年轻的道士生得短小精悍，目露凶光，身手极为不凡，徒手对抗孤星竟然难分胜负。见赵嫣等人闯入，道士自知寡不敌众，连忙将手中的册子抛入丹炉之中，试图焚毁痕迹。

明火立即蹿起一尺多高，孤星见状立即伸长了手臂，试图夺回丹炉中焚烧的册子，却被道士连番阻止。

"李浮！"

赵嫣一声低喝，李浮立即冲上去将册子从丹炉中扒拉了出来，转着圈用脚飞快地跺灭明火，霎时火星四溅、纸灰飞扬。

孤星趁那道士乱了章法，看准破绽一腿扫去，道士被踢得飞出一丈远，砸翻了丹炉。

道士被烫伤了腿，见逃不掉了，立即咬破藏在舌下的毒丸，倒地而亡。

李浮"噫"了一声，躲开了，将从丹炉中抢出的册子拾起来，拍了拍灰，又嗅了嗅，确定无毒方双手呈至赵嫣的面前。

丹炉中温度极高，李浮虽抢救得及时，册子却被烧得只剩下比巴掌略大的一半了。

"卑职奉殿下之命，一直留意通天台的动静。方才摘星观骤然坍塌，通天台大乱，卑职就寻着机会混了进来，正巧撞见此人翻箱倒柜地找寻这本册子。卑职猜想这本册子定是至关重要的证据，所以他才冒险来翻找，于是就和他交上了手。"孤星用三言两语说清来龙去脉，抱拳道，

392

"卑职无能,还是让他烧毁了大半证据。"

赵嫣直到此时才有力气吐出胸中的浊气,摆了摆手,道:"不怪你。看那个人的行径,他明显不像道士,而是死士。"

万幸册子还被抢救回了一半。

赵嫣正想着,忽闻殿外有凌乱发虚的脚步声靠近,一个苍老的沙哑嗓音急促地道:"快!快去把贫道的账册藏起来!"

孤星闻声立刻护于主子的身前。赵嫣将册子揣入怀中,抬眸一瞧,只见神光真人冠歪襟斜,气喘吁吁地站于门槛外。

神光真人看了一眼赵嫣等人,又看了一眼地上死去的道士和倾倒的丹炉,被骇得双目圆睁,转身就逃。

赵嫣追出殿门,神光真人却抄近路跑下了盘旋踏道。

赵嫣沉着地吩咐孤星:"拦住他!若他落到禁军的手里,孤就没有问话的机会了……"

话音未落,仓皇而逃的神光真人忽然停住了脚步。

他气喘如牛地望着盘旋的石阶,如同见着什么可怕的东西一般,被逼得颤巍巍地步步后退。

踏道下,入目先是璀璨的高髻和凤冠,再是雍容的凤袍,踏道的阴影自魏皇后身上层层退去,阳光照亮了她威仪凛然的容颜。她腰间那对莲花纹玉佩"丁零"作响,身后数名心腹和内侍随行,将踏道堵了个水泄不通。

赵嫣的心脏蓦地一紧,而后她紧张地问道:"母后怎会来此处?"

她在流萤和李浮之间扫视,见李浮心虚地垂下了头,便知多半是他向坤宁宫递了口信。

赵嫣无权责怪李浮什么,毕竟他是从坤宁宫里出来的人。

母女俩的视线隔空相撞,赵嫣如同做错事的孩子一般低低地垂下了眼帘。

母后都知道了……自己没有听话地停下追查真相的脚步,还顶着赵衍的身份在寿宴上让母后败了兴。

神光真人正了正冠冕,痛心疾首地道:"娘娘来得正好!太子殿下率人闯入贫道的丹房,毁丹炉,杀道士,这可是触犯神灵的大罪啊!"

魏皇后闻言拧起眉，望向了垂目抿唇的赵嫣。

赵嫣默默地承受着那两道沉甸甸的视线，几乎能想象出母后会用怎样失望的神情看着自己，耳畔仿佛又响起了多年前的那句"你什么时候才能让本宫省点儿心？"。

她悄悄地攥紧了拳，深吸一口气，抬起眼来等候斥责。

神光真人眼观鼻，鼻观心，掐指合目，神神道道地道："太子伤了贫道不要紧，可不能坏了陛下的修道大业啊！还请娘娘容贫道禀告陛下，焚香作法，以平天怒……"

话音未落，神光真人被当胸一脚踹得"哎哟"一声，仰倒在地。

赵嫣愕然，怔怔地看着魏皇后放下提着裙裾的手，收脚站稳。

魏皇后华贵的凤袍迎风飘舞，她仿若战场上披风"猎猎"作响的女将，审视蝼蚁一般垂眼看着在地上捂着胸口挣扎的神光真人："惑众妖道！安敢于本宫面前搬弄口舌，构陷吾儿？！"

这掷地有声的话语在所有人的耳畔激起了铿锵的回响。

赵嫣这才想起来，母后威仪凛然的模样背后是祖上曾追随高祖打天下、以武封侯的簪缨世家。魏家养出来的女儿，自然骨子里带着刚烈的气性。

赵嫣喉间微动。

她顾不得深思，示意孤星将神光真人押下，快步上前审问道："你就是那个仙师？"

神光真人爬起来，索性合目打坐，做出一副超然物外的平静样子来。

"你以为你什么都不说，就能平安无事？摘星观倒了，百官为了弹劾你吵得沸反盈天，父皇为了平息民怨，迟早会查到你的头上来。神光教藏污纳垢，你冒险赶回通天台，是为了这本册子吧？"赵嫣拿出怀中那半本未烧毁的册子，见老道的面色明显一僵，方了然地道，"方才在你的丹房中翻找的那个人并非你手下的道士，也就是说，还有别人要趁乱销毁这册子上的秘密。即便孤放你走，在陈情的路上或大理寺狱中，真人又有几分把握不被灭口？"

"贫道不明白……殿下在说什么。"

"那孤说得明白些——现在只有孤能让你活。"

老道的胡须颤抖，干枯的眼皮飞速地颤动起来，所有方外之人应有的淡泊的涵养都在生死面前分崩离析，只剩下本能的战栗和慌乱的神色。

"毒杀明德馆的儒生以及被送入东宫的信上那种能附于纸墨之上、以烛蛇腺体为引的毒香，都是你做的？"见老道心神动摇，赵嫣提高了音量，"因为他们的政论会威胁到神光教的利益，你便下毒谋害皇嗣！这是诛九族的大罪！"

"不⋯⋯不是⋯⋯"心中的防线崩溃，老道倏地睁大了双目，道，"贫道虽忌惮殿下，可哪里敢堂而皇之地谋害殿下啊？！炼毒是贫道奉他人之命行事，着实与贫道无关哪！"

赵嫣愣神，上前一步逼问道："谁指使你做的？你背后之人到底是谁？说！"

"贫道给那么多家送过药，怎还记得⋯⋯"

"嗖"的一声，极轻的破空之音袭来。

"长风！"魏皇后手疾眼快，一把攥住赵嫣的手将她拉开了。

几乎同时，一支羽箭擦着赵嫣的鬓角而过，没入神光真人的喉管，又从他的后颈射出了。

神光真人仍保持着张嘴说话的姿势，瞪着眼，直挺挺地朝后栽倒，当即毙命了。

"保护殿下！"孤星厉声道。

赵嫣跌坐在地上，瞳孔微微收缩。阳光热辣，她却从心底生出一丝尖锐的寒意来。

禁军蜂拥而至，禁军统领朝魏皇后和赵嫣抱拳道："卑职奉圣命，前来请神光真人问话⋯⋯"

他还未说完，看到地上神光真人的尸首，不由得愣住了。

神光真人死了，可地上那支带血的玄铁箭分明属于禁军的弓弩库。

"谁杀了他？"赵嫣缓缓地起身，金紫色的袍服随风舞动，环视方才赶到的禁军，"你们谁放箭杀了他？"

禁军一个个都讷讷的，你看看我，我看看你，无人回答。

"本宫和太子都来晚了一步。神光真人遭禁军中的内鬼灭口,兹事体大,尔等速随本宫上报陛下!"魏皇后三言两语就镇住了场面,随即回头看向沉默的赵嫣,放低声音道:"太子受惊,今日不必面圣问安,好生休养。"

说罢,她深深地看了赵嫣一眼,领禁军和宫人离去了。

赵嫣又站了会儿,冰冷的四肢才渐渐回暖。

"怎么回事?"柳白微刚从左殿搜查回来,惊愕地看着禁军搬走神光真人的尸首,"发生什么事了?殿下没事吧?"

"人证被灭口了。"赵嫣轻轻地摇首,心中庆幸还有半本册子。

她捂着怀中残存的一半线索,垂眸思忖了片刻,而后似乎有了抉择,抬眸坚定地道:"回东宫。"

鹤归阁。

张沧快步上楼,气都没喘匀便向坐于椅中读卷的闻人蔺禀告。

"王爷,太子殿下不知怎的查到了通天台,从那些人的手里抢走了半本账册。"张沧看到闻人蔺抬眼后,艰难地吞咽了一番,硬着头皮道,"卑职去晚了一步,现在太子拿着那半本账册正在赶回东宫的路上。"

太子拿着那样一个"烫手山芋",无疑成了众矢之的啊!

话音刚落,闻人蔺已放下书卷,起身越过张沧下了楼。他面色霜白,眸色深沉,身上的衣袍无风自动。

张沧被他身上骇人的杀气逼得倒退一步,直至他的身影消失在楼下,才回过神般一拍脑袋——王爷这两日就会毒发,可还没吃药!

东宫的马车驶出了北苑的庆安门,沿着与宫墙毗邻的夹道绕回东宫。孤星与一众东宫卫按着刀,护卫在马车两侧。

刺杀就发生在瞬息间。

刺客埋伏于夹道一侧的坊墙上,箭发如雨,直取东宫马车中的太子!

孤星拔出刀,"叮叮当当"地斩落了箭矢,且战且退,大喝道:"护驾!"

一名刺客跃下坊墙,一路杀上马车,似乎要抢夺什么。可他只来得

396

及跑出几丈远，就被另一支玄尾羽箭射倒在地了。

夹道的另一端，着一袭玄红色衣袍的肃王驭马而来，于马背上拉弓如满月，瞄准了坊墙后的刺客。他三箭齐发，反手再是三箭，箭无虚发！

剩下的两个刺客被孤星拿下了，孤星利落地卸了他们的下巴以防其自裁。

马匹还未收住蹄子，闻人蔺便挽弓翻身下马，稳住身形，大步朝东宫的马车行去。他走得那样急，伸手去撩被射成蜂窝的车帘，手指微不可察地颤抖着。

车帘被撩开，光线洒入了车厢，照亮了里头穿着藤甲戴着头盔、全副武装的……李浮。

李浮愣愣地缩在藤甲中，臂上还插着几支可笑的羽箭，茫然地看着面前不知是修罗还是神祇的男人。

闻人蔺静静地垂下了手，眸中翻涌的情绪微微凝滞，而后渐渐平息了。

他压住胸腔中的那股反噬的窒息感，半晌，低声问道："殿下呢？"

第十三章
撞破秘密

一

半个时辰前,左殿中。

"殿下此时回东宫?"柳白微看着赵嫣手中的半本册子,"这东西棘手得很,恐怕他们不会善罢甘休。"

赵嫣极淡地笑了一声,双眸在盛夏的骄阳下显得干净通透:"我知道。敌在暗,我在明,所以我们才需要将计就计,化被动为主动。"

柳白微几乎瞬间就明白了赵嫣的意思,诧然抬起了眼。

神光真人当着众人的面被灭口,小殿下生死一线,换成任何一个同龄的少年此时恐怕已如惊弓之鸟,两股战战。但她仅白着小脸沉思片刻,便利用自己的劣势做出了清醒而大胆的决定。不到一年的时间,她已成长颇多。

"就按殿下的意思,兵分两路。"柳白微双臂环胸,思索着道,"殿下带着证物先行藏好,我则与殿下互换衣物,坐上东宫的马车引他们出手。"

"不可,柳……"流萤顿了顿,改口道,"小王孙的身量比殿下高,还是由奴婢顶替较为合适。"

柳白微利落地扯下腰带和外袍,哼了一声,道:"这是去诱敌,不是送死!这种事还轮不到你一介弱质女流上场。"

"要不……还是奴去吧?"

一道微弱的声音响起,赵嬷循声望去,见到了小心翼翼地举着手的李浮。

李浮年纪不大,又自幼为太监,骨架与赵嬷的颇为接近。

赵嬷看出了李浮内疚与不安的心绪,思忖后道:"母后于你有恩,你为坤宁宫传递消息乃分内之事,不必如此。"

"是,可殿下待奴亦不薄。殿下若不给奴这个将功折罪的机会,奴今后无颜再面见殿下,倒不如一头触死算了……"李浮苦巴巴地皱着包子脸,伏地跪拜道,"求殿下应允。"

说着,他结结实实地磕了个头,大有赵嬷不答应他就长跪不起的架势。

赵嬷拗不过他,且柳白微和流萤的扮相的确不太合适。再三权衡之下,她只得吩咐孤星:"想法子给他弄一套甲胄来,置于马车中,他上车后再悄悄地换上防身。"

李浮霎时破涕为笑:"谢殿下!"

赵嬷伸手虚扶起他,故意板着脸道:"好生护着这条小命,待你平安地回了东宫,我还要与你算账的。"

李浮挺身拍了拍胸脯,一笑,露出了嘴角的酒窝:"放心吧,殿下!奴机灵着呢!"

马车行至半路,果真遇袭了。

听李浮战战兢兢地说完前因后果,闻人蔺什么也没说,翻身上马,单手抓着缰绳返回了。

张沧紧跟其后,掏出令牌大喊道:"肃王有急事入苑,开门!"

蓬莱苑的守门禁卫忙拿下了门闩。

大门刚被打开,肃王便驭马长驱直入,扬起了一片尘灰。

通天台与蓬莱苑之间有一条隐秘的甬道。

此时斜阳流金,鸟雀啾鸣。鹤归阁前的长廊石阶上,一名身量纤细的"小太监"抱膝而坐，身上落着一层细碎斑驳的树影。

听到急促的马蹄声，穿着赭色太监服的赵嫣抬起下颌，缓缓地站起了身。

玄色的骏马立起，长声嘶鸣，闻人蔺顾不上安抚这匹疾驰过度的畜生，只将长弓往马背上一挂，便踏着一地光影朝赵嫣大步地走来了。

他走得那样稳，又那样快，掠起的疾风裹挟着不属于盛夏的霜雪气息，鼓动着袖袍飞舞。

赵嫣不由得眨了眨眼睫："我从通天台抄近道过来，谁承想刚好与你错过……"

话音未落，她就察觉到指尖一紧。

闻人蔺一言不发，拉着赵嫣的手穿过石阶，转过廊庑，推开了鹤归阁的大门。

阴凉的气息拂面而来，驱散了赵嫣满身的燥热。

赵嫣踉跄着站稳，察觉到闻人蔺的异样，小声问："你生气了吗？"

"受伤不曾？"

闻人蔺转过身打量她，语气一如既往地温和，可那双眼睛里藏着赵嫣看不透的深沉神色，和平时大不一样。

她愣了愣，望着他的眼睛摇首道："没……没有。神光真人死了，禁军里有内鬼，我实在不知还能去哪儿，就和李浮换了衣裳，来此处找你。"

她说过，肃王永远是她的第一选择。情急之下，她能想到的安全之处也只有闻人蔺的鹤归阁。

她忽地感到脸颊上一阵温凉，是闻人蔺正轻抚着她，从眉眼而下，滑至脸庞，似乎在确认她的安危。

"昨夜我怎么叮嘱殿下的？嗯？"闻人蔺垂着眼，绯色的薄唇轻轻地一张一合，"殿下知不知道拿走神光教的账册意味着什么？"

"知道，所以我才将计就计，引蛇出洞。"赵嫣还没有想清楚闻人蔺为何是这苍白的病态样子，心中就莫名其妙地涌上了一股不祥之感，"这是太傅教我的——即便我为鱼肉也不可自暴自弃，要学会利用自己的劣势布局做饵，引对手上钩。"

· 400 ·

闻人蔺凝眸,轻轻地颔首:"很好。"他又笑着说了一遍,"殿下做得很好。"

早在簪花宴时他就知道,这个外柔内韧的小少女绝非依附他人而生的蒲草。她有自己的风骨和韧劲,总在不经意间汲取雨露,蓬勃地生长。

奇怪的是,他竟然会为早已知道的事实方寸大乱。

那一瞬,心脏的刺痛感如潮水般淹没了他的理智,心狠手辣的肃王竟连万分之一的败局都难以承受……他何时变得这般脆弱了?他在害怕什么?

真是可笑,视逗猫为消遣的人怎么会因为猫可能遇险而惊慌失措?

松懈下来后,闻人蔺听到内心深处有枷锁断裂的细微声响。如同摘星观的坍塌,先是一道微不可察的裂纹,继而愈演愈烈,压抑的情绪瞬间成倍地反噬给他,五内如焚。

闻人蔺抬手捂住了唇,几乎同时,一股热流喷在了他的掌心上。他的掌心瞬间被染成了黑红色,血色顺着他苍白的手掌淌下,触目惊心。

赵嫣不可置信地睁大了眼睛,瞳孔微颤,震惊且茫然。

携药追了一路的张沧恰好撞见这一幕,亦被吓得三魂飞去了两魂。他慌忙地解下腰间的绸袋,从中掏出早已备好的红漆小木盒,道:"王爷!药!"

闻人蔺没有接过药,而是全神贯注地凝视着愣怔的赵嫣,而后淡然地放下了手,任由掌心的血沿手指淌下。

"张沧。"他唤道。

张沧将药盒恭敬地置于一旁的几案上,闻言立刻转身:"到!"

"滚出去。"

"啊……啊?"

"滚远点儿。"

"是!"

张沧转了个圈,心惊胆战地走了,顺带掩上了房门。

闻人蔺眼中的暖光消失了,只余下诡谲的暗红色。

闻人蔺从怀中摸出一块棉帕,慢条斯理地擦拭掌上的鲜血,甫一启唇，又一大股暗色的鲜血涌出，溅在了光可鉴人的地砖上。

那诡谲的暗红色刺着赵嫣的眼睛。

闻人蔺一向是高高在上的掌控者，没有弱点，不见软肋，定人生死时的样子亦从容优雅。是以看到从他的唇间不断溢出的血色，赵嫣竟涌上一股强烈的认知崩塌的无助感。

"你怎么了，太傅？"赵嫣半晌才找回自己的声音，茫然地抬袖擦拭他染了血的唇，"是受伤了吗？可要叫太医来？"

赵嫣的手腕被攥住了，她被强烈的气势逼得以脊背抵着房门，不得不仰首望着闻人蔺。

他苍白而俊美，眼尾暗红，这份俊美便染上了几分陌生又慑人的妖冶感，让人连骨头都不住地战栗起来。

闻人蔺这样子实在不像受伤，而像……

赵嫣仿佛明白了什么，看向了一旁几案上的红漆小木盒。

是了，她想起来了，闻人蔺总会突然消失，隔几日又突然出现，自己每次嗅到闻人蔺身上的霜雪味都是在月初。

在簪花宴那场混乱的情事中，她隐约也看到了这样一双瑰丽妖冶的眸。事后闻人蔺曾对她说：

"毕竟殿下解毒时可是见过本王的那般模样。"

"谁叫殿下招惹得实在不是时候？本王不得不谨慎些。"

那时赵嫣不明白闻人蔺的言外之意，如今如梦初醒：闻人蔺在试探她。在闻人蔺撞破她女扮男装、冒名顶替的秘密时，她也撞破了闻人蔺不为人知的秘密。

"见到本王的这副样子，殿下定然很解气吧？"闻人蔺抬手托住了她的后颈，染血的唇角仍挂着缱绻的笑意，"殿下不是一直想找到本王的弱点吗？现在，殿下找到了。"

赵嫣望着闻人蔺暗红色的眼睛，很清楚自己此时该做些什么。

二人的目光交织、胶着，各自在对方的眼中看到了翻涌的挣扎之意。

最终，闻人蔺率先垂下眼帘，扣住赵嫣的后颈的手缓缓地松开了。

他站在她眼前，身形高大如山，苍白又强悍。

他低笑一声，压住在胸中翻涌的腥甜气息，嘴角浮现出了极淡的嘲讽之意:"都结束吧……弄死本王……"

自嘲的话语戛然而止,赵嫣下意识地上前一步,抬手环住了他的腰。

感受到扑入怀中的温软,闻人蔺怔了怔。

赵嫣很清楚,理智告诉她应该揪住闻人蔺的这个把柄,为己所用,可她只是轻轻地抱住了他,如同闻人蔺明知杀了她才是最保险的做法,却依旧选择将生死权交到她的手上……

他们都只是平等地做出了违背理智的选择而已。

她想起自己去肃王府探望时,闻人蔺曾说过的话——"兴许殿下屈尊抱上一抱,本王就好了呢。"

"吃药吧,太傅。"感受着怀中毫无人气的冰冷的身躯,赵嫣不自觉地收紧了手臂,轻柔的声音因为害怕和无措染上了颤意,"太傅把药吃了,我们再谈,好不好?"

如同阳光照入冰山,有那么一瞬,闻人蔺的确忘记了从骨缝中渗出的阴冷的戾气。

他什么话也没说,只抬手摸了摸怀中的少女的后脑勺,缓缓地将鼻尖埋入她的肩窝。

阳光透过门扇的缝隙落在他们的肩上,照亮了空气中浮动的尘埃。

"闭眼。"闻人蔺俯首叮嘱赵嫣,呼吸中带着刺骨的寒意,"本王这副样子不甚好看,需要先处理干净。"

他气息中的寒意尖锐得仿佛要穿透赵嫣颈侧娇嫩的肌肤,直直地扎进她的血肉里。她不用看也知道闻人蔺此时承受着剧痛,于是忍着颤意,依言合上了眼睫。

闻人蔺笑着道了一声"乖",抬起干净的那只手抚了抚赵嫣的后脑勺:"本王需要点儿时间,殿下累了就去榻上睡会儿。"

赵嫣点了点头,说:"好。"

他满意地用那只大手揉了揉她的后脑勺,给翻江倒海的阴寒的戾气添了一丝怜惜的意味。

大手离去,他脚步沉重地缓缓地转了个弯,顿了顿,然后踩着蜡质光滑的木楼梯上了二楼。

直至听不见什么声响了，赵嫣才颤巍巍地打开眼睑。

起初视线有些模糊，渐渐清晰后，她看到几案上那只红漆小木盒被打开了，里头嵌放药丸的位置已经空了。

闻人蔺取走了药，赵嫣竟隐隐地有一种松了一口气的感觉。

她需要时间来消化眼前的一切，遂撩开软烟垂纱，怔怔地坐在里间的软榻上——她与闻人蔺第一次纠缠的小榻。

张沧领着两个沉默的小太监提着大桶的热水"咚咚"地上楼，又"咚咚"地下来了。许是着急，他们无暇留意在内间里隔纱静坐的赵嫣。

她撑着下颌，渐渐想明白了一些事情的细枝末节，譬如闻人蔺为何敢笃定地将自己的秘密告诉她。

如同去年年底，在两个人认识后的第一场骑射课上，闻人蔺刻意将唯一一支开锋的箭矢交到她的手里一般……他极擅长抛饵做赌，来拿捏赵嫣对他的微妙态度，所以才能在本该脆弱、狼狈的呕血处境中笑得那般从容而强悍。在棋局对弈和心理博弈中，闻人蔺稳如泰山，从未输过。

然而赵嫣深知，自己能安然地活着坐在此处，思量这些有的没的，本质上就已是一场莫大的胜利——闻人蔺宁可迂回试探，温和地逼她做选择，也不曾动她一根汗毛。

或许他们之间早已分不清胜负。

要是在去年，赵嫣简直想都不敢想她与闻人蔺之间会有互相袒露弱处、安静地依偎相拥的一天。而令她出乎意料的是，她并不抵触这种感觉。

赵嫣并不知自己在内间里坐了多久，只知张沧等人去楼上换了四趟热水，窗棂的光影倾斜，阳光由浅淡的白金色变成了绚丽的赤金色。

屋内渐渐晦暗，楼上的动静也停了。

赵嫣过了许久都没有听到新的声音响起，不免有些坐立难安，犹豫是否该起身上去瞧瞧。

她刚起身，木楼梯上便传来了不疾不徐的脚步声。

闻人蔺松松地穿着一件雪色的长袍，带着浑身的水汽掀帘而入，先执起火引点了灯，而后才转过身，拉着赵嫣的手坐在了软榻上。

赵嬷这才回过神来，自己傻坐了大半个下午，连灯盏也忘了点。

灯火逐渐明亮，满室温暖，闻人蔺的面色却仍是苍白的，绯色的唇冰冷，不过他眸中的神色平静了很多，不再透着那抹骇人的暗红色了。

小太监将楼上凉透的水提走，很快就换了几样轻淡的粥食小菜过来，垂眉敛目地搁在榻边的小圆几上，又目不斜视地退出阁去，重新掩上了房门。

"殿下就这么傻傻地坐了一个下午？"闻人蔺以小勺盛了一碗鲜美的蕈鸡汤，喂至赵嬷的嘴边，声音低沉又慵懒。

"嗯……我自己来。"

赵嬷接过那碗鸡汤，小口小口地啜起来。她在宴会上本就没来得及吃什么，几经奔波又呆坐了一个下午，的确饿了。

片刻后，她放下空碗，侧首观察着闻人蔺的神色，问道："还难受吗？"

闻人蔺单手端着粥碗，抿了一口热粥，随即皱着眉把碗放下了："或许殿下亲一亲，本王就不难受了……谁知道呢？"

他眼里噙着笑，又拿出了那套说辞，甚至变本加厉了。

赵嬷移开了视线，手指揪着下裳的布料，抿了抿唇。

她挣扎片刻，终是稍稍转身，手臂松松地环上闻人蔺的腰，额头抵在他的胸膛上。衣料单薄，她触到了男人结实的肌肉，以及连热水也泡不暖的微凉的体温。

也行吧。

闻人蔺眸色微动，对她今日柔软的样子感到颇为意外。

他随手取下赵嬷头上的宦官帽，微微低头，用下颌抵着她的发顶，手有一搭没一搭地抚着。

一片安静中，赵嬷忍不住问："若我选择利用太傅，要挟太傅为我所用，太傅又当如何？"

闻人蔺听到"要挟"二字便已轻笑出声了。这个词对于他而言并无实际意义，连被假设的可能都没有。他若心甘情愿地受制于人，就不会踏着尸山血海走到今天这步。

"杀了殿下……"

赵嫣一僵，听到低沉的嗓音自头顶传来："本王自然是舍不得的，那便只能委屈殿下脱下伪太子的皮，换个听话的身份待在本王身边了。"

"太傅就不能一口气将话说完？"赵嫣这才重新放松，安静了一会儿，又问，"那我的选择可让太傅满意？"

"殿下一向聪明。"闻人蔺绕着她后颈的一缕碎发，不置可否。

赵嫣在心里权衡了一番，趁他此刻心情尚可，问道："太傅的身子……是中毒了吗？"

闻人蔺垂下眼帘，慢悠悠地说了一声"是"。

"怎么回事？"

"大将军亲自喂的。"

"什么？"赵嫣从他的怀中抬起了头，满眼意外之色。

"闻人大将军——本王的生身父亲。"闻人蔺看着她的眼睛，平静地说。

赵嫣的眼中映着他淡然的面容，她无法理解这个答案。

她还以为闻人蔺身上的毒是哪个仇家或对手暗算他而下的，怎会是至亲所为呢？这有悖伦常。

赵嫣隐约觉得，自己将触及某个核心的秘密。

"大将军……也不喜欢太傅吗？"

可虎毒尚不食子，母后再不喜欢她，生再大的气，也只是将她逐去华阳行宫而已。

"他虽严厉，却很爱他的孩子，"闻人蔺轻声否定，又补充道，"每一个孩子。"

"那他为何要……？"

"嘘……殿下今天的问题太多了。"闻人蔺将拇指上移，轻轻地压住了赵嫣的唇瓣，"本王倒是好奇，殿下的这颗心素来堪比石子、不解风情，怎的突然开了窍？"

赵嫣被问住了。

从方才不受控制地抱住呕血自嘲的闻人蔺开始，她便不断地于内心自省自问。她蹙着眉思考了许久，终是诚实地小声道："我不知道。"

她只是觉得，或许自己抱上一抱，闻人蔺真的会好受点儿。她年幼时难受、委屈，就很希望有个人能抱着自己哄一哄。"

闻人蔺显然对这个惜字如金的答案并不满意，微眯起眼睫浓密的美人眸，颔首道："不怪殿下，是本王教得不够明白。"

说罢，他撑着榻沿俯下了身。赵嫣被他上身的重量压得朝后倒去，忙不迭地揪住了他的衣襟。

在她的脑袋磕到床榻上前，一只大手稳稳地托住了她的后脑勺，随即阴影笼罩住了她。

闻人蔺凝视着赵嫣瞬间飞红的脸颊，嘴角有了一丝促狭的笑意。他好像受到了毒性的影响，连温文尔雅的样子都懒得伪装了，情绪外放，像暗夜里蛊惑人心的妖魔。

赵嫣唯恐他又被刺激得呕血，张嘴咬上了他压在唇上的指尖，道："不，我不想。"

闻人蔺纵容她用自己的指尖磨牙，面不改色地道："换别的也可。"

赵嫣索性抬手捂住了他的嘴。

两个人一上一下地对望，赵嫣气喘吁吁地说："我记得太傅说过，太傅让我学习那些……知识不是为了戏弄我，而是为了让我能够清醒地做出不后悔的选择。现在你病了，并非清醒的状态。"她认真地道，"你需要休息，闻人蔺。"

她第一次唤他的全名，闻人蔺全身都涌上了一股新奇感。

他没有勉强她，只顺势咬了咬她细嫩的掌心，才将她的手从唇上拉下，然后躺在了她的身边。

两个人都有些累，赵嫣也随之侧躺，微微蜷起了身子。

闻人蔺应该是不习惯有人睡在身侧的，所以漆眸一直半睁着，手轻轻地搭在她纤细的腰肢上。赵嫣无暇顾及他，自顾自地合上了眼。

斜阳的余晖逐渐收拢、淡去，时间点点滴滴地流逝了。

赵嫣是被叩门声弄醒的。她骤然睁眼时，身侧已不见闻人蔺的身影。

张沧刻意压低的声音自门外传来："王爷，太极殿派人请了两次，就等您过去处置。还有，长乐郡主得知太子遇刺的消息，执意赶去东宫探望，那边快遮掩不住了。"

赵嫣看了一眼窗外迷蒙的夜色，猛然起身，道："劳烦张副将让流萤再拖延两刻钟，孤这就回去。"

说话间，赵嫣摸到了榻边的宦官帽，戴上后匆匆地穿鞋下榻了。

闻人蔺已穿戴齐整，除了面色苍白些，看不出丝毫毒发的迹象。他走过来，替赵嫣正了正帽子，又为她将折进去的衣襟翻出来，一寸寸地抚平。

他捏了捏赵嫣的脸颊，意义不明地说了一句："眼下朝廷的事，你不要沾。"

赵嫣一愣，立刻便知宫里肯定出了什么事，点头道："知道了。"

闻人蔺这才勾了勾唇，放她走了。

有肃王府的马车护送，赵嫣一路畅通，抄近道从北门直入东宫，前后不过一刻钟。

她总算知晓为何每次闻人蔺夜访检查功课总来得这般及时且突然了。

赵嫣刚摸黑绕回寝殿里，便听见庭中传来了霍蓁蓁与人争执的声音。

"气杀我了！你连脾气都和'柳狐狸'一样。为何我讨厌的人都长着相似的脸？！"

"我还奇怪呢，郡主为何单单和我过不去？莫非郡主对我太过在意，才会觉得天下人与我相似？"柳白微回道。

"不要脸！"霍蓁蓁大喊，"以前太子哥哥被狐狸精拦着也就罢了，如今你这个男子也要霸占他？请你让开。"

眼瞅着两个人就要吵起来，赵嫣只得匆匆地脱了太监服，随手抓了一件外袍披在身上，轻咳一声拉开了寝殿的门。

"你们在吵什么呢？"

霍蓁蓁和柳白微同时望了过来，一个人大喜过望，另一个人如释重负。

"太子哥哥！你没事吧？"霍蓁蓁提着裙裾小跑过来，身后跟着两排手捧托盘的宫女。

"孤没事，刺客不曾伤到孤。孤就是累着了，小憩了片刻。"赵嫣眼也不眨地胡诌,而后望向霍蓁蓁身后的两排宫人,"这是……?"

"哦,这些呀!我听闻太子哥哥遇险,特意让爹娘准备了补品,给太子哥哥压压惊。"霍蓁蓁的脾气来得快去得也快,她招手示意宫女们将东西送进寝殿,然后朝柳白微哼了一声,"不像有些人,拜谒太子殿下竟然空手来,不知礼。"

赵嫣按了按额角,温声道:"多谢郡主。不过孤体虚,吃不了这些大补之物。"

"啊?吃不了吗?"霍蓁蓁眼珠一转,"无碍,太子哥哥赏给侍从吃也一样!他们保护太子哥哥辛苦了,理应受赏。"

赵嫣耐心地说"是",然后轻咳了一声,道:"天色已晚,再过片刻就要关宫门了。郡主还是先回长公主府吧,否则姑母和姑父就要担心了。"

霍蓁蓁迟疑地看向了赵嫣。

太子哥哥的脸还是那张脸,可她总觉得哪里不太对——她与太子哥哥之间好像多了一段若即若离的微妙距离。

她失落地道:"那……太子哥哥好生休息,明日我再来看你。"

柳白微给了赵嫣一个头疼的眼神,上前道:"我送郡主吧。"

"不必!"大概是觉得不太礼貌,小姑娘又微抬秀气的下颌,不情不愿地补上一句,"谢谢!"

目送霍蓁蓁离去后,赵嫣立即回到寝殿里,从那一堆被脱下的太监服中摸出了半本册子。

直到现在,她才有时间好生查看这半本册子中的内容。

册中记载了与神光真人有丹药交易的人员,交易的日子和丹药的名称、剂量、价钱都写得翔实、清楚。可惜它如今大半被烧毁了,显得没头没尾的。

赵嫣坐在纱灯下翻阅着,还发现了不少端倪。譬如不少皇亲贵胄都在神光真人那里求过各色延年益寿的丹药,其中不乏朝中的股肱重臣,雍王世子、颍川老郡王和工部尚书皆在其列。

在最后一页,她甚至发现了"宁阳侯为妻求……"的字样,后面的内容皆被烧毁了,她无从查证。

"舅舅？"

赵嫣没想到，居然连光风霁月的舅舅也和神光教有往来。

然而以人情度之，她亦能理解。舅母容扶月患有心衰之疾，吃了多少珍奇的药材都不见好，舅舅那般爱妻如命，想必是病急乱投医了。

赵嫣放下册子，望着跳动的灯影，不由得想起了闻人蔺。

闻人蔺的解药中有烛蛇香腺为药引，他是否也与神光教有关？

如今神光真人死了，那他的毒……又该如何呢？

二

"太子"刚躲过一场暗杀，故而赵嫣还是要做做样子给外人看，便对外称病，要卧床两日。

翌日一早，坤宁宫就来了消息。

"奴婢给太子殿下问安。"何女史于殿外行礼，道，"娘娘这两日伴驾，委实脱不开身，听闻太子殿下遇险，特意托奴婢来探望殿下。"

赵嫣披着衣服靠于榻上，猜想何女史定是有话要传，便抬手屏退了左右。

"母后有何吩咐？"她问。

何女史这才交握着双手进殿，隔着屏风低声禀告："回殿下，方才禁军上报了摘星观坍塌的伤亡情况，死监工一名、苦役三名，伤十九人。"

因摘星观坍塌时正值午时的饭点，工匠和苦役大多聚集在窝棚中休憩，若非如此，伤亡人数还不知得翻上多少倍。

赵嫣拢了拢衣襟，问道："何御史他们如何？"

"何御史弹劾妖道乱世，联合朝臣，坚决请求圣上严惩妖道。可神光真人在这个节骨眼上死了，今晨太极殿议事，圣上大怒，将禁军统领高见襮衣杖责四十，顺带……"女史顿了顿，方道，"顺带将何御史一起杖责了。"

"打言官？为何？"赵嫣稍稍坐直了身子。

神光真人死于禁军的弓矢之下，掌管禁军的高统领被罚她尚且能理解，父皇杖责何御史又是什么道理？"

何女史摇首，道："娘娘不敢妄自揣摩圣意，只知圣上让肃王亲自监刑，百官围观，可见是动了真格。"

"何御史还好吗？"

"娘娘派人打听过了，何老的伤口看着骇人，但没伤到筋骨。"

那便是闻人蔺命人手下留情了。

赵嫣心中清明，思忖了片刻，又问道："父皇在下令廷杖之前说了什么？"

"圣上说，摘星台刚倒，何御史的奏折就递到了眼前，莫非他有通天的本事，可以预知此劫？可见其蓄谋已久，居心叵测。"

"百官没劝？"

"劝了，今晨朝堂中跪了一片，圣上只说了一句……"何女史看了一眼四周，上前一步，道，"圣上说难道还要逼他写'罪己诏'？"

这句话已然表明了父皇的态度：他一旦摧毁自己一手扶植起来的神光教，就如同向天下认错，而帝王的颜面绝对不允许他向臣子低头服输。所以，他只会将雷霆天威降向神光教以外的人，令朝臣噤声。

难怪昨夜她离开鹤归阁前，闻人蔺对她说"眼下朝廷的事，你不要沾"。

母后专程派何女史前来传递太极殿里的动静，必然是让自己审时度势，莫要卷入这场君臣对峙的乱流中去。

"母后的意思，孤明白了。"

赵嫣没有什么宏图伟愿，自始至终只想点一盏孤灯，为赵衍求个真相而已。

神光真人死了，但她还得继续走下去。

赵嫣抱膝发了一会儿呆，不自觉地想起了去年长庆门下，闻人蔺着一袭红衣玄氅，悠然擦拭指间的鲜血的画面。那时他便说过，公然行刑是为了震慑群臣，这次竟然留了何御史的命，莫非看在她的面子上才这样做的？

在这接二连三的动乱中，他又是何种态度呢？他是旁观者，还是……布局者？

这个想法只冒了个尖就被赵嫣摇出了脑海。

流萤恰好在此时进殿，打断了赵嫣的思绪："殿下，孤统领去了一趟大理寺，昨日行刺之事已有眉目。"

赵嫣收敛了心神，忙问："审出来了？"

"有两个活口，其中一个人在审讯时就已伤重而亡，另一个人说出的东西不多，都在这里了。"

说罢，流萤从袖中摸出了一份供词，铺展在赵嫣的面前。

赵嫣扫视了两眼，垂眸轻笑："这两个人都是江湖杀手，并不知雇主是谁？骗谁呢？自我在通天台上抢到半本册子到李浮假扮的'太子'遇刺，前后不到一个时辰，他们哪里来得及临时雇江湖杀手？"

"殿下的意思是，其背后必是在宴会上的朝中之人？"

"只怕册子涉及的哪家狗急跳墙了。"

流萤立刻会意了："奴婢去转告孤统领，务必给大理寺施压，严加审讯。"

"不必了，此人既是死士，大理寺再审下去也审不出什么。"

闻人蔺或许能撬开行刺之人的嘴，但赵嫣并不想拿这种小事麻烦他。她本身并非攀附他人而生的性子，能自己解决的事就自己解决。

她撑着下颔想了想，很快就有了主意："让孤星将那个活着的刺客被关押在大理寺狱里的消息放出去，就说刺客已经透露了雇主的些许线索。"

流萤疑惑："幕后之人位高权重，若得知有活口在大理寺狱里，或许会如对付神光真人一样，杀人灭口。"

"去灭口才好。"赵嫣起身下榻，伸了伸躺得酸痛的细腰，道，"只有他们潜入大理寺狱里下手，我们才能顺藤摸瓜。"

流萤豁然开朗："奴婢明白了，这就去安排。"

"等等。"赵嫣思忖道，"何御史被杖责，宫中的太医定然不敢违抗圣命为他诊治。老人家不容易，又是在还我的情，你拿些金疮药和血参给他送去，务必让他好生将养。"

流萤行礼，道："奴婢省得，已命李浮去安排了。"

夜幕降临，山腰上半轮明月低悬，鹞鹰振翅掠过了屋檐。张沧躬身上楼，带来了最新的消息。

"王爷，自皇帝责罚了几名言官之后，有内宦鼓吹摘星观坍塌乃上天对大玄敬神之心不诚的惩罚。皇帝默许了此言，不仅要举办一场极为盛大的悦神祭祀，还建议征发适龄少女出家侍奉神明……"说着，张沧叹了一声，"如今国库亏空，洛州的赈灾款还未筹集齐，户部几个官员头疼得都快上吊了，哪里还有钱搞祭祀？太极殿外跪了一片谏臣，连左相李恪行都来了，恐怕又得闹起来。"

闻人蔺着一袭玄青色的长袍，面色深沉，让人辨不出喜怒。

一切如他预料的那般发展，摘星观的倒塌如一根火引，必将引发燎原之势。他太懂那个在龙椅上坐着的男人了。

然而，这还远远不够。

闻人蔺轻抚着腰间的玉佩，语气平静得近乎漠然："找个机会，将皇帝的想法传到洛州。"

洛州是此次洪涝的重灾区，被冲垮的良田万亩、房舍无数，百姓就等着朝廷赈灾救命，若知晓自己的救命钱粮被朝廷挪去祭天、养道士……

张沧打了个哆嗦，不敢深思。

"对了，王爷，蔡田还说了一件事。"张沧道，"太子殿下将刺客被关押在大理寺狱里的消息放出去了，似乎有什么想法。"

闻人蔺笑了一声。

小殿下总能将他教的知识学以致用，这么快就将诱敌之计运用得炉火纯青——当然，风月之事除外。

"暗中护着她即可，不必插手。"说着，闻人蔺望向了远处灯火璀璨的皇城，视线定格在明灯高悬的东宫嘉福楼处，淡然地问，"今天是什么日子？"

张沧抬头望天，摸着铁青色的下颌想了想，道："七月初七，今天是乞巧节。宫里的娘娘和女官们都在登楼拜月，故而宫中的灯火较往日明亮些。"

闻人蔺微眯眼眸，想起了月下那抹纤细的身影，白皙精致的脸蛋蒙着月华的柔光,漂亮得不像话。

两天不见,他还挺想她的。

张沧见主子时不时地抚着腰间的羊脂玉佩,定睛一看,昧着良心夸赞道:"王爷的这块玉雕得真好看啊!雕的这条狗两只耳朵,四条短腿,有模有样的,可见赠玉之人心诚手巧!"

闻人蔺侧首看着张沧,目光幽幽:"说得好。"

张沧抬手按着颈项,"嘿嘿"地笑着道:"卑职这个人吧,就爱说实话……"

"扣半个月俸禄,你回去好生看看眼睛。"说着,闻人蔺转身下了楼。

张沧傻愣愣地站在平座上,挠着后脑勺不解地道:"不是……为啥啊?那玉上雕的不就是一条丑狗吗?"

东宫嘉福楼上,赵嫣亲手点燃了宫灯,以长柄钩挂在梁下。

她极目远眺,见夜浓如墨,京城灯火如海,却望不见明德馆镜鉴楼的回应。

"太子哥哥,乞巧节不是要拜月吗?你挂灯做甚?"霍蓁蓁提着一盒子做巧果的江米面皮与红豆馅料,仰头看着宫灯上写着的两个字,念道,"拂……灯?这是什么意思?"

赵嫣转身看着小尾巴般跟在身后的霍蓁蓁,无奈地问道:"今夜乞巧节,郡主不在宫里陪姑母和娘娘们,来孤这里做甚?"

"我想太子哥哥了,来看看嘛!"说着,霍蓁蓁将手里的各色巧果捧上来,"赵嫣和那'柳狐狸'不在,都没人给你送巧果。喏,太子哥哥来陪我一起做。"

赵嫣上一次做巧果,还是在华阳行宫里时。

她有了兴致,便洗净手,同霍蓁蓁一起坐在几案后,将江米面皮放在手上,然后包上馅料合拢了。

霍蓁蓁用手掌根压模具里的巧果,问道:"咦?太子哥哥不是素来爱吃甜口吗?怎么包的是蟹黄馅的?"

赵嫣指尖微顿,找了个理由,道:"给妹妹做的。"

414

太子哥哥嘴里的妹妹自然是远在华阳行宫的长风公主。

霍蓁蓁有点儿不高兴了，噘着嘴哼道："我就知道，你的眼里、心里只有你的亲妹妹！若爹娘也给我生一个这样温柔宽厚的哥哥，他处处惦记着我、护着我就好啦。"

赵嫣哑然失笑。

霍蓁蓁羡慕自己，可自己又何尝不羡慕她？

"姑父和姑母将郡主视为掌上明珠，郡主有他们疼爱还不够？"

"够什么呀？爹娘私下相处的时候都不许我靠近！有时他们整天都关着房门，直到侍婢们伺候梳洗才出来，也不知在里头做甚……我平时只能跟着乳母，身边连个说话的同龄人都没有。"

说着，霍蓁蓁将压好的巧果交给流萤，让她放在一旁的小炉子里烘烤。

赵嫣蹙眉看着自己那只做得歪斜得露了馅的蟹黄巧果，犹豫了半晌，也将其置于炉上，不知会烤出一个什么玩意儿。

"再过十天就是太子哥哥的生辰了，太子哥哥打算如何庆贺？"霍蓁蓁换了个话题，双手托着腮兴冲冲地道，"请个杂耍班子热闹热闹，可好？"

生辰？

是了，原来一年过去了。

赵嫣垂下了眼。从去年华阳行宫的那场大雨开始，从此过的每一个生辰都失去了庆贺的意义。

比起这些虚假的欢乐，她更想出宫去看看赵衍……的无名坟冢。

见太子哥哥久久不语，霍蓁蓁有些疑惑，正要问，却听李浮上楼道："郡主，长公主殿下来接您回府了。"

"知道了，知道了。"霍蓁蓁挥了挥手，一时忘了自己要问什么，只倾身道，"那太子哥哥，我先回去了！巧果熟了要记得吃！"

赵嫣学着赵衍的样子温和地颔首，起身道："好，郡主慢走。"

"不用送了，我自己下楼。"

说罢，霍蓁蓁提着裙子，在清脆的金铃声中轻快地下了楼。

赵嫣站在嘉福楼上，凭栏望去，只见着一袭浅金色衣裙的霍蓁蓁如一只轻快的稚鸟，无忧无虑地扑入了其父霍锋的怀抱里。

霍锋张开双臂，稳稳地接住了撒娇的女儿；寿康长公主则满脸宠爱的笑意，替女儿理了理鬓角散乱的碎发。

赵嫣正看得入神，不想身后有高大的阴影靠近。她倏地转身，抬头险些撞到闻人蔺的下颌。

闻人蔺伸手贴住赵嫣的额头，免得她撞上，低声笑道："殿下在看什么？呆成这样。"

他顺着赵嫣的视线望去，见霍锋抱着女儿转了个圈方稳稳地将其放下，携妻带女上了马车。

闻人蔺了然，随即微抬手臂，敞开怀抱示意赵嫣："过来。"

赵嫣有一种秘密被看破的羞恼，后退了一步，问道："做甚？"

闻人蔺没说话，只伸手拉住了赵嫣的腕子，一拽，将她搂进了怀中。

夜风拂过，星月无声，赵嫣的脸颊紧紧地贴着闻人蔺质感微凉的衣襟，她感受着他胸腔内沉稳有力的心跳。

这是一个无声而沉稳的拥抱。

赵嫣怔怔地睁着眼。这个拥抱就像一件她儿时得不到的东西，现在闻人蔺忽然给了她，她在惊讶之余还有点儿忸怩难安。

闻人蔺却不给她挣脱的机会，一只手揽着她的腰，另一只手揉了揉她的发顶。

"太傅的怀抱偶尔也能用来撒娇，殿下。"

他含笑的嗓音好像被闷在了胸腔中，震得赵嫣的脸颊发烫。男人的手指修长，抚摸时带起了一阵不容赵嫣忽视的酥麻感。

月华淡去，灯影隐匿，除了他那暗色的衣襟，赵嫣什么也看不到，鼻间萦绕着他身上熟悉而清冷的气息。赵嫣渐渐放软了身子，安静地靠了一会儿，然后抬手握住了闻人蔺腰侧的衣料，轻轻地拽了拽。

"有点儿热。"她的声音被闷在他的怀中，显出几分鼻音。

闻人蔺这才意犹未尽地松了松臂膀，放她出来透一会儿气。

皎月自云层中探首，清冷地落下一层柔和的光，照得墙砖发白。赵嫣以手背贴着绯红的脸颊，龃声道："太傅在宫楼上如此，也不怕被人瞧见。"

然而闻人蔺转身一瞧，宫楼上空荡荡的，唯有灯火照着小炉上烘烤的巧果，哪里有别人？

小炉的炭火正旺，上头烘烤的巧果没被翻面，冒出了一股淡淡的焦煳味。

赵嫣道了一声"糟糕"，连忙拿起几案上的银箸将巧果夹出，置于盘中。

霍蓁蓁团的那只祥云形状的红豆馅巧果还好，可赵嫣捏的那只鱼形蟹黄馅巧果就没这般幸运了，一面已焦煳，另一面因馅料太足而开裂，流出了金黄色的蟹油来。

闻人蔺走过来，俯身看了那只开裂的鱼形巧果半晌，忽然极轻地"啧"了一声。赵嫣从这声低不可闻的气音中听出了些许取笑的意味，不由得懊恼起来。

她正欲将果食藏起来，却见闻人蔺坐于几案对面，伸手取走了那只开裂的鱼形巧果。她怔怔的，看着他将巧果送入了薄唇间，轻轻地咬下一块来。

小炉上一共有三只巧果，他偏偏挑了最丑、最失败的那只。

闻人蔺似乎看出了她的想法，慢条斯理地咽尽嘴里的面食，方含着笑道："殿下的手艺还是这般惊人，无论放在何处，本王都能一眼认出。"

说罢，他微微抬袖，露出了腰间悬挂的那枚羊脂玉佩，玉佩上名为猫却形似狗的简易的花纹隐约可见。这玉佩在威风凛凛的肃王的腰上，显得颇为幼稚可笑。

赵嫣只得撑着几案，倾身伸手去夺："我又不曾逼你享用……不好吃你就别吃了。"

闻人蔺轻而易举地就压制住了她的腕子："形虽差些，胜在味道不错。"

"哎，别吃……这一面都焦黑了！"

话音刚落，她便见闻人蔺微不可察地皱了皱眉，抬手握拳抵在唇上，轻咳了一声。

417

"你看，我都说了让你别吃了……"

赵嫣恼了，皱着眉看了端着茶盏清口的闻人蔺半晌。约莫觉得眼前的这一幕荒诞且幼稚，她忽然别过头，耸肩轻笑了一声。

闻人蔺乜了她一眼。

他鲜少见小殿下露出开怀的笑颜，大多时候她将自己藏于"太子"的面具之下，以纤柔之姿独抗云诡波谲的时局。此时她蓦然一笑，恰似从云层中漏下的一缕光，眉弯唇扬，身后满城的灯火也黯然失色了。

闻人蔺待她笑够了，方放下手中的杯盏，捏了捏赵嫣蜷起的指尖。

"七月十八是殿下的生辰，本王可准殿下许一个心愿。"闻人蔺回味着唇齿间蟹黄的醇厚滋味与巧果皮的焦苦味道，温声问，"殿下想要什么？"

赵嫣扬着眉，不假思索地道："想要太傅永远站在孤身边。"

她说的不只是位置，更是立场。

闻人蔺被她的答案逗笑了——殿下真是狮子大开口，直白得可爱。

只可惜，对于苟延残喘之人来说没有"永远"可言。

闻人蔺的眼中藏着让人看不透的浅笑，他警告似的敲了敲赵嫣的手背，低声道："本王不信永远，殿下换一个。"

赵嫣没再开玩笑，这回神情认真了许多。

她凝思许久，方敛目轻声道："若方便，中元节我想出一趟宫，去……祭拜兄长。"

除了为赵衍报仇，她能想到的小心愿也只有这个了。

七月十五，通天台上举行了盛大的法会。

冗长的祭文过后，皇帝披发跣足，身着青衣道袍，亲自点燃了在高台上堆积如山的纸钱，祭奠七年前在大战中死去的近十万将士。

赵嫣跪在伏拜的百官前端，心中十分清楚：这场法会选在神光教的通天台上办，不过是父皇借祭奠英灵的名头向天请罪，求仙问道之心的余烬复燃罢了。

火舌沿着钱山蹿天而起，纸灰弥漫皇城。闻人蔺着一袭黑袍，腰间扎着白绦，挺立于祭台一侧，热浪扭曲了他的面容。

这场法会将持续三个昼夜,不过后续无须太子露面。赵嫣挨过了晌午,便以身体不适为由辞别皇帝和皇后,先行离开了。

马车自北苑而出,拐过甬道,与另一辆低调的马车迎面相遇了。

对面的车夫朝赵嫣抱拳,赵嫣认出此人是闻人蔺身边的右副将蔡田,便知这车定是闻人蔺派来接她出宫的。

她想了想,对流萤道:"你是太子身边的贴身宫婢,跟在我身边太打眼了。委屈你留在东宫里善后,勿使任何人发现我离宫。"

流萤道了一声"是",将装有香烛、纸钱等物的小篮交给赵嫣,而后咬了咬唇,声音干涩地道:"还请殿下代奴婢……向太子敬一炷香。"

赵嫣点头应允,趁两车并驾之际撩开车帷钻了出去,跃入了蔡田的那辆马车中。两车很快相错而过,宫门下,禁军值守,无人发现太子的马车中少了人。

闻人蔺准备的这辆马车低调却舒适,瑞兽香炉之上熏香袅袅,沁人心脾。

马车内的几案上还放了一个包裹,赵嫣打开一看,里头是一身寻常的牙白色束袖胡服和遮面的帷帽。大概闻人蔺考虑到她独自于车中更换衣裳不方便,所以选的是少年的款式。

赵嫣脱了太子外袍,换上束袖胡服,又将金冠取下,簪上玉簪,问赶车的蔡田:"你们王爷呢?"

蔡田一边驾车一边回道:"王爷尚有要事处理,让卑职先护送殿下出宫。"

赵嫣想起在通天台上闻人蔺被热浪扭曲得模糊的身形,不知为何,心中生出了一阵压抑的苍凉感。

云投下一片厚重的阴影,冲淡了地面的阳气。

雍王府大门紧闭,后院中堆着无数扎成童男童女形态的纸俑,煞白的纸糊的脸庞上点着两团红晕,看上去诡异至极。

"煜儿啊!你戴罪惨死,按理是不能给你立牌位、烧纸钱的,可父王心疼你这个小畜生哪!父王只能关起门来,偷偷地烧给你。"雍王坐在阶前,一把一把地将纸钱丢入铜盆中,时不时地抹泪,道,"父王没用，护不住你，给你多烧些纸钱——童男童女也烧了——保你在下面衣食无忧、美人成群……如今宫妃有孕，太子也日渐康健，父王恐登基无望了。煜儿若有怨气，尽管朝那些人撒去，啊？"

他正絮叨着，平地上一阵阴风席卷而来，吹得角门"砰"的一声打开了，纸俑仿若活过来一般阴森森地摇晃起来。

雍王被骇得险些跌坐在地上，闻声望去，却发现门外并无人影，唯有一支短箭钉于门扉之上。

雍王颤巍巍地撑起肥硕的身子，吩咐小厮："去，去看看那是什么。"

小厮小心翼翼地上前，用力地拔下了短箭，而后快步向雍王走去："王爷，箭上有您的密信。"

雍王狐疑地接过短箭，取下绑在箭上的密信，展开一看，不由得瞳孔骤缩，变了脸色。

与此同时，城郊，西山万里。

赵嫣戴着帷帽，沿着曲折的山道而上，爬上了杂草遍布的山顶。

这里是埋葬宫中意外死去的奴婢以及获罪宫妃的乱葬岗。魏皇后下令封锁了太子亡故的消息，赵衍的尸首是混在病死的太监的尸堆中被运出宫的，就葬在这座山头上。

赵嫣根据先前流萤的提示，找到了那棵大枫树下的小土包——那是赵衍的无名坟冢。

而此时，坟冢前蹲着一个阴沉高大的人影，那人影看起来像一条无家可归的野狗。

"仇醉？"

赵嫣还是无法适应从他身上散发出来的浓重的阴冷杀气，谨慎地后退了一步。

仇醉自打从玉泉宫的密牢中逃出来，两个月不见踪迹，赵嫣没想到会在这里碰见他。

他依旧穿着靛蓝色的破烂武袍，裤腿上满是草籽和泥巴，显然是凌晨飘雨时分就到这儿了。坟周的杂草已被他踏平了，他清理出了一片很干净的地来。

仇醉就这样沉默地盯着坟堆，像野狗一样守着它珍重的物什。赵嫣以为他不会开口说话,便上前两步,将装有香烛和纸钱的小篮置于坟前。

"你是……长风公主?"仇醉蹲着,长臂搭在膝头,声音像闷在喉中的兽语,沙哑难听。

上次见面时,赵嫣没有向仇醉坦白自己的真实身份,一是没来得及,二是两个人之间的信任不够。

过了两个月,仇醉或许查到了什么,又或许调动自己仅有的智力想通了。

赵嫣想了想,沉静地道:"我是。"

仇醉木然地转动隼目,盯着赵嫣。

疾风乍起,吹得漫山遍野的杂草"沙沙"地起伏。枫叶打着旋落下,仇醉手中未出鞘的弯刀猝不及防地劈至赵嫣的面门!

蔡田立即抬剑格挡。王爷将小殿下交给他保护,若小殿下有个三长两短,他便是自裁也难以谢罪!

然而仇醉的弯刀离赵嫣的面门还有寸许时停住了,刀柄下移,抵上了赵嫣的肩膀。他声音沙哑地道:"你……踩到了主公的花。"

赵嫣呼吸凝滞,顺着他的视线往下看,果然看到地上放了一捧素白的小野花。野花和杂草混在了一起,以至她方才没察觉到。

"抱歉。"她移开了革靴。

仇醉果然收了戾气,将弯刀插回腰后,粗糙黝黑的大手重新整理好野花,将其置于无名的墓碑前。

察觉到赵嫣看着自己,他漠然地道:"夏季无梅,我只找到了这些。"

赵嫣沉默良久,问:"你不怀疑我吗?"

"怀疑。"仇醉又沉默了良久,才咕哝一句,"但主公信你。"

因为赵衍信她,到死都在维护她,所以仇醉愿意按住手中的刀鞘,不让它见血。

赵嫣喉间涌动,许久方声音干涩地道:"我和你一样,不想辜负这份信任。"

她不知仇醉听懂不曾,只看着仇醉按着腰间的弯刀转身离开了,来去都是一人。

直到仇醉远去，蔡田才收剑入鞘，抱着剑绕去了枫树的另一边，远远地守着赵嫣。

此处可纵览皇城的风景，风吹草伏，声音仿若呢喃的人语。赵嫣垂眸，伸手抚了抚冰冷的无名墓碑，心中阵阵酸胀。

她想起儿时赵衍披着衣服坐在廊下，教她诵读"鸟啼花落人何在，竹死桐枯凤不来"。儿时她不解其意，如今再回味，竟品出了一丝尖锐的切肤之痛。

她自从回到宫中，坐上太子之位，就一直被洪流裹挟着前进，直到现在才有时间停下来审视心中的哀伤。

"赵衍，你在这里冷不冷？"

她触及墓碑，不知在说给谁听，回应她的也只有风抚过枫叶的"沙沙"声。

赵嫣浅浅地笑了笑，在这座安静的小坟包前伫立了良久，向它叙说自己回宫以来发生的诸多琐事：譬如张太医的药越来越难喝；譬如包藏祸心的赵元煜死了，以毒害人的神光真人亦死于箭下；譬如她真的很想穿上漂亮的衣裙，戴上兄长亲手打造的金笄……

然而她也知晓，自己这些说着琐事的话语永远不会得到回应。

若真有来世，赵衍此时应该快周岁了吧？

赵嫣心想：说不定他有了一对家境殷实、鹣鲽情深的父母，还有一个健康的身体。他不再被困在病弱的身躯中，可以平安顺遂地长大，成为一个温润博才的端方君子，可以做任何他想做的事……

斜阳下，香烛燃烧，纸灰如蝶。

"已经一年了。"最后，赵嫣蹲下身，平视坟冢，很轻很轻地说了一句，"周岁生辰快乐，赵衍。"

赵嫣从山上下来时，飞鸟掠过残阳，城中正好传来酉时的暮鼓声。

肃王府的马车停在道边，赵嫣撩开车帘进去，猝不及防地看见了屈指抵着太阳穴静坐着等候的闻人蔺。他换了一身暗色的文武袖袍，不知在车中等了多久。

见到赵嫣愣愣的、眼圈还有一丝残红，闻人蔺无声地抬了抬臂膀，示意她："过来。"

赵嫣什么话也没说，坐在了闻人蔺的臂弯中，额角轻轻地抵上了他的肩。

三

闻人蔺永远这般沉稳冷静，仿佛世间万物无甚能让他动摇。赵嫣靠在他的怀里，心中伤感的情绪渐渐平复了。

蔡田驾着马车，不知转了多少条街道，朝城郊的西门驶去了。

人语声渐远，马车停在了一处僻静之所。

赵嫣回过神来，撑着身子越过闻人蔺的身躯撩开车帘一看，只见马车停在了一座佛寺的门口。马车外古木森森，青苔遍布的山门上写着"灵云寺"三个字。

夕阳的光从车窗洒入马车内，将赵嫣的眼睫和鬓角的碎发染成了漂亮的橙金色。她如狸奴一般眯了眯眼，问道："怎么停在这儿？"

闻人蔺感受着自己怀中柔软的身躯，半响，抬手抚了抚她的腰侧，散漫地道："殿下自个儿于车中休息，本王去见个故人。"

故人？

赵嫣倒不知晓，自七年前那场惨烈的战事后，闻人蔺身边还有什么故人。

"我能和你一起进去吗？"她下意识地问道。

大概意识到这个小要求有一丝越界，毕竟闻人蔺是个将心事和领地藏得极严密的人，赵嫣轻声补上了一句："我没别的意思，就是想进去看一眼，若太傅不方便就罢了。"

闻人蔺垂着深不可测的眸子看她，取来帷帽为她戴上，方牵着她的手躬身下了马车。

今日是中元节，山门前置有盂兰盆。

因大玄天子宠信神光教，如今京师内遍地道观，人人皆自称神光弟子，是以佛寺的香火越发稀薄。这座灵云寺中便并无外客，幽静得很。

赵嫣跟在闻人蔺身边，从山门而入，见一名瘸腿的老僧领着小沙弥上前朝闻人蔺合掌一礼，道："不知王爷驾临敝寺，有失远迎。"

老僧身形清瘦，跛着一条腿，眼上横亘着一道陈年刀疤，刀疤使得他的眼皮无力地半耷拉着，不能正常睁开。他虽言语和善，但看上去有些诡谲。

闻人蔺微微侧首，叮嘱赵嫣："殿下自己逛逛，别走远了。"

赵嫣回过神，点头说了一声"好"。

闻人蔺示意蔡田留下护卫，随后便跟着老僧穿过放生池和东庑，来到了后院一座不被外人踏入的英灵宝殿前。

他抬手推开门，凉风就灌入了宝殿内。殿内的木架上灵位如山，灯影如海，满殿的长明灯随风摇曳。

殿门一经关上，老僧便眼眶微红，艰难地单膝跪拜，朝闻人蔺行了个军礼："末将于随，叩见少主公！"

"起来吧，于叔。"闻人蔺抬手轻轻地一托，将老僧扶了起来，"我早已不是什么将军府的少主公了。"

"只要您在、闻人家的军魂不倒，您就永远都是末将的少主公。"老僧抬袖抹了抹眼角，又道，"今日容家人又来了，于菩提树下远远地上了一炷香……"

见闻人蔺不搭话，老僧识趣地不再多言，取了线香恭敬地奉上。

闻人蔺接过线香，慢悠悠地将其理齐整些，方置于油灯上点燃了。袅袅飘散的青白色烟雾中，他的神情显得晦暗难辨。

木架上，每一块灵牌、每一盏明灯都是一个战死沙场的英灵。灵位前端的"先考闻人公讳晋平君之灵位"几个大字清晰可见。

近十万将士，最终遗骨被运回京城的只有这三百六十一个人。

赵嫣以前跟在皇祖母身边时，没少吃吃素斋和念佛的苦头，那时只觉得无趣，如今再回到伽蓝古寺中倒觉得颇为怀念。

趁院中无人，赵嫣撩开帷帽的垂纱四处张望，只见药师佛殿后有一棵硕大的参天古树，古树的枝丫上红绸飘荡。

赵嫣心生好奇，穿过环廊和小门后，便见庭中的石坛中耸立着一棵枝繁叶茂的百年菩提树。

赵嫣从未见过这样大的树，暗自惊叹，只见其枝干虬结，树身苍劲,六七个成人方能合抱,繁茂的树冠笼罩着大半个庭院,遮天蔽日,仰不见顶。树枝上挂满了红绸,似乎做香客祈愿之用。

赵嬷好奇那红绸上都写了什么,正欲上前,冷不防地发现菩提树下还站着一道清丽的身影,且那身影颇为熟悉。

赵嬷忙停住脚步,藏身于漆柱后,悄悄地探首看了一眼,不由得讶异:"舅母?"

容扶月着一袭月华般的素色裙裾,素面朝天却仍难掩西子绝色。她将线香举至齐眉,闭目虔诚地祷告,而后方将其敬入兽足香鼎中。

舅母是来祭奠双亲的吗?可她为何会选择这处清幽小寺?

不待赵嬷细思,容扶月就推开了侍婢的手,从侧门离去了。

不一会儿,听到外头传来了马车离去的辘辘声,赵嬷这才从漆柱后出来,走入了那片苍绿如云的阴影中。

风一吹,菩提树枝叶婆娑,红绸翻涌,仿若瑰霞倒垂,壮美至极。

"殿下可要写下心中所愿,挂于枝头?"身后的蔡田问道。

"孤可以写吗?"

"若为旁人,自然不能;若为殿下,写多少都可。"说罢,蔡田命小沙弥取来红绸和笔墨,铺展于石桌之上。

千言万语涌入心间,她落笔却只有简短的八个字:忠魂不泯,星火长明。

有人死守孤城,扶旗挂剑,死在寒沙战场上;有人以血为墨,以骨为笔,倒在黎明之前……将士魂、文人骨,一并撑起了大玄摇摇欲坠的根基。

赵嬷将红绸合于掌心,闭目凝神,唯愿忠魂不泯,星火长明。魂兮,归来。

闻人蔺从英灵宝殿中出来,转过环廊后,所见的便是这一幕。

遮天蔽日的菩提树下,夕阳穿透叶缝投下一道道光柱。那抹着牙白色束袖胡服的纤细的身影就立于光柱之中,合掌闭目,虔诚地低着头,指间的红绸随风飞舞。

她明亮鲜丽得仿若仙子临凡,足以驱散一切阴暗。

斜阳收拢了最后一丝余晖时,寺中响起了雄浑无比的钟声,惊起倦鸟西归。

赵嫣睁开眼，仰首看着头顶繁盛的枝叶，打算寻个空荡之处将绸带挂上。然而她踩着石坛围绕菩提树转了一圈，发现伸手能够着的枝丫皆已被绑满了红绸，红绸上头写着一个个陌生的姓名。空荡些的枝丫太高，她够不着。

赵嫣踮脚，努力地伸长了手。看中的那根枝丫在风中摇曳，就是不肯被她触及。

她鼻尖渗汗，正欲麻烦蔡田搬个小凳过来，就忽觉腰侧一紧，继而整个人腾空而起，被一双强健有力的臂膀举至半空，头顶拂过一片绿荫和红绸。

帷帽被枝丫扫落，云烟般飘然坠地。赵嫣惊愕地回首，看到了轻而易举地托举着她的闻人蔺。

他身量极高，手臂极稳，连一丝颤动、摇晃也没有，漆眸里藏着悠悠的浅笑："够吗？可要再高些？"

说罢，他将她往上一举，还欲举得更高。

赵嫣面红心跳，忙不迭地道："够了，够了！"

她扭回脑袋，专心且虔诚地将红绸系在空荡的枝头上，还仔细地捋了捋。

待她忙碌完了，闻人蔺方收回手臂，让她轻稳地落地。她的心也随之忽上忽下，久久未曾平息。

"殿下写了什么？"闻人蔺低沉的嗓音自耳畔传来。

他虽让她的足尖落地，却并未放开那抹不盈一握的腰肢，换了个姿势仍松松地圈着她。

赵嫣的半边耳朵都麻了，她别过脸打了个寒战，细声道："你这般高，自己看便是。"

闻人蔺笑了一声，抬眼望去，发现小殿下扎的那条红绸随风微动，清秀的小楷隐约可见。

"这根枝头上不许再挂别的东西。"闻人蔺吩咐蔡田。

赵嫣诧异于他的强势，觉得又好气又好笑，道："倒也不必如此，空着反而不好看。"

"不空着，"闻人蔺含着笑捏了捏她的腰侧，"以后本王将自己的姓名挂在旁边。"

赵嫣抬眼，不知他在开玩笑还是认真的。

宁阳侯府。

容扶月扶着婢子的臂膀下车回府，却见原本有事入宫的魏琰先一步回来了，正于庭中望月。

见到妻子归来，魏琰温和一笑，迎上前来，道："阿月，你回来了。"

他不问她去了哪里，仿佛只要她还能回到他的身边，便别无所求。容扶月怔怔地站在原地，片刻后愧疚地道："对不起，我……"

"傻阿月，我说过，无论你对我做了什么，永远无须道歉。"魏琰将妻子揽入怀中，安抚地摩挲着她的鬓角，柔声问，"你饿了吧？我命膳房做了你最爱吃的荷花酥，尝一口？"

容扶月美目噙泪，轻轻地点了点头："好。"

太子生辰前半个月，各家的贺礼便被陆续送来了东宫。生辰当日，东宫更是门庭若市，大小贺礼堆满了整个庭院。

赵嫣虽极力上书生辰从简，但依礼还是得于西内苑设小宴，与父皇、母后以及其他皇亲小聚一番。

"清点完贺礼后，各加一匹捻金纱原路送回。原先太子府是什么规矩，如今照旧。"赵嫣对着铜镜整了整束发的玉冠，垂眸思忖了片刻，吩咐流萤道，"送还那些贺礼前务必仔细地检查一番，提防有人出阴招，在贺礼上动手脚。"

流萤大概想起了太子赵衍因何而死，声音低了下去："奴婢知晓。"

宴会设在蓬莱苑边，除了寿康长公主一家，两位未出阁的庶出公主、颍川小郡王柳白微以及伴读裴飒皆在场。

皇帝未曾露面，只派了身边的大太监传了几句嘉勉的客套话。魏皇后和甄妃倒是在场，各坐一方，并无交集。

气氛正凝滞着，众人忽见张沧命人抬着一箱子东西入苑了，朝太子拱手道："肃王殿下特备薄礼，恭贺殿下诞辰，请笑纳！"

众人纷纷伸长了脖子，翘首张望闻人蔺这么大阵仗送来了何物，就连赵嫣也好奇起来。

张沧一把打开了箱子，露出了里头满满一箱的……古籍书卷。这些书卷每一本都有一两寸厚，抡起来能当砖使！

这可不是薄礼，分明"厚实"得很哪！

闻人蔺这个太傅未免当得太称职了些，这么多书，赵嫣怕是日夜赶工也学不完。

赵嫣顿时头疼，掐着掌心，强撑着笑意，道："多谢肃王的好意！孤必勤勉刻苦，挑灯夜读，不负众望。"

最后几个字她竟说得有些咬牙切齿的意味。

"我们王爷说了，殿下定然能明白他的良苦用心。"说着，张沧再行一礼，"王爷有公务在身，待事毕会亲自来为殿下贺寿。"

魏皇后对闻人蔺送的东西并不领情，使了个眼色，示意内侍将那一大箱书本挪远些。

宫婢、太监们端着酒水和吃食鱼贯而入。一名小太监端着酒水躬身敛目，步履匆忙，一不留神，险些撞上了刚入蓬莱门的宁阳侯夫妻。

魏琰下意识地抬手护住容扶月，自己却被小太监撞上了，酒水打湿了他的一片衣袖。小太监忙伏地请罪，魏琰却淡然摇首，道："太子生辰大喜，不必以小事扫兴，你起来吧。"

小太监连忙爬起来，端着托盘飞快地退下了。

李浮领着人挨个查验宫侍们呈来的菜肴和酒水，反复确认无毒后方敢呈到宴席上。

就在此时，刚入席的宁阳侯似乎发觉哪里不对劲，低低地"咦？"了一声。

"舅舅怎么了？"赵嫣离得近，关切地问了一声。

魏琰看着空荡荡的腰间，皱了皱眉："宫牌不见了，方才还在腰上……"

闻言，众人皆面色微变。

宫牌是皇亲国戚才持有的能出入宫门的令牌，若是落到居心叵测之人的手中，还不知会酿出什么祸端。"

"舅舅莫急，先回想方才遇到了什么人，或许把宫牌落在了附近的什么地方。"说着，赵嫣低声吩咐近侧的流萤："你们帮忙找找，别闹出事来。"

流萤领命，带着内侍于附近搜查。宾客和禁卫们也自发搜罗了一圈自己的脚下，以免遗漏。

魏琰看着袖袍上的酒渍，仿佛明白了什么。

然而此时已来不及了，那名奉酒的小太监阴沉着脸，从袖中摸出了一把轻薄的匕首，直直地朝赵嫣刺去！

"太子哥哥，我送你的那方砚台你喜不喜欢呀？"霍蓁蓁端着酒盏过来攀谈，全然没有察觉到身旁刺过来的寒光。

赵嫣瞳孔骤缩，下意识地将霍蓁蓁推开了，寒光擦过赵嫣的袖子，一路直奔她的心脏。

匕首还未触及她，就被一把横空而出的刀刃及时地格挡住了——张沧拔了刀，随后一脚将小太监连人带匕首踹出一丈远。

小太监重重地扑倒在地，呕出一口血，艰难地撑起了身子。看到面前出现了一双黑色的革靴，他顺着靴子抬首，看到了那张如仙人般的俊颜，不由得睁大了眼眸，全身战栗起来……

是肃王来了。

四

"蓁蓁！"

霍锋毕竟久经沙场，第一个反应过来，将白着脸跌坐在地上的霍蓁蓁一把抱了起来。

霍蓁蓁被这突如其来的一幕吓得闭了气，被寿康长公主和霍锋拥着才红着眼哭出声来。

"拿下这个逆贼！"魏皇后冷声低喝。

宴上的众人纷纷惊醒般地起了身。裴飒护在赵嫣和两位公主身前，柳白微直接不顾礼节，从几案上跨过，皱着眉问："殿下，你没事吧？"

众人说话间，被惊动的禁卫一拥而上，将行刺的小太监死死地压在了地上。小太监似乎早已料到这般局面，面有惨色，但仍紧握着手中的匕首，似乎要殊死拼搏。

黑色的革靴踏上小太监的手，踩了踩，一片令人毛骨悚然的"咔嚓"细响中，小太监发出了凄厉的惨叫声，而后松了手。

张沧趁机将一团布料塞入小太监的嘴中，以防他咬舌自尽，继而将匕首拾起来，双手呈给了闻人蔺。

锋利的刀刃宛若薄冰，映着闻人蔺幽冷的眼眸。刀口隐隐发蓝，显然被涂了剧毒，但万幸未沾染血色。

闻人蔺将匕首交还给张沧，径直朝赵嫣行去。迎着宾客或惊恐或惊异的目光，他屈起一膝蹲下，垂首敛目，将赵嫣捂着小臂的手轻轻地拿开了。

现场除了霍蓁蓁间或的抽噎声，无人敢言语。

阳光炽烈，却驱不散闻人蔺身上厚重的压迫感。他的神色依旧是平静的，只是他垂眸时盖住了眼中深不见底的寒意，低声问："你伤到哪儿了？"

柳白微警惕地起身，赵嫣朝他摇了摇头，示意他不用担心。

"躲闪及时，没伤到什么……"赵嫣摊开手，将被划破的袖边给闻人蔺看。

袖袍破了一道齐整的口子，露出的白皙小臂上多了一道寸许的淡淡红痕，只被伤到了细嫩的表皮，未出血见肉。饶是如此，当时的情形亦十分凶险。

宁阳侯魏琰安抚好妻子，便起身行至那名行刺的小太监面前，果然从他的袖中搜出了一块玉色宫牌——正是魏琰方才丢的那一枚。

生辰宴不欢而散，行刺的小太监很快就被拖了下去。

在问出幕后主使前，宴席上所有的宾客都被安置在后方的观花殿中，由禁军把守，赵嫣则跟着闻人蔺留在了主殿里。

太医院的张煦很快就赶到了，诊脉许久方道："殿下脉象平稳，毒素应该并未侵入血脉。只是保险起见，还请殿下清洗擦痕后涂抹化毒玉露，于此观察一个时辰。"

赵嫣点头，吩咐流萤："你去回禀母后一声，以免她担忧。"

"是。"流萤领命告退了。

闻人蔺接过张煦奉上的药膏和绷带，坐于椅中，亲自给赵嫣上药包扎。

他一只手托着赵嫣的小臂，另一只手以湿棉布仔细地清理淡淡的划痕，问道："殿下知道是谁下的手？"

赵嫣回想起前几日放出的饵，凝神道："我大概能猜到。"

闻人蔺不语。

"王爷。"张沧匆匆而至，于殿外请示道，"刑部和大理寺的几位大人已至，为将刺客送去哪个监牢问审之事争执不下，特来请王爷拿主意。"

闻人蔺用绷带将赵嫣的小臂包扎好，修长的霜白色食指随着绷带的缠绕一松一压，沉声道："让他们闭嘴，就地问审。"

"在这儿？"张沧讶然，见闻人蔺不耐地睨了过来，忙躬身抱拳，道，"是！卑职这就去！"

就地问审也好，省得他们中间转运、押送刺客出什么纰漏。

赵嫣以未受伤的手托着下颔，目光随着闻人蔺上药的动作轻轻地移动，轻声问："稍后会审刺客，我可以去旁听吗？"

闻人蔺悠悠地剪断多余的绷带，方抬首看她。

"殿下今日生辰，不宜见血。"闻人蔺回话的语气很温和，温和到足以掩盖眸中翻涌的杀意，"本王审讯犯人的时候并不好看。"

一年一次的吉日，她只需要干干净净、开开心心地过完。

闻人蔺走后，赵嫣又在主殿里坐了一会儿，一是听从张煦的建议观察有无中毒反应，二是方便留意审讯刺客的动静。

隔壁园子里隐约传来刑讯官的呵斥声，然而回应他们的只有沉默，最后不知是谁无奈地说了一句："这刁奴不愿开口，再磨蹭下去也不是办法！肃王殿下，您看……"

凌乱纷杂的脚步声后，便是长达两刻钟的死寂。

此时阳光正好，树影于窗纸上摇曳。赵嫣甚至未曾听到什么酷刑加身的惨叫，只闻一阵"哗啦啦"的镣铐声，那太监的声音就陡然变得急促、破碎起来，他几乎是哑着嗓子尖声求饶："我说……我都说！饶……饶了我！"

有什么黏稠的东西呛入了小太监的气管，他又咳又喘，含混不清地道："是雍王……是雍王让我做的！"

众人一阵哗然。

不消片刻，李浮自外头悄声进来了，禀告道："殿下，都问出来了。据说这太监唯一的亲人被雍王捏在手中，故而他受命前来行刺。奴方才去问过掌事，此人确实有个姐姐在雍王的府上为婢，前两日无故失踪，想来就是因此事而起。"

赵嫣闻言，面上没有一丝意外之色。

前不久，赵嫣以摘星观坍塌之日活捉的那名死士为饵，引幕后之人灭口。第二日黉夜，果然有狱吏趁机下手，将死士伪装成突发急症的模样毒死于牢中，所用之毒竟与谋害程寄行的毒一般无二。

孤星得了赵嫣的提醒，并未打草惊蛇，一路暗中尾随那名狱吏，折腾数趟，直至昨日才顺着这条线摸到了与其接应之人——对方竟是雍王府里的一名方士。

雍王叔与其子赵元煜不同，行事极为低调，最多就是迎合皇帝兄长的喜好，道袍加身、炼炼丹药，鲜少参与朝政之事。他若为了半本账册来行刺太子，不太说得通，除非……还有别的隐秘的缘由。

赵嫣原本想，若幕后主使真的是雍王叔，以他韬光养晦的性子，短期内应该不会动第二次手。

谁知第二次行刺来得如此之快，带着破釜沉舟的决绝之意，背后之人急躁得反常。

赵嫣拈了一块酸枣糕，咬了一口，凝神回忆神光教的账册中的内容，试图找出蛛丝马迹。

雍王世子炼丹所需的大量烛蛇香腺皆从神光真人的手中所得，这虽犯了勾结大罪，可雍王世子伏法，雍王叔完全可以把自己摘出去，不必铤而走险……

这十天内，或许还出了什么别的事。

思及此，赵嫣抬眸对李浮道："你去告诉孤星，让他继续盯着雍王府。在父皇下达最终命令之前，仔细留意何人与雍王接触过。"

接下来，她必须见一见这位雍王叔，亲自问清楚。

赵嫣正盘算着，太极殿的太监来了，请太子到太极殿回话。于是，她更衣面圣，向父皇陈述了遇刺的来龙去脉。

寿康长公主也在，还特地在皇帝面前提及，若非太子殿下救了长乐郡主，今日长乐郡主必血溅当场。

皇帝敬重长公主，不得不立即下令严查此事。

事毕已是酉时了，夕阳的余晖将宫楼染得十分壮丽。

赵嫣坐在马车中，问流萤："舅舅他们都走了吗？"

流萤答道："审完了疑犯，娘娘便让观花殿里的宾客们都离宫了。"

赵嫣颔首，道："回头你给赴宴之人各备一份薄礼送去。今日事发突然，他们也算护驾有功。"

"奴婢省得。"

两个人说着，宫门下传来了疾驰的马蹄声。

领头的人是张沧，而非闻人蔺。见到赵嫣的马车，张沧勒缰急停，驭马踱步一圈，抬手示意身后的禁军先行。

"殿下，我家王爷在宫中伴驾呢，可能要晚些才有空闲。"

"无碍，不麻烦他。"赵嫣撩开车帘，朝张沧微微一笑，"我能与你一同去雍王府吗，张副将？"

雍王府内黑魆魆的，一片死寂。

虽然行刺的小太监指认刺杀为雍王授意，但在刑部和大理寺搜查出证据并定罪前，作为皇亲的雍王无须褫衣下狱，只会被收押在府中，由禁军日夜看守。

可负责审问的人是肃王，于罪臣、犯官而言，落在他的手里远比下狱可怕得多。

王府的后院里，疾风吹起了漫天的纸钱。禁军的火把上的光打堆积在庭院中的那些苍白的纸俑身上，透出一股浓浓的阴森森的死气。

负责看守的禁军将后院偏房的锁打开，推开门，雍王赵稹就坐于桌旁。孤灯下，他一只手握拳搁于膝上，另一只手压着袖子。

见到太子和肃王身边的副将先后进门，赵积惨淡地闭上眼，似乎已经预料到了自己的结局。

张沧执起那盏孤灯，将屋中所有的烛盏点燃了，刺目的火光立即逼退了黑暗，刺得雍王不得不如阴沟中的虫鼠般侧首躲避。

赵嫣趁机上前，道："孤来此，是有几个问题想问雍王叔。"

雍王嗤之以鼻："成王败寇，本王没什么好说的。"

张沧冷哼一声，粗声道："雍王应该趁着舌头还在，珍惜尚能说话的机会。"

"你们难道……还要对本王用刑吗？"雍王捏紧了拳头，声音发颤。

"雍王叔是皇亲，没必要失了体面。"赵嫣声音沉静，笼手而立，"孤只想知道，雍王叔冒大不韪之罪行刺我到底为了什么？是为了神光真人的账册，还是金銮宝殿上的位置？"

雍王不知受哪句话所激，愤然睁圆了眼睛，道："竖子何须惺惺作态？！"

赵嫣见他这般反应，心中一紧，隐约猜到了什么。

"皇兄只有你一个儿子，本王也只有煜儿一个嫡子。"雍王面露哀戚之色，指着赵嫣道，"可怜我的煜儿啊！他纵有千般不是，当交由皇上处置、国法裁决，焉能被私刑杀之，惨死于你这竖子的刀下？！"

心中的猜想被证实，耳畔"嗡"的一声，赵嫣又回想起了鲜血溅在手上的恶心的黏腻感。

张沧担忧地看了她一眼，眉头随之打成了死结。

蔡田前不久才说赵元煜的墓被掘了，张沧还以为是盗墓贼所为，原来是作用到了此处。

"还有你……你们和东宫沆瀣一气，合起伙来骗本王！"

"雍王叔，你与赵元煜三番五次地对东宫下手，难道就不是践踏律法人伦，不是在以私刑杀人？"赵嫣努力不被赵积颠倒黑白的狡辩牵制，眸色清明，字字清晰地道，"若国法公正，那几十名被炼成丹药的童男与少女又怎会无辜丧命于赵元煜之手！只有你的孩子是孩子，别人的孩子就不是吗？"

"童男少女……是……是了！太子做的那些腌臜事真以为本王不

知道?"

"你指什么?"

"去年春蒐围猎,我儿坠马伤及命根,以致不能人道、生育!本王一直以为是天灾,近来方知为人祸!"雍王面露难堪之色,肥硕的身躯颤抖着,却仍梗着脖子斥道,"是你指使禁军惊马,害了我儿,逼他不得不为了炼丹回阳而走上歧路!他落得这般下场,都是你们东宫一手促成的!你们借刀杀人,还将自己摘得干干净净,以救世者的姿态高高在上地质问、诘责!你真是好计谋!好狠的心哪!"

风从被钉死的窗缝中渗入,拂得烛火扑腾闪烁,赵嫣的眸光也随之跃动不休。

"你撒谎。"她攥紧了袖中的五指,拔了张沧的佩刀抵上雍王的脖子,刀刃的寒光映亮了她严肃的脸庞,"我不许你……如此诬蔑东宫太子!"

"诬蔑?"雍王被刀尖抵得浑身一颤,随即凄然冷笑道,"本王若无证据,焉敢舍弃一身的荣华搏命?可惜太子命硬,我儿命轻!"

"所以你是为了赵元煜刺杀孤?你在给他善后?这些话是谁告诉你的?"

"没有谁,唯有不甘驱使。你们东宫不给人留活路,连皇上的神光教都敢动,还有什么事是你们不敢做的?"雍王脱力地靠在椅背上,闭目按着急促起伏的胸口,道,"与其落在闻人蔺的手中,猪狗般受辱,本王倒不如……走得干净些……"

赵嫣收回刀,发现不太对。张沧也察觉到了什么,立即上前掐住雍王的腮帮子,喝令门外的禁军:"快来压住他的舌根!"

两名禁军慌忙来帮忙,却终归晚了一步。

雍王倏地朝前喷出一大口乌血,痉挛着扑倒在桌面上,已是出气多进气少了。

一只银色的香囊自他肥硕的手指间坠落,滚到了赵嫣的靴下。香囊已被打开了,里头放香丸的位置藏着一颗毒,因藏得隐秘,故而未被禁军搜出来。

而现在,那个位置已然空了。

一阵动静后，室内陡然安静了下来。

良久的沉默后，有个禁军擦着汗，小心翼翼地禀告："殿下、张副将，雍王……服毒自戕了。"

雍王自知行刺失败，落到肃王的手中会生不如死，遂赶在他们进门前服毒，免受刑讯之苦。

张沧一副头疼之态，唯恐冲撞了小太子，忙以身挡住那片骇人的狼藉场面，道："殿下，您看这地方脏，要不您……"

"将雍王府近几年的账册找出来，"赵嫣将刀插回张沧手握的刀鞘中，冷静地道，"还有，从府中搜出的丹药等证据一律交给我过目。"

赵衍是全天下最仁德、善良的大傻瓜，生前不争，死后无名，她绝对……绝对不允许任何人玷污他的清名，哪怕是临死前的胡乱攀咬也不可以！

禁军动作很快，不消片刻便抬来了一个小箱子，里头满满的都是雍王府及其别院、田产的出纳账册。

赵嫣只粗略地翻看了几笔支出的款项，发现雍王府每年都会花费大量的银两供养一帮方士。

她合上账本，叫来孤星问道："那个与狱吏接应的雍王府方士呢？"

"卑职正要禀告殿下。"孤星扬了扬手，立即有人押着一名蓄着山羊胡的灰衣方士过来了，"卑职听殿下的吩咐，率人日夜守在雍王府的门口。方才禁军来封锁雍王府时，卑职见此人鬼鬼祟祟地爬墙而出，便将其拿下了。"

赵嫣示意禁军将火把靠近些，问道："他就是为雍王炼药之人？"

"据闻如此。对了，卑职在雍王的丹房的暗格中发现了这个。为安全起见，请殿下捂住口鼻。"

见赵嫣依言照做，抬袖掩住了口鼻，孤星这才退后一步，将一个里外三层的玲珑盒打开，露出了一只被密封得严实的黑色鹤颈瓷瓶。

即便孤星刻意拉开了距离，赵嫣依旧能闻到那股若有若无的异香。

她心中一凛，看向那名战战兢兢的方士，下令："打开瓶盖，让他吸一口。"

方士立即骇得面如土色，忙不迭地叩首道："不可……不可啊殿

· 436 ·

下！这瓶是仙师炼就的剧毒,小人不能闻!"

"你用这毒害人之时,可曾想过这毒不能闻?"赵嫣喉间干涩,垂眸睨睨方士,"说!你用此毒害过谁?"

"这毒是仙师的得意之作,小人……小人充其量是个跑腿的,并……并不知晓……"

"孤星,把这一瓶毒都倒进他的嘴里!"

"别!小人招!小人都招!"方士哆嗦着道,"有几个儒生、博士官、大理寺的一个犯人,还有……还有去年一封送去东宫的信……就这些,别的小人也想不起来了,求殿下开恩!"

赵嫣听到"一封信"这三个字,心脏骤然一疼。

"开恩?"她扯了扯唇角,一字一顿地道,"在九泉下见到被你们戕害的那些人,你再亲自求他们开恩吧。"

方士闻言,竟猛地挣开了禁军的桎梏,拔腿就跑。

赵嫣静静地站着,直至那方士跌跌撞撞地跑出数丈远,她才夺过身侧禁军的弓矢,拉弓如满月。弓弦在火光下折射出一线金色的光,那线弦光映入她的眼帘,清冷又漂亮。

"以眼指手,瞄准。"

骑射课上闻人蔺低沉的指点的声音犹在赵嫣的耳畔,她一松手指,箭矢带着"嗖嗖"的风响破空而去。那方士脚下一个趔趄,应声扑倒。

赵嫣缓缓地垂下手,仿佛耗尽了全部的力气,任凭长弓抵于地上。

久久无声。

"孤星,将那瓶毒小心地带回去,交给太医院的张煦查验、核实。"说罢,赵嫣又转头看向愣怔的张沧,颔首道:"劳烦张副将将这里处理干净。"

张沧对她的敬佩更上一层,不由得挺胸应道:"是!"

赵嫣不知自己是如何走出雍王府的。

马车"辘辘",赵嫣心绪不宁,宛若身处梦境中。她不敢相信,追查了这么久的真相竟然在雍王身上彻底浮现出来了,害死赵衍等人的毒香竟被藏在雍王府里……事情的来龙去脉极有可能是赵元煜行刺未果,雍王叔为了给儿子善后,索性一不做二不休,给赵衍下毒……

如此一来，一切似乎能捋顺了。

只是雍王府有如此奇毒，为何一开始不用，而要等到赵元煜行刺失败后，才将毒混入那封以长风公主的名义所写的信中？

还有雍王叔所说的，东宫太子暗中让赵元煜坠马，使其不能生育之事……

她笃信赵衍绝不会以暗箭伤人，她担心的是有人从中挑唆作梗。

正沉思着，赵嫣不由得垂眸看向自己被弓弦勒得发红的纤细的手指，微微屈起，又缓缓地张开了。

她在衣裳上使劲地擦手，直至擦得掌心发红才作罢，然后缓缓地吐出了胸中沉闷的浊气。

闻人蔺如此护着她，让她在生辰之日不见血，可她还是辜负他了。

这个时辰宫门已下闩，马车便停在了东宫的侧门处。

赵嫣下车时，听见流萤担忧地道："殿下可要传膳？您忙了一天，连一口水都没来得及喝呢。"

"没胃口，算了。"赵嫣摇了摇头，按着额角道，"备好热水，我想沐浴干净……"

正说着，赵嫣就见前方的拐角处站着一个人。

蔡田迎了上来，朝赵嫣抱拳道："殿下，我家王爷有请。"

赵嫣倏地睁大了眼，问道："闻……肃王？他在哪儿？"

蔡田没说话，只抬头看了一眼。

赵嫣顺着他的视线望去，只见嘉福楼上灯火粲然，闻人蔺负手立在这一片橙黄色的暖光中，暗色的剪影高大挺拔。她看不清他的神情，但猜想他此刻一定眼中含着淡然的浅笑。

赵嫣回过神来，发现自己已抬步朝嘉福楼的石阶行去。初始她的步履还算平稳，继而越来越快，最后她几乎三两步跨上石阶，闯入了那片温柔的光亮中。

闻人蔺就在石阶的尽头等着她，她险些撞入他的怀里。

两个人四目相对时，星幕低垂，仿若触手可及。夏夜的凉风拂过，楼上宫灯摇曳，一切仿若尘埃落定。

"你在这里做甚？"赵嫣下意识地撩了一把鬓角跑乱的碎发，绯色的唇瓣微微张开,气息有些不稳。

闻人蔺拉起她的腕子,将袖口往上折叠,确认绷带下的那个细小的伤并未恶化后,这才敲了敲她的手背,道:"现在才亥时,来得及。"

赵嫣刚想问"什么来得及?",就见闻人蔺轻柔却强势地握住了她的腕子,将她引至楼阁的几案后。

上次烤巧果的炉子上的铁网被撤了,换上了砂锅,里头正"咕嘟咕嘟"地沸腾,散发出袅袅的热气。一旁的几案上摆了一把刚扯好的粗细均匀的细面,还有菜叶、葱油等物。

赵嫣怔怔地看着闻人蔺挽起袖子,露出半截小臂,在碗中调作料,才反应过来他要做什么。

"阳春面?"她抿了抿唇,然后问。

"长寿面。"

闻人蔺漫不经心地舀了一勺滚水冲入碗中,油花浮起,葱香四溢。在飘散的水雾中,他声音低沉地道:"殿下别这般看着本王,面是厨子扯的,本王的手除了杀伐作恶,并不会做这些。"

赵嫣"哦"了一声,眼中的光亮不减反增。

他自个儿活得像没有未来似的,倒希望她长命百岁,好生稀奇。

"面是太傅亲手煮的,一样特别。"赵嫣吸了吸鼻子,胃口竟被勾了起来,忍不住问道,"太傅不是已经送过礼物了吗?那么多书呢!"

闻人蔺把新鲜的面条撒在锅中,单手敲了两个鸡蛋卧上,闻言抬眸道:"殿下不会以为,本王送那些书的意思就只是送书吧?"

"不然呢?"赵嫣微微侧首。

闻人蔺笑了一声。小殿下聪明伶俐,偏对情爱之事迟钝。有时候他真想敲开她那颗脑瓜子,看看里头都塞了什么。

雾气模糊了闻人蔺的神情,他将煮好的面与荷包蛋捞出,盛于汤碗中。

"尝尝。"他将面碗推至赵嫣面前。

赵嫣嗅着香气,接过玉箸夹了一筷子,轻轻地吹凉后送入了口中。

清汤鲜美,面条筋道柔软,从唇齿间一路暖入腹中。

赵嫣一口一口地吃着,心想:回宫以后自己吃过那么多山珍海味,也不如这一碗面来得简单、及时。

闻人蔺只是静静地看着她，直至她小口吸完了最后一根面，方问："饱了吗？"

"再来一碗。"

赵嫣胃口小，此时其实已经七分饱了，但今日也是赵衍的生辰，她得连带着他的那份多吃一碗。

闻人蔺又给她煮了一份面，锅中沸腾的是一份难以言喻的尘世羁绊。

赵嫣撑着下颌，觉得身心轻盈。

面熟时，她忽见远处一支烟火蹿上了天，继而"砰"的一声炸开，映红了半边天。

"砰砰……"

烟花接二连三，如繁星，似垂柳，色彩斑斓，璀璨至极。

赵嫣连忙起身远眺，见烟火是从鹤归阁的方向放出的，心下一动，问："这烟花是你准备的吗？"

闻人蔺不置可否。

他将面条捞出，淡淡地笑着道："本王将那刺客烧成了灰，做成烟花，给殿下的生辰添彩。"

赵嫣回过头来，桃花眼微微惊讶地睁圆了，里面流淌着斑斓的烟火的余光。

"是真的吗？"

闻人蔺不点头也不摇头，饶有兴致地欣赏赵嫣由愣怔到迟疑的神情，眸色随着烟火间或明灭。

"面好了。"他笑得神秘莫测。

赵嫣只好放弃思索眼前的烟花到底是由什么构成的，依依不舍地回到了几案旁。

烟火仍在继续，经久不息。

赵嫣喜欢烟火，因为这是渺如蝼蚁的凡人构建的太虚梦境，是敢与雷电与朝霞比肩的壮美景色。

嘉福宫楼与鹤归阁遥相呼应，是极佳的观景之处。她接过闻人蔺递来的玉箸拌了拌面,轻轻地呼气,唇瓣被汤面润得鲜红娇艳。

闻人蔺盯着她的双唇,看了一会儿,就见她抬起头来,目光与他的相触,然后推了推面碗,问:"你要吃吗?"

闻人蔺的目光深了些许,他放下被挽起的衣袖,缓缓地道:"本王想吃的……可不是面。"

这句话隐藏在烟火绽放的热闹声响中,赵嫣没听太清。她回过神来时,闻人蔺伸手拭去了沾在她嘴角上的一点儿面汤。

烟火瑰丽,两个人之间的氛围也变得暧昧起来,似真似幻,迷离惑人。赵嫣下意识地抿了抿唇。

闻人蔺神情自然地收回了手,屈起右腿,右臂随意地搭在支起的膝头上,左手翻盏提壶,为自己斟了一杯甘甜清洌的紫罗衣酒。

这酒是岭南上贡来的,赵嫣闻到了荔枝的甜香,当即被勾起了腹中的馋虫。她咽下了最后一口面,道:"给我也来一杯。"

闻人蔺将自己手中的那盏酒给了她,而后重新取了杯盏,自斟一杯。

赵嫣双手捧着杯盏,垂眸浅饮一口,当即眼眸一亮:"甘甜柔和,好喝!"

"殿下厌恶甜食,酒倒爱喝甜的。"闻人蔺单手执盏,朝着赵嫣隔空示意,"生辰吉乐,小殿下。"

明暗交错的光影中,他勾着浅笑的模样看起来有些落拓不羁。

赵嫣心中一动。在闻人蔺的面前,她不用再受枷锁的束缚,不必再考虑沉重的复仇,只身心轻松地端着酒盏与他的相碰。

恰时而起的烟火倒映在酒水中,随着"叮"的一声碰撞,荡开无数瑰奇的碎影。

紫罗衣酒甘甜清洌,果香四溢,却后劲十足。若非闻人蔺抬手覆住了赵嫣的杯盏,她能把剩下的小半壶都喝光。

饶是及时停下,赵嫣三杯酒下肚,视线也变得水润模糊起来,脸颊渐渐浮上了霞红色。

"困了?"闻人蔺放下杯盏问。

赵嫣双手撑着脸颊,眼皮耷拉着,略微迟钝地点了点头。

闻人蔺笑了一声:"能起身吗?"

赵嫣沉默了一会儿,又迟钝地点了点头,撑着几案起了身。杯盏倾倒,发出"叮叮当当"的声音,闻人蔺及时拽住了她的小臂,将她扶稳了。

"酒量这么差,还学人贪杯。"闻人蔺叹了一声。

"我的酒量没那么差,是你这酒太烈。"赵嫣按着额角,思绪倒是清晰得很。

这种紫罗衣酒乃上品,的确让人上瘾易醉,闻人蔺这种时刻保持警觉和清醒的人也只会在心情极佳时小酌几杯。

候在宫楼下的流萤听到了动静,仰首看见东倒西歪的主子,正迟疑要不要上去搭把手,就见闻人蔺先行两步,屈起一膝蹲下了身。

"上来。"他微微侧首,将宽阔的肩背展露给赵嫣。

赵嫣扶着墙愣了愣。许是酒意上涌,又许是别的什么原因,她没有拒绝。

她的前胸贴上了硬实宽阔的后背,随即身躯被托起了。闻人蔺反手托住她的大腿,背着她迈下了石阶,每一步都沉稳至极。

宫楼下的流萤和蔡田俱面露诧异之色,随即不约而同地低眉垂首,提灯引路,目不斜视。

夜风吹拂着赵嫣燥热的脸颊,星河奔涌,灯火迷离,她的视线一上一下,她听到他绵长的呼吸和自己飞快的心跳声交织在了一起。

净室中备了热水,小池中水波荡漾。闻人蔺蹲下身,将赵嫣安置在榻上,刚要起身,就发觉袖口被轻轻地攥住了。

"你要走了吗?"她睁着眸子,眼睫像承载不起灯火的微光般轻轻地颤动着。

闻人蔺任由她握着衣袖,漆眸深沉:"殿下是希望本王走还是不希望呢?"

他明知故问。赵嫣咽了咽口水,垂下了眼帘。

闻人蔺眼中的笑意更甚,他便不再逗她了:"本王待过了子时再走。"

赵嫣莫名其妙地松了一口气,放开了他的袖子。

流萤奉了棉巾进来,服侍赵嫣于屏风后沐浴更衣。赵嫣昏昏然泡了个澡,洗去了一身的疲乏。

她穿衣出来后,发现闻人蔺果然还坐在外间的灯下,手里拿着她的玉梳。

流萤看了赵嫣一眼,见她颔首点头,便福了一礼退下了。

闻人蔺示意赵嫣坐在榻上,取了绸布将她微潮的发尾擦干,继而拖过椅子坐下,将她微蜷的指尖打开,她右手的食、中二指上那道弓弦的勒痕便露出来了。

闻人蔺没有问这道勒痕的由来,亦没追问她今日去雍王府里做了什么,只轻轻地摩挲着那处红痕道:"舒坦点儿了?"

赵嫣知道他指的是什么,想了想,点了点头。

在雍王府里的所见所闻的确让她十分在意,她忘不掉雍王临死前对赵衍的描述和那双哀戚怨毒的眼。可现在,长寿面和紫罗衣酒的暖意驱散了沉重的阴寒,她的眼中只余下了微醺的暖意。

"一切就这么结束了,戛然而止,顺遂得仿佛梦境一样。"赵嫣于榻上抱着双膝,任由发丝从脸颊旁垂下,喃喃道,"可是我有点儿不安,一点儿也开心不起来……"

闻人蔺以指代梳,一缕一缕地理顺她柔软的长发。

他没有提醒太多,只淡然地道:"复仇本就不是一件开心的事。"

赵嫣蓦地被这一句话触动了,抬手茫然地将闻人蔺拽近些,然后将额头靠在他的胸膛上,仿佛这样就可以触及他隐藏在优雅、从容之下的万丈深渊。

她唤了一声:"太傅……"

除了他毒发时得到的安抚,她主动的依靠还真是少得可怜。

闻人蔺抚了抚赵嫣柔顺的长发,抬指勾着她的下颔,迫使她抬起头来,凝视她被酒意和热水熏得娇媚的脸。那双桃花眼迷蒙漂亮,眼尾带着钩子似的,眼中流转着令他矛盾又着迷的波光。

闻人蔺用拇指压了压她红润的唇,不轻不重地抚着。

他收紧了手臂,指骨微微突出,垂下又浓又长的眼睫,俯首靠近那片他妄想了一个晚上的芳泽。

他离唇一寸时,赵嫣轻轻地打了个哈欠,眼皮直打架,俨然疲困至极。

闻人蔺顿住，半晌，有些失望地"啧"了一声。

今日奔波了一天，赵嫣的确累极了，以至连自己何时回到寝殿、闻人蔺又是何时离开的都毫未察觉。

她只隐约记得自己尚蜷缩在小榻上时，身上盖着的外袍萦绕着淡淡的木香，屏风后，男人精壮的身躯模糊难辨，浴池里的水声响了许久。

五

翌日一早，寿康长公主府就收到了东宫送来的歉礼，东西倒不是十分贵重，重在心意。

"明明太子才是受害之人，却还不忘安抚旁人。难得小小少年就有这份谦和知礼的气度，冲着这一点，咱们也该承他的情。"说着，霍锋背着手长叹一声，"可惜他去年就纳了妾婢，受女色所惑，又身处风口浪尖，非蓁蓁的良配。"

驸马自顾自地说了一通，没听到回应，不由得好奇地回头："宛柔，你怎的不说话？"

宛柔是寿康长公主的闺名。她与霍锋奉旨成婚，婚后磨合时也曾吵过、闹过，可感情反倒越发深厚、恩爱。两个人一向以表字互称，而非冷冰冰的"长公主""驸马"。

寿康长公主坐在窗下摇着扇子，若有所思地道："长戈，你不觉得奇怪吗？"

"什么奇怪？"

"东宫风浪不止，皇后娘娘一向有立蓁蓁为太子妃的意愿，"寿康长公主朝在里间的小榻上酣睡的女儿看了一眼，方徐徐地道，"可此番我们回京这么久了，皇后娘娘竟一次也未提及定亲之事，岂不怪乎？"

"这有何怪的？从前有雍王和雍王世子在，朝中的风向摇摆不定，故而皇后需要长公主的首肯帮扶。如今雍王父子自取灭亡，许婉仪肚里的那个还未见分晓，东宫地位稳固，皇后自然不急于这一时。"霍锋大步走进屋，取过寿康长公主手中的扇子，殷勤地替她"呼呼"地扇着

"何况，你不是也怕蓁蓁嫁过去，东宫会护不住她吗？这不是正好？"

"也对，但愿是本宫多想了。"说着，寿康长公主抬起保养得如少女般的素手来，软软地在霍锋的粗臂上一拍，嗔道，"别扇了，扇得本宫头疼。"

霍锋"嘿嘿"地笑着，抓住那只细嫩的手送到唇边，啜豆腐般用力地亲了一口。

东宫里，李浮正在协同太子家令整理各家送来的生辰礼，以便将其原路返回。唯有一份特殊的随礼李浮不知如何处置，只得提着笼子来请示赵嫣。

那是一个被打造成藤蔓缠枝形态的纯金嵌宝石的华贵笼子，里面关着一只雪白矜贵的鸳鸯眼狮子猫。

猫约莫还未成年，眼睛圆溜溜的，略显幼态，粉鼻粉爪，丝毛蓬松。它显然在笼子里被饿了一天了，此时正发出细碎可怜的"喵呜"声。

"我不养狸奴……"想到什么，赵嫣一转眼珠，唤住李浮，"等等！把猫留下，笼子还回去。"

李浮"哎"了一声，打开笼子捧出猫，笑着道："古有买椟还珠，殿下您是留猫还笼。"

赵嫣接过这只松软温热的小东西，抚了抚它的毛。

她知道有谁喜欢这个小东西。

闻人蔺最近都歇在鹤归阁里。鹤归阁此处离皇宫近，他见谁都方便。

他刚从宫中归来，就见窗边的椅中坐着一道纤细的熟悉身影。窗棂是最好的画框，将花影连同她一同框在其中，宛若一幅绝妙的工笔画。

闻人蔺穿着文武袖的袍服，俊美挺拔，缓步走到她的身前，道："殿下今日怎么有兴致……"

话未说完，他便听到一声奶声奶气的"喵呜"声。

视线往下，落在了赵嫣鼓囊蠕动的袖袍上，闻人蔺问："殿下的袖子里藏着什么？"

赵嫣笑而不语，眸子弯了弯。

她松开交握的手，一团雪白的小脑袋立刻从她的袖中冒了出来，狮子猫睁着蓝、黄二色宝石般的眼睛看向闻人蔺。

赵嫣捏着狮子猫柔软的粉爪，让它招了招手，道："这是底下的人送我的贺礼，我不会养，想着太傅常怜爱宫中的野猫，便抱来了。"

闻人蔺了然："殿下这是借花献佛？"

"嗯，是。那这'花'……'佛'喜欢吗？"说着，赵嫣微微侧首，观察着闻人蔺面上的神色。

她袖袍中的那团小东西也随之歪头，眨了眨圆溜溜的眼睛，一人一猫的神态和动作出奇的一致。

闻人蔺的目光一软，眼中有了浅浅的笑意。

他双手接过那团温暖柔软的小东西，托着狮子猫前爪的腋下将它举了起来，随即迎着夏末的暖光与猫贴了贴鼻尖。

赵嫣看着他挺拔的鼻梁，不知为何，忽地想起与他两次交吻时，他亦是如此半垂着浓密的眼睫，高挺的鼻梁蹭过她的脸颊……

"殿下在想什么，如此入神？"闻人蔺不知何时将目光投了过来，正单手托抱着娇气的狮子猫审视她。

赵嫣不太自然地移开视线，片刻，又坚定地挪回了视线。她瞥见闻人蔺的墨色衣襟上的几根猫毛，嘴角也有了笑意。

"太傅还真是爱猫。"她理了理袖袍，姿势自然了许多，"现在太傅也有自己的猫啦。"

"猫嘛，本王早就有了。"

闻人蔺意有所指地望着赵嫣，眼中的神色神秘莫测，而后踱步于她的身畔坐下了。

赵嫣坐的是禅椅，比一般的座椅长许多，饶是如此，两个人坐仍有些拥挤，几乎衣料摩擦着衣料，手臂抵着手臂。

闻人蔺抬起骨相极佳的大手，娴熟地抚了抚怀中安静地眯着眼的狮子猫，由脑袋抚至脊背，又捏了捏粉色的耳尖。

挨得这般近，他稍有动作，赵嫣都能清晰地察觉到，甚至能感觉到他抚摸狮子猫时臂上硬实的肌肉鼓动着。

她不动声色地往旁边挪了挪，忽然听闻人蔺道："这狸奴的皮毛还差点儿意思。"

"是吗？"

抱猫过来时，赵嫣还特意让李浮给它擦拭、梳理过了，应该不会有脏污之物影响手感。

她一只手撑在椅子上，越过闻人蔺的腿伸出另一只手来回摸了摸猫背，发现掌心下的皮毛明明丝滑无比……

她正疑惑着，就见闻人蔺抬起空闲的那只手臂，顺势圈住赵嫣的肩，从她半束半披的头发一路抚至她的纤腰，然后用指腹轻轻地点了点。

赵嫣蓦地一颤，听到闻人蔺缱绻的嗓音自头顶上传来："世间冰雪软玉，皆无法媲美殿下分毫。"

赵嫣恼然道："我该谢谢太傅盛赞吗？"

闻人蔺却摇头，下颔随之轻蹭过她的发顶："实话而已，殿下只管欣然受之。"

赵嫣听到了他话中的笑意，知晓他此刻心情不错，便不再计较。

"殿下给这小畜生赐个名吧。"闻人蔺低声道。

她倒忘了这件事！

赵嫣望着狮子猫雪白蓬松的皮毛，搜刮了一番腹中的文墨，思忖道："它通体若雪，唤作雪奴如何？"

"殿下说叫什么就叫什么，唤它粪球都可。"

"你！"

小猫似乎听懂了闻人蔺的话，在他的怀中扑腾前爪，"喵呜"着抗议。

"还是叫雪奴吧，俗就俗点儿。"赵嫣被闻人蔺闷在胸腔中的低笑震得手臂发麻，嗔怪地看了他一眼，又道，"听李浮说，猫被养熟前容易跑丢，太傅记得关窗。"

闻人蔺微挑长眉，含着笑道："本王事多，忙起来可顾不着它。不过，殿下可时常过来照看照看。"

赵嫣焉知他不是在挖坑设饵，诱她自投罗网？

她轻哼道："孤也事多。不如这样，你没时间照看它时，就差人将它送到东宫里来……"

说着，她隐隐觉得何处不对劲——两个人商讨的语气怎么好像爹娘商议如何养小孩似的？

447

赵嫣微蹙眉心，面色变得古怪起来。

日头西斜，光影安静地匍匐在窗棂下。

闻人蔺将她的小神情收于眼中，半晌，以鼻尖贴了贴她的鬓角："就这样便好。"

眼下就挺好，他可以与她保持一个能感知到她的温度又不会伤害到她的距离。再多的东西，他给不了。

"什么？"赵嫣没懂他的意思。

闻人蔺以指挑起她肩上的垂发，绕了绕，面上满是平和的纵容表情。

赵嫣回到东宫后，当天晚上便收到了闻人蔺差人送来的一小坛紫罗衣酒。

那名眼熟的内侍擦了擦汗，笑着道："王爷说了，这酒后劲足，还请殿下莫要贪饮。待喝完了，殿下可以再找王爷要。"

赵嫣命流萤取了钱赏赐跑腿的内侍，自个儿抱着小酒坛坐于榻上，轻轻地嗅着飘出的甘甜果香。

她餍足地翘起唇角，任由笑意浮上眼角，染红了那颗小小的泪痣。

凉风吹散了地表的暑气，秋意在一场骤雨中悄然而至。

左相府的静园内，芭蕉滴雨，于阶前溅出清越的声响。

"查到了？"

左相李恪行身着燕居服立于檐下，似预知到了什么，深沉的面容上蒙着一层黯淡的哀光。

"是。"周及立于老师身后，青衫下尤见其骨形，答道，"学生走访了与师弟有交集的儒生，得知有些同窗曾抄录过师弟答复临江先生的赋论，寻来一阅，能推想出他生前所做之事。昨日学生又拜谒了沈伯父，已证实了猜测。"

说着，他从袖中摸出了一份文章，恭敬地递给李恪行。

李恪行接过那份文章，迎着光展开，仔细地阅读起来。

他越看面色越凝重，问道："挽澜，你如何看这份文章？"

周及道："旁征博引，直切要害，乃百年第一震耳之言。师弟无愧于老师之教诲。"

"你赞同他的政论?"

"非也。学生虽与师弟不同道,然君子和而不同。师弟知其不可而为之,呕血成文,拆骨铺路,学生对他唯有敬意。"

李恪行赞许地颔首。

他的这双得意门生,一个人明明出身官宦之家,却养出了一颗干净为民的赤子之心;另一个人即便不认可同门的政论,依然愿以最大的敬意回馈对手。这才是君子之风,才是他李门下最耀眼的一双无垢明珠啊!

"惜哉,痛哉!惊鸣才十八岁啊!"李恪行仰天长叹,眼角隐隐已有泪意,许久方摇首道,"他太年轻,将朝局和国事想得过于简单,也怪老夫只教会了他文章道理,却未教他如何明哲保身……大刀阔斧,而刚者易折;木秀于林,则风必摧之。挽澜,你要引以为戒,慎行!"

"学生谨记。"

李恪行又看了看手中那份誊写的文章,心中有赞许,亦有惋惜。悲怆之下,他竟难以站稳身形。

周及忙上前一步,双手托住了李恪行的臂弯,道:"请老师珍重身体。"

李恪行摆了摆手,将沈惊鸣的遗作仔细地收好,踉跄着回到屋中,长叹着坐下了。

"今日老夫唤你来,还有一件正事要交代。"

"老师请说,学生躬听。"

"八月十二,圣上将开设经筵,命老夫主持。你也知晓,本朝的经筵一为君臣商讨国策,二为遴选有才之人并委以重任。这是个好机会。"李恪行接过周及亲手沏的茶,严肃地道,"洛州暴乱不断,国库疲敝,《开源策》不能再等下去了。经筵上《周礼》一课便交由你去讲,你务必好好讲。"

这些年来,李恪行一直在思索如何堵上国库的大窟窿,只是身为洛阳士族一脉,自然不肯在自己的头上动刀。他的想法比那群少年的更温和,也更保守——不能节流,便只能开源,以求缓大玄沉疴之一毛。

周及明白老师的意思。恩师年纪已大,致仕之前总得寻个接班人替他，亦是替洛阳士族于朝堂发言。

"还有一件私事。"李恪行润了润嗓，严肃的面容缓和了些，"你年纪不小了，你父数次托信于老夫，询问朝中有无门当户对、品性贤淑的女子。老夫觉得，这件事还得看你的意思……挽澜，你回京这么久，可遇见了什么心仪的女子？"

周及微怔，脑中闪过一张张模糊的脸庞。

李恪行观察着他沉默和迟疑的样子，慈祥地勉励道："你只管说来，老夫替你做主。"

周及垂首，片刻后正色道："学生唯愿与文墨为友，并无心仪之人。"

"你……"

他的这个得意门生什么都好，唯独在人情世故上稍有迟钝，只怕等周及自个儿意识到何为心仪时已经晚了。

李恪行看着周及，半晌长叹一声："唉……都是百年难遇的奇才，你们一个个的，总该留个后啊。"

第十四章
任重道远

一

自赵嫣于生辰宴上遇险,东宫许久未起波澜。风雨随着雍王的畏罪自戕戛然而止,岁月静好,平和得仿若一场梦。

赵嫣每天浑浑噩噩且平淡地穿梭于崇文殿和东宫之间,忽然开始怀疑自己还留在东宫的意义。她还未想明白,最后这场博弈为何会进行得如此顺利。

八月初,赵嫣受诏前去太极殿里回禀旁听经筵事宜,却惊闻洛州发生暴乱,那些灾民已攻占了大小十三个县。

皇帝将百里加急的奏折重重地置于案上,虽未有一句怒言,却骇得殿中大臣与内侍齐刷刷地下跪。

赵嫣也跟着跪下了,听到父皇来回踱步时开口道:"太子先退下,经筵照旧例即可。"

"儿臣领命。"赵嫣叩首起身。

她退出大殿时听见父皇问道:"肃王呢?去将肃王给朕请来!"

赵嫣已有好几天没见着闻人蔺了。

他并未在鹤归阁里，雪奴也被交给内侍照看着。赵嫣出不了宫，也不知他是否回了肃王府。此时又是一月之初，她担心他毒发时没有解药，是否有性命之忧……

她胡思乱想着，太过入神，全然未察迎面撞上了一个人。

赵嫣下意识地踉跄了一步，见一双大手扶了她一把，大手的主人低声道："殿下想什么呢？"

暗色的衣襟……赵嫣嗅到了熟悉的清冷霜雪香。

她诧异地抬首，看到闻人蔺似笑非笑的冷白面容，一时不知是该放心还是担心。

奇怪，神光真人不是已经死了吗？上次的药丸亦已被用完，为何闻人蔺身上还有这股丹药的冷香？

赵嫣又去坤宁宫里给母后请了安，出来后下意识地停住了脚步，往太极殿的方向看去。

她屏退了流萤和一众宫侍，在无人的宫道上等了小半个时辰，才见到闻人蔺施施然地自太极门下出来。

赵嫣转过了身，在原处等他过来。

闻人蔺今日穿的是一身暗色文武袖常服，肩阔腿长，在红墙黛瓦的映衬下，仿佛是画卷中最浓墨重彩的一笔。

他停下脚步，漆眸里映着赵嫣小小的身影，忽然笑了起来："殿下欲言又止，是那坛紫罗衣喝完了？"

隐隐浮动的霜雪气息冲淡了初秋阳光的燥意。

赵嫣轻轻地吸气，与他比肩而行："我就不能为别的事找你？"

"当然能。那猫本王也一日三餐地喂着呢，胖了一圈。"

"哦，挺好……"

她倒也不是为了猫。

绿荫探出宫墙，从他们的头顶上一片片地拂过，时暗时亮，光影斑驳。

赵嫣笼手而行，看着身侧的闻人蔺如常的神色道："这两日，你没事吧？你的药……"

"殿下想说什么？药没了，本王会不会死？"闻人蔺看着明显身体

· 452 ·

一颤的赵嫣,眸中神秘莫测的笑意更浓了,"殿下这是在担心本王?"

"我就……随口问问。"赵嫣的声音变得含混起来,她扭头看着墙上两个人比肩移动的影子,"毕竟我现在还得仰仗太傅的庇佑呢。"

"殿下如今洪炉点雪,遇事自决,何曾真正仰仗过本王?"闻人蔺慢悠悠地逗了她两句,方大发慈悲地放过她,回道,"殿下不是常说'祸害遗千年'吗?本王哪有那么容易死?"

"也是。"赵嫣认同地颔首,胸中的那口浊气霎时消了大半。她顺着话茬问:"那还有别人给太傅炼药吗?"

闻人蔺放慢了脚步,凝视着赵嫣装扮成小少年的精致面容。

她那一瞬如释重负的样子并未逃过他的眼眸,他看到了连她自己都尚未察觉的、类似于明快的情绪。

闻人蔺垂下了眼帘,树影掠过,让他的脸看起来明暗不定。他行于深渊,再难承受暖意,可光照过来时,他的心中还是会生出一丝不该有的卑劣的窃喜。

赵嫣显然误会了闻人蔺的沉默,发觉这个问题着实有些越界,倒像她在故意套取情报似的。

她专注地看着地上摇曳的树影,不着痕迹地换了话题:"过几日开设经筵,太傅可会来坐镇垂听?"

闻人蔺淡淡地道:"本王对那群酸儒舌战并无兴致。"

如今洛州动乱,正是他收网之时。

赵嫣低低地"哦"了一声,侧首瞥了一眼闻人蔺身上沉重的衣料,没忍住,又开了口:"太傅私下似乎很喜欢穿文武袖的暗色衣袍。"

赵嫣倒挺喜欢他穿文武袖袍的,英俊而不失优雅,像个文武双全的儒将,不似他穿殷红色的官袍那般凌厉妖冶。

闻人蔺索性停了下来,专注地看着赵嫣。

小殿下的问题颇多,而这些问题大多来源于她对他的兴致,她像得到了一件什么青睐的东西一样,对他充满了乐此不疲的求知欲。

虽然这是他一手纵容的,但……

闻人蔺目光微动,又归于平静,许久方在赵嫣疑惑的目光下轻缓地道:"殿下应该知晓,本王有两个兄长。"

赵嬷点了点头。这不是什么秘密。

"本王的长兄闻人苍骁勇善战,十六岁时曾着一袭戎服劲装直捣敌营,一战成名;次兄闻人慕精通兵法,文袍磊落,有'小军师'之称,所布之阵未尝有败绩。"闻人蔺漫不经心地说着,抬手拂去了头顶斜生的枝叶,道,"天佑十年,雁落关一战,长兄为护住城池,孤身诱敌,却死于敌军的马蹄之下,尸骨无存;箭雨袭城时,次兄和他的亲卫们自发将本王护于身下,换来了本王的一线生机。"

他们死时,一武一文的衣袍浸透了鲜血,早已千疮百孔。闻人蔺至今还能回想起鲜血浓烈的腥气和尸首的刺鼻腐臭。

树影婆娑,赵嬷听闻人蔺以平和的语气低声讲述那些血淋淋的过往,没来由地从心底生出一阵苍凉之感。

"抱歉,我不知道……"

她只知晓当年闻人蔺躺在尸堆之下才侥幸捡回一条性命,可不知道那些尸堆是……他最亲最爱的人以血肉之躯筑就的城墙。

闻人苍和闻人慕又何尝不是武将之中的赵衍和沈惊鸣?

闻人蔺见她拧着眉,不禁笑了一声:"殿下为何这副苦大仇深的神情?人死如灯灭,本王穿这身衣裳倒不是为了祭奠死人,而是为了提醒自己。"他垂下浓密的眼睫,投下了两圈淡淡的阴影,低声道,"本王并非良人,殿下如往常那般对本王撒撒娇甚至是利用即可,但莫对本王存有过多的期待。"

"这是何意?"赵嬷歪了歪脑袋,没太明白。

闻人蔺目光温柔而怜惜,抬手轻轻地碰了碰赵嬷被束胸紧缠的心口,如往常在崇文殿里授课那般教她:"殿下守好这颗清明心,别让它失望、受伤。"

她生而璀璨,而从深渊里爬出来的人没有未来。

闻人蔺说得委婉,然而赵嬷何其通透?

她极慢地眨了眨眼睫,明白了他的意思,应道:"好。"

他们之间,理应如此。

她又郑重地颔首,低声重复:"我会的。"

话虽如此,须臾间,她的心脏却仿佛被轻轻地拉扯了一下,而后缓缓地沉了下去，只留下些许陌生的怅然之感。

八月十二，经筵秋讲开设，天子集众臣于崇文殿内说书讲学。

冗长的礼节过后，天子坐下旁听，众臣按品阶整齐地分列于讲座两侧，听候讲官讲学。

天子近来被洛州之乱弄得头疼，也就在开筵这样的大日子里露面，剩下的时日则交给太子代为旁听。

赵嫣的席位在天子的左侧，她身旁跟着裴飒和柳白微——原本只有裴飒一个人陪听，可裴世子不好文墨，赵嫣为了方便询问不解之处，便寻了个理由将柳白微也捎上了。

霍蓁蓁听闻太子哥哥有好几个月都要待在崇文殿里听讲，闹着也要来旁听经筵。皇帝本就因太子生辰遇刺一事对寿康长公主颇具愧疚之心，略一思索，便答应霍蓁蓁做公主伴读，与未出阁的四公主一同旁听。

崇文殿的东厢房里挂了一道垂帘，将正殿与东厢房隔开了。开讲前，一活泼一文静的两道身影从帘后入席，正是霍蓁蓁与四公主赵婠。

赵嫣落座时，瞥见一向厌恶文墨的裴飒居然换了身广袖文袍，手搭在膝头上，坐得规规矩矩的，视线追着垂帘后两道娉婷的身影移动，连几案上的紫毫滚落在地也未察觉。

赵嫣顺着他的视线望去，不由得了然一笑，抬指抵着下颌道："孤若没记错的话，晋平侯与霍大将军是过命的交情，两家时常走动吧？"

裴飒如梦初醒，有些仓皇地收回视线："殿下想说什么？"

"世子方才可是在看旧识？"

裴飒拧起断眉，僵硬地道："殿下莫不是以为臣方才在看霍蓁蓁？"

"难道不是？"赵嫣讶然，再次顺着他闪躲的目光望去。

回想起生辰宴上，太监行刺时裴飒下意识地起身护住自己和赵婠的场景，赵嫣忽然明白了什么，眼中的惊愕之色更甚。

次间里一共就坐了两位娇贵的少女，若裴飒不是在看霍蓁蓁……那让他失神之人就只可能是她的四姐赵婠。

赵嫣迁去华阳行宫时还小，对赵婠的印象并不深，只知她由掖庭宫的宫女所生，年幼时还生过一场大病，以致右耳听力丧失。

赵嫣听闻，赵嬛还在病中时，她的生母因不贞之罪被赐死，后来她就被交给贤妃抚养。可贤妃没两年病逝了，她又辗转被寄养在许婉仪的膝下。

赵嬛是活下来的五位公主中，唯一一位至今没有封号的公主。

赵嫣回宫后只见过她两次，她不是躲在一旁看书，就是在角落里发呆。卑微的出身和右耳的残疾使得赵嬛养成了内敛安静的性子，存在感极低，即便出现在家宴上，也总是一副低眉敛目的乖顺模样。

但奇怪的是，对赵嬛一直颐指气使的许婉仪竟然一反常态，请求父皇将赵嬛指婚给她的侄儿许茂筠，说要亲上做亲。

赵嫣一直觉得这门亲事可疑，许婉仪要提携侄儿，为何选择出身低微的四公主赵嬛？

然而她再疑惑，赵嬛定亲也是板上钉钉的事实。

"世子可知孤的这位四姐姐已经定亲了？"为免裴飒在御前失仪，赵嫣只得好心地提醒他一句，朝前面文官的队列中最末的那名清瘦的年轻男子抬了抬下颌，"那位便是四姐姐的未婚夫婿许茂筠。孤听闻其文章锦心绣口，是颇有大才的后起之秀。"

裴飒微微握了握拳头，应道："臣知道。"

柳白微坐于赵嫣的左后方，歪着耳朵偷听秘辛，闻言嗤笑了一声："什么'颇有大才'？以我识人的眼光，那姓许的一看就没有真才实学，多半是浪得虚名……你们等着瞧吧。"

三个人正说着，台谏官的讲学就开始了。殿中肃静，赵嫣便直身端坐，不复言语。

日影于桌案上缓缓地挪了下去，乳白色的烟雾自兽炉中流泻出来。

殿中除了台谏官的阐述声和皇帝偶尔的垂问声，连多余的咳嗽声也没有。

皇帝问的几个问题都颇为犀利，直切要害，这不禁令赵嫣有些惊讶。这些年来，父皇留给她的印象似乎只有道袍加身、无悲无喜的样子与降真香混合丹药的沉重味道。

柳白微似乎看出了她的想法，微微倾身，低语道："听说十九年前，有个年轻人曾以一场寿宴设局，诛乱王，荡贼寇，并在掌权后清查了南方的田地，轻赋税，重农桑，大刀阔斧地推行了数项政令，使得大玄有了近十年的繁荣之景……"

赵嫣来了兴致，问道："此人是谁？"

柳白微神情复杂地看向了主位的天子，沉声道："殿下的君父——当今天子。"

闻言，赵嫣也变得神情复杂起来。

当年励精图治的中兴帝王如今却亲手推翻了自己一手建立的政令，沉湎于求仙问道的虚幻之中。

"高处不胜寒，人很容易迷失自我。"柳白微道。

当年为苍生发声之人，如今也快听不到苍生的哭号了。

思及此，赵嫣忽然道："柳白微，你说将来我会不会也……"

她原本想问，自己将来会不会也因身处高位而忘记自己的本心，然而转念一想，自己这身"东宫太子"的皮是假的，身份亦是借来的，她迟早有一天要归还干净。

这个问题实在多余。

柳白微看出了她的思虑，洒脱一笑："殿下放心，即便殿下有忘其本心之时，我也会极力规劝。"

赵嫣摇首笑道："只怕我真到了那个时候，就难听进逆耳的忠言了……"

柳白微无心之言却令赵嫣心头震动，乍现的灵光撕破了心中的迷障，一个念头不可抑制地蹦跶出来：父皇当年行差踏错时，可有人规劝过他？

申时，一日的经筵终于结束了，赵嫣行礼，跟着人群退出了崇文殿。

柳白微见她的眉头紧锁，并未多言询问，只默默地陪伴着她，护送她走了一段路程。

"柳白微，"赵嫣停住脚步，立在斜阳中唤道，"我听闻父皇当年与闻人将军亲如手足，他能顺利夺嫡登基，亦有闻人家的功劳……是也不是？"

"啊？哦，是这样。"柳白微愣了愣，"殿下为何突然问这个？"

赵嫣也不太清楚，只是觉得这之中还有什么未曾厘清的关联。

一时千头万绪，头脑昏沉，她蹙着眉按了按太阳穴，犹豫是否该去问问闻人蔺。

可闻人蔺并不喜欢她越界。上回自己不过是多问了他几个问题，他便告诫自己要清醒些，莫要对他存有过多的期待，说了一些有的没的……

罢了，自己还是不要去烦他了。反正这件事和东宫没关系，自己何必多管闲事？

赵嫣舒了一口气，心不在焉地踢了踢面前的石子，道："走吧。"

她刚抬头，就见狭长的宫道上迎面走来一个人。

残阳下，闻人蔺着一袭如血的殷红色官袍，飘然如神祇。

赵嫣的心"突"的一跳，思绪还没收回，身体已先一步做出了反应。她倏地转身，催促柳白微："快走，快走！"

看着赵嫣步履匆忙的背影，闻人蔺从容的步伐顿了顿，眼眸缓缓地眯了起来。

二

柳白微其实有些怕闻人蔺。那个人他看不懂，危险莫测，而聪明人对看不透的东西总有着与生俱来的恐慌感。

他被赵嫣催促着，回头看了一眼，当即郁闷地道："我如今都成这样了，他能拿我怎么样？"

赵嫣叹了一声："不是因为你。"

她明明想清楚了，面见闻人蔺时应该时刻保持清醒，把控两个人之间微妙的平衡，可真到了见到他的时候，下意识的反应竟然是逃避。

柳白微环抱双臂，觑着赵嫣的神情，拧着眉道："那就是他欺负你了？"

赵嫣怔了怔，无奈地道："真不是。我是任人欺负的人吗？"

"也对，殿下牙尖嘴利得很。"柳白微稍稍放下了心，又小声叮嘱道,"万一他欺负你,你定要与我说。我如今好歹算你八竿子打不着的堂兄,有理由为你出头的!"

赵嫣破功笑了出来,那点儿懊恼和纠结的心情随之消散了不少。

她还有很多事情要做,没空伤春悲秋,遂重新整理好了心绪。

两个人行至长庆门下,见四五个文官拿着一份绢纸聚在一块儿,时而指点,时而谈笑,甚为陶然。

"他们在做甚?"赵嫣好奇地问了一句。

柳白微看了一眼,嗤笑道:"多半在传阅许茂筠的那几首诗。那些诗虽工整漂亮,却力量不足,颇有脂粉气,哪里值得这般称赞?"

赵嫣知他不服,笑道:"你比他有才,为何不亲自上场?"

本朝的经筵重在选贤。按照旧例,讲官每讲完一课,皇子王孙与旁听者会聚集在一处,围绕今日所论述的内容习字作赋,之后由皇帝与讲官选出优秀之作,共同评赏。

这是一个能被天子看中的极佳时机,故而许茂筠那般削尖了脑袋表现自己,以盼能被天子重用,一步登天。

可惜柳白微没动笔,周及又不屑于沽名钓誉,否则今日的第一是谁还真难说。

"去年在明德馆里,我们曾与太子殿下约定,先借春日恩科入朝,再登仲秋经筵雄辩,力求受天子重视,为将来的新政做准备。谁承想恩科进士十之八九凭家世录用,而非才学。殿下也看到了,如今在经筵上站着的都是些什么人?"说到这里,柳白微嗤之以鼻,"食禄者相互吹嘘,鸡犬升天,我只觉得可笑,哪里还有心情作文?"

柳白微这个人有些少年傲气,然而说的未必不是事实。

赵嫣道:"所以书上常说,有贤臣不如有明君。"

"谁说不是?日至黄昏,便有阴晦;人至中年,难守清明。若是太子殿下还在……"顾忌将近宫门,柳白微适时止住了话茬,抱着臂思忖许久,方决定道,"不行,即便只余我一个人,也须奋战到底。后日的经筵上,我得想想写点儿什么,压一压许茂筠的风头。"

赵嫣连连颔首,鼓励道:"那柳爱卿勉之,靠你了!"

两个人如同道好友般拉闲散闷,各自会心一笑。

长庆门下，赵嫣悄然回首，晚风穿过门洞，灌满了她的衣袖。黄昏下，满地金红，并不见闻人蔺的身影，她一时不知道是该失落还是松一口气。

"殿下？"柳白微唤了一声。

赵嫣回过神，与柳白微穿过长庆门，各自上车离去了。

经筵两日一开，八月十四乃第二讲。

今日皇帝不在，旁听众臣皆姿态稍稍放松。

其中有两课为魏琰主讲，一为书，二为乐，翰墨飘香，琴音流淌，赏心悦目，极尽风雅，众人皆陶陶然不知身处何方。

赵嫣端坐在一群摇头晃脑的王孙贵胄间，在她的身后，一名着襕衫的文官将手搭在膝头，随着琴音轻轻地叩着节拍，倾身与邻座咬耳朵道："我单知宁阳侯书法一绝，一幅字价值千金，却不知他鼓琴亦如此好听。"

"宁阳侯精通音律，最擅长的却并非鼓琴，而是吹箫。"邻座之人便笑道，"你若听过他的夫人鼓琴，就知何为流水凤鸣，仙山天籁。"

这点赵嫣甚为赞同。

她儿时有幸听过舅母与舅舅琴箫合奏，印象极深。可惜经筵之上并无女子地位，舅母又心悸多病，鲜少出门露面，她想听舅母奏一曲怕是难于登天。

书乐课过后，便是周及主讲的《周礼》。

左相李恪行也拄杖来旁听，顿时殿内外的一应朝臣皆起身让路，躬身给这位德高望重的股肱老臣让座。

作为"东宫太子"的赵嫣也起身行学生礼，亲自请李恪行入座。

两位侍讲交接，周及与魏琰互行文士礼，一名执讲义立于书桌后，另一名则抱琴退至席位上，举手投足高雅至极。

周及今日讲的是《周礼》中"地宜"之论，有意思的是，这原是赵嫣在崇文殿内听学时驳过他的论题。那时周及并未反驳她的见论，只平静地说了一句："殿下方才所言，很像臣的一个故人。"赵嫣今日方知，周及不是辩不过她，而是不屑于逞口舌之利。

今天的课，他以"地宜"为切入点，旁征博引，论述了青苗应时而种、水利应时灌溉及鼓励农耕的重要性，指出田沃则粮丰，粮丰则国盛，最后总结为"开源"二字。

赵嫣早听人说过，周及是名门之后，按照本朝惯例，各股肱重臣皆有一定名额举荐亲友或门生入朝为官。以周及的家世，他即便什么也不做亦能官运亨通，可偏偏铁了心去挤科考的独木桥，凭实力夺得状元。

赵嫣一直觉得周及是个古板得有些无趣的人，还因轻微脸盲而疏离淡漠，可一旦提起笔墨，面对群臣，他这个人仿佛一下子鲜活了起来。他好似穿梭于浩瀚文海之中，以一种谦和但掷地有声的方式，酣畅淋漓地战着。

阳光渐渐西斜，众臣听得认真，时不时地低语，颔首附和。

谁也没发现殿门外多了一道挺拔高大的身影。

侍茶的小太监们见到闻人蔺，被吓得险些打碎了手里的杯盏，刚要伏身请罪，就听一旁的副将低声喝道："别出声，赶紧下去。"

小太监们见肃王目光落在崇文殿中，的确没有责罚他们的闲心，这才一骨碌滚远了。

闻人蔺望着坐于次位上的赵嫣，"小少年"襕衫玉冠，规规矩矩地坐着，侧颜被镀了一层夕阳的暖光，正认真地聆听周及讲学，时而蹙眉，时而展颜。

"王爷可要进去旁听？"张沧悄悄地请示。

闻人蔺神情平淡，负手道："不必。"

离了他，小殿下照样有自己的生活，这原是他所期望的。

可……

闻人蔺静静地注视着赵嫣，品味着胸腔中那丝淡淡的烦闷，半晌，自嘲般轻笑了一声。

怎么放不下的人反倒是他自己？

周及的课毕，大家果然又聚在一起题字作文，这次柳白微没有藏锋，用一篇赋文引得满堂喝彩。

许茂筠被比了下去，在角落里尴尬地站了一会儿，不太高兴地离席退出了，趁无人注意，掀开垂帘朝东厢房行去了。

东厢房内坐着安静地捧卷的四公主赵嫙。

明日正巧是中秋，皇帝特于宫中设晚宴招待群臣。赵嫣从崇文殿里出来，便与柳白微结伴去了紫云阁，布置宫宴。

柳白微一副邀功的得意神情，道："殿下瞧见许茂筠方才的神情没？他不过文章略逊一筹，就将脸拉得比驴脸还长，真正有才之人怎会这般小肚鸡肠？可见他是造势出来的。"

赵嫣笑吟吟地道："恭喜。兄长他们若知晓今日你笔下生花，言他们未言之事，定然十分开怀。"

柳白微的眉宇间神气更甚："他们这些贵族公子里，唯有周挽澜我还服气几分。可惜周及讲得虽出彩，到底还是士人的那一套。"

两个人正说着，忽闻前方一阵骚乱。

两名小黄门惊呼："晋平侯世子和许编修打起来了！"

"裴飒？"

赵嫣愕然，忙闻声而去。裴飒是东宫伴读，若于宫门下失仪，惊动了父皇，她也得跟着受训。

裴飒毕竟是武将之后，身手不凡。说是"打起来了"，其实不过是裴飒单方面碾压许茂筠，许茂筠抱头哀号而已。

四公主赵嫙紧紧地绞着袖子站于一旁，被吓得小脸发白，手足无措。

"怎么回事？"赵嫣气息微乱，示意柳白微和身后的李浮，"快把他们俩拉开！"

"别打了，都冷静！"

柳白微试图拉开他们两个人，谁知许茂筠被吓得肝胆俱裂，一肘顶在了好心劝架的柳白微的下颌上。

又一肘顶来，柳白微被顶得"噔噔"倒退了两步，捂着下颌，疼得说不出话来。

柳白微张扬惯了，哪里是个受委屈的性子？他当即骂了一声，一拳朝许茂筠挥了过去，甚至加入了战场！

现场一片混乱，赵嫣无奈地扶额。

・462・

李浮和另一名内侍势单力薄，拉住这个却管不了那个，顿时欲哭无泪地道："流萤姊姊，你再去叫几个高壮些的太监来！别惊动禁军和御史台的人，不然今天咱们殿下也得跟着挨训！"

流萤不放心留赵嫣一个人在原地，正踟蹰着，只见一掌轻轻地拍来，击得裴飒连连倒退两步，脊背撞在宫墙上，当即脸就白了。

柳白微瞥见了来人，立刻停了拳头。唯有许茂筠被吓破了胆，还在抡着王八拳胡乱地防卫。

下一刻，赵嫣眼睁睁地看着许茂筠的身子腾空而起，掠出一道优美的弧线后落入了宫墙下的浅口水缸中，发出"哗啦"一声响。

闻人蔺甚至没动手。无人看清许茂筠是如何飞出去的。

"许编修不妨在这里醒醒神。"闻人蔺负手而立，轻飘飘地说着，周遭之人闻言即刻噤若寒蝉。

本就内敛胆小的赵嫣更是被吓得面无人色，踉跄着后退了一步。一张被折叠起来的宣纸从她的袖中落出，被风一吹，飘飘然坠在了赵嫣的靴下。

察觉到闻人蔺若有若无的视线，赵嫣无端地有些不自然，只好垂下目光，弯腰拾起从赵嫱的袖中落出的宣纸。

那是一份字迹娟秀的辞文，显然出自赵嫱之手。

赵嫣当时并未多想，只将宣纸重新折叠起来，递还给赵嫱："四姐姐，给。"

"谢……谢谢太子。"赵嫱的声音细弱蚊蚋，她抖着手接过那份辞文，飞快地将其藏入了袖中。

赵嫣再回首时，发现闻人蔺已经走远了，似乎是去了宫宴的方向。

她顿了顿，这才想起正事来，示意赶到的宫人将还在缸中扑腾着"洗澡"的许茂筠扶出来，带下去换衣裳，并命令在场之人不可多嘴。

许茂筠被吓得不轻，失魂落魄地走了。赵嫱紧跟其后，走了几步，又颇为担心地看了裴飒一眼。她动了动苍白的唇，最终什么也没说，低着头走远了。

赵嫣看向按着胸口皱眉的裴飒，正色道："现在世子说说，为何要与许茂筠互殴？"

裴飒本不愿说出缘由，见赵嫣沉了脸色，这才别过头道："姓许的和同僚谈笑，拿四公主与青楼女子作比。"

赵嫣这才明白，许茂筠瞧不起出身卑微又木讷的四姐姐，大概欺负四姐姐耳有残疾，听力不佳，便与同伴说了两句浑话。

他挨揍也是活该。

裴飒也知道会连累太子，语气缓和了下去："殿下放心，臣下手有分寸，专挑他衣服下看不见的地方揍，不会留下证据。万一圣上责问，臣一个人承担。"

好一个"有分寸"！赵嫣差点儿没绷住，笑出了声。

"行了，你此举虽为了维护公主的颜面，可毕竟莽撞了些，孤就罚你回去面壁思过。"说完，赵嫣看向李浮："带世子去看太医。"

毕竟闻人蔺是能单掌将仇醉拍到嵌入墙中呕血的人，方才那一下他即便收了力，也够裴飒受的。

"谢殿下宽宥。"裴飒郑重地抱拳行礼，方转身告退了。

流萤担忧地道："殿下放裴世子走，可要知会皇后娘娘一声？万一许编修向陛下告状哭诉……"

"放心吧，他不敢。"柳白微捋下袖子哼道，"他嘴上没个把门的，诋毁当朝公主，哪有脸去告状？"

入夜，万家灯火齐明，星河流转，涌向人间。

进了紫云阁，赵嫣眼尖地发现自己的食案左侧还被安排了一个席位。而地位在太子之上、能毗邻帝王而坐的，放眼整个大玄也只有一个人……那是闻人蔺的位置。

不过眼下闻人蔺还未入席，赵嫣也就保持平常心坐下了，专注地吃着面前的紫玉葡萄。

宫宴上，许茂筠果然没敢向父皇搬弄口舌，只在开宴后起身拜礼，献上他所撰的青词一篇。御前太监双手接过了这份青词，在皇帝的示意下大声朗读出来。

此词用词之华丽精湛令人咋舌，然柳白微满脸不屑的表情。文人骨子里都清高，多少有些看不起这种以鬼神祝词邀宠的谄媚之徒。

赵嫣却越听越觉得不对劲——这份青词甚为熟悉。

尤其听到那句"离霄以御祥云，道合而百物兴"时，她眼眸一亮，下意识地想起了那张从四姐赵媗的袖中掉出的宣纸。

许茂筠献上的青词为何会和四姐手中的那张宣纸上的内容一模一样？这份青词到底是谁写的？

赵嫣隐约记得，许茂筠以前寂寂无闻，今年恩科之后才声名鹊起，进步神速。恩科之后，恰是赵媗与许茂筠议亲之时……

一个猜想于她的心中形成，她侧首示意流萤靠近，低语道："你去同柳白微说一声，让他想法子试试许茂筠。"

流萤领命，悄声退下了。

赵嫣刚安排妥当，就听见了殿外太监的唱喏声。肃王姗姗来迟，殿中欢快的交谈声立即淡了一半。

宫婢摆上精致的菜肴，一同奉上的还有一杯盛在琉璃盏中的石榴色美酒。

察觉到那身熟悉的殷红色官袍逐渐靠近，赵嫣掩饰一般垂下了眼帘，以为盏中的美酒是葡萄酒，想也未想便端起来一饮而尽……

可饮下去后她突然觉得味道不太对，有点儿腥，还有点儿酸。

赵嫣皱着眉，刚怀疑酒中是否被掺了什么不干净的东西，就听父皇于座中道："朕今日偶得新鲜的雄鹿血，特兑薄酒，与诸卿共飨！"

鹿……鹿血酒？

赵嫣怔然，只觉得腹中的酒化作了热意，缓缓地烧灼起来。

闻人蔺落座，似乎察觉到她不对劲，漆眸无声地望了过来。

三

流萤见到赵嫣手边的空酒盏，愣了一下。她俯下身，不动声色地将琉璃酒盏换走，低声问："殿下饮了鹿血酒？"

赵嫣点了点头："看颜色，我以为那是葡萄酒。"

她不确定鹿血酒对女人有无效用，但自饮下那一杯后，的确感觉有一股热意从腹腔烧上脸颊，上头得很。

更尴尬的是，赵嫣总觉得身旁有一道视线时不时地扫过来，令人难以忽视。

她索性抬起左手撑着脸颊，借此姿势稍稍侧身避开，夹了几样小菜，慢慢地吃着，试图压下那股翻涌的酒意。

然而收效甚微，她吃了几口就停了箸。

"殿下身体特殊，方才又服过张太医开的药。那药恐与鹿血药性相冲，"流萤递给赵嫣一杯漱口的香茗，委婉地问道，"可要奴婢请张太医来为殿下瞧瞧？"

这几日开设经筵，赵嫣每日都要与大量文人士子打交道。为方便起见，张煦就将原先的改嗓汤药换成了药丸，由原先的晨起服用一次改成早晚各服一次。这改嗓药本就性燥，鹿血亦大补之物，难怪她才喝一杯就晕乎乎的，热得慌。

"不是什么大事。"赵嫣并不想兴师动众，只按了按略涨的太阳穴，道，"宴上太闷了，我出去透透气，醒醒酒便好。"

说完，赵嫣朝皇帝和皇后所坐的方向行了一礼，便悄悄地起身离席了。

闻人蔺若有所思地放下了杯盏，目光追随她离去。

赵嫣出了紫云阁，清凉的夜风拂面而来，吹散了些许燥热感。

圆月高悬，空气中浮动着桂花的清香。赵嫣深深地吐息着，沿着侧廊走了几丈，就见前方的红漆柱旁立着一个人。

周及还穿着讲课时的绯色文官官服，仰首望着宫檐上的皎洁明月，浑然不觉肩头上落满了碎金般的桂花。

听到脚步声，他淡然地回神，不卑不亢地朝着赵嫣躬身行礼："太子殿下。"

赵嫣颔首回礼，同他打了个招呼："如此皓月的确不应该被错过，周侍讲好雅兴。"

周及垂眸，目光自赵嫣酡红的面颊上掠过，道："殿下谬赞。"

赵嫣心里清楚，周及素来识人困难，这等需与朝臣寒暄客套的宫宴对他来说无异于折磨，他定是出来躲清静的。

他这迟钝淡漠的模样，倒与经筵讲课时判若两人。

思及今日经筵，赵嫣想起来有几句话憋了一下午，斟酌一阵，还是觉得得说出来。

她隔着不远不近的距离站着,开口道:"周侍讲今日的课讲得绝妙,'开源'之论也有点儿意思。"

周及疑惑地看了过来。

赵嫣见他如此神情,不禁扬唇:"但孤并不全然苟同。"

周及对待学识政论极为认真,当即凝眸,谦逊地道:"愿闻殿下赐教。"

"你与左相大人主张开源,鼓励耕种、缫丝、织绸,力求扩大收益以充盈国库。这本是好的想法,可你们有无想过,这个'源头'或许从根本上就是坏的。"

"殿下此言何意?"

"粮肉盈仓者,非力田农户;遍身绮罗者,非养蚕之人。"赵嫣笑了一声,徐徐地问,"'开源'挣来的银两养着的是谁?是辛苦耕作的百姓吗?"

她的嗓音低且柔,带着少年特有的微微哑意,却无端有一种掷地有声的力度。

周及的面色始终平静,他朗声道:"臣明白殿下的疑虑。然而当下的局势危如累卵,任何一次动乱都有可能带来灭顶之灾,大玄经不起内斗了。"

所以他和老师的想法一样,希望在尽量不触及掌权者的利益的前提下,寻找开源之法。

月华泠泠如霜,照在周及身上,与他的气质极为吻合。

赵嫣并不打算与周挽澜争输赢,即便辩论,也始终拿捏着君臣间应有的分寸。她只是想起了赵衍写给继任太子的绝笔信上的那句"但求承吾未完成之志,推吾未施行之法,挽大厦之将倾",想起了那份卷轴上虽傻而勇的新政内容,忽然想为赵衍说点儿什么……

她怀藏秘密,不能在经筵上出风头,只能像眼下这般,借着酒意对着一个信得过的端方君子,将赵衍无法宣之于口的那些话一一道来。

"此举扬汤止沸,终归是与士族治天下,而非与百姓治天下。"赵嫣点到为止,换上了温和的语气,"孤有点儿醉了,如有失言,还请周侍讲别介怀。"

说罢，她点头与周及作别，继续沿着曲折的回廊信步而行。

周及拱手恭送，望着脚下的长影，凝思了许久。

大概方才和周及辩得太认真了，此刻赵嫣骤一松懈，才发觉那股酒热之意更甚，整个人飘飘然若踩在云端上。她以手背贴了贴绯红的脸颊，吹着风穿过长廊，转过拐角，险些撞上等候在此的某人。

看到眼前熟悉的衣料，赵嫣心中"咯噔"一声。还未来得及后退，她就发觉腕上一紧，继而被拉入了一旁的偏殿中。

门"吱呀"一声在耳畔被关上了，带起的风撩动赵嫣耳后的垂发，使她不得不眨了眨眼睫。

宫人都在前面的紫云阁里伺候，偏殿内空无一人，黑灯瞎火的。

暖光透过门缝，在闻人蔺的眼中投下窄窄的一线橙红色，沉入深不见底的眼波。

"殿下？"流萤被关在外头，担心地叩了叩门。

赵嫣忙道："我没事，就在此处歇会儿。"

闻人蔺仍维持着手掌抵门的姿势，俯身垂首看她，眼中含着浅笑道："殿下在躲本王。"

赵嫣蓦地心虚，贴着门道："哪有？"

"那为何殿下一见本王就跑？莫非本王有什么地方对殿下操劳得不够尽心？"

"操劳"二字，他咬得格外重，语气悠然，却带着逼问的意味。

"没有的事。"赵嫣瓢声道。

闻人蔺半垂眼帘，慢悠悠地道："都好几天了，殿下也不去鹤归阁……看看雪奴。"

赵嫣抿了抿唇，然后按着额角道："下次，我下次一定去。"

闻人蔺望着她酡红的脸颊，感受到她因酒意而略微急促的呼吸，了然道："殿下饮鹿血酒了？"

赵嫣诚实地点了点头："那酒是烈的。我现在有点儿晕，还有点儿热……"她顿了顿，嗅着闻人蔺身上淡淡的木香，脑袋一下子变得乱七八糟的，只好无奈地道，"要不你还是离我远点儿吧。"

"那可是补肾的好物。殿下怎么什么东西都乱吃？"闻人蔺漫不经心地说着，手臂却未松开一瞬，甚至抬指一勾，落下了门闩。

"吧嗒"，落闩的声响在空荡而漆黑的殿内显得格外清晰。

赵嫣一颗心也跟着一跳："你……"

闻人蔺抬指碰了碰赵嫣发烫的脸颊，继而牵着她朝里走，将她按在了那张供人对弈、休憩的罗汉床上。

霜色的月光透过窗纸照入，投下一地白。闻人蔺一言不发，背对着赵嫣单手解开了腰带，褪下殷红色的外袍搭在椅背上，仅着雪色里衣立于原地。

赵嫣的眼睛适应了黑暗，清透的月光下，她甚至能看出单薄的雪衣下他肩背肌肉的线条。

闻人蔺少有的两次在床榻上，却衣冠齐整。赵嫣只在玉泉宫的汤池里有幸见过他赤身的模样，说实话，那具身躯在武将中亦是罕见的精悍矫健，近乎完美……

都怪闻人蔺给的那些杂书，教了她一些有的没的，导致她的思绪变得奇怪起来。

赵嫣不自觉地咽了咽口水，并紧了双膝。

然而闻人蔺并未靠近，只转过身，坐在了罗汉床对面的椅中，屈指有一搭没一搭地叩着扶手。

赵嫣等了许久都没等到他下一步的动作，不由得疑惑起来："你不继续吗？"

闻人蔺披着一身月光，宛若寒境中的神祇，反问道："继续什么？"

赵嫣没答话。

"殿下想让本王做什么？"闻人蔺如蛰伏的猎手一般循循善诱，眼中染上了笑意。

他在等她主动开口。

酒意果然能麻痹人的心智，鹿血酒更甚。赵嫣反应过来自己方才在妄想什么，不由得热血直冲脑门。

"你不继续的话我走了。"

赵嫣倔性一上来，起身就要走。但她的动作太急，屋内又太暗，她晕乎乎地踉跄一步,险些撞上床脚。

闻人蔺伸手扶了她一把,长臂揽过纤腰,闷笑着将她揽入怀中,同她一同坐于罗汉床上。

"吃药多少有些伤身,况且你我今夜赴宴匆忙,也不可能带那些东西,只能委屈殿下先吃点儿小菜解解馋了。"

闻人蔺在她的耳畔低声说着,然后抬指去解她的玉带銙。

赵嫣倏地一颤,随即放松了一些,没有吭声。

赵嫣忽然发觉胸口骤然一松,闻人蔺收回了手,手指还勾着她那条素白的束胸。

"你为何要解我的……"

"中秋不是要赏月吗?"闻人蔺缱绻的目光往下,久久地驻留在某处,他意有所指地道,"天上的月亮哪有殿下的好看?"

"你……"

她的话语戛然而止,湮没于短促的气息中。

"夏季冰饮有名为'酥山'者,以牛乳冰刨成碎末,堆成雪山绵延之态,再点缀上葡萄和蜜瓜。"闻人蔺大掌托着"酥山",小臂隐于下裳中,低声道,"本王倒觉得葡萄太酸,换成一颗樱桃正合适。殿下以为呢?"

"你说这些做甚?"

"这些……姓周的会做吗?"闻人蔺端正地坐着,唯有衣襟处被她抓得起了皱。他垂目凝望着赵嫣的面容,温声道:"这样呢?说。"

"闭嘴!"

赵嫣总算明白了,方才她与周及的交谈定然全被闻人蔺听见了。这个满腹黑水的家伙!

"嘘,该噤声的人是殿下。"闻人蔺漆眸如潭,不疾不徐地道,"此处离紫云阁并不远,或许还有宫人往来。"

明知有闻人蔺的人和流萤值守,外人不可能闯入此地,但赵嫣还是咬紧了唇,气喘吁吁地闭眼不看他。

闻人蔺忽然想起小殿下不喜欢他旁观。虽然有他看着能将她照顾得周全些,亦有些别的趣味,但他还是轻笑一声,垂下头去,认真地品味

"酥山"的香甜。

赵嫣身体蓦地一紧，张嘴咬在他的臂上。

罗汉床上像是被打翻了一盏清水。

"这么急？"

闻人蔺有些诧异，望着满手水光，心想：这才到哪儿？

月影西斜，赵嫣说不出话来。

"殿下既然这般想本王，怎么还要处处躲着？"闻人蔺迎着月光转了转手掌，嗓音在夜色中显得低沉而纵容，"小没良心的。"

赵嫣总算从呼吸的间隙中找回了一丝清明，恼然道："不是你让我时刻保持清醒，别对你有过多期许吗？"

闻人蔺不语。

他生而掌控一切，并不会说"后悔"二字。

"你这是在借题发挥，好没道理。"赵嫣蹙着眉总结。

闻人蔺忽地低笑，颔首道："是，那又如何？"他抬指于她的唇上一吻，薄唇立即被染上了淡淡的水光，"本王这般佞臣是从不讲道理的，殿下。"

赵嫣望着他的唇，脸又热了起来。他怎么这样？

在厚脸皮上，她永远斗不过闻人蔺。

然而事实证明，佞臣的心思还可以更坏。

"礼尚往来，现在轮到本王了。"闻人蔺以掌覆住榻上的那抹湿痕，倾身逼近赵嫣。

轮到……什么？

赵嫣的眼中映着他高大的身形，她忽然有了点儿不祥的预感。

四

大多时候，闻人蔺的忍耐力强得不似正常人。他即便偶尔放下身段，亦习惯于用双手掌控一切，垂下的目光深沉且冷静。

赵嫣说过不太喜欢他置身事外的样子，他那般衣冠楚楚、深情凝望的模样使得她平白地生出一股近乎羞耻的狼狈感。

但这回不同，闻人蔺斜倚着，支棱着一条长腿，雪衣松散，一只手随意地搭在膝头上，另一只手揽着赵嫣的腰，垂眸仔细地吻着、咬着。

殿中黑暗，赵嫣只辨得出模糊的轮廓。她想借着月光看看闻人蔺此刻的神情，却蓦地唇上一痛。

男人低沉沙哑的嗓音传来："认真点儿。"

赵嫣的掌心发烫，渗出细细的热汗。半晌，她方咬着唇艰难地道："不行，我拎不……"

"本王侍候殿下之时，并未闲着手。"

闻人蔺抬起搭在膝头上的手，只一掌便轻松地包住了赵嫣的双腕，教她正确地悬笔。

"殿下聪慧。"闻人蔺在她的耳畔夸她。

黑暗中，触感被无限放大。赵嫣的手臂酸得不行，她想偷懒罢学，刚要开口，唇舌就被尽数堵住了。

这是一个强势而缱绻的吻，赵嫣只能仰着头被迫承受。她想要推开他，却发现自己的双手还被他束缚在掌心里，那杯酒即刻化作热汗渗了出来。

不知过了多久，闻人蔺才松开了她。

她的唇瓣艳若滴血，整个人宛若从水中被捞出来一般，只能徒劳地依靠着男人宽厚的胸膛，小口地喘气。

身边一阵"窸窣"的声响过后，闻人蔺起身，在黑暗的殿内穿梭自如。

再回来时他已穿好了官袍，收拾妥当，手里提着一壶不知从哪儿寻来的茶水。他以凉透的茶水浸湿棉帕，拉起赵嫣纤白的手，慢悠悠地为她擦拭干净。

晦暗中，他齐整的官袍呈现出沉重的暗红色。而当他抬起眼来时，深沉俊美的眉目就被这身官袍衬出了十分颜色。

"殿下将本王的衣裳下摆打湿了。"闻人蔺的嗓音带着几分慵懒之意，他仿佛只是在陈述一个事实。

夜色也盖不住赵嫣脸颊上的霞色，她不自在地蜷了蜷指尖，随即被闻人蔺轻柔却强硬地摁住，被棉帕擦拭过后的凉意带走了指间的酸麻和潮热。

他道:"殿下披着别人的皮,身边难免有些狂蜂浪蝶。可这些事,殿下只能来找本王做,听见不曾?"

"这会儿太傅不要我保持清醒了?"

"本王让殿下别对本王有过多期许,不代表要躲避本王。殿下领悟有错,怪谁?"

"左右都是你有理。放纵自己,却为难别人。"

闻人蔺这样的人,够强也够狠,更遑论赵嫣与他纠缠、经历了这么多事情,要她用平常心对待他还真有些难度。

她想:或许知道了他的想法,自己就能明白他那些不讲道理的矛盾话语从何而来。

赵嫣索性抬眸问道:"我一直猜不透,太傅到底想做什么呢?"

闻人蔺擦拭的动作慢了下来,凝望着赵嫣的面容,反问道:"殿下可曾想过脱下这层伪装,去过长风公主该有的平静生活?"

赵嫣一愣。

雍王父子伏法,许婉仪肚里的皇嗣才四个月,新政未施,皇族无后……她想象不出,若自己此时抽身离去,等待大玄的将是什么。

"我想过,但不是现在。"赵嫣侧伏在罗汉床上,少年袍服下,身形的曲线一览无余。她坦诚地道:"我想做一些力所能及的事,何况'交战顺利恐有诈',这是太傅教的。我总觉得何处不对劲,需要弄清楚。"

闻人蔺轻笑,蛊惑般道:"这些本王可以为你做。殿下只需要收心,将自己交给本王。"

赵嫣借着月光打量闻人蔺,试图辨别他此言的真假。

"我不要。"她抿了抿唇,然后清晰且清醒地道,"我不要将性命交到旁人的手中。我只属于我自己,这些事我可以自己做。"

这还真是意料之中的回答。

闻人蔺看着她尤为清亮的眼眸,不禁抬指,按了按她眼尾处那颗艳红的小痣。

"本王就喜欢殿下这股柔中带韧的气性,"他俯下身,于她的耳畔低语,"直叫本王想将殿下搂入怀中,狠狠地欺负一番。"

赵嫣倏地瞪大了眼,拢着衣裳道:"你不会还想……"

"王爷,"殿门外,张沧禀报的声音适时地响起,带着些许难言的局促感,"皇上请您去太极殿。"

闻人蔺将潮湿的棉帕置于小桌上,捞起束胸重新为赵嫣裹上,问道:"殿下是回宴上还是回东宫?"

"东宫。"赵嫣回答得毫不迟疑,抬着手臂闷声道,"我现在没力气……"

"没什么?"闻人蔺打好束胸的结,故意问。

"没力气!"赵嫣只好忍着臊又说了一遍。

闻人蔺愉悦地低笑起来,笑得胸腔都在微微震动。

"殿下这体力有待改善。"笑完,他又道,"下次本王教殿下一套简单的剑法,既可强身益体,亦可防身。"

赵嫣默然。很好,这下自己没理由避着他了。

"殿下在此休憩片刻,自会有人来收拾干净。"

闻人蔺仔细地替她系好玉带銙,这才抬掌揉了揉她的发顶,起身离去了。

开门关门的声响后,闻人蔺于殿外吩咐:"殿下酒醉,备车送她回东宫。"

不消片刻,流萤便提着灯推门进来了,唤道:"殿下?"

"别点灯。"赵嫣脸皮薄,生怕她看出点儿什么。

榻上还潮着一小片,万幸这张罗汉床上铺的是玉簟席,过一会儿就会干了。

赵嫣坐起身子,捻了捻指尖,道:"你去打盆清水来,我再洗洗手。"

流萤提着灯依言退下了。门被关上后,殿中又陷入了一片安谧的黑暗。

赵嫣屈腿倚在罗汉床上,手臂搭着围屏,指尖在月光下泛着雪白的柔光。掌心被磨得通红,仿佛还残留着异样的触觉,她不由得捏紧了手指,将燥热的脸埋入臂弯里。

怎么回事?为何他每次都会用这种方式泯恩仇?关键是她还挺……

这真是莫名其妙。

赵嫣正想着,从窗外传来了一阵轻而急促的脚步声。

有人?赵嫣不自觉地竖起了耳朵。

一个人以略显仓皇的声音低沉地道:"自黄真人死后,主子没了耳目,传递消息都只能借宴会这个由头。"

"黄"是神光真人的俗姓,那"主子"又是谁?

赵嫣下意识地紧张起来,悄悄地起身,扶着罗汉床的靠背,小心地于窗扇上戳开一个不明显的小洞。

狭窄的视野中,她见后庭里一片假山石路,石子被月光照得发白。一名道士模样的男人执拂尘而立,背对着赵嫣,同另一个人在交谈着什么。另一个人则隐在假山后,连一丝衣袍都未露出,身份难辨。

假山后的人不知说了什么,先前的那个人又道:"放心,待许家的那位取得陛下的信任,他将比黄真人更好用。"

交谈毕,此人竖掌屈起拇指和食指,低声念了一句什么。

赵嫣太熟悉这个手势了!当初在锦云山庄的密室中,炸丹房的那名女冠便是如此行礼的,念叨着什么"神光降世,无量仙师"……

神光教还在猖獗?"姓许的"是指许茂筠?

赵嫣对着窗扇跪坐着,正凝神沉思神光教的用意,就被流萤开门的声音吓得一跌。

流萤忙躬身请罪:"奴婢该死,忘了叩门。"

"是我走神了,不怪你。"

赵嫣挪到罗汉床边坐着,仔细地濯洗了一遍手,再将那方被用过的湿棉帕浸入清水中,直至泡去所有痕迹方长舒一口气。

她穿了靴子下榻,落地时还有点儿腿软。

"殿下小心。"流萤忙扶了她一把。

赵嫣尴尬地摆手,垂眸站稳后,在心里骂了闻人蔺一通。

经筵间隙,文官们三五成群地聚在一块儿,或谈笑,或远眺。赵嫣托着下颔坐着,望着几案上流泻的雾白色的熏香出神。

这几日经筵开讲,百家争鸣,倒让她见识到了一国文脉的重要性,笔墨文章中未尝不是另一个战场。

她有了想法,歪着身子以笔叩了叩身侧柳白微的几案,低声道:"我有个想法,若能以明德馆为范本广开书院,传授我们的想法,潜移默化之下定能聚集同道之人。聚水成川,岂不比我们单打独斗强?"

"确实如此,去年我们就与太子殿下讨论过类似的提议。"柳白微风雅地将手中的折扇转了个花,挑眉道,"然而,殿下有钱吗?"

赵嫣的神情变得幽怨起来,她以笔抵着鼻尖道:"容我想想办法……对了,许茂筠的底细你探得如何?"

"和殿下猜的一样,此人之前没什么代表作,恩科之后才声名鹊起。他性格狷狂,写的诗文却内敛得很,漂亮有余,力道不足。"柳白微眼眸一转,收了扇,道,"我去试试他。"

说罢,他起身朝许茂筠的那桌走去。

"经筵群贤毕至,怎可无诗助兴?许编修,来与我联诗,敢否?"柳白微单刀直入,张扬洒脱。

许茂筠愣了愣,方道:"我为何要与你联诗?"

"你害怕了?"

"胡言!我十年寒窗苦读,岂会怕你?"

"不怕就好。那你我便以'秋'为题,请诸君做评审,如何?"

文人都好斗墨,见有热闹,便连声叫好。

赵嫣瞥见许茂筠于桌下握紧了双拳,便知他怯了。她淡淡地笑了一声,起身撩开垂纱,进了东厢房。

霍蓁蓁是个闲不住的性子,此时不知去哪里闲逛了,东厢房内唯有四公主赵媗与一个贴身宫婢在。

见到赵嫣进来,赵媗有些紧张地放下了笔,以书卷盖住了几案上墨迹未干的宣纸。

只此一眼,赵嫣还是看见了宣纸上"平波送秋"几个字,那是一句未写完的诗——她在对柳白微的诗。

一旁的宫婢行了个礼,眼睛直往赵媗身上瞥,看起来比赵媗还紧张。

赵嫣猜想四姐在许婉仪的手下过得并不顺心,跟在她身边的也不会是贴心的忠仆,便朝着那个宫婢道:"孤想饮君山银针,你去沏一壶来。"

宫婢的面上有些犹豫,然而服侍太子乃天大的荣耀,她不敢推辞,忙福礼下去安排。

支走了宫婢,赵嫣这才于赵媗对面坐下,笑吟吟地道:"孤忙于经筵听讲,还未来得及正经与四姐姐打声招呼。"

"多谢太子。"赵媗明明是姐姐,却像个妹妹似的低着头,不自然地捏着袖边道,"裴……"

赵嫣知道她想问谁,便道:"裴飒没来,还在家中禁足呢。"

赵媗轻轻地"啊"了一声,连担心都小心翼翼的,不敢流露出分毫。

赵媗命运多舛,生母被赐死,右耳失聪,几经辗转后寄人篱下……赵嫣也不知许婉仪做了什么,才将赵媗养成了这副谦卑内敛的性子……

赵嫣拿捏着分寸,开口道:"四姐姐可知裴飒因何对许编修动手?"

许是听力有损,赵媗的反应总比常人慢半拍,片刻她才娴静地道:"知道的。"

赵嫣望着她压在书卷下的那张宣纸,心道:以四姐姐的性子,自己若挑破这个秘密,只会令她警觉和难堪,效果恐适得其反。

赵嫣思忖了片刻,轻声问:"孤今日来不为别的,四姐姐是大玄的公主,当真要嫁给这样的人?"

赵媗愣了愣。

"我……算什么公主呢?"赵媗清秀的眼睫低垂,细柔的嗓音有着看透一切的平静之感,"做大玄的公主又有什么好?我并无别的选择。"

大玄有五位公主,长姐的驸马因酒后失言,妄议朝政,说被杀就被杀,长姐的幸福成了政治争斗中的第一牺牲品;雁落关一战后,二姐被迫下嫁北夷王子,死在了和亲的路上;三姐出家修行,至今还在观中为大玄祈福……

至于幺妹长风公主,当初离京时还不满十岁。

相比之下,赵媗觉得自己已是幸运的。正如许婉仪说的那般,身为女子,能帮衬到夫家就是她最大的价值了。

人生于这样的世道，想得太明白反而痛苦。所以赵媗不多想，不多求，读读书，发发呆，本分地听从安排。

"四姐姐，性子可以腼腆，但该站出来的时候定然不要畏缩，该表达想法的时候定然不能沉默。只求四姐姐扪心自问，眼下的婚事是你期许的吗？"赵嫣笑了笑，温声道，"我不知你有何难处，但世间道路千万条，只要跨出去那一步就好了。万事还有孤，还有母后。"

赵媗心中一动，怔怔地抬起眼来。

面前的少年依旧纤细，却少了几分病气，多了一分明媚，带着恰到好处的温暖。

赵嫣乘胜追击："四姐姐别怕。事情办不好，还办不坏吗？"

"四殿下，你……"

垂帘突然被掀开，许茂筠顶着一脑门的虚汗进来了。

见到太子在，许茂筠尴尬地顿住了，一边行礼一边拭汗。

赵嫣的脸上挂着得体的笑："许编修来得正好，你前夜的那首青词写得绝妙，听闻父皇有意提拔你入户部？"

许茂筠都快压不住嘴角的笑意了，朝天拱手道："陛下抬爱，臣受之有愧。"

"许编修自谦了。昨日父皇还在为洛州洪灾的事头疼，说谁若能进献道词以平天怒，必厚赏之。"赵嫣轻轻地摇首，似有苦恼之意，"可惜那么多人写的道词，没有一篇能拿得出手。"

许茂筠果然面露喜色。

见差不多了，赵嫣只深深地看了赵媗一眼，掀帘出去了。

柳白微坐在几案后玩扇子，见赵嫣回来，便低声笑道："他联不出来，尿遁了。殿下那边如何？"

"八九不离十，这个许茂筠有问题。"赵嫣品了一口茶，悄声道，"我设了个坑，看四姐如何选择。实在不行，咱们再用另外的法子……"

话音刚落，休憩时辰结束了，众臣回归座位。

门外忽地传来一声通传："肃王殿下到——"

方才还谈笑风生的众臣霎时安静下来，主讲的台谏官被惊得险些丢了怀中的讲义。

"肃王？他怎么来了？"

"是否谁讲了什么冒犯的内容，他前来问责？"

赵嫣讶然地看着闻人蔺信步入殿，泰然自若地穿过侍立的群臣，朝她身边的那张空位行去。

五

殿中众人神色各异，哑然行礼。

闻人蔺撩袍坐下，理了理一丝不苟的宽袍，方含着笑瞥向赵嫣道："殿下，该让他们开讲了。"

他不是说"对酸儒舌战并无兴致"吗？怎么今日倒来旁听了？

赵嫣古怪地看了他一眼，回神端坐起来，颔首示意台谏官："陈台丞，开始吧。"

"是，是。"主讲的御史台中丞陈伦略紧张地翻开了讲义。

不冷不燥的秋风潜入殿中，吹动书页"哗哗"作响，陈伦不得不以镇尺压平讲义，方清了清嗓开讲。

陈伦今日讲的是《朝纲纪要》，里面有一句："祖宗旧法不可变也。若人皆恪守，则朝纲整肃，无乱臣僭越。"

自去年年底，依附雍王府的前任御史中丞刘忠因出言诽谤东宫、妄议迁都之事被闻人蔺处死，李左相便提拔陈伦补了御史台中丞的空缺，故而陈伦今日所讲的内容也是左相李恪行那一派的"守旧"之论。

本来这没什么，经筵本就是政论与经史融合的戏台。

可偏偏今日殿中旁听的人是肃王闻人蔺，大玄权倾朝野的第一"僭越之臣"，一时间不少人垂下了目光，神情有些微妙。

赵嫣悄悄地以余光瞥了闻人蔺一眼，发现他依旧屈指抵着额角倚坐着，泰然自若，让人看不出什么情绪。

直到陈伦翻了一页，打算继续往下讲时，闻人蔺方叩了叩搭在膝上的指节，终于开了尊口："陈台丞所言之法，是为谁效劳？"

他的声音低沉好听，却令陈伦无端脊背生寒。陈伦当即慎重地应答："自是为君臣百姓。"

闻人蔺嘴角一动，悠然地抬眼问道："夏衣不御冬寒，前人的礼法也未必适应如今之人。既如此，为何法不随人变？"

此言一出，满殿哗然。

虽然经筵之上，旁听者有权随时提出疑问，然而肃王一人之下万人之上，是天子身边最锋利的一把刀。他开口询问祖宗礼法的合理性，意义大不相同。

这是陛下的意思吗？毕竟今上求仙问道，所举亦不在礼法之内。

一个月前，摘星观坍塌，老御史何颐弹劾妖道乱世、工部贪墨，就被陛下当庭杖责，全然不顾礼法人情……一时间，讲课的陈伦如被置于热锅之上，生怕答错一句，也落得个杖责受罚的下场。

"法最初之目的为规训人向善。只要人人恪守礼法，便可一直向善，何须变也？"

"一直向善？去年蜀川之乱，兵临城下，你们的祖宗礼法可能救国？"

"这……"陈伦涨红了脸，一时语塞。

闻人蔺极轻地嗤笑了一声："经筵之上，别总讲这些故步自封、执而不化的东西。"

殿中的众人目光相接，一时拿不准闻人蔺此言有何深意。

另一侧的柳白微亦很惊讶，悄悄地歪着身子同赵嫣耳语道："他怎的突然和左相的人怼上了？虽然我看着很解气……"

话音刚落，闻人蔺就扫视过来，淡淡地道："颍川小王孙交头接耳，坐姿失仪。史官记上。"

一旁立侍的史官立即奋笔疾书，于册中记录：八月十六申时三刻，颍川小王孙于经筵上坐姿失仪。

柳白微敢怒不敢言，愤然坐直了身子。

赵嫣哭笑不得，视线与闻人蔺深沉的目光相触，一时心潮叠涌。

她知道闻人蔺为何说这些，也知道他是在替谁开口。

今日经筵课毕，众臣无甚心情交谈评赏，早早地就散了。崇文殿中很快只剩下了赵嫣和闻人蔺，气氛如同往常授课那般，安静平和。

闻人蔺一直没走，垂眸倚坐，品着掌中的那盏清茶。

赵嫣想了想，起身行至他身边坐下，轻轻地道了一句："多谢太傅。"

闻人蔺执着茶盏，睨了她一眼，不动声色地道："殿下谢本王什么？"

"太傅质问李相的人不懂变通，实则是在为东宫的新政撑腰。"赵嫣挪了挪膝头，倾身道，"那晚在紫云阁外，我替兄长质疑周挽澜的开源之策太过守旧，并非真正的惠民之策，你听到了，对吗？"

闻人蔺颔首："殿下不算太笨。"

"我本来就不笨。"赵嫣小声地反驳了一句，又忍不住问，"太傅说这些，不怕朝臣多想吗？"

"他们爱想，不妨随他们瞎琢磨去。"闻人蔺摩挲着杯沿，徐徐地道，"以后殿下想说什么就对他们说什么，不必顾忌。"

赵嫣眼眸一亮，笑着道："真的？"

闻人蔺端详着她，声音散漫而低沉："万事有本王给殿下兜着。"

微凉的秋风潜入窗扇，撩动赵嫣耳后的垂发轻舞，却在她因怔愣而微张的唇上黏了一缕。

自回宫以来，所有人都在警诫她谨言慎行，这不能做，那不该做。闻人蔺是唯一一个让她想做什么便做什么的人。

她无暇去辨别此言的真假，只知那一瞬，自己的思绪的确如潮汐般涌动起来，温柔地流淌过心间。

若说周及是约束，教她克己复礼、肩负责任，那么闻人蔺便是放纵，教她如何变强、如何保护自己。

不知从何时开始，她只有在闻人蔺面前才会流露出属于"赵嫣"的一面。

或许，风天生就是不甘受约束的。

闻人蔺放下杯盏，顺手拈下她唇上的那缕长发，问："肚子饿不饿？"

男人的指腹一触她的唇就离开了，没有半分越界之意。

赵嫣诚实地点了点头。在经筵上一坐就是两个时辰，除了茶水，什么吃食都没有，她的确腹中空空。

闻人蔺示意殿外立侍的太监,道:"时辰尚早,殿下去后殿吃些东西果腹。"

"吃什么?"赵嫣问。

闻人蔺看了她一眼,唇边有了笑意:"樱桃酥山。"

赵嫣身子一颤,恼然抬眸,就见闻人蔺得逞似的轻轻地摇首道:"不,殿下不爱吃甜食,还是吃花生酸酪吧,有位御厨的手艺不错。"

"你这个人,说话能不能别总断在不该断的地方?"赵嫣低声抗议,到底还是没能拒绝酸酪的诱惑。

她吸了吸鼻子,握住闻人蔺递来的臂膀,借力起身,坦坦荡荡地同他一起偷食果腹去了。

经过几场秋雨的冲刷,宫墙上的浓荫转眼变成了浅淡的枯黄色,风一吹,颇有些秋意正浓的意味。

前些天还穿着夏衫讲得满头大汗的经筵官们,今日已穿上了厚重的秋衣。

"我想了想,于大玄建造学馆耗费巨大,如今的确承担不起。不过我们倒是能将明德馆扩建,提高津补,广纳贤才,培养一支属于我们自己的文脉。"赵嫣下轿,与柳白微一前一后地穿过长庆门,闲聊道,"我让李浮将东宫的库房清了清,加上从华阳行宫来时所带的金银细软,除了父皇赏的那些不能动,把其他的东西变卖了倒是能撑个两年。至于两年后如何……再看吧。"

柳白微点头:"我如今手头并不宽裕,不过一年的时间足够我斗赢郡王府里的那个老妖婆。等着吧,将来我出资帮助殿下。"

"老妖婆"是指颍川世子妃,那个试图去母留子、逼死柳白微的生母的狠角色。颍川郡王年迈体衰,身后大事也就今年内的事了。柳白微正和颍川世子妃争夺郡王府的掌控权。

赵嫣知他艰难,摇首道:"我不要你的钱。"

柳白微登时有些受伤:"堂兄的钱也不要吗?"

赵嫣"扑哧"一笑:"不是,是我不能要,这是我自己的事。你若是真想帮我,就替我寻个靠谱的路子,我要变卖些东西,万不能惹人起疑。"

"好吧。"柳白微收敛起失落的表情,应允道,"我手中有信得过的人脉,你尽管交给我。"

"还有,我想给明德馆擢几位同道的博士、夫子,你可有推荐?"

"自去年沈惊鸣和程寄行接连意外身故,临江先生便悲痛呕血,没几个月就大去了。不过他有个门生承他的遗志,仍在著书游学,颇有贤名。"柳白微思索道,"那位师兄我见过,和咱们是一路的。只是他过于清高自傲,闲云野鹤惯了,恐不愿受拘束,回头我替殿下去请他出山。"

"好。届时我亲自书信一封。他既然重情,我便以情动人……"

两个人正说着,忽闻前殿一阵喧闹声。

"怎么了?"赵嫣问。

李浮去探了探,不消片刻便回来禀告道:"回殿下,是许编修出事了。听闻许编修进献了一篇大逆不道的道词,触犯了圣怒,如今还在太极殿外跪着受审呢。"

"许茂筠?"

赵嫣和柳白微对视了一眼,便知前几日埋下的线起作用了。

"'御风摧五岳,踏浪斩蛟龙'……这句有何问题?这不是向上天请求平息水患之乱的意思吗?"

"你懂什么?摘星观坍塌,印证了'摧五岳',而'斩蛟龙'则暗含水患巨浪是妖龙作乱……"解释的那名文官适时而止,摇首道,"在这个节骨眼上,陛下很难不多想啊。"

"啧,杨大人这么一说还真……"先前询问的那个人叹了一声,"这下许家的仕途算是彻底完了——太子殿下!"

"太子殿下。"

见赵嫣进殿,围聚在一起的众臣纷纷闭嘴避让。

赵嫣穿过人群停至垂帘前,听见一个娇滴滴的女音从东厢房里传来,带着锋芒的冷意道:"四公主,你现在随本位去陛下面前认罪,还来得及。"

"是许婉仪闯进来了。"李浮于一旁解释,"她如今怀有龙嗣,谁都不敢拦她。"

裴飒今日才被解除禁足,刚到崇文殿便撞见了此事,不由得握拳上前。

赵嬷拦住了他,不动声色地道:"你若真想帮她,就该让她自己硬气起来。"

过了许久,东厢房内才传来一声细弱但平静的答复:"我没错。"

"你说什么?"许婉仪的声音陡然尖锐了起来,"四公主想清楚了,他是你未来的夫君!"

"我没错。"这回,赵娟回话的声音大了些许,带着一丝颤意,"我随手……放在几案上,是他自作主张地偷走,将其据为己有。凭什么要算成是我的错?我不要再受人支配……"

"偷?他偷你什么?!"许婉仪压低了声音,"本位要去陛下面前告你忤逆!"

说罢,许婉仪气急败坏地掀开纱帘,姣好艳丽的面容上有一丝难以消弭的狰狞和狼狈之色。

撞见赵嬷等人,许婉仪故作优雅地理了理鬓发,挤出个笑,行了个礼,而后头也不回地走了。

赵嬷这才撩开垂帘进去,只见赵娟呆呆地坐在几案后,眼泪打湿了面前的书卷,洇开一团团带着油墨的暗痕。

太极门下,闻人蔺冷眼看着被禁军压在阶前的许茂筠。

赵娟软弱惯了,不可能有这等手段。

他想起那日赴经筵时赵嬷从赵娟的东厢房里出来的场景,顿时了然——这是小殿下的意思啊。

闻人蔺淡然一笑,抬手示意:"二十杖,打完了再审。"

他说过,不管她想说什么、做什么,万事有他兜着。

六

坤宁宫,博古架旁挂着宁阳侯魏琰手书的《百寿图》,笔酣墨饱,字字绝妙。

赵嬷陪同四公主赵娟立侍一旁,而许婉仪坐于椅中,正哭得梨花带雨。

"中秋宴上陛下才夸过茂筠,圣恩之下,茂筠怎敢犯大不敬之罪?其中必有蹊跷,请皇后娘娘为妾做主。"

魏皇后将目光投向赵嫣,而后落回许婉仪身上,平静地道:"这是皇上审定的事,后宫不容置喙,许婉仪求错人了。"

"是这个理。可妾实在替侄儿委屈,又不敢去惹陛下烦心,万般无奈之下只能来求皇后娘娘做主。"说着,许婉仪作势抹了抹眼角,看着赵嫣道,"茂筠是个本本分分的孩子,与四公主的亲事在即,两个人便时常凑一块儿谈论诗文。前日,两个孩子弄混了纸墨,茂筠误将四公主的词作带走,这才引发了如此误会……"

许婉仪这是要将罪责尽数推到赵嫣身上。

魏皇后看向一言不发的赵嫣,问道:"四公主,是这样吗?"

"我……"赵嫣脸色微白,下意识地捂住了右耳。

许婉仪说话又急又快,从不会照顾到她的耳疾。赵嫣每每过度紧张,这只残疾的耳朵就会泛起尖锐的疼痛,如被针刺一般。

许婉仪还在尖声催促:"四公主,你说话呀!说那份道词是你写的,陛下怪错人了!"

"可是许婉仪,好端端的,四姐姐怎么会写道词呢?她又在替谁而写?"赵嫣实在听不下去了,做出疑惑的神情,"就算那份道词是四姐姐写的,两个人的文风、笔迹全然不同,许编修从取走到呈上时隔一日,怎会认错?"

许婉仪答不上来,就抬袖作势抹泪,哭诉道:"人难免有疏漏之时,最多治妾的侄儿一个失察之罪,不至于让其仕途尽毁吧?"

赵嫣拿出太子的好脾性,温和地道:"不管许编修是无意间弄混了词作还是故意弄混,拿旁人的文章进献给父皇乃欺君之罪。让他保仕途还是保性命,许婉仪须想清楚了再言。"

若旁人来说这话,多少有些要挟之意,然而"太子殿下"是何等光风霁月之人?其贤名加身,说出来的话无端令人信服。

"这……这可如何是好?"许婉仪立即被吓得止住了哭。

她光顾着诉苦,倒忘了这层。

她深知许家只是依附他人的一颗棋子，走到今天不容易，可即便是棋子也想活命啊。

魏皇后放下茶盏，适时地开口道："此事自有圣意裁断，许婉仪不必过于心急，安心保养龙嗣才是。"

对了，她还有肚子里的孩子！这个孩子才是她最重要的倚仗。

"多谢娘娘宽慰，是妾鲁莽了。"许婉仪强压下情绪，扶着宫婢的臂膀起身告退，朝赵嫄道："走吧，四公主。"

赵嫄抿唇，知礼地福了福，也退出了殿内。

赵嫄有些担心地回首看了一眼，就听魏皇后于座上道："四公主虽爱文墨，但素来娴静老实。今日这事，可有你的份？"

赵嫄知晓此事瞒不过她，便颔首道："是。许茂筠是神光教捧上来的人，放任其立足于朝堂，只会是一大隐患。"

魏皇后蹙眉："你如何得知他与神光教有关？"

赵嫄没有说夜宴那晚在偏殿的窗下听到的对话，只说："儿臣试过许茂筠的才学，实在平平。若许家背后无人，他何以一步登天？"

魏皇后默然。

甄妃位列四妃之首，其在皇帝心中的地位已直逼中宫，如今又有许婉仪仗着有孕越发蛮横……她若真生下皇子还不知会如何，自己借此敲打一番也好。

赵嫄打量着魏皇后的神色，犹豫地道："还有一事，儿臣想请母后帮忙。"

魏皇后俨然看穿了她的小心思，道："你想让本宫出面照顾赵嫄？"

"是，儿臣应允过会做四姐姐的后盾，她这才有勇气……儿臣怕许婉仪降罪，刁难四姐姐。"

"赵嫄与许茂筠有婚约，又承许婉仪多年养育之恩，本宫无理由插手瑰霞殿之事。"

"这倒也不难，许婉仪不是要告四姐姐忤逆吗？母后以训导之由将四姐姐留在身边，许婉仪也无话可说。"赵嫄浅浅一笑，笼手行礼道，"儿臣先谢过母后。"

话音刚落，赵嫄已快步走出了殿，生怕魏皇后反悔似的。

魏皇后看着"小少年"远去的背影,红唇轻启,终是轻叹了一声,吩咐女史道:"去将西阁收拾出来,拨几个忠实的宫婢,给四公主备着。"

赵嫣出了坤宁宫,见赵媗着一身素裙站在阶前,望着地砖上的云影出神。

那个长相尖酸的宫婢皱着眉,不住地劝道:"四殿下去给婉仪娘娘认个错吧,这像什么话呢?"

何女史交叠着双手走出来,朝那个宫婢道:"去回禀你们娘娘,四殿下年少,难免有冲撞许婉仪之举,故而皇后娘娘要亲自训导四殿下。以后四殿下就留在坤宁宫里听训,让你们娘娘安心养胎便是。"

那宫婢听罢,连声说"是",回去复命了。

赵嫣这才向前,走到怔怔的赵媗身边道:"听训只是个借口,以后四姐姐不必担心受人牵制了。"

赵媗这才反应过来,细细地道了一声谢,眼圈渐渐泛起了红色。

赵嫣笑了一声,示意何女史先派人去将赵媗的贴身之物搬来坤宁宫,然后才回首对赵媗道:"孤陪四姐姐走一程?"

赵媗挽了挽鬓发,郑重地颔首。

"太子……为何帮我?"赵媗沉默了许久,还是问出了口。

"孤并未做什么,是四姐姐自己迈出了这一步。真正帮了你的人是你自己。"赵嫣莞尔道,"实在要孤说个理由的话……天下还有许多如同四姐姐一般的勇者,或为己,或为国,孤希望他们振臂疾呼时,也有人能够站在他们身边,面不公而抗之。"

如若这样的人再多些,以人心为避风之罩,镜鉴楼的明灯或许能亮得再长久些。

两个人沿着宫道漫无目的地走着,行至太极门下,就见许茂筠宛若死猪般被两个太监架了出来。

许茂筠已被罢免了编修的职位,官袍被扒了个干净,后背连着大腿上一片被杖刑过后的血痕,两股战战,气若游丝地哼唧着。

许婉仪候在宫门下,见状扑了上去,抬起的手都不知往哪儿放,最终只按着自己的胸口啜泣起来。

"姑母，姑……"许茂筠费力地睁开被冷汗糊住的眼，瞧见赵嫄，忽然颤巍巍地指向赵嫄道："是你！是你故意写下那句大逆不道之词！"

赵嫄身形一僵，下意识地要避退。

许茂筠一抖，凄苦地道："我冤哪！我竟不知何处得罪了你，无端受此坑害……"

"许公子慎言。"赵嫣缓步向前，不动声色地挡在赵嫄面前道，"于太极殿门前喊冤，莫非许公子对父皇的处置心有不满？"

赵嫄僵立着，颤巍巍地闭了目。

从小到大，她是皇室子女中最不起眼、最无存在感的那个人，早已习惯了逆来顺受。可她习惯了，就活该被人拿捏欺辱吗？

"四姐姐，性子可以腼腆，但该站出来的时候定然不要畏缩，该表达想法的时候定然不能沉默。"

那日太子对她说的话犹在耳畔，连一个十六岁的少年都看得比她透彻。

"等等。"与许茂筠擦身而过时，赵嫄涩滞地开口。

许茂筠以为她要道歉，半死不活地抬起头来。

赵嫄深吸一口气，拿出平生最大的勇气，握住腰间的玉环用力一拽，将拽下的玉环往宫墙上摔去。

"当啷"一声脆响，玉环被摔缺了一块，迸裂出了细碎的玉屑。

迎着许婉仪惊讶的目光，赵嫄将那玉环递到了许茂筠面前，呼吸发颤，一字一顿地道："还给你。"

许茂筠将视线落在她的掌心上，顿时脸色白了白。

那玉环是定亲时他送给四公主的信物，而此时，玉环缺了一道口，形似玉玦。

玦者，决绝也。四公主这是……要与他断情绝义！

"四公主，你这是做什么？！"许婉仪几乎尖叫起来。

"你送我的东西，我还给你。"赵嫄重复了一遍，"我不要……嫁给你。"

说罢，她蹲下身将那块断玉置于地上，朝愣怔的许婉仪行了大礼，起身就走。

"等等……四殿下！四……哎！"

许茂筠方才拿腔作势的样子全没了，惶恐地想要抬臂阻拦赵嫧，却牵连伤处，撕心裂肺地咳喘起来，狼狈至极。

他已经被罢免官职了，就指望做驸马光耀门楣。虽说四公主出身卑微，但到底是个公主，嫁妆不会太寒酸……他不能让到嘴的鸭子飞了啊！

"四公主，勿要意气用事。"许婉仪娇艳的脸扭曲起来，她冷冷地道，"你以为退了这门亲事，还有谁肯要你？"

赵嫧步伐顿了顿，但没有回头。她直至走到宫道的尽头，拐过弯，强撑的脊背才骤然一软，踉跄着扶住宫墙。

流萤和另一名宫婢忙上前搀住她，引她于阶前坐下休息。

赵嫧仿若被抽走了最后一丝力气，慢慢地抱住自己的双臂，喃喃道："我是不是做错了？"

赵嫣蹲下了身，与她平视："不，四姐姐做得很好。"

"许婉仪说，许茂筠是我的未婚夫婿，我帮他就是帮自己，能为夫家做贡献，就是女子最大的价值。"赵嫧闭目，如同在审判自己一般，断断续续地道，"我是故意那么写的，写毕就压在镇纸下……是他自己偷偷地取走了道词，将其据为己有……"

赵嫣道："他若不投机取巧，便什么事都不会有，可见是咎由自取。"

赵嫧摇了摇头："我私自悔婚，父皇定然震怒。"

她想到此，蒲柳般的身躯微微颤抖起来。

受尽冷落的少女总是格外脆弱，旁人的一句评论、一个目光都能让她诚惶诚恐。

赵嫣仿佛在四姐姐的身上看到了过去的自己的影子，不同的是，当年那个小姑娘总是选择以张牙舞爪的方式来抗争。

回东宫的轿辇上，流萤见赵嫣沉思不语，便宽慰道："殿下勿忧，许公子犯下不敬之罪，早已失了当驸马的资格。圣上多半会顺阶而下，取消赐婚，不会过分责罚四殿下的。"

"我思虑的不全然是此事。"赵嫣抵着下颔，垂下的长睫盖住了眼尾的小恚，"女子若想被人记住，往往要冠以夫姓；我要做想做之事，也须借助兄长的身份……有时候我在想，为什么这个世界如此不公、如此不讲道理？"

"殿下……"

"我知道，世道如此，想得太多对自己未尝不是一种残忍。可我既然想了，就总得做些什么。"

譬如，她或许能于明德馆外另设女馆，使女子也能读书明理，能光明正大地占据文墨的一席之地。

然而她清楚地知道这看似小小的想法真施行起来有多难，且不论"三纲五常"的礼法束缚，光是冲破女子家人的阻拦、消除世人的鄙夷而支出的大笔银两就够令她头疼的了。

这些年，东宫除了父皇赏赐的那些，以及例行的年俸和田庄产出，连一分额外的贿礼都不曾收下。整个东宫如同赵衍其人一般，皎月无尘，干干净净。

斜阳万里，残云好似被火烧。

赵嫣灌着两袖清风，轻叹了一声，只觉得任重道远。

出版番外
当时年少

三月春迟，杨花落尽，融融的暖意逼退了料峭的余寒。

小赵衍的咳疾终于有所好转。他得了皇后娘娘的准许，能出门走动了，只是不能吹风受寒，照旧还得裹上厚厚的斗篷。

他规规矩矩地去给父皇请安，而后折去坤宁宫的侧殿里，找了一圈儿，才在厢房的窗边找到了妹妹赵嫣的身影。

八岁的小姑娘小狗似的跪趴在坐榻上，脑袋朝向窗户，脸贴着玉簟，双丫髻的飘带落在席间。她正百无聊赖地望着一只在窗棂外"啁啾"着蹦跶的小雀。

阳光透过窗子洒在她身上，像为她覆了一匹绣着暗色菱花的软金纱。

小赵衍示意宫婢噤声，屏退了左右，这才轻手轻脚地上前，弯腰碰了碰妹妹花苞似的发髻。

赵嫣以为霍蓁蓁去而复返，不由得皱起秀气的眉毛，气恼地道："撒娇精，你少得寸进尺！"

赵衍这才"扑哧"一笑，温温柔柔地说："嫣儿，是我呢。"

赵嫣扭头看他，一下子眼睛睁得溜圆，立即爬起来问："赵衍，你的身子大好了？"

"多谢嫣儿挂念，已经好多了。"赵衍在小榻的另一端坐下，小小年纪已有国之储君的气度，照镜子似的看向与他容貌相近却性格迥异的妹妹，"嫣儿不是在和长乐郡主下象棋吗？怎么不开心？你莫不是输了，躲起来哭鼻子？"

赵嫣哼了一声，稚气地道："霍蓁蓁那个笨蛋，我怎么可能输给她？！"

在一旁端茶送水的时竹没忍住，插了一句嘴，为主子鸣不平："太子殿下，您不知道，今日长乐郡主输了几局，面子挂不住，就拿那些混账话刺咱们小殿下……"

"时竹！"赵嫣显然不愿意提及这遭，挥舞着小手赶她，"谁让你多嘴？快走，快走！"

时竹只得收起托盘，行礼告退了。

即便妹妹不提此事，赵衍也能猜到霍蓁蓁说了些什么混账话，多半又是"小公主的命里带煞，为人不喜"之类的谣言。

妹妹明明什么也没有做错，只是比他健康、活泼些，就要遭受如此非议。如若反过来，身康体健的人是他赵衍，病弱的人是妹妹，断不会有人觉得是他的命里带煞。可见世人对女孩子的偏见已不公至此。

"不要信那些话，嫣儿，你没有做错什么。"赵衍坐得端正，学着大人的模样宽慰她，"下回见着长乐郡主，孤替你教育她，好不好？"

"算啦，算啦！她年纪比我小，我不与她计较。"赵嫣盘腿而坐，屈肘抵在腿上，托着腮哼道，"你病好了，是不是就可以去崇文殿里听学了？"

"是呢，今年开始孤要学习六艺了。"

"我就知道。你可以学习骑马射箭、诗书礼乐，我却只能待在房里，听教养嬷嬷念叨什么《女诫》，好生无趣！"

赵衍细声细语地解释："孤身子不好，也不能驭马骑射呢。先生多半只教孤……习《论语》。"

"你能学那么多东西，偏偏身子不好；我身子极好，却偏偏什么都做不了，都没人陪我玩。"赵嫣眼中流露出些许艳羡之色，撑着下颔天马行空地道,"若我能和你换一换就好了。"

赵衍朝窗外看了一眼,带着些许讨好的意味倾身:"以后哥哥陪你玩。我们去放纸鸢,好不好?"

赵嫣的眸子倏地一亮,随即又悻悻地黯淡下来,她撇了撇嘴说:"母后定是不同意的。若她生气怎么办?"

赵衍想了想,悄声说:"那就不让母后知道。"

赵嫣大喜过望。

她到底是个玩心重的小姑娘,立即跳下坐榻,踩着绣墩取下墙上的那只色泽鲜艳的纸鸢,随即娴熟地拉着赵衍避开宫人和内侍,从后门溜去了百芳园。

春日晴好,碧空明净。园中花香熏染,风一吹,便拂过薄纱般的一层暖意。

赵衍体弱,不便于奔跑,只立在原地,配合赵嫣将风筝高高地举过头顶。

"哎呀,你别这么端着架子,举高点儿!"

赵嫣拉着风筝线飞快地跑动,发带和裙边在身后飞舞,明艳地飘着。

她一扫满腹阴郁的情绪,回头催促赵衍,笑音银铃似的清脆:"再高一点儿!"

赵衍依言踮起脚尖,努力将风筝举得更高些。

因为气虚脱力,他的额角很快便渗出了虚汗,晶莹的汗珠滑过眼尾的那颗殷红色的小痣,可他依旧笑得十分开怀,眉眼弯弯地看着妹妹代替他奔跑,穿梭在杏花雨下,将那只漂亮的大纸鸢送上了青云。

两个人自记事以来,鲜少能一起纵情嬉闹。兄妹连心,此刻都在竭尽所能地让对方更开心些。

"它飞起来了!赵衍,你看!"赵嫣高兴得不行,拉着线兴致勃勃地道,"你也来试试呀!"

"我?我不会。"

"哎呀,这有什么难的?我教你!"赵嫣"噔噔"地跑回赵衍身边,将线轴交到他的手中,手把手地教他,"喏,这样一边转一边轻轻地拉扯，小心点儿。"

赵衍第一次放纸鸢，慎重而珍重地捧着线轴，紧张得连呼吸都屏住了。

他贵为太子，平日里接触得最多的除了各色苦涩的汤药，便是浩瀚的纸笔书海。然而他纵使再内敛懂事，也终究不过是个八岁的稚童，对玩乐有着与生俱来的向往。

纸鸢飞得真高呀！

赵衍高兴得一阵低咳，手搭凉在棚上仰视着晴空。太阳刺得他的视野模糊，他觉得自己的灵魂仿佛随着纸鸢脱离了沉重多病的躯壳，轻飘飘地飞上了天际，俯瞰江山万民。

那是他这个年纪尚无法触及的自由。

他怔了一瞬，没留意歪风袭来，原本平稳地飞在半空中的纸鸢瞬时颠簸起来。

"糟糕，快拉线！"

小兄妹俩拯救不及，只能眼睁睁地看着那纸鸢摇摇晃晃地坠落，如折翅之蝶，卡在了墙头堆粉如霞的杏枝中。

赵衍还想补救，用力一拽，却连鱼线也绷断了。他连连后退了几步方站稳，手足无措地望着手中的线轴，发现自己方才太着急使劲，手指竟被丝线勒伤了，泛出一道细细的红痕。

"哎呀，你笨死了！都说了让你小心些，现在好了……"

赵嫣又急又气，红扑扑、汗津津的脸皱得像个包子，既为自己最爱的纸鸢平白折损而惋惜，又气赵衍不爱惜自己的身体。

他竟然敢使那么大的劲拉线，若是被割出血珠子可怎么办？

赵衍低下头去，道歉哄她："抱歉，嫣儿。我再赔你一只纸鸢，可好？"

"这只纸鸢是我亲手涂色的，费好我几天神呢，你怎么赔呀？"赵嫣瞥了一眼他手指上的红痕，整个人像霜打的茄子，"不玩了，你……你快回去看看手指吧。"

说罢，她一把夺过赵衍手中的那截线轴，转身跑开了。

他还是扫兴了。

494

赵衍看着妹妹垂头丧气地离去的背影,又抬头看了一眼在枝头的杏花中飘荡的鸢尾彩带,心中懊丧不已。

妹妹囿于深宫之中,身边几乎没有玩伴,唯一的乐趣便是摆弄这些小物件。她最喜欢的一只纸鸢还被自己弄坏了,他不免觉得过于可惜。

赵衍立于杏树之下,心中愧疚难平。他本就是跟着妹妹偷跑出来戏耍的,倘若唤内侍将纸鸢捡回,难免会惊动母后。

思索再三,他颤巍巍地踩着假山攀爬而上,再伸手去够斜生到头顶的粗壮的枝丫。掌下的石头沁凉彻骨,寒气袭人,但他想趁宫人发现前,将妹妹最爱的纸鸢捡回来。

赵衍病了,高烧了一整夜。

意识昏昏沉沉之间,他隐约听到母后压着嗓子大发雷霆。他想要为妹妹和随从辩解,却连张嘴的力气也没有。

殿中噤若寒蝉,只有人影悄声往来,药的苦涩味道直冲他的鼻腔。

众人折腾了一整夜,赵衍的高烧总算退了。

待恢复了些许力气,他便找了个借口支开侍从,独自披衣下榻,将那只破损的纸鸢平铺在几案上,仔细地修补起来。

他年纪虽小,却有十足的耐心,用银丝细线重新缠好骨架,以薄宣纸修补在破损处,再以稚嫩的笔触仔细地填色。

才忙了这么一会儿,他竟又有些喘不上气来。

他将修补好的纸鸢珍重地藏回矮柜中,然后才慢吞吞地爬回榻上,侧躺着蜷缩在被褥中,掩唇压住几声咳嗽。

半梦半醒间,他听到窗外似有人在窃窃私语。

"你这么一说还真是,难怪娘娘不亲近小公主呢。"

"可不是嘛!若健康的那个人是咱们太子殿下就好了。"

赵衍睁开眼,发现满室烛火摇曳——竟已到了夜色四合的时辰。

他扭头想寻找声音的源头,却见隔扇上隐隐地映出一个扎着双丫髻的熟悉发顶。

是嫣儿!嫣儿来了吗?

赵衍惊喜不已,忙不迭地披衣坐起,穿靴下榻。他走过去一瞧,在廊下低着头踢石子的小姑娘可不就是嫣儿吗?!

他刚走过去，赵嫣便泄愤似的使劲一踢，一颗小石子径直朝他的靴上飞来，而后被弹飞，发出"吧嗒"一声细响。

赵嫣愕然抬头，溜圆的眼睛旁还残留着些许红色，似乎刚哭过。

见到赵衍，她扭头就跑。

"嫣儿，等等。"赵衍匆忙唤住了妹妹，压抑着咳意，将那只刚修补好的纸鸢从矮柜中取出来，捧至她的面前。

他喘息着抬头，尽量绽开真诚的笑容，小心翼翼地问："下次我们还一起玩，可好？"

今天下午那短短半个时辰是他短暂的童年中难得恣意的时光。他不再是被束之高阁的病太子，而是一个普通的小孩、普通的兄长。

在妹妹面前，他永远不需要拘束着。

但这一次，嫣儿推开了他。

"谁要和你玩？！"纸鸢被摔在地上，嫣儿的眼中蓄满了委屈的泪水，以至于她色厉内荏的宣泄都带着几分令人心疼的脆弱之意，"赵衍，我最讨厌你了！"

嫣儿气呼呼地跑开了，但赵衍并不生气。他知道嫣儿受了委屈，自己的病耗尽了母后的全部心力，以至于母后面对另一个孩子时充满了疾言厉色的不耐烦之意。

嫣儿讨厌他是应该的，连他自己也厌极了这具羸弱的身体。

是不是自己长大就好了呢？或许长大了，他就能有个健壮的身子，可以熬夜点灯，肩负储君之责；也可以陪妹妹奔跑在杏花雨下，追逐纸鸢……

殿中人影孑然。

赵衍将地上的纸鸢小心拾起来，掸去灰尘，搂在怀中，充满期许地祈愿：真想快点儿长大啊！

赵嫣自上回单方面的争吵过后，便变得有些奇怪。

譬如赵衍在房中喝药休养时，偶尔会瞧见窗扇后隐隐地露出一颗扎着双髻的小脑袋，待他开口相唤时，那小身影又"哧溜"一下子跑远了；又譬如他自崇文殿温书归来，几案上总会凭空多出一两样东西，有时是一只毛茸茸的虎头布偶,有时是一个木头雕刻的小人儿,都粗糙得很,他一看就知道是嫣儿自己做的小玩意儿。

赵衍知道,嫣儿是在示好。

或许这就是双生子的心有灵犀吧,赵衍总能看透妹妹藏在别扭之下的担忧。

她每次都是如此,气性直爽,凶了人后又会自责、懊悔。她明明担心兄长的身体,却拉不下脸求和,总是像小动物似的躲在暗处悄悄地窥视他……

譬如……此刻。

赵衍抬头,目光准确地锁定了躲在芭蕉叶后的妹妹,在她离前唤住了她:"嫣儿,你若再跑,我便要追了!"

赵嫣果然停住了脚步,转身瞪他:"不许追!要是跌着你这个宝贝疙瘩,母后又要骂人了!"

赵衍上前两步,眼睛弯弯的:"陪孤说说话吧,嫣儿。"

赵嫣张了张嘴,不情不愿地跟着赵衍往回走。

坤宁宫的厢房内,一方小小的几案上凌乱地摊着一叠纸、几支笔,还有一本抄了一半的经书——想必这些是母后罚她抄写经文以静心之用。

这样的文字,对于一个不及九岁的孩童来说着实有些难了。

赵衍端正地坐着,看着歪躺在坐榻上抠手的妹妹,轻声问:"嫣儿,你难道要一直不理哥哥吗?"

赵嫣没抬头,齉声说:"你不生气吗?"

赵衍反笑了起来,眼尾下的红色小痣格外明显。

"傻嫣儿,做哥哥的怎么会生妹妹的气呢?何况那本来就是孤的错呀。是孤身体太弱,才连累了你受母后的责罚。"

"算你是个明白人。"

赵嫣哼了一声,皱巴的小脸舒展了不少。

"所以,嫣儿以后不要躲着孤了。"

"我看情况吧。"

赵嫣反手撑着玉簟,两条腿垂在榻沿晃荡,没过一盏茶的工夫就消

497

了气。

她解下腰间鼓囊的小绸袋，丢在了赵衍的怀中，语气生硬地说："这个给你。"

"这是什么？"

"舅母给的栗子糖。"赵嫣觑了他一眼，"你不是爱吃甜的吗？你喝完药含一颗，就不苦啦。"

赵衍拆开绸袋，拈了一颗栗子糖含入嘴里，当即弯起眼睛，连连颔首夸赞："好甜！好吃！"说着，他从怀中摸出一对小巧的珍珠头饰，递了过去，"这是我养病时闲来无事串的珠子，送给你。"

赵嫣接过珍珠头饰迎光看了两眼，越看越喜欢，脆生生地说："我又不是小孩子了，你还送这种幼稚的东西……下次你要送，就送我一张小弓或者一把匕首好了。"

"匕首太危险，等嫣儿再大些，及笄时，我就送你一支金笄。"赵衍跪坐着倾身，从她的掌心拈过两枚发饰，"来，孤给你戴上。"

珍珠发饰点缀在双丫髻旁，赵嫣对着镜子左右看了看："还挺好看。"

"那是嫣儿生得好看。"

"你和我生得这么像，这话到底是在夸我还是夸你自己？"

赵衍破功一笑，认真地道："孤当然是在夸你呢。孤的妹妹是这世间最好的姑娘。"

赵嫣放下镜子回头，"噫"了一声："你说这些干什么？好生矫情。"

"那些流言蜚语我略有耳闻。但是嫣儿，那绝非你的错。"赵衍端正仪容，认真地说，"大家都说我非长寿之相，命数如此，但这些和你没有关系。"

赵嫣懵懵懂懂地问："什么是'非长寿之相'？"

赵衍回答："就是活不长久。"

"你会死吗？"

"每个人都要死的呢。"

赵嫣张了张嘴，复又闭上了。

小姑娘还不懂什么是死亡，只本能地觉得那是一件很可怕的事。因

498

为那意味着双生子将彻底割裂,再也没人会无条件地护着她;意味着赵衍这个人会彻底地从世间消失,她再也见不到、摸不着……

不,她不要这样!

沉默许久,赵嫣忽地起身跑到内间,抱出一大堆糖人、面偶,"哗啦啦"地倾倒在赵衍面前。

"我把这些好玩的都给你,以后不和你吵架,也不和你置气了。你的身体能好起来吗?"不待赵衍回答,她又指着几案上誊写了一半的经文,迫不及待地道,"我给你抄经文,抄很多很多经文!你可不可以不要死?"

"嫣儿……"

"我不许你死,赵衍!"赵嫣大声地喊道,绷紧的下颌微颤,眼睛里已泛起了晶莹的水光。

"好,我不死。"赵衍手足无措地安慰,"嫣儿莫哭,莫哭。哥哥和你一样是小孩子呢,要长大后变得很老很老才会死。"

"你骗人!"

"不骗你,我哪里也不去。"赵衍忙不迭地起身,温声道,"听闻民间的女子出嫁,都要由兄弟背着上花轿。孤还想养好身体,等嫣儿长大就背嫣儿上婚舆呢。"

赵嫣吸了吸鼻子:"真的?"

"真的。"

赵嫣这才憋回那阵撕心裂肺的伤感,牵着赵衍的袖子齇声说:"那我也不嫁人。"

"好,嫣儿想嫁就嫁,不想嫁就由哥哥护着。"

"一言为定!"

"一言为定。"赵衍拉着赵嫣的小拇指,细声承诺。

赵嫣放了心,闹累了,窝在榻上沉沉地睡去了。睡梦中她仍然攥着赵衍的袖子,唯恐他消失不见似的。

赵衍索性解下外袍,学着母后的模样,轻手轻脚地为妹妹披一件寒衣。

东风吹得几案上的纸张"哗哗"作响,赵衍走过去一瞧,这是嫣儿未抄完的课业呢！她若是迟交，母后又要罚她了。

　　思及此，赵衍熟稔地拢袖提笔，如以往数次那般，仿着妹妹的字迹继续誊写剩下的课业。

　　日头将室内照得暖融融的，香炉上烟雾袅袅。小小的太子殿下跪坐于几案后，纤细的影子被斜阳拉得老长，脊背已初见少年风骨。

　　不知过了多久，他已将经文抄到了收尾的部分。

　　窗外飘入三两片桃花瓣，正巧落在空白的纸页上。赵衍动作一顿，忙以书本按压住那两片粉色的花瓣，直至其嵌在纸上，形成一枚天然的春信书签。

　　他将纸笺裁成合适的大小，吹干墨迹，夹在某本古籍中。

　　这份不经意的小惊喜就等着嫣儿自己去发现吧。

　　赵衍规规矩矩地将最后一页经文抄完，这才忍着小腿的酸麻感扶案起身，在小太监再三的催促下出了门，回了自己的寝殿。

　　斜阳透窗而入，几案上笔墨未干，抄好的经文被整齐地码在一旁。

　　风吹动书页"哗哗"作响，里头的春信若隐若现。

　　　　东风常在，愿吾妹安康。
　　　　为天上鸿鹄，乘万里长风，自在无拘。

"兴许殿下屈尊抱上一抱，本王就好了呢。"

上架建议：畅销·小说

ISBN 978-7-5736-2451-2

定价：65.00元